中国少数民族文学发展工程
出版扶持专项丛书

落日下

（蒙古族）朝克毕力格 / 著

作家出版社

朝克毕力格 1964年生，蒙古族，本名包九连宝，内蒙古通辽市人。著有长篇小说《敖特儿》《遥远的罕山》，中篇小说《山间草地》《骥骜入梦》等，并创作剧本若干。

作者近照

目 录

开　篇

　　我是个喇嘛出身的护林员。在大兴安岭支脉南段，吞特尔峰山脚下的几间土房里当护林员足足磨洋工五十年。因为天天喝着嘎布拉阿尔山（蒙古语，能祛邪治病的泉）的水，所以活过了七十三、八十四岁的坎儿，依然身体硬朗、头脑清醒着。在我守护的保护区境内沟壑纵横，山泉密布，溪流淙淙，地表水和地下水资源都十分丰富，有大小河流十余条，是霍林郭勒河（嫩江一级支流）、阿日昆都楞河（霍林郭勒河一级支流）及新开河上游的达勒尔河（辽河水系）的发源地，是嫩江水系和西辽河水系的分水岭，流域面积共九百余平方公里，据说，三条河流年平均总径流量为两万立方米。保护区内的主要河流源头，均由数个山泉形成。特别是霍林郭勒河及阿日昆都楞河源头各有十余个泉眼，涌水稳定，常年不断，泉水清澈透明、甘甜可口，并含有多种人体所需微量元素和常用元素，素有"神泉"之称。地下水属于山地岩浆岩裂隙水，水量较少，但水质较好。境内分布有六十三眼自然水泉。有观察哨的那座最高山顶就叫吞特尔峰。这里生息着马鹿、黄羊、狍子、猞猁、狐狸、野猪、熊等野生动物。可以说这些动物、植物、泉眼都是陪伴我一生的伴侣。二〇〇八年，把林区牧民一次性整体搬迁到城里时，我提出要求留在林场保护区，继续发挥余热。领导看我退休已经二十四年，依然乐此不疲地看护山林，死守职工宿舍的分上，额外允许我留在保护区，继续与森林为伴。实际上，我一个鳏夫，再加上八十五岁高龄，不会给政府添多少麻烦了。

保护区职工住宿，从一开始我隐蔽居住时住的岩石间搭建的简陋窝子到二十世纪六十年代的三间土房，现在已变成了十几间砖瓦结构的房屋。如今的我，守护着这些房屋，人来人往，具体什么时候，谁人来这里住宿，一律受到同等待遇：不论是护林警察，还是伐木工，还是走后门的违法伐木者或盗猎者，我只负责给他们烧茶水，其他要求一律拒绝。我决意要在余下不多的有生之日，每天抽出落日时分的一段时间，面对着云雾缭绕的吞特尔峰痛痛快快地浏览、整理一下心中隐藏多年的记忆和想象。这样去了九泉之下，见到那些亲戚和熟人，也好辨认他们。在旁人眼里我是个孤苦伶仃的老头儿，可一旦打开回忆闸门，聆听者们会立刻纷纷出现，他们始终蜗居在我的内心里——有梳羊角小辫子、永远长不大的五岁小姑娘，有勇猛无比正当壮年的摔跤手呼和，有唯唯诺诺的小和尚，有髋骨孔被红绳拴死结而会说人话的一头公牛骨架，有憨态可掬的木匠，有爱挑唆事端而失去形体的声音疑团，有满腹经纶的高僧，有隐姓埋名的矮个子山野隐居者，等等。他们像尘世中的生灵一样，在我日渐衰老的内心中不断地生死轮回；也像活生生的人类社会一样，喜，怒，哀，乐着。我愿意把一生坎坷经历和家乡人的故事分享给他们听，也愿意跟他们一起鬼混、衰老、死去。只祈求佛祖施舍、恩赐我一次完整讲述的时间和记忆能力，去除掉内心汇聚的沉重赎罪感。

第一章
跟官军作对是鸡蛋碰石头

一九三一年农历三月初的科尔沁大地上的红格尔敖包渡口，硝烟弥漫，厮杀声连天。嘎达梅林的起义士兵，被东北军阀的队伍重重围困。双方经过激烈交战之后，起义士兵四处散逸，朝克图连人带马一起被炸飞，马已死，人奄奄一息。紧跟其身后的赫希格来到跟前跳下马，企图扶起他。"朝克图，朝克图……"赫希格抱住朝克图声嘶力竭地喊叫着。朝克图睁开眼说："疼啊，不行了……快给我一枪吧！"赫希格企图把他抱起，准备扶上马鞍。这时朝克图央求道："肠子出来了……求求你了，赫希格，给我一枪……"官军骑兵眼看就要来到跟前了，赫希格端起枪闭上眼睛向朝克图开了一枪，把枪扔下转身上马。此刻，额尔德尼骑马跑在官军前面，从赫希格身旁经过时一颗炮弹炸响，他的坐骑被炮弹炸趴下，主人挣扎着从汩汩流血的马匹脖子下抽出被压着的左脚，爬行一段，然后立起身摇摇晃晃走几步，停下左右观望，似乎已经晕头转向不知何处是应该逃跑的方向。赫希格从他身边驰骋而过时喊道："抓住皮鞘绳！"

赫希格和额尔德尼穿越密集的炮火，到达一处草丛茂密的山坡时，筋疲力尽的额尔德尼，把鞘绳撒开，像一股硕大而沾满泥土的屎坨一般，气绝倒地。赫希格迅速勒马下去搀扶起了他。额尔德尼气喘吁吁地紧闭眼睛问道："追兵来了吗？赶紧看看。"赫希格向两里地之外枪炮喧嚣的战场眺望。隐约望得见，河岸附近，包括嘎达梅林在内的二十来个人已经陷入官军层层包围。"朝克图死啦。"赫希格说。"有人追赶吗？"额尔德尼再次问，依然闭着眼睛。赫希格摇摇头。"嘎达梅林呢？"额尔德尼睁开布满血丝的眼睛问。"他们在河岸被包围，好像除了我俩没人逃出。"赫希格用颤抖的声音回答。"那就快把我扶起来，赶紧离开这里吧，还等什么？"额尔德尼催促，赫希格却踌躇不决。河岸附近的官军已经开始朝天放枪欢呼胜利，并像蚁群一般渐渐向四处扩散。"且不说失去了云青马，差点连波尔玛都见不到啊，我们快走吧。"额尔德尼再次催促。赫希格悄无声息地将脸转过去，用右手食指揩掉眼角泪水。这时，额尔德尼流露出幸灾乐祸的表情，嘲笑道："赫希格，看啊，你的坐骑也趴下起不来了，可惜啊，我们俩只能靠两条腿各自逃命啦，我可不想让他们活捉。"额尔德尼自顾自地爬起来就朝附近柳树丛踉跄跑去，很快不见踪影。赫希格回头看时，官军搜索范围继续扩大，都能看清对方身体的轮廓了。他俯下身，揭开马鞍上的皮鞘绳提起干粮袋，蹲在战马尸体旁观察官军动向片刻，然后，在齐腰高的旧年草丛中弯着腰向额尔德尼逃命的相反方向——大片白茫茫的芦苇荡逃去。

赫希格、额尔德尼、朝克图三人跟去嘎达梅林的队伍，不见踪影快一年，人们都以为他们被人打死或赶夜路不小心喂狼了。额尔德尼的老婆波尔玛也很少提及他，独自一人照样种庄稼、摆弄牲口，似乎有没有额尔德尼这坏蛋对她过日子影响不太大。我呢，说实话，从没为赫希格的死活担忧过，只是没有玩伴觉得无聊，有事没事都得去波尔玛家串串门做做客，从波尔玛手里接过红红绿绿纸包糖果或糖果一般大小的几块硬邦邦的奶酪干，嘴里含着，手里拿着，吸吸鼻涕，连谢谢都不肯说就离开而去。春末的一天晚上，父亲和我搭手给菜园子篱笆绑架条时，我看到有一位衣衫褴褛的人背着包袱，直接走进邻居家院内。"额尔德尼回来了！"我抑制不住惊奇，兴奋地喊了起来。"他回不回来关你什么事，拽住柳条。"父亲严厉地呵斥。这时，二哥满都呼骑马赶着我们家那头只顾吃草忘了犊子的奶牛，回到家门口。满都呼在马桩前下马，他好像听到父亲对我的呵斥声，来到篱笆前，把我推开，替我给父亲当帮手。母亲从家里出来，拿起扣在篱笆柱子上的挤奶桶，把栅栏里拼命挣扎着频频冲撞栅栏门的牛犊放出来，准备挤奶。"额尔德尼回来了？"父亲问。"不知道啊。"满都呼回答。"好像回来了，刚才有个乞丐模样的人走过去，像是他。"父亲用鄙夷的口气说。"楚格拉，你去他家看看吧。"满都呼鼓动我。"不用你说，他肯定会去看的，没出息的东西。"父亲斜我一眼嘟囔着。

我得到父亲的默许，长了翅膀似的跑到额尔德尼家。果然不出我所料，父亲所说的那个乞丐模样的人就是额尔德尼。他盘腿坐在炕上，正在企图指使波尔玛。额尔德尼用眼角余光扫视我一下，并不搭理我，继续催促躺在炕上的波尔玛给他热饭菜。波尔玛不仅不听额尔德尼指使，还从被褥堆里拽出枕头躺下了。波尔玛是外乡人，她嫁给额尔德尼那年我才六岁。他们举行婚礼那天晚上，客人都陆续离开他们家了，我却依依不舍地滞留在他们家炕上，装模作样地玩着羊拐骨游戏。额尔德尼着急抱新媳妇睡觉，毫无避讳地向我下逐客令并连连打哈欠。我故意继续玩耍，还不停地用眼角窥探微弱灯光下两位新人的情况。波尔玛看到额尔德尼对我无可奈何后，下炕走过去，从她新衣柜里掏出两块糖，还用商量的口气嘱咐我说，明天再来玩行吗。从此，只要我走进波尔玛家就有糖块拿到手，实在没有可给的糖块时，她就从箱子底掏出旧年胡乳达（干奶酪），用铁锤把它砸碎，然后，挑选几块糖块那么大的，放我手上。总之，零食招待是免不了。如今，额尔德尼已经气急败坏，用靴子狠狠地踢波尔玛一脚。波尔玛坐起来似乎并没生气，说："乌鸦学天鹅投水而死的笑话说的就是你吧？你说，你到底图啥跟着人家在枪林弹雨里瞎扑腾？"额尔德尼回答："不就是为了弄点银两花嘛。""那银子呢？"波尔玛问。"就在马鞍上面。"额尔德尼显出善良模样回答。"那马鞍呢？"波尔玛继续问。"跟马一起被炮弹炸飞了。"额尔德尼踌躇片刻后回答。"就这样，你是活着回来啦？与其马死，还不如主人死了好呢。""你这没戴口嚼子的疯母狗，如此这般诅咒自己丈夫，是不是跟你妈学的？"波尔玛气愤地下炕，从外屋端来食品盘放置在额尔德尼跟前。"热一热再拿来。"额尔德尼摸了摸盘中的玉米饼后呵斥。"灶里火已经灭了。"波尔玛恢复平静。"你就不能重新烧火？你……"额尔德尼无可奈何地问。"外面的活儿已经快把我累死了，如果愿意你自己去热。"波尔玛说完爬上炕。"这不是在伺候人，而是像喂狗。"额尔德尼咬牙切齿。"我被农田活计压得连个人和狗都辨认不出来了。"波尔玛说完面对着墙卧倒。"你先别忙，找个时辰我要活剥了你的皮。"额尔德尼说着端起盘子下炕。看到这儿，我来此的目的基本达到了。波尔玛和额尔德尼也停止舌战，屋内变得冷冷清清，我也没理由继续惦记波尔玛的红红绿绿纸包糖果或干奶酪块。趁他还没对我发脾气，我理智地从邻居家退出。

当我回到家里时，其木格正在点油灯。她是我们家里除了母亲以外的另一个女主角。我八岁，其木格比我大两岁，比满都呼小三岁，满都呼却比赫希格小五岁。父亲有一次喝两盅酒，高兴了说，其木格是我们家公主，可是不高兴时候就直接骂她是母狗。毕竟父亲一年到头高兴的时候少又少，所以其木格当公主的概率几乎等于零。母亲往炕上摆桌子端茶，我这才隐隐约约感觉到家里来了个客人。当其木格把油灯挪到桌子前时，我才发现，这位客人就是我大哥赫希格。父亲愤怒地直挺挺地上炕，坐定。母亲和满都呼站在赫希格两侧，痴痴地看着赫希格脱去烂成碎片的上衣。"刚吃两碗干饭就忘了天高地厚，光着脑袋舞枪弄棒当起土匪来了！"父亲开始训斥。"好啦，就少说两句吧，儿子平平安安地回来了就是消除百灾。"母亲说。"你以为灾难已经消除了？我看可是刚刚开始呀。"父亲叫嚣。"你，你这是怎么啦？"母亲问。父亲愤怒地瞪着母亲说："吃喝完了就赶紧去葛根庙。""去葛根庙干什么？"母亲问。"先在庙仓田地窝棚里藏几天，没准儿会有人跟踪过来的。"父亲咬牙切齿。"起义部队死的死，活下来的已经四处逃散了。跟额尔德尼和我一同走的朝克图连人带马一起被炸死了。"赫希格低着头嘟囔。"老天爷，怎么办啊！朝克图留下的孤儿寡母今后可怎么过！"母亲叹息。"嘎达梅林呢？"我凑过去询问。"你闭嘴。"父亲像恶狗似的向我龇牙。"嘎达梅林可能是……"赫希格欲言又止。父亲瞪着其木格指责道："你发什么呆呀，还不赶紧把饭菜拿进来。满都呼出去，把马车套好。"其木格不高兴地走出里屋。满都呼出去时留恋地望了一眼赫希格。气急败坏的父亲挪屁股下炕，跺脚喊："怎么像个恋着母羊的羔子似的，赶紧的。"满都呼这才迅速跳过门槛，跑出屋去。母亲和其木格将菜肴摆上桌子之后，父亲拿着酒壶上炕。满都呼从外面进来。父亲看着满都呼说："你吃喝完了以后，连夜把咱家土匪功臣送到庙仓田边窝棚。不然的话，追过来的人说不定会把咱家给点火烧了呢。""庙仓那里要不要雇人啊？"满都呼拿起筷子和饭碗后担心地问。"你去跟庙仓总管喇嘛说，不要工钱给他白干活，他当然就会收下你。"父亲看着赫希格说。满都呼还想问别的，刚要张开嘴就被母亲制止。母亲说："满都呼，你就别问了，没看见你爸快要爆炸了吗？"父亲斜了一眼母亲。手握勺子的其木格，扭过脸，偷笑。赫希格说，他不去葛根庙，说完就走进他和满都呼二人同用的卧室，倒头打起呼噜。我们余下的人围着餐桌面面相觑，拿赫希格拒绝逃避灾难之愚蠢举措，无计可施。父亲只能生闷气，变得无可奈何，很被动。至于赫希格他们为什么离家出走惹乱子，嘎查（村子）里人们说法分歧很大。铁匠瘸子尼玛说，跟随嘎达梅林打仗的人都是好样的，是为蒙古人生存的土地。包括父亲在内的另一部分人认为，就算是为了蒙古人的土地也不能去当土匪，当土匪跟官军作对那是鸡蛋碰石头，作死。可在波尔玛眼里，额尔德尼不仅仅是去抢人家，还带坏了好年轻人，是龌龊、卑鄙。

第二天清早，父亲若有所思地对母亲说道："过会儿你带两升小米去苏荣家看看，她也许还没听到朝克图的消息呢。"母亲叹息着去仓房按父亲的要求预备两升米。等她回屋后，父亲对她说："要找好时机，把噩耗告诉她，小心吓着孤儿寡母。"母亲说："我说不出那话，最好你去说。""你们女人之间好说话，我一个胡子拉碴的老爷们儿跟她咋说。"父亲口气变柔和。"两升小米已经装袋子里了，你去河边割柳条时顺路带过去吧。"母亲说。"哎，没用处的老娘儿们。"父亲说完，束腰带，准备出发。"带不带我去？"我问。"想跟就跟吧。"父亲说。父亲背着装小米的牛犊皮袋，腰带里别着镰刀走向苏荣家。我跟随其后。到苏荣家院外，父亲先把镰刀挂在篱笆眼上，然后走进去。我也跟着进去。当我们进里屋时，苏荣正在给摇篮里的幼女喂奶，她看到父亲和我就立刻停止喂孩子，把乳房掩藏。父亲把小米袋放下，几声干咳，苏荣用疑惑的眼光瞅他。父亲踌躇片刻，叹息道："哎，苏荣……怎么说呢，这事……朝克图……"苏荣手颤抖着问："朝克图怎么了？""他被官军打死了。"父亲终于把话说出，深深吸了一口气。"你说什么？再说一遍！"苏荣歇斯底里地尖叫。摇篮中的孩子被惊吓，开始哭泣。"别吓着孩子，朝克图已经被大炮炮弹给炸死了。"父亲回答。"你撒谎。"苏荣说着走过去摸一摸袋子里的小米，然后继续询问，"这是不是他捎过来的小米?""不是啊，这袋小米是你婶子送给你们娘儿俩的。"苏荣突然用食指指着父亲的前额又哭又喊叫道："你这老不死的乌鸦嘴，出去！"父亲匆忙站起指着小米袋子说："姑娘啊，我的米袋子……"苏荣跺脚，变得更加凶猛："出去，出去，出去！"我看到此情此景，拔腿就跑出屋外，等待父亲出来。父亲跳过门槛从苏荣家逃出来，苏荣手里拿着烧火棍，跟随而出。父亲拿起挂在篱笆眼上的镰刀继续往野外跑，我心里觉得特别好玩，蹦蹦跳跳跟在父亲后面。苏荣追赶二十来步就捂住肚子蹲下，闷声闷气地哭泣起来。父亲停下来，回头看着苏荣，我也停下脚步，看着苏荣接下来的疯狂举动。可是苏荣并没继续追赶我们，她拄着烧火棍，艰难地立起身，一瘸一拐地回屋去。父亲看着苏荣的背影说道："呸，可惜了米袋子。"说完，把镰刀别在腰带，继续往河滩走。我——父亲长腿的尾巴，不断地踩踏着地鼠土包，深一脚浅一脚地跟着。在河边柳丛中，父亲在前面拿着镰刀挑选编筐的细柳条，我从后面跟着捡起他割下来的柳条。我们二人一直忙活到晌午。耳鼓被河水汩汩流淌和草丛中复活不久的各类昆虫的嘈杂声而弄麻，每每往前迈步，都有一种踩在羊毛堆上的感觉缠绕着。"够编两个筐了，我们回家。"父亲说着把柳条捆扎起来。

回到嘎查里，父亲背着柳条捆往家走，我留在公房前面金界壕遗迹土包附近空的地上，捡冬季河水涨势后留下的蜗牛壳。所谓公房实际上就是个三间土坯房：原先居住的主人因为猩红热痛失十五岁的长子，怀疑房屋地基风水不吉而携全家开春时搬走后，大小牲口为了躲避暑热而轮番占据一个夏天，然后，从秋季开始嘎查达（村长）乌日图招集我父亲和道尔基等几个人，修缮墙壁和屋顶，把门窗重新安装，在房屋周围夯土充当院子罢了。公房外来了几名带枪械的骑兵下马，乌日图嘎查达和公房看守呼日查大叔出来迎接。

我停止捡蜗牛壳，好奇地看着他们时，满都呼骑着光背马来到跟前。"快上马，回家。"满都呼从马背弯腰伸手从领口把我拎起来说。"干什么？捡蜗牛壳呢。"我挣扎着企图从他手里逃脱。满都呼不管三七二十一，把我硬拽上马背，催马往家跑，我好不容易捡起来的蜗牛壳，撒了一地，留在了公房前空地上。到家门口马桩前，满都呼几乎把我从马背扔了下去，并喝令道："快进去告诉赫希格，要抓他的人已经来了。"

我在这个家庭里的地位就是这样，谁都可以呵斥，谁都能指使，连丫头片子其木格也包括在内。走进院门时，我对自己默默发誓：我不会把满都呼的话传递给赫希格！走进屋里我发现，父亲几乎要动手打赫希格，正在叫嚣："难道你是像孙猴子似的从石头堆里蹦出来的吗，见了扛枪的人你就随心所欲地跟着跑了，也不掂量掂量自己有几斤几两能耐。哼！"赫希格不语，眼睛一斜一斜地看着父亲挥动的拳头。母亲反复用眼睛示意让赫希格离开。父亲发现后朝母亲喊："你不用对他挤咕眼睛。"接着，父亲朝赫希格的胸脯抡两拳，咬牙切齿地说："我把这没出息的东西先打残废了然后养。"母亲靠过来劝架，可被父亲推到一边。父亲稍微平息："你到底在想些什么？嘎达梅林是随随便便跟着走的人吗，啊！叫你去庙仓躲避你偏要不去，想没想过因为你，全家人被牵连满门抄斩吗？"说着提高嗓音喊道："你还有没有脑子，说！"赫希格嘟囔道："当初额尔德尼和朝克图他们不停地劝，我才……"父亲再次动手动脚，把赫希格踢下炕，并咬牙说："如果要是额尔德尼告诉你死好玩，你会不会去死！会不会！"这时，满都呼把马车套好，把缰绳交给从屋内端泔水木桶出来的其木格就匆忙朝屋走来。父亲正要下炕想继续殴打摔倒在地上还没来得及起来的赫希格时，满都呼走进里屋，大口喘气说："要抓赫希格哥哥的人已经来了！怎么？楚格拉没告诉你们？"

说着，用眼光搜寻我。父亲愣住问："在哪儿?""他们刚进公房。"满都呼边回答边来回走。满都呼终于发现门板后面躲起来的我那双沾满泥巴的靴子。我抬起脚往里缩回靴子，可惜已经晚了。"快，快套马车。"父亲立刻气消自己先跑出屋去。"爸，不用着急，马车已经套好了。"满都呼说着，把胳膊伸进门板后面，揪住我的耳朵说："等着吧，回来再收拾你。"说完，跟赫希格跑出屋去。马车从院内赶出时，母亲跟过去把手里拿着的行李包裹扔上车。赫希格和满都呼上车后，父亲继续在辕马旁边奔跑，还不停地鞭打马匹。不一会儿，马车远去，父亲站在一股灰尘中留了下来。轻便胶皮轱辘马车载着赫希格、满都呼离开嘎查，扬尘而去，令人紧张的气氛该结束了。我准备去把没来得及装进衣兜、留在公房前空地上的蜗牛壳蹚摸回来，刚要抬腿跑就被父亲呵斥住。"回屋去。"父亲顺手捡起一根柳条，左右开弓，抽我几下。我受委屈，大声号叫着往屋跑，到大门口，回头瞅时，父亲、母亲和其木格，像打了败仗的杂牌军列队似的跟过来了。我跑进里屋，脱掉靴子上炕，故意装出可怜兮兮的样子，蹲在旮旯里用手掌捂着脸哭泣。父亲从外面抱进来一捆柳条，地中间放个矮凳坐下，开始编筐。母亲和其木格在院子内谈论着什么话题，偶尔还笑出声呢。她们的嘻嘻笑声更让我觉得，自己在这个家里的地位之卑微、低下。

我跟家人的矛盾一直僵持到夜晚来临，满都呼赶着马车回来才算结束。满都呼边吃边说出有关赫希格在葛根庙庙仓田地窝棚里躲藏起来的情况。满都呼说，他们先去找总管喇嘛，然后由总管喇嘛领着他们去田间窝棚的。当赫希格、满都呼和总管喇嘛一同走近窝棚时，正在外面劈开做勒勒车辐条木头段的两个长工瞥了一眼来者后，不言不语地继续着手中的活计。总管暂时离开他们，去查看庄稼长势。"两位师父安好。"赫希格向两位长工主动打招呼。"说不好吧，还在劈柴；说好吧，水裆尿裤的，浑身臭汗。"一个长工回答。"我经过庙仓总管师父同意，来这里帮忙。"赫希格说。"是吗，那可太好啦，劈柴吧。"另一个长工说着，把手中使用的粗木棒递给了赫希格。赫希格拿起木棒就朝另一个长工拿着的斧头上砸下去，辐条柴块瞬间飞上高处，空中翻了几个跟头，下来扎进没来得及劈开的柴堆里，还没分成两半。这时，第一个长工耻笑说："凭借着一身蛮力就想当庙仓农工？"说着示范了一下劈柴基本动作，将一支木块竖立起来，并把斧头立在上面，让另一个长工抢木棒砸。总管来到窝棚附近招呼赫希格和满都呼过去。二人来到喇嘛面前规规矩矩地站住。喇嘛紧绷着脸对赫希格说："只是因为有你阿爸的话，我才壮着胆子让你暂时隐藏在这里。如果有人怀疑问起你的来头，你可千万不能连累寺庙啊，懂了吗？"赫希格回答说："知道了，师父。"说完，回头告诉满都呼："你回去吧。"满都呼说："哥，你不要行李和包裹？"赫希格这才走到马车边取下行李和包裹朝着窝棚走去。满都呼讲的这些，在我听来云里雾里。我实在不敢恭维他讲事情，可父亲却听着听着，露出微笑。满都呼吃完喝足就回自己屋子睡觉去了。父亲、母亲我们三个也准备睡觉。这时，其木格在外面疯够了回来说，根本就没有抓捕赫希格大哥之事，白天来的那几个骑兵只是国民党部队的过路人马呢，说完，她也回自己卧室睡觉去了。

第二章
按照女婿的礼仪下跪叩首

我们和额尔德尼两家，不仅仅是邻居，连野外地界也毗邻着。父亲和额尔德尼俩人用套双牛的犁分别蹚各自的玉米地。在我们两家准备合伙种白菜的荒地草丛中其木格正在挖犄牛儿苗，来回寻找着忽而蹦跳，忽而蹲下。荒地上已经结满玉米粒儿大小酸溜溜果子的那些矮小杏树刚刚被母亲、波尔玛和满都呼三人连根刨掉了。田地阡陌上放置的旧年玉米秸秆堆旁边母亲和波尔玛二人烟熏火燎地侍弄炉灶，我捡了些枯死的杏树枝走过来交给她们烧火。父亲停住耕牛，眯缝着眼睛观察太阳的位置，然后，朝着正在催促耕牛的额尔德尼高声喊道："喝茶啦。"额尔德尼对父亲的招呼不搭不理，到了田头径直卸下牛套，把牛拴在附近树丛上，这才向炉灶走来。父亲向满都呼吩咐，把两家的牛牵到山坡。满都呼牵着两家四头耕牛很不情愿地离去后，父亲、额尔德尼、母亲、波尔玛、其木格和我围坐在炉灶旁边，准备野餐。"你们家的壮劳力赫希格去哪儿啦？"额尔德尼问。"去寺庙了。"父亲回答。"什么？"额尔德尼似乎不敢相信自己的耳朵。"我答应庙仓总管喇嘛，让一个儿子给他当徒弟。"父亲用很平淡的口气说着，端起茶碗，还没好好喝一口就又放下。"把一个已经顶天立地的男子汉送给寺庙当徒弟，他们会接受吗？与其那样还不如把楚格拉送过去，庙仓总管喇嘛也许会更高兴些。"额

尔德尼看着我说。"楚格拉要守门立户，看守家业。"父亲说。"度母
神保佑，在这个兵荒马乱的年头，只有寺里的喇嘛们才有多活上几
年的希望，而赫希格和我一样，都是杀过人溅过血的人哪，但愿别
脏了佛龛。"额尔德尼说着，伸出胳膊从波尔玛手里接过一小块鲜奶
酪，放到嘴里，咬了一口，有滋有味地咀嚼起来。母亲和波尔玛将
两家食物摆开，让父亲、额尔德尼、我和其木格享用。父亲说："不
管怎样，我还是让赫希格出家当喇嘛啦。"母亲扑哧一笑，把嘴里
嚼着的食物喷到父亲脸上后说："好啦，吃喝吧，别尽讲些没用的
废话。"父亲恨恨地扫视母亲，用袖子擦擦脸。"牛要饮水吗？我去
帮满都呼。"波尔玛说着欲起身。"给刚刚卸套的牛饮水，你是不是
想把它们弄死啊？"额尔德尼呵斥。"说起话来就像是疯狗一样，就
不能好好讲？"波尔玛说。额尔德尼不理波尔玛，转过脸对父亲说：
"听说达尔汗旗的海山梅林扯起了反抗日本人的义旗。""你是不是
还想去当兵？达尔汗旗出了个嘎达梅林，现在又要出个海山梅林
了？"父亲连续发问。"海山可不是跟嘎达梅林一样反抗民国政府的
人。"额尔德尼吭哧起身。"咳，你这是要去哪儿啊？"波尔玛诧异地
问。额尔德尼顺着田间小径走去，到了地头喊："波尔玛，你自己做
主种、收庄稼吧，我走了。""完啦，这个人肯定去找那海山梅林当
兵了。"母亲说着咋舌。

　　父亲与额尔德尼在田间谈论，到底把谁送到寺里当徒弟喇嘛更
合适的话题之后，我的命运就无形中渐渐发生变化。要是从陶高家
注定出现一个跟佛祖有缘的人，那只能是我。"无论岁数还是长相，
楚格拉当喇嘛再合适不过了，额尔德尼不说我还真没看出来呢。"父
亲说。母亲也认同父亲的说法。连其木格也认为我当喇嘛很合适。
这样，人还没离家，我已经成了半个出家人。我一直到现在还没看
过寺庙是什么样子呢。巴拉杆的母亲扎娜玛大娘要去庙里烧香，我

对父母说，想跟着他们去看寺庙。父亲、母亲听到后，先是相视发愣，接着避开我私下谈论一会儿就很诡异地同意了。我坐着巴拉杆赶的勒勒车（牛车），一路高高兴兴地来到田间地头盖的几间低矮土坯房前停下。看到眼前败落不堪的房屋景象，我一下凉了半截。巴拉杆说："下车吧，按你父亲的嘱托把你送到地方了。""这是寺庙吗？"我疑惑不解地询问。扎娜玛大娘叹息道："哎，陶高两口子真是的……"说着，下勒勒车，用袍子遮羞，蹲下就撒尿。这时，赫希格从中间土坯房走出，像丢了魂似的晃晃悠悠地来到牛车旁，向巴拉杆和扎娜玛大娘稀里糊涂打个招呼就牵着我的手往低矮房屋走去。来到房门口，我挣脱赫希格的手，回头看时，车轴嘎嘎响的笨重勒勒车正在绕过垄沟走进绿油油的榆树林里消失。当我跟着赫希格走进房内时，能够把人熏迷糊的汗臭与霉烂湿气混合体扑鼻而来。炕上有胡子拉碴的胖瘦有别的两个人正在盘腿坐着喝茶。"这是谁啊？"胖大胡子问。"是我弟弟。"赫希格回答。"他也来这儿当长工？"瘦子大胡子问着，从嘴里频频发出像冬季发情的公猫一般细声细气的奇特笑声。夜幕降临，窝棚炕上赫希格已入睡，胡子拉碴的胖、瘦两个长工趴在被窝里抽烟交谈，我却想象着真正庙宇的模样难以入眠。胖子往地上吐口唾沫说："多一个壮劳力我俩轻快不少，谁承想来的却是这么个懒汉。"瘦子接过来话茬，说："谁说不是呢，托佛爷福过一天算一天吧，人家可是不要工钱的，不像你我。"突然赫希格在梦里喊叫："快跑！快！"就开始在被窝里四肢抽搐、挣扎。胖子看着赫希格："毕竟是年轻人，梦里还奔跑呢。"说着哧哧笑起来。"他做噩梦了，快推醒吧。"瘦子说。"没事，看看他能不能跑起来。"胖子说。赫希格挣扎了一会儿，自己醒过来，满脑袋都是汗。胖子问："你喊快跑是要去哪儿啊？"赫希格坐起，看了看旁边装睡的我一眼，重新躺下就蜷缩成一团。我再次睁开眼偷偷观察时，胖子把烟锅放枕头边缩进被窝说："小伙子精力旺盛啊，真让人羡慕。""睡吧，明天地里还干活儿呢。"瘦子说完把冒黑烟的油灯吹灭。

第二天早晨，胖、瘦两个长工拿起锄头准备去地里干活时，赫希格还在被窝里睡觉。庙仓总管骑马来到低矮房屋前问："赫希格呢？他怎么不出来干活？""他还在睡呢，我们俩指使不动他。"胖子长工回答。瘦子趁机撒谎道："吃饭前为叫醒他推了两下，可没想到那小子差一点就给我一拳。"总管听到此话，脸色发青，问："真的？我去看看，他到底能揍谁。"说着，下马，向土坯房走来。我从土坯房小窗户看到外面的情况后，试图推醒赫希格，可他却翻过身子又睡去。总管手里拿着马鞭，走进屋内，看到我感到诧异，但眨巴几下眼睛没说话，抢起马鞭朝赫希格打去。赫希格从睡梦惊醒，光着上半身跳下炕，把总管手里的鞭子夺过来。"干什么？"赫希格大声问。"还问我干什么？你这懒虫，不考虑陶高的面子你还能安稳躺在这里吗？快出去锄地。"总管呵斥。赫希格把鞭子扔地上，拿起衣服往出走。"再这样偷懒，你赶紧滚回家去！"总管从他背后喊。当我哆哆嗦嗦地跟着总管走出土坯屋后，看到赶着马车过来的父亲。父亲似乎已经猜到刚才在屋内上演的一出好戏，再三替赫希格向总管道歉。"陶高老爷子，你把赫希格带回去好好训导吧，他一点也不像你，太懒了，懒得像头猪。"总管说。"那当然，那当然。"父亲再次向他道歉。赫希格绷着脸攥紧拳头朝胖、瘦两个长工走去。"你回来！"父亲呵斥。赫希格气汹汹地回到马车边。"你想干啥？还想打架？赶紧去把行李和包裹取来。"父亲说。赫希格走过去，从屋里把包裹和行李卷提来，不情愿地上车，我也上车，父亲把马车转过去。这时，胖、瘦两个长工挥动着手里的锄头一起大声喊道："懒猪，滚回吧。"赫希格欲跳下车时，父亲转身把他的大腿给摁住，并悄悄说："懒猪就懒猪吧，别计较他们。我告诉你，嘎查那边现在算是太平，没人来抓捕你，依我看回家侍弄庄稼没什么大碍。"

父亲、赫希格和我刚到家，嘎查达乌日图就朝我们家来了。母亲看到嘎查达的身影就害怕得不知所措，父亲却把赫希格推进仓房藏了起来。父亲在大门口对乌日图嘎查达寒暄几句后，把他请进屋内。嘎查达还没坐下就问父亲："你的那位跟随嘎达梅林肆意妄为、朝政府开枪的好儿子在哪里？""您说什么？"父亲似乎没听清嘎查达问话一般。嘎查达干脆利索地问道："你的大儿子赫希格隐藏在哪里？""哦，说他呀，"父亲故意装成生气继续说："我把他的腰椎打断啦，他已经死啦。""那么就让我见一见尸体。"嘎查达说。"扔在荒野中，尸体早已让狼群和秃鹫吃啦。""陶高，你少在我面前装傻充愣，赫希格到底藏哪儿了，赶紧把他叫出来，目前我正在统计壮丁人数。"嘎查达说着坐在炕沿上。父亲怀疑地望着嘎查达，搓着手掌说："如果是因为跟随嘎达梅林造反，要逮捕他，就直接跟我说了吧。我自己也在年轻时代跟随着陶克陶胡义军一直打仗到漠北喀尔喀边境。如果想抓人就抓我吧，无论历朝历代父亲都有资格代替儿子。"嘎查达表露出憨厚样子，哈哈笑了，说："抓一个像你这样皮包骨头的老家伙干什么？如今，日本人已经占领齐齐哈尔，眼看就要到我们这儿了，现在朝廷究竟会发生什么变化，最后结局是什么，还很难看得出来。从我们这个方面来看，必须得把适龄年轻人一一登记造册。说不定哪一天，若是来一个疯子招兵买马的话，我也好应对一下。你的大儿子正好已经到了当兵年限。""依靠种地也能对付着生活的时候，叨扰年轻人做什么？"父亲对他的言行质疑。"你是不是以为我坐着没事干，故意叨扰年轻人？所谓嘎查达，说穿了，除了没戴手铐脚镣以外，跟囚犯有什么区别。"嘎查达吐出内心苦闷。父亲突然生气地从座位上站起，朝着对面仓房喊："赫希格，就别再躲藏啦，出来吧。"赫希格从仓房出来，跺脚抖掉身上的尘土，走进屋里。"你所寻找的人就在这里，要杀要剐随便。"父亲指着赫希格说。赫希格望着嘎查达的脸，不言不语，似乎在等待他亮出杀人器械。嘎查达却用淡淡的口气对赫希格说："跟随嘎达梅林出生入死一年多，连东北军阀的枪炮子弹都没吓倒你，怎么就在我这个老头子面前左闪右躲的？"赫希格犹豫不定地站立在原处，依然不言不语。父亲略显放松，替赫希格解围道："就给嘎查达大爷叩头谢罪吧。"这时，嘎查达讲得半真半假的一句话，让我们全家人都感到特别意外。嘎查达说："赫希格可是长成了健壮、帅气的小伙子啦。叩头谢罪就免了吧，如果按照女婿的礼仪下跪叩首我就勉强接受。"赫希格不好意思面对嘎查达，低下脸面抓挠头皮。"儿子啊，赶紧磕头呀！"母亲激动地喊叫。嘎查达微笑着从炕沿起身，背着手大摇大摆地离去。我们谁也没送嘎查达出屋。父亲傻愣愣地看着母亲问："刚才乌日图说的话，你听清楚没有？""听清楚了，他说把女儿嫁给我们家赫希格。""这事能成吗？乌日图没跟我们开玩笑？"父亲再次询问。

当赫希格帮我清扫畜栏时，波尔玛走近畜栏口招呼他。波尔玛细声细气地说："赫希格，我想麻烦你一下。快到蹚谷子时节了，你能不能帮我把犁头更换了？""当然可以啦，可额尔德尼呢？"赫希格说着，放下手中活计，跟随着波尔玛走去。既然赫希格撒手不管自己家畜栏里的事情去帮助别人，我这个很快要出家的人更没必要留在畜栏里干活。我扔下铁锹就紧跟着赫希格朝波尔玛家走。当赫希格跟波尔玛并肩走时，波尔玛回头看我一眼，嘴巴却对赫希格说："你就别再提我们家那个魔鬼啦，做出的事儿荒唐得没法提。前些日子蹚玉米地时候，他就像被土蜂蜇的牛犊一样，发了疯似的一溜烟就没影踪了。这事楚格拉他们都知道。"赫希格诡秘一笑："连个自己男人都看不住……"然后觉得说错话而纠正道："额尔德尼这个家伙也是，跑到哪儿去了呢？""谁知道呢，又是海山梅林又是义兵义旗的，胡扯八道，人突然就没了踪影。"波尔玛说。我们走进波尔玛家院子，站在缺了尖的铁犁面前。波尔玛从屋内拿出简单几件木匠工具说："我去准备吃喝的，晚饭就在这儿吃吧。"赫希格好像是刚刚认识波尔玛似的，将对方从头到脚仔细端详，然后伸手接过了斧头和凿子。蹲在赫希格旁边看他干活儿，没多大意思，所以我走进波尔玛屋内，看她烧炉子做饭。波尔玛今天似乎改掉了随时给我一两块纸包糖果或硬邦邦干奶酪块的习惯，对我不搭不理，频繁地走到外屋水缸前，往水面照看自己的脸蛋，理理鬓角头发还偷偷微笑着。我看出自己成了这里的多余人，只好自知之明地离开。

回到家，我跟其木格在炕上边玩石头游戏，边听父母议论赫希格婚姻之事。父亲对乌日图嘎查达说过的关于让赫希格当他家女婿之类的话语，始终半信半疑。母亲却跟他恰恰相反，对此坚信不疑。母亲说："俗话说做事要趁热，乌日图嘎查达既然自己说出来了，要不我们也不用请什么媒妁之类的，干脆就带着赫希格去他家把事情定下来算了。"父亲反驳道："乌日图的女儿吉蜜思，那可是人尖儿，她能看上咱们赫希格吗？再说，那种连媒人都不找，自己跑上门的不要脸的事情，亏你还想得出来。要去你去，反正我是不去。""父亲已经答应了的事情，女儿能拗到哪儿去？吉蜜思当然出落成漂亮的姑娘，可没准儿正好和赫希格缘分相配呢。"母亲依然坚持己见。"总是说漂亮啊美的，漂亮脸蛋能种地还是能放牛？"父亲表露出反感。"你要是在这件事情上犯浑，就别怀疑我趁着你睡觉时候勒死你。"母亲说。父亲想了想："算啦，我现在就去找阿穆尔当媒人，请的媒人如果门不当户不对，也许叫人瞧不起，毕竟人家是嘎查达大人。"说着，朝正在炕上跟我玩石头游戏而未分胜负的其木格说："你快出去，把赫希格叫来。"其木格很不情愿地撇下手里的石头子，往外走。过一会儿，其木格果然不出我所料，没找到赫希格就回来了。父亲开口就骂其木格是没用的母狗。"还是我去把他找回来吧。"我眨巴着眼睛诡秘地说。"快去。"父亲催促。

我从家里出来就直接跑到波尔玛家院内，然后，蹑手蹑脚地靠近里屋门，从门缝看到：赫希格正盘腿坐在波尔玛家炕上吃饭。波尔玛露出迷人笑容，给赫希格的碗里添汤。赫希格说："你不吃吗？"波尔玛说："我不饿。""要是参军的话，恐怕再也吃不到这么好吃的饭菜啦。""是不是征兵命令下来了？""虽然现在还没下来，但早晚都会下来的。""如果觉得我做的饭菜好吃，就常来吃。""嗯，好吃。"看到眼前景象，我心里猛然出现一种莫名的冲动，似乎有个魔鬼在鼓动我说，楚格拉快进去骚扰他们！我，突然推开房门跳了进去就大声说："爸爸叫你呢，快回家吧。"我的突然出现让波尔玛脸红了。她似乎想起什么似的，匆忙打开衣柜，从里面拿出两块硬邦邦的奶酪块递给我。"爸叫我干什么？"赫希格问。"不知道。反正他现在对你很生气，拿着鞭子等你呢。"我不仅拒绝接受波尔玛手里那骨头一样又白又硬的奶酪块，还顺嘴撒了个谎，感到特别解气。可却不知自己为什么会如此生气。赫希格不高兴地放下筷子说："你先回去吧，我马上就去。"我故意不离开，闷闷不乐地等着他从波尔玛家炕上抬起屁股。赫希格拗不过我终于很不情愿地起身，下炕。当他往外挪步，从波尔玛身边经过时，波尔玛好像故意不让路，于是二人贴身错过。

阿穆尔舅舅家在嘎查西头。是个山墙上安装炮台还雇了几名枪手守着的独门大院。平时父亲很少去他家，要不是为赫希格说媳妇，估计他这辈子也不会带着两张狐狸皮去拜访的。既然父亲已经去阿穆尔舅舅家了，我要个小聪明，打算先去乌日图家院子附近等待媒人的到来。当我来到嘎查达家院外，顺着篱笆间隙往里观察时，乌日图和他大儿子特木勒，正在杂货店门口从马车上卸货物呢。嘎查达家的马车是用气筒打过气的胶皮轱辘马车，比我们家那缠满铁丝的破胶皮死胎轱辘马车好看，使用的牲口也比我们家多两个拉长套的马匹。乌日图指着车上的油桶说："这一大桶灯油怎么搬进去呢？我去叫宝力德来吧。""我先试一试，能抱动就不用喊他了。"特木勒逞能，正要试图抱起油桶时，乌日图制止道："不行，油桶太沉了，别把腰扭伤了，还是跟你弟弟俩一起抬吧。""不会的。"特木勒说着继续试着抱起油桶。"宝力德，宝力德——"乌日图扯着嗓子喊两下后，宝力德手里拿着半根黄瓜边吃边走到马车旁。乌日图用厌恶的眼光瞅着宝力德说："你没听到卸货声音还是故意猫在菜园子里等我们干完活？"宝力德说："我在菜园子除草来着，没听到你们卸货声音。"乌日图骂道："没出息的东西，撒谎也不看个时候。赶紧帮你哥把这油桶抬进店里。""陶高大叔把赫希格接来了，我真后悔当初没跟他们一起去当嘎达梅林的土匪。"宝力德说着继续吃黄瓜。"赫希格来不来跟你有关系吗？赶紧动手啊！"乌日图厉声指使。宝力德这才把黄瓜放下，伸手接住特木勒递过来的绳索，二人吆喝着把大油桶抬进杂货店。乌日图把卸完货物的马车推到一边时，宝力德放在车辕上的半根黄瓜掉到地上。这时，来了几位买货物的妇女走进杂货店，宝力德从妇女堆里挤了出来，找他的黄瓜。

当阿穆尔带着赫希格来到了嘎查达乌日图家时，为了看热闹，我也跟了进去。乌日图的父亲那莫斯莱老爷子坐在炕角毛毡上数着念珠。在炕桌的两旁乌日图和阿穆尔迎面而坐下。乌日图的妻子撒玛嘎正在端茶倒水。赫希格靠着那莫斯莱老爷子在炕沿上危坐。阿穆尔将搭在肩上的手枪套取下塞在了桌子下面。"枪不离手已经习惯啦。"阿穆尔解释道。乌日图恭恭敬敬而又难掩反感地说："无论日夜，枪不离手可不是简单事情啊。"阿穆尔回答说："有啥不简单的，时令不好啊，不带着枪弹，用什么保护自己？如果是穷困潦倒家徒四壁的话，没人会惦记你，可是像你我这样有点财产的人，没枪没炮的如何度过兵荒马乱年景？""我是身无长物两手空空，不也活着嘛。"乌日图说。"但愿如此吧。国家朝廷大事暂时放一放，还是转入正题吧。据我姐夫陶高说，你看上了他家大儿子赫希格。所以他央求我当个中间人。我是个粗人，有话直来直去。现在我把你看上的小伙子带来了，你们看，我们也看看你们的女儿……"阿穆尔正说出来意时，乌日图有些慌张，打断他的话说："我那天只是随便说说而已，没想到他们还当真了。""天下当父母的，不可能拿自己孩子的婚姻大事当儿戏，你就别再推辞了，让我们看看你女儿吧。"阿穆尔说。"那不行，这事不仅我不答应，连全家人都不同意。"乌日图说。"想当年，我在巴布扎布将军麾下当团长时，最讨厌的就是说话不算数的人。你们全家人都应该再次好好考虑考虑。"阿穆尔不无胁迫地说。"哎，我这嘴……"乌日图悔恨不已，轻轻拍打自己脑门。"已经说出去的话是追不回的，后悔也没用，把女儿叫出来吧。""只好如此了，把吉蜜思叫进来。"乌日图朝他老婆说着点头示意。萨玛嘎走出去不一会儿，吉蜜思揉搓着手掌，站立在屋子中央了。萨玛嘎来到女儿旁轻轻推一推她的胳膊说："吉蜜思，家里来客人啦，你去给他们上茶。"吉蜜思红着脸，躲躲闪闪地提起炉子上哧哧叫的水壶，往桌上所有茶杯里添水，然后，用眼角瞥了一眼赫希格就匆忙退出屋子。既然主角也登场过了，我就没必要在嘎查达家继续待下去了。

我从嫂子娘家出来，无意间来到瘸子尼玛铁匠铺附近。在铁匠铺外面，瘸子尼玛为捆绑在木架上的马匹钉马掌，父亲蹲在一旁观看。我凑过去时瘸子尼玛正在边打马掌边说道："赫希格要去当兵了吧？我可得给他的战马好好钉上马掌。远方人也许会从马掌上找到什么瑕疵，并会因此辱没我的名头。"“儿子到了当兵服役年龄啦，还是早早准备上战马的好。"父亲说着目光向四处逡巡，看到我也没说什么。尼玛在修剪马掌的当儿顺着父亲的视线望去，他看到：嘎查中心路段上阿穆尔与赫希格一同走过来。"那不是你们家赫希格吗？为什么跟着阿穆尔瞎转悠？"尼玛问。"是啊，是嘎查达请他们爷儿俩去家里做客。"父亲露出一副小人得志的口气回答。瘸子尼玛嘴角上挂着轻蔑的微笑说道："这么说，嘎查达是请了你儿子和内弟，却把你给撂在一边啦？"“哪里，哪里。是我对嘎查达说，我要去钉马掌，所以没有时间，就把宴请给推辞啦。"“你当然会那样做的……"尼玛在修整穿透马掌的铁钉尖的同时大笑起来，说："可以牵走了。"父亲牵着钉好掌的马，迎阿穆尔和赫希格走过去，我寸步不离地跟上。"怎么样了？什么结果？"父亲似乎不敢直视阿穆尔的脸，忐忑不安地询问。"我看事情会很顺利。"阿穆尔停顿一下步子说。父亲的两只眼睛立刻亮起来，转身对赫希格说："已经为你的战马把马掌钉上了，牵去饮水吧。"赫希格骑上光背马离开我们扬尘而去。"他们家没摆什么架子吧？"父亲问。"也不看看是谁当的中间人。"阿穆尔拍了拍腰间枪套说："如果给我摆什么臭架子，我可不会用嘴说话，而是直接用它。"说完得意地微笑。"能不能在赫希格服役之前就让他们完婚？"“没到河边就脱靴，性子怎么这么急？定亲酒席还没吃就开始惦记起谈婚论嫁的日子，你知道赫希格什么时候去当兵？"“不着急怎么行？年轻人肯定会有一天去当兵。要是那样，我们可不知道什么时候会回来。"“要是这样，下一步怎么办你们自己安排。事情已经有了开头，我的任务也就完成啦。"“做好人要做到底，无论如何，你不能半路丢下不管。"“有道是有弟弟的人不用牵马坠镫，有儿子的人不用破被冷炕，而我既无弟弟也无儿子。"阿穆尔直视父亲的眼睛说。"你要是不嫌弃，就把满都呼过继过去，现在就带走。"父亲急中生智似的说。"男子汉大丈夫说话板上钉钉，姐夫你不会后悔吧？""肯定不会。"父亲回答。我们走到家门前时，满都呼迎了出来。阿穆尔伸手抓住满都呼的胳膊就笑呵呵地说："好啦，小子，咱们回家去。"满都呼莫名其妙地望着父亲的脸。父亲朝着他点头说："你去给你舅舅当儿子吧，以后没有他的同意不准回来。"阿穆尔说："我家也不是什么监牢，也不远，随时回来看都可以啊，咱回家吧，儿子。"满都呼犹豫不决，走两步回头看我们一次，左手始终被阿穆尔舅舅牵着，像个瞎子。父亲痴痴地看着二人逐渐消失的背影，用右手小指挖着右耳朵眼儿陷入沉思。

　　父亲心事重重地走到门口，用解下来的腰带拍打身上灰尘走进屋时，母亲正在炕上放饭桌。父亲和我几乎同时上炕，在饭桌旁坐下。其木格端来热腾腾的菜盆放在桌子上，母亲边盛饭，边责怪我道："楚格拉你是请来的客人吗？还不赶快出去把赫希格和满都呼给叫来。"父亲看着冒热气的饭菜说："赫希格去河边饮马去了，满都呼就不用叫了。"母亲诧异地问："为什么？难道满都呼他戒食物了？"父亲叹息，并小声说："我把满都呼过继给阿穆尔了。""什么？"母亲把两眼珠子瞪得像牛眼睛，呆呆地看着父亲的脸，像是在端详不曾见过面的陌生人。父亲依旧看着桌上饭菜说："阿穆尔已经好几次跟我提到他没有继承家业的儿子之事。怎么办啊，我们有三个儿子，跟他还沾亲带故。"母亲声音颤抖但刻意表现平静道："原来我生的三个儿子之一在你眼里是多余的，可他母亲还没死呢，为什么不能问一问？"父亲视线从桌面转到桌底："我知道你会同意的。"母亲朝父亲把手里的勺子抛过去，勺子擦过父亲的左耳坠，打在墙上，把儿折了。紧接着，母亲声嘶力竭地詈骂道："该死的、没出息的、一辈子窝囊的混蛋！"母亲似乎疯了一般跳上炕与父亲撕扯，其木格哭着跑出屋去。劝架还是不劝架？我一时拿不定主意，傻愣愣地看着二位性别不同的斗士从炕上挪到地，又从地挪到炕上的角逐时，其木格领着赫希格气喘吁吁地跑了进来。赫希格立刻抱住父亲不放，其木格抱住母亲，却被她推倒在地上。母亲继续用拳头和脚轮番轰炸父亲的胸腹、膝盖等部位。经过一番折腾，赫希格似乎看出大打出手的主角不是父亲，而是母亲。赫希格放开父亲，又把母亲给抱住。结果，这场非同一般的饭前决斗立刻停止。

第三章
以为是办了场喜庆婚宴呢

眼看乌日图家和我们家就要成亲戚了，我去他家附近玩耍的次数也多了起来。父亲和母亲在晚饭前大打出手的第二天早晨，我从家出来往嘎查达家观望时发现，他们家门前停着一辆敞篷汽车，周围站着十来个孩子围观。我拼命跑到汽车跟前时，特木勒和一名国民党军官正在交谈。乌日图刚把牲畜赶到山坡回来，把手里的木棍扔下，走到军官跟前。特木勒向军官介绍说："这位是我父亲。"军官向乌日图伸出手说："嘎查达大人您好啊。""好，好。大人倒不敢当。"乌日图低三下四地频频点头并与军官握手。"我是奉命来的，海山团长说你有两个儿子，应该把其中的一个送到国军队伍服役。"军官说。"我刚从嘎查里转一圈，统计了一下壮丁人数来着。"乌日图顺嘴撒了个谎，眨巴着眼睛。"您误解我的意思了，我们不是来抓壮丁，而是寻找海山团长已经物色过的富裕门户子弟呢。"军官解释。"海山团长？"乌日图问。"也许说海山梅林您可能会想起来。"军官说。"哦，想起来了。"乌日图突然想起来似的，拍了拍脑门。"那就对了。我们这次来不是抓壮丁，而是在寻找未来军官。看您的大儿子特木勒很不错，我选中他了。"军官说。乌日图听了军官的话，下意识地后退两步，张开嘴，发出"啊"一声怪叫，把篱笆上的两只喜鹊惊飞。"您不用担心，当国军军官生命会有所保障，再说了，富户子弟服役当军官，责无旁贷，特木勒上车。"军官对特木勒发号施令。特木勒犹豫不决，看着乌日图，似乎无声地征求他父亲的意见。"既然这样……"乌日图刚要说出半句，军官打断了说："快点吧，我们还去其他嘎查、村落继续找团长选定的其他人呢。"军官拽着特木勒的衣袖欲上汽车。"我进屋跟母亲告个别吧。"特木勒请求。军官依然和和气气地笑着说："特木勒你就先上车吧，我们一会儿还会路过这里的，那时告别还来得及。"乌日图不知说什么而嘴唇在抖动时，汽车屁股喷出蓝色烟雾，散发着浓烈燃油气味，晃晃悠悠离去。

　　汽车刚走，围观的人群就散去。唯独我留下来，跟着乌日图走进他家。"走啦，走啦，走啦。"乌日图进屋后边跺脚，边喊叫。嘎查达夫人萨玛嘎以及二儿子宝力德还有我的未来嫂子吉蜜思，听到异样声就从其他房间纷纷跑了过来。萨玛嘎问："谁走了？""走啦，他们把特木勒给带走啦。"乌日图又跺脚两下后，渐渐安静下来。"为什么呀？"萨玛嘎问。"说是让他当国民党军官。"乌日图回答。宝力德感到惋惜，捶大腿道："嗨，太可惜了，我要是早点起床就好了。""你！"乌日图朝宝力德瞪眼睛。"你们在说什么呀？"萨玛嘎似乎感到一头雾水。宝力德向他母亲解释道："妈，哥当国民党军官去了，海山梅林上次来时候跟我说过这事。太可惜了，爸你应该让我去才对，真是的……"这时，那莫斯莱老爷子拄着拐杖走进说："好事啊，我们终于变成民国军官家属了。"乌日图愤恨不已地看一眼那莫斯莱老爷子说："我告诉你们，特木勒这事今后谁也不许到处乱嚷嚷。""为什么？这是好事啊。"那莫斯莱说。"这个国家很可能要改姓换名了，以后能不能继续叫民国都难说。"乌日图嘟囔。"那我就什么都不说。"那莫斯莱说。乌日图扫视屋内所有人问："你们呢？"萨玛嘎、吉蜜思和我同时唯唯诺诺地点头。乌日图直视宝力德厉声问："那你呢？"宝力德含含糊糊说："知道了。"乌日图感叹：

"恐怕这大儿子有去无回了。"说完，昏沉沉地坐下，叹息。萨玛嘎埋怨道："就算特木勒的事不能怨谁，你说，我们就这一个姑娘，你却稀里糊涂答应让人家当女婿，真是越活越昏了头了。"乌日图很无奈地说："当时，你没看出阿穆尔那威胁劲头吗，现在悔婚更不可能了，阿穆尔那鬼东西要是把特木勒当国民党军官的事告到驻扎在王爷庙的日本人那里，我们家就彻底完啦。""想告就让他告好了，反正我是不会同意把女儿嫁给赫希格。"萨玛嘎说。乌日图看着我露出讨好表情说："赫希格怎么了，依我看是个不错的小伙子。"萨玛嘎说："赫希格的好赖先不说，看看他们请来的媒人阿穆尔，你什么时候看过带手枪吓唬人的媒人？我总觉得女儿要被强盗掠走，瘆得慌。""阿穆尔去哪儿都得身上带着枪，这你又不是不知道。"乌日图说。"陶高夫妇俩都很抠门儿，吉蜜思嫁过去肯定会吃亏的。"萨玛嘎说。"你说，天下谁不先考虑自己？抠门儿才发家呢。"乌日图继续为我家人辩解。宝力德突然把没当上军官的懊悔怒火移到我头上，揪住我耳朵喊："滚，你凑什么热闹。"我双手保护耳朵挣扎一会儿，好不容易脱离宝力德的魔爪，匆匆逃出嘎查达家。

赫希格牵着光背马来到瘸子尼玛铁匠铺外，把马拴上，挪开堵住院门口的树杈往里走进。我用手捂着被宝力德弄疼的耳朵，去找赫希格，让他为我报仇。但是到了铁匠铺跟前时，耳朵不怎么疼了，于是我也就忘记仇恨，爬上挂马掌的木头架子，用那捆马匹的绳索试着荡秋千。尼玛在外屋生火做饭，满屋都是烟雾。当赫希格走进时他瞅了一眼赫希格可并不说话，哼哼唧唧地站起来，把铺在地上的生牛皮撇到墙角，一瘸一拐地走进里屋去。赫希格也跟着进去。里屋光线暗淡，尼玛自己先上炕盘腿而坐。我从打马掌的木架上下来，蹲在窗根，把手伸进裤裆里挠痒时，听到尼玛瘸子跟赫希格正在聊天。尼玛说："嘎达梅林把那些开垦军杀差不多了吧？"赫希格说:"开垦军把我们给收拾了。""那就对了,他们的人比头发丝儿还多。"尼玛说。"朝克图死了,额尔德尼和我侥幸逃命。"赫希格说。我起身,用舌头在窗户纸上舔出个小窟窿往里窥探时:赫希格正从怀里掏出脏兮兮的一包香烟交给尼玛,说:"这是从开垦军尸体上拿的,你不介意就抽吧。""没关系。"尼玛说着,打开烟包捏出一支,用火盆里的炭火点燃,有滋有味地抽起来。赫希格把睡在炕席中间的猫推开,在那大花猫的位置上仰面躺下。"那你现在琢磨啥呢?"尼玛从鼻孔和嘴角吞吐着烟雾问。"什么也不琢磨,只想娶个老婆。"赫希格回答着懒懒地打了个哈欠。"娶谁?"尼玛问。"家里人都想给我娶乌日图的女儿吉蜜思,谁知成不成。"赫希格说。"你自己是怎么想的?"尼玛再问。"我只想钻进波尔玛的被窝。"赫希格说。"你省省吧。"尼玛微笑着把烟头掐灭,朝地上吐口唾沫。赫希格坐起来说:"是真的,如今我每时每刻就想这一件事。"尼玛说:"要当心额尔德尼使坏,他是个人渣,是小人。"赫希格说:"我不怕他,再说,他已经不知去向半年多,也许死在野外了呢。"

被宝力德揪过耳朵以后,我为了避免跟那畜生遇见,再去他家就老老实实待在那莫斯莱老爷子屋里。老爷子整天戴个花镜不是揉搓皮革就是手里拿着羊角把刀子割皮条。我帮他拽拉皮条时,他还不断地找茬训斥着。隔壁屋子里,乌日图、道尔基二人正在喝酒。道尔基是死者朝克图的父亲,也是活着的巴拉杆的父亲。他曾经拥有过像牛犄角一般成对,让人羡慕不已的朝克图和巴拉杆两个儿子,可如今,牛犄角却折损了一个。他还曾经打算撮合苏荣与巴拉杆,续上叔嫂姻缘,但,巴拉杆坚决不同意,甚至跳进过隆冬时节的冰窟窿,以死相抵。所以,自从赫希格活着回来那时开始,他恨我们家人,并挨家挨户串门,不断散布关于我们家子虚乌有的谣言。更可恶的是,道尔基那鬼东西,越老越变得不近人情、没羞没臊。他隔三差五鞭打一次扎娜玛大娘，殴打的时间几乎都在天蒙蒙亮时。他边挥鞭子抽打边嘴里喊："脱、脱……该死的娘儿们，你脱不脱？不脱就抽死你。"几乎大半个嘎查的人都能听得到他那乌鸦般的喊叫声。我从栅栏里放出牛犊子时，问母亲："道尔基是不是不想让扎娜玛大娘穿衣裳？"母亲在奶牛后腿前蹲下，膝盖之间把挤奶桶夹住，边汩汩地挤奶，边责怪我道："道尔基也是你叫的？他的岁数比你爸还大呢，应该叫他大爷才是。"既然母亲不肯回答我的问题，答案我得自己寻找。我有经验，不管遇到什么样难解的问题，只要跑到瘸子尼玛铁匠铺就能找到正确答案。那次，我寻找答案心切，太阳还没露出山头就去了铁匠铺。铁匠铺门前平时聚集的闲散人员不仅没聚齐，连影子都没有。尼玛瘸子刚刚洗完脸，端着脸盆从屋子出来泼脏水。他看了我奇怪道："楚格拉你丢东西了？"我说："没丢东西。"他问："那，你这是？"我说："我想问你一个问题。"他说："问吧。"于是我迫不及待地说出好奇和疑虑。尼玛听了，先是前仰后翻地笑了一阵，然后，撇去手里的铜盆，蹲下还在继续笑，估计都笑疼了胸膛。尼玛终于勉强止住笑意，捡起瘪了的脸盆说："楚格拉呀楚格拉，你怎么啥都问啊，你道尔基大爷那是想亲吻你扎娜玛大娘，急着再次拥有一个能替补朝克图空缺的儿子啊，大人之间亲吻时一定要脱掉裤子和袍子才行，知道了吗？"回答完了问题，他一瘸一拐、笑嘻嘻地走回屋子。"你已经答应女儿的婚事了？"从隔壁屋子传来道尔基的声音。"不答应怎么办啊，结婚日子都定好啦。"这是乌日图的声音。道尔基说："您完全没必要担心阿穆尔去王爷庙向日本人告发你。""你有法子制止他？"道尔基压低的声音："我已经去找过海山团长的边境开垦部队了，只要他们肯来，先把阿穆尔收拾掉，顺便把嘎查里的年轻人都带去当国军，那还结婚个屁呀。""你！"乌日图似乎被肉块噎住了。"不对吗？"道尔基问。"你想让我断子绝孙吗？塔拉嘎查离王爷庙那么近，别说是海山的一个边境开垦团，就是国兵一个整编师都不是日本人的对手。"乌日图说。"你别着急，听我慢慢解释。""还解释什么？你害我不浅啊。""那不至于吧，海山团长或你大儿子特木勒他俩谁把部队带来塔拉嘎查都行，收拾掉阿穆尔就马上离开这里，只要不跟他们作对，日本人才不管这些陈芝麻烂谷子的事呢。"准亲家母萨玛嘎（此刻我意识到大哥赫希格这门亲事已经板上钉钉，无论谁捣乱也不能改变结果，所以父母还没来得及用的称呼我先心里用上了，以后的叙述中我把"亲家母萨玛嘎"这个对我身份不符合的称谓贯穿到底）的声音："阿穆尔又来了。"我和那莫斯莱老爷子同时往外看时，阿穆尔舅舅果然正在院门外下马。道尔基的声音："我还是去别的屋子先躲一躲。"当阿穆尔舅舅进来时，道尔基已经跑进那莫斯莱老爷子屋子里，爬上炕，装作醉酒模样躺下了。阿穆尔舅舅的声音："今天来主要是谈一谈，有关婚礼具体举行事宜。如果您允许就尽量办得简单一些，毕竟现在是国无宁日的非常时期。"阿穆尔舅舅把手枪放在桌旁的声音。乌日图似乎抑制住情绪波动似的说："我有些头疼，什么也不想谈。"听到这话，阿穆尔舅舅肯定摸一摸手枪套，先发出威胁信息的。阿穆尔舅舅说："让道尔基出来吧，我要跟他说句话。""什么道尔基？"乌日图故意装傻反问。阿穆尔舅舅肯定是拿起手枪，指点着酒桌上一双筷子说的，他说："就是刚刚用过这双筷子的人。"准亲家母惊吓颤抖的声音："道尔基你快出来吧。我们谈，婚礼事宜全部听您的安排就是。""嘿，这叫什么事。"这是乌日图在感叹。当道尔基也跟我和那莫斯莱老爷子一样侧耳倾听隔壁屋子动静时，从走廊传来"咚咚"的踩踏声。阿穆尔舅舅走进那莫斯莱老爷子的屋子后，伸手抓住道尔基的双脚，把他从炕上拽了下去。

阿穆尔舅舅一路拍打着道尔基的肩膀把他攥在前面，来到他家院门外停下。我和那莫斯莱老爷子最早跟着过来，在离他们大概十五步距离的柴堆旁站着看热闹。一些闲人从四处跑来，也都站在柴堆周围看热闹。"你想知道我手枪射击的准度吗？"阿穆尔舅舅挥动着手枪问。"不，爷爷您是指鼻子不会打到嘴的，这我知道。"道尔基哆哆嗦嗦地回答。"既然知道为什么还要到处多嘴？"阿穆尔舅舅继续问。"我没有多嘴啊，爷爷。"阿穆尔舅舅朝道尔基家篱笆上挂着的小铃铛开一枪，铃铛粉碎。"这铃铛比你脑袋大不？"阿穆尔舅舅问。"不，不。铃铛小多了，爷爷。"道尔基说。"那就进屋去，三天之内不准出来，要不让我看到后你的一只眼珠子跟这铃铛一样在眼窝里粉碎。"阿穆尔舅舅说。"知道，知道。爷爷您放心。"道尔基朝阿穆尔舅舅双手合十，频频点头。阿穆尔舅舅阴险地笑了笑，转身离去。

赫希格到底是把嫂子给娶来了。日落前，婚礼上大多数客人陆续离去。头盖红绸子的新媳妇，独自坐在洞房炕沿上。院子里临时搭建的帐篷内，来当帮手的几个年轻人搬动餐桌，在来回穿梭喧闹。用三只银簪子将头发盘在后脑勺上的诺尔布的母亲走进屋里，伸手探摸吉蜜思屁股底下的毛毡说："火炕还算温热，新人要忌讳久坐冷炕啊。"说罢走出房间去。外屋，母亲和其木格收拾碗筷来回走动的脚步声不停地传到新媳妇耳朵里。至于我，对于原本不是一家的男女，住到一起这件事情感到特别好奇，从婚礼开始一直到现在不是爬窗台窥看新嫂子，就是跟踪赫希格的动向，乐此不疲。白天，赫希格和他伴郎，穿着崭新衣袍和靴子，腰部周围佩戴各自的刀、火镰以及缀满彩带的烟口袋等装饰，一直站在马棚附近。伴郎诺尔布倾听着从近处传来的客人们喧嚣声音，对赫希格说："他们这一次也许能免除你的兵役义务。""你是怎么知道的？"赫希格问。"你那位嘎查达岳父大人还不至于让自己的新婚女儿贱妾茕茕守空房的。"诺尔布说。我站在马棚另一侧正在苦思冥想诺尔布所说"贱妾茕茕"

到底是什么意思时，其木格怀抱木柴从二人身旁走过。赫希格说："其木格，从屋里把剪子取来。"其木格说："哥，你不去给客人敬酒，却藏在牲口棚。"赫希格说："闭嘴，快把剪子取来。"其木格取来剪子交给赫希格时说："又是要剪马鬃，哥你真是的……"赫希格打开马棚门走向马槽时，其木格和诺尔布二人留在马棚外，互相递眼神，勾勾搭搭。

天黑前，亲家母走进新人房间，吻了吻吉蜜思的额头，出来跟母亲说，她要回去了。母亲派我把亲家母送到家，并要求不准半道返回。途中，亲家母牵着我的手，哭泣个没完没了，一直到了家门口还在吸鼻涕，抹眼泪呢。那莫斯莱老爷子躺在院里放的榆树摇椅上似睡非睡。亲家母看都不看他就从旁边走过去，我却留在老爷子身边，帮他慢慢摇晃躺椅。这时，宝力德从屋子出来，到我俩跟前说："爷爷您不进屋吗，天色已经晚了。"那莫斯莱老爷子睁开眼对着宝力德喊道："你躲开。我现在哪儿还有心思睡觉。""怎么了？爷爷。"宝力德强忍住笑意问。"你父母把吉蜜思嫁出去，却连问都没问我的意见。我现在已经是个多余的人了，哎。"老爷子用很悲凉的口气说。可是宝力德依然在绷着脸，似笑非笑地说："爷爷您与其为这点家庭内部小事情而埋怨别人，还不如给楚格拉讲一讲旧朝代的大事情呢。他是很快要出家的人，应该知道一些人世间曾经发生过的沧桑，当喇嘛以后也好变得更加仁慈。"那莫斯莱老爷子嘟囔："旧朝代……"然后，停顿稍许，似乎被激发兴致，朝着我问："八国联军你听说过没？"宝力德替我回答道："听说过，都是些手里拿着火枪，眼睛绿绿的家伙。"那莫斯莱老爷子满意地点头说："当年我跟随僧格林沁王爷的骑兵，让那些外国佬儿吓破过胆。"说着从躺椅上起身，抢起拐杖喊："杀呀！"宝力德纠正老爷子的意思说："僧格林沁王爷一喊'杀呀'，那些长着绿眼睛的脑袋就开始在蒙古骑兵铁蹄下来回滚动，是吧，爷爷？"老爷子似乎看出宝力德不怀好意，说："不跟你们这些羔子说这个。我要回屋睡觉去。"说完，挂着拐棍朝屋走去。宝力德看着老爷子背影捂着嘴偷笑。既然老爷子要回屋睡觉，我是不会跟宝力德这种没大没小的坏家伙待在一起的。我连告辞话语都没说就离开新嫂子的娘家。听着就近狗叫声，忐忑不安地往家走，路过波尔玛家时恰巧看到，有个黑影鬼鬼祟祟来到了她家大门外。当黑影推开院门，走到家门口时，从屋子出来个人截住说："守着新媳妇不过夜，为什么深更半夜走家串户？赶紧回去吧。"这是波尔玛的责怪声音。"还没到半夜呢，让我进去，我快要憋死啦。"说这话的黑影是赫希格。"你干什么呀？赶紧回去吧。"波尔玛说。"我就进去待那么一小会儿，求求你。"赫希格说。"别发疯，额尔德尼刚刚回来，喝完酒正在睡觉呢。"波尔玛说。"你别诓骗我，好不，额尔德尼回不来了。"赫希格说。"就算他没回来今晚也不让你进来。"波尔玛将赫希格推开，把门关上了。

赫希格从波尔玛家院子里出来，像丢了魂儿似的晃晃悠悠走到自己家马桩附近，揭开裤腰带，撒个尿，又不着急系裤腰带，抚摸、揉捏自己的下体站着。马桩上拴着阿穆尔舅舅的坐骑。虽然碗形月亮当空，但乌云把它半张脸给遮住。赫希格终于系上裤腰带，来到自家院外，开始来回瞎转悠，然后越过大门往里跳进去。屋内有灯光。赫希格伸出手，想推门而入，可又把手缩回，挪到窗户下边侧耳倾听。从屋内不断传出父亲和阿穆尔舅舅的交谈声。有人从屋子出来时，赫希格迅速从窗户旁闪开，跑到牲口棚隐藏。牲口棚里给赫希格准备的战马在吃草料，赫希格抱住马脖子，开始闷声闷气地哭泣。我猫在马棚外面干牛粪堆旁蹲下，绞尽脑汁猜想：赫希格下一步会干什么傻事？其木格来到牛粪堆前，不停地吸着鼻涕，在筐里装牛粪，我屏住呼吸缩成一小团。其木格提起装干牛粪的筐，继续吸着鼻涕离去后，赫希格从马棚篱笆上跳了出来，朝波尔玛家小跑。我也紧追不舍地来到波尔玛家外。这回，赫希格没走院门，而直接从篱笆上，像狐狸一样悄无声息地越了过去。波尔玛家的灯火已经熄灭，屋门却很快被赫希格拆开。赫希格侧身挤进屋内，我也从院门缝隙钻进去，弯着腰来到波尔玛窗根，蹲下。接着屋子里发生的事情，只能依靠我的想象来补充了：波尔玛躺在被窝里等待赫希格靠近，赫希格喘着粗气顺炕沿摸索着靠过去，一把抓住波尔玛裸露的肩膀。接着二人肯定与往常偷偷摸摸的约会一样，互相搂紧，吮吸对方舌头，难舍难分。波尔玛自言自语道："吉蜜思，你以后千万别埋怨我啊，我把你的男人从家里撺出过一次了。"赫希格匆忙把衣服脱掉，迅速钻进波尔玛的被窝。二人开始折腾起来……波尔玛屋里有灯光了。赫希格光着上身躺在被窝里，波尔玛已经把衣服穿好了，坐在赫希格旁边抚摸他的头发说："我从没这么舒坦过。"当赫希格再次把她往被窝拽时，她拒绝说："冰糖再好也不能把它吃饱，赶紧回去吧，新媳妇吉蜜思还等着你呢。"赫希格说："我不回去。"波尔玛开始动手给他穿衣服，赫希格闭上眼睛舒适地躺着让她随意摆弄。当赫希格从波尔玛屋内悄悄走出，把拆开的门板重新安装时，我已经跑到院门外了。

我回到家里，告诉母亲，按她的吩咐已经把亲家母安全送到家。父亲、阿穆尔舅舅、母亲三人坐在灯下聊天，其木格站在阴暗处津津有味地倾听他们的谈话。阿穆尔舅舅说："大外甥婚礼办得比预想的还好。"母亲用讨好口气把舅舅想表达、但未明说出的意思接过来说："都是他舅舅卖力的功劳啊。不管怎么说赫希格的事情功德圆满了，今后还得仰仗您的帮衬呢。"就在这时，赫希格走进屋内。阿穆尔舅舅望着赫希格说："舅舅已经为你想好了免除兵役的办法了。""兵役我自己去完成，不用让其他人代替我。"赫希格冷冷地回答。"混账东西，怎么跟你舅舅说话呢。"父亲眼看就要暴跳如雷。"怎么说话，当然是用嘴巴和舌头呗。"赫希格说。"反了你啦！你……"父亲说话间跳起身子，左手抓住赫希格的衣领，右手打了他两个耳光。母亲迅速挺身挡在格斗者之间，将赫希格推向外间。赫希格拨开母亲的手，瞪大眼睛一步一步往后退。"哎呀，这孩子长成人精啦，这么早就懂得了过河拆桥啦。好啦，我走啦，只要赫希格在，我决不会再登你们家门槛。"阿穆尔舅舅说着，从桌子下面拿出手枪挎在肩上站起。阿穆尔舅舅是我母亲的同父异母兄弟。据母亲讲，他从年轻时候开始闯荡世界，跟军界大人物并肩叱咤风云，曾经气头上用手枪把王爷府马桩上拴着的一匹骏马给打死过。母亲说，阿穆尔的妻子（也就是我的舅母）是呼伦贝尔大草原上一户官宦之家小姐，是个特别靓丽的女人，简直是个说书人吟唱中深宫里居住的贵妇人。她偶尔外出时，不下雨还有人给她撑伞呢。可是不知什么原因，嫁过来的第八个年头，生下的唯一女儿格日勒七岁那年，她突然撒手人寰。外人谁也不知道她死亡的具体原因，也没人敢打听真实情况。从此，阿穆尔舅舅把他家大院里，除了格日勒表姐之外的其他女人全部赶走了。所以母亲对这位亲戚是敬而远之，不到万不得已，不会轻易麻烦他的。这下好了，赫希格不仅扰乱了自己婚礼圆满收尾，还得罪了舅舅。阿穆尔舅舅这么一生气，以他那说一不二的性格来看，这辈子再也不会来我们家，也不会允许满都呼来看看我们的。满都呼算是倒霉透顶了。

"老天爷呀，我还以为是办了场喜庆婚宴呢，这是怎么啦，你们这是……"母亲说着号啕大哭。其木格从阴暗处现身，抱住母亲，也哭了起来。阿穆尔舅舅摔门而出。父亲浑身颤抖着，突然取下门框上悬挂着的马鞭，朝站在洞房门口为进去还是不进去而踌躇不决的赫希格，冲了过去，赫希格迅速转身逃进新房，父亲吃了闭门羹，跺着脚将马鞭使劲摔在地上。

第四章
无法完成王爷庙的差事

我们一家人正在喝早茶时父亲说："喝完茶之后大家都去田里吧。西边玉米地该收了，顺便把长得像马鬃一样的荒草也收拾收拾，用马车拉回来当柴火烧。"母亲叹息道："哎，不知满都呼现在过得怎么样呢，要不让楚格拉去看一趟？"父亲瞥了一眼母亲说："就算是你为他操碎了心，又能解决什么问题，他已经是阿穆尔家的人了。其木格，添茶。"其木格取勺子时，吉蜜思抢在前为二位老人添茶。母亲坚定地说："还是让楚格拉去一趟看看再说。"父亲这次没看母亲的脸就同意了。我听到这独自一人可以自由自在串门的好消息就立刻推开茶碗，下炕穿靴子。父亲瞅着我吩咐道："快去快回，别死皮赖脸一整天在那儿待着。"

我走到阿穆尔舅舅家大院门口时，格日勒表姐将手中脸盆内的水洒出后退回屋内。显然，阿穆尔舅舅不在家，枪手们偷懒，没注意到我，所以格日勒事先没得到有不速之客来访的警报。我从院门缝隙，顺着炮台台阶向上一直观察到墙顶。墙体宽大，并设置了枪孔。有位脸上有疤痕的枪手正在抱着步枪，倚靠墙体蹲着打盹儿。特木勒被国民党军官带走的第二天，我来看满都呼时，枪手们的情形不是这样的：两个枪手警惕地向四处观望着，脸上有疤痕的枪手喊，"有一群骑者朝这边奔来！"另一个瘦高个子的枪手从他手里接过望远镜仔细观察情况，这时，脸上有疤痕的枪手噔噔噔地走下炮楼台阶，向阿穆尔舅舅回报敌情。很快，阿穆尔舅舅和满都呼出现在射击口处。满都呼手中握着阿穆尔舅舅的匣子手枪。阿穆尔舅舅从瘦高个子枪手手中拿过望远镜瞭望片刻之后，胸有成竹地说："是一群民国士兵，不必担心。"当格日勒从屋内走出沿着台阶走上来时，阿穆尔舅舅呵斥："下去，回屋待着。"格日勒马上走下台阶消失在屋内。也许是王爷庙有日本人，也许是国民党开垦团最近来回穿梭的概率高起来的缘故吧，今天在阿穆尔舅舅大院内没看到上次那样紧张的气氛。因为，阿穆尔舅舅那次紧张气氛化解后对满都呼说过："不怕日本人，也不怕国民党部队，就怕土匪来偷袭。"父亲从我嘴里听了这话，解释道："你阿穆尔舅舅曾经是巴布扎布将军手下当过团长的人，不管是哪朝哪代，有头有脸的人物，他几乎都认识，连日本人也包括在内。"瘦高个子枪手从马厩里咳嗽着走出，我朝他细声细气地打招呼道："枪手大哥，给我开下大门呀。"他听到我的声音，立刻缩回到马厩里厉声问："谁？""是我，楚格拉。"我回答。"楚格拉是谁？"他继续问。"我是满都呼的弟弟。"我说。"哦，是你呀，吓死我了。"他嘟囔着从马厩出来，走到大门口，从腰间取下钥匙打开锁头。我蹑手蹑脚地走进阿穆尔舅舅家堂屋时，格日勒和满都呼正在吃早餐。格日勒表姐有一副太阳晒不黑的白皙脸膛，据母亲讲，格日勒跟舅母长得几乎一模一样，是妖气十足的弘吉剌部（蒙古姓氏）银狐生了个美人坯子。虽然满都呼在我们家里算是长得眉清目秀，比较帅气，但，在格日勒表姐旁边还是逊色不少。格日勒悄声说："自从母亲没有了之后，这个家就活脱变成一座狼窝鬼窟啦。父亲就连我走出大院都不允许。你不想家吗？"满都呼说："想得可厉害啦。我想趁着舅舅不在，要回趟家。"格日勒说："那我这就去跟枪手说说。"格日勒站起来朝我微笑着说："楚格拉，过来吃饭。"我本来以为她突然看到我，会很吃惊，却没想到他们早已发现，连饭都给我盛好了。瘦高个子枪手进来，从案板上自己拿碗盛饭，在炉子旁蹲下吃。格日勒朝瘦高个子枪手说："满都呼想要回家看望父母，你给他开大门吧。"瘦高个子说："老爷回来指责我怎么办？"格日勒说："去收地租的人，肯定过中午前不会回来的，给他打开门锁吧，求你了。""我可担待不起这个责任。"瘦高个子边吃边回答。"父亲不在时，我就是这家的主人。"格日勒表姐突然变换口气大声说。我想，格日勒表姐是为了讨好满都呼才变得如此大胆行事的。她从知事起就生活在一帮粗俗男人们中间，与他们没有心灵有关的交流，名义上是富户人家小姐，实际上跟收拾房屋、做菜做饭的女佣毫无二致。见到满都呼，她总算有了朝夕相处的同龄人。所以她既害怕满都呼不打招呼就溜走一去不返，也担忧野惯了的人会受不了超过极限的寂寞、委屈。"好吧，那我去开大门。"瘦高个子枪手放下饭碗走出屋去。满都呼已经穿戴好，看着我吃饭。我放下碗筷欲跟他走时，格日勒按住我肩膀说："满都呼自己去就可以，你留下来，上炮台玩吧。"我点头。满都呼匆匆离开房间时我突然想起家里现在没人，就从他背后喊："去西边玉米地。"

吃饱后，我高高兴兴地爬上阿穆尔舅舅家炮楼，观望四处：塔拉嘎查周围的大小沙坨尽收眼底。昆都楞河水像一条穿戴褐色盔甲的将军身上刚要解开的白色腰带，绕过嘎查直奔东去。我们家西边河套玉米地里有六只大蚂蚁在挪动，那是父亲、母亲、赫希格、吉蜜思、其木格和满都呼，为掰棒子而忙乎。脸上有疤的枪手和瘦高个子枪手第二次换班时，阿穆尔舅舅和另一名枪手策马而来，到了大门口等待瘦高个子给他俩开门。"满都呼，过来把马牵走。"阿穆尔舅舅进院，还没来得及下马就喊。瘦高个子说："老爷，满都呼回家啦。""谁让他走的？"阿穆尔问。瘦高个子眼神朝下看着鞋尖无语彷徨。格日勒从屋里出来说："爸，满都呼说想家想得厉害，所以我让他回一趟家，我还告诉他赶紧回来呢。"阿穆尔从随从手里夺过马鞭举手就抽打格日勒，并骂道："混账东西……你要当家了是不是！"格日勒蹲下身子抱头痛哭。这时，我从炮楼下来，唯唯诺诺地站在了阿穆尔面前。阿穆尔看着我说："过来。"我忐忑不安地挪几步，靠到他马匹前时，他从马背哈腰，像老鹰捉兔子似的，把我拽上马鞍，出得院门疾驰而去。

为了把故事讲顺畅，先允许我，用想象来补充一下，我不在现场时发生的一些情景细节吧。在熟透的玉米地里满都呼和家人一同收割庄稼。母亲说："儿子是一口气跑到这里的啊。就别拿镰刀啦，在地头上歇着吧，我们人手够了，吃的喝的都在地头上。"可父亲却说："你胡扯什么？满都呼的岁数是跑跑跳跳就累了的年龄吗？我在年轻时候在陶老爷（陶克陶胡，二十世纪初蒙古族起义军领袖）的队伍里……"母亲立刻打断道："当然啦，你三天三夜没下马鞍。也不知道那时候的马匹是怎么受得了的。"听到母亲揶揄父亲的话语，正在割秸秆的赫希格、嫂子和满都呼都会心地笑了起来。父亲装模作样地生气道："闭上你那臭嘴。"说完，将捆好的玉米秸秆扔在一旁，走到阴凉处，把埋在潮湿土壤里的磨石取出来磨镰刀。这时，从远处响起马蹄声，阿穆尔舅舅和我同骑一匹马，出现在田头上。阿穆尔把我从腰带拎起放在地上，自己依然端坐在马背上粗声大气地喊道："满都呼，过来。"满都呼惶惑不安地望着父母。母亲惊恐道："阿穆尔来了。儿子，你快回去吧。"父亲随声附和说："走，走。快走。看来你是连个招呼也没打就回来啦。"满都呼放下镰刀，步履迟疑地朝阿穆尔走去。阿穆尔用鞭子抽打着将其赶在马前，扬着田间尘土驰去。母亲双手合十祈祷："老天爷，咱们别是把儿子扔进狼窝里了吧？"父亲像是什么也没听见似的用指甲试着镰刀锋芒，只是手在明显地颤抖。

　　后来，格日勒表姐亲口告诉我那天下午在她家里发生的事情：满都呼被阿穆尔舅舅一路赶到家门前，脸上、脖子上一道道鞭痕。脸上有疤痕的枪手把大门打开。阿穆尔呵斥："进去。"满都呼跑进院内。当阿穆尔和有疤痕的枪手走进院内时，满都呼已逃进屋内。枪手把阿穆尔的马牵到牲口棚。阿穆尔朝屋子喊："把摇椅抬出来。"瘦高个子枪手和格日勒从屋内把摇椅抬了出来，放在阴凉处。阿穆尔坐到摇椅上后，瘦高个子枪手给他扇扇子。格日勒跑进屋把茶具端来。阿穆尔还没气消："那小畜生呢？收地租来回跑大半天不算，回来还为找他忙乎一阵子，真是的。再跑就把他的脚后跟筋给挑了。"说着，从格日勒手里接住茶碗，吹一吹，有声有响地喝。格日勒低声下气地靠近他父亲耳旁说："满都呼吓坏了，在哭呢。"阿穆尔："让他哭吧，哭个透彻就学乖啦。"说着把茶碗放到格日勒手里的盘子上。格日勒小心翼翼地端着茶具离开。当浑身鞭痕的满都呼站在墙角阴暗处哆嗦时，格日勒表姐来到他身旁，歉意道："都是姐姐不好，我没想到父亲他们会这么早回来。"说着抱住满都呼的身体，把他头发蓬乱的脑袋紧贴在自己柔软胸前不停地抚摸。估计，此刻的满都呼肯定闻到了一股从格日勒表姐身体里散发着的淡淡香气。然后，她从抽屉里拿出药水瓶来，一边给他擦伤一边掉眼泪。满都呼却突然胆子大了起来，仰起脸说："姐姐你别哭，我没事。"当时的满都呼虽然比格日勒表姐略微粗壮一些，但个头却比她矮一截。"嘘——"格日勒赶紧用散发着药水刺鼻味道的右手捂住满都呼的嘴。"我家人都在地里收玉米呢。"满都呼拨开格日勒的手，悄声说。"见到家人了就算没白挨鞭子。伤口还疼吗？"格日勒问。"已经不碍事了，舅舅没使劲打。"满都呼说。

　　乌日图把全嘎查人招集在公房，宣布参加蒙古"独立军"人员名单时，念到的第一个人就是赫希格。父亲对此态度很坦然、很明确，一口咬定说："蒙古'独立军'甘珠扎布司令是已故巴布扎布将军的儿子，他们父子二人都是为蒙古人办事的，跟他走没错。"可是母亲对此却疑虑重重，第二天早晨，天刚蒙蒙亮就领着我朝嫂子娘家说理去了。母亲和我到乌日图家才发现，他们家也是因为这次当兵之事而闹得混乱不堪。那莫斯莱老爷子手里拿着剑堵在房间门口不让宝力德出屋。母亲似乎顾不了别人家里的麻烦事，见到乌日图就开始向他诉苦道："女儿刚结婚你就忍心让她丈夫去打仗？既然生米已经做成熟饭了，你恨我儿子也罢，不恨也罢，求你替换一个人。"乌日图说："替换谁啊，陶高家有三个儿子，大儿子赫希格不去谁去。你以为我愿意跟自己女儿过不去吗？"这时，被那莫斯莱老爷子堵截在房间内的宝力德声嘶力竭地喊道："让我替姐夫去吧。"浑身发抖的乌日图尽力控制情绪，朝宝力德说道："冷静些，孩子。这次招兵的是蒙古'独立军'，你要是去参加的话，在战场上准会遇到你哥哥特木勒的，兄弟俩互相残杀，这像话吗？"那莫斯莱老爷子随声附和道："就是，这像话吗？你不能去。"宝力德说："爷爷，你把剑收起来挂墙上，坐下喝茶吧。""不，你父亲带领那帮壮丁离开嘎查以前，我是不会坐下喝茶的。"那莫斯莱老爷子用坚定的口气回答。亲家母萨玛嘎也边哭泣，边劝说宝力德道："妈求你了儿子，你就别添乱了。"乌日图承诺道："这次你不去，以后我肯定会让你当上军官。"那莫斯莱老爷子手里拿着剑哆嗦着骂道："乌日图，你这没出息的杂种，还不快走！"乌日图装模作样地当乖儿子，从家走出时，我和母亲寸步不离地跟随。

众人沿着嘎查中心胡同来回穿梭，逐渐聚集到公房前边空地上，准备将参加蒙古"独立军"的人员送往王爷庙。乌日图再也不搭理母亲的纠缠，走到等待他的马车旁，撩起衣襟，抬起沉重的靴子爬了上去。赫希格跨上马背与父亲告别时，嫂子以手掩面留在其木格后面。这时，身穿民国军服，举着写有"抗日义军"旗帜的骑兵队列走进嘎查中心大道，将准备起程的乌日图等人包围住。我诧异地看到，在突然闯进的骑兵队伍里有额尔德尼呢。众人涌向事端发生处。额尔德尼催马走近肩上挎着匣子枪的军官说："那个坐在马车上，穿着绸子长袍的就是嘎查达。"军官挥舞着手中马鞭对额尔德尼说："我认识那老头儿，我们俩先演一段双簧给他们看吧。"说完，转身朝众人喊道："乡亲们，我们是由蒙古人组成的抗日义勇军。我们蒙古人自古以来就无法忍受外族压迫，我海山也是个说话算话的人，绝不亏待手下弟兄，你们嘎查的额尔德尼就是个很好的例子。"额尔德尼拍拍胸脯附和道："没有海山团长就没有我额尔德尼的今天。弟兄们都跟着我们团长走吧，一日三餐酒肉不断，神仙看了都垂涎三尺。"乌日图浑身颤抖着从马车上下来，走到海山团长马前低下头说："我明白了团长大人的意思。您大概是想把我们的年轻人带走，是吧？"海山微笑着点头说："你说得很对。""您要是把他们全部带走，那么我就无法完成王爷庙的差事啦。"乌日图表露出受委屈的样子，不停地眨巴着眼睛。"能否完成王爷庙的命令是你自己的事情，跟我没关系，全体人员上马。"海山下命令。骑兵枪口下的赫希格和胖子占布拉他们顺从地上马。海山满意地笑道："嘎查达大人您另选一些青年送往王爷庙吧，这些年轻人我先带走啦，全体出发。"众士兵将赫希格他们围在中间驰骋而去。乌日图再次爬上马车对马夫有气无力地吩咐道："赶紧去王爷庙。"

先插入几句我后来从葛根庙总管喇嘛嘴里听到过的，有关东蒙地区当年有头有脸的几位大人物的事情，给后面陈述做个铺垫：在长春市日式饭店的一间房子里，身穿便服的日本关东军退伍军人中村震太郎与蒙古贵族后裔甘珠扎布饮酒谈话。"蒙古民族如果想独立，就必须有个带头人。俗话说万里征途始于足下。只要有人带头，就肯定有众人呼应。"中村震太郎用煽动性语言，解释、说明事态变化与实时现状，足足唠叨了一天一夜。他在耐心等待着甘珠扎布开窍。"建立蒙古独立军，可以暂时利用地方自发团体或一些流寇土匪，先组建哪怕名义上的武装力量也行，不过……"甘珠扎布有所感悟，吞吞吐吐地说出了自己看法。中村震太郎接过话茬说："对啊，无论是土匪还是盗贼什么人都可以利用。但是最为要紧的是把名声和招牌树立起来。然后我会与关东军军部联系解决枪支弹药问题。"甘珠扎布激动不已，信誓旦旦地说："有道是打铁要趁热，我现在立刻出发，为建立这支蒙古族独立部队做准备工作。愿我们的事业马到成功！"中村震太郎道："完全正确。"然后，二人相见恨晚，第三十五次碰杯。大概半个月后，一列火车在科尔沁腹地某汉族村庄附近停下。穿工装服的十几个人从车厢里往外搬东西，中村震太郎站在一旁指挥。这时，甘珠扎布领着一帮携带从马的蒙古族骑者来到中村震太郎跟前，向他行礼。中村震太郎顾不了礼节，急匆匆地说："这些枪支弹药是关东军指挥部的首批支援，赶紧挪到安全地方，要快！"甘珠扎布道："是啊，我会尽快把这些宝贝发到兵士手里。"说着转身，面对他带来的马队喊道："快把木箱全部驮上马背。"列车像受伤的野兽一般撕心裂肺地嘶鸣几声，烟雾腾腾地离去。中村震太郎和甘珠扎布领着驮载沉重木箱的马队，迅速向山坡方向移动。过了一会儿，一批民国边境开垦团骑兵来到列车停过的地方朝天放枪，打了胜仗似的欢呼着。

在王爷庙一家旅店门前，土匪与各式各样闲散人员组成的所谓蒙古"独立军"队列前，甘珠扎布稳坐马背，兴奋地讲道："现在，由日本军队无私地支援我们三千支步枪和二十万发子弹。我们的目标只有一个，要蒙古独立。兵荒马乱时局动荡时代，对于我们来说是千载难逢的绝佳时机。"他的嘴角冒出白色泡沫，言辞激昂。正在此时，扬起阵阵尘土的一辆马车飞驰过来，乌日图几乎是从车尾滚了下来，跑到甘珠扎布前，屈膝跪倒就诉苦："不才卑职我失职，未能完成司令大人交代的命令。"甘珠扎布用鄙夷眼光注视着陌生来客，道："好啦，站起来说话，你是谁？"乌日图道："我是塔拉嘎查的嘎查达，自昨天接到司令大人的命令之后，今天早晨……"说到这儿，似乎被往胃里流的泪水给哽住。站在甘珠扎布一旁的中村震太郎厉声问："是不是你们嘎查招集起来的年轻人全都逃跑了？"乌日图频频摇头："不是那样，今天早晨突然闯进来一队民国骑兵，把要送到这里的年轻人都带走啦。"中村震太郎问："看没看出民国哪部分的骑兵？""不知道他们的来头啊，长官。"乌日图回答。中村震太郎对甘珠扎布悄声说："离我们满洲国边境最近的地方有一支民国开垦团正在活动，他们昨日偷袭水晶矿日军守卫队。关东军指挥部已经开始注意他们的动向，估计嚣张不了几天了。这事也许就是他们干的。"乌日图抬头看着这位能够流利讲一口科尔沁蒙古方言的中村震太郎，从怀里拿出毛巾，擦擦额头上的汗水，并长舒一口气。

赫希格被民国部队带走不久，父亲把我送到葛根庙。起初，家里人是打算过了农忙季节，再把我送到寺里去。可一次重感冒，提前促成了我皈依佛门愿望。连续几天的高烧不止，让我憔悴不堪，家里人也个个忙里忙外无暇顾及我的健康问题。我静静仰卧在炕上，痴痴注视着顶棚，嘴里有气无力地反复念叨着椽子间显现的编制物柳条数量。身体忽忽悠悠飘上飘下，有时几乎伸手就能够触摸到顶棚的柳条编织花纹；有时无休无止地往下坠落，坠落，突然发现，自己依然还是仰躺在炕上。索性开始有意识地琢磨、试探飘上飘下的快感。吃不进干饭，所以，其木格特意为我熬小米稀粥。勉强喝一小碗小米粥就躺下，继续琢磨飘浮之事。白天所有人都在外面忙乎，我却离开不得炕席。就算能够扶着墙壁出外头，倚墙站着解小便，可头昏目眩的感觉让我恶心不止，还得赶紧乖乖回到炕上躺下。俗话说，水没过鼻孔，狗就会凫水。这话一点都不假。当我，向往着屋子外面的事情时，突然发现，自己已经离开仰卧的肉体，飘到顶棚，粘连在柳条编织物花纹上了。我从顶棚往下瞅，看到自己的身体依然躺在炕上，两眼却闭着。当有了从屋子飞出去的意念时，蓦地飞到房屋后面打谷场上空，像扑打翅膀的蜂鸟一般驻足了。具体怎么从屋子出来的，我自己也琢磨不透，估计是从窗户纸上的针头小窟窿飞出来的吧。打谷场上，父亲、母亲、嫂子和其木格，正在从马车上卸谷草，各个都满脸灰土。我高兴地喊道："你们抬头看看吧，我会飞啦。"可是他们谁也没抬头。他们卸完马车上谷草，各自拍打着身上尘土，陆续走出打谷场。当我再次发现自己时，已经回到饭菜味飘香的屋子里了。父亲盘腿坐在饭桌旁，用食指和拇指捏起铜壶，哆嗦着往酒盅里斟酒。母亲走过来伸手试探我额头说："楚格拉好像退烧了。"父亲说："那就明天把他送去，顺便打听打听赫希格的下落，毕竟供奉佛祖的地方耳听八方。"

看到蓝瓦顶寺宇那一刻起，我感到莫名恐惧，对出家这件事情的看法发生了急剧变化，真后悔向往来这里，可后悔已经来不及了。父亲领着我走进寺庙大院内时，有香客从身边不断地擦身而过，我更加发憷。之前认识的总管喇嘛迎了过来问："这是领着小儿子来啦。"父亲将我推到身前说："带来啦，就托付给师父。"接着，父亲迫不及待地向总管打听赫希格的下落，可对方却一问三不知，不停地摇头。这时，另一位满脸油腻的和尚走了过来对父亲说："你就让儿子给日本师父当徒弟吧。"父亲低下头喃喃道："那样好吗？"那和尚说："我自己就是从日本师父那里学经的呢。"他指向站在诵经堂台阶上的、穿着明显跟蒙古喇嘛不一样的和尚说："他就是我师父，老人家希望能寻找到一个少年弟子，还把寻找的任务交给了我。"总管嗤之以鼻道："也不知道活佛是否同意日本人的想法，扎木苏你就胆敢胡作非为？"那位叫扎木苏的和尚趾高气扬道："活佛不同意又能怎么样？当今的日本国根本不把民国政府那一套放在眼里。"总管注视着父亲说："那好吧，就让施主自己决定把儿子交给蒙古人或日本人吧。"父亲说："师父，陶高我只认得蒙古人脑袋上的苍穹啊，当然把孩子交给您啦，至于度牒费现在就承诺一头二岁母牛。"扎木苏伸手攥住我的手说："跟我来。"父亲模棱两可地问："总管师父，您看这事怎么办才好？"这时，我已被扎木苏喇嘛牵住手，向日本和尚走去。总管注视着台阶上的日本和尚道："看看情况发展再说吧，寺里沙弥们是否可以接受日语教育，活佛还没定夺下来。"父亲说："现在正是农忙时节，我不能在这儿耽搁太多时间，求师父多多照顾不懂事理的儿子。"总管脸上透露出不快神色道："我倒是很想照顾，可日本人也想照顾他呀。"总管离开父亲沿着台阶攀缘而上，进入充斥诵经的殿堂。父亲不时地回首望着与众香客一起向外拥去。

　　第二天，在葛根庙诵经堂旁边的一间屋内日本僧人开始为包括我在内的四名徒弟教授日语。总管喇嘛走进来向日本僧人合掌致礼道："活佛有旨意，他说若是给蒙古孩子教授日语，今后会影响他们学藏经。"日本僧人注视总管的脸许久之后，才不情愿地点头。我从毛毡上一跃而起高兴地问："庙仓总管师父，我们不用学日本话了？"总管颔首示意。我们几个沙弥欢呼雀跃地从房间的门蜂拥而出。过了一段时间后，葛根庙和尚们诧异地发现：日本僧人和他唯一半路出家的蒙古徒弟扎木苏，沿着田地边缘频繁行走。我在伙房里帮厨师打杂时，亲耳听到日本僧人问他徒弟扎木苏："现在庙仓田地到底有多少面积？"扎木苏说："按照庙仓总管的说法大概有六垧半土地。"日本僧人佞笑道："经师利用呼图克图葛根（活佛）喇嘛的嘴，

发布不允许让自己徒弟们学习日文的禁令，不过不至于对扩大开垦
庙仓田地也不愿意吧。"扎木苏困惑不解，问："师父的意思是？"日
本僧人自言自语道："最起码应该二百倍扩张庙仓田产。"扎木苏
问："从哪儿能得到那么大面积的土地？"日本僧人若有所思地回答
说："葛根庙的信誉就是扩大开荒垦田的保障。"从秋末开始，经师
不断地给小活佛讲经，我为小活佛做伴陪读。经师念一段藏文经，
然后用蒙古语讲解意思，日复一日，眼看就要到腊月二十三祭火节
了。从昨天晌午开始下起的鹅毛大雪，一直飘落到今天午后才停了
下来。趁总管来看望活佛与经师的时机，我悄悄跟他说了想回家过
年的想法。总管把我的意思传达到经师耳朵里，经师还没来得及回
答时，扎木苏和他日本师父也过来拜访活佛。扎木苏说："请活佛准
许我请假。"小活佛无言以对，默默望着经师的脸。经师不耐烦道：
"去吧，去吧。"扎木苏弯腰颔首，抬起头朝他日本师父微笑。二人
勾肩搭背，摇摇晃晃地退出传经房间。总管说："这两条蛆虫又要去
王爷庙见他们日本主子吧。"经师闭上眼睛道："罪过，罪过。"总管
说："这日本僧人已经以我们庙宇名义征集了二百多垧地，我这个管
家喇嘛来年春天只好尽情烧秸秆茬子啦。"经师依旧闭眼摇头。总管
注视着经师的表情对我说："楚格拉你想回家就去搭扎木苏的马车过
河吧，等过了新年，初五以前一定要回来。"经师听了缓缓点头。

　　马车划开皑皑雪原行进。坐在车上的日本僧人用两层棉被包裹
着，而旁边的扎木苏满脸油光可鉴敞开衣怀。头戴狐狸皮帽子的车
夫不时地摇晃着鞭子催促马匹。日本僧人从棉被里露出嘴巴说："扎
木苏，你知道我为什么要遴选已过而立之年才出家的你当徒弟吗？"
扎木苏说："当然知道啦，师父吃什么我就毫不犹豫地吃什么。"日
本僧人摇头道："不是啊，是因为我已经看出你是一个不愿意待在寺
里的人。"扎木苏嘻嘻笑道："只在寺里待着，金银财宝当然不会自

己流到怀里的，对吧，师父？"日本僧人突然从棉被里发出猫头鹰一般的怪叫，并兴奋地说道："不久之后我们将会把寺庙财产全部掌握在手中。我倒是想问一问经师和总管，究竟是信仰力量大呢，还是金银财宝威力大。"马匹被他得意怪叫声音所惊，离开大道，在地鼠包坑坑洼洼里颠簸着直奔河套。等马车过了河渡口没过车尾板的冰碴后，我立刻跳下马车，向塔拉嘎查方向，拼命跑去。草丛中打盹的野兔被我的脚步声惊醒，从窝里蹿出，傻愣愣地停顿一下，后腿上立起像个硕大的陀螺转几圈，寻到它的小径拼命逃脱。一群老鸹从头顶逆风飞去，咕呱叫声久久不绝于耳。覆盖大地的松软落雪遇到罕见的一股暖流，突然间影踪全无，让山头和森林恢复了原貌。我贪婪地呼吸着潮湿、新鲜、冰凉的气息，鼻翼呼扇，把浓浓的哈气不断地从鼻孔喷出。暖流一过粘在眉毛和睫毛上的哈气立刻凝结成冰碴，在跑动中有节奏地沙沙响。我浑身发热，摘下护耳，光着脑袋继续奔跑。出家人和俗人生活的画面，在脑子里屏幕上轮番出现并消失。我内心中隐藏着一位步履矫健、力大无比的男子汉。他不循规蹈矩，不像我，整天被各种戒律束缚住手脚，连大声吭气都不肯。他不畏惧旷野中出没的任何鬼魂。黄昏来临时风力减弱，远处山坡景象隐隐约约模糊成一头巨大无比的灰色卧牛形状，森林中小径也渐渐变成了一条黑色缎带绵延到灰色卧牛脚下。灰色卧牛脚下正在酣睡的鬼魂，听到我的步履声，抬起头、立起身，伸了个懒腰还打了个哈欠。鬼魂头发扎煞、胡子拉碴，最主要是他的右眼已经被老鸹鸹了剩个拳头那么大流脓的窟窿。鬼喊："站住，你是什么人？去哪儿？"我体内的男子汉从身体分离，挺胸而出，拍拍胸脯回答说："我是个摔跤手，在寻找那达慕（娱乐）场地。"我的分身竟然没说自己是葛根庙沙弥，要去塔拉嘎查，所以我感到很是意外。这时鬼魂继续问道："你叫什么？"男子汉回答说："我叫呼和

（蓝）。"我再次感到意外，就因为他穿了一身蓝色长袍就说自己叫呼和吗？我对我的分身有些不满意，几乎喊出抗议之声。鬼纠缠道："呼和，现在是冬天，你不会找到那达慕场地的，敢不敢在这儿跟我比试摔跤？你赢了，我背着把你送到你想去的任何地方。"我心中力大无比的摔跤手呼和乐坏了，他鄙视鬼，嘴里哼了一声就扑向鬼，紧紧攥住他的锁骨不放。这时，聪明的我从怀里拿出擒妖怪的红绳，把鬼和摔跤手呼和绑缚在了一起。二位力士搂抱在一起，在灰色卧牛坡脚下互相摔得昏天黑地。终于鬼求饶，摔跤手呼和犹豫不决。这时，聪明的我再次出主意，提醒道："不要撒手，立刻把他的腰椎给拧断。"呼和骤然间膨胀成庞然大物，用身体重量往下一使劲，鬼被压了下去。随着骨折的脆声，鬼惨烈地怪叫一嗓子，周围一切变得安安静静了。红绳是前些时候给经师收拾寝室时，从经书堆里捡的。听总管讲，红绳能够镇妖，所以随手揣进怀里，以备后用。谁承想，现在已经用上了。我用袖子擦了擦脖子、额头上沁出的汗水，踢了一脚卧牛坡脚下遇到的，髋骨闭孔被红绳拴牢而再也不能成精的，犄角朝天的公牛白骨架，瞬间收回分身——摔跤手呼和，就继续往山坡爬去。

　　当我跑到家门前时，赫希格也刚从国民党部队逃回来，还没来得及进屋呢。母亲用袖子擦着高兴的泪水说："不来一个都不来，一来就是两个。"一家人簇拥着赫希格进屋，母亲立刻把油灯点上，其木格放炕桌，嫂子把饭菜端了上来。赫希格用毛巾擦了擦脸上的灰尘上炕，端起碗就开始吃，看来他是饿坏了。至于我看到家人倒不觉得饿了，赫希格狼吞虎咽地连续吃进去三大碗小米干饭，用手抹掉额头汗珠，再次把空碗伸向嫂子时，我才拿起筷子，开始慢慢吃。父亲自己斟满酒盅，对赫希格说："你回来得正是时候，现在我们已经和满洲国成了一家人，民国再也管不了我们啦。看来日本人对我们比汉人好，只要他们不变心就会更好。""无论如何我再也不参加蒙古人互相残杀的战争了。"赫希格边吃边说。"那当然啦，如果蒙古人杀蒙古人，只要当街一站举枪射击就完事啦，还要跑到荒郊野外趴冰卧雪的干什么。"父亲说。"又要胡说八道，如果有人站在大街上朝你开枪，你就高兴?"母亲似乎不愿意提杀戮之事。嫂子手里拿着汤勺，强忍笑意将脸扭了过去，而其木格却纵声大笑起来。"碗里饭堵不住你的嘴!"父亲瞪一眼其木格。其木格勉强收住笑意。嫂子小心翼翼地为父亲的菜碗里添汤。

第五章
怪不得老家伙那么生气

　　我从森林保护区宿舍窗户，注视着斜阳下暗红色云彩里时隐时现的吞特尔峰，不知不觉间跌入到大哥赫希格他们所经历的那一场场征战沙场的岁月旋涡里。虽然不是亲身经历，但，七十多年前他们每每逃离战场回到塔拉嘎查后，讲述过的那些情景，给我留下的感触却胜似亲临现场——

　　民国边境开垦团第二骑兵连第一排的战士们正在一个农民家院子里休息。满屋烟雾蒸汽，是主妇在为他们起火造饭。等待菜肴之际胖子占布拉说："如果是蒙古人跟蒙古人继续这么相互残杀，我们还是早早离开这支部队为好。"础鲁若有所思地沉默着，这时赫希格说："就算是离开，也得趁着战斗期间行动。""还是早点回家休息吧。连个为什么、为谁而战都不知道，要是死了那可猪狗不如。"胖子占布拉说。"往哪个方向走，赫希格你决定，我无条件地服从你。"础鲁突然间睡醒了似的。胖子占布拉附和道："对，你当我们仨人的头儿，我和础鲁服从就是。""那好，什么都不要说了。也不要让三排的额尔德尼、巴拉杆和诺尔布听见风声。"赫希格说。这时，农妇将饭菜摆上桌子，胖子占布拉强迫着让农妇坐在炕边，大伙儿一起有说有笑地吃喝起来。

　　夜晚降临，在山坳彼岸枪声响成一片。偶尔传来大炮轰鸣声音，火花喷溅映红了天际。黑暗中有三个黑影顺着沟壑游移而动。他们是赫希格、胖子占布拉、础鲁。他们来到山坡北侧停下，勒紧各自坐骑肚带之后重新上马，悄无声息地逶迤而行。当三人绕过山坳时，迎面撞上一些骑者。胖子占布拉取下枪，子弹上膛问："什么人？"对方喊道："咳，占布拉，我是巴拉杆。"原来巴拉杆、诺尔布和额尔德尼也在寻找逃跑途径。赫希格本来没打算带他们一起逃跑，这下可好，他们自己找来了。胖子占布拉问："你们第三排去哪儿了？"巴拉杆说："朝西走啦，我们仨假装整理马鞍，正在庆幸离开他们的时候却碰上了你们。"赫希格说："俗话说邻里之间一条命。目前我们虽然还不能说同呼吸共患难，不过回家的路还是相同的，大家一起走吧。"巴拉杆说："诺尔布受伤了，情况不太妙。"说着回头招呼："咳，诺尔布！"诺尔布呻吟着骂道："子弹好像擦过腿肚子，靴子里有什么东西哗哗响，天亮以后再说吧。"额尔德尼嗦嗦笑道："有道是懒驴上磨屎尿多，没什么大不了的。"就这样，从塔拉嘎查入伍的，包括额尔德尼在内的六名国军，理直气壮地当了逃兵，趁夜黑沿着山坡驰骋而去。至于，额尔德尼为什么跟着赫希格他们离开那支队伍，我就不得而知。也许是为了暂时逃避打仗，也许是为了去寻找油水更大的部队吧。

　　赫希格站在马厩内为他的战马梳理鬃毛。嫂子站在旁边专注地观察她丈夫的一举一动。突然，传出女人尖叫的声音。我从房后扬场跑到院外，看了个究竟：原来额尔德尼那厮，把他老婆捆绑在马桩上正在鞭打，那声嘶力竭的尖叫声是从波尔玛喉咙里发出的。"救命啊，额尔德尼要杀死人啦——"波尔玛继续喊叫。额尔德尼说："喊，使劲喊。我倒是想看看究竟有没有救得了你的野汉子！"这时，赫希格和嫂子也从院子走出，来到我旁边观看热闹。赫希格欲前去劝架，嫂子却拉住他不放。赫希格甩开嫂子的手，朝前走。嫂子跺脚道:"赫希格,你回来!"赫希格像个聋子,继续往前走。巴拉杆去井边饮马路过这里,他勒住光背马缰绳,也心满意足地欣赏着眼前发生的一切。赫希格由开始的快步走路最后变成了快速奔跑,他揪住了额尔德尼的衣领。两个人在马桩周围激烈地搏斗起来。当父亲手里拿着马鞭从扬场跑出来时,浑身上下是泥土的赫希格和额尔德尼还在搏斗着。父亲朝他们跑过去,扬起鞭子想抽打赫希格,但是一会儿额尔德尼在上,一会儿赫希格在上,不知该打谁。父亲最终拿定主意,挥动鞭子逮谁就抽谁,两位搏斗者抱着脑袋分开逃窜。赫希格被父亲撵了回来,额尔德尼却狠狠地踢一脚波尔玛之后,随着巴拉杆离去。嫂子犹犹豫豫地走过去,为波尔玛揭开绳索时,我惊异地发现,波尔玛衣襟下流出的腥味扑鼻的一大摊血。她脸色煞白,抱着腹部蹲下,闷声闷气地流泪。我记得,平常额尔德尼和波尔玛吵架时,他很少占上风,这次的情况确实出乎预料。嫂子把波尔玛扶起,搀着她朝院门慢慢走去后,我才感觉到马桩附近波尔玛留下的那一摊红色液体的可怕。我哆哆嗦嗦地来到瘸子尼玛铁匠铺门前聚集的人群中。从议论纷纷的人群嘴里听到波尔玛这次吵架输惨的原因:波尔玛理亏!她虽然与额尔德尼同床共枕足足三年,可却没给他生一男半女。额尔德尼第二次离家出走差不多一年时间,回来看到的却是老婆隆起的腹部。额尔德尼能不生气吗?他不得不下狠心,踢掉了波尔玛肚子里怀着的那个孽种。这是赫希格他们当国军逃兵,回来后表演的头场好戏。那天中午,苏荣背着哭泣的女儿在打扫屋子时,全身泥土的额尔德尼走进她家就发问:"知道朝克图是怎么死的吗?""怎么死的?"苏荣直视额尔德尼。"是赫希格开枪打死的。"额尔德尼说。"那你为什么过了一年多才告诉我?"苏荣问。"因为……因为……"额尔德尼吞吞吐吐。"因为他趁你不在,跟你老婆好上了,是吧?滚!"苏荣说着抢起扫把。"臭寡妇你不识好歹。"说完，额尔德尼乖乖退出屋。

当父亲、我和其木格在后院打谷场雪堆旁边，码放当柴火烧的谷草时，苏荣背着孩子气汹汹地来到我们跟前就问："赫希格在吗？"父亲说："你找他有事？跟我说吧。"苏荣沉默片刻后说："我跟他要我男人。"父亲眨巴眼睛，问："什么？你说什么？"苏荣说："额尔德尼刚才去我家说的，是赫希格开枪打死了朝克图。"父亲想了想说："额尔德尼跟赫希格有过节，所以胡说呢，你别听他信口雌黄。"苏荣说："我想让赫希格亲口告诉我，朝克图到底是怎么死的。"父亲摇头道："那就问吧，问吧。其木格你去把赫希格叫出来。"其木格离去后，父亲用鄙夷的眼光看着苏荣说："你该把粮食袋还给我了吧，都一年多了。""哼！"苏荣似乎对父亲提出的要求不屑一顾。赫希格跟着其木格来到打谷场。苏荣很平静地问道："赫希格，你跟我说说，我男人到底是怎么死的？"赫希格感到突然，吞吞吐吐道："当时……当时……"似乎在回忆许多年前发生过的事情一般。苏荣突然愤怒道："是你开枪打死他的，对不？"父亲也帮着苏荣呵斥道："快说！"赫希格说："当时他被炮弹炸下马，肠子都出来了。"父亲压低声音问："真的是你开枪打死他的？"赫希格点了点头。苏荣放下背后的孩子，扑向赫希格，并歇斯底里地喊叫："还我男人！还我男人！"其木格抱住一屁股坐在地上哭泣的孩子。赫希格让苏荣殴打一番之后，突然抓住她双手，把她扔向谷草堆上说："住嘴吧。是他求我开枪的，要不他更痛苦。"苏荣从谷草堆上下来，变得情绪缓和，从其木格手里把哭泣的孩子接过，抱在怀里，低着头小跑离去。父亲看着苏荣背影嘟囔道："赫希格，你呀你，什么时候能让我省心。"赫希格说："这事能怨我吗？当时……"父亲愈来气："还顶嘴！"然后，停顿一下，竭尽全力控制自己的暴躁情绪，声音逐渐变温和道："苏荣这女人不是好惹的，以后躲着点儿她就是。"

　　自从赫希格为保护波尔玛与额尔德尼搏斗的那天中午，嫂子哭哭啼啼地跑回娘家，再也不肯回来了。母亲为了打探儿媳的情况，派我前去。因为本人毕竟是个出家人，对任何事情都不会偏向走极端。我到嫂子娘家时，她本来有说有笑，看了我就变样，开始揉搓眼睛。亲家母萨玛嘎安慰女儿说："所有男人在年轻时候都会折腾那么两下子，是你自己看中赫希格，可不是我们强迫的。"嫂子说："妈，我可怎么办啊。"说着号啕大哭。那莫斯莱老爷子拄着拐棍走到母女二人身边说："把赫希格给我叫来，让他尝尝拐棍滋味。我要让他屁股皮开肉绽。"宝力德也过来凑热闹说："爷爷，是叫赫希格来呢还是他父亲陶高？""你闭嘴。"亲家母萨玛嘎呵斥宝力德。那莫斯莱老爷子却把宝力德的话当真，说："叫陶高也行，我照样揍扁他。"宝力德嬉皮笑脸地说："爷爷，要不您把教训他们的话全部都告诉我，我替您去他们家把那父子二人修理得服服帖帖，您看如何？"亲家母对宝力德的多嘴无计可施，哄他道："宝力德，你出去饮牲口吧，一个知书达礼的人却没规矩。"可是宝力德似乎舍不得离开这屋子，依然没皮没脸地咧嘴笑着。所谓说宝力德知书达礼，是指他和特木勒，还有赫希格在高力板上私塾的事情。其中特木勒的学习时间最长，是三年，其次是宝力德学习了一年半，赫希格学习时间最短，还不足一年。父亲说，砸锅卖铁也得让家里拥有一个会数数认字人，所以，他咬牙把家里积蓄掏出来，让赫希格去一百多里远的高力板镇上学。除了赫希格之外，我们家就没有谁有读私塾经历。轮到满都呼读私塾时，父亲没同意。理由是：连赫希格都没学出一二三来，你满都呼就消停一会儿吧。其木格也曾经提出过读私塾的要求，但，父亲根本就没搭理她的无理要求。可她很鬼，自从赫希格退私塾回来后，她衣兜内藏着一个脏兮兮的小本子和木炭屑，不停地纠缠着他，竟然还学会歪歪斜斜地写字了。轮到我去私塾学习时，父亲却只字不提认字的事情。可我目前用不着计较这些，在寺里认字机会多得是。要是我愿意，并下功夫，就不仅能读蒙文，还能学会塔拉嘎查人所不熟悉的藏文呢。那莫斯莱老爷子忘掉了刚才的话题，对亲家母说："萨玛嘎，你在昨晚煮的手扒肉汤里熬点稀粥，我饿了。"

"好吧，您就稳当坐在炕上，等着吧。"亲家母说着去侍弄炉火。那莫斯莱老爷子爬上火炕，嫂子停止了哭泣摆弄着手指甲。这时，满脸堆笑的乌日图从外面进来，把黑羊羔皮帽抖搂抖搂挂在墙上的木橛子，说："听说在郑家屯的兴安陆军军官学校已经搬到王爷庙来了。"听到这消息，宝力德欢呼雀跃道："那太好了，我得去报名。"乌日图说："你先自己去试一试吧。"萨玛嘎朝乌日图瞪眼："宝力德本来就不想待在家里了，你还不断地给他出馊主意。"看得出，宝力德已经拿定主意去王爷庙了。他欲出屋时亲家母问："干什么？现在就去王爷庙？"宝力德反问道："不是啊，妈，你刚才不是说让我去饮牲口吗？"萨玛嘎说："对，对。去吧。干一些有用事情比啥都强。"宝力德蹦蹦跳跳地出屋去。乌日图看着提水桶走出院门的宝力德说："就随他去吧。"萨玛嘎说："你看看，看看。"乌日图说："我是怕他跟随不三不四的队伍连个招呼都不打就离开家呀，与其那样还不如让他去王爷庙军官学校碰碰运气，也许……"萨玛嘎叹息道："本来想养儿防老，可这倒好，儿女全都要离开了。"乌日图说："这才哪儿到哪儿啊，宝力德去王爷庙，人家还不一定接收他呢，他要是能当上满洲国军官就更好不是，时运往哪个方向倒去，我们也不怕，都有依靠。"萨玛嘎后悔道："当初不应该让他上私塾，跟着长工学学种地，踏踏实实当农民就对了。"乌日图摇头道："女人见识短浅，果然不假。要是家里真出了一个满洲国军官，还怕那些多嘴多舌者去王爷庙告发特木勒在民国当军官的事情吗？"那莫斯莱老爷子突然伸出拇指道："能当军官是个好儿郎，我看宝力德将来肯定有出息。"嫂子走过来握住那莫斯莱老爷子的手说："爷爷，我们去你那屋吧，我马上给你熬稀粥。"那莫斯莱老爷子看着我说："好，好。楚格拉你也过来，我们爷儿俩一起喝肉粥去。"

赫希格和宝力德二人，盘腿坐在河边雪地上。旁边是带绊子的马匹在啃吃枯草。宝力德嘴里嚼着从雪地上抠出来的一棵发黄的草叶笑眯眯地说："吉蜜思回到家里一个劲地哭啊，你到底对姐姐犯了什么错？"赫希格说："额尔德尼殴打波尔玛，我去拉开他们，就这么简单。"宝力德说："你不是已经抛弃波尔玛了吗？"赫希格说："算啦，就不谈这些了。""如果吉蜜思长期待在娘家，你在家里恐怕就没有消停日子喽。与其那样还不如跟我一块去王爷庙军官学校报名当学员。"宝力德终于说出心里憋着的秘密打算。"我们家还没有打完场子呢，恐怕父亲不会同意啊。"赫希格说。宝力德嗤之以鼻道："庄稼活什么时候有做得完的？明天咱们俩一块去报名吧，我早就有过这个想法，只是苦于没有好搭档。"赫希格喃喃道："所谓军官学校，大概是一些达官贵人家纨绔子弟聚集的地方吧，我不去。"说着起身，解开马腿羁绊，骑马离去。宝力德从身后喊道："明天早晨我赶着马车从你家旁边路过，你做好准备。"

傍晚时分，我们全家人正在院子里的打谷场干活。赫希格用木锨扬场，我和父亲扫场，母亲和其木格在打谷场另一边往麻袋里装粮食。突然风速变小，赫希格扬起的一锨谷子没分开就落下来，父亲拄着扫把看天空，嘴里吹着口哨祈求风刮起，可风依然没动静。父亲有些生气道："风已经停下来了，你还拿着木锨站在那儿？赶快去把那些装进袋里的粮食搬到仓房去。"赫希格把木锨放下，到母亲和其木格旁，背起一袋粮食朝仓库走去。母亲对父亲说："不要再啰唆了，赫希格心里也难受啊。"父亲依然在生气："众目睽睽之下厚着脸皮去保护波尔玛的人还会害臊难受？他要是不做那下流事情，吉蜜思能在这过新年关头回娘家吗？啊！"说完，气急败坏地跺了两下脚。赫希格提着空口袋回来。父亲对赫希格说："你现在就去你老丈人家向他们好好道歉，把吉蜜思接回来。"赫希格说："我不去，又没做什么错事跟谁道歉。"父亲似乎感到很诧异："你说什么？没做错事？"说着拿起扫把朝赫希格气汹汹地走过去。赫希格撇下手里的空口袋，往后退缩。父亲虽然逼到赫希格跟前，但没有抡起扫把打他，却说："你要是不把吉蜜思接回家，就别进这家门。"父亲拿着扫把的手在微微哆嗦。赫希格转身离去。父亲撇下扫把拿起木锹往其木格提起的袋子里装粮食。

　　赫希格没去他老丈人家，而是去了铁匠铺，跟瘸子尼玛一起躺在炕上聊天。尼玛笑道："你的麻烦是喜欢的女人太多。"赫希格说："吉蜜思回娘家我不在乎，因为我不喜欢她。我就担心波尔玛的日子不好过，想什么法子让她离开额尔德尼的魔爪呢？"尼玛说："额尔德尼秉性再差也不会打死他老婆的。依我看，你还是跟吉蜜思和好吧。"赫希格摇头道："瘸腿狼啊，你不要跟我说这些没用的。"赫希格说他是瘸腿狼，尼玛也不生气，他说："我要是能娶到吉蜜思那样的老婆，天天在她足前磕头。"说着伸手从窗台拿起落满灰尘的脏兮兮烟包，抽出一支，点上。赫希格给的这包烟到他手里已经快一年了，还没抽完。这说明尼玛的确是个不爱抽纸烟的大尾巴狼。赫希格翻过身去说："别废话，我要睡了。""睡吧，睡吧。"尼玛缓慢、拉长音调嘟囔道："有福不会享受啊。"就吹灭灯火。

　　早晨其木格挤完牛奶，把我们家大小八头牛全部从畜栏赶了出来。我拿起长把鞭子把牛群往山坡赶去时，看到赫希格正在河边柳丛中羁绊战马。河套里雾气腾腾，柳树丛挂满皑皑白霜。当我把牛群留在山坡返回时，马车已经靠近赫希格停下。"我找你好几圈了，上车一起走吧。"宝力德说。"我不去,你自己走吧。"赫希格说着看我一眼。"这是什么话……"宝力德嘟囔着下马车走过去,拽赫希格的袖子说:"昨天都说好了,今天就想变卦?来吧,上车。"赫希格再次瞅我一眼后,悄声问宝力德:"你姐姐现在怎么样?"宝力德表露出对任何事情都很有把握的气派,说:"你完全不用为她担心,她已经变回原先姑娘模样了。"说着自己先上车,用责怪的口气喊道:"快上来啊。"赫希格挠腮想了想:"我这样的人还想去王爷庙军官学校学习,这不合适。"宝力德说:"你怎么了?难道比谁矮一截?快上来啊!"赫希格踌躇片刻之后终于下定决心跳上车后板。车夫挥动鞭子,马车留一条轧过雪地的痕迹匆匆离去。

关于赫希格在兴安军官学校学习各类知识和习武的经历,只能依靠想象力来完成。因为消息来源很繁杂,加上年代过去已久,所以为了回忆那一段往事,我特意烧一炷香,朝着吞特尔峰磕了三个响头才静下心来着——

王爷庙兴安军官学校大院门外,赫希格、宝力德、马车夫并肩而立,惊奇地观望着正在走进大门的日本官员以及随从。大门两侧各站立两个演奏员正在演奏迎宾曲。日本客人进入院内之后,四名军乐队员收起乐器,没精打采地回休息室去。宝力德对赫希格说:"咱们俩直接找校长,告诉想法。听说这所学校的老师和学生全部都是蒙古人。还说他们互相之间只能用蒙古语和日本语说话。""好吧,怎么说你自己决定吧,我就像影子一样跟在你后边。"赫希格很不自然地回答。"宝力德,回去以后我对嘎查达怎么说?"马车夫问。"你就干脆告诉他,宝力德已经当上了兴安军官学校的学生。"宝力德说。车夫欲说什么,但没说出口,赶着马车绝尘而去。

赫希格和宝力德走到学校大门口,向两位岗哨用蒙古语说明来意,并拿出介绍信、良民证等证明身份的物件让他们看。两位岗哨周折一番，终于消除怀疑，善意地告诉他们：校长正在学校大会堂与全体学员一起举行小年祭祀仪式。二人离开岗哨往里走，直接来到人山人海的大会堂。会堂门外两侧也站着岗哨，可并没阻拦他们。二人顺利走进会堂后，选择后排左侧靠墙而站，开始用贪婪眼光观察周围：主席台上坐着巴德玛拉布坦校长和一些日本官员。一名日本官员正在用蒙古语讲话："……我热爱蒙古民族，所以也为他们的命运非常担忧，蒙古人可怜啊，多少年来他们被汉人、王公贵族、军阀官僚、地主豪绅和奸商巨贾压榨剥削，受尽苦难。可你们是伟大统帅成吉思汗的后代，没有任何理由逆来顺受，甘受压迫。不过自从辛亥革命以后，出现了无数次的如同五台王和嘎达梅林那样的起义，但是都以失败告终。朋友们，现在的形势已经跟以前大不一样，振兴民族、重新光大的美好时代和机会已经降临在草原上。"显然，这是祭祀仪式的结束语，学员们的鼓掌和欢呼声几乎把会堂顶盖掀开。日本官员讲完话就走下台阶与随从一起走出会堂。当巴德玛拉布坦校长宣布会议结束走下台阶时，赫希格和宝力德二人匆忙迎上前去。座位上的学员们都站起来，过道两侧形成人墙等待校长离开会堂。突然，宝力德从人墙里蹿出，跪在巴德玛拉布坦面前大声说："给巴王爷请安！"巴德玛拉布坦诧异地问："起来吧，你叫什么名字？是我们这里的学生吗？"宝力德依旧跪着说："我来自塔拉嘎查。想到您这里当学生。"巴德玛拉布坦哈腰向前一步，搀扶起宝力德问："你识字吗？"宝力德说："识字。"这时，赫希格也从人墙里挤出，站在宝力德旁边。巴德玛拉布坦注视赫希格问："那你呢？"赫希格说："我也是塔拉嘎查的，只懂点蒙古字。"巴德玛拉布坦对身边一名随从交代道："把他们二人登记在新学员名册里，补充到缺少人员的连队。"说完，校长一行顺着人墙走廊缓缓走过去，学员们也开始陆续往外走。那位得到校长指令的随从和赫希格、宝力德在会堂内留了下来。

已经穿上军装的赫希格、宝力德在兴安军校院里并肩走着。宝力德说："我们俩再去见一见巴德玛拉布坦校长吧。"赫希格发憷："还是算了吧，人家那么大的官员哪儿还有时间反复见我们。"宝力德说："一回生两回熟嘛，去试一试吧。"赫希格还是迟疑："不会把我们撵出屋吧？"宝力德说："不会的，你就放心跟我来。"二人互相鼓励着对方走进巴德玛拉布坦校长办公室时，校长正在伏案翻阅资料。二人来到校长桌前敬礼。巴德玛拉布坦把资料放一边问："哦，你叫宝力德，对吧？"宝力德立正敬礼道："是的，校长。"巴德玛拉布坦继续问："找到宿舍和教室了？""已经找到了，我们俩一起被分配到第七连。"宝力德字正腔圆地回答。巴德玛拉布坦点头道："那就好，要好好努力啊，知识是没有国界的，我说的话你们能理解吗？"宝力德说："能理解，校长。""愿意学日语吗？"巴德玛拉布坦问。"愿意。"宝力德回答。巴德玛拉布坦瞅着赫希格问："那你呢？"赫希格吞吞吐吐地说："我也愿意，可是……"巴德玛拉布坦微笑道："可是什么？"宝力德替赫希格回答说："可是就怕学不好。"巴德玛拉布坦说："我们蒙古人有着比世界上任何一个民族不差分毫的语言天赋，年轻人千万不要灰心。"赫希格、宝力德同时说："是，校长。"巴德玛拉布坦校长示意让他二人坐下，然后饶有兴味地讲起自己在满洲国的奇特军旅生涯——

长春市关东军指挥所一间屋内，退伍军人中村震太郎与松本将军谈论如何笼络蒙古族上层人士的问题时，中村震太郎说："扎莱特旗巴德玛拉布坦王爷领着手下一帮人来到长春了，他在哲里木集会十旗中声望很高，要想把东蒙高层人物聚拢到大日本帝国旗下的话，巴王爷绝对不能缺位。"松本立刻下指示道："那就让我们尽快见面，你去安排安排。"此刻，巴德玛拉布坦和他手下二十余人骑着马在长春大街上走，突然被中村震太郎所坐的三轮摩托车截住去路。中村震太郎向巴德玛拉布坦王爷敬礼道："关东军指挥所的松本长官与王爷有要事商议，恳请王爷前去。"巴德玛拉布坦环视自己手下，然后下马，靠近中村震太郎，解释说："鄙人现在正要赶往回家的路呢，下次来长春定会去关东军指挥所拜望尊敬的松本将军。"中村震太郎再次敬礼道："不会耽误太多赶路时间的，王爷您还是跟我去一趟吧。"巴德玛拉布坦想了想，没理由继续推辞，于是点头表示同意，骑上马独自一人随着三轮摩托来到关东军指挥所。当巴德玛拉布坦和中村震太郎进来时，松本将军办公室里多了一个蒙古人迎接他们。松本指着那位蒙古人说："巴王爷您认识这位吗？"巴德玛拉布坦瞅着那位陌生面孔摇了摇头。松本说："这位是丑年叛乱时期，从蒙古人里出现的杰出军事天才巴布扎布将军的儿子，叫甘珠扎布，你们认识一下吧。"巴德玛拉布坦和甘珠扎布，以蒙古式触肘礼仪，互相表示真诚。众人让座后，松本笑道："巴王爷您认同我们日本人和你们蒙古人是一个血统这说法吗？"巴德玛拉布坦想了想点头道："认同。"松本说："那我就没必要耽误您回家的路程而向您道歉了，因为我们都是一家人嘛。"巴德玛拉布坦说："不用客气。"松本突然站立道："我代表关东军指挥所宣布——"听到这话，除了巴德玛拉布坦之外办公室内其余六人不约而同，全部站立起来。松本满意地向大家点了点头说道："我代表关东军指挥部宣布，巴德玛拉布坦王爷荣升为兴安南省警备军司令，并授予少将军衔。"众人满脸堆笑，在鼓掌。巴德玛拉布坦似乎感到意外，不大情愿地从座位缓缓站起向松本表示接受任命。中村震太郎像是诗人一样欢欣鼓舞道："蒙古人的天空又多了一只雄鹰。"甘珠扎布说："是啊，日蒙亲善协作步入轨道近在眼前啦。"巴德玛拉布坦有些受宠若惊，对于眼前发生的一切似信非信，但又不得不信。他吞吞吐吐地说："我先回家把旗政权交给别人，然后回来赴任。"

巴德玛拉布坦一行离开长春市繁华街道，来到一座山坡停下。山峰沟壑松柏遍布，气候宜人。可是巴德玛拉布坦满脸疑惑，心情沉闷，眺望远处城市雾霭。随从问："王爷身体不舒服吗？"巴德玛拉布坦摇头道："身体还好，就是心里有些闷得慌。"随从说："那我们在这儿休息一会儿吧。"巴德玛拉布坦说："不用。"就领头催马下山坡，快速前往自己的王爷府而去……

巴德玛拉布坦校长回忆到这儿紧闭双眼似乎心事重重，女用人端来茶水放桌上。巴德玛拉布坦睁开眼看着赫希格和宝力德摇头道："真累啊，看别人眼色行事比什么都累。"校长助理手里拿着一份文件走进来关切道："校长您脸色不大好，既然松本长官已经回长春了，您可以在这里自由自在好好休养几天。"巴德玛拉布坦慵懒地问助理："你手里拿的是什么资料？"助理回报道："甘珠扎布为司令的蒙古独立军遇到国民党开垦部队袭击，受到重创已经四处逃逸。"说着把文件递到巴德玛拉布坦手里。巴德玛拉布坦皱了皱眉头若有所思地对助理说："对于那个所谓蒙古独立军的来历，你我比谁都清楚，都是些只会扰乱地方治安的乌合之众，企图用他们来完成蒙古统一大业纯粹是荒唐之极。"说着看都没看就把文件放下，道："我当扎莱特旗王爷时期就开始镇压过他们不止一次，现在依然讨厌那些地方土匪。"助理说："可惜日本关东军方面不会让我们蒙古人在一个稳定职位上长时间待下去。接受兴安南省警备军司令职务还不到一年就又让您兼管兴安军校了。"巴德玛拉布坦微笑道："兼管兴安军校职位是我自愿请求的，怨不得日本人，依我看，蒙古人要想建立真正自己的军队就一定要依靠兴安军校。在众多蒙古族青年人中没有一部分有知识、有远见并接受过严密训练的军官是不行的，只有有了这样的好军官，蒙古人才有希望。"助理看了看对谈话内容似懂非懂而发傻的赫希格和宝力德，下逐客令道："你们俩回教室学习去吧，校长累了。"

赫希格偷偷跟着宝力德去王爷庙军官学校的经过是我在家里说出去的。父亲听了，气得一整天没吃饭，不是骂宝力德就是骂波尔玛，似乎没有这二人挑唆赫希格不会堕落到如此肆意妄为而践踏自己的地步。父亲饿一整天，火气更大了，气汹汹地攥着带绊马跑在河边柳丛中时，还遇到了腋下夹着一捆柳条迎面走过来的乌日图。父亲见了亲家，嘟囔道："该死的畜生，带着羁绊还想逃脱。"乌日图满脸堆笑，把柳条捆放下说："牲口随主人秉性啊，来亲家，一起吸烟歇息。"这时，带绊马蹦蹦跳跳地逃远，父亲依旧气汹汹的样子来到乌日图跟前站直了腰质问道："宝力德去兴安军校时把赫希格给带走了，你知道吗？"乌日图装作没发觉他亲家正在生气，从怀里掏出鼻烟壶很和气地说："他二人现在已经都是兴安军官学校学生了，这是我们两家祖宗八辈修来的福啊。""呸！连庄稼活儿都干不利索还想当军官，我想去一趟王爷庙把赫希格的皮给剥了，可始终没机会，太忙了。"父亲说着果断拒绝了与对方互递鼻烟壶。"别那样啊，亲家。好好想一想，我们屁大的塔拉嘎查一下子出两个军官，这容易吗？你为什么有事没事老是生气呢？"乌日图问。"遇到麻烦的不是你家，替我想想看，儿子和儿媳各在一处，亲家你把嫁出去的姑娘拦在娘家弄得我在嘎查里抬不起头。"父亲说。"抬不起头那是你们自己的事，跟我无关。"乌日图说。"哼，放屁还他妈有味儿呢。"父亲说完脏话，抢起手中笼头朝远处马匹跑去。

波尔玛在自家院子里掰玉米棒子时，带着羁绊的马从大门缝隙钻了进来。就在波尔玛即将起身驱逐马时，手握笼头的父亲满脸怒色地跟进来。父亲走向马的同时骂道："没出息的畜生，为什么一定要钻进没脸没皮的肮脏下贱地方。""大叔，你这是骂谁呀？"波尔玛脸色煞白地问。"骂的就是你。引诱有家有老婆的男人，不让人过安生日子，遭骂你活该。"父亲说。波尔玛从玉米棒子堆里操起木棒冲了过去。"你要干什么？是不是还缺少戕害人命的勾当？"父亲边说边往后退缩，拎着笼头退出院外，马匹却留在院内。波尔玛气急败坏骂道："我是和赫希格男盗女娼，亲嘴、拥抱什么事都做了，做坏事的嘴和手长在我身上，怎么使用自己东西还用问你这个邋邋遢遢的老东西？你要是再敢进来，我就打断你的狗腿。"父亲听了波尔玛的歪理，感到无言以对，摇晃着脑袋悻悻离去。当其木格帮着母亲在外间烟熏火燎起火做饭时，父亲走进来气呼呼地将手中笼头扔在了地上。母亲问他，又出了什么事情？父亲嘴里喃喃道："母狗，淫荡母狗。""谁呀？"母亲问。"其木格，你去从额尔德尼家院子里把马赶过来。"父亲说。"你与其拿着笼头闲荡，还不如……"母亲把话说到一半。"我可不愿意踏进那没皮没脸的人家院子里，其木格，赶紧的。"父亲喊。没等其木格动弹，我就自觉从里屋蹑手蹑脚地出来，在外屋地上摸索着抓起父亲扔下的笼头，穿过烟雾跑了出去。当我左右观察着马匹踪影，推开额尔德尼家院门时，波尔玛从棒子堆旁边起身，掸了掸衣襟上的灰尘，来到我跟前疑神疑鬼地问："楚格拉，你们家里到底发生了什么事情？"我说："大哥赫希格逃跑了。"波尔玛问："啥？"我朝着啃食玉米秸秆的马匹走过去时，故意大声说："他没经父亲同意就去王爷庙军官学校当学生了。"波尔玛这才释然道："哦，原来如此。"接着，她背过身子，嘴里嘟哝道："怪不得老家伙那么生气。"我故意装作没听见，把波尔玛的坏话当耳旁风，给马匹套上笼头就从她家院子牵了出来。

过了小年，波尔玛为了磨米，天亮前来到了碾房。她把洋油灯点着后发现碾砣已经被一面簸箕覆盖了。波尔玛自言自语道："在放簸箕的人没来之前应该能来得及磨好半袋小米。"她将簸箕取下，套上自己的马。天亮了。被遮掩住眼睛的马正在围着碾盘转。波尔玛吹灭了油灯继续忙碌着。当油灯刺鼻的味道还没来得及从碾房散去，母亲、我和其木格来到碾房外。母亲走进碾房就说："波尔玛，你怎么这么不懂规矩，你没看见我早已把簸箕扣在了碾砣上？"波尔玛说："知道，知道。婶子，我马上就磨完啦。"说着还继续干她的活儿。母亲说："谁是你婶子，丢人败兴没脸没皮。"波尔玛说："你为什么侮辱人？原本是打算磨完了这半袋米就把马卸下来的，因为你骂人，我就非得继续了。"母亲拦住了波尔玛的马。波尔玛说："躲开。"母亲说："就不躲。"两个女人开始对峙较量。我不知所措地望着眼前发生的一切，其木格却从碾房跑了出去。不一会儿父亲披着破棉袄奔进碾房。这时，母亲和波尔玛已然变成了糟糠之人啦。父亲看了，也跟我一样手足无措地揉着双手伫立原地。房门前已经聚集了许多人，额尔德尼推开人群走了进来后也跟父亲一样不知所措发呆。两个女人还在撕扯，互薅头发。父亲突然醒悟过来似的说："额尔德尼，你快点儿动手啊，把你那疯老婆拉住。"额尔德尼却笑道："你早就来了不把她们拉开，你念的什么歪经？我老婆还年轻，不会有事的，能扛得住。""不说人话的混账东西。"父亲咬牙切齿地说着挥拳扑向额尔德尼，碾房立刻成了两对夫妻男对男、女对女的搏斗场所。碾房外突然一声枪响，碾房门前聚集的人群在喧嚣声中纷纷闪开。人群分开处，出现了手握枪械的阿穆尔舅舅的身影。碾房内纠缠在一起的两对夫妻也分开了。阿穆尔舅舅对眼前情形似乎很失望，他感叹道："哎，你们这些人啊，死到临头的鸡还有工夫叨别人屁股，真是的，我还以为出了什么大事呢。"说完收起枪捂着嘴转身从灰尘里逃了出去。决斗结果是：两家人各自鸣金收兵回家，谁也没用碾房。

眼看新年就要来了，我们全家人的心愿是，让嫂子回来一起过年。父亲说，除了母亲谁去请都不合适。这样，母亲领着我来到乌日图家杂货店。正在店内整理货物的乌日图看了母亲故意惊叹："哎呀，是亲家母来了。"说着用纸包了一包冰糖递给我，我推辞着。乌日图说："拿去，拿去，怎么这样客气。你呀，昨天我去王爷庙上货，见到了赫希格和宝力德啦，他们都挺好的，日本人看中了宝力德，人家抬举他，还说也许要让他去大海那边的日本国呢。"他手里的纸包冰糖还在我面前晃悠，我实在忍受不了诱惑，伸手接过纸包冰糖。母亲说："不会是把我们家赫希格也带到大海那边吧？"乌日图显得高深莫测，缓缓摇头道："哪里，哪里。那可不是什么人都可以想去就去的地方啊。"母亲说："那就好，我们家人现在可是四面八方各走各的，没法子聚拢到一起啦。"乌日图说："亲家母，别总是怨天尤人的，其实说实话，我可是一天都不愿意让吉蜜思住在自己家里。哪里有父母眼看着嫁出去的女儿跟亲家生离死别的道理。哭哭啼啼地奔着娘家来了，怎么能放任不管呀。"这时，嫂子挎着小包裹走进杂货店说："妈，咱们回去吧。"母亲喜出望外，刚要回头看时，那莫斯莱老爷子拄着拐棍走过来堵住门口说："吉蜜思不能走，眼见三九已过，快到四九啦，她要给我缝靴套。"母亲开始愣住，听了老爷子的话又笑了说："我回去今天下午就给您缝靴套，让楚格拉送过来。""楠杰，你别诓骗我。""不会的，您放心。""真的吗？那就可以把吉蜜思带走。"那莫斯莱老爷子说。

第六章
不去日本国

我是按照总管师父的吩咐,正月初五那天回到寺里的。可经师却说我恋家不适宜当小活佛的陪读,就让我打杂役,有时给总管跑跑腿,有时给扎木苏和他的日本师父鞍前马后当侍从。这对我来说不算惩罚,反而觉得是个不错的差事。当跑腿可以在田野上无拘无束地奔跑,当侍从可以去王爷庙。去王爷庙,不仅能与穿满洲国军装的赫希格和宝力德见面,还能亲耳听到军官学校课堂上日本老师给学生上历史课呢。精通蒙古语的那位中年日本老师讲:"实际上所谓苏联就是俄罗斯,他们的军队战斗力不强,使用的都是陈旧笨重武器,而且俄罗斯是个特别落后的民族,将来我们一定会征服俄罗斯,将其赤色党消灭干净……只有日满同心同德才有大东亚共荣,日本和满洲国都是同样王道乐土,是最强盛的两个大国……"满洲国皇帝溥仪亲自来视察王爷庙军官学校那次,我就牵马跟随扎木苏和他的日本师父,掺杂在围观人群里站来着。全校师生们穿戴新制服、鞋、帽、白色手套,在校门外列队迎接满洲国皇帝。没想到王爷庙有那么多人,人头攒动,欢呼声震耳欲聋。皇帝溥仪检阅完仪仗队后,在巴德玛拉布坦校长等主要领导陪同下,来到军官学校后面山丘上视察学生们的军事演练。那次我真的开了一次眼界。我还去过洮儿河岸边,观赏过兴安军校学生和教官在休息日,一起练习游泳。宝力德边脱衣，边说："像个野鸭似的自由自在游泳，顺便还锻炼了身体，军校简直是个人间天堂。"赫希格却说："我从小就惧水，在岸边等你们吧。"宝力德说："下水一起锻炼吧，随时随地都跟着教官，会学到许多意想不到的东西呢。"这时，教官把衣服脱光喊："都跟我来，今天非得一口气把洮儿河来回横渡三次不可。"教官指着赫希格问："你?"宝力德急忙替赫希格回答："他感冒了，身体不太舒服。"教官骂道："那你来这儿干什么? 混蛋，滚!"兴安军校剑术训练室内，十来对学生正在教官指导下练习剑术。他们都身穿防护服，头戴防护帽、厚手套等用具。赫希格和宝力德被分到一组开始练习。当宝力德朝赫希格刺剑时用日语喊："肚!"赫希格还击时用蒙古语喊："头!"教官走过来制止赫希格、宝力德二人的练习。教官问赫希格："你刚才喊什么?"赫希格依然用蒙古语说："头。"教官恶狠狠地打了赫希格两耳光，说："你把头字用日语一口气说一百遍。"赫希格开始用日语说："头，头……"赫希格旁边，教官跟宝力德开始练习剑术。黄昏时刻雨雪交加，教练场上日本教官目不转睛地注视着眼前特意从各连挑选出来的训练成绩很差的次等学员阵列。教官讲："武器是军人第二个生命。"学员们立刻脱下衣服，包裹枪支。赫希格像是什么也没听见，挺身站着。教官走到赫希格前面抽打他的脸。忍无可忍的赫希格这次还手了，就这样，两个人互相抽打着彼此的嘴巴。当教官欲抽出战刀时，赫希格猛扑过去将他摔倒在地，朝他腰部狠狠地踹两脚，然后迅速消失在黑暗里。躺倒在泥泞地上的日本教官的詈骂声，久久地回荡着。以上这些有关赫希格的事情是他逃离兴安军校以后宝力德亲口对我讲的。他还加油添醋地讲述了赫希格逃离王爷庙军官学校那天晚上的情景——

　　赫希格出事当晚，在兴安军官学校校长休息室内，巴德玛拉布坦招集心腹参事以及宝力德等几名优秀青年学员，对他们掏心窝子说："甘珠扎布等人想建立蒙古独立军未免操之过急。让强盗匪徒充当军队主力，无论怎么想都不是个正确恰当的办法。无论如何要在蒙古人中先培养一批具备高等学历的骨干力量，这是我一贯的想法。可是事情总是难以两全其美，这很让我揪心。"参事顺水推舟说："以往您将自己扎莱特王爷府都变成了学校，所建数所高、中、低等学校为蒙古族优秀人才灌输智慧和学识，就是目前这所军官学校也必定在不远的未来培养出众多优秀军事人才。"巴德玛拉布坦悔恨道："遗憾的是，兴安军校却不是我们蒙古人自己建立的学校。"这时，门突然被推开，浑身上下泥泞一片的日本教官走了进来，用日语大声说："一名叫赫希格的学生叛逃了，请校长你立刻派人把他抓回来。"巴德玛拉布坦也用日语问："哪个连队的？"教官说："第七连。"巴德玛拉布坦说："知道了，你先回去盥洗一下等候。""我要活剥了那个赫希格的皮！"教官咬牙切齿。"好吧，来人。"巴德玛拉布坦喊。副官进来敬礼时，日本教官气汹汹地跟副官擦肩而过，跺着脚走了出去。巴德玛拉布坦说："命令第七连全体集合。"副官说："是。"巴德玛拉布坦语气突然变缓和道："看来那个叫赫希格的学生惹事了。"参事说："既然他已经逃进了黑暗里，到哪儿去找他呀？"巴德玛拉布坦说："即使不是真去追踪，至少要摆出个架势，若不然那家伙恐怕火气难消。"说完，他系上腰带，悬挂军刀。外面还在下着雨夹雪。几分钟后，在校长注视下，宝力德等几十名武装学员每人手里拿着手电筒从军校院门往外列队跑出。赫希格躲在一处沟壑边灌木丛里，学员伙伴们正在周围寻觅他的踪迹。他屏息倾听冰雪地上踩踏落叶、枯草的沙沙脚步声。学员们在离他不远处晃动光亮片刻后，互相喊话走了过去。赫希格匆忙跑开沟壑灌木丛，在黑暗中再次消失。学员们装模作样地寻找大半宿，空手而归。据宝力德讲，赫希格在满洲国王爷庙军官学校的学员生涯从此结束，学习时间只有一年零十个月。

　　浑身湿透的赫希格来到瘸子尼玛家铁匠铺门口，用拳头开始敲打门板。尼玛的声音从屋内传出："真该死，都这么晚了，谁啊？""快开门，是赫希格。"屋内亮起灯火，门被打开，赫希格进去就脱掉湿衣裳，披上尼玛的山羊皮袄上炕盘腿而坐。尼玛掏炉灰，准备点火。赫希格说："惹得事情有些大了，我把王爷庙军校日本教官给狠狠揍了一顿，在这儿不能待到天亮，衣服干了就得走。"尼玛不以为意地微笑着说："揍他就对了，你咋不把他杀了呢。挨揍活该，东洋鬼子。"赫希格说："额尔德尼在不在家？你随便编个理由去他家看一下回来。"尼玛笑嘻嘻地问："你都到这份儿上了，还想干什么？"赫希格说："我想跟波尔玛见个面再离开这里，也许她会跟着我走。"尼玛说："那这事岂不是变得更糟糕吗，吉蜜思怎么办？"赫希格叹息道："不知道啊，以后再说吧，你给不给我跑腿？"尼玛说："那你起誓今生今世不抛弃吉蜜思。"赫希格说："我答应你，快去吧。"尼玛这才整理穿着出屋。瘸子尼玛来到波尔玛家时，额尔德尼从被窝里不怀好意地看着他。波尔玛把开门时披着的棉袄穿上。尼玛踌躇片刻后，对额尔德尼说："我家炕塌了，不停地冒烟。想借泥板收拾一下，半夜来打扰真是不好意思。"额尔德尼表示厌恶并生气，伸出脖子往地上吐口唾沫，然后缩回被窝。波尔玛说："没关系，泥板在仓房里呢。"说着拿起灯檠领着尼玛出屋。波尔玛从仓房拿出泥板交给尼玛。尼玛趁机悄悄说："我不是真来拿泥板的，赫希格从王爷庙逃回来了，天亮前肯定来找你。"波尔玛拿泥板的手开始颤抖。她压低声音道："你就告诉他，早晨倒炉灰时在外面等着。"瘸子尼玛回到铁匠铺，把看到的情形向赫希格叙述一遍。赫希格问："依你看，波尔玛会不会跟我走？"尼玛说："她最好是不跟你走，吉蜜思太可怜了。"赫希格往窗外看一眼说："天快要蒙蒙亮了，我该走了。"尼玛说："依我看，你最好还是一个人逃离，时局变好就再回来呗。"赫希格说："这事就不麻烦你教了，我自有分寸。"当波尔玛撒完炉灰手里提着灰桶，绕过柴堆往回走时，赫希格挡住了她去路。赫希格低声招呼道："波尔玛！"波尔玛似乎已经心里有底，她问："到底发生了什么事情？"赫希格说："我已经无法在王爷庙附近立足，现在也没有工夫跟你细说。你能跟我一起走吗？"波尔玛犹豫着。赫希格说："那我一个人走了。"说完欲转身，这时，波尔玛突然冲上前来搂住他后腰。赫希格立刻木然呆立。波尔玛呼吸变急促道："你在西边洼地等着，我很快就赶来。"说着扔掉灰桶，朝房子跑去。波尔玛走进屋内时，躺在被窝内的额尔德尼蜷缩起身体厉声喊道："关上门，冻死啦。"波尔玛顺从地把门关上，轻轻走过去打开箱子翻找东西。额尔德尼用被子裹住了脑袋，睡回笼觉。波尔玛蹑手蹑脚地挪动，腋窝夹着包裹走出门外之后，轻手轻脚地用粗大木棍将门板从外面顶死。赫希格穿着从尼玛家拿的旧山羊皮袄，蹲在嘎查西侧洼地边榆树丛里时，波尔玛气喘吁吁地跑了过来。二人拥抱，仓促亲热一番后波尔玛说："走吧。"赫希格说："走。"秋末的天气刮起了暴风雪，划开白雪覆盖依稀可见的田垄，赫希格和波尔玛互相依偎搀扶着渐渐离塔拉嘎查而去。

　　额尔德尼睡醒回笼觉，掀开被子坐了起来喊："波尔玛——"屋子里悄无声息。额尔德尼侧耳倾听着自言自语道："这个母狗疯到哪儿去啦？"他下炕，一边系着裤带一边往外走。外屋门无法打开。他从门缝里看时，门板已经被木棍顶死了。额尔德尼发疯般将把门板连同门轴扒起。他跳进里屋观察着被翻得乱七八糟的箱子。他取下挂在墙上的快枪，子弹上膛。额尔德尼再次跑出屋外，观望着风雪弥漫的大道，跺着脚朝天放了一枪。这时，两名满洲国警察来到他跟前问："赫希格家在哪儿？"额尔德尼反问道："你们找他做什么？
他是不是杀人了？"警察说："差不多吧，昨晚他从兴安军校逃跑了，
我们正在搜捕。"额尔德尼定神，转动眼球，突然想到什么似的对警
察说："你们跟我来。"当我全家人正在炕上围坐着大笆笼剥玉米时，
额尔德尼面色阴沉地领着两名警察走进来说："我的老婆不见啦。"
父亲说："你老婆不见了跟我们说什么。"额尔德尼说："肯定是你们
家赫希格把她拐跑了。"嫂子听了此话，浑身颤抖一下，套在右手的
剥玉米铁器和左手拿着的玉米棒子，同时掉落在笆笼里。父亲暴跳
如雷道："额尔德尼，你这个随口胡说八道的癞蛤蟆，立刻从我屋子
滚出去！"母亲看着那两名感到云里雾里的警察，匆忙解释说："我
儿子赫希格在王爷庙学校当学生呢。"两名警察这才恍然大悟道：
"我们找的就是你儿子赫希格，搜！"警察开始搜查屋内屋外旮旯胡
同。父亲跟在警察屁股后面不断地询问："你们这是干什么？到底出
啥事了？"警察不耐烦地回答道："赫希格殴打了军官学校日本教官，
趁着黑夜逃跑啦。"嫂子张开嘴巴发愣，其木格开始哭泣，母亲对着
佛龛嘴里念念有词地祈祷。额尔德尼再次跟父亲说："赫希格肯定是
把波尔玛给带走啦。"警察问："谁是波尔玛？"额尔德尼说："波尔
玛是我老婆。"警察似乎明白了额尔德尼自告奋勇领他们找犯人的缘
由，对我家人说："如果你们藏匿赫希格不报告的话，肯定没有好下
场。"额尔德尼和警察搜查完屋子，鱼贯而出后，嫂子突然声嘶力竭
地惨叫一声就昏倒在炕上。赫希格拐跑波尔玛的那天下午，嫂子独
自来到嘎查西侧洼地边一棵独立榆树下，长时间正襟危坐。天边被
晚霞燃烧得一派通红。太阳终于沉落，黄昏降临，四野开始暗淡下
来。她突然揭开袍襟取出了马笼头。黄叶未落尽的榆树在风中呼啸
着。她的脑海里肯定隐约出现了赫希格和波尔玛二人相互搀扶着在
暴风雪中迎风而逝的景象。嫂子自言自语："老榆树啊，我已经没有

办法继续活下去了。如果尸体玷污你，那就请树神饶恕罪过吧！”说罢，她为了将绳索悬挂在树上，朝上攀爬。四周已经是漆黑一片。勉强看得见距离地面一米高处时，她的右脚绣花鞋子滑落。然后是鞋子的主人坠落在树根下。黑暗中从老榆树下短暂传出嫂子呻吟的不和谐音调，接着周围一切渐渐陷入自然岑寂状态里。

嫂子到底回没回娘家呢？按惯例每次赫希格惹出事端，嫂子肯定跑回娘家待几天，甚至十天半月的。可是这次却跟以往不同，赫希格不仅惹怒日本人，还拐走了有夫之妇。母亲觉得有愧于嫂子，必须要向她娘家人赔个不是才能安心。当母亲领着其木格去嫂子娘家时，乌日图正在炕席上摆纸牌打发时间，亲家母因为肩部风湿歪倒在热炕上直哼哼。母亲进屋就问：“吉蜜思没回来吗？”乌日图说：“她没来，过来坐亲家母。”母亲依然站着，忐忑不安地嘟囔道：“吉蜜思太阳落山时候出去的，到现在还没回来。这孩子到底去哪儿了呢。”萨玛嘎起身说：“也许去好姐妹家玩呢。”其木格插嘴道：“嫂子去别人家时候总是带着我，可是这次却一个人走的。”乌日图很不以然：“你们大惊小怪，她还能去哪儿。”说着继续琢磨牌，并说：“兴许她已经回了家等着你们呢。”母亲：“但愿如此吧。”说完带着其木格回家。半夜，父亲突然醒来后点着灯推醒母亲说：“吉蜜思回来没，你去她屋子里看看。”母亲出去之后立刻回来了：“咳，老头子。赶紧起来穿衣服，坏事了，吉蜜思到现在还没回来。”父亲和母亲悄无声息地穿上衣服出去，开始挨家挨户寻找儿媳。到三更时，乌日图和亲家母也来加入寻找队伍。嘎查找遍了，没发现踪影。诺尔布的母亲提供线索说，傍晚时分，她赶回牲口时注意到有个黑影影影绰绰地在独树附近徘徊来着。寻找队伍立刻向野外出发。寒风呼号，像野兽在吼叫。寻找队伍终于在嘎查西侧洼地边独树下惊奇地找到，躺卧在跌倒的地方昏迷不醒的嫂子。

　　在房屋阳面处铺在地上的牛犊皮上，嫂子和那莫斯莱老爷子面对面抄手坐着。依墙而坐的嫂子，右脚已经被白色布条裹得严严实实。过了一会儿，那莫斯莱老爷子从怀里掏出暗红色玛瑙鼻烟壶，用壶盖内的小细匙，舀取烟粉在左手大拇指指甲盖上小心翼翼地放置，然后把带烟粉的指甲盖哆哆嗦嗦地举到鼻子下面，迅速把烟粉吸进左右鼻孔，连续打了三个响亮喷嚏，说："前年我不是告诉过你不要再走吗？你丈母娘楠杰为了把你骗回去，答应说给我缝制皮靴套，结果说话不算数，现在倒是把你给送回来了，可是你的脚已经崴啦，左手两根手指头也冻坏啦，陶高一家可真不是东西。"嫂子说："爷爷，我的手脚好了以后，就给您缝靴套。您就不要再对所有人诉苦啦。"那莫斯莱老爷子用袖子擦掉打喷嚏时溢出的眼泪，继续说："要是等你手上的冻伤好了，我到了明年春天都穿不上靴套啊。过了春季到了夏天用靴套做什么。"嫂子说："明年还可以穿嘛。"那莫斯莱老爷子悲愤交加道："能不能活到明年，谁能知道。"说着把鼻烟壶揣进怀里，拿起拐杖，捅墙皮。嫂子说："您会长命百岁的。"那莫斯莱老爷子感慨道："哎，没有靴套过冬，长命百岁又有什么用。"说着起身离去。嫂子闭上眼睛朝阳坐着，两行眼泪不禁顺着脸颊流淌下来。

　　我第一次逃离寺宇是因为日本和尚要挑选几名沙弥，带去日本学习佛教知识而引起的。葛根庙的沙弥有几十个，可偏偏日本和尚看中的七个人里头就有我。扎木苏招集我们七个人要自愿去日本国的承诺，谁不答应，他就殴打谁。其他六个人被迫答应以后，扎木苏腾出手来专心对付我一个，随时随地不是拳脚相加就是用马鞭抽打。自从赫希格在王爷庙军官学校出事以后，我对日本人和日本国有了莫名的恐惧，再加上恶棍扎木苏，葛根庙是待不下去了。我是利用早晨去泉边挑水的机会逃跑的。

当父亲拎着洋油瓶，从杂货店回到家门口时，我也刚好来到院门外，还没来得及进屋子呢。父亲就问："为什么回来了？向师父请假了吗？"我不安地盯住靴尖，默默掉眼泪。父亲督促道："说话呀，哑巴啦？"这时，母亲从屋里跑了出来搂住我，并摸着我的光头对父亲说："干什么哼哼哈哈的，别吓着儿子。"我转身抱住母亲号啕大哭。父亲和母亲面面相觑莫名其妙。父亲缓和口吻问道："究竟发生了什么事情？""扎木苏师父总是打我。"我说着哭得越发厉害。父亲问："扎木苏为什么无缘无故打人？是你惹事了吗？"我说："我没惹事……他说只要我不发誓去日本，就每天用马鞭抽我。"母亲说："让妈看看打的伤。"我脱下裤子让母亲看屁股上的伤痕。在被马鞭新近抽过的地方已经红肿起来。母亲抚摸伤口周边，心疼道："这个住在寺里的人可真要打死人啦。"父亲说："他要是再打你，你就发誓去日本。"我说："我怕……"继续哽咽着。父亲说："有什么可怕的，不怕。你宝力德哥哥也在日本，扎木苏如果再打你，就说去。"于是我停止了哭泣。父亲感到满意地说："好啦，现在没事了，进屋吃饭，然后回寺吧，要不然你师父会寻找你。"我不情愿地被母亲牵着手走进屋里。父亲跟在后边说："俗话说狗和孩子不能过分宠着。人又不是纸做的，鞭子抽能抽坏了吗，也许这样会更出息呢。"

我吃一碗酸奶和加少许奶油搅和的炒米就在父亲敦促下匆忙离开了家。路过寡妇苏荣家门前时，她拦住我去路问："哟，小伙子你要去哪儿啊？葛根庙不是在东边吗？怎么往西走啊？"我说："你管不着。"苏荣说："哟，看你样子好像哭过，为什么呀？"我说："不为什么，我愿意哭就哭。"苏荣悻悻道："呀哈，还挺容易生气呢，姐姐看看你耳垂，有没有佛相。"边说边伸手拧住我耳朵细察耳廓并嘴里嘟嘟哝哝地揣摩端倪。出家前有一天中午，我为了捉家雀连续偷偷闯入好几家院子，观察房檐雀窝，终于在苏荣家后房檐下发现探头探脑嗷嗷待哺的幼鸟。因为当时本人还未出家，所以不知道捉幼鸟喂铁匠尼玛家大花猫是在作孽。只是觉得把幼鸟用细绳拴在猫尾巴根上，看它拼命绕圈子转动、蹦高特别过瘾。从房子西侧小窗户窥探屋里情况时，苏荣母子俩正在炕头睡午觉。消除心中被户主发现的疑虑，先把墙根下横放着的轻便杨木梯子往房檐雀窝处挪一挪，然后，咬牙切齿，使出吃奶劲头把梯子立在房檐下。左右观察，没发现异常情况。可惜的是，我嘴里衔住短木条，顺梯子往上爬，还没来得及伸出罪恶之手就被苏荣发现了。她是醒午觉出来，在房子后面院内杂草丛中蹲下小便时看到我的。"小坏蛋你想要干什么？"苏荣边说边提裤子，跑过来把我堵截在梯子上端。我刚要说话，嘴里的短木条粘着哈喇子掉了下去。"捉幼鸟喂猫。"我尽力控制住害怕情绪，若无其事、理直气壮地回答。苏荣的左手扶着我腰部防止我从梯子滑落，右手却绕到梯子内侧麻利地解开我的裤腰带，把裤子扒下。她笑眯眯地看着我那暴露无遗的"小雀"说："楚格拉，你到处掏雀窝难道不怕蛇爬出来钻进嘴里吗？再说了，你破坏我家房檐，一旦下雨屋顶漏水怎么办？你再来掏雀窝，我就把你这'小雀'给割下来喂狗。"被人扒掉裤子，露出隐私后，我一下子威风扫地，更何况苏荣还边说着边用右手食指弹了一下我那"小雀"。我夹住大腿尽力保护着胯裆间宝物，双手紧紧抓住顶部横撑，哆哆嗦嗦、可怜兮兮地哭了。苏荣看到我掉眼泪，立刻心软，把我从梯子上抱下来，为我提裤子并安慰道："别哭，姐姐跟你开玩笑呢，上去掏就掏吧。"我已经受到了莫大耻辱，哪儿还有脸继续掏幼鸟呀，系上裤腰带就不管不顾地往外逃脱……我挣扎一番，终于挣脱寡妇苏荣的手跑向阿穆尔舅舅家。我边跑边想象：也许这时阿穆尔舅舅正躺在院内树下阴凉地毛毡上打瞌睡。满都呼把他的手枪挎在肩上站立在身旁，枪手们守在射击孔旁。瘦高个子枪手看到我肯定向满都呼报告说："有一个小喇嘛往这边跑过来啦。"阿穆尔舅舅连眼都不睁开就说："要是小孩的话不许开枪。"瘦高个子枪手肯定地说："知道啦，老爷。"……于是我很安全地跑到阿穆尔舅舅大院外，气喘吁吁地攥起拳头砸门。满都呼打开门，一时没认出我，问："谁？"我的光头继续顺门缝往里钻。满都呼认出我了还问："咳，楚格拉，你来做什么？"这时，我已经听到阿穆尔舅舅的咳嗽声。"阿穆尔舅舅！"我大声喊叫。阿穆尔说："放他进来。"满都呼这才躲开身子，让我钻进门缝。我跑进堂屋跪倒在阿穆尔舅舅面前，带着哭腔喊道："舅舅救我！"阿穆尔舅舅从炕上起身问："你刚才说什么？救命？谁要取你命？"我依旧上气不接下气地跪着说："他们要把我带到日本去，我说不去，扎木苏就用鞭子抽我。"阿穆尔舅舅微笑着点头道："哦，原来是这样啊。起来吧，哎，你可算不上是条汉子，把那个扎木苏的脑袋给拧下来不就完事啦。"说完，哈哈大笑起来。我停止了哭泣说："我打不过他。"阿穆尔舅舅说："看来如果有足够力气的话，你倒是有那个意思。算啦，舅舅正闲得没事干，就帮助你脱离苦海。"我问："真的？"阿穆尔舅舅说："不是真的，难道当舅舅的骗你不成吗？满都呼鞴马。""那就我领你们去庙仓田间窝棚吧，扎木苏和他日本师父监督新雇用的短工们收小麦呢。"我说。"好。"阿穆尔舅舅说着，亢奋不已地下炕，穿靴子。

离寺庙田地不远处的一片榆树林中，我把阿穆尔舅舅和满都呼领过来，准备截住扎木苏和日本僧人。这条小路是他们二人每天傍晚前从田地窝棚返回寺的必经之路。离小路十步处的榆树丛中，我牵着三匹马，忐忑不安地等待着事情结果。去年夏末，有三十多个长工与短工在收割熟透的小麦。在田野尽头日本僧人、扎木苏与总管谈话。那时，我牵着四匹马站在一旁，等待他们谈话结束就一起回寺。日本僧人说："小麦是肯定丰收了，庙仓总管师父有什么想法？"总管说："有什么可想的，只要把麦子装进袋子里，送到洮南府就能变成无数金钱呗。"日本僧人道："可是当初我们要以寺庙名义扩大垦田面积时，你可是老大不高兴啊。"扎木苏附和道："可不是嘛。"说着变化声音模仿总管，细声细气道："六垧半土地已经足够我们用的啦。"总管厌恶地望着扎木苏说："你就算了吧。"日本僧人说："既然要扩建庙宇，不增加庙仓收入能行吗？蒙古人对佛的信仰过分近视、狭隘。我们认为应该选出一些小喇嘛送到日本学习。可是活佛至今没有答复。"总管说："这个事情活佛八成是不会同意的。"日本僧人说："活佛不同意没关系，只要徒弟们同意就行了。"总管说："徒弟们也没有一个人真正愿意去那里。"扎木苏质问道："徒弟们愿不愿意去，总管你是怎么知道的？我曾经询问过师父遴选的七个徒弟，他们可个个都说自己是愿意去的。"总管说："如果是拿皮肉说话，别说是一些孩子，就是我也受不了。"扎木苏说："至于你嘛，就是要求，也不会有人带你去日本国。"日本僧人权当好人道："别说了，咱们回寺。"那次田间地头进行的一番谈话还萦绕在耳边……天色逐渐暗下来，林中小路彼处出现两个骑者，随着马匹小跑缓缓赶来。满都呼悄声问："把两个人都收拾了吧。"阿穆尔舅舅也悄声说："哪里，要是杀死了日本僧人，事情可就闹大啦。只是让他们的皮肉吃点苦，再放走就是。"日本僧人和扎木苏有说有笑地靠近埋伏地点。阿穆尔舅舅和满都呼突然从小路两边一跃而起，同时把那两个人从马背上拉下来。接着黑暗中传来打斗声音，两匹失去主人的马拖着缰绳跑远了，这时不断传来求饶和呻吟声音。阿穆尔舅舅和满都呼在那两个人的求饶声音完全消失之后，跑回来从我手里接过各自马匹缰绳，我们三人同时骑上马就嘴里吹着口哨逃之夭夭。

第二天，阿穆尔舅舅满面笑容地坐在自家炕上，格日勒端来酒菜摆放在桌子上之后，我那一直在胸腔里怦怦乱跳着的心脏才缓和下来。阿穆尔舅舅说："满都呼、楚格拉都坐过来，咱们爷仨喝几碗酒。今天我特别高兴。"我是出家人肯定不能饮酒。满都呼也摇头答道："您喝着吧。"阿穆尔舅舅没把我当回事，却对满都呼声色俱厉地说："让你来你就来，让你喝你就喝，男人嘛。"满都呼唯唯诺诺地靠近桌角坐下。阿穆尔舅舅看着格日勒，脸色突然阴沉道："出去！"格日勒慌忙退出屋子。阿穆尔舅舅转过脸来对我笑眯眯地说："估计这时寺里和尚们已经找到躺在林子里的那两个家伙了吧。肋骨打断了，估计怎么也得躺上一个两个月才能恢复。楚格拉这下可以放心回寺继续当沙弥，可有一点千万记住，不能对任何人说出我们所干的事情。"我频频点头，阿穆尔舅舅看了放声大笑起来。满都呼说："如果警察查办的话怎么办？"阿穆尔舅舅说："查是肯定的，不过要查找到事主没门儿。"说着将碗中酒一饮而尽，然后命令满都呼："干了！"满都呼端起酒碗干了。阿穆尔舅舅说："揍完他们是不是害怕了？"满都呼说："是有点害怕。"阿穆尔舅舅说："下一次再干这种事情时，你那颗小兔子胆啊，就会变成一颗豹子胆。"说着打开身边的小盒子，拿出两把手枪出神地端详。我和满都呼的眼球也被舅舅手里那两把寒光四射的手枪吸引住。阿穆尔舅舅对满都呼说："这把新枪是日本僧人的，而这个旧枪是扎木苏的。过几天消停了，就把扎木苏的枪给你。这个时代呀，连寺里喇嘛都带着枪赶路呢，啧啧。"

　　按理说，在寺里对我形成威胁的两个人都已受伤或死亡，回去没什么大碍了吧。可我还是下不了决心，在阿穆尔舅舅家里死皮赖脸地滞留到第三天中午。满都呼站在庭院里用指甲为战马抠去眼屎时，脸上有疤的枪手从射击孔那边呼叫他。满都呼沿着土台阶而上，我也寸步不离地跟着上，从射击孔往外看去，发现邻居额尔德尼站在百步开外，手中握着白布挥动着。脸上有疤的枪手问："你认识他吗？"满都呼说："认识。"枪手说："他想进来，你去告诉主人吧。"满都呼下台阶进屋内，片刻之后复出说："舅舅准许啦，把额尔德尼叫进来。"脸上有疤的枪手将头伸出墙垛招呼额尔德尼。满都呼过去把门闩取下，额尔德尼走进院门时问："阿穆尔团长在家吗？"满都呼说："刚刚睡醒，正等着你呢。"额尔德尼跟随着满都呼进入堂屋，我也跟了进去。额尔德尼给阿穆尔舅舅深深鞠躬行礼道："团长大人贵体安康。"阿穆尔舅舅咧开大嘴笑道："这是哪个朝代的人称呼我职务啊，连我自己都忘记啦。"额尔德尼说："在我记忆中您永远是巴布扎布将军麾下叱咤风云的团长。"阿穆尔舅舅突然把脸绷紧说："算了吧，你来做什么？"额尔德尼说："我家里藏着一支快枪和三十发子弹。如果可以我想把这些奉献给您。"阿穆尔舅舅问："是白给？"额尔德尼说："枪支弹药这东西，都是用命换来的，大人您当然知道。"说着弯腰低头，看自己脚上肮脏的靴子。阿穆尔舅舅鄙夷地说道："现在的蒙古人，骨头都已经酥软了，看看你那恨不得把头塞进裤裆里的德行！算啦，枪要是八成新，就给大小两头牲口，至于子弹嘛，给不给你自己决定。不过先让我看看你的枪。"额尔德尼说："至于枪嘛，最好给我能随身携带的东西吧。我已经不想在这个嘎查待下去了。"阿穆尔舅舅说："大牛目前平均价值满洲国货币七百元钱。如果你的枪还可以，给你立刻付钱，满都呼——"满都呼走进来立正听令。阿穆尔舅舅说："你跟着额尔德尼去他家把枪取回来。"满都呼说："知道。"

额尔德尼用旧衣袍裹住枪与满都呼一道走在嘎查大道时，有两个满洲国警察迎面而来。警察喊："站住。"满都呼和额尔德尼老老实实停下，我退几步躲在寡妇苏荣家柴火堆后面，两个警察没搭理我。额尔德尼说："我们俩是阿穆尔团长的使者。"警察头子说："我从来就没有听说过什么阿穆尔团长。包裹里是什么东西？打开。"额尔德尼抱紧包裹后退。警察突然冲上前去强行打开包裹。额尔德尼马上改口说："我这是要去公房交枪的。"警察问："既然是要去交枪，还藏着掖着干什么？"说着拿出绳索，把二人给捆绑起来。额尔德尼挣扎着朝我喊："楚格拉，赶紧回去告诉团长。"当我一口气跑回阿穆尔舅舅大院，气喘吁吁地走进堂屋时，舅舅他老人家正闭着眼睛躺在摇椅之上似在做白日梦。听到我的脚步声，他微睁眼睛问道："枪弹拿回来了？"我上气不接下气地回报说："我们从额尔德尼家取步枪正在往回走时，警察抓住了满都呼和额尔德尼，还没收了枪和子弹！"阿穆尔舅舅却很平静地询问："你们没说是在为谁办事吗？"我说："说了。"阿穆尔舅舅似乎很诧异："那？"我说："警察说，他们不认识谁是阿穆尔团长。"阿穆尔舅舅缓缓地从摇椅起身，摘下悬挂在墙上的手枪走了出去高声叫道："枪手们在哪儿？"瘦高个子枪手回答："大人，我们在这里。"阿穆尔舅舅命令道："备马。"

　　阿穆尔舅舅带着三名枪手飞驰，到嘎查公房外面时，乌日图嘎查达和两名警察正在屋内审讯五花大绑站立在跟前的额尔德尼和满都呼。公房墙角下堆积着一些从村民家里没收的枪支弹药。警察训斥额尔德尼道："你先后两次当过兵，所以应该有两条枪才对。说，另一支在哪儿？"说着挥起鞭子做出要打的姿势。额尔德尼躲闪着回答道："跟随嘎达梅林那次我是空手而归。要是不信就问嘎查达。"警察注视乌日图嘎查达道："真的吗？"乌日图嘎查达还没来得及向警察回话，外面突然响起了枪声，一块窗户花玻璃被打碎，子弹打在室内北墙面腾起烟尘。两个警察很机灵地趴在了地上。从外面传来阿穆尔的怒吼声："狼崽子们滚出来！"警察头子轻轻起身朝外面望去，并颤抖着声音问道："是谁的部队来了？"被捆绑着的额尔德尼佞笑着说："是阿穆尔团长亲自来解救我了，赶紧把绳子给解开。"

说着朝外喊道："阿穆尔团长，我和满都呼在这儿，别开枪！"阿穆尔喊道："狗东西，全都给我滚出来。"乌日图从怀里掏出白布条伸出窗外，回头对警察头子说："现在没事啦，咱出去吧。"不一会儿，乌日图、额尔德尼、满都呼以及两名警察推推搡搡地从公房鱼贯而出。

解救人质这段惊险经历是当天晚些时候，满都呼讲给我和格日勒表姐听的。我和格日勒表姐站在射击孔旁，瞭望嘎查时，还隐隐约约听到了一阵枪声。格日勒表姐自言自语道："如果出生在爱子如命、知冷知热的父母家里，就是衣不蔽体，腹中空空也情愿。"我问："阿穆尔舅舅又骂你啦？"格日勒表姐连看都不看我，自顾自地说："如果在这个大院里就这么生活下去，我只有死路一条，阎王爷会活吞了我，但愿我现在就发疯。"我听表姐诉说，当时感到很是意外，忽然觉得自己也很可怜。我恍惚间忽略掉了自己是个私自逃离寺院的光头小沙弥，以为是梳两条羊角辫子的可怜兮兮的姑娘而向格日勒表姐依偎，贪婪地呼吸着从她身体里散发出来的云香味道，希望她把我紧紧抱在怀里安慰。可惜的是，实际情况恰恰相反，表姐使劲拍了一下我后背，把我推到射击孔站位上，自己却闪到一边去。从我体内分离出来的梳羊角小辫子的姑娘立刻消失。我臊得耳根发热，索性拿起炮台架上的望远镜瞭望嘎查，映入视线的是：骑马的阿穆尔舅舅和三名枪手以及步行的满都呼、额尔德尼和两个警察，像蚂蚁搬家似的在草甸子上缓缓移动。

第七章
用狗屎招待警察的这位兄长脾气可不小

阿穆尔舅舅把那两个满洲国警察赶进堂屋，逼着让他们跪在地上，自己却坐在摇椅上，开始有模有样地审讯起来。跪在地上，频频磕头求饶的两个警察左手边站着的是阿穆尔舅舅的黑脸膛随从和瘦高个子枪手，右手边是额尔德尼和满都呼，他们手里都端着子弹上膛的步枪。阿穆尔舅舅问的第一句话是："你们两个认识阿穆尔团长吗？"两个警察同时频频点头回答道："认识！认识！"阿穆尔舅舅继续发问道："那为什么说不认识？"警察头子说："我无意中触犯团长大人的虎威，请您饶恕。"说着又磕头。这时，额尔德尼显露出阴鸷表情，靠近阿穆尔舅舅耳语，具体说了什么除了他俩谁也不知。额尔德尼耳语完，退回原位。阿穆尔舅舅抑制不住笑意问那警察头子："想不想吃点喝点？"警察头子回答道："我们俩已经整整跪了两个时辰啦，渴得实在是受不了，大人允许就喝点水。"阿穆尔舅舅说："好吧，给他们送上。"额尔德尼放下枪，出去不久就端来了盛在木盘子里、热量未散尽的两坨狗屎和半碗狗尿，放在警察面前。屋内立刻扩散出狗窝里那种腥臊的臭味道。阿穆尔舅舅说："吃吧，喝吧。"警察头子说："请团长大人饶命，我们已经不饿，也不渴了。"阿穆尔舅舅道："是要品尝皮鞭滋味呢还是品尝这谷糠点心，由你们自己决定吧。吃着噎住就用那碗上等饮品润润嗓子。"警察头子从跪姿微微抬起头商量道："团长大人实在不解恨就让我们俩吃几块马粪蛋喝碗马尿吧，同样都是畜生排泄物。"阿穆尔舅舅很平淡地回答说："那不行，吃马粪蛋就太慢待你们二位了，请吧。"两个警察犹豫着，但也不得不把手伸出，抓住毛茸茸的狗屎塞入嘴中嚼了几下，然后又呕了出来。阿穆尔舅舅捋着胡须大笑，额尔德尼和枪手们也跟着笑。我却不敢睁眼看下去了。这时，脸上有疤的枪手进来回报道："有二十多人的马队往这边开了过来，怎么办？"阿穆尔舅舅挥手道："不用担心，等他们走到百步以内再开枪，满都呼你先上炮楼看看。"满都呼和脸上有疤的枪手立刻噔噔噔跑出屋，上炮楼。阿穆尔舅舅转脸对两个警察怒吼道："继续吃，咽下去。"

外面来的是王爷庙警备大队人马。阿穆尔舅舅亲自上炮楼观察前来包围的士兵阵势。脸上有疤的枪手问："他们已经在百步以内了。开枪吗？"阿穆尔舅舅很潇洒地下命令道："打！"当满都呼和三名枪手朝来敌开枪射击时，对方士兵纷纷下马卧倒。双方对峙，互相射击。格日勒表姐和我在外屋堆放杂物的旮旯里，捂住耳朵蹲下，额尔德尼在堂屋看守着两名被捆绑的警察，不停地来回踱步。战斗大概僵持进行了半个时辰，阿穆尔舅舅从高处下来，站在庭院中间，朝枪手们喊道："停止射击，把我的摇椅搬到院子里来。"满都呼和瘦高个子枪手把摇椅搬到院子里后，阿穆尔舅舅躺在椅子上闭上了眼睛吩咐道："去，把大门打开。"满都呼和瘦高个子枪手面面相觑不知何为。阿穆尔舅舅大声说："你们没听见吗？把大门打开。"满都呼和瘦高个子枪手并肩走过去，把大门打开了。这时，对面士兵冲了进来把阿穆尔舅舅给围住。躺在摇椅上的阿穆尔舅舅似乎对刚才的战斗毫无察觉一般，闭目养神。警备大队长官对阿穆尔舅舅说："我们司令有请阿穆尔团长，请吧。"阿穆尔舅舅睁开眼，对旁边哭泣的格日勒表姐说："你好好看家，我过几天就回来了。"说完他从椅子上缓缓起身。警方长官举手示意，两个士兵上前将阿穆尔舅舅捆绑起来，还有几个士兵跑进堂屋把两个被捆绑着的警察和额尔德尼给带了出来。

　　阿穆尔舅舅家里就剩下我和格日勒表姐，其余人全被王爷庙警备队带走了。格日勒表姐失声哭泣，并自言自语道："你让我怎么办啊？阿爸！……"我靠近格日勒表姐拽住她衣襟，宽慰道："表姐，你别太担心，去我家先把这里发生的事情告诉父亲，让他想个对策。我爸会想办法营救舅舅的。"说着我也哭了。我和格日勒表姐走出阿穆尔舅舅家院门，在黑暗中互相牵手跑。我们到家时，家里人已经睡下，我走过去攥紧拳头使劲砸门。父亲嘟嘟囔囔下炕来到外屋给开门。里屋母亲点着灯，父亲和我、格日勒表姐陆续进屋。父亲认出我后立刻瞪大了眼睛问："怎么，你又在寺里惹事了？到底出了什么事？快说！"这时，格日勒表姐开始哭泣。我故意把话题从自身择开说："来了一帮当兵人，把阿穆尔舅舅给抓走了。"父亲问："什么时候？"我说："日落前。"父亲问："知道哪里来的队伍吗？"格日勒表姐哽咽道："是王爷庙来的。"母亲在被窝里坐起双手合十祈祷："佛爷啊。"父亲想了想开始穿衣服。母亲问："你要干什么？"父亲气哄哄地束腰带，并不回话。母亲匆忙光着脚下炕，拽住父亲的衣袖道："你不能一个人黑灯瞎火去王爷庙。"父亲甩掉母亲的手，说："谁说现在就要去王爷庙了，把手撒开，我出去给马喂草料，也好天亮后赶路。"说着出屋。母亲对格日勒表姐说："格日勒，你不用太担心，你姑父明天去王爷庙会救你父亲的，快上炕躺下吧。"我把格日勒表姐推上炕，并给她脱鞋。父亲给马匹添草料回屋就开始询问我的情况。我对父亲撒了个谎，说，这几天我始终在阿穆尔舅舅家躲着，哪儿都没去。父亲恰似生了一场大病刚刚康复的人，哼哼唧唧地脱掉靴子上炕，吹灯睡觉前做出决定：明天去王爷庙时，顺路把我送到寺里去。他说："不就是去日本国学习东洋喇嘛经文吗，至于害怕成这样。"

天亮后，父亲赶着马车带着我，来到嘎查达家杂货店东侧停下。我们二人过去看时，乌日图正在杂货店里忙碌着将日本人嫌弃不用的粗布摆上货架。父亲说："听说阿穆尔被抓到王爷庙去了。"乌日图对于昨天发生的事情比谁都清楚，所以一口咬定说："阿穆尔自以为是，滋扰生事，活该。"父亲说："阿穆尔的脾气你是了解的，如果现在不去打点的话，回来后肯定会因为我们没去帮衬他而报复的。"乌日图说："报复？哼，他敢！"父亲说："就算他不敢报复，可我还是担心他经不起鞭打会把你大儿子特木勒正在当国军的事情说出去呢。"乌日图思忖片刻后说："我没有时间，你没看见我忙着吗？"父亲说："我是把马车停在你家篱笆东侧后才来叫你的，咱们俩一块去王爷庙吧。"乌日图再次表示拒绝，连胳膊带脑袋一起摇。父亲阴沉着脸，呵斥着我走出杂货店。当我和父亲驾车离开乌日图家，绕行胖子占布拉家院落时，乌日图从胡同里出来尾随马车跑了一阵，追上后气喘吁吁地爬了上来。父亲连头也不回就问："你不是很忙吗？"乌日图在我旁边坐稳，喘息了好一会儿，才断断续续地说："忙又怎么样，仔细一想你说的还有些道理。在我预感中，若是不帮助阿穆尔的话，总会出点什么事似的。"父亲这才回头瞅一眼乌日图，问："阿穆尔不至于落在日本人手中吧。"乌日图说："这事，说不准。"马车走出嘎查，沿着大道，加快速度。乌日图问我是不是还俗了，我偷看一眼父亲挥动鞭子的侧身，直摇头。马车蹚河停下，父亲呵斥我赶紧下车跑回寺去。我是怀着鬼胎的人，宁可挨父亲手里鞭子也不想独自去寺里，面对扎木苏和他日本师父的尸体。就算他二人还有一口气活着也是遍体鳞伤，惨不忍睹。我下车跪地，向父亲哭求："您去跟活佛的经师说明我逃跑的理由吧，扎木苏喇嘛天天用鞭子抽我。"看到这情景，嘎查达说话了。他说："嗨，亲家，楚格拉才多大呀，至于这么逼他吗？算了，跟我们一起去王爷庙，返回时我带他进去跟经师说说。"父亲不吱声了。乌日图向我颔首示意：上车。马车到王爷庙后先去了警察局，当乌日图从警察局被赶出来后，继续赶路绕过两个巷子来到兴安军官学校大门附近隔街停下。学校大门左侧大概二十步距离地方，有个穿蓝色大褂的人牵着两匹马站着，我立刻认出那人就是赫希格，但怕误会一时没敢跟父亲说。这时，乌日图说："你们父子俩先在这里等着，我先去找巴德玛拉布坦校长了解了解阿穆尔的情况，估计你们进去也起不了啥作用。"父亲点头道："那您快去吧，当嘎查达的人咋也得比我这平头百姓强。"乌日图匆匆过街道朝学校大门走去。站在军官学校大门左侧的赫希格似乎认出了老丈人，迅速把脸转过去，装成正在拉马肚带的姿势。乌日图显然没认出女婿，向学校门岗说着什么。当乌日图走过门岗往里进去后，赫希格开始警惕地观察四周。他发现，在距离他不远处的街对面停放着一辆马车。他凝视片刻之后发现，驾车人竟然是他父亲，还有站在马车后头的弟弟我楚格拉。他赶紧别过脸去。可惜已经晚了。父亲似乎也认出了赫希格，手里拿着鞭子朝他走过去。父亲过马路到赫希格跟前就不言不语地用鞭子抽打赫希格。但是赫希格并不躲避。父亲的怒气平复了一些，把鞭子收起来咬牙切齿地说："畜生，为什么从学校逃走？吉蜜思因为你在野外住了一宿，把一只脚崴了，还冻坏了两根手指头，你知道吗？"赫希格脸颊上留着几道鞭痕，朝着天穹高处望着，一言不发。父亲呵斥："你没听见我说话？"这时一名穿着贵族模样的人从学校大门里出来。赫希格牵着马匹朝那位贵族迎上前去。父亲在赫希格身后颤抖着声音用乞求口吻说："你常年在外面闯荡着也行，不过趁着这次来，跟吉蜜思见上一面再走。"赫希格不答话，头也不回就走了。赫希格和那位贵族骑马离去后，我和父亲回到马车边继续等待乌日图。父亲精神恍惚、情绪低落，明显对眼前现实产生怀疑，似乎以为自己在梦魇中。他把鞭子交给我，拧了拧自己左胳膊，转动眼球问道："我不是在做梦吧？"我说："不是。"父亲问："我们为什么来这里？"我说："来营救阿穆尔舅舅。"父亲闭上眼睛，想了想，说："哦，那就对了，的确不是在做梦。"大概过了一个时辰，乌日图和阿穆尔舅舅以及满都呼、额尔德尼，还有三名枪手也陆续离开军官学校大门来到马车旁。乌日图向阿穆尔舅舅讨好道："佛爷！走进大人们的房间时，胆子都快吓破了，当时双腿一软就跪下啦。"阿穆尔舅舅并不搭理乌日图的话，回头看着军官学校北侧山坡，脸上表情似笑非笑，莫测高深。父亲注视阿穆尔舅舅片刻，担心地问："他们没有折磨你吧？"阿穆尔舅舅"哼"了一声，说："至于嘛，你们几个先走吧，我们留下住旅店，潇洒几日再回去，反正来一趟王爷庙不容易。"说完，带着他的人——满都呼和三个枪手向近处一家酒馆走去。额尔德尼留下来，爬上我们的马车就像一条病狗一样蜷缩着卧倒。返回途中，我和父亲谁也没提及见过赫希格之事。乌日图倒是饶有兴致地讲起拜访大人物的经过——

他说，当我站在兴安军官学校那宽敞大厅门外，侧耳倾听时，巴德玛拉布坦、参事、中村震太郎、甘珠扎布和阿穆尔等人正在聊天。巴德玛拉布坦动作缓慢地用右手掌拍打着阿穆尔的左腿膝盖，朝甘珠扎布微笑道："司令大人手下抓来的这个脾气暴躁之人，曾经在您父亲巴布扎布将军麾下当过团长。后来他身居深山，倒是难得见到他踪影了。"阿穆尔恭敬地向甘珠扎布行军礼。甘珠扎布笑着说道："用狗屎招待王爷庙警察的这位兄长脾气可不小啊。"听了这话，众人哈哈笑。巴德玛拉布坦说："脾气太冲。"这时，副官走过来把我从门口推开，走进大厅向巴德玛拉布坦敬礼道："门外有个蒙古老头儿，说非要见您，撵也撵不走。"巴德玛拉布坦说："叫他进来。"
于是我走进那间大厅，什么也不看直接跪倒在地上说："我刚才从警
察局出来，他们说是你们在这里审讯我们嘎查的阿穆尔。还求大人
们高抬贵手饶他一命。"巴德玛拉布坦说："好啦，你起来吧，你们
的人我们连一根毫毛都没动。"他话还没说完众人再次欢笑。我起身
愣愣地望着阿穆尔。这时，叫中村震太郎的那个日本人感慨道："蒙
古民族是一个多么心地纯洁的民族啊！遗憾的是，你们在汉人压迫
之下失去了经济政治权利，甚至整个种族都差点被融化。"有个牧区
来的叫巴彦的公爷把中村震太郎的话茬接过去说："真是这样啊，与
其丧失江山土地给他们当牛做马，还不如给日本人当奴才算啦。"中
村震太郎向那位公爷问道："您说什么？"参事马上轻轻抚摸着中村
震太郎的肩膀说："巴彦公爷喝多了胡说八道呢。"巴德玛拉布坦说：
"如今的东北汉族军阀比起当年张作霖有过之而无不及。他们向蒙古
地方派遣大批军队，加速开垦土地。我本人也坚决坚持与大日本帝
国团结一致的立场。"听了巴王爷这话，所有人都鼓起掌，连我也
包括在内。日本人中村震太郎朝巴德玛拉布坦竖起大拇指……不知
不觉间马车来到葛根庙围墙前停下，乌日图也把话中断。他欲下车
送我进去时，父亲加以制止道："亲家你不用下车，楚格拉你没长腿
吗，自己进去。"我只好下车，唯唯诺诺、一步一回头地走过去，推
开寺门，硬着头皮准备接受各种预想不到的惩罚。

　　有关赫希格在王爷庙兴安军校门口巧遇我和父亲的来龙去脉大
概是这样的：襄理公爷巴彦的冬季营盘上，由大小数顶蒙古包组
成的毡包群落以及用牛粪砌成的牲口棚圈等从东到西延绵一华里
长。是冬季晌午时分，赫希格正在牛群卧处，拣拾冻牛粪，波尔玛
从四个哈那（壁架）小蒙古包内拎出泔水木桶走到小山一般的垃圾
堆旁倒掉。当襄理公爷的弟弟达瓦喇嘛在拴马桩附近下马时，狗群

摇晃着尾巴迎接着他。达瓦故意咳嗽着走向大蒙古包时，波尔玛迎出来伸手请安。达瓦用眼角扫视波尔玛的脸颊，斜着身子走进蒙古包。年届花甲的襄理公爷巴彦在蒙古包北沿枕着厚枕，戴着火镜在看书。达瓦哈腰进来时襄理公爷摘掉镜子向他弟弟点头示意。"哥哥看来心情不错呀。"达瓦说。"那当然啦，隆冬腊月可不是游山观水的好时节呀，只能乖乖待在家里。"襄理公爷说着将书放在了身边小茶桌上。"什么时候得到了这么一个闭月羞花般的女人？"达瓦笑着问。"你是说那个波尔玛？不是我得到的……"襄理公爷是显然没听出弟弟半真半假的揶揄口气。达瓦说："不同寻常地漂亮，是叫波尔玛？""好啦，你就算了吧，出家人应该四大皆空六根清净才是，他们是夫妇二人，是依靠给人干活吃饭呢。"襄理公爷说。波尔玛端着大盘子走进来将乳酪等奶制食物摆在桌子上，向兄弟俩敬茶之后退出。达瓦再次赞叹道："怎么是这么一个赏心悦目的小尤物啊。"襄理公爷制止道："你就给我老老实实地坐上一会儿，别是积了阴损！"可是达瓦已经转动着眼珠子陷入了意淫阶段。过了一会儿，达瓦喝口奶茶说："我有事相求。我们寺暂时缺少庙仓马倌，我就把那个波尔玛的男人带走，借用几天。"巴彦感到很是不自在，说："要是有那种想法就亲自去问他本人，他又不是我的奴隶。"达瓦再次陷进意淫的无底洞，抬头看着蒙古包穹顶频频眨巴着眼睛。襄理公爷巴彦的冬营地是赫希格和波尔玛一起逃离塔拉嘎查后找到的比较理想的落脚点。来到这里，在用人的小蒙古包里开始了搭伙过日子的第三个黄昏，赫希格对波尔玛说："你后悔跟着我到处流浪了吧？"波尔玛说："后悔又有什么用？如果留在了嘎查里也许会更后悔。"赫希格说："明天我去给公爷庙放马群去。""不去不行吗？在这陌生地方，还是咱们俩待在一起的好。""听达瓦喇嘛说，他们庙仓的马倌回家啦，我也就是去替代他放几天马群。襄理公爷已经答应他弟弟的事情不去不好吧。据巴彦公爷男仆松堆讲，那个公爷庙还是襄理公爷在自己属地上出资兴建的呢。"赫希格说着用无奈的眼神瞅她，欲求同意。波尔玛只好默默点头。

赫希格去放马的当天晚上，波尔玛独自一人守空房，身上盖着几层被子躺在小蒙古包右面床板上。油脂灯散发着芳香，冒出黑烟，发出暗淡光芒。达瓦喇嘛蹑手蹑脚地走进来，盘腿坐下就开始东一句西一句，没完没了。他说："听说我们的蒙古独立军，把那些开垦草场的国军部队给打得落花流水，估计很快就要把他们赶出蒙古地区啦。如果把他们驱赶出去了……你怎么不说话呀，波尔玛？是感冒了吗？"接着故意咳嗽几声，还从怀里掏出鼻烟壶开始吸食，然后，接连不断地打喷嚏，等把鼻腔里的秽物清除得十有八九，刺激减弱后，说："我也可能感冒啦，这里有药，起来喝上一服药吧，我给你倒水。喝完药你休息，我就回去。"达瓦喇嘛从怀里取出一包药，起身提起茶壶往碗里倒水，拿着药包和水靠近波尔玛坐下。波尔玛沉默着微微起身喘息着将药喝了下去，然后又躺下。不到四分之一时辰时间，波尔玛就进入迷糊状态中。这一宿，达瓦喇嘛肯定在波尔玛身上实践了意淫中那些情景。连续三天，每当夜幕降临波尔玛就从达瓦喇嘛手里接过药喝下去，很快进入半昏迷状态。第四天夜晚，达瓦喇嘛没来，赫希格却回来了。波尔玛对赫希格说什么呢？我根本猜不出来。也许是波尔玛对他什么也没说。反正第二年夏季到来时，襄理公爷巴彦带着赫希格去了一趟王爷庙。这样，赫希格才遇到我和父亲，并不辞而别。

回到寺，我先找经师向他认错。经师似乎对我的处境很理解，不仅没惩罚，反而还安慰了我几句。我从经师的话语里听出，活佛没同意他的沙弥们去日本国学佛经以及扎木苏和他日本师父正在僧侣宿舍养伤的消息。我的脑袋突然"嗡"一下，浑身血液都往上冲。

那两条恶狗竟然遭毒打没死！那一夜，我从被人剖开肚腹，掏出肠子、心肝的可怕梦魇中，吓醒几次。第二天，我跟喇嘛们一起依旧做着晨课时，扎木苏拄着拐棍走了进来，围绕着念经人群仔细观察。扎木苏停在一个中年喇嘛背后，用拐棍刺他脊背，而中年喇嘛却似毫无反应地继续念经。扎木苏的眼睛注视着小喇嘛们，最后眼神停留在我身上。我不由自主地颤抖起来。扎木苏攥住衣领把我从诵经队伍拉出。他领着我迈出大殿门槛，背后念经声音毫不受阻，还在继续。到了门外扎木苏问："为什么你一见到我就哆嗦？"我变得语无伦次，嗫嚅道："不是我向舅舅告状。"扎木苏问："什么？谁是你舅舅？"我恍然感觉到说漏嘴了，赶紧装糊涂说："扎木苏师父，别打，我去日本国。"扎木苏声色俱厉地再次问："你舅舅是谁？说！"我双手掩面往后退。扎木苏拄着拐棍一瘸一拐地逼过来说："你是不是想尝尝拐棍滋味？快说，你舅舅是谁？"我再后退几步，靴子后跟磕在院内垫脚石棱角，狼狈不堪地摔倒。扎木苏拽着耳朵把我拉起来。我用两只手护着耳朵悄声说："塔拉嘎查的阿穆尔团长是我舅舅。"扎木苏听了把手松开，将我推倒，还用拐棍在我屁股上狠狠地抽了两下。

我再一次从寺里逃跑的原因是：想去告诉阿穆尔舅舅和满都呼，突袭扎木苏和他日本师父的事情已经败露。当我跑回嘎查时，一切都晚了。从王爷庙来的警察队伍已经包围了阿穆尔舅舅家。其中混杂着一些身穿日本军装的士兵。迫击炮已瞄准了大院。后来，满都呼说起过，当时阿穆尔舅舅和枪手们从大院内迎敌的情景——阿穆尔舅舅看到包围阵势就说："满都呼，你带着格日勒从后面暗门逃跑。"满都呼说："那您呢？"阿穆尔舅舅道："就算是菩萨亲自降临也不能救我了，只要我站在墙头上，肯定就不会有人追击你们。"说着厉声喝道："赶紧牵马，走！"接着阿穆尔舅舅走上墙顶炮楼挺身而立。当满都呼和格日勒牵着马匹绕过房子准备离开时，听到阿穆尔舅舅喊："开枪！"瘦高个子枪手说："不能射击，他们有迫击炮。"阿穆尔舅舅夺过瘦高个子枪手的步枪瞄准片刻后朝对方射击。一个日本兵中弹倒下。从对方阵营传来迫击炮声之后，阿穆尔舅舅家的护墙左角开始坍塌。紧接着步枪以及迫击炮声混响成一片。脸上有疤的枪手中弹，从房顶坠落到墙根下，吐血而死。当瘦高个子枪手从怀里掏出白色毛巾欲举起时，阿穆尔舅舅用手枪将其击毙。阿穆尔舅舅从炮楼下来，走到院子里用步枪继续往外射击。又一颗迫击炮炮弹呼啸而来，在院子里炸响，阿穆尔舅舅的黑脸膛随从中弹，四肢碎裂飞上天。硝烟散尽处发现阿穆尔舅舅也卧倒在地，从身子底下渗出鲜红血液。从大院暗门逃出来的满都呼和格日勒，勒住缰绳站在山脚下，从马背眺望飘荡硝烟的家园时，满都呼说："表姐，咱们走吧。"格日勒表姐将信将疑地问："满都呼，父亲真的被他们打死了？"满都呼点头，格日勒表姐难以置信地以镇定姿态看着远处家园。也许是阿穆尔舅舅这个不称职的父亲，平时对女儿不表露怜惜之心的缘故；也许是事情发生得太突然，格日勒表姐一时找不到悲痛感觉而迟疑着。片刻之后，她瞪大了眼睛问："咱俩现在怎么办？""快离开这里，要不警察追过来了。"满都呼说着带头催马顺山坡奔去。格日勒表姐依然迟疑着，松开缰绳让马匹跑几步，再次勒住缰绳。这时，满都呼已经越过山坡不见了，她张开嘴撕心裂肺地喊一声："阿爸——"山崖回声把声音传递到满都呼耳朵里。满都呼原路返回，看到已经泪眼婆婆的格日勒表姐，他也大声哭了起来。不过他很快定下心，伸手把格日勒表姐手里的缰绳夺了过去，牵着再次奔向山腰。

公房前空地上摆放着一具棺椁，附近有日军防范。人们聚集在嘎查中心空地上，人群外围是骑兵部队包围圈。被捆绑的扎木苏也站在棺椁一侧，形似枯木挂袈裟。一名日本官员清清嗓子开始讲："谁要是碰一下大日本帝国的僧人，就必须死！"说到这儿，他指一指棺材说："刁民阿穆尔就躺在里面，由于他殴打了为葛根庙做出很大贡献的日本国派遣的宗教人士，所以我们判处他死刑。不过应该将他的功过分开来看才是正确的，因为阿穆尔曾经在巴布扎布将军手下当过团长，所以我们将以日本关东军军官礼遇为他送葬。虽然阿穆尔的女儿和养子逃走了，但是我们不予追究。"听了日本官员所讲饶恕满都呼和格日勒的话，暗自感到些许宽慰的父亲悄悄抓住身旁乌日图嘎查达的手，可乌日图却生气地挣脱、抽出手。母亲从怀里掏出手绢擦眼泪。扎木苏挣扎着高声呼喊："我也是跟师父一样遭到殴打，也是受害者。"日本官员对他说："你违反了寺庙教义教规，也差点给大日本帝国宗教人士脸上抹灰。现在要依据葛根庙活佛旨意把你送往西天，执行！"两个持枪日本兵将扎木苏推到墙角，然后，胡乱开枪打死了他。扎木苏的黑血迸溅墙上时，女人们发出惊叫，以手掩面。日本官员说："事端现在已经全部平息，大家可以各自回家。"众人听了立刻四处散去。我跟着家人回到家门前发现，嫂子已经从她娘家回来，挺着吓人的大肚子出来迎接我们。当我们走进屋时，还看到亲家母坐在炕上喝茶呢。亲家母说，吉蜜思快要生孩子了，所以不能在娘家继续待下去了。她还向母亲私下交代有关嫂子生孩子时该准备的一些琐事就匆忙离去。果然不出母亲和亲家母所料，第二天清晨我从被窝醒过来时，听到嫂子屋传来的婴儿哭啼声。嫂子生了个大胖小子。父亲听着婴儿哭啼声，老泪纵横道："得赶紧去襄理公爷营地，把赫希格这浑小子找回来。"不知是什么原因，父亲这次不仅没撵我回寺，还决定让我跟他一起去找赫希格。虽然满都呼和格日勒的失踪给家里笼罩了一层伤感的灰黑雾气，但婴儿哭声却像微风一般每天驱逐那层灰黑雾气。父亲和我，连续几天做出门准备，坐在屋内地上用柳条编筐子。父亲说："我把这第二十个筐子编完以后就去巴彦公爷营地找赫希格。知道自己有了儿子，他那颗混头也许就会清醒过来。"母亲说："难道是巴彦公爷对你说缺柳条筐子？还不赶紧走，编什么筐子。"父亲说："我还得在沿途用筐子换点奶食呢，咱们家瘦花牛还能挤出挂奶油的奶吗，坐月子没有奶油吃怎么行。"母亲说：别忘了沿途打听满都呼和格日勒的下落。"父亲说："忘了？如果忘了，我还算是个当父亲的人吗。你就让我耳朵消停一会儿吧，唠叨得都磨出茧子了。"

第八章
猎鹰在逆风方向挥动着翅膀

襄理公爷巴彦坐在蒙古包北侧正在跟赫希格玩一种鹿与狗的棋盘游戏吉日格（一种棋盘游戏）。棋盘上巴彦公爷的两头"鹿"被围困之后，他从火镜框上方瞥了一眼赫希格。赫希格说："狗有二十四条，而鹿只有两头，不被围困才没有道理。公爷以后下吉日格您就选择用狗，保证能赢对手。"巴彦公爷："我不要狗，只是为了取胜，玩个游戏都要当狗，那还当什么人上之人。"说着抓起旁边的书，翻页准备读。赫希格说："按照公爷说法，这种游戏自古以来就规定，当下人的只能移动棋盘上的狗了？"巴彦公爷说："我刚才那样说了？你怎么是这么个说狠话的人？赶紧出去干活，我要看书。"赫希格从敞开着的包门，望着外面景色，暗自笑着走了出去。巴彦公爷营地西南方棚圈旁边空地上，波尔玛与几位妇女一起正在剪羊毛。赫希格绕过把车辕穿插停放的十多辆勒勒车，走到她们旁边观望着，当一位老妪剪完羊毛打开捆绑羊腿的绳索时，他走进羊圈抓起一只羊，送了过去。波尔玛问："你跟公爷下了几盘吉日格？"赫希格说："两盘。"老妪说："我们公爷只要见到人就想下上几盘，想必那个吉日格游戏是很好玩的。"赫希格说："公爷虽然玩起来有瘾，不过要是输了可就有点儿……"波尔玛微笑着放走已剪毛的羊，赫希格又为她捆了一只。就这时，我和父亲坐的马车朝营地奔了过去。勒勒车下面阴处的几条狗懒懒地吠叫几声，没跑出来堵截。看到我们马车上堆积的筐子，那位老妪说："波尔玛，来了买卖汉人啦，要是有丝线应该买上几挂。"父亲下马车，咳嗽着，仿佛向人群示意自己来了。赫希格首先认出我们，很歉疚的模样，低头迎了过来，波尔玛犹豫片刻之后，将自己正在剪毛的羊交代给身旁老妪，然后匆忙走向自己住的毡包。其他人惊异莫名地望着这一切。

在赫希格和波尔玛住的包内，父亲进去就盘腿坐在正北面客人位置上，我却坐在西侧床板上。父亲环顾四周，然后从怀里掏出廉价的黄铜鼻烟壶，但是他没吸鼻烟，只是不知所措地摆弄着鼻烟壶。波尔玛不停地在炉灶前忙碌着。赫希格从外面进来问父亲："您来做什么？"父亲说："你舅舅阿穆尔惹是生非被日本人杀害，满都呼和格日勒也失踪了，我是出来打听他们二人下落。"赫希格似乎像个会说话的冷血动物，对阿穆尔舅舅的遇难和格日勒、满都呼的失踪不感兴趣，继续发问："那些筐子呢？"父亲说："用筐子想换点奶油，吉蜜思有了儿子，生了有七天……"波尔玛手里的铜壶失落在带火星的灰堆上，蒙古包内腾起烟雾。父亲起身走出，我也跟着跑出包房。父亲走到马车前，将筐子搬开，取出一套新鞍具。赫希格走过来时父亲说："知道你不愿意坐马车跟我俩一起走，所以我把马和鞍具都给你带来啦，回家时候骑上，我们又不是连匹马都鞴不起的乞丐。"父亲把马鞍提起递给赫希格，把拴在辕马右侧车辕上的马解下来带到拴马桩拴好，复又回到车旁。赫希格说："我现在不能回家，马上要去当兵了。""去当兵？那当然……"父亲嘟囔着靠近赫希格低声说道："你那位的男人额尔德尼也不见身影了，听说是在到处寻找她呢……啊，对了……你去当兵前一定要回家一趟，看看你那大胖小子。"赫希格没回答父亲，却问我："妈还好吧？"我没说话，只是朝他点点头就爬上车。父亲上了车吆喝着马渐渐远去。赫希格抱着马鞍久久地伫立着，身影渐渐缩小。父亲边挥鞭赶车，边嘟哝道："应该问一问巴彦公爷营地上需不需要筐子，算啦，再回去不知赫希格会怎么对待我俩呢。"我说："就是，连一口纯奶油都没尝着。"父亲回头鄙夷地瞅我一眼，舔了舔干裂的嘴唇说："纯奶油有什么好吃的，对于赶远路人，喝一碗热茶才最重要呢。"我说："我也渴了。"

返回途中，父亲一路打听满都呼和格日勒的下落，在一户素不相识的敖特尔营地上住了一宿，用所有筐子交换了灌盲肠里的奶油一圈，厚厚黄黄的陈年奶豆腐五块。黄昏时分我和父亲赶着马车沿着无边无际的小麦田地行进。这时肩扛步枪的一位民国士兵走过来，堵住马车喊："站住！"父亲让马车停住。那位士兵跳上车把我踢了一脚，我很不情愿地给他挪位置。士兵占据我的牛犊皮垫子，盘腿而坐后命令道："掉转马车，把我送到西南边那座山脚下。"父亲用半生不熟的汉语说："请长官老爷饶了我吧，我们已经晚啦，正忙着回家赶路呢。"士兵用枪托砸向父亲后背道："知道这是什么东西吗？只要它发了怒，就会吐出滚烫的铅水。"父亲立刻变得温顺起来："知道，知道，长官。"说着驾驭辕马掉转车头。马车沿着来路反方向驰骋。士兵说："当我们为了开辟这无边无际的麦田而操劳时，你们蒙古人却为什么总是土地啊，草场的？"父亲说："这个事情我可说不清，长官。""你不是蒙古人吗？看你们一老一少长相总觉得是颧骨凸出的野蛮蒙古人。"士兵说着仰天大笑。父亲不等士兵收敛住笑声，就以闪电般速度抽出马车挡板朝他额头麻利地砸了下去。士兵似乎是面带笑容，右手抓着步枪从车上坠落而下。父亲像年轻人一样迅速跳下车捡起了枪，士兵却一动不动地躺在地上，鲜血和脑浆从进裂的额头红白有别地往外喷溅。父亲小心翼翼地蹲下，把士兵身上的子弹带解下，然后，朝尸体吐口唾沫："呸！去死吧。"说着慌忙掉转车头，爬上马车。父亲和我赶着马车，一路风尘仆仆地走进院子时，已经是深夜了。父亲还没卸马，就先将用外衣包裹着的步枪和子弹带藏进了仓房。出得仓房他才卸下马匹，我过去关上院子大门。等父亲把马拴在篱笆上，给它擦干汗水，看着它凉快片刻之后，我们才一起走进屋去。父亲在炕头摸索着点亮灯，边用干毛巾擦脸边轻轻推一推母亲。母亲醒来之后忙碌着穿着衣服。父亲说："赶紧的，我们饿坏啦。"母亲说："饭菜在炉灶上，稍微热一下就行，见到赫希格了？"父亲说："你就别提那个狼崽子了，与其生下还不如撒泡尿淹死他啊。浑身上下闻不到一点人味！"母亲从炕上下来，战战兢兢地问："他又惹了什么事情？"父亲悄声说："倒是没惹什么事儿，可是我对他说，你已经有了儿子了，他连一句回话都没有，也不知道你我哪辈子造的孽。"母亲叹息着提灯走到外间。

第二天早晨，嫂子为儿子摇篮里换沙土和尿片，其木格将尿湿的褥子连湿漉漉的沙土一起带出屋，我看着嫂子手里的婴儿出神时，父亲走进来俯视婴儿片刻，之后退到地中间，说："赫希格已经参加了蒙古自治军。听说自己有了儿子后，那个高兴劲儿，都流下了泪水，简直就不像男子汉。"嫂子把孩子捆绑好，荡着摇篮扭头偷偷笑了。父亲迅速走出屋子时，用手掌擦了一下眼角，结果在外屋正与走进的母亲撞了个满怀。母亲手里簸箕中的谷糠撒了一地。母亲失声："佛爷，你昏了头啦！"说着蹲下身子收拾白白一片的谷糠。我欣赏着摇篮里的婴儿，用茶水泡吃半碗炒米，就往寺庙赶路。这次，经师见到我生气得非同一般，不仅指使执掌和尚抽我二十皮鞭，还把我转交给总管喇嘛，惩罚我继续给他当跑腿沙弥。

赫希格并没有对父亲撒谎。他确实把波尔玛一个人留在巴彦公爷营地，自己去找甘珠扎布司令的蒙古"独立军"去了。关于赫希格那段经历，我们全家人是两年以后，他当了个代理连长并受伤回来跟嫂子和好以后，听他亲自讲述才知道的。赫希格去找蒙古"独立军"，可是蒙古"独立军"已经按照日本关东军指挥部的要求改名叫蒙古自治军。这一点他万万没有预料到。战场上遇到的主要对手是他曾经参加过的国军开垦团海山部蒙古士兵组成的队伍。这样一来，还是蒙古人杀蒙古人。与上次参军的不同之处是，打仗目的变了。上次是打蒙古独立军，这次是要保护蒙古人和草场，把边疆开垦国军赶走。战场上，在蒙古自治骑兵队伍阵列前，赫希格、胖子占布拉、础鲁等已经做好了冲向敌人阵地的准备。冲锋开始，挥舞战刀的赫希格热血沸腾地冲在最前面。战马嗅到血腥，像野兽一般奔跑。它追上一个敌人，主人就砍掉一个脑袋，它再追上有一个敌军，主人再次挥舞战刀把他脑袋砍下。周围不时有炮弹爆炸，小规模战斗很快结束，弥漫的烟尘之中依稀可见抬着伤员的挑夫和被驱赶的俘虏。获得胜利的蒙古自治军第五团骑兵们正聚集在山坡桦树林中休整。在山脚下，一个胡子拉碴的中年士兵将一名年轻俘虏的衣服扒下之后再用军刀砍死了他。赫希格冲上前去夺下他手里还在滴血的军刀用力弄断，扔在地上。战场不杀俘虏这是规矩。那士兵问："你干吗护着他们？他是你爹啊？"赫希格使劲踢他屁股，两个人扭打在一起。胖子占布拉和础鲁，跑了过来将两个人分开。那士兵指着其他俘虏气喘吁吁地说："今天要不把他们全都杀了，来日他们还会糟蹋咱们草场。"胖子占布拉举起狗脑袋一般大的拳头将那见血疯狂的士兵赶走说："我们是要战斗，但是就这样残酷地杀死这些投降士兵，那还不如回家收割高粱呢。"又有一些押解俘虏的士兵路过时，将剩下没来得及被砍头的俘虏一并带走。赫希格挺身保护俘虏的壮举被团长阿木古郎看到。那次战斗中赫希格骑兵连连长阵亡。在团长眼里赫希格是个仁慈的人，可以带好连队，就这样团长一口咬定让他荣升为代理连长了。几天后，部队去攻打查巴干庙，把赫希格连队从第五团编制择开，组织成师部直辖连，让赫希格继续担任代理连长职务。

自治军指挥所迁到在森林中居住的一个小自然村落里。骑兵战士们在离指挥所不远的山坡上休息，几名传令兵在来回奔跑。赫希格、胖子占布拉等人从山坡观察远处烟雾弥漫的战场。胖子占布拉不大情愿地说："自从我们被编到师部直辖连以来，只有倾听枪声的份儿，却没有打枪的机遇了。我的剑在鞘中叮当作响。"础鲁反驳道："你要是急着去死就骑上马下山，朝烟雾流动方向奔去，我要睡会儿觉。"说着把缰绳压在腿弯躺下。赫希格说："你们俩能不能安静一会儿。"胖子占布拉说："能啊，能。"自治军师部指挥所近在咫尺。赫希格看到，第五团团长阿木古郎匆匆下马，抖搂着身上灰尘走进指挥所。巴德玛拉布坦司令和参谋长在研究战事，阿木古郎敬礼道："第五团伤亡很严重，已经没法再组织冲锋了。"参谋长说："没想到小小查巴干庙竟然固若金汤，两个骑兵团夹击半天还破不开……"巴德玛拉布坦说："不能再拖延了，师部直辖的两个连立刻投入战斗，天黑前一定要拿下查巴干庙！"参谋长说："那样的话师部安全就没保障了，还是留下一个连吧。"巴德玛拉布坦："不！敌军援兵来到之前，一定要再次冲锋破掉查巴干庙防御线。"说着抬头朝阿木古郎道："我把师部直属的两个连交给你。"

赫希格的骑兵连已经集合在前线指挥所外面。巴德玛拉布坦司令站在骑兵队列前，皱紧眉头下令道："盘踞在查巴干庙的国民党部队被打得已经抬不起头了，师部直辖一连、二连配合第五团一起攻打查巴干庙南门，要迅速出击，争取天黑前结束战斗！"师部直辖二连连长抽出战刀下令："二连，全体上马！"赫希格也紧随着喊道："一连，全体上马！"骑兵连纷纷出击。战场上烟岚四起，骑兵队伍穿梭驰骋，硝烟中的查巴干庙在不远处影影绰绰。马背上挥动战刀奔驰在队伍前头的赫希格脑子里渐渐出现了巴掌大的屏幕，那屏幕上有一只猎鹰在逆风方向挥动着翅膀。目标越来越近,对方堡垒中,火力变得越来越凶猛,冲锋队伍前头人马频频倒下,赫希格似乎感觉到一股热辣而沉重的撞击,想尽力保持马背上的平衡,但,坐骑已经头部着地。赫希格脑壳里那在逆风方向挥动翅膀的猎鹰瞬间消失。他毫无知觉地躺在了自己战马尸体旁边。黄昏时,战斗基本结束,自治军冒着全军覆没的风险,终于占领了查巴干庙。救援队伍开始清理战场,昏迷不醒的赫希格被两名救援人员抬到一辆马车上,他的额头缠着厚厚绷带,但是他显然还活着。标示着红十字牌子的临时医院帐篷旁停着伤员运输车。医生逐个诊断送到面前的伤员,然后按照伤势轻重,指挥人们把伤员分别送往不同地方。轮到赫希格了。医生说:"伤势很重,送到后方医院。"几个人把赫希格从马车上抬下,挪到机动车厢里。医生又送上去几个伤员之后,汽车开动。

赫希格与军官度棱,躺在同一间病房之内,二人已经成了无话不聊的朋友。这已经是他受伤之后的第二十一天。后来,他在尼玛铁匠铺里对我们饶有兴致地讲述了他那段死亡门槛上挣扎的经历。他说:"第一次从昏迷状态中醒过来时,发现自己躺在棺材里,微微睁眼,隐约看到天空中眨巴着的几颗星星。"他接着说,他当时还不知道自己在运送伤员的车厢里正在赶着夜路呢。感觉自己就躺在棺材里,还埋怨送葬的人们竟然忘掉盖棺。既然躺在棺材里,已经死亡,那就理所当然地感觉不到任何疼痛。旁边有人发出像是冬季掉进冰窟窿的狗崽子狺狺一般的声响,他拿这些当笑料听着。突然,棺材猛烈颠簸了一下,天上星星熄灭,他往下坠落,坠落,掉到塔拉嘎查附近。他发现自己在黄昏里嘎查东头沙坨上赶路,似乎在寻找战马,或许是寻找家里丢失的几头牛,对此他自己也说不清楚。不远处沟壑里,有几个住户点燃灯盏。他看着微弱灯光在思忖,进去做客还是继续赶路?他讲完死亡线上的奇特经历后,感慨道:"依我看，死亡就是这么简单，跟烂醉如泥一回没啥两样。无牵无挂，除了自己的模糊意识外，别的什么都没有。不过……"他停顿片刻，满意地说："那次受伤的最大收获是，我刚刚摆脱阎王使者召唤就遇到了一位了不起的朋友——跟我一样在查巴干庙战斗中受重伤的第五团少校军官度棱。"

　　赫希格的头部缠绕着绷带，右胳膊也吊在肩膀上，他的朋友是腰部受伤，上半身几乎缠满了绷带。护士给他们换完静脉输液药瓶之后出去。护士出去之后赫希格立刻坐立起来，他说："您接着讲吧。"朋友说："我们所有人都被日本人欺骗啦，早就应该知道日本人没安好心。可是我们蒙古上层人士们只是从自身利益出发，使成千上万蒙古男子无谓地丧命沙场。"赫希格诧异道："上层人士？"朋友说："就是王公贵族，诺颜大臣们。"赫希格说："我们蒙古人驱逐开荒者，在自己土地上实行自治有什么错？"朋友说："驱逐开荒者没有错，可是真正自治和在别人强迫之下实行自治是有根本区别的。"赫希格说："你说得似乎有些道理，其实如果认真想起来，我们搞的是什么自治呀，还不是遵照日本人的旨意行事。"朋友说："是啊，就是这样。"赫希格对他的言论，似懂非懂。保护自己土地是亘古不变的道理，他懂；上层人物之间的钩心斗角，他不懂。听医生讲，指甲盖那么大的炮弹残片扎进他胸膛，在肺部穿个窟窿，绕个弯子，从左腋下蹿出。他的伤情不算严重，可是伤口愈合却需要一段时间，足够让他细细品味以往。新婚之夜，为了躲避父亲的马鞭，他逃进洞房，很无奈地爬上炕，倾听父亲、阿穆尔舅舅和母亲三人在外屋的吵闹声片刻后，枕着胳膊躺下了。新娘似乎什么都知道，就是不知道她的新郎官刚刚从另一个女人的被窝里出来。她吹灭灯盏，开始摸索着为他宽衣解带。起初他推开过她的手，但，推开痴情女子的心就没那么简单。嫂子的双手紧紧缠绕着他的身体，抚摸、揉搓片刻都不停歇。他屏住呼吸，强忍欲念，倾听屋外声响。可是被新娘温柔手指挑逗起来的欲火，堪比脱缰之马，开始嘶鸣、奔跑。那沾染过另一个女人的裤裆里的赘肉，竟然渐渐地、无耻地硬了……主治医生在几名护士的陪同下进来，为他们查看伤势愈合情况。医生边检查伤口边说道："大人们很快就来这里慰问你们，应该心里有所准备回答问话才是。"医生和护士离去后，赫希格问："如何是好？"对方皱眉，若有所思地说："如果问起话来，想说什么就说什么呗，难道你我还有其他隐秘勾当？"当天下午，满洲国大臣在院长和医生、护士陪同下沿着医院走廊慰问伤员。当他们走进病房时，伤员们下床，站立等候。医生指着赫希格和度棱，说："两位军官刚送来时伤势都比较严重，在我们的不懈努力下使他们得到了最好治疗，现在已经基本恢复健康。"大臣露出笑容："你们是我们大满洲国的英雄。"说着向二人伸出拇指。受宠若惊的赫希格不知所措而左右观望，模仿其他伤员，向大臣敬了个军礼，目不斜视。赫希格说，他在养伤期间，从朋友嘴里了解了不少有关蒙古人的事情，还听到了德国人和苏联人以及其他国家的事情，就是不大看好日本人和满洲人。朋友还向他讲述了许多为理想而不择手段的神秘人物的奋斗故事。赫希格说，用不了多久，他的朋友肯定会飞黄腾达，成为大人物，但是自己却愚钝，估计这辈子都学不来他那一套能伸能屈的计谋。

赫希格在开鲁县医院渐渐康复身体，可这时的塔拉嘎查，却是另一番景象：当其木格赶着家里几头牛路过公房门前之时，呼日查大叔向她招手。其木格将牛群赶到山坡回来，走进公房。"从部队给你父亲捎来了信。这里还有一份阵亡人员名单。我太想了解战场情况，所以就忍不住打开看啦。"呼日查大叔说着把信递给她。其木格拿着信欲往出走，呼日查大叔却说："姑娘，告诉你父亲，不要太难过。"其木格立刻感觉到这封信件是个噩耗，所以没看那另一份阵亡人员名单，用恐惧目光盯着呼日查大叔的黑脸渐渐后退，一旦出得公房就拼命地朝家跑去。父亲此刻正在用新鲜柳条补编房屋东侧篱笆破损处。其木格手里抓着信件气喘吁吁地跑了过来。父亲呵斥道："混账，为什么不要命地窜来窜去。"其木格说："军队给你的信。"父亲将手中活计放下说："拿来。"嫂子听到外面的谈话，迅速从屋内走出来，靠着篱笆侧耳倾听。其木格说："呼日查大叔已经打开看过，他说你不要太难过呢。""打开就打开吧，还放什么屁，难过不难过的，快念。"父亲说着把信递给其木格。其木格取出信纸，快速浏览了一下，然后用悲惨刺耳的声音说："爸爸，哥哥被杀死了。"嫂子失神呆立，视线凝固在天空某一处。父亲从其木格手中，夺过信纸翻来覆去地看着。他抖动着双手把信纸又递给其木格，呵斥："念！"其木格已经泣不成声，但，又不得不念。她吞吞吐吐地读道："尊敬的……尊敬的……您的儿子赫希格在攻打查巴干庙战场上英勇牺牲。他的遗留物品以后会给您捎过去。现在我们暂时把他的马鞍留在了部队中……自治军……第五团团长阿木古郎敬礼。"父亲闭眼伫立，鬓角头发扎煞开来。他须发斑白，眼窝深陷，仿佛是突然之间衰老了。得到噩耗的当天中午，父亲弯腰沿着河岸背着一根棍子趔趄转悠。乌日图牵着马迎面而来。两个人几乎撞在一起时才发现对方。父亲将背上别着的棍子放下来，拄在地上，然后望着天空深深地叹息："亲家，我失去了最好的儿子。"他嘟囔着突然开始悲泣。乌日图也叹息道："哎，什么叫为人之子啊。"父亲声音颤抖着："亲家，请你原谅赫希格的胡作非为吧！"乌日图脸色突变道："原谅？我可以原谅你那个狼崽子，可我女儿呢，她怎么办，哼！"父亲说："我们对待吉蜜思胜过己出啊。"乌日图歇斯底里地喊道："滚开！别挡着我的去路。"

　　追叙一段从地方志上读到的有关民国开垦团与日本关东军之间
产生的小摩擦，给后面故事做个铺垫。在长春日本关东军指挥部，
一位日本军官将一些身份证明证书摆放在曾经给蒙古"独立军"当
过顾问的退伍军人中村震太郎面前，说："你现在已经是日本帝国农
业技术专家了。我们给你配备一名鄂伦春向导。你所要完成的主要
任务是，侦察了解清楚民国东北方向的部队部署情况。"中村震太郎
说："是，明白。"军官说："马匹和向导已经在外面准备好了，你现
在可以出发了。"中村震太郎立正敬礼道："哈依！"就这样，普通
农民打扮的中村震太郎与鄂伦春族向导一起骑着满载货品的马匹行
进在大兴安岭东南侧原始森林之中了。他们来到被雾霭缠绕的山麓，
中村震太郎问："这究竟是什么地方？"向导说："我也闹不清楚这
里是什么地方。"中村震太郎下马拿出地图和指南针观看。向导说：
"我们是不是在这里吃午饭？"中村震太郎说："除此以外别无他法
了。等雾霭散去后再找一处人家过夜吧。"向导从马鞍上取下食品袋
后，二人开始吃喝。实际上，中村震太郎和鄂伦春向导已经进入国
军防线，但是午后雾霭把他们的视线给遮住了。

　　此刻，国军边疆开垦团的海山营长和勤务兵巴拉杆二人来到离
中村震太郎和他向导休息处不远的河岸，来回寻找渡口。海山策马
带头下水，跟随在后面的巴拉杆不小心失手将手枪掉在了河水中。
巴拉杆从马背上哈腰倾斜身体寻找手枪，但是惧怕深水结果直接过
渡到没过马镫深水，来到岸上。海山问："你刚才在水中停下做什
么？"巴拉杆说："营长，我把手枪掉在河里了。"海山诧异地问：
"什么？"巴拉杆唯唯诺诺地再次回答："我把手枪给弄丢了。"海山
举起马鞭就抽打，并咆哮道："你怎么不丢脑袋呢！赶紧下水去找
回手枪。"巴拉杆刚要脱下衣服，就被气急败坏的海山一脚踢到河水
中。当巴拉杆在齐腰深的河水中摸索寻找丢失的手枪时，海山却若

无其事地在岸边坐下来抽烟。半时辰之后，巴拉杆浑身湿透，颤抖不已地出水，却两手空空。海山沉默着跨上马背，连看都不看巴拉杆一眼，催马而去。巴拉杆来不及拧干衣服，勉强上马看着他长官的背影，默默发誓道：一定要让海山付出代价！

　　坐落于原始森林中的东北军开垦团临时营地上，几座军用帐篷依稀可见。在距离帐篷近处一片空地上，诺尔布指挥一排士兵进行军训。从我们塔拉嘎查出来的六条好汉之三个，在这里当国军战士呢。这六条好汉分别是赫希格、胖子占布拉、础鲁、额尔德尼、巴拉杆和诺尔布。四年前六个人同时当过国军逃兵，如今，额尔德尼、巴拉杆、诺尔布又回来当国军，一起吃香喝辣。中村震太郎和鄂伦春向导从林间缝隙内一闪而过时，恰巧被排长诺尔布看见。诺尔布指着两个人影闪过的方向命令道："南边树丛里有两个骑马人，一班从右侧，二班从左侧去把他们抓回来。"已经训练腻歪的队伍顷刻间散开，士兵们各自跑向自己战马。额尔德尼等人纷纷上马追赶已经隐退到森林深处的中村震太郎和他向导。诺尔布用望远镜瞭望时，士兵们将中村震太郎和向导带了过来。中村震太郎对着国军众士兵，不仅毫无惧色，还傲慢地说："你们要干什么？我是大日本帝国农业专家，是调查研究土壤、植被和气候的。要是不相信就看看这些证明。"说着从衣兜内取出证件递给诺尔布。诺尔布查看证明之后命令道："把他们的包裹打开。"几名士兵立刻从马背把中村震太郎的那些大小包裹取下来，额尔德尼从包裹内找到了手枪和子弹。诺尔布把手枪伸到中村震太郎面前，问："这是什么？"中村震太郎有所泄气，但依然嚣张："现在战祸蜂起土匪横行，身上没有武器能行吗？"诺尔布亲自查看包裹内其他物品。发现里面有新绘制的地图、测量器械等。诺尔布说："把他们送到营长那里去。"额尔德尼等人驱赶着中村震太郎和他向导，诺尔布背着手跟随在后面，来到海山营长的帐篷。接着，边疆开垦团第二营营长海山有模有样地开始审讯中村震太郎。海山问："你自称是农业专家。可是你把我们的军事部署配置画下来做什么？"中村震太郎依然傲慢地说："你们没有权力逮捕我，请你立刻为我松绑并释放我们。"海山正襟危坐道："我有足够证据证明你是军事特务，现在我代表民国边防军第三团第二营宣布判处你死刑，立即执行！"中村震太郎听了宣布，打蔫了。士兵们架着咆哮的中村震太郎和向导出去，将二人捆绑在大树上，身上淋上油脂。海山营长喊："点火！"拿着火把的额尔德尼走过去，把二人身上油脂引燃，焚烧。一个高级特工人员失踪，日本人是不会甘心的。几年后，由于中村震太郎焚烧事件真相暴露，此时已经当上国军边疆开垦团团长的海山，也把阳寿熬到了尽头。这是后话。

第九章
不低头瞅一眼趴在芨芨草丛中的情敌

赫希格是伤还没完全好利索就让医院给他开了回家休养证明，急匆匆离开开鲁县的。离去的前一晚，他在床上翻来覆去地琢磨着到底先回哪个家：一边是明媒正娶的老婆和孩子，另一边是让他牵肠挂肚的情人。当黎明来临，病房走廊里开始有了脚步声时，他开始收拾行囊，与朋友告别，跨出医院门槛的那一刻，才把应该去往的方向定夺下来。惹人怜爱、孤苦伶仃的波尔玛，渐渐把妻子和想象里飘浮不定的儿子形象给掩埋住。他一路步行，有时候还能截住短途车辆驮载一段路程，足足用了四天才来到巴彦公爷夏季营地。那天清晨，营地上的几条狗认出赫希格没吠叫。赫希格走进自己住过的包房时，西面板床上巴彦公爷的弟弟达瓦喇嘛裸露着长满棕色毛的胸膛正在酣睡，波尔玛不在，大概是挤牛奶去了。赫希格看着达瓦喇嘛那令人作呕的睡相，就明白了他不在时这里发生的一切。此刻，巴彦公爷背着手逡巡营地周围，来到挤牛奶的波尔玛旁边，注视着拴在马桩上戴鞍子的马，似乎在考虑着什么，问："达瓦在这里过夜了？"波尔玛提起奶桶，站起来，看着脚尖默默点头，一片红晕掠过脸颊。巴彦摇了摇头离去。

巴彦公爷在自己住的大蒙古包内等待喝早茶时，弟弟达瓦喇嘛垂头丧气地走了进来。巴彦不悦地说："我把赫希格送去参加自治军的时候，答应过他要照顾好他的女人。""那当然，他们正在为捍卫蒙古人的土地主权流血流汗，甚至牺牲生命。我们在后方关心照顾他们的妻儿老小是顺理成章的事情。"达瓦喇嘛油嘴滑舌道。巴彦睃了达瓦一眼，问："那么你是怎样照顾的？"达瓦微笑道："哥哥没看见，难道还没听波尔玛说吗？她不吃不喝地躺了两天，而我只用了两服药，就使她站起来挤牛奶。"巴彦说："你的马在树桩上度过整夜，新鲜粪便可以证明。"达瓦说："那有什么办法，寺离这儿整整一站地远，一定要黑灯瞎火地走那么远的路吗？""波尔玛今天是怎么回事？还不来熬茶？"巴彦自言自语。"赫希格回来了。"达瓦说。"什么时候？""刚才。""战争进行得怎么样了？把民国军队赶到关外了吗？""不知道，我没问。"当达瓦喇嘛离开巴彦公爷营地，骑着马在长满茅针的山坡上奔走时，赫希格从树丛里跳出来，抓住他的马嚼子呵斥道："下来！"达瓦感觉到厄运当头："赫希格！你在佛徒身上动手动脚，会造孽的。"说着乖乖下马，往后退着，最后顶在了芨芨草丛边岩石上。赫希格揪住他的领口，二人似乎事先有约定，像两头发情的牤牛一般瞪大了眼睛怒视对方，摆出摔跤姿势。达瓦边紧紧抓住赫希格的腰带边气喘吁吁地说："嗨，嗨，……你冷静点，我们先把赌注说好了再摔不迟。"赫希格说："你应该死！"达瓦说："我再也不碰波尔玛了，马匹连带鞍子都归你。"赫希格说："你去死吧！女人也归你了！"大片芨芨草丛里飘起乳白色碱性尘土，二人从日出山头开始一直僵持到晌午。有两位骑马的路人来到附近观看究竟。赫希格被达瓦喇嘛触碰到刚刚愈合的伤处，疼痛难耐，几乎膝盖着地时，突然，嘶声力竭地喊叫一声，竟然把身躯硕大的达瓦喇嘛举过头顶，原地转了一圈扔了下去。二位路人朝赫希格点点头，催促马匹继续赶他们的路而去。赫希格立足原地，痴痴地瞭望雾霭缭绕的远处山头，也不低头瞅一眼趴在芨芨草丛中的情敌。赫希格似乎已经洗清了心里汇集的大部分污垢，恢复了自尊。他缓缓离开摔跤地点，捡起行囊，依然没回头看一眼手下败将，径直走下山坡。达瓦喇嘛从草丛里喊道："嗨，把你赌赢的马匹骑走吧。"赫希格听到达瓦喇嘛的喊声，驻足片刻，但，还是没回头。

　　站在外面的其木格正在眺望，看到一个身背包裹、穿着军装的行人就失声道："哥哥！是赫希格哥哥！"她推开院门趔趄着跑进屋里上气不接下气地说："大哥！大哥他还活着！"母亲呵斥道："你疯啦，别胡说。"炕上的父亲像年轻人似的一跃而起，从窗户巴掌大玻璃向外望着嘟哝道："老天爷呀！慈悲无边的菩萨呀！"就一屁股坐在炕上。这时，嫂子从自己房间趔趄地走出，尾随着嫂子，其木格和母亲也从堂屋跑了出来。嫂子虽然第一个跑出屋子，但，驻足在大门内侧，看着赫希格不知所措，此时，其木格从她身旁跑过去抱住赫希格，母亲却站在屋门口用手指抹眼泪。赫希格被其木格紧紧抱住，无可奈何地揉搓她的头发，朝母亲说："妈！我回来了。"母亲说："看到了，妈知道我儿子是跟猫一样有九条命，结实着呢！"嫂子退回几步，站在母亲身后微笑着。她们簇拥着赫希格陆续进屋。当赫希格走进屋内时，父亲抱着恩和坐在炕上，恩和躲避赫希格把脸藏在爷爷怀里。赫希格说："爸！"父亲却生气地说："那个叫阿木古郎的团长寄来一封胡说八道的信，把我们全家给耍弄得够呛。恩和，快站起来，你爸爸回来了！"恩和依然把脸藏在爷爷怀里。其木格在炕上放茶桌。父亲强迫恩和站起来，把他推给赫希格时说："他有些认生。"赫希格抱住恩和，边吻着他头发边上炕，盘腿坐下。父亲说："就别坐了，赶快去你老丈人家吧。那儿还有一帮人为你操碎了心呢。"母亲说："吃完饭再去吧。"父亲说："那不行！"赫希格顺从地抱着恩和往外走时，嫂子也匆匆跟着出屋。

　　赫希格怀抱儿子，领着久别重逢的妻子来到他岳父家。嫂子除了走路时稍显跛足之外，满脸是喜悦。赫希格首先径直前往东厢房杂货店，面见岳父乌日图。他将儿子递给嫂子，屈膝拜见岳父。乌日图重新见到这位女婿似乎并没高兴，伸手从嫂子怀里接过孩子说："起来，都进屋去吧。"萨玛嘎甩动衣襟匆匆忙忙走进店里来从乌日图手里接过孩子时，赫希格再次朝他丈母娘屈膝。亲家母泪满眼眶，道："恩和很快也会变成和父亲一样的男子汉。"说着亲吻孩子，把眼泪留在孩子红扑扑的脸颊上。乌日图却不管不顾赫希格的颜面，说："头发长见识短的老太婆就少说两句吧，要是跟他父亲一样，将来还不是个事爹。"听了这话，嫂子好像比赫希格还难堪，劝阻道："爸！"赫希格不好意思地率先退出杂货店，匆匆走向堂屋。那莫斯莱老爷子在自己房间等待赫希格过来行礼。老爷子数着念珠正在心里准备，给赫希格讲述年轻时代的故事。所以，赫希格刚走进房间，他就抑制不住兴致开始讲："当年我如果再在呼伦贝尔待上几年，那个大脑袋的民国总统没准儿就任命我为呼伦贝尔督统啦。赫希格，你现在当了什么官儿？"赫希格说："没有什么官衔，不过是个代理连长。"那莫斯莱老爷子鄙夷道："连长比起督统的确是个指甲盖大小的官儿啊。"说着很满足地微笑。乌日图走进老爷子屋里来，从箱子里掏出些皮屑端详着，用嘲笑口吻说："我要把呼伦贝尔督统大人的皮屑拿去补鞍鞯啦。"那莫斯莱老爷子瞪大眼睛，怒视乌日图，说："拿去吧，实际上我是准备用它做软底皮靴的，可是不知道还能不能活到冬天呢。人老啦，就像孩子一样穿又软又暖的，可是找不到人……"乌日图没听完老爷子唠叨就拿着皮屑走出屋去。嫂子抱着孩子走进来挨着赫希格坐下。赫希格问她："为什么不给爷爷缝软靴？"嫂子道："不是忙就是给忘了。在冬季到来之前我一定做好。"那莫斯莱老爷子说："看我这样子，没准儿活不到那个时候啦，要是想给缝就赶紧的。别再等啦。"嫂子频频点头承诺道："行，行。"那莫斯莱老爷子说:"把那好认生的小伙子递给我。"嫂子把儿子送到那莫斯莱老爷子怀里。恩和对他并不认生,反而揪他的花白胡须。那莫斯莱老爷子得意道:"小孩儿和狗最能辨认歹毒和善意。你们看看他这是认生吗?"说着让恩和骑到脖子上,恩和立马尿在那莫斯莱老爷子脖子上。嫂子说:"爷爷,恩和尿你脖子上了,快把他放下来吧。"那莫斯莱老爷子说:"没关系,挺凉快的。"说着把曾外孙放下。嫂子拿毛巾过来,给那莫斯莱老爷子擦脖子的瞬间,恩和走过去拍打挂在墙上的剑鞘。那莫斯莱老爷子突然勃然大怒,把嫂子拿着毛巾的手甩开道:"住手!别碰我的剑!"赫希格诧异地看着老爷子,恩和跑到嫂子怀里,开始哭泣。嫂子说:"那把剑是谁都不能碰的。"说着把孩子抱出屋去。那莫斯莱老爷子平静下来指着剑说:"它是僧格林沁王爷亲手赏赐的,我曾经用这把剑砍掉过两个八国联军头颅呢。"

乌日图坐在篱笆阴处,一边缝补鞍屉一边哼唱民歌小调,亲家母手里拿着一大盘子鲜奶酪经过他身旁时说:"听吉蜜思说,我们陶高亲家没让赫希格在家坐稳就撵出来了。"乌日图说:"陶高是个永不开窍的混蛋,我不领他那份情。"亲家母反驳道:"领情也好,不领也罢,你总得跟女婿一起坐下来喝茶的,是不是。"说完,挥动手不停地轰着落在奶酪上的苍蝇,笑眯眯地往屋走去。

满都呼和格日勒来到嘎查东边长着密集柞树丛的山坡。二人蓬头垢面,形似野人。这是他们逃离塔拉嘎查后的第三个年头。将近一千天,二人究竟遇到了些什么事情,细节暂时是个谜。不过,满都呼明显长高,已经超出格日勒表姐半个脑袋,嗓音也变得低沉、沙哑了。格日勒说:"就在这里歇息一会儿吧,我一步也迈不动了。"满都呼说:"我先进嘎查了解一下情况,然后弄点吃的,姐姐你在这里等着。""不用,既然已经看到自己家房屋轮廓,就是爬也能爬到那里。"格日勒说着靠在柞树丛坐下。已经是深秋,傍晚猎猎寒风里，她单薄的身子在微微发抖。满都呼放下肩上破破烂烂的行囊，独自下山去时，格日勒并没有阻拦。

有个黑影走进我们家院子，来到窗根，蹲下，然后探头朝里窥视。屋内灯光下，赫希格、嫂子、父亲、母亲以及其木格的脸被他看得清清楚楚。黑影在犹豫着。恩和坐在父亲怀里捋着他的胡须。父亲说："你到底还有多少天假？如果有足够时间，我们就把篱笆整个地修补一下，咱们家大院快成荒野啦。"赫希格说："能待多长时间啊，只要础鲁来接我，我就得出发。"恩和说："爸爸不要走，础鲁叔叔要是来了，就把狗都不舔的爷爷给带走。"父亲瞪了一眼母亲道："都是你教坏的，没大没小的。"其木格笑了。父亲呵斥道："狗崽子，你还笑。"其木格用手掌捂住嘴巴勉强止住笑。嫂子掩饰着笑容望着炕沿。这时，门被打开，满脸污垢的满都呼走了进来。屋内所有人变得呆若木鸡。恩和被吓哭了，将脸埋在父亲怀里。赫希格站起来，将满都呼拉到灯光下面，仔细观察。满都呼："哥！是我！"说着松软地靠在了赫希格身上。母亲、其木格和嫂子，不约而同地起身，围住满都呼。母亲抱住满都呼，带着哭腔惊叹道："日本人早已说过，不再追究那件事情！我儿子这么多天不回家，都上哪儿去了呀？"父亲依然坐在炕上，没挪地方就问："格日勒怎么样了？快说！"满都呼有气无力地说："她走不动了，正在山坡上歇息呢。"父亲说："其木格，快点出去套车。"赫希格说："还是我去吧。"于是，赫希格和满都呼赶着马车前行，来到格日勒表姐休息的柞树丛边停下。满都呼喊："格日勒姐姐。"没人回答。赫希格问："你不会是把位置记错了吧？"满都呼说："怎么会呢，你看，树丛下面放行囊和人坐过的痕迹还在呢。"赫希格说："奇怪，这么一点时间就……"满都呼想了想说："格日勒姐姐肯定是背着行囊回家去了。"

满都呼和赫希格二人把马车赶到阿穆尔舅舅院外，小心翼翼地跨过被炮弹炸得坑坑洼洼的院落，踩着窸窣杂草，走进抛弃没人住已经三年的屋里。屋子门已经损坏，里面阴森森的，像个鬼窟，霉味扑鼻。"格日勒姐姐。"满都呼颤抖着嗓音叫了一声，还是没人答应。满都呼在黑暗中摸索，从墙角洞口里找到灯盏，并划火镰点亮了灯。他端着灯檠走了几间房屋之后，终于在储藏室角落里发现了躺在摇椅上的格日勒。满都呼兴奋地喊："我说过她已经回家，说对了吧。格日勒姐姐，赫希格哥哥来了。"格日勒闭着眼睛很吃力地说："你们回去吧，我已经没事了……很困。"赫希格悄声说："就让她先睡着吧，我们俩回去弄些吃的来。""不用，我和姐姐在山里时，好多次都是这样饿着肚子睡觉来着。"满都呼拒绝回家，从储藏堆里拽出一张破毡子，铺在格日勒摇椅旁躺下了。显然，这是野外过惯而毫无做作痕迹的习惯性动作。但是，跟荒郊野外不同的是，现在二人已经回到亲人身旁，所以，用不着提防什么，连恐惧心理也消失了。赫希格似乎看透了满都呼和格日勒行为背后所隐含的意义，不急不慌地屈膝蹲在满都呼一侧依然悄声问："为什么这么长时间不回家，待在山里？"满都呼说："我们从这里逃出去后，在山林里转了两天，后来就迷路了，遇到一伙饲养驯鹿的鄂温克猎民部落，跟他们一起生活了两年多时间，接着我们离开森林，只要遇见村落或山林住户就讨一点吃的，不知不觉就过了这么多天。""你们骑的马匹呢？"赫希格问。满都呼说："从嘎查逃出去不久，趁我们睡觉的时候，它们就带着鞍子和缰绳跑丢了，我们再也没找到……哥你先回去吧，我也困……"满都呼在说话间就呼呼睡着了。这就是满都呼所透露的，有关二人在外地他乡生活的全部信息。至于格日勒表姐，她不仅自己不说，还不允许满都呼继续瞎咧咧了。因为，满都呼刚回来那天晚上，除对赫希格说了那几句简单描述之外，以后的日子里，家里人不管谁提问，再也不肯回答有关那段经历的任何细节。当然，几年后，满都呼还是跟我私下谈到过一些事情，不过那是后话。

赫希格和父亲正在修补院子西面的旧篱笆。父亲从身旁成捆的柳条中抽出一支，手掌上吐唾沫拧动时说："格日勒非要住在自己家里，我们又有什么办法，不过满都呼不能继续住在那里，你去把他叫回来。"赫希格说："满都呼不会听我的。"父亲说："他为什么躲着我们，难道我们一家男女老少都成了他的天敌吗？"赫希格说："可能是在心里埋怨我们呢。"这时，母亲和其木格绕着院子走了过来，停在父亲和赫希格旁边。母亲低声说："额尔德尼回来了。其木格和我在看望满都呼和格日勒回来时，看见他枕着道楞休息呢。"父亲说："回来就回来吧，那个混账东西已经和我们没有任何关系。"正谈论时，其木格发现，额尔德尼身负沉重包裹走向自己家，就用下巴示意道："你们看。"所有人都瞅着额尔德尼，连父亲也在看。父亲转过脸来低声对母亲和其木格说："不要朝那边看，都进屋去。已经有了满都呼、格日勒两个堵心小坏蛋的时候，又添上一个碍眼东西额尔德尼，呸！"母亲和其木格乖乖地离开修篱笆的地方，回屋去。

满都呼和格日勒表姐回来的第二天起，连续几天时间，二人忙忙碌碌地又是修缮门窗，又是用泥巴抹平被炮弹打穿的墙，还铺了院子里被迫击炮炮弹炸出的坑坑洼洼，使阿穆尔舅舅家院落渐渐恢复了原貌。那年，满都呼十七岁，格日勒表姐已经十九岁了。不熟悉情况的人冷不丁看，会说他俩是一对饱经沧桑的恩爱夫妻呢。格日勒表姐说："既然你们家人催促着让你回家，你回去算了。"满都呼说："这里就是我家，我哪儿都不去。"二人沉默着继续干活。这时，父亲背着手走进院子，不言不语地看着他二人干活。格日勒表姐几次对父亲欲言又止。父亲走到满都呼身边，一把夺过泥板开始抹墙。格日勒表姐这才开始说："我劝了满都呼，让他回家。"父亲抹墙的动作停顿了一下，然后继续着手中活计。父亲一直帮他们干活，到天黑才回家。他刚进屋母亲就问："怎么样？"父亲说："还能怎么样，他俩正在修房子呢，你应该找个机会告诉格日勒，有着血缘关系的姐弟俩不能结婚生子的道理，成何体统！"父亲的话把母亲的心给刺痛了。本来满都呼过继之事母亲从来没同意过，父亲却反过来埋怨她了。母亲悻悻道："那你为什么不直接说，还在这里瞎嚷嚷。"父亲辩解道："这话我好意思跟孩子们说吗？"母亲问："你不好意思，难道我就好意思？"父亲说："你跟我不同，你是当母亲的。"母亲消下气摇头道："我已经委婉地向格日勒表达过这意思了，可她装不懂，不搭理我。"父亲却说："那就由他们去吧，反正我还得给满都呼张罗娶媳妇。"母亲说："说的啥话呀，嘎查里人会怎么看？"父亲说："那你说怎么办？把满都呼拉回家捆起来？"

父亲的想法是，趁赫希格在家时，把所有院子篱笆补修一遍。可础鲁的出现打乱了父亲的计划。础鲁是赫希格代理连长的勤务兵，按满洲国军队的要求，他见到赫希格以后形影不离才对。可是础鲁应该也想陪他老婆待几天，所以侍弄两匹战马的任务就归赫希格了。赫希格牵着马匹走在河岸上时，额尔德尼迎面走来直截了当地问："告诉我，波尔玛在哪里？"赫希格并不答话，径直擦肩而过。额尔德尼追赶上来，超过他，并挡住了他去路说："即使你不说，我也能猜出个大概。她在西边牧区巴彦襄理公爷那里当用人，是这样吧？"赫希格将他推开后，牵着那两匹战马，嘟嘟嚷嚷地往铁匠铺走。瘸子尼玛坐在铁匠铺炕上，边吃烤肉干边喝茶时，赫希格踹门闯进，并不眨眼地看着他。尼玛诧异道："出什么事了？过来一起吃烤肉干吧。"赫希格质问道："是不是你告诉额尔德尼的？"尼玛感到莫名："我告诉他什么了？"赫希格说："波尔玛现在的住址。"尼玛这才恍然大悟道："啊，对啊，是我告诉他的，怎么了？"赫希格把尼玛手里的茶碗抢过来，摔在地上。尼玛毫不畏惧："既然你已经跟波尔玛翻脸了，那就应该一心一意和吉蜜思过日子才是，嫌碗里少往锅里伸手怎么行呢？你我都是人，不是畜生。"赫希格咬牙切齿道："你最好不要冒充长辈教训我！"尼玛心平气和地说："我并没教训你。那天，额尔德尼向我打听波尔玛了，当时我只是想，既然额尔德尼和波尔玛是两口子，那他俩应该一起生活，所以把她住址告诉额尔德尼了。怎么，你想杀我，那就杀吧。"说着掀开衣襟暴露出毛茸茸的胸脯。赫希格看都不看他那脏兮兮的胸脯，怒冲冲地摔门而出。那天傍晚时候，代理连长赫希格和他的勤务兵础鲁悄悄离开塔拉嘎查，找队伍去了。

额尔德尼打听好波尔玛藏身地点以后，很容易就找到了襄理公爷巴彦的营地。他全副国军军人着装，并且身挎匣子枪套去见巴彦公爷说："波尔玛是我表妹，我受妹夫赫希格的委托来接她。"巴彦公爷信以为真道："既然是这样，还有什么可说的，在工钱方面我不会亏待她的。"额尔德尼欢喜道："谢谢公爷大人。"巴彦公爷说："这话怎么说得出口呢，在赫希格参加自治军期间这里发生了一些不愉快的事情。"额尔德尼说："那没关系，只要人没事就好。"巴彦公爷说："您可真是太宽容啦，其其格——"女佣走进来。巴彦公爷说："你去把波尔玛叫来。"其其格去找波尔玛。巴彦公爷说："波尔玛还能怎样，她做不了自己的主，都怨我那个不成器的喇嘛弟弟……"说着从身旁箱子里拿出厚厚一沓纸币，向额尔德尼递去。额尔德尼将纸币接过来数都没数就揣进怀里。这时女佣复又进来说："波尔玛拎着包裹走向山坡，怎么都叫不回来。"巴彦公爷说："好了，就这样了。"额尔德尼说："没关系，我会负责把波尔玛带回去。"当波尔玛快步走到山脚下时，额尔德尼骑马赶了上来。额尔德尼不言不语，也不下马，只是默默地跟随在后面。波尔玛走到山脚一处林间空地之后，停下脚步反转身子。额尔德尼从马背下来，拍了拍腰间匣子枪套，笑嘻嘻地说："枪套里什么也没有，我是带着它吓唬巴彦公爷的，咱们回家吧，我把屋子和院落收拾好以后才来找你的。"波尔玛深深地无奈地叹息。"我已经把过去的事情忘得干干净净，保证再也不会提起那些事。"额尔德尼说着从波尔玛手里取下包裹悬挂在马鞍上。听母亲讲，额尔德尼冒充国军军官，把波尔玛接回家后，二人似乎很和睦，客客气气地一起待了那么十来天，可谁承想，额尔德尼那厮突然又不见了。

第十章
跟他们尿不到一个壶里

宝力德说，他能去日本东京陆军学院学习是多亏了巴德玛拉布坦上将亲手栽培。有关在日本国的学习经历，他回国以后到处炫耀，所以别说是塔拉嘎查，乃至整个王爷庙地区几乎无人不知无人不晓——

日本东京陆军军官学校宿舍内学员们正在睡觉，午夜时分，突然传来紧急集合哨声，宝力德迅速穿衣，跟伙伴们一起往外跑出。学员们集合好，在指挥员号令下往一处跑去。他们不知不觉间跑步来到靖国神社祭祀间，站在神像前默默祷告。宝力德说，这种事情在日本东京陆军院校是家常便饭。有一次，宝力德被请到他日本老师家一起喝酒时，河野兴奋地对他说："天照大神是我们日本人元祖，让满洲国来的学员夜间集合去参拜靖国神社是为了提高你们的思维高度，是跟日本学员一样高度啊！日本是世界上最优秀的种族，将来满族、蒙古人要规划日本，就与朝鲜人一样光荣了。至于我本人特别喜欢跟蒙古人打交道。宝力德君要是不嫌弃，我把妹妹介绍给您认识。"宝力德首肯道："谢谢您了。"河野招呼妹妹，一位穿和服的少女碎步走进来。河野说："这位是我妹妹，叫近子。"宝力德打招呼："近子小姐您好。"近子频频点头行礼道："请宝力德君多多关照。"就这样，宝力德经常来她家，跟用人说几句话，用人回屋告知，女孩从屋子出来。宝力德和近子，很快牵手走向大街了。开满樱花的植物园里，宝力德与近子，边走边聊天。近子问："宝力德君想家了吧？"宝力德说："要说不想家，那是假，家乡大草原无边无际，跟这里是天壤之别。"近子微笑，说："我很想去满洲国居住，宝力德君愿不愿意领我去？"宝力德说，他当然愿意。近子兴奋，她抱住宝力德雀跃欢呼着踮起脚尖毫不犹豫地亲吻他。宝力德却半推半就，犹豫着。近子问："怎么了？"宝力德自卑道："把我们蒙古民族跟你们日本人比较起来看，生活还是原始落后，您真要是跟我一起去东蒙会吃很多苦。"近子说："我不怕，只要和宝力德君一起，我什么苦都不怕。"过了一段时间，河野知道了妹妹的真实想法就不干了。河野说："不行！满洲国正在战乱中。我不会答应你去，在家里老实待着。"近子变得严肃，她质问哥哥："那你为什么让我认识他？"河野说："认识又怎么了，我只是让你散散心罢了。"近子果断地说："我已经爱上了宝力德君。"河野哄她道："你会很快忘掉他的。在东京有很多优秀男人。"近子说："不，哥你不要这么狠心，无论你答应也好不答应也罢，反正我已经把去满洲国的手续都办好了。"河野惊诧道："什么？再说一遍。"近子淡淡地说："关东军参谋部同意我去满洲国当野战医院护士了。"河野拍桌子道："胡闹，我不同意。你赶紧去让他们把派遣命令收回。"近子直视河野的眼睛，坚定地说："那已经不可能了，我明天就离开东京去满洲国。"河野站起来说："我现在就去参谋部找他们，让那张派遣令变废纸。"宝力德讲，河野企图阻止妹妹去满洲国的意图没得逞，主要还是因为他的个人魅力。河野最后面露懊悔表情，对近子说："派遣令已经改不了了，如果改就按逃兵论处呢。近子，在满洲国一定要好好活着。"就这样，从东京陆军学校毕业的宝力德等六个人欲回国，正走向船舶码头时，她气喘吁吁地跑过来，跟宝力德手拉手地走在人群中间了。上轮船后，她观望海天连接的景象说："想到很快就要看到太平洋彼岸宝力德君的国家，昨晚一宿没好好睡。天亮前打个盹儿就梦见了开满鲜花的原野！"宝力德却紧锁眉头道："我虽然很想家，可现在却舍不得离开近子小姐的美丽国度。"宝力德回国后被分配到作战前线。这已经是赫希格受伤后的第二年春季了。在查巴干庙居住的自治军师部指挥所里，巴德玛拉布坦司令做战前动员时讲道："去年，在热河省作战的关东军指挥部获悉我们占领查巴干庙的消息后来电祝贺时，希望我们再接再厉，一心奋战，早日把整个兴安西省控制在自己手里。"参谋长补充说："热河省督军汤玉麟手下李守信部是蒙古人组成的军队，我们眼前目标是，消灭或尽量不出大量伤亡代价来使李守信部归顺到自治军里。"巴德玛拉布坦提高嗓音说："一定要牢牢抓住这次机会，让关东军方面知道，我们不是一支普通骑兵队伍，不彻底消灭李守信部，誓不罢休！"阿木古郎、宝力德、度棱等各级指挥官们鼓掌表示拥护，刚刚被正式任命为连长的赫希格也站在人群里鼓掌。等掌声停下来后参谋长部署道："外围队伍全部聚集在查巴干庙一带休整三天，第四天黎明时出发。"

在野外搭建的军官临时帐篷内，宝力德与其他三个军官围坐在一起玩扑克。宝力德戴着玳瑁镜框眼睛，作派有了些显赫样子。赫希格离开牌桌，在一个角落里擦枪。度棱歪倒在床铺上，一口接着一口喝闷酒。几名传令兵站在桌子周围观看军官们的扑克游戏。宝力德边打量手里的牌边说："我们不应该说出对大日本帝国不忠诚的话。当我在日本帝国陆军大学学习时，就有一个学生只是因为说蒙古人不会生活而受到学校方面严重惩处。我实在是看不出那个先进民族除了像现在这样对待我们以外，还能选择更好的其他方式。"说着出牌。度棱："俗话说，被割了耳朵的狗更亲近主人。看来此言不谬。"宝力德将手中纸牌使劲摔在桌子上咆哮："就是，像狗一样对主人忠诚是没有什么不好，不过像狼崽子似的一旦长大就忘了主人养育之恩，那可是无药可救，不会有好下场。"度棱道："到底谁没有好下场，早晚会水落石出的。"围在牌桌旁的人们把敌意渐浓的两个人劝解开了。赫希格将擦好的手枪放进盒子里，取下悬挂在柱子上的战刀走出帐篷。

　　部队士兵们在林间空地上休息。胖子占布拉、础鲁并排坐在一丛枝叶茂密的桦树下，脱掉衣服找虱子。附近树荫下，坐满了一群士兵。胖子占布拉说："当兵打仗根本上就不应该缺少熬汤的肉。"础鲁揶揄道："为什么呀，占布拉先生？"胖子占布拉说："把虱子煮熟了不就行了吗？"础鲁呕两声："呸，狗嘴里吐不出象牙。"然后，感叹道："可怜啊，我们就如同衣服里虱子。"胖子占布拉说："闭嘴吧，只要生成了人，命里不是杀死他人就是被别人杀死。"这时，赫希格来到树荫下枕着露出地面的粗树根躺下。础鲁问："上级下达新命令了？"赫希格眺望着树枝间的天空摇头。胖子占布拉问："不在军官帐篷里休息，到这儿来做什么？"赫希格说："我跟他们没法沟通交流，还是数着星星过夜吧。"础鲁说："我们的赫希格什么时候撒谎聊屁装神弄鬼来着，若说跟他们那些人尿不到一个壶里，肯定有一万个道理。"胖子占布拉说："别放屁，军官也不见得从娘胎里出来时就打着官印出来的。赫希格呀，你要学会摆那些架子，从今往后我们就看你的啦。"赫希格伸懒腰道："他们谈论的都是些不着边际的蠢事。"后来听赫希格在尼玛铁匠铺里讲，就那天夜里，自治军第五团因为团长阿木古郎玩忽职守，遭到了国军边境开垦团突袭——

　　队伍休整地点选在开垦团老窝附近，四处都是一望无际的麦田。团长阿木古郎和他警卫来到一处开垦团雇用农户前，下马。警卫说："团长您上次惦记的漂亮娘们儿，就是这家主妇。他们家就是孩子多，晚上睡觉有些不方便。"阿木古郎说："没关系，你先想办法把男主人支开。"当农民夫妇跟孩子们一起准备吃晚饭时，团长阿木古郎的警卫走进来，对男主人说："你立刻套马车，去自治军第五团指挥所报到，有紧急任务要完成。"农夫感到为难，直摇头。警卫解释道："你放心，工钱会一分不少的，可要是不听命令，那对不起了，我现在就把马厩内的马给牵走。"农妇着急道："长官，我们两口子刚从地里回来的，饶了我们吧，马也已经很累了。"警卫道："那就只好把那累坏的马给砍死，吃肉。"说着欲出屋。农夫说："算了吧长官，我按您的吩咐去就是。"就这样，农夫出屋套马车。赫希格讲述这段经历时分析道，那农夫肯定没去自治军第五团指挥所，而是半途杀掉团长警卫就去找暂时撤退隐蔽在深山老林里的民国边疆开垦团了。依据是：清理战场时，让石头块砸坏头颅的警卫尸体是在田间小路旁边被发现的。

　　阿木古郎团长躲在农家篱笆附近窥看时，农夫和警卫从屋内走出，开始套马车。马车从农家院儿出来，往田间小路奔去，警卫骑着马跟在后头。阿木古郎从藏身处出来，牵着马直接走进农家院。屋内已经点亮油灯。农妇开始在炕上铺床，孩子们排列躺下。阿木古郎站在避开灯光的地方，用淫荡目光肆无忌惮地看着女人的一举一动。有个幼小孩子从被窝伸出手时，旁边躺着的女孩大声喊："妈，快给三弟喂奶吧，他把手伸出来了。"农妇给孩子喂奶，孩子睡去。阿木古郎爬上炕，农妇已给他铺好褥子的地方躺下。熄灯后，阿木古郎伸出手企图向农妇爬过去时，碰到爱喊叫的女孩子脑袋。女孩喊："妈，三弟又伸出手了，快过来喂奶吧。"农妇刚要起身，阿木古郎光着上身，四肢着地过了几个孩子床铺，把农妇压住。大概四更时分，几名国民党士兵突然闯进农家，把几乎全身裸露的阿木古郎从农妇被窝里拽了出来。士兵说："老实点吧，日本人的狗。"阿木古郎挣扎道："我是蒙古自治军啊。"士兵咬牙切齿地说："可恶的蒙古狗。"话音未落，几名士兵的刺刀同时刺穿阿木古郎团长的胸膛、腹部和臀部。此刻，团指挥部野战帐篷内，早已钻进被窝的军官们还在兴奋地辩论着有关时局发展的问题。帐篷中央吊着马灯。宝力德说："兴安省的第四部分，也就是说兴安西省如果成立了，蒙古人的权力也就完整了。"度棱说："西蒙古难道就不是蒙古人了吗？"宝力德说："我只是说东部蒙古人，西部蒙古跟我没关系。"度棱说："四肢齐全才可谓人体，可是目前我们既没有脑袋也没有四肢，连煮饭的锅都是掉底的。"宝力德说："我不想再跟你说话，我要睡觉。"就在这时，响起了迫击炮炮弹爆炸声，马灯被震得摇晃了起来。军官们一跃而起，纷纷拿起枪械。炮声继续隆隆作响。军官们从帐篷内蜂拥而出。当宝力德足蹬皮靴走到门口时，帐篷被炮弹击中倒塌。坠落的马灯引燃了帐篷，宝力德倒在火光里。附近到处是来回驰骋的骑兵。据赫希格讲，国军开垦团找到自治军第五团团部后，用迫击炮轰了十来下就匆忙逃逸。因为休整队伍的自治军士兵满山遍野，国军开垦团偷袭小队肯定担心应付不了。黎明时，宝力德被担架抬进蒙古自治军野战医院。近子和医生搭手把他从担架挪到床上。医生开始为他检查伤口时，近子的视线慢慢从左胳膊伤口移到宝力德被硝烟熏黑的脸上，瞬间，她很意外地认出伤者竟然是自己未婚夫。近子尽量控制自己，手微微颤抖着，轻轻摇晃宝力德的身体，企图让他醒过来。"宝力德君，宝力德……"近子在他耳边轻轻呼喊着。宝力德慢慢地睁开眼问："我的手和脚完整吗？"近子看医生的脸，医生点头。近子高兴地喊："完整，都在！"宝力德这才认出近子，用好手抓住她胳膊，深吸一口气，像孩子一般失声恸哭道："近子，我差一点就再也见不到你了！"医生已经检查完宝力德，去其他伤员床边。近子俯下身，把脸贴在宝力德胸口，悄悄说："不会的，宝力德君。你我一定能看到战争平息那一天。"宝力德哽咽着半撒娇半逼问道："这次养伤你愿意跟我一起去我家看看吗？"近子频频点头道："愿意，宝力德君，我愿意。"

　　宝力德从自治军野战医院出院，跟近子一起回家休养是初秋季节。他们回来的那天下午，父亲腰里别着镰刀与打鱼的铁链子，腋下还夹着一捆柳条，沿河岸柳丛中行走时，突然看见在河汊积水中有鱼儿跳跃，有黢黑的大嘴巴鲇鱼还有白鲢。他看到鱼儿就开始不断地吞咽涎水，兴许想到了年轻时候跟随巴布扎布将军的部队，在汉人酒馆里吃过的清蒸白鲢或炭火烤熟的鲇鱼吧。他把柳条捆放在地上，绕着河汊积水走一圈，找到与河水连接处就开始割蒿草，捆扎起来堵河汊豁口，又搬来几块石头压在蒿草捆上以免那些愚蠢勇猛的鲇鱼们逃脱。完成预备工作的父亲，不紧不慢地放下镰刀，取下腰间别着的打鱼铁链，朝河边不知谁扔掉的破筐子走去。他把破筐捡来，除掉筐柄的同时目不转睛地注视着水中鱼儿。父亲围绕积水边快速来回奔跑，挥动铁链朝水面打了一鞭，一条鲇鱼腹部朝上漂了起来，挪了位置又打一鞭，两条白鲢横躺着同时浮出水面。片刻之后河汊积水已经浑浊不堪，看不清鱼儿的准确位置了，他望了一下四周，脱下长袍挽起裤腿走进水里，在浑浊水中用破筐捞鱼。不一会儿，有四五条大鲇鱼还有七八条白鲢被父亲甩上了岸。离开积水边时，父亲抑制不住喜悦的心情嘟哝："剩下的鱼儿们啊，等着大爷我吧，过几天再来把你们一条一条地取走啊。"当乌日图摇着扇子在杂货店门外阴处纳凉时，父亲掖着柳条捆，手中拎着十来条鱼，走了过来，旁边站下说："亲家，我就在你家店门口把鱼卖了吧。"乌日图好奇地问："怎么抓的？"父亲故弄玄虚道："要说逮鱼，那可是需要技巧和耐心啊，用一两句话是教不会的。"说着得意地微笑。这时，杂货店门前来了诺尔布的母亲和扎娜玛大娘。父亲说："你们不买条鱼熬汤喝？刚刚从水里捞出的活鱼呀，看看，尾巴还在动呢。"扎娜玛大娘嚅动着瘪瘪的嘴唇，道："好啦，我的陶高呀，从龙王爷怀里摸来的便宜，还是自己享受吧，我们连闻都不会闻一下。"说完捂着嘴巴躲开，拉着诺尔布的母亲进杂货店，乌日图也跟随着进去。父亲从他们背后喃喃道："倒霉的，遇见了两个不喜欢吃腥的鬼东西。"片刻之后两位顾客和乌日图陆续从杂货店里面走出来。两个女人各自腋下夹着一个包裹走远了。乌日图又坐在阴凉处摇着扇子。父亲说："亲家，你不买几条解解馋？你可是个喜欢腥膻的家伙呀。"乌日图说："如果你是在求我，那我就买上两条。"说着起身走过来，翻来覆去地端详放在柳条捆上的鱼。父亲说："价钱嘛，你就看着给算啦。"乌日图挑选出两条比较大的鲇鱼说："你从我这里赊过两瓶灯油，这两条鱼就折算成一瓶油的价钱吧。"父亲说："老天爷，贪人之心，真的没有远近高低啊。好吧，成交啦。再送五条白鲢，算是跟两瓶灯油扯平，如何？"乌日图笑道："不是贪人之心，是谗人之心，没有远近。好吧，看在亲家的分儿上两瓶灯油钱就免啦。"这时，公房看守呼日查大叔急匆匆地跑过来说："你儿子受了伤，已经被送到王爷庙了。他们让我通知你把儿子接回来呢。"父亲吃惊地问："谁，是赫希格吗？"呼日查大叔说："不是，是宝力德。"这回轮到乌日图吃惊了。他慌张，不知所措地看着呼日查大叔问："你说什么？"父亲替呼日查大叔回答："你家宝力德受了伤，已经被送到王爷庙啦，让你去接人。"听了这话，乌日图手里抓着串起来的七尾鱼，一屁股坐在地上。呼日查大叔传递完消息就返回公房。乌日图出神地喃喃道："现在可如何是好啊！"父亲假心假意地安慰道："没事吧，在兵荒马乱的时候，既然当了兵，总会有剐剐碰碰的。"说着，将剩下的鱼装进破筐内用双手捧起，离开杂货店，往家走。"柳条捆。"乌日图从背后喊。"先搁你这儿吧。"父亲回答。

　　父亲捧着鱼回家时，母亲和嫂子二人正在外屋蒸腾的烟雾中做晚饭。父亲将鱼放在灶台上，对嫂子说："孩子，熬鱼汤吧。不过白鲢是清蒸，鲇鱼要炽炭上烤黄了才好吃呢，当然咱没那个条件和手艺。"嫂子看着母亲，等待指示。母亲说："你总是腰间挂个铁链子去河湾，原来是去鞭打这些闭不上眼睛的生灵啊。俗话说，亲近鱼腥，乳汁不旺，还是不吃的好。"父亲愤怒道："你说什么？从夏天开始，我就没闻过腥膻，好不容易在冰凉齐腰的深水里捞了几条鱼，你却要扔掉？你还是把我埋在山坡上以后再……"母亲打断父亲的话："就不要说不吉利话吧，我们的天上还缺少灾星吗？这就把鱼给你弄熟，行了吧。"父亲的怒气顿时烟消云散道："吉蜜思，听说你弟弟宝力德受了伤，已经被送到王爷庙了。"嫂子立刻放下手中水壶从屋子跑了出去。母亲恨恨地望着父亲，道："告诉不幸消息，也不看看时辰。"说完，随嫂子后尘跑出屋去。父亲独自留下来，很残忍地幸灾乐祸道："就算是去日本国有了学问，又能怎么样，哼。"嫂子和母亲前后脚跑进嘎查达家院子内时，乌日图正在套马车，亲家母萨玛嘎在一旁哭泣。吉蜜思抱住萨玛嘎失声恸哭片刻，回头哽咽道："爸，我陪你去接宝力德吧。"说着上车坐下。乌日图斥责道："不用，赶紧下去。"说着驾马车出院子时，父亲已经扛着步枪来到他家院门外。母亲喊："吉蜜思，陪伴你爸的人已经来了，快下来吧。"嫂子下车后，父亲从车后板爬了上去。

　　在王爷庙火车站，士兵和伤员来回穿梭。宝力德把受伤的左手用纱布吊在脖子上，与未婚妻一起站在大小包裹旁边，左右观望着。"接我们的人该来了呀。"宝力德不耐烦地说。"你家离这儿远吗？"近子问。宝力德说："不太远，马车大概走三小时就到。"近子说："我见了您的父母怎么打招呼好呢？毕竟不同民族的人风俗习惯肯定有所区别啊。"宝力德说："你就按你们日本人的习惯见面好了，其余事情不用管。"近子问："那样好吗？"宝力德说："将来整个满洲国会普及大日本帝国礼节，那时蒙古人的风俗习惯就多余了。"近子问："难道宝力德君对自己民族没有感情？"宝力德说："当然有感情啦，所以才拼命打仗不是。"近子："那……"欲言又止。宝力德接着说："我们蒙古人有句谚语，人向上水往下，对我来说，哪个民族崇尚文明健康我就崇拜它。我是真心喜欢你们大和民族的。"火车站已经人流退去，父亲和乌日图赶着马车悄悄来到二人背后停下。乌日图下马车后，先不说话，左右仔细打量着宝力德的身体，突然问："你没受伤？"宝力德先是吃惊，然后用右手指了指受伤的左胳膊说："这不是嘛。"乌日图朝父亲说："佛爷保佑了！这兔崽子没事，这把我给吓的。"近子反复向乌日图和父亲点头示礼。二人感到莫名，也向她频频点头还礼。宝力德微笑着嘟囔道："行了，把包裹装上车吧，日本人的礼节有时候确实很啰唆。"乌日图和父亲这才醒悟过来自己行为的不检点，匆匆低下头，帮他们把包裹拿起。马车离开火车站，一路颠簸，回到嘎查时已经天黑。父亲见宝力德和他日本未婚妻之后，感慨万千，坐在炕上，油灯黄豆粒般将要熄灭的火苗下，边吃鱼喝酒边很不满意地品头论足。母亲在他身旁搓着麻绳，偶尔插嘴给高论添油加醋。父亲说："我们亲家小儿子可是彻底变成外国混蛋啦，还带着日本姑娘来的呢。"母亲停下手里活计，从头上拿了簪子，挑拨灯芯时指向外间，并朝父亲伸长脖子耳语道："轻点声，吉蜜思会听到的。"父亲这才压低了声音说："那小子开口闭口都是日本国。老天爷，那习性跟他爸乌日图一个德行。"母亲问："伤势不严重？"父亲说："跟赫希格的伤比起来，根本算不上是伤。依我看啊，他是在藏奸耍滑，只不过是左胳膊擦破了点皮。"这时，外间传来脚步声，父亲和母亲都沉默了。当嫂子和其木格走进来时，父亲却大声说："宝力德的伤势很轻，不要担心。"嫂子问："他哪儿伤着了?"父亲说:"胳膊,是左胳膊。"嫂子问:"不会妨碍活动吧?"父亲说:"别说是活动了,就去跟别人打上一架也不碍事。照我看,宝力德也许是想家了,才会自伤胳膊。"母亲立刻制止道:"孩子面前胡说八道呀你,什么人会无缘无故地伤害自己身体。"

铁匠铺门前聚集着男女老少十来个人,准备打发午后的漫长时间。从门缝内可以看得见铁匠尼玛和徒弟一起在打镰刀。百无聊赖无事可做的人们有的蹲下身子咀嚼秋秸秆,还有一人坐在地上,用玻璃修刮着鞭杆。虽然身着军装,但拖木屐的宝力德朝着众人走来。他的左胳膊已经换掉纱布用皮绳吊在脖子上,当宝力德走近时喧闹的众人顿时鸦雀无声。铁匠尼玛从砧板上用铁钳夹起打造好的镰刀,慢慢往水桶里放进淬火,然后,放下手中活计,跟徒弟一起走了出来很关心的样子迎接道:"原来是宝力德来了,怎么样,伤没事吧?"宝力德用右手拍了拍左肩说:"没看到中校肩章吗?叫中校。"尼玛一听口气不对,马上点头哈腰:"是,是。"边说边后退。调皮的铁匠徒弟笑着向宝力德行日式军礼:"中校,哈依。"宝力德鄙夷道:"乳臭未干的黄毛孩子,竟然敢开我玩笑!"徒弟说:"怎么会呢,我是把你当成日本人才这样行礼的。"这时,那莫斯莱老爷子也拄着拐棍过来,站在众人身后观看。被一个臭小子戏弄的宝力德感到颜面扫地,抽出手枪道:"我有权立刻枪毙你,相信吗!"铁匠徒弟说:"来过咱们嘎查的真日本兵都没这么耍横,别说只是个国兵,你要怎么样?"宝力德举起手枪就朝小铁匠的脚射击一枪。子弹打在了地上,炸出碗口大的窟窿,烟尘飘起。众人看了惊险情景纷纷逃散。铁匠尼玛和徒弟退回铺子关上了门。只有那莫斯莱老爷子一人留在宝力德身边伸长脖子,扯着嗓子骂道:"鬼东西,才喝了几天东洋洗碗水,就变成这个德行,开枪吧,先打死我!"老爷子举起拐杖冲向宝力德。宝力德边后退边说:"爷爷,殴打军官是犯罪行为,这您是知道的，站住！"那莫斯莱老爷子步步逼近，将宝力德挡在铁匠铺前打马掌的木架角落里，开始用拐杖无情地惩罚。"别打，别打啦。您碰到我伤口了。"宝力德忍无可忍将手枪放进盒子里，单手夺过老人手里的拐杖，把拐杖别在钉马掌架子上弄断之后，扔掉就逃逸。那莫斯莱老爷子弯腰捡起拐杖，惋惜地拍打着胸脯道："呸，藤条拐杖被你弄折了啊，畜生。"当老爷子左右观望时，宝力德已经不知去向。那莫斯莱老爷子气喘吁吁地走回家，站在杂货店门外，朝里喊："有事向乌日图嘎查达禀报，请你快出来。"乌日图从杂货店货架内侧，厌恶地看着那莫斯莱老爷子那套着软底靴的脚。那莫斯莱老爷子提高嗓音，继续喊："乌日图，我叫你出来呐！"乌日图问："又出什么事啦？大热天套着双皮靴子，您别是老糊涂了吧？"那莫斯莱老爷子说："你知道是谁真的糊涂了吗？你儿子宝力德朝人开枪啦，我去劝他，结果拐杖被他弄断，怎么办？"乌日图问："真的？"那莫斯莱老爷子跺脚道："我什么时候跟你撒过谎？赶紧把他叫回来，没收他的枪。要不然没准儿会出人命！"乌日图嘎查达思忖片刻说："他是有中校军衔的人，可我当的最大官也不过是嘎查达，我有什么权力没收人家枪？"那莫斯莱老爷子问："你不是他父亲吗？"乌日图说："要是这么说，你还是他爷爷呢，比我的权力可大多啦。"那莫斯莱老爷子懊悔道："我实在是追不上他。"乌日图问："究竟是朝谁开枪了？"那莫斯莱老爷子说："把铁匠铺子门前空地上打出了碗口大的窟窿。"乌日图释然道："是朝空地开的枪？"那莫斯莱老爷子可没那么认为，他担心道："怎么，非得把活人胸膛上开个洞才算是事吗？他把我藤条拐棍给毁啦，你赔。"乌日图笑道："好了好啦，知道啦，我给你赔拐棍就是。"当宝力德在外面闹出笑话时，亲家母萨玛嘎在外屋做晚饭，准儿媳却不知所措地在她身旁站着，二人还时不时地互相用眼神和肢体动作来交流意思。此时，那莫斯莱老爷子已经进屋躺下歇息。宝力德从外面笑嘻嘻地跑了进来，踮起脚尖探头探脑瞅一眼那莫斯莱老爷子的房间，不言不语，拉住未婚妻就往外走。二人手牵手，小跑着离开院子，绕过歪歪斜斜的房屋，依然笑着来到嘎查外沙包上一簇柳树跟前停下。她仰望天空，喘息着感叹道："要是没有战争，在这蓝天白云下过自由自在的日子多惬意啊。"宝力德问："真的这么想？"她说："是啊，在城市过腻了，我喜欢这干净空气。"宝力德突然收起笑意，变得吞吞吐吐道："也许将来会有那么一天。"她问："怎么了？"宝力德还是支支吾吾："不知道目前这一切会有什么结果。"她继续问："难道您对圣战失去信心？"宝力德摇头道："不是。"据母亲说，宝力德在家待了二十多天，等把吊膀子的皮绳取下就领着那日本未婚妻走了。

第十一章
欠账还债天经地义

赫希格说，自治军虽然在查巴干庙一带休整期间遭到国军开垦团偷袭，死伤几十个官兵，但是巴德玛拉布坦司令部署的进入热河省攻打李守信部的作战方案没发生变化。国民党部队和蒙古自治军在热河省境内一处沼泽地边上打了第一场遭遇战。双方靠近几十步，眼看就要短兵相接了。这时，赫希格的骑兵连开始投入战斗。除了上苍谁也没料到，自治军最勇敢的师部直辖连与李守信指挥部直属连队就这样接触上了。战斗异常惨烈，双方骑兵似乎都忘记了开枪射击对方，只用军刀与对手厮杀。沼泽边上似乎无数个强悍的铁匠在打造冷兵器，军刀的叮当碰撞声持续了将近半个时辰才停了下来。结果是，李守信指挥部直属连队纷纷缴械投降。自治军开始打扫战场，赫希格跟几名士兵一起赶着一帮俘虏军官在走。巴德玛拉布坦司令带领参谋长、度棱等指挥部人员来到硝烟弥漫的战场。赫希格押着俘虏来到巴德玛拉布坦司令面前敬礼道："报告司令，这些人是被活捉的军官。"巴德玛拉布坦从马背朝俘虏们说："我是巴德玛拉布坦，你们愿意投诚吗？"显然这些军官俘虏已经投降，可他却问他们投诚不投诚。俘虏军官们驻足，有一位瘦高个子军官离开俘虏队列向前迈两步道："鄙人李守信，对巴王爷大名仰慕已久。我手下几个团都是以蒙古人组成的，我愿意率部向自治军投诚。"巴德玛拉布坦说："那就好，立刻向你的各团下达停战命令吧。"李守信说："谢谢司令的宽宏大量，我这就去制止战斗，把我全旅收回来交给你就是。"参谋长朝巴德玛拉布坦司令耳语："不能让他走，听说这人反复无常。"巴德玛拉布坦却大声说："可以，我相信您！"李守信敬礼，上马后往硝烟弥漫的战场奔去。就这样，当天下午在查巴干庙附近的小山丘上举行了李守信部向自治军投诚的仪式。仪式上赫希格得到一块沉甸甸、黄灿灿的金属奖章，并荣升为中校。两个月后，自治军把热河境内的一线作战任务交给日本关东军，撤回东蒙地区。

在这秋高气爽的季节，谁不盼望与家人团聚呢？可是赫希格带领骑兵连还没到达王爷庙就又收到关东军方面的紧急命令：让他们在塔拉嘎查一带堵截逃亡的民国边防军第三团。这真是冤家路窄。民国边境开垦团大肆糟蹋牧场，还偷袭过他们，血债累累！当赫希格率骑兵连来到自己家乡塔拉嘎查时，开垦团残部也刚刚陆续跑进嘎查中心小巷里。赫希格冲在队伍最前面挥起战刀无情地砍杀。开垦团魂飞胆丧，往嘎查东边逃窜。嘎查东侧的日本骑兵迎面截击逃窜部队。民国开垦团尸横遍地，惨不忍睹。被两面夹击的开垦团海山部，终于放弃抵抗缴械投降。

乌日图匆忙跑过来，在尸体中间不知寻找什么东西。投降的士兵集中在嘎查中央空地上，乌日图也跟了过去一个一个仔细察看着那些俘虏。几个日本兵把几年前被海山营长下令烧死的中村震太郎的照片分发给投降士兵。日本军官对俘虏们说："照片上这位是大日本帝国的农业专家，有知道他下落者，我们要重重奖赏。"开垦团俘虏们都沉默着。日本人在俘虏队伍前架起机关枪准备随时扫射。日本军官清清嗓子说："看来你们都不知道，机枪手准备——"投降的士兵们推推搡搡，很快把海山挤出了人堆。日本军官问："你是什么职务？"这时，海山突然变得勇敢坚毅起来，他朝着机关枪挺起腰板道："民国边防军第三团团长，曾经当过达尔罕旗梅林的蒙古人海山。"日本军官伸出大拇指道："原来你还当过蒙旗梅林？好样的，是个蒙古汉子，你会参加自治军吗？"海山昂起头，毫无惧色地回答道："可以考虑。"日本军官说："好，给你一分钟时间考虑。"海山立刻回答道："不用了，我已经考虑好了，愿意带领部下参加自治军。"日本军官说："很好，你现在就集合队伍。"海山喊口令，投降的士兵们开始列队集合。日本军官说："我宣布，你们已经参加了蒙古自治军军队序列，海山任第四连连长，暂时归赫希格中校指挥。"海山万万没想到自己会这么轻易就逃过一劫。他看着自己的残部，掏出手绢频频擦除额头上渗出的汗珠。眼前，塔拉嘎查的额尔德尼、巴拉杆和诺尔布三人都还活着。他们现在已经不是赫希格的对手，而是变成中校赫希格的部下了，连赫赫有名的海山梅林也包括在内。

在乌日图家里，日本军官们正准备吃午饭。亲家母端来肉汤面放在桌子上。一名日本军官拿起勺子递给亲家母命令道："吃！"亲家母摇头拒绝。军官脸色阴沉下来问："吃不吃？"亲家母这才看出日本人是怕她下毒，她拿起勺子喝了几口面汤后放下勺子。日本军官满意地点头，亲家母从饭桌旁背过身，胸前合十祈祷着走出屋。这时，巴拉杆鬼鬼祟祟地进来，朝正在吃面条的日本军官们行礼。日本军官们还没来得及说什么，他就从衣兜内掏出逝者中村震太郎的照片说："这个人大概在三年前的春末被开垦团抓捕，是当时的海山营长下令，跟他的鄂伦春向导一起给烧死的。"听了这意外消息，围在桌子周围的日本军官们纷纷起身。巴拉杆为什么会有这种卑鄙举动呢？显然不仅仅是想得到日本人那点奖赏。依我看，巴拉杆是为了报复三年前海山营长在河岸那顿因丢失手枪而暴打他的仇啊！

海山连长与士兵们正在诺尔布家院内烧茶做饭。乌日图慌慌张张走进院子里，来到海山面前悄悄说："团长大人好。"海山低声说：

"老人家，以后别叫我团长，现在我已经承受不起这种称呼啦。"乌日图依然悄声说："我向您打听一个人。"海山问："什么人？在这儿直说无妨，都是我弟兄。"乌日图："您来一下。"说着走出院门。海山感到莫名其妙："这老爷子……"嘴里嘟囔着跟到院外。他们二人来到诺尔布家牲口棚附近停下。海山问："要打听什么人？说吧。"乌日图说："我儿子特木勒呢？在您的队伍中我已经来回搜遍几次，连那些尸体都一个一个查过了，就没看到他。"海山想了想："哦，特木勒呀，我想起来了。"乌日图急忙问："他人呢？"海山悄声说："告诉你老爷子，你别找了，特木勒根本就没在我团里待过。"乌日图说："不是您派人接走的吗？"海山说："当时，是我负责物色年轻军官这事，可后来我离开那个岗位打仗去了，估计你儿子特木勒现在已经分到国军其他部队当军官呢，以后不要乱打听了，小心日本人手里的战刀。"说完转身往院子走去。乌日图留在原地看着海山背影摇头叹息，这时，几名日本兵连骂带喊地跑过来把海山按倒在诺尔布家院门口，拳打脚踢地把他带往公房方向去。乌日图擦擦额头的汗，哆嗦着发呆。

当日本人在热火朝天地抓捕杀害中村震太郎的嫌疑人时，在我家里父亲和其木格却在欣赏赫希格的战功勋章呢。父亲说："哎呀，你升级成中校啦？"赫希格点头。其木格抚摸着那枚勋章，向父亲炫耀道："爸，你看，黄灿灿，是金的吧？"父亲嗤之以鼻道："那有什么？我在年轻时候也戴过，是黄铜铸造的。"嫂子抱着儿子走过来，把他塞进赫希格怀里。赫希格不看妻子的脸，扭着头从她手里接过恩和，用胡子扎他的小脸蛋。恩和拼命躲避着哭了。父亲问："驱逐那些开荒军队进展得怎么样？"赫希格说："差不多啦。"父亲说："好，如果不把他们撵走，我们也甭想过上安生日子。"母亲把哭泣的恩和接过来递给嫂子。这时，础鲁进来说："走吧中校，是不是舍不得离开家啊？日本军官已经下了出发命令。"父亲诧异道："你们不是蒙古自治军吗？为什么要服从日本人？"础鲁说："不服从行吗？目前如果不依靠日本人，想把民国军队赶出去，门儿都没有。"父亲叹息道："唉，这么说，跟以前的巴布扎布将军时代完全两样啦。那个时候阿穆尔是……"赫希格和础鲁没听完就匆忙走了出去。父亲也匆忙束上腰带跟了出来。在嘎查中心空地上，日本骑兵、自治军士兵以及刚刚投降的那些从国军改编过来的队伍站好列队，整装待发。人们朝公房纷纷跑去。父亲跟随人群挤进公房时听到乌日图正在讲："大家静一静，日本人贴出公告说，谁要是能找到中村震太郎的一块遗骨就会重重地奖励。海山梅林烧死中村震太郎是三年前春末，可现在已经绿草齐腰，想找到一块羊拐子那么小的骨头也不是件容易事，大伙儿这就随部队出发吧。"众人从公房鱼贯而出。瘸子尼玛拄着拐杖最后出屋，看到父亲后，二人搭伙随着军队后尘赶路。到了烧死中村震太郎的那座山坡上，日本兵和自治军士兵以及嘎查民众满山遍野散开，开始在草丛中寻找中村震太郎的遗骨。瘸子尼玛找到一小块朽烂的骨头对父亲发笑。父亲说："赶紧扔了吧，这是野兽膝盖骨。"尼玛说："不，毕竟骨头块是在这儿找到的，我得交上去。"父亲劝道："不行吧，日本人是杀人不眨眼的，还是小心为好。"尼玛说："没关系，试一试他们能不能认得。"瘸子尼玛一瘸一拐地爬坡走到一名日本军官跟前，把野兽骨交给他。站在下面瞅着的父亲不由自主地捂住胸口，倒吸了一口冷气。那名日本军官拿起骨头用放大镜仔细观察着突然发怒，朝正在心里暗笑的尼玛瘸子狠狠地踹一脚。尼玛顺坡翻两个跟斗，接着又横躺着滚了几下到父亲跟前停住。尼玛躺在草丛里，"呸、呸"吐唾沫道："那帮畜生不认得自己同类的骨头呢。"中村震太郎的遗骨是没法找到了。山坡上，日本士兵、自治军士兵、海山旧部士兵因为服装颜色不同而泾渭分明，列队而站。队列前面是被绑缚跪着的海山和额尔德尼。老百姓因为没得到日本人准许，所以不敢私自离开山坡，聚到一起默默等待接下来发生的骇人情景。一名日本军官走出队列，站到当年因捆绑过中村震太郎和他向导而被焚烧过，如今悬挂着中村震太郎遗像的枯树前，深深地鞠躬并宣布："中村震太郎先生，今天我们要用千刀万剐的犯人血肉祭祀您的英灵！"说罢挥手，一名刽子手手里拿着亮闪闪的匕首，靠近海山欲动手割肉。赫希格拦住了刽子手，说："等等。"日本军官问："要干什么？是他二人烧死了我们农业专家中村震太郎先生，难道你要阻拦行刑？""所有责任都在那个海山，无论怎样惩罚都不过分。"赫希格说着指额尔德尼道，"而他不过是个执行长官命令的人而已，因此不应该杀死他。"日本军官思考片刻说："既然赫希格中校保释，可以留他一命。"赫希格走过去为他解开绳索时，额尔德尼却毫无领情，说："哼，还没轮到杀我呢，假惺惺。"被松绑的额尔德尼向日本军官深深地鞠躬，用衣袖擦拭着脸上汗水走进队列。刽子手不慌不忙地开始为海山脱衣，他的本职工作是外科医生，肢解人体对他来说再简单不过了。刽子手从海山胸脯上脔割第一片肉，放在枯树上挂着的中村震太郎遗像前石桌上，这就算日本式凌迟开始，犯人痛苦的呼叫声在山谷里久久回荡着……据赫希格讲，那天夜里部队在山麓扎营，他在帐篷内休息，额尔德尼冒冒失失地走进来就跟他说："即使你挽救了我的性命，我也不会饶恕你。"赫希格抬了抬身体等待他的下句话。额尔德尼又说："我瞧不起你们这个由匪徒纠集起来的所谓自治军。今天夜里我就要逃走。"赫希格这才说："随你便吧。"就转身躺下。半夜时分，部队接到命令启程，在黑暗之中逶迤而行时，额尔德尼下马装模作样地勒马肚带。这时部队已经走出百步距离。额尔德尼上马朝着相反方向奔去。赫希格说，对于逃兵的这种小把戏他知道得比谁都清楚。部队抵达王爷庙休整地点后，把那些国军开垦团投降士兵分到各个连队重新编排，赫希格也无权再过问他们的事情，只是请求上级把诺尔布和巴拉杆二人留在自己连队里。这样，塔拉嘎查好汉们又聚在一起，当然，额尔德尼除外。

父亲拎来了两条收拾好的白鲢，站在格日勒表姐院落外面朝里探望时，格日勒表姐和满都呼二人正在将山墙上的炮台拆了，把石头泥土搬运到屋子墙脚。一条灰黑色小狗绊着他们的脚踝添乱。父亲自从发觉格日勒和满都呼向他家长权威挑战迹象以后，始终疑虑重重，还厚颜无耻地窥探、跟踪过二人行踪。在山坡上或河边柳丛里，领着灰黑色小狗的俊美少男和清秀少女一起挖萨日朗（山丹花）的蒴果或摘野菜。看到这油画般的情景时，父亲气得直哆嗦，但他奈何不得他们。因为，格日勒虽然已成孤儿，但，毕竟不是他亲生女儿。虽说满都呼是他亲儿子，但是，曾经被他抛弃，不问青红皂白就独断地过继给了别人家。从表面看，格日勒和满都呼对父亲言听计从，可骨子里二人却串通一气，顽固地排斥父亲。父亲走进院子把鱼递给格日勒说："刚刚从河汉子里抓到的，拿着。你们搬动这些石头做什么？"满都呼说："想给小狗造个窝。"父亲说："这个季节生的小狗怎么养？到了春天禁不住热风就会发疯的。"满都呼说："我也这么说过，可是格日勒姐却非养不可。"父亲不再说话，帮助他们建狗窝。格日勒表姐拎着鱼，走进屋里，不再露面。父亲回家把看到的可气、可笑情景说给母亲听，他说："格日勒养了一只小狗，对那两个比狗崽子还不懂事的畜生如何是好？"说完不停地叹息。母亲歪在炕上有气无力回答道："又能怎么样？既然不听我们的话，就让他们随便好啦。"父亲说："从外面偷看时，两人就像是七八岁孩子过家家玩呢，要不，让嘎查达用权力强迫他们怎么样？"母亲说："在你看来虽然还是孩子，实际上他们已经到了能为自己做主、不怕别人吓唬的年龄啦，别说是嘎查达，就是旗长又能怎么样？"

当父亲和母亲在家里对格日勒表姐和满都呼二人束手无策、唉声叹气时，不怀好意的额尔德尼去了他们那里说："好，我是来让你们偿还欠债的。"满都呼莫名其妙，问："什么债？"额尔德尼说："俗话说，欠账的人健忘，看来说得有道理。当阿穆尔团长还在世时候，我曾经给过你们一条步枪和二十发子弹，想起来了吗？"满都呼说："虽然我拿了你的枪，可是你不是亲眼看见了我还没把枪带回家之前，就已经被警察没收了吗？"额尔德尼说："警察没收是没收过，但，最终枪和子弹连没收的警察一起被你们带进这所大院，这不假吧？不管怎么样，枪是交给了你们，我对阿穆尔团长说过，子弹不要钱，我是说话算数的。我只要回卖步枪的两千块钱就行了。"格日勒表姐说："难道你忘了？那次从公房带回来的枪械当天下午就全部被警察局收走了吗？满都呼和我现在连饭都吃不饱，拿什么钱还你？"额尔德尼说："别撒谎，阿穆尔团长活着时候所收取的田租肯定没花完。"格日勒表姐说："房子被炸后，所有文书契约都被没收，满都呼和我手里连一文钱都没有，不信你就自己搜。"额尔德尼狡黠笑道："好吧。只要牛犊叫，就必有母牛在。"格日勒表姐说："那牛犊不是我们的，是陶高姑父暂借给我们挤奶兑茶的。"额尔德尼说："至于是谁人的牛，跟我没关系。我只知道从这里带走抵债的东西。"满都呼咬牙切齿地问："难道你是土匪吗？"额尔德尼道："老弟你说什么呢？你大哥我当过国军，也当过蒙古自治军，就是没当过土匪。"额尔德尼背着手走进屋内，转悠一圈后，躺在摇椅上装模作样地打瞌睡。太阳即将落山，大牲口从草场回来，格日勒表姐把母牛拴在木桩上准备挤奶时，母牛和牛犊互相叫唤起来。屋子内的额尔德尼被吵醒，一个激灵从摇椅上跃起。院子里，格日勒表姐在挤奶，满都呼在旁边拽着牛犊。额尔德尼从屋里出来背着手站在他们身边说："要是给母牛和牛犊作价的话，大概不会超过一千三百元，不过没关系，毕竟我们是乡里乡亲的。"格日勒表姐蹲在母牛旁，低头挤奶说："牛不能给你，因为它不是我的财产。"额尔德尼走过去打开院大门，回头说："把牛犊脖子上绳套解开，我要把我的牛赶走了。"满都呼瞪大了眼睛，一脸怒气地拎起木棒，格日勒表姐劝住了他。满都呼带着哭腔说："我要杀死这个土匪羔子。"额尔德尼却不搭理满都呼的咒骂，从容地弯腰解开拴母牛的绳索。满都呼突然甩开格日勒表姐的手，举起木棒冲额尔德尼后背砸下去。木棒折了，额尔德尼转身把满都呼按倒在地，夺过他手里还攥着的半截木棒扔了出去说："连根木棒都握不住，却学会了偷袭人的本领，再从背后偷袭的话，当心我把你给骗了。"额尔德尼牵着母牛走出大门时，牛犊边吃奶，边跟随。格日勒表姐一手拎着奶桶，用另一只手搀扶起满都呼，二人狼狈不堪地回屋。

母牛和牛犊被抢走的那天傍晚，满都呼和格日勒来到家里向父亲告状。母亲、嫂子吉蜜思和其木格都在，格日勒哭泣着把事情经过描述了一遍。父亲听完了格日勒表姐诉说冤情，终于讲出自己的高见："欠账还钱，天经地义。只要是债务，迟早要还的。不要哭，就算是一大一小两头牛被狼吃啦。"满都呼愤怒地说："额尔德尼是个王八蛋，咱们走着瞧！"父亲教训道："只要大家在一起，额尔德尼能怎么样？还是些孩子，却不听大人话，惹了这么多麻烦。"母亲握着格日勒的手说："以后就在这里住下吧，你跟其木格住一屋。"格日勒表姐却说："以后我肯定会还你们家牛。"父亲说："姑娘，谁让你还了？去，跟其木格睡觉去。"其木格牵着格日勒表姐的手去她房间。满都呼似乎忘掉了刚才对额尔德尼的仇恨，高兴地问："表姐和我以后住这里，小狗怎么办？"父亲说："明天去把小狗带回来。"

这时，其木格猛然推门进来，干了什么坏事似的转动眼球说："格日勒姐姐趁着出去解手跑回家啦。"父亲用拳头砸向膝盖道："怎么是这么个倔强丫头。"母亲、其木格和嫂子吉蜜思鱼贯而出。满都呼扫兴地嘟囔道："格日勒姐姐如果一个人在家，肯定会害怕的。"父亲朝满都呼呵斥道："明明知道她害怕，还等什么。"满都呼得到父亲许可，垂头丧气地走了。第二天早晨，波尔玛在自己家牲口棚里挤牛奶。父亲走过去仔细端详他们家的牲口，却没发现额尔德尼从格日勒表姐家抢去的那头母牛。正当父亲绞尽脑汁猜想那头母牛的下落，靠着篱笆痴呆呆站着时，腰里别着小木棍的额尔德尼来到自家门前，偷看一眼父亲就走进屋里去。父亲若有所思地回家，不言不语地上炕，盘腿坐下，拿起羚羊角锥子开始修理马笼头。炉灶上煮酸奶的母亲说："额尔德尼把咱们的牛从格日勒那里牵回去以后不知藏在什么地方，我倒炉灰时去看他们家牲口棚，那头牛不在里面。"父亲说："看来他没让波尔玛知道，连夜就偷偷地卖到什么地方了。"母亲叹息着："一头带犊母牛就这样一宿之间成了别人的，唉！"父亲说："等到秋末收了庄稼，想法子再弄上一头吧，东西已经没了，追悔又有什么用。"母亲揉着眼睛道："说起大话来就像是牛羊遍地的大财主，我们一年庄稼收成能置办一头带犊子奶牛吗？"父亲从母亲的言语中受刺激，一愣一愣地说："那怎么办？拿着斧头去把额尔德尼砍死了？"

额尔德尼盘腿坐在炕上正在数着纸币。波尔玛提着奶桶，从外面进来，将纱布铺在坛子口上过滤牛奶。额尔德尼鬼鬼祟祟地匆忙把钱揣进怀里。波尔玛说："我们邻居家今天早晨不知发生了什么事情，一个接着一个地过来看我挤牛奶。昨天晚上你住哪儿了？"额尔德尼说："能住哪儿，去北面嘎查玩牌九直到天亮。"波尔玛过滤完牛奶之后，拎着空桶出去。额尔德尼从窗户内看着走在院子里的波尔玛。波尔玛将空桶倒扣在篱笆上。额尔德尼得意地微笑着从怀里把钱掏出来，重新数了一遍，然后锁进箱子里，把钥匙挂在裤腰上啪啪拍了两下。波尔玛再次回屋，挑起水桶走出来，飘动着衣襟朝水井走去。波尔玛和母亲在井边相遇。母亲问："你们家乳牛产奶量还可以吧？"波尔玛说："还行。"母亲说："当然啦，不管别人的还是自己的都赶回家挤奶嘛。"波尔玛诧异地问："谁？"母亲说："难道你一点都没觉察到吗？"波尔玛问："到底发生了什么事情？我们别说是强抢别人的牛，能看好自己的就不错啦。"母亲不想再绕弯子，直接说："你们家额尔德尼为了要回几年前给阿穆尔卖步枪的钱，把我们送给格日勒的母牛连牛犊一起赶走啦。"波尔玛拎着水桶痴痴地注视母亲片刻后，挑起扁担默默地离开井口。母亲从她后面喊："有什么可奇怪的，我们现在两家人兑奶茶都不够啦。"波尔玛没回头，挑着水桶朝自家走去。母亲望着她的背影陷入了沉思。

　　格日勒表姐从向我家人承诺一定要赔奶牛的第二天下午开始，握着铁锹在自家院子内来回走。她好像是在寻找隐藏在角落或墙根下的什么东西。满都呼走了过来问："姐姐在找什么？"格日勒表姐说："爸爸活着时候，没准儿在什么地方埋了金银之类东西。只要能找出买一头带犊母牛的遗物就可以。"满都呼走过去把靠在墙上的锄头拿了过来说："姐姐你告诉我大概隐藏的地方，我来挖。"格日勒表姐说："如果是装在罐子里的话，只要敲敲就会发出空洞的声音。"满都呼说："对。"二人沿着墙根敲打过去。院子里敲打遍了，没发现空洞的声音，回屋在墙脚地上挖了二尺多深，可还是什么也没找到。二人看着挖出的大坑，发呆地站在那里。满都呼边擦汗边说："看来是不会找到坛子罐子之类的东西。"格日勒表姐嘟囔道："那怎么办啊？"满都呼说："要不然明天我们就过去跟大家一起住吧。"格日勒表姐摇头道："肯定能找到交换一头母牛的东西，继续挖。"都黄昏时分了，满都呼和格日勒表姐还在挖地板、掏炕洞。这时，波尔玛悄悄地走了进来，立刻用双手捂住嘴，眼神被二人劳作的场面攫住。满都呼用铁锹掘土时，发现站在门口的波尔玛。"你们这是在干什么？"波尔玛终于喊出了刺耳的声音。站在洞内举灯檠的格日勒表姐听到声音，才抬头看波尔玛。满都呼往手掌心吐口唾沫，继续着挖土说："跟你没关系。"波尔玛说："知道跟我没关系。你们俩出来，去认一下母牛和牛犊。"满都呼和格日勒表姐先是不解地彼此传递眼神，然后，从齐腰深的洞里爬了出来。波尔玛说："我把顶替你们家的母牛给带来啦。乳汁不错，你们出来认好了。"三人举着灯来到站在院子里的母牛旁边。波尔玛说："为了赶路方便，我已经把晚奶挤完了。把牛犊圈上吧。"满都呼和格日勒表姐一动不动地伫立在原地。"这头母牛跟额尔德尼没有任何关系。是我娘家送给我陪嫁的，你们就放心吧。"波尔玛说着往外走，母牛领着犊子跟随她。波尔玛将牛赶进废弃的马厩里关上门，走出院子，消失在黑暗中。格日勒表姐和满都呼回屋，望着地上的坑久久发呆。终于格日勒表姐先开口嘟囔道："我们应不应该留下波尔玛的牛？"满都呼说："既然我们是冤枉的，就不应该还回去。"格日勒表姐说："她说这牛是娘家送的，看来是她自己心爱的牛吧。"满都呼拿不定主意了："要不，要不然……"格日勒表姐问："到底怎么办才好啊？"满都呼望着挖开的洞口说："要不然就继续挖？"格日勒表姐想了想，说："算了，把挖开的洞填平了吧。"

母亲黎明时分外出倒炉灰时，看到格日勒表姐踏着露水，快步走过来。母亲问："是不是满都呼出事了？"格日勒表姐摇头，表示没那回事。母亲继续试探："是找到了收地租的契约书？"当格日勒表姐再次摇头时，母亲不解地望着她，沉默不语了。格日勒表姐终于开口说话："是波尔玛送还了我们母牛。"母亲问："什么时候？"

格日勒表姐讲出昨晚事情经过。母亲问："是带犊母牛?"格日勒表姐点头。母亲牵着格日勒表姐的手，二人走进屋子时，父亲刚洗完脸，其木格把洗脸水端了出去。母亲抑制不住激动心情，把刚才从格日勒表姐嘴里听到的好消息，向父亲原原本本地讲述一遍。父亲用羊肚毛巾擦着脸说："如果波尔玛送了带犊母牛，什么也别说，接受就是。"格日勒表姐说："她说是娘家陪嫁牛。"父亲说："什么娘家、父家的，那夫妇俩都不是什么好东西。无论如何也不能送还，知道啦?"母亲附和道："既然已经送到门口了，就先吃着牛奶。又不是我们抢的。"额尔德尼是还没来得及知晓波尔玛归还我们家奶牛以前离开嘎查的。他在房间内打理行李时，波尔玛问："你这是要做什么?"额尔德尼回答："自治军正在招兵买马。我得躲到嘎查外去。"额尔德尼似乎忘记了什么，也像是舍不得离开家而恋恋不舍的样子，在屋内来回转悠几圈就背起行囊走了。

第十二章
是否可以把一个人的肝和胆分离？

身负包裹手拎木棒的额尔德尼，在吠叫不止的狗群围攻中来到巴彦公爷营地。女佣出来劝狗。额尔德尼尾随女佣走进时，襄理公爷巴彦正在大包房北侧床板上，戴着火镜端详整张羊皮上画的粗略地图。额尔德尼站在门口朝他微笑时，巴彦公爷只是从火镜上方看了一眼对方，继续研究地图。额尔德尼还没放下背上行囊就屈膝行礼道："公爷大人贵体一向可好？"巴彦再次看了看额尔德尼，还是没吱声。额尔德尼说："我是波尔玛的表哥额尔德尼。"巴彦公爷点了点头，但依然看着地图说："好，请坐吧，看着就面熟，波尔玛和赫希格还都好吧？""托公爷您的福，他们都很好。"额尔德尼说着，将包裹放在门槛边，危坐在西侧板床上。"我没记错的话，你上次接波尔玛时，穿着民国军装，腰间还挎着匣子枪来的，对吧？""对，对。公爷好记性。不过那匣子枪套是空的。""那是为什么呢？"巴彦公爷和和气气地问。"公爷大人饶恕小人的欺骗行为吧，我本来只是个农民，因为担心公爷不肯放走表妹波尔玛，所以才出此下策呀。"额尔德尼目不斜视地注视着公爷下巴颏儿上的花白山羊胡须回答。"哦，这么说，你是善意，并没有吓唬我的企图，对吧。"公爷的声调渐渐变高。"对。是善意，对公爷您绝对没有丁点恶意。"额尔德尼看着山羊胡须轮廓。"那好吧，我再相信你一次。"巴彦公爷说着把视线从地图上移开，抬起头，摘下火镜，细眯眼睛，从脚到脑袋仔细观察一番对方，说，"你过来。"额尔德尼故意表露出唯唯诺诺的样子，从西侧板慢慢挪屁股移到巴彦身边。巴彦公爷指着地图，说："这些满洲国掌权者们的智囊袋子里都装些什么货色，你了解吗？如果知道，就告诉我。"额尔德尼说："公爷大人都不清楚的事情，下人们如何知道。"巴彦对额尔德尼的回答感到满意，捋一捋山羊胡须点点头微笑道："也是啊，目前他们是打着抬举蒙古人的旗号，用半哄骗半强迫的办法对付我们呢，懂了吗？"额尔德尼说："从来没听说过。"巴彦公爷耐心地解释道："比方说，我把自己属地内的一片草场奉献给他们，结果只能得到一笔补偿金；如果是旗王爷把土地奉献给了他们，那么他只能当个挂名旗长。不过他们最终不仅会丧失豢养军队的权力，连世袭罔替的权力都要失去。"额尔德尼摇头道："我不能理解您说的话。"巴彦公爷欲言又止，道："当然啦，当然。"额尔德尼说："我是猜想您需要用人，所以就来啦。"巴彦考虑片刻后，说："羊群敖特尔缺一个下夜人。一年工钱是一头三岁牛，公母自选，你看可以吗？"额尔德尼立刻点头哈腰道："行啊，行。"巴彦公爷喊："其其格——"当女佣进来之后，他吩咐道："你把羊群敖特尔的位置给他指认一下。"女佣说："是。"额尔德尼犹豫着。巴彦公爷问："还有别的事？"额尔德尼说："也不算是什么要紧事，我想，您的牛群里有那么多生个子牛，如果把它们出租给那些缺少耕牛的农户，这样不仅得到些粮食，还能把牛驯化了。"巴彦公爷说："农民们不会驯牛，气头上不把生个子牛给打死了？"额尔德尼说："哪至于呢，如果打死了，就让他们赔，不过把牛还回来时候用粮食抵租金即可。"女佣站在门口等待额尔德尼。巴彦朝她挥手："其其格，你先到外面等着。"女佣出去。巴彦似乎对额尔德尼提到的话题感兴趣，眨巴着眼睛问："一头牛年租金值多少粮食？除了散糜子以外我不要别的。"额尔德尼说："一石散糜子不成问题。"巴彦公爷说："那就空闲时候你替我联系农户看看，事成了我再给你适当增加工钱。"

其其格带领额尔德尼来到营地西边山坳，指着远处侧影像飞鹰的山头说："那座山的左侧就是公爷的羊群敖特尔。有两只看家狗凶得很，你要小心。"额尔德尼说："知道啦。"当其其格欲离开时，他拉住她衣袖。其其格问："干什么呀你？"额尔德尼从内衣兜内拿出一枚镶嵌玛瑙宝石的银戒指说："我已经麻烦你几次啦，把这戒指送给你。"其其格频频摇头说："不要，不要。"额尔德尼强迫着为其戴上无名指，并甩动背后包裹跑远。其其格欣赏着手上戒指，脸颊泛红地留在了后面。额尔德尼来到巴彦公爷羊群敖特尔外，两只大牧羊犬朝他跑过来，羊倌从包内走出，厉声呵斥狗，并从上到下地端详着陌生来客。大概一个月后，在额尔德尼的牛圈内，圈住十五头生个子牛了。大院门口陆续聚集的人们，朝牛群指指点点，互相询问。额尔德尼嘴里咀嚼着烤肉干，从屋子走出来说："好了，如果有人看中哪头牛，就指出来。我给你们抓。"邻村来的一位汉族农夫问："租上一年，不知道要多少东西？"额尔德尼说："只要一石两斗散糜子就行了。好好想想吧，与其把肩膀磨得血赤糊拉地拉犁，还不如用牛划算啊。"农夫指着花鼻子牛说："我要它。"额尔德尼走过去从农夫手里接过麻绳，回到牛群中抓牛。这下，众人不犹豫了，开始抢着抓牛。等把所有牛全部租出去时，太阳已经落山。额尔德尼盘腿坐在炕上开始有滋有味地喝酒。波尔玛坐在灯光下，端着簸箕剥撸玉米棒子。额尔德尼问："咱们家大红母牛怎么不见了呢？是不是住在野外啦？"波尔玛说："就别问了，你抢去了格日勒家的牛，我用红牛给还啦。"额尔德尼觉得有些意外："什么？你傻了还是疯啦！"波尔玛说："我清醒得很。"额尔德尼将一只靴子抛向波尔玛。靴子打在了波尔玛脊背上。波尔玛毫无反应地继续着手中活计。额尔德尼咬牙切齿道："你明天去把牛赶回来。"波尔玛说："我把陪嫁母牛送给谁，跟你没有一点关系。"额尔德尼将另一只靴子脱下来扔了过去。鞋子击中了波尔玛的左肩胛。额尔德尼说："陪嫁牛？陪嫁你爹的大头鬼！"波尔玛说："既然你爹没长脑袋，生下个你，你就打骂个够吧。""就像你这么个母疯狗，打几下就行了？我今天要打死你。"额尔德尼说罢，把桌子推开倒下睡着了。那天夜里，父亲来到格日勒表姐家外，把满都呼喊出来，递给他从民国开垦团士兵手里抢来的那把步枪说："额尔德尼已经回家了，如果他来要母牛，就朝他开枪，吓唬吓唬。"满都呼问："如果打中了怎么办？"父亲说："不好好瞄准的话，是不会打中的。撬门进户，打家劫舍者，哪朝哪代也是可以格杀勿论。"父亲交代完就返回。满都呼手握步枪走进屋子。格日勒表姐显然是偷听了他们刚才的谈话，从卧室顾虑重重地大声问："拿枪干什么？如果额尔德尼来了，就把牛还给他好啦。"满都呼说："爸爸说，如果他要是敢来，就可以打死他。"格日勒表姐再次朝满都呼的房间门说："难道陶高姑父是朝廷大官吗？按照规矩，杀人是要偿命的。"满都呼说："没关系。"满都呼走到炕头，把步枪放在枕头边，钻进被窝，像是立刻睡着了。格日勒表姐蹑手蹑脚地从自己卧室出来，又悄无声息地走进满都呼的房间，欲拿步枪，可满都呼突然伸出手夺过步枪，转身又睡下。果然不出父亲所料，第二天清晨，妇女们开始挤牛奶时，额尔德尼蓬头垢面地骑着马，向格日勒表姐家奔去。他远远就看见满都呼端着步枪站在屋子山墙上。他勒住马，端详片刻之后，策动坐骑继续慢慢前行。当他走到距阿穆尔舅舅家百步左右时，只见满都呼手臂一抬，便有枪声传来，他手中马鞭被步枪子弹打折了。额尔德尼看出不能小觑满都呼那厮。他匆忙掉转方向，面色苍白地逃之夭夭。满都呼从房顶下来，进入屋内时，正在穿衣服的格日勒表姐抖动着手扣腋下扣子，面色苍白地问他："你是不是杀人了？"满都呼回答说："没有，我朝额尔德尼只开了一枪，他就逃走啦。你现在可以放心地挤牛奶。"当波尔玛挤奶时，额尔德尼在拴马桩近处下马。波尔玛一边让牛犊吃奶，一边注视着额尔德尼的一举一动。额尔德尼晃晃悠悠地走进屋内，很快，他又拎着行囊出来，走向拴马桩。波尔玛拉住牛犊继续挤奶。当马蹄声音响起时，波尔玛起身望着渐渐远去的额尔德尼背影。她放开牛犊，拎起牛奶桶走回屋里。当母亲往茶里兑牛奶时，父亲呵呵笑着走了进来。母亲诧异地问："遇到什么喜事，大清早的，像只喜鹊唧唧喳喳地笑个没完？"父亲拍膝盖回答道："别提啦，见鬼，我猜想，可能是满都呼在额尔德尼面前显什么神啦。"母亲说："满都呼还能显什么神，大概是额尔德尼又给他们装神弄鬼了吧。"父亲停止了笑声，脸色骤然变得煞白："也许是，是，得去看看满都呼和格日勒。"说着束腰带。母亲问："你不喝茶了？"父亲并不答话，快步走出屋去。父亲沿着牛群踏出的小径朝格日勒表姐家奔跑着。他边跑边不停地用衣袖擦着额头上渗出的汗珠。他在小跑当中嘟哝道："本来想给孩子们撑腰来着，别是带来了灾害啊！"因为半夜下过小雨，道路有些泥泞。由于着急，他嘴啃泥土摔倒了两次，满脸脏污，分辨不出是汗水还是泪水。当父亲磕磕绊绊地跑过来，推开格日勒表姐家门时，满都呼和格日勒表姐正在堂屋安安全全地喝着早茶呢。父亲愣愣地望着他们，倚门框而站，迟迟不说话。满都呼道："爸。"格日勒表姐望着父亲泪眼婆娑的脸，吃惊地捂住了嘴巴。父亲平下喘息后双手合十，喃喃祷告道："佛爷恩典，佛爷恩典。都安然无恙。"格日勒表姐说："姑父，请上炕喝茶。"父亲并不答话，靠近满都呼从他旁边抓起步枪就转身走出了屋子。

额尔德尼与满都呼对阵甘拜下风狼狈逃窜之后，离开塔拉嘎查返回羊群敖特尔。过了两天，巴彦公爷指使男仆松堆，又把他从羊群敖特尔叫到营地，对他说："我把你从羊群敖特尔叫回来，是明天去王爷庙的时候想带着你走。那儿要举行一次大型会议，传来通知让我去。"额尔德尼说："小人愿为公爷效犬马之劳。"巴彦公爷说："快别这么说啦，我又不是缺少狗和马，只是缺少一个能把马驾驭好、侍弄好的牵夫。"额尔德尼收敛住轻狂，立刻变老实，说："知道了，公爷。"额尔德尼从巴彦公爷包房出来就看到，其其格从泉边挑着水正朝着浩特（营地）走来。他迎上去，讨好地欲将水挑接过。其其格推辞说："算啦，额尔德尼，男人是不能挑水的。如果让公爷看见了，就会把我赶走的。"额尔德尼无奈地搓着手离开。到了傍晚，女用人住的小包房内，马夫和其其格干完一天的活儿，正在聊天消磨时间时，额尔德尼走进来，对马夫说："明天赶路的马匹，要让它们夜里吃上好草啊。"马夫说："你是在教我怎么养马吗？我的意思是，孩子呀，你就算了吧。"额尔德尼说："我不缺少父亲，你赶紧去看看羁绊好的马匹。"马夫说："呀哈，可是个威风八面的东西呢，你知道吗？就连公爷都没有对我这样指手画脚过。"这时，其其格突然间发起脾气，喊道："你们要是想打架，就出去。"马夫倒是有自知之明，乖乖撩起毡帘，退出屋去，额尔德尼却留了下来。其其格问："你不出去还等什么？"额尔德尼道："有年轻人在眼前，还跟老头子亲近做什么呀，我的其其格。"其其格想起了什么，她翻动着箱子，找出了额尔德尼赠送的那枚戒指："你看，这是你的戒指，拿着东西滚蛋！"说着将戒指扔在了额尔德尼怀里。额尔德尼捡起了戒指说："其其格，你这是干什么？就咱们两人，清静地唠会儿多好。"其其格说："别说是跟你唠嗑了，看你一眼都恶心，赶紧出去。"额尔德尼起身时嘟哝道："呸，不就是个喜欢老骨头的母狗嘛。"

　　巴彦公爷带着额尔德尼来到王爷庙后，二人在一家汉人开的旅店住了一宿。第二天，喝过早茶，主仆二人去兴安军官学校找熟人。兴安军官学校校长办公室内，当巴德玛拉布坦和甘珠扎布二人正在闲聊时，巴彦公爷别说是打报告，连门都没敲一下就直接进去打断他们的谈话说："鄙人有事想请教两位大人。"巴德玛拉布坦说："哦，巴彦公爷，您是来赴宴的吧，请别客气，有事就坐下说。"巴彦公爷走过去坐在巴德玛拉布坦旁边的椅子上说："我们蒙古人把土地奉献给上面，究竟对谁有利？"巴德玛拉布坦反问道："依公爷看？"巴彦公爷说："依我看，这么做是对蒙古人是不利的。"甘珠扎布点头道："我们本来是想寻找依靠，但是现在看来有被依靠压趴下的危险。"巴德玛拉布坦说："正是如此。我原来是一个旗的王爷，所有事情，有权一言即定。可是现在不同了，可能马上又要让我兼职兴安军司令，事情可是多如牛毛啦。你们都看见了，连个军官学校校长的职务都要我来兼职，不过官职越多却失去了所有决策权。"巴彦公爷问："既然你们都这么看，那还头顶一个日本人给戴上的徒有虚名的头衔到底想做什么？"甘珠扎布反感道："倘若蒙古人连这点头衔都没有了，那事情可能就更加糟糕。"巴德玛拉布坦说："我认为，有朝一日满洲国如果站稳了脚跟，蒙古人的太阳也就升起来了。"巴彦公爷说："不过太阳还没有升起来没准儿就把土地丢掉啦。"甘珠扎布说："是不是丢掉土地所有权，还在于怎么看这个问题，就算是旗府的台吉王公失去了土地所有权，可是整体蒙古人对土地的所有权却可以变得更加牢固……"巴彦公爷打断道："是那样吗？也许是本人愚鲁无知，总是对日本人的所作所为持有怀疑。"巴德玛拉布坦说："好啦，就不提这些吧，小心隔墙有耳啊，公爷如果不愿意奉献土地，就随便吧。目前，这种事情又不是强迫执行，都是靠自觉自愿。"巴彦公爷沉思片刻，说："既然巴王爷这么说，那我就明白了，这就去参加宴会，告辞。"说完，转身从房间走出。甘珠扎布看着他微微佝偻的背影摇头，巴德玛拉布坦靠在椅背蹙紧眉头闭上了眼睛。

巴彦公爷从兴安军官学校大门走出来时，额尔德尼牵着马匹前来迎接。额尔德尼问："公爷大人，现在我们去哪儿？"巴彦公爷说："额尔德尼，你说说看，我是把土地奉献出去呢，还是不奉献为好？"额尔德尼说："如果价钱合适的话，可以考虑。"巴彦公爷懊恼道："你是一个真正的酒囊饭袋啊。"额尔德尼盯着鞋尖，不高兴地说："是啊，公爷您说得对。"这时，一名宴会勤务员来到他们身旁说："宴会就要开始了，大臣的汽车从长春开往王爷庙已经四个多小时了，请公爷抓紧去宴会厅吧。"勤务员离开他们走进学校大门。巴彦公爷厌恶地看着额尔德尼这张利欲熏心的脸说："你去把马匹羁绊好了以后赶紧回来。今天我跟这些日本人和满洲人喝酒，没准儿会喝醉。宴会结束之前你不要离开那个地方，知道了吗？"额尔德尼说："那我先把马匹放到西北侧山坡上。您去参加宴会吧。"这时，从军校门前传来奏响军乐的声音。以巴德玛拉布坦为首的甘珠扎布以及随从数人从校院走了出来，人们绕过围墙朝着北向走去。巴彦公爷回身躲开时，那名勤务员又朝他走过来，再次催促说："公爷，请您去参加宴会。"巴彦公爷不得不跟随勤务员走在队伍后面。巴彦公爷走进兴安军官学校参谋部大厅内才发现，这里已经聚集了各蒙古旗来的王公贵族。上座上巴德玛拉布坦、甘珠扎布等人落座之外，还有多半的座位依然空着。其他的座位已经坐满了人。巴彦公爷走到上座前，很是不合时宜地坐在甘珠扎布旁边的位子就问："还等什么人啊？"甘珠扎布说："宴会最主要客人还没到呢。"巴彦继续问："那个最主要客人是个日本官员呢还是满洲人？"甘珠扎布不耐烦道："任何可能都有，公爷您就耐心地坐着吧。"巴德玛拉布坦说："朝廷大臣和关东军参谋部都会来人的吧，一会儿就知道了。"宴会厅里喧器中，从东蒙各处来的蒙古贵族们等了一个时辰之后，终于听到汽车、摩托车混杂的声音从外面传来。关东军军官松本从汽车上下来，快速走进大厅。宴会真正主人莅临客厅落座。坐在关东军军官松本身边的宴会主持人站起来用蒙古语说："尊敬的王公台吉们，现在由关东军中将指挥官松本将军讲话。"众人鼓掌。关东军军官松本起立鞠躬道："让众位久等了，实在抱歉，宴请各位的目的只有一个，就是想跟大家探讨探讨有关土地奉上的看法。鄙人认为，将蒙古土地上缴，有利于统一国民经济指数和对全国财政收入进行精确预算。"等翻译把松本的日本话译成蒙古语讲述一遍时，宴会厅内又开始一片哗然。接着菜肴上桌，觥筹交错、举杯饮酒。巴彦公爷不一会儿就喝得酒酣耳热，从座位上起立，朝着关东军军官松本说："我想向日本人请教一个问题，比如说，是否可以把一个人的肝和胆分离开？"翻译对关东军军官松本耳语。松本笑道："肯定不行。"巴彦公爷坐下，靠上椅背继续说道："那好，请你将把东部蒙古分裂成兴安四省的缘由给我解释一下。"当翻译译完，军官松本的脸色似乎变了一下，复又恢复平静道："你已经喝多了，我没有权力解释这个问题。你去满洲国政府问询吧。"巴彦又要站起，被甘珠扎布摁住了膝盖。宴会主持朝大门拍了两下巴掌。几个身穿和服的日本女人走进来跳起了日本舞蹈。一个服务生端来一盘炒菜。巴彦公爷用筷子指着菜盘诧异地问道："这个有手有脚的东西是什么？"甘珠扎布说："有什么好奇怪的，不就是青蛙嘛。"巴彦公爷惊起，把筷子摔在桌子上："他们这不是在侮辱人吗？岂有此理！"说完，离开座位摇摇晃晃地往外走去。关东军军官松本勃然变色，欲拍案而起，但还是控制住了自己。

额尔德尼在山坡上把马匹羁绊，走路返回宴会地点。当他擦着额头上汗水欲进宴会厅大门时，却被持枪的日本士兵挡住。额尔德尼说："我是巴彦公爷的马夫。"门岗摇晃着手。额尔德尼嘟囔道："不懂人话的东西。"门岗用刺刀指向额尔德尼胸膛，额尔德尼后退。门岗回到原位。额尔德尼在宴会厅附近转悠。从宴会厅飘来的众人嘈杂声以及酒和菜肴的香味不断刺激着他的听觉和嗅觉。他捂住耳朵，干脆枕着一块石头躺在墙根阴凉地方。嘈杂声是听不到了，但香味还是能闻得到。额尔德尼渐渐入睡。巴彦公爷从宴会厅摇摇晃晃地出来，撞了一下门岗，走到额尔德尼睡觉的地方，朝他屁股踢了一脚就蹲下开始呕吐。额尔德尼醒来为巴彦拍打脊背。过了一会儿，宴会结束，人群从宴会厅三五成群地陆续出来，过了参谋部大门向四面八方散去。一名日本男医生和一名女护士走过来推开额尔德尼，将巴彦公爷带往军官学校参谋部医务室。额尔德尼一时不知所措，站在墙根发呆。这时，巴德玛拉布坦和甘珠扎布二人并肩来到他附近，揭开裤腰带往墙根撒尿。甘珠扎布边撒尿边笑着说："巴彦公爷仅仅是见了青蛙才恶心呕吐，可是他们却一定要把他带到参谋部医务室为他医治，真是奇了怪了。"巴德玛拉布坦撒完尿浑身颤抖一下，系着裤腰带说："巴彦公爷完蛋啦。"甘珠扎布道："不至于到那么可怕的程度吧。"巴德玛拉布坦说："你我二人跟日本人打了这么多年交道，还不了解他们的办事手段吗？如果把蒙古人的率真脾气暴露在日本人面前，那可是非常危险啊。"甘珠扎布说："那就只好想办法解救了。"巴德玛拉布坦摇手道："医生护士还不至于害他吧，不过他那到处愚蠢地显示自己是'好汉'的脾性，终会有一天使他心力交瘁的。"说着二人朝兴安军校大门走去。女护士从医务室门口用蒙古语招呼时，额尔德尼看了看左右，两边并没有其他人。他确定护士在招呼自己。于是跟着护士走进医务室，看到了酒虽然已醒，但脸色依然苍白地仰卧在急救床上的巴彦公爷。额尔德尼来到脚边时，巴彦公爷有气无力地问："我这是在哪儿？"额尔德尼回答："您在宴会上喝醉呕吐了，是日本人为你治疗呢。"巴彦公爷勉强掀开身上盖的白布，欲从床上起身说："额尔德尼呀，参加宴会之前我对你说什么来着？不是说让你不要离开我吗？为什么把我送到日本人手里了？我可是没有得罪你的地方啊。"额尔德尼吞吞吐吐道："他们不让我说话，我要进去时，哨兵拦着我，我、我又听不懂他们的话。"巴彦起身下床，声音颤抖着嘟哝道："应该对付着回到自己的浩特再死……"然后，向额尔德尼呵斥道："快扶我！"巴彦公爷和额尔德尼互相搀扶着离开医务室时，那些日本医生和护士没阻拦，只是站在一旁用好奇眼光注视着。二人推推搡搡地从医务室出来后，额尔德尼背上巴彦公爷，向住宿的旅店走去。当天晚些时候，二人结完住宿费，离开旅店。额尔德尼两个肩上各挎着装满王爷庙店铺里买的绸缎、糖果、砖茶之类杂物的马褡子，领着走路摇摇晃晃的巴彦公爷来到羁绊马匹的山坡上。他抓住马匹，先把沉甸甸的马褡子分别驮在两匹马上，然后，把公爷扶上马背。二人身后拖着长长的影子，顺着草木葳蕤的山坡路并辔而行。奔过山坡后，巴彦公爷突然勒住缰绳，让马停下来，抖动两下右胳膊，仰望着天空中"咕嘎"飞行的雁阵说："我身体像是被吹了气的尿泡一样，感觉轻飘飘的。不知日本医生给我打了什么针，是装在小孩子手指头那么大玻璃瓶子里的清亮液体。"额尔德尼说："那叫西药，我在部队时见过。"巴彦说："怎么也得回到自己的浩特再说。他们几个人强行摁住我扎针，我怕的是，别是连个念经声音都听不见就死在东洋人手里。"额尔德尼说："现在没事了。"可巴彦公爷还在唠叨扎针之事。额尔德尼故意岔开话题问："那么公爷是不是已经下决心把自己领地奉献上去？"巴彦生气道："别放屁，除非把刀子架在脖子上，否则别想从我手里拿走一寸土地。"额尔德尼露出笑容继续问："如果刀子架在脖子上呢？"巴彦公爷蔑视道："只要我不去觊觎那个愚蠢的满洲朝廷官位，他们有什么理由把刀子架在我脖子上？佛经上不是说过吗，只有贪婪和欲望才会把魔鬼引到身上，这个你懂吗？"额尔德尼说："不懂。"巴彦说："那就别废话连篇，还是赶路吧。"

第十三章
烟岚中血盆一样深红色的太阳

赫希格带着骑兵连，在通辽火车站附近沿着铁路线行进。宝力德牵着马跟警卫一起从对面横过铁轨时，遇见了赫希格。赫希格勒住缰绳下马就问他："伤好利索了没有？"宝力德说："好啦，你们这是要去哪里？"赫希格说："我们接到了前往高力板与第二团汇合的命令。"宝力德讯问团部大概位置。赫希格用马鞭朝北方向比画。宝力德按他指向离去时说："你们家里的，除了满都呼以外一切都好。"赫希格问："满都呼怎么了？"宝力德说："跟格日勒一起建立了独立'王国'，让你父母二人头疼不已。"赫希格只是笑了笑没说话。宝力德与警卫一同离开后，骑兵队伍快速驰骋一段路程，晌午时分来到一处泡子边，让战马在水边休息。赫希格、胖子占布拉、诺尔布、巴拉杆、础鲁在一起用石头块垒砌炉灶，准备熬茶。战士布图格其牵着心爱的白马来到炉灶边，对赫希格说："我向连长请假，回家看看老婆和孩子。虱子多得快要把浑身血液吸干，怎么也得收拾一下啦。"赫希格想都没想就说："不允许。"布图格其摸了摸背在身后的步枪说："如果连长把话说得这样死，兄弟没准儿会擦枪走火的。"胖子占布拉推开布图格其道："滚到一边去。"布图格其乖乖地走开。诺尔布说："这小子的土匪脾性又暴露出来啦。如果强迫把他带往高力板，也许会出事。"础鲁说："就算是不再惹事，但保不住夜晚就开小差啦。"巴拉杆说："要不然咱们所有人都回家看看，然后集中在一起再前往高力板，怎么样？"赫希格皱眉头，呷茶，不言不语。等队伍出发时，他才说出决定："五天以后咱们在高力板集合。解散吧。"队伍立刻四处散开各奔东西。临走前布图格其再次牵着白马，来到赫希格面前表态道："当长官的这么通情达理，我敢保证，兄弟们手里枪械肯定不会走火。"

赫希格回家了。父亲在院子外面从赫希格手里接过战马缰绳。当其木格跑出屋子依偎在赫希格身上时，嫂子却站在一旁，抿嘴笑。母亲用衣襟擦着双手走向赫希格眯细眼睛说："我看看儿子。"赫希格抱了抱母亲，进屋脱外衣，其木格端来洗脸水放在他前面。父亲观赏够了赫希格的战马，从外面进来问："一看就知道是一匹好马。从哪儿得到的？"赫希格边洗脸，边回答："是部队分配的。""民国军队退回到长城里面了吗？"父亲打听着上炕坐下。赫希格说："民国东北军突然不战而退。"父亲说："想必是自治军吓破了他们的胆子吧。"赫希格说："哪里是，他们一仗没打就撤退了。"父亲感到奇怪："为什么？"赫希格摇头："不知道。"父亲说："不管怎样，只要撤退就好。我原来担心，到了收庄稼季节，人手不够，一直盼你回来呢，现在好啦。""我没有时间收割庄稼，大后天还要去高力板。"赫希格说着用毛巾擦脸。"还要走啊？到高力板做什么？我看还是待在家里帮助收庄稼的好。"父亲觉得无仗可打，还要离家逛游简直是不可思议。赫希格却说："军令如山，您又不是不知道。"父亲失望地嘟哝道："当年我跟随陶克陶胡台吉作战时，可是从来没有接受过毫无意义的命令。"

回家的第二天傍晚，赫希格去河岸，为正在吃草的战马解开羁绊时，遇上了往回驱赶母牛的波尔玛。二人默默地行走一段路，在岔路上正要离开时，赫希格突然停住脚步招呼道："波尔玛，等一

落
日
下
／
161

等。""看来你有话要跟我说。"波尔玛停住脚步，等待赫希格的下一句话。赫希格往岔路走了几步，又退回几步问："咱们俩分手几年啦？"波尔玛冷冷地说："我已经忘掉了。"那天夜里，赫希格为了打消内心苦闷，带两瓶烧酒去看望铁匠尼玛。二人坐在一起喝酒时，赫希格唱起悲凉的民歌小调。"先别唱了，到底遇到什么麻烦事了？说说吧。""别提了，别提多痛快。""痛快还唱得那么悲凉？""悲凉？那你说说，蒙古人的哪首歌不悲凉？""跟波尔玛的感情死灰复燃了？""暂时不是，但我打算跟她和好如初，可她却拒绝了。"尼玛说："罪孽啊。""什么叫罪孽？对身体很舒服的那种感觉吗？"赫希格问。尼玛摇头道："不知道啊，不知道。"赫希格说："你不知道就不要管闲事，我准备和她重新睡在一起。波尔玛的身体像一堆温暖的火，我忘不了。"尼玛问："你还要继续这么折腾，那么吉蜜思怎么办？"赫希格说："不知道，你不嫌弃就把她接过来一起住吧，我不在乎。"尼玛从赫希格手里把酒瓶夺过来，突然朝他胸脯狠狠地打一拳，赫希格从炕上仰面摔倒在地上。尼玛咬牙道："你到底是人还是畜生？"他看着仰躺在地上开始打呼噜的赫希格，踌躇片刻后嘟囔道："该死的魔鬼已经醉了。"躺在地上的人突然拍着胸脯喊叫："我赫希格，枪林弹雨中没死，有可能死在你拳头下吗？赶紧把我拉起来。"尼玛穿靴子下地，扶赫希格站起来，二人推搡出屋。

赫希格和尼玛来到家门前，正要进院子里时，赫希格耍赖不往里走了。尼玛说："喂，进屋睡吧，已经半夜了。"赫希格小声说："我们俩回你家吧，求你了，要不把我送到波尔玛家。"尼玛把赫希格放在地上，一瘸一拐地走进屋去。不一会儿，从屋内走出其木格和尼玛二人。其木格说："你把我哥灌醉成这样了？"尼玛说："行了，都是我的错，你就不要摆架子了，赶紧帮我把他扶起来。"其木格说："我哥从来没这么醉过，肯定是你强迫让他喝多的。"尼玛说："我已经向你道歉过了，你还摆起架子没完了，赶紧帮我抬他双脚。"尼玛和其木格把赫希格抬起来，哼哼哈哈地往屋走。三人推推搡搡进屋时，嫂子匆忙铺床，让赫希格躺下。赫希格开始打呼噜。就这样，赫希格在家里整整酣睡一天两夜，谁招呼都不起来，连勤务兵础鲁都没能弄醒他。第三天早晨，他勉强起床，吃顿饱饭就骑上战马走了。等他快马加鞭来到高力板镇大街上时，那里正聚集着步兵、炮兵、骑兵列队。巴德玛拉布坦与随从一起沿着阵列缝隙走了进来。巴德玛拉布坦从马背讲话："蒙古民族英勇的儿子们，我们用鲜血保卫了自己的草场以及家园。从今天开始，我们将蒙古自治军改称为兴安军，把战略从进攻转移为防卫，愿蒙古人军威永远昌盛！"士兵阵列中爆发出如雷般的欢呼声。巴德玛拉布坦与随从，从人墙中驰骋离开。团长来到赫希格面前问："你们连的一半士兵哪儿去了？""报告团长，他们还没来得及归队。""是谁给你权力让士兵回家探亲？"赫希格立正敬礼道："团长，我错了。"团长说："知错就好，我宣布，现在撤销你中校连长职务改任排长。"当晚，在酒家里，赫希格与骑兵排战士们一起饮酒作乐。赫希格已经喝醉，伏在桌子上正在打瞌睡。胖子占布拉也喝得醉意朦胧，他摇晃着上身说："我们现在要去和谁打仗啊？"巴拉杆说："只要想战斗，还怕没有敌人吗？只要骑马跨过长城就行啦。"胖子占布拉说："闭嘴，谁问你了，赫希格，你来回答。"酒家老板娘腊月端来菜盘放在桌子上时说："你难道没看见他已经喝得连脑袋都抬不起来啦，还问个啥？"胖子占布拉说："不知道的事情不问长官，难道问你不成？他是我们连长。"诺尔布说："已经不是连长了，是排长。"胖子占布拉说："都一样，其实他当团长也有资格。"老板娘腊月看着础鲁说："把你长官抬到里屋炕上吧。"础鲁起身搀扶着赫希格走进里屋，把他扔在老板娘炕上就出来继续喝酒。赫希格在里屋，口吐白沫折腾，老板娘腊月走进来,看了片刻之后,用毛巾为他擦了脸,然后与他并肩而卧,叹息连连。从外间不断传来喧闹声音。赫希格突然一跃而起往地上呕吐,腊月给他捶背。过了一会儿,酒家外间炕上拼命喝酒的士兵们也陆续倒下,打呼噜。

黎明前,布图格其醒来,推一推旁边的诺尔布,催促道:"快起来,该我们俩放马去了。""大爷,让我再睡一会儿吧。"诺尔布翻过身去继续睡。"妈的,听到没有,我叫你起来呢,轮到我们二人放马了。"布图格其说着抬起脚,朝诺尔布的腿弯里踢一脚。诺尔布嘟嘟哝哝地开始穿衣裳。布图格其从墙角拿起马鞭转身出屋,诺尔布也匆匆随了出去。当布图格其和诺尔布骑上马奔走在大街上时,从对面传来枪声,二人立刻还击。不一会儿被卷入炮弹爆炸的烟尘中。赫希格被大街上响起的枪声惊醒,推开怀里的老板娘腊月,匆忙穿戴,跑出酒家大门来到街上时,偷袭的国民党军骑兵与兴安军骑兵已经打成一片了。黎明前昏暗中,战士布图格其骑着白马在人群中闪烁。赫希格迷迷糊糊地抢起战刀,跟眼前晃动的影影绰绰黑影左右砍杀一阵,感觉到从人体迸出热血,溅到脸上、手上滚烫滚烫的。一名国民党士兵拿起步枪瞄准布图格其。枪响,布图格其连人带马一起倒下。布图格其摇摇晃晃地站起来,手里拿着战刀朝开枪的国民党士兵逼近,那国军士兵再次朝布图格其开枪,枪没响,二人用枪刺战刀比试,国军士兵刺穿布图格其左胳膊,布图格其砍断对手右臂。枪声、厮杀声像一场骤雨一般瞬间扫了过去。来偷袭的一小股国民党兵已败退,兴安军开始打扫战场。被砍断右臂的国军士兵已死,可布图格其还在挥着战刀砍着其血肉模糊的尸体。赫希格猛然清醒过来,靠过去抱住布图格其,厉声劝阻:"他已经死了,别砍啦,停下。"布图格其左胳膊正在流血,他撇下战刀走到自己战马尸体前跪下,抱住马脖子痛哭流涕道:"老伙计,你别扔下我!"看到础鲁跑来，赫希格命令道："赶紧把布图格其扶起来，送去医务室给他包扎伤口。"础鲁走过去，试图扶起布图格其。布图格其甩开础鲁喊："滚开！"他趴在战马尸体上痛不欲生。赫希格再次下命令："把他带走。"几名战士这才一起动手，强行把布图格其带往医务室。据础鲁讲，他们当时把布图格其弄进医务室，几个人按住肩膀和双腿才能让医生给他包扎伤口。可一旦大伙撒手，他马上推开医生，拽着绷带夺门跑出医务室，朝战马尸体跑去，绷带在屁股后边像长长的哈达，在风中飘着。等他跑到马尸体前时，长长的"哈达"已经离开伤口，带着斑驳血迹掉落在路边尘土中。他耷拉着滴血的左手，睁圆布满血丝的眼睛，像夹着尾巴的疯狗一般围绕战马尸体按顺时针方向跑三圈，然后，从一个国军尸体旁捡起一把匕首，指着自己脖子向打扫战场的人们提出要求说，不许拽拉他的战马尸体，一定要用担架把它抬到镇西南侧山坡，要不他死给他们看。赫希格很无奈地答应了他的要求。础鲁等四个人卸下马尸体上的鞍鞯和缰绳，用绳索和粗木棍抬起战马尸体，跟随着布图格其一路把血液洒在草叶上的踪迹，艰难走向他指定的山坡阳面高处吉祥地。大概半个时辰后，础鲁等四人气喘吁吁地把战马尸体送达地方，依着主人要求安置好。可这时，布图格其体内血液也流得差不多了。已经失去理智的布图格其，瘫坐在马匹尸体旁，又拿起匕首指向脖子，斥责础鲁等人立刻滚回去。础鲁说，布图格其这混蛋太过分了，不感谢也就罢了，还开始劈头盖脸地辱骂他们。四人一生气，马上从马匹尸体上把绳索收起就留下布图格其离开山坡而去。等打扫完战场，已经气消的四人再次去看时，布图格其抱着战马脖子安详地咽气了，从脸上丝毫看不出痛苦痕迹。

父亲正在为旧黄铜勺子安装木柄时，础鲁毛毛愣愣地走了进来打招呼道："老爷子，你好吗？"父亲说："好好。你怎么来了？我们家赫希格在哪儿流浪呢?"础鲁说:"我们营部在高力板镇。"父亲说:"既然已经没有战斗可打了,还不回来做什么? 秋天大活计快要开始啦。"础鲁说:"说到军事防卫,意思就是敌人在暗处,我们在明处,仇恨日本人的人到处都有。对了,差一点把正事给忘掉,赫希格给您捎来口信啦。""什么口信? 是让我给他送战马? 要是那样,就干脆把我牵过去骑吧。只要不嫌弃我是匹老种马就行。"础鲁微笑道:"军队目前不需要种马,他只是说把满都呼送到高力板。"父亲不解地问:"干什么?"础鲁说:"赫希格说让他上学。"父亲放下手中活计,眼睛一眨一眨地,沉默下来思考着。其木格和母亲在房屋后面收拾,为弄平打谷场地面而忙活。父亲送走础鲁,笑眯眯地来到打谷场说:"其木格你回屋帮你嫂子做饭去。"其木格放下手里耙子离去。父亲悄悄对母亲说:"机会来了。"母亲问:"什么机会?"父亲说:"赫希格捎口信说了,要让我把满都呼送高力板上学去。"母亲惊叹道:"是吗,那什么时候送?"父亲说:"明天吧,今天来不及啦,晚些时候可能要下雨。"母亲说:"老天有眼,我们终于有理由让满都呼与格日勒分开了。"父亲说:"可不是吗,这下我们可以省心啦。"

黎明前,开始下雨,屋内闪电断断续续地照亮。炕上满都呼正在酣睡。格日勒表姐抱着被褥走进来,站在满都呼旁边。一阵雷鸣把满都呼吵醒,他睁开眼就看到闪光里格日勒表姐鬼魅般的身影就从被窝跳了起来。格日勒表姐说:"是我,你别怕。"满都呼揉着眼睛问:"姐姐你没睡?"格日勒表姐说:"打雷太可怕,我那卧室开始雨水滴漏了。""那就睡这里吧。"满都呼说着起身,挪一挪自己被褥腾出地方。格日勒把被褥放在炕上,坐在炕沿频频叹息着。"上炕来睡吧。"满都呼懒懒地打着哈欠说。格日勒表姐依然坐着。满都呼劝说几次后,钻进被窝躺下。格日勒表姐止住叹息,欲转身铺开自己被褥时，蓦地发现有个拳头般大小的黑色毛绒球在屋子里来回飘浮。在远处闪电微弱照射下黑色绒球轻轻接触墙壁，改变方向继续飘浮，沉下去撞到地面又弹了上去，保持在屋子半空继续飘浮。近处闪电照亮屋内，雷声再次轰鸣，黑色绒球变换静态飘浮姿势，突然旋转几下就停止，膨胀、膨胀，几乎要爆炸时却变成了硕大无比的刺猬。格日勒表姐喊了一声："妈呀，鬼！"就俯下身死死抱住满都呼不放。

　　一场骤雨，不到半个时辰就停了。天气变得异常晴朗。早饭后，父亲套好马车大声喊道："大家都出来吧。"听到招呼声，母亲先出来说："你送满都呼去高力板，我们几个晚些时候去接格日勒。"父亲说："办事要速战速决，趁满都呼要走的乱乎劲，把他们家门窗全部用石头块堵死，再用泥巴糊上了，使房屋没法住人不就行了？还拖个什么劲？""那就按你说的办吧。"母亲说着回头朝屋子喊："你们都快出来。"其木格、嫂子和恩和，从屋子陆续出来上车。父亲驾着马车，全家人气势汹汹地来到格日勒表姐家门前停下。其木格跳下马车，诧异道："都晌午了，他们还没起床？"父亲也感到疑惑不解，但他毕竟是过来人，小心翼翼地左右观察一番后，对母亲说："你先进去叫醒他们吧。"其木格说："我进去叫醒他们。""其木格，你回来。"父亲低声严厉呵斥。其木格问："干什么？"父亲说："让你妈先进去看看。"其木格不大情愿地走了回来，母亲走进大门。其余人在马车前等待。当母亲走进屋内时，炕上的满都呼和格日勒表姐互相搂抱着依然在睡梦中。母亲捂住眼睛转身，咳嗽两声。满都呼、格日勒表姐被咳嗽声惊醒，不声不响地开始穿衣服。母亲退到外屋。等他俩穿戴好，母亲马上朝外挥手给信号，父亲驾着马车直接闯入院内。母亲从屋内把满都呼和格日勒领出来，并不停地对他们解释着今天全家人来此的意图。这时，院子里除了恩和以外，父亲、嫂子、其木格已经开始挖土的挖土，搬石头的搬石头了。泥巴已经和好，父亲和其木格开始砌石头堵堂屋窗户。母亲和嫂子从屋内往外搬东西。满都呼站在院中傻傻地看着他们忙乎，格日勒一屁股坐在墙角哭泣，恩和蹲在地上玩泥巴。不到两个时辰，阿穆尔舅舅家的门和所有窗户全部堵住。父亲说："好了，满都呼我俩马上要走啦，你们几个带着格日勒一起回家吧。"满都呼不动地方。父亲走过去拽住满都呼的衣袖，拉着他向马车走过去。格日勒突然歇斯底里地喊叫："你们都滚！"母亲、嫂子、其木格把挣扎着的格日勒抬出院外，用绳索把院门牢牢拴住。父亲强行把满都呼的手脚捆绑，抱起来扔上车就驾马离去。格日勒抱着她的小狗在嫂子、其木格、母亲和恩和的簇拥下离开家门，可依然还在不停地喊叫着，咒骂着。

　　父亲和满都呼二人乘坐马车赶往高力板。满都呼被捆绑在车厢上，已经不怎么挣扎了。父亲边驾车，边哄道："斗大的字不识一个，一辈子跟着牛马屁股跑，那怎么行？还是做个知书达理的人好。你爸爸我要是上过学，肯定不会蹲在巴掌大的塔拉嘎查当农民。"满都呼带着哭腔质问道："当农民有什么不好？""当农民……"父亲语塞，然后想了想说："也没有什么不好的，流汗、劳体，靠自己力气挣吃的喝的，不抢不偷的也没有什么不对。"满都呼声嘶力竭地喊："回去吧，我不去高力板。"父亲愤怒地举起鞭子威胁道："要是再乱喊乱叫，我就打折你的腿。你以为你是谁，赫希格当了军官都不敢不听我的，哼。"等父亲把手里鞭子放下后，满都呼继续喊："到高力板之前把我打死算啦，哎呀，疼啊。"父亲停车，用衣襟为他擦去了鼻涕泪水，把捆绑绳子稍微松了松，最后将垫在自己屁股下的毛毡腾出来，塞进他的后背。马车继续赶路。二人一路吵吵闹闹，路途中野外过了一宿，总算平平安安来到高力板，停下马车。父亲为满都呼解开绳索说："想逃跑就跑吧。只要我告诉赫希格，他肯定会拎着战刀追上你，活活地剥了你的皮。"满都呼下车寻找旮旯街角撒尿。父亲诡秘地微笑着喃喃道："兔崽子，从早晨开始就憋着，却一声不吭忍到现在。"关于那次路途中野外过的一宿，满都呼后来在王爷庙兴安军校学生宿舍里，对我提起过一次。他说，他和父亲二人，别别扭扭地消耗掉大半个路程，日落前爬到一座绿葱葱的山顶，看到了天边烟岚中硕大无比、血盆一样的深红色太阳。他说，当时看到那奇异景色，感慨万千。茂密森林他见识过。在鄂温克猎民营地栖身时，几乎变成了森林里的野人，但，从没看到过血红色太阳。他说，把命运交给信任的人，是个很惬意的释然。父亲左右着他的一切，他用不着费心、感激，也用不着唯唯诺诺地为自己的事情而向施舍者低头。当血色太阳渐渐扎进地平线时，他模模糊糊预感到了自己的未来是注定要离开塔拉嘎查、离开格日勒表姐的。过了黄昏，渐渐进入黑夜怀抱，山峦和天空合二为一，大自然按照自己的方式在安安静静地呼吸着。时间似乎已经停止，蚊、虻不断地缠绕在脸和露出皮肉的部位。父亲依然小心谨慎，担心他逃跑而不肯给他松开捆绑双手的绳索，亲自喂他几口干粮和水，等待月亮升空，好继续赶路。附近吃草的马匹发出咳咳声响，父亲捡来些干柴点一堆篝火时嘟哝道："天狗（忌讳说狼）盯上我们的马匹了。"满都呼说，他当时被蚊子和牛虻叮得奇痒难忍，希望狼立刻扑向马匹，又不想损失一匹好马，矛盾重重。所以他，故意扯着嗓子喊："狼，来啊，过来吃我。"父亲用手里马鞭把儿轻轻戳一下他后背，沉闷地说："安静点孩子，别把山神给惹怒了。"月亮升高后，父亲套上马匹，继续赶路时，果然发现了那条蹲守两个时辰的狼，从灌木丛现身，一步一回头、恋恋不舍地朝黑幽幽的沟壑缓慢走去。

赫希格在居民家中跟胖子占布拉、诺尔布等一起准备吃晚饭。一个中年妇女正在给人们倒茶。础鲁从外面把父亲和满都呼领进来时喊："赫希格，你看，是谁来啦？"赫希格还没来得及说话，胖子占布拉抢先说："哎呀，盼着从老家来人，真的是望眼欲穿哪。陶高大叔，快上炕吧。"赫希格下炕问："路上住宿了吗？""又没有长翅膀，不住宿怎么行。"父亲说着上炕坐在胖子占布拉旁。诺尔布把满都呼拽过去，让他坐在自己旁边。父亲拍着胖子占布拉的膝盖道："看来你们把敌人吓跑之后，过上舒坦日子了。"胖子占布拉说："上了战场怕中子弹，离开战场又怕寂寞得要死，人啊，什么东西。"赫希格朝父亲问："把满都呼的铺盖行李带来了吗？"父亲挠着后脑勺，很为难的样子说："还真没想起这档子事，我原来是想，从战场上回来的人，怎么也得会弄上点什么。""您以为战场是收拾行李铺盖的地方吗？现在可是，哎……"赫希格恼怒了。胖子占布拉说："就别嚼舌头啦，我的马鞍上捆着一件多余皮袍。满都呼盖上睡觉肯定没问题。"父亲立刻改变话题道："你们与其在这里闲待着，还不如回家收割庄稼呢。"胖子占布拉说："那怎么行，我们已经是满洲国正规军队啦，要是随便离开部队，就等着挨枪子儿吧。像我这样的士兵，赫希格就有权朝后背开枪。"父亲搓着手掌道："原本打算把满都呼留在这里，跟赫希格一块回去的。说到军官，离开几天的话，不至于有人从后面开枪吧。庄稼……"中年妇女端来饭菜。赫希格打断父亲的话："好啦，吃饭吧，就别再提什么庄稼田地啦。"父亲不安地从桌子上拿起筷子。

父亲把满都呼交给赫希格，跟士兵们挤着过了一夜，第二天早晨吃一顿饱饭就很自觉地离开那家农户小院。赶着马车在街上走时，遇见宝力德和他的警卫。宝力德下马，把缰绳交给警卫，来到父亲马车前问候："亲家公您好吗？"父亲说："好，好。""怎么来这儿了呢？我家里还好吧？""我把满都呼送这儿来上学，你家人都挺好的。""见着赫希格了？""见到了，已经把满都呼交给他，这就准备回家呢，你往家捎信不？""不了。"父亲显得很神秘，凑过去跟宝力德耳语道："你什么时候把那日本姑娘娶进家门？""不着急，等我们东蒙古地区平静了再说吧。"宝力德笑着回答。父亲装作生气道："那等到何年何月啊，还不赶紧把媳妇娶了，种出后代，也让你父亲宽心过几天。"宝力德看了看周围说："赫希格没让你喝酒吗？"父亲道："别说喝酒，他差一点把我给揍了，哼。""为什么？""就因为我说，来这么远的地方把马车空着回去不吉利，想带点战利品，可那兔崽子不仅没答应还差点儿给我耳光。""要想往家带回些什么？""什么都可以，只要拉回去后家里能用上，不是摆排场的东西就行。""那就跟我来吧。"宝力德领着父亲来到一家跟国军有瓜葛的破落富户院子外。院内兴安军士兵们三五成群正在吃饭，父亲把马拴在歪斜的凉棚柱子上，跟着宝力德走进院子，主妇看到他们后，靠墙站着皱眉发愁。宝力德说："您从这家院子里看中啥就可以拿啥。"父亲来回走，看看这个看看那个，最后走到井口附近，抚摸井边水槽说："这水槽真不错，结实得很。"宝力德说："不过是块石头罢了，还是看看别的东西吧。"父亲说："如今兵荒马乱的，除了石头别的东西都靠不住，我可不可以把它拉走？"宝力德问："就看中它了？"父亲说："就看中它了。"宝力德说："那就拉走吧。"父亲跑出院子，把马车牵进来。自己想挪动石槽，可力气不够。宝力德说："兄弟们过来帮个忙。"这时，主妇走过来坐在石槽上说："老爷子，您行行好，不要把石槽拉走，我还用它喂饮牲口呢。要不把墙角那碌碡拉走吧，同样都是石头。"父亲瞅一眼墙角放置的碌碡，摇了摇头，表示没相中，转身想把她从石槽推开时，她却趴在上面了。父亲看一眼宝力德，宝力德也很无奈地摇头。父亲一着急马上把挣扎着的主妇拦腰抱起，把她送到屋子门口放下，又匆匆跑回石槽旁。士兵们哄笑着帮父亲把石槽抬上马车。

　　格日勒表姐站在外面哭泣着。她对我们家人的所作所为一万个不服。甚至恨得咬牙切齿。她和满都呼相依为命、沦落他乡时，家里人对他们的行踪没怎么上心；反过来，从千里之遥一路乞讨回到塔拉嘎查，刚要恢复房屋和院子原貌，有了落脚点而欢欣鼓舞时，家里人却无端地干涉，甚至用武力拆散了二人，封闭温暖家庭的门窗。是可忍孰不可忍。父亲不在家里的这三天两夜时间里，格日勒表姐时不时地站外面，以哭泣方式表示抗议，表示愤慨。母亲走出来劝她道："在外面站得久了会着凉的，进屋去吧。"格日勒表姐摇头。嫂子也来到了她身边，拉住衣袖说："回屋吧，妹妹。别在外面站着了。"格日勒表姐甩开了她的手。就这时，父亲赶着马车回来了，嫂子跑过去打开大门，父亲驾车进院子。卸马车之前，父亲满脸怒气地紧握马鞭朝母亲走了过去，气急败坏地跺脚训斥道："送儿子上学，连个铺盖都不给准备，你昏了头啦？"看到父亲跺脚，格日勒表姐迅速回到了屋内。母亲根本没把父亲的呵斥当回事，高兴地对他说："求爷爷告奶奶都不肯进屋的人，原来一跺脚就灵呀。"父亲停止生气，不解地低声问道："你说什么？"母亲拿过父亲手中鞭子，挂在墙橛子上说："进屋后再告诉你。"母亲和嫂子卸马车时，父亲拍打着身上的尘土走进屋去。等母亲进来，他又开始生气了："难道你没想起为满都呼准备行李吗？你这昏头老婆子。"母亲说："赫希格没告诉，我们怎能知道。"父亲似乎突然开窍道："好像是这么一回事啊。"母亲问："赫希格是不是生气了？"父亲说："岂止是生气，你那狼崽子差点就抽我嘴巴啦。刚才格日勒站在外面是怎么回事？"母亲说："别提啦，你们走了以后好几天，一到晚上就不愿意进屋，可把吉蜜思我俩折腾坏啦，不过没想到只要你一跺脚就灵。"嫂子端来饭菜，放在桌子上。父亲说："赫希格虽然想回家，不过因为当了满洲国军队正规兵，所以不能像以前那样随便来回走，他为这个事很难过。"嫂子坐在炕沿上抚弄着发髻。从表情看她是清楚地知道父亲在对她撒谎。等父亲吃完饭，除了格日勒表姐外，一家人都出来携起手把石槽从马车上抬下。母亲说："从那么老远拉一块石头回来，到底在琢磨什么呢？"父亲说："闭嘴，你懂什么。"众人把石槽往仓房方向慢慢挪。其木格说："要不先把它放外边得了，黑灯瞎火地挪进仓房是怕烂掉吗？"父亲听了其木格的故意挑衅也没生气，反而很和气地解释说："别嫌弃这块石头，装粮食的话没有比它更好的容器，都快一起使劲。"母亲问："石槽主人也是装粮食？"父亲说："他们把它放置在井口旁饮牲口来着，我们院子里没有井，只能装粮食。别说废话了，都使劲抬。"

第十四章
反抗大日本帝国的行为比鼠疫更危险

　　小麦将要收割，为招集一些短工，我跟着总管师父回了一趟塔拉嘎查。我和师父刚走进嘎查就被道尔基大叔截住。他说，老伴儿快要咽气了，让我们去他家念一段经文。为弥留之际的生命做临终祷告，出家人是责无旁贷的。于是我们走进道尔基大叔家，在外屋简单地洗一下手，来到病恹恹的扎娜玛大娘旁边，举起熏烟棒还没来得及点燃，就看到两名警察冒冒失失地闯了进来。除了病人之外，所有人立刻都被警察踢出屋外。又来了两名浑身穿戴白颜色装束，连脑部都捂严实的人，走进屋去，不一会儿，把快要咽气的扎娜玛大娘放在担架上抬了出来。事情原委是这样的：塔拉嘎查一个外来户农民，赶着马车把一个中年男性患者送到王爷庙兴安军官学校参谋部大院医务室门外。走出一个护士带着他们进屋里。戴着手套和口罩的医生检查患者时，问："你们是从哪里来的？""是从塔拉嘎查来的。"护送者回答。医生朝患者命令道："站起来。"患者勉强起立，但是体力不支开始摇晃，最后摔倒在地上。"把他的衣服脱下。"医生命令护送者。护送者为其脱下上半身衣服。医生触摸患者腋下后说："把他裤子也脱下来。"护送者犹豫。医生向护士示意。护士强行脱下了患者裤子。医生触摸患者大腿根之后，小心翼翼地后退，并惊恐地喊道："快去警察局报告，塔拉嘎查发现鼠疫！"于是，驻扎在王爷庙的宪兵队院内响起警报声，宪兵队人员开始来回奔跑，不一会儿，骑兵队列以及坐满医护人员的汽车出院门，直奔塔拉嘎查。

老头儿们聚集到公房院内，日本人让他们跪下回话。乌日图跪在老头儿队伍最前面。一名宪兵队军官疯狂地诅咒着他们。"发生了鼠疫，你们为什么隐瞒实情不报告，给我打。"警察用柳条抽打老头儿们。乌日图辩解道："不是我们隐匿不报，对于患了鼠疫后的人体变化不了解，所以耽搁了。""你就是嘎查达吧？"宪兵队军官问。"是，是。我是嘎查达。"军官咆哮道："那就给我狠狠地打！"警察们将乌日图打得脸上青一块紫一块。嘎查周围五十步一岗，被全副武装的士兵包围。东、西、南、北四角各搭建了临时医务室和值班人员休息帐篷。警察将全嘎查人按户分开驱赶到公房内。嘎查西面山沟里十几个农民正在挖掘坟坑，洞口附近警察来回巡视。洞口旁，警察目测坑的深度后，对挖掘者下命令："你们出来。"挖掘者陆续出来。这时，第一个用独轮车送尸体的农民，在持枪士兵监督下，来到坑边，按警察的指令，他将尸体抛进坑里。第二个被送到坑边的是，气息尚存的扎娜玛大娘。两位抬担架的农夫把她放在坑沿松土上，不知所措。警察举手示意，将没有咽气的扎娜玛大娘扔进坑内。两个担架手把活人扔进坟坑之后哆哆嗦嗦地匆忙离开。坑内堆积了大概二十多具尸体或尚未咽气的活人后，几名宪兵队员把事先预备好的桶装燃油泼洒在坑里，一名宪兵把手里火把点燃后扔进坑里，立刻滚滚黑烟从坑里肆无忌惮地冒起，火焰开始吞噬死尸或活人肢体。嘎查公房内，包括男女老少的一家人被叫了进来，核对完毕户口之后，医生命令他们脱下上衣，把裤子脱到膝盖以下，开始检查。主要以他们的腋下或大腿根上是否长出黄豆粒般大小的疙瘩为症候判断病情。当一户人家检查完毕之后，另一户人家接着受检查。

　　父亲、母亲、嫂子、恩和、格日勒以及其木格被警察驱赶着走出大院。警察说："所有人赶紧去公房。"父亲欲把大门关上，警察举枪恐吓制止了他。父亲说："你大概认识我儿子赫希格吧？他在兴安军当军官呢。"警察说："快走，就算你是兴安军家属，可是不防鼠疫行吗？"父亲说："不是这样，检查是应该的，我不过是想把大门关上，家里没人的话，院子可能就被牲口糟蹋啦。"警察用枪把砸向父亲的胯骨说："算啦，如果没患病，你们很快就能回家，如果得了病，那可就得远远地离开这个院子啦。"父亲不时望着自家院子，加快步伐追上家人。轮到我家人被检查身体了。医生强迫全家人都脱光衣服。父亲眼睛紧闭地站立着。医生走过来进行检查之后通知他出去。接着母亲、恩和、嫂子、其木格被检查完身体陆续从屋内鱼贯而出。唯独格日勒表姐用双手捂着私处站立着。医生呵斥道："把手挪开。"格日勒表姐依旧用手挡着私处。医生再次喝令："举起双臂。"颤抖不已的格日勒表姐仍旧固执。医生示意，让两名护士强迫着举起格日勒表姐双臂，她拼命地挣扎，但医生并不在乎，开始触摸她腋下。格日勒表姐向医生脸上吐口唾沫。医生歇斯底里地喊叫着往她嘴里塞毛巾，两个护士死死按住她四肢。医生蹲下用戴着手套的手，抚摩她的大腿根，用了检测别人几倍长的时间，终于站起来揶揄地口气说："喷上消毒药之后送到隔离室。反抗大日本帝国的行为，比鼠疫还要危险。"护士朝格日勒表姐身上喷洒药物。护士嘟囔道："隔离这姑娘是不是有点多余？她没被传染。"医生一口咬定说："她肯定被传染啦。"父亲、母亲、其木格、恩和、嫂子在公房外等候格日勒表姐出来。父亲忐忑不安地嘟囔道："格日勒怎么这么久还不出来？"母亲说："不会出事吧，既然我们都没有人患病，她也肯定不会有事。"因为父亲最担心的还是没来得及关大门的院落，所以他没等格日勒表姐出来就急着回去了。格日勒表姐从公房内被警察赶了出来。当母亲迎上前去时，士兵用刺刀顶住了她胸膛。母亲捂住嘴巴伫立原地。格日勒表姐默默地被警察驱赶着远去。封住门窗的阿穆尔舅舅家的院落大门，被戒严宪兵队士兵打开，成了鼠疫隔离室。门旁站着荷枪实弹的士兵。已经被查出病情的人，陆续被驱赶到这里。患者们丧魂落魄地坐在屋内各处暗淡角落里。一个小孩因为恐惧正在颤抖哭泣。由于所有窗户已经被石头和泥土封闭着，所以室内只有从门缝里射进的昏暗光亮。格日勒表姐被警察押到她魂牵梦绕的家——鼠疫隔离室。

当父亲坐在窗户边朝外看时，其木格磕磕绊绊地先跑进院子，母亲在她后面疾步跟随，嫂子抱着恩和走在其后。当其木格进屋时，父亲吃惊地问："怎么啦？""他们把格日勒姐姐带去隔离房啦。"其木格气喘吁吁。父亲瞪大眼睛问："什么？"这时，母亲走进来说："见鬼，他们把格日勒给带走了。"父亲下炕寻找靴子时嘟囔道："该死的隔离房在哪儿呢？"我在嘎查中心路段上遇到父亲就跟他说："爸，庙仓总管师父和我想回寺，可是防疫兵不同意，怎么办？"父亲吃惊地问："你们不好好待在寺里，黑灯瞎火乱转悠什么？"我一口气告诉他，如何随师父来到嘎查，想招集一些农田里干活的人，结果被道尔基大叔缠住，给他老伴儿超度，所以我们还没来得及往回返，就被警察围住了。"那你师父呢？"父亲问。"他跟包围嘎查的警察待在一起。""你去把他叫来，待在野外算是怎么回事？""庙仓总管师父让我先回家的，他说，他要念经祈神消灾。""那你赶紧回家，不要在外面瞎转悠。"母亲在外间用毛巾包着干粮。嫂子在旁边为格日勒表姐的小狗准备食物。母亲说："如果你爸爸回来了，你们就先吃饭，我要去给格日勒送干粮。"就在这时，我走进屋子。母亲目瞪口呆，望着我喃喃道："佛爷保佑，楚格拉呀，你怎么会在这个时候回家来啦？"我说："早晨跟随庙仓总管师父出来，没能回到寺里。"母亲问："是不是你师父把你扔下不管了？"我笑道："我们俩谁也没能回去。""你笑什么？"母亲问。我说："我可以跟恩和一起在家里痛痛快快地玩了。"母亲轻轻抽打一下自己嘴巴，双手合十祈祷道："请活佛饶恕我信口胡言，向您的徒弟问了不该问的事情，所有罪过肯定躲不过您的慧眼，乞求您饶过我和您的徒弟吧。"我上炕抱住恩和欢乐地倒下后，母亲怀里揣着干粮从屋内走出。我、恩和、其木格，坐在炕上，玩游戏。大概过了半时辰，我突然想起师父，就说："我去把师父叫过来，让他住我们家。"恩和说："别去，咱继续玩。"我说："不行，师父在外边待一整天了，会着凉的。"其木格说："那就快去吧。"

　　我路过寡妇苏荣家前时，她站在篱笆内搭讪道："是楚格拉吗？"我靠近篱笆问："什么事？"苏荣说："我有话问你，进院子里来。""问什么？"我冷冷地问。"进来吧，进来。"苏荣说。我说："不问就走了。"苏荣悄声说："日本医生摸疙瘩你没事吧？"我说："没事。"苏荣笑声嘻嘻地说："我也没事，不信你进来摸摸。"我说："去，去。"苏荣突然从篱笆间隙伸右手，抓住我衣襟不放，并威胁地嘟哝道："摸一下吧，我的小乖乖，就一下，要不你休想离开这里。"我怕被路人发现，只好顺从地把左手从篱笆缝隙伸了过去。我的手被苏荣的手引导着，摸她胳肢窝，摸她乳沟，摸她湿漉漉下体，同时，她的右手翻开我衣襟，像个冰凉的毒蛇，毫不犹豫地钻进我裤裆里。当我做贼似的惶惶不安地离开苏荣家篱笆，黑暗中来到嘎查东头时，发现，总管师父盘腿坐在医治帐篷附近草地上默默合掌祈祷。在近处有一个警察身影来回巡逻。警察说："师父既然不能返回寺，还这样劳顿自己做什么，去找一户没有患者的人家用膳吧。"总管好像是什么也没听见，继续祈祷。这时，我走到二人身边说："师父，我父亲请您去我们家呢。"警察说："有人来请你啦，赶紧跟着走吧。"借助帐篷缝隙里透出的光亮，我发现师父把双眼微微睁开。他望了一眼，认出随从楚格拉我，但还是不言不语，只是缓缓摇头。

母亲站在黑暗中芨芨草丛里，观察着已经变成隔离所的阿穆尔舅舅的大院。彼处院门柱子上悬挂的防风灯微光下，一名巡逻警察来回徘徊。从休息帐篷内走出另一名警察与巡逻者换岗。有个送饭者走近刚刚上岗的警察后，被劈头盖脸地一顿殴打，并从院门撵开。父亲悄悄地走到母亲身边低声问："把干粮送给格日勒了吗？"母亲小声回应："警察不让进去。刚才有一个人要送饭，被警察打走啦。看来只好等警察睡着啦。"父亲说："把干粮给我。我去试试看。"母亲从怀里拿出水壶和干粮递给父亲。父亲佝偻着腰，直接走向警察。警察喊："站住！"父亲站住回话道："我为女儿送饭来啦。"警察说："不行，他们已经吃喝过了，你回去吧。"父亲说："要不然，求您给送进去，我女儿叫格日勒，只要叫名字她就会接过去的。求求您啦，您的好处……"警察将手枪顶在父亲脑袋上，并踢他一脚说："我说过了，叫你离开这儿，你没听懂吗？"父亲揉搓着被踢疼的屁股默默地回到母亲身边说："咱回家吧，明天再想办法。"给格日勒表姐送饭的举动几次受挫之后，父亲坐在炕沿上，打磨镰刀说："是老天爷在惩罚我们呢，田野的庄稼也等着咱们收割呀，哎。""你要干什么？"母亲问。"想办法夜里出去收割吧。""你疯啦！""不收庄稼，明年吃什么，难道全家人喝西北风吗？"母亲叹息道："只要擅自出嘎查，全家人都要牵连受惩罚，你忘啦？要是赫希格在身边就好了。"父亲听了眼睛突然一亮说："真的，应该给赫希格捎口信。"母亲悲伤地摇头："全嘎查都戒严了，怎么捎口信。"父亲将磨好的镰刀塞进箱子底下空处，然后若有所思地走出屋子。

隔离所内，患者们不分炕上、地板上横七竖八地躺着。戴着口罩和手套的两个人端着锅送来晚饭，把灯点燃后开始分饭菜。被隔离者纷纷拿着碗筷走近送饭者。吃过饭，格日勒躲在一个角落里，双膝并拢坐着。当身边的一个中年妇女突然倒下闭气时，受惊吓的格日勒表姐把身体缩成一团。走进来两名搬运者，将妇女尸体像一条死狗似的拖了出去。患者们默默地坐在暗淡灯光下，瑟瑟发抖。根据鼠疫过后格日勒表姐在哽咽中断断续续的讲述，不难想象那天黄昏时在隔离所内外发生的凄惨情景：道尔基大叔伸了个懒腰，扎煞着头发，从暗淡角落里的几名男患者中间起身，不声不响、趔趄着走出里屋。注视着他背影的格日勒表姐用双手捂住了胸脯。他从刚才搬运者留下的门缝里伸出头左右观望片刻之后，紧贴着墙壁蹑手蹑脚地走出外屋。他绕过西南墙角之后开始拼命地朝着院墙奔跑。就在他像年轻人一样敏捷地翻越墙头时，看守警察的枪响了。他越过墙就开始奔跑。守卫者们高声呼喊："有人逃跑啦！"逃亡者道尔基已经冲过嘎查外围封锁线继续逃跑。他的身影在屋顶架设的探照灯光搜索下依稀可见，机枪射击声密集地响了起来。逃亡者道尔基的身影，在子弹雨点般扬起的尘土之中瞬间消失。外面的枪声仿佛对患者们没有产生任何影响，一切都变得静悄悄。当格日勒表姐低声饮泣时，坐在旁边的老太太却坦然地说："我们已经没有任何活命希望啦，与其等待身上疙疙瘩瘩的东西把我们折磨死，还不如挨一个枪子儿。"老太太扶墙起立，朝外走去，走到门口，又被门岗挡了回来。格日勒表姐哭出声来："我怕死！"老太太重新回到她身边坐下说："孩子啊，活长活短，都是命中注定的事。"格日勒表姐哽咽道："我身上没长疙瘩啊，不信你摸摸看。"老太太用手摸过之后，先是惊诧接着往回退缩着嘟囔道："佛爷，是啊姑娘，他们诊断错啦，你离我远点吧。"

总管师父不分昼夜去往嘎查东头戒严帐篷附近，陆续静坐祈祷已经三十七天了。大概每隔三天，天黑前我和父亲过去把他往家里抬回来一趟。他吃一块玉米饼子喝半碗水就盘腿坐在我们家火炕西南角一动不动。等有了走路力气，他又马上去静坐，不管是夜里还是白天，他都乐此不疲。鼠疫隔离事件发生已经第三十八天了。死亡人数超过三百以后，渐渐稳定下来，不再增长了。恩和不能出外头，只在炕角独自玩耍。父亲走进屋里坐在师父身旁，虔诚地看着这位比他年长的出家人。总管师父有气无力地数落道："在手足无措地枯坐的当儿，今年庙仓田地大半收成已经进入日本僧人怀里了。"父亲问："师父是怎么知道的？"总管师父说："怎么不知道呢，那位日本僧人一直觊觎着庙仓管理大权来着。"父亲说："要是那样，佛爷是不会宽恕他的，就请师父把心放宽点。"总管师父说："看来日本喇嘛根本不惧怕佛爷，他们才不管佛龛前长明灯的灯油是不是满的。"听了总管师父的一席话，我仿佛回到了寺庙农田打场上——麦子脱粒机器正在运转。短工们把粮食麻袋装上汽车。日本僧人注视着这一切。关东军军官骑着马，与随从一起来到时，日本僧人对他说："现在可以把庙仓总管喇嘛放回来了。应该把收成的小部分留给他。"军官道："他们可以依靠信徒施舍就活得好好的，所以田地收成对他们来说是多余的。"日本僧人阴险地微笑道："我还以为自己就够贪婪了，没想到你比起我来有过之而无不及呢。倘若庙仓总管喇嘛消失了，那么庙仓所有账目岂不是不知所终。"军官说："鼠疫差不多完全被消灭了，医生们也要求解禁呢。"日本僧人说："既然如此，那庙仓总管的小命就由你来决定，如何？"军官说："庙仓总管喇嘛是永远不会回来啦，你最好加紧速度把田地里所有收成一粒不剩地统统运走。"

总管师父领着我来到嘎查东头防疫帐篷附近再次与警察商谈："我和徒弟已经在嘎查里住了三十八天了，如果身患鼠疫早就没命啦。"警察说："师父，不是我故意不放你回寺，是不敢违反关东军指挥部的命令啊。就请师父饶恕我们吧，我也是佛祖信徒啊。"总管师父说："最近十来天没有死过人，想必是鼠疫已经过去了。"警察说："既然肉眼看不见那东西，如何知道它还在不在呢？医生和宪兵队军官说什么就是什么呗。"总管师父盘腿坐在地上嘟囔道："那我就坐在这里死等解禁那一刻了。"警察道："师父是说，不再早来晚归了？那就您老愿意坐到什么时候就坐到什么时候吧，反正坐禅的地方有的是。"我站在总管师父身后，吸溜着鼻涕。这时，鼠疫防治帐篷外来了一名日本军官与警卫下马。警卫接过笼头缰绳。军官看了一眼静坐在不远处的总管师父和我之后走进帐篷内。不一会儿，军官从帐篷出来大声说："把那两个喇嘛放了吧。"警察尾随出来回答："是。"警察小跑几步，来到总管师父和我跟前说："好啦，师父可以领着徒弟回寺了。"总管师父微睁双目看警察。警察再次说："你们俩可以走了。"总管师父匆忙起立，坚定步伐越过用石灰划定的警戒线，我也跟随他跳过那条已经变模糊的白色痕迹。军官走到帐篷口蹲着的机枪手旁边，让他离开后自己坐在了射击手位置上。总管师父和我已经越过警戒线十几步，开始小跑。军官从我们身后瞄准。警察说："您已经下命令同意他们离开的呀！"军官以阴鸷的目光瞅着他，骂道："闭嘴吧，蠢货。"接着，我们身后响起机关枪扫射声音。总管师父倒下了。我跑出去一截路之后，又返回到总管师父身边。子弹打在地上，喷溅起来的尘土在周围飞扬着。我看到血液从卧倒的师父身体下面浮土里洇出，逐渐扩散。我惊恐万分，不由自主地撒腿逃离时隐隐约约听到身后军官那奸佞笑声："就让那小喇嘛回寺报信吧。"

第十五章
天塌了有大个儿顶着

　　达瓦喇嘛来到拴马桩下马，女佣迎过去接缰绳时，他问："哥哥身体好些了吗？"女佣边摇头边回答说："公爷还在躺着。"这时，额尔德尼也策马奔过来匆匆下马。达瓦喇嘛对额尔德尼揶揄道："你来做什么？对于大白天到处流窜的羊群下夜人，按照我们这里习俗是要放狗赶走的。"额尔德尼说："我是来向公爷问事情的。"达瓦喇嘛不再搭理他，挺着腰身走向蒙古包。额尔德尼拴好马小心翼翼地跟在达瓦喇嘛后面。当达瓦喇嘛走近蒙古包时，其其格为他掀门帘，退一步低头站在一旁，额尔德尼走过来时，她却故意把门帘放下，让他自己动手。经师和额尔德尼前后走进包房，分别坐在巴彦公爷的脚尖旁和右侧床板上。巴彦公爷侧卧在北面床铺上，灵魂出窍一般痴痴看着包房穹顶。自从与额尔德尼一起从王爷庙回来，他已经卧床不起三个多月了。达瓦喇嘛说："哥哥你应该起来到外面透透气才好。""没用啦，日本人扎进身体里的毒药正在蠢蠢动弹呢。"巴彦公爷有气无力、细声细气地哼哼着，把语句末尾音调特意拉长，以示他目前的无奈。"我也是在年轻时跟随师父学过治疗疾病的呀。以我看来，你身体好像没有什么大碍。""你们那些诊脉喝汤药的本事能和日本人比吗？他们在我屁股上扎进了锥子一样的针呢。我肯定很快就会死去的。我现在就给你留下遗嘱吧。""哥哥您不是一个月前就把遗嘱写下了吗？"达瓦喇嘛说。巴彦公爷微微抬起头，并不瞅他弟弟，却看着额尔德尼说："我要重新修改，额尔德尼，你先出去。"额尔德尼说："公爷，我还是先把事情说完了再出去吧。"巴彦公爷哼哼一阵，不耐烦道："那就快点。"额尔德尼说："快到农民收割庄稼时节了，是不是要把租牛的粮食收回来？"巴彦公爷听了，感到气馁："我目前哪里还有想这些事情的工夫？你就看着办吧。"额尔德尼说："我是向羊倌请了几天假才来这里的。"巴彦公爷叹息道："那就好，你赶紧出去吧。"

　　额尔德尼离开巴彦公爷营地，走了整整一天，傍晚时来到防疫帐篷附近。他发现了鼠疫的异常情况，犹豫片刻，从怀里掏出小瓶酒，嘴对嘴地喝两口给自己壮壮胆，催马走几步又拽住缰绳，在离防疫帐篷不远处下马。此时，父亲正在跟站岗的警察闲聊，试探他的口气，琢磨着越过警戒线去地里收割庄稼之事。父亲认出额尔德尼后，离开警察，匆忙朝他跑几步，但，很自觉地停在警戒圈内。"额尔德尼求求你，你去一趟高力板镇，把我们这里的情况告诉赫希格。"父亲迅速把心里憋着的话说完，回头朝警察瞅了一眼。额尔德尼问："波尔玛还好吧。""她挺好的，无论如何也要把我的口信给传过去啊。"警察绷着脸走过来，撵走额尔德尼。额尔德尼离开父亲，路过嘎查东侧林子时，从一个多月无人看管的牛群中认出巴彦公爷出租的两头犍牛，顺便把它们赶到高力板镇附近的林子里拴住。然后来到一家屠户院外下马。在屠户家里，额尔德尼坐在靠窗户位置，跟老板开始谈买卖。他频频地往窗外瞅着问："你这里要不要宰杀的牛？"老板说："价格合理的话，当然要了。""我赶来两头牛。""哦，牛在哪儿呢？牵过来让我瞧瞧。"额尔德尼道："在附近林子里藏着呢，兵荒马乱的，干什么都得小心才是。"老板说："那就天黑后牵过来吧。"黄昏时，额尔德尼和屠户老板在两头牛旁边，袖子内摸手指，开始讨价还价。老板摇头说："你这两头牛是偷盗赃物，不可能值那些钱。我直接告诉你吧，一般牛的半价，给不给？不给牵回去，免得让人担惊受怕。"额尔德尼叹气道："真是个倒霉日子，连自己养大的牛都被别人怀疑成偷来的。"老板说："那就叫警察，咱辨别一下。"额尔德尼说："算了吧，按你出的价给你得了，就当两头牛被狼给掏了。"利欲熏心的老板被骂成狼也没太在意，从上衣口袋拿出一沓纸钱数一数，然后不慌不忙地交与额尔德尼。额尔德尼赶紧把钱揣进怀里，从屠户院子像逃跑似的匆忙离去。

　　赫希格正在给几名年轻士兵添油加醋地讲述自己身经百战的经过，他说："嘎达梅林的起义军和兴安军目标是一致的，都是为了赶走蒙古人土地上的民国开垦军。""排长还是给我们讲一讲当年跟随嘎达梅林打仗的故事吧。"赫希格说："汤玉麟属下东北骑兵第十七旅李守信团长你们听说过吗？""当然听说过，他不是已经当上兴安军的大官了吗？""嘎达梅林的起义军最后一仗就是跟他们打的，敌人人数太多，是我们的几倍。""结果呢？""结果你们都已经知道啦。不过查巴干庙战役中我亲手活捉了李守信旅长。"一名士兵怀疑道："李守信当时担任的职务不是团长吗？"另一名士兵驳斥道："什么脑袋，还听故事呢，李守信跟嘎达梅林打仗时，是个团长，跟我们的巴德玛拉布坦将军打仗时已经是当旅长了，我说得对吧？排长。"赫希格点头说："对。"持怀疑态度的士兵继续问："排长是嘎达梅林起义军的唯一幸存者？"赫希格说："还有一个人，也是我们嘎查的。"这时，通信士兵进来报告道："排长，街上有个骑马的自称塔拉嘎查人到处打听您。"赫希格问："他在哪儿？"士兵回答："在集市上。"赫希格问："为什么不把他领来？"通信士兵说："那人不肯跟我来，叫您过去见他呢。"赫希格诧异地问："那人长什么模样？"通信士兵描述额尔德尼的长相：中等个头，四方脸，左颧骨稍微凸出，沙哑嗓子。赫希格点头说："好，我知道了。"额尔德尼在集市上遇见赫希格，彼此观望、犹豫了许久。额尔德尼说："我带来了你父亲的口信。"赫希格问："什么口信？"额尔德尼说："塔拉嘎查发生鼠疫已经一个多月了，陶高老头儿让我告诉你的就是这件事。"赫希格惊讶之中，还没来得及反应噩耗的严重性时，额尔德尼已跨马离去。这是额尔德尼从塔拉嘎查偷偷赶着两头耕牛来高力板镇的第二天上午发生的事情。

巴彦公爷大白天的躺在被窝里和松堆下吉日格，心情似乎变得愉快些，他说："我已经把你的两只鹿赶到死亡关口上。现在鹿已经无从下脚，所以我主动拿掉自己两只狗，为你让出出路。"松堆说："我只拥有两个座位空当能做什么呀，鹿再走几步路必死无疑。"巴彦高兴地大声笑起来，道："玩鹿技术还差得很，你肩膀上那个老脑袋看来不灵光啦。"对方附和道："我在年轻时候，玩这吉日格游戏从来没有输过谁呢。"巴彦轻蔑地微笑道："真的？"这时，额尔德尼从外面走进来，唯唯诺诺地说："我是来，向公爷回报有关租牛情况。"巴彦公爷问："租牛户的粮食都收上来了吗？"额尔德尼摇头道："一粒粮食都没收上来。""什么原因？""正当开镰收庄稼时，塔拉嘎查发生了鼠疫，嘎查戒严不让任何人进出，农户都颗粒无收，一切都乱套啦，我只找回来十三头牛。""就算粮食没收到，可鼠疫跟耕牛之间没什么关系吧，怎么少了两头？""听说有两户租牛的农民全家都死绝啦。""他们租用的牛呢？"额尔德尼说："不见啦。"巴彦公爷勃然变色道："农民们没把租粮交上来，有情可原，算我倒霉。可租出去十五头牛，却找回十三头。你是说两头牛连个影儿都没了？"额尔德尼说："是这样。"巴彦公爷从被窝里起身，靠在哈那上呆呆地望着天窗说："你原来是个一点出息都没有的人哪，好吧，就这样，如果说我写了两次遗嘱都没死成，给远近人留下笑柄，可你却把我两头牛弄得连根毛都不见啦，你说说看，这算是怎么档子事。"额尔德尼说："我会想办法赔偿您两头牛。"巴彦公爷突然笑道："这么说，你还算是个不糊涂汉子，可你还得给我羊群敖特尔当守夜人一年半时间，才能把这笔欠账还清。"

额尔德尼拄着木棍，缓步走近羊群敖特尔时，羊倌迎了出来问："公爷大人都说了什么？"额尔德尼说："除了赔偿还能说什么。"羊倌说："这才是应了那句'相信天上掉馅饼，枯坐门口等好运'的古谚啦，在你审来审去的当儿，我可是做两个人的活计，差点没累死，结果你是偷鸡不成反蚀把米。"额尔德尼说："算啦，你过会儿把羊群赶回来就回家休息去吧，明、后两天都不用来，我一个人守敖特尔就是。"羊倌走远，额尔德尼走进蒙古包。他躺在北侧床板上歇息，叹息连连，辗转反侧。傍晚，敖特尔包房内，油灯微弱光线下，额尔德尼坐立不安。他起身走出包房，走到羊群里，左挑右选地折腾一阵后，拽拉着一只羊返回蒙古包内。他把羊宰杀掉之后，囫囵个的放在一边，随手割肉，在撑子上烟雾腾腾地烤着。从箱子里拿出酒，边吃边喝。两条牧羊犬被他叫进来，蹲在门槛内侧，垂涎三尺地朝他摇头晃尾巴。他自己吃一小块烤肉，向两条狗抛去一大块生肉，让它们跳跃抢夺，热闹非凡。他还用沙哑嗓门儿唱了他所知道的所有科尔沁民歌调调。到午夜时分，他已经是七成醉酒三分清醒了。两条狗吞掉大半个肥羊已经离开。他伸出手，推翻面前桌子，艰难起身，摇摇晃晃地走出包房。他一只手拎着木棒，另一只手拿着燃烧的木头，站在包房前，嘴里喃喃道："你的两头牛已经变成高力板屠户案板上的肉块了，我倒是想看看你是怎样要回丢失的牛，巴彦公爷大人。"他把燃烧的木头往毡包芦苇帡幪上扔去，头也不回地离开。他身后，旧年包房顷刻之间就燃起熊熊烈火。

宝力德跟几位军官一起在休息室内打纸牌时，赫希格站在门口喊:"宝力德中校出来一下。"宝力德感到很意外,立刻把牌交与他人,朝赫希格走过去。令宝力德感到意外的原因是:部队驻扎在高力板镇的两年多时间里,赫希格不仅没找过他,也很少跟他碰面。他预感到一种凶兆,忐忑不安地来到门口时,赫希格已经走到院外等他。宝力德追过去问:"姐夫脸色这么难看,出什么事了?"赫希格说:"听说我们塔拉嘎查发现鼠疫已经一个多月了,怎么办?""是真的? 我怎么没听到消息?""宪兵队戒严把消息给封锁了。""你是怎么听到的?""这你就别问了,到底怎么办?""依你看呢?""我想带着骑兵排去看看。""那得向师部回报。""所以我才来找你的。""你先等一等,我去去就来。"宝力德说完,匆忙朝指挥部大院跑去。老板娘腊月饭馆院外,骑兵排整装待发,在等待命令。赫希格在队列前不停地来回走动。础鲁说:"喂,别来回走了,到底出什么事? 说给咱听听。"赫希格不语,依然来回踱步。胖子占布拉说:"你这么阴沉着脸,问也不回答,是想急死我们吗?"列队在炎炎烈日下等待着。看到宝力德朝他们走来时,赫希格迎面跑去问:"师部答应了?"宝力德摇头道:"司令不在,不过……""不过什么? 快说吧。""不过,你先把骑兵排带过去巡逻是可以的,司令回来我向他汇报,但决不能跟宪兵队发生冲突。"赫希格立正敬礼道:"知道了,中校。"赫希格转身把宝力德留在身后,跑到列队前上马,下令:"出发。"赫希格带领骑兵排,来到嘎查东侧山坡的柞树丛里停下,派一个精明士兵打扮成农夫前去打探鼠疫情况。过了两个时辰探子回来报告有关情况,他说,鼠疫戒严令早就应该解除了,可不知道警察署为什么拖到现在还不肯下令,他怀疑其中肯定有猫腻。赫希格说:"在嘎查四角上搭建的帐篷附近都架着机关枪呢。天黑之后我们只要分四组同时从四面冲过去,把机关枪夺过来就行了。不过尽量不要伤害医生、士兵和警察。"胖子占布拉问:

"为什么？"赫希格说："隔离鼠疫患者也是为了保护他人生命。我们只是向他们把实情问清楚就行了。"础鲁祈祷道："我要祷告上苍保佑，但愿我老婆安然无恙。"骑兵排在柞树林中，等待太阳落山。当傍晚来临时，四组人马朝不同方向分头出发。赫希格带领的一组人马未开一枪一弹就首先占领了嘎查东面帐篷。胖子占布拉把宪兵队军官押到赫希格面前。其余警察举手投降。赫希格问："鼠疫已经结束了，为什么还不解禁？"日本军官咆哮道："我要向军事法庭起诉你。"赫希格抽出手枪目不转睛地注视着日本军官说："在你还没有起诉我之前先回答我的问话，不然我枪毙了你。"军官态度软了下来说："隔离所还有十几个患者。如果解禁的话鼠疫也许还会传播。""对那些患者进行过复查了吗？""当然复查过了，医生每天做的就是这项工作。""我命令你，立刻让医生过去再为他们复查一次。"兴安军骑兵排控制塔拉嘎查四周戒严队伍的火力点以后，在赫希格的监督下医生和护士来到隔离所——阿穆尔舅舅家，开始复查患者身体。赫希格和被捕的宪兵队军官站在外间，等待医生下结论。一个医生走了出来回报："这些隔离者身上已经没有病情症状了。""对每一户人家都要复查一遍。如果在解禁之后再发生疫情……"军官迟疑片刻后，指着赫希格继续说，"你要负全部责任！"医生问："连夜检查？"军官说："不必，明天再检查。"赫希格用枪指着军官詈骂道："混蛋，现在夜里就查。"这时，格日勒从里屋跑出来见到赫希格之后，扑在他胸前号啕大哭。她指着日本军官喊："打死他吧！"赫希格将格日勒搂在怀里抚慰道："好啦，妹妹，别哭了，很快医生就会把所有人检查完毕，那时你就自由啦。"格日勒咬牙切齿地说："是他冤枉我，强迫着隔离了我。"全嘎查人的身体复查，凌晨才结束。几位医生商量后，得出结论：可以解禁。

公房院内，骑兵排士兵们围在被捕的宪兵和警察周围，指指点点地嘲笑他们。公房屋内，缺油即将熄灭的玻璃罩吊灯暗淡光线下，侥幸活下来的老头儿们正在商量着如何应付眼前发生的突变事件。胖子占布拉说："要不然就把这些俘虏统统枪毙了，然后带着武器钻进深山老林里。"乌日图说："你们拍拍屁股就可以消失得踪影全无。可是留下的我们怎么办？好不容易熬过了鼠疫期限，你们却来惹麻烦。庄稼都烂在地里啦，来年我们吃什么？"赫希格说："我们谁也不杀，也不会走掉，你们就放心吧。"乌日图说："那你说到底如何是好？我们现在是骑虎难下啦。"父亲起身下炕，将双手背在身后，做出准备让人捆绑的姿势，清了清嗓子说："所有事情都是由我引起的，我不应该往高力板递送消息。你们就把我捆起来送到王爷庙算啦。"乌日图说："亲家啊，你把坏事做了还要装神弄鬼干什么，俗话说，天塌了有大个儿顶着。塔拉嘎查的嘎查达和兴安军军官也跟这事情关联着呢。还轮不着你来承担责任，你还是想着喝喜酒吧。"父亲说："你到底是想说什么？喝谁的喜酒？你是不是想说，陶高愿意看到别人把他儿子杀死吗？"赫希格整理战刀边向外走边说："好啦，都闭上嘴。我立刻就带着士兵前往王爷庙，顶罪就是。"胖子占布拉和础鲁跟着出屋。留下的老人们面面相觑一时无语。

太阳露出山头时，赫希格带领的骑兵排赶着被缴械的宪兵和警察走在绕沙丘路上了。与这同一个时间，在长春市巴德玛拉布坦上将公馆，接待了来自葛根庙的经师和尚。经师和尚被仆人领进充满武士道精神气息的书房，看到正在看书的主人就开始投诉道："葛根庙庙仓总管喇嘛已经被日本宪兵队杀害了，而庙仓收割的粮食一粒都没剩下。我们想把被抢劫的消息传达给所有蒙古地区各个寺庙。"巴德玛拉布坦听了经师和尚的话，感到莫名其妙。于是，经师坐下来，向巴上将重新讲述细节：发生鼠疫后，寺庙田地收成不翼而飞，以及从我嘴里听到的有关总管被害情况等。巴德玛拉布坦问："被隔离期间，是谁代理庙仓总管职务？"经师告诉他，是常驻葛根庙的日本僧人。巴德玛拉布坦又问："日本僧人如今在哪里？"经师说："他已经逃走啦，当我去关东军指挥部询问时，他们说根本不知道有此人，所以才来麻烦您的。"巴德玛拉布坦想了想说："您先回寺等候消息，我很快就亲自前往王爷庙查清此事。"巴德玛拉布坦和他随从在关东军指挥部院内下马后，匆匆走进松本办公室，向他行礼道："我是来向松本长官回报，有关王爷庙地区鼠疫实情。""你来得正好，你先过来看看这个。"松本说着，拿起一份电报交马巴德玛拉布坦。等他看完电报后，松本接着说："从王爷庙来的这份电文看，你们兴安军在外执行任务的一个骑兵排，违抗军纪，严重干扰宪兵队封锁鼠疫区的活动。"巴德玛拉布坦凭多年跟日本人打交道的经验敏锐地感觉到了事情的严重性：肯定是自己的兴安军队伍里有人惹事，可自己却还蒙在鼓里，对此一无所知。万万不能在日本人面前暴露出自己严重失职的实际情况，所以他只能继续狡辩下去了，他说："可我们授命执行的是内部治安任务，要是兴安各省区域内，连蒙古人的利益都保护不了，还谈什么内部治安呢？"松本用疑惑眼光看着巴德玛拉布坦道："说下去。"巴德玛拉布坦说："葛根庙庙仓总管喇嘛在鼠疫期间无故被枪决，他在鼠疫封锁线以内待了三十八天，解除禁令的前一天才逃离，所以逃跑动机有些可疑，应该细查，还有……"松本摆手制止巴德玛拉布坦的话，说："好了，我现在就跟你一起去王爷庙。"巴德玛拉布坦长舒一口气，拿出手巾擦了擦额头上渗出的汗珠，随松本从指挥部大楼走了出来。很快，一辆由三轮摩托车护卫的敞篷吉普车奔驰在东北平原上了。车上坐着巴德玛拉布坦和关东军高级军官松本。松本说："司令阁下，我实在是难以理解您为什么为一个普通低级军官如此操心。"巴德玛拉布坦虽然不清楚到底是他手下哪个低级军官惹事，但还得把对事情脉络一清二楚的角色继续演下去，他说："这不仅仅是关系到一个排长的事情。如果不能妥善处理，就会在日蒙双方军队中产生难以想象的负面影响，不仅如此，还会引起蒙古民族聚居区佛教界的反抗情绪。"松本说："依您的看法，如何处理才好？"巴德玛拉布坦说："我认为，应该双方共同承担责任，各打五十大板。"

王爷庙兴安军官学校临时设立的关东军军事法庭，正在开庭审理案件。军法官和书记员坐在主要座位上，开始对赫希格进行审讯。原告是鼠疫戒严区的那名宪兵队军官，他和被告赫希格都没有辩护律师。军法官问："是谁下达了解除防疫区禁令？"赫希格说："不是故意破坏防疫区禁令。我只是认为，既然疫病已经消失根除的情况下，继续杀人不合适，所以我带领着医生护士对塔拉嘎查所有住户再次进行了彻底的身体检查。"军法官敲卜法锤说："请被告人回答问题，是谁下令解除了疫病禁区？"赫希格回答："是我。"军法官说："这就对啦。"赫希格说："不过我有话要说。"军法官说："说吧。"赫希格说："宪兵队毫无缘由地开枪打死了葛根庙庙仓总管师父。"原告宪兵队军官打断赫希格的话，站起身说："那个喇嘛是因为我们还没宣布解禁时候就想逃回寺庙，所以我们才开的枪。"军法官点头道："你们做得正确，并证据确凿。"赫希格指着宪兵队军官说："事情真相不是那样，现场他已经同意葛根庙庙仓总管返回寺庙，可是却自己开机关枪杀死了庙仓总管，当时值班的警察和葛根庙沙弥楚格拉二人可以证明这一切。"军法官喊："把证人叫进来。"两个日本士兵押解着我和另一个证人走进来。我是昨日傍晚时分，从寺里被两名警察带到这里来，等候上法庭作证的。军法官指着那名证人说："把你所看见的一切从实说来。"那位证人说："待在帐篷附近赖着不走的两个喇嘛突然要逃跑，所以我们就开枪了。"军法官问："两个喇嘛？死的喇嘛只有一个，那另外一个呢？"证人说："他逃往寺庙了。"军法官说:"既然是这样,开枪者无罪,鉴于事实已经清楚无误,所以临时军事法庭宣布判决结果。"军法官欲举起法锤之时,我声嘶力竭地喊道:"他撒谎!"我指了指原告继续喊道:"是他让我们走的,他们二人都在撒谎!"军法官这才放下法锤问:"你是什么人?"我说:"我是被杀害的葛根庙庙仓总管的随从楚格拉,是赫希格的弟弟。"军法官似乎对我开始感兴趣,继续问:"是谁的弟弟?"我说:"赫希格是我大哥呀。"军法官嘴角露出笑意,指着赫希格问道:"你所说的赫希格哥哥是不是被告他?"我当时感到为了大哥赫希格,宁愿一死,所以挺起腰板理直气壮地回答道:"就是他。"军法官:"证言无效。"说着绷住脸,再次举起法锤。这时,大厅内冲进十来名日军士兵,在法庭门内外两侧分开站立。当军法官手里举着法锤而发呆时,巴德玛拉布坦和松本二人并肩走进法庭。军法官将法锤轻轻地放下说:"现在法庭暂时休庭。"一名警察抓住我的袖口,把我领到法庭门口说:"你回去吧,这里没你什么事了。"于是我失魂落魄地从兴安军官学校院门走了出去。

　　这是我开始整理内心杂乱沉积的第十五天,也是面对落日下那琥珀色的吞特尔峰,像个年轻人一样心潮澎湃、感慨万千的一天。假如,此时此刻满洲国巴德玛拉布坦将军没有亲自来到王爷庙的话,赫希格也许当场被推出临时军事法庭大院外枪毙或砍头,我的回忆和想象也就变成另一副模样。可是人世间偶然事情的发生,有时候是不可避免的。休庭的短暂时间内,松本、军法官和巴德玛拉布坦三人重新商定审判结果:葛根庙庙仓总管喇嘛的遗体安葬工作应该由宪兵队方面担任,矛盾双方以后不准互相追查责任。松本问:"这样的决断巴将军满意不?"巴德玛拉布坦说:"葛根庙庙仓一年的农田收入突然不翼而飞,这问题怎么解决?谁担当责任?"松本想了想说道:"关东军指挥部会适当地赔偿葛根庙庙仓农田损失。"巴德玛拉布坦点头。松本对军法官说："现在开庭宣布判决结果吧。"

　　我来到兴安军官学校大院外。眼前，等候排长的骑兵们正在跟荷枪实弹的宪兵和警察对峙着，与其说对峙，还不如说，双方边树荫下纳凉边监视对方而已。胖子占布拉说："赫希格进去已经一个时辰啦，不知发生了什么事情。"诺尔布摇头道："排长也许以为只要前去自首，不过挨几个鞭子就万事大吉吧，想法太简单。"础鲁歪倒时说："我先在墙根阴地里打个盹儿，如果赫希格出来了，别忘了叫醒我。"巴拉杆道："看来事情肯定不一般啦，关东军高级指挥官和兴安军司令亲自出马可不是闹着玩的。"我所认识的这几位塔拉嘎查人，也跟军法官一样，只顾互相扯皮，并不把本人当一回事。我为既没做好证人，也没能把大哥从法庭魔窟救出而苦恼、失落。这时，学校大楼门敞开，临时法庭里听审的人们陆续走出来。"审判结束啦，赫希格出来了。"胖子占布拉拍打着膝盖喊。巴拉杆走过去，朝础鲁的屁股踢一脚，把他弄醒。础鲁一跃而起，揉搓着双眼嘟囔道："可惜的，美梦叫你打断啦。"赫希格来到了他们身边。日本宪兵与警察把包围圈打开。赫希格看都没看我一眼就喊口令道："骑兵排，全体上马！"

第十六章
马眼里进一滴烟袋油子

　　骑兵排进嘎查，在公房前金界壕遗迹土包周围歇马。当赫希格走到家门口时，父亲客客气气地接缰绳。波尔玛从自家院落注视着他们的一举一动，赫希格发现她之后尴尬地将视线移开了。"没事吧？"父亲拴着马问。赫希格点头之后朝家门走过去。他好像是没看见站立在院门一侧迎接的嫂子，径直走进屋内。隔着篱笆缝隙看到这一切的波尔玛倏忽消失了。当赫希格走进屋，还没来得及坐稳，母亲就对他说："捎带给满都呼的铺盖卷已经准备好了。"赫希格说："满都呼已经有行李了。"然后，看着格日勒问："和鼠疫患者关在一起的时候害怕了吧？"格日勒唯唯诺诺地点头。嫂子叫儿子进屋，赫希格搂住儿子亲了亲，然后从衣兜内掏出不知什么时候、什么地方买的，被体温融化，糖汁渗透而污迹斑斑的小纸包递给他。父亲从外面进来说："你如果不是太忙，能不能帮忙收割地里的残存庄稼？""哪儿还有什么工夫收割庄稼呀。骑兵排正在执行任务，你都看见了不是吗？"赫希格不耐烦道。"老话说，将在外军令有所不受。指使你手下那些士兵哪怕帮上半天忙再走吧。"父亲说。"可是我现在既不是在边疆天边，也不是在打仗，怎么可以违反命令呢？""那好吧，走就走吧。"父亲失望地说着，坐在了炕沿上。
　　铁匠尼玛瘸子在屋外给一头发臭、干瘪的牛尸体很费劲地扒皮，不停地擦着满脑门儿汗珠时，赫希格手里拿着马鞭，来到他跟前站住。尼玛说："看吧，现在只能跟狗抢着吃这些了，鼠疫把我们折磨够呛。""你看没看见额尔德尼回家？"赫希格问。尼玛摇头道："没看到，进屋喝茶吧。"赫希格说："我们今夜要返回高力板，我替你给牛尸体扒皮，你去一趟波尔玛家看一下，额尔德尼回没回家。"尼玛说："不，你能不能把裤腰带勒紧了，有时候肉体欲望会害人的。"赫希格说："你去一趟吧，这事对我很重要。"尼玛抖搂几下沾满血腥的手，脸上流露出无可奈何的表情，把刀交给赫希格。尼玛挑水桶走过去时，几名妇女在公房东南侧井边打水。妇女们挑着扁担陆续离开，波尔玛留了下来。尼玛边打水，边悄悄说："你那位今夜可能去找你，额尔德尼不在家是吧？"波尔玛红着脸点头，挑扁担离去。当赫希格手里拿着刀看着牛尸体出神，还没来得及动手时，尼玛挑水回来了。赫希格问："什么情况？"尼玛不语，把水桶挑进屋去，赫希格把刀扔到牛尸体上跟进去。尼玛在外屋风箱旁边往缸里倒水，赫希格在一旁观察他表情，像是很急迫地说："快告诉我，到底什么情况？""去吧，你那位在家等你，额尔德尼没回家。佛祖啊，我这是在做什么呀，饶恕我的罪孽吧，我都害怕看到吉蜜思的身影了。"尼玛哀叹着，把空水桶提起往外走。这时，础鲁牵着两匹马来到门外，向尼玛打听赫希格在不在。赫希格带领骑兵排，离开嘎查，行进到嘎查东边山坡柞树丛时，已经是夕阳西斜。他追上队列前头的胖子占布拉，说："你先带着队伍朝高力板方向前进，我把想告诉家里的一件事情给忘掉啦，回去一趟，很快就会追上你们。"础鲁问："是不是要把我这个没用的警卫员也带上啊？"赫希格说："不必。"胖子占布拉很是会意地笑道："你就放心去吧，只要我占布拉在，骑兵排就在。"波尔玛端坐在巴掌大的镜子前梳理头发。之后站起身来，走到窗前举目眺望，倾耳谛听。她再次回到镜子前端详自己时，屋子里已经变得昏暗，镜子里倩影模糊不清了。暗夜中骑者赫希格来到波尔玛家院外拴马桩前下马。当他走近屋门，还没来得及伸手门就自己敞开。波尔玛不由自主地从门缝蹿出来，扑进赫希格怀里。

　　已经是鼠疫后第二年夏季了。兽医手中握着器械正在为母牛诊断病情时说："这头牛得了脾寒病，还患上晕头症了，首先要把斧头烧红了，放在两个犄角中间热炙一下，然后再为脾脏放血就可以啦。"父亲说："把它往草场上撵的时候总是原地转圈，真奇怪呀。"兽医说："脑袋里生了虫子折磨着呢，它还能走得了吗？你想想，如果你脑袋里虫子到处乱爬，你能受得了吗？""真的？难道脑子里还能进虫子？""要是不相信，我就把它脑袋劈开给你看？如果真是生了虫子，我要一条前腿肉。"父亲笑道："算了吧，对付着治好就行啦，酬金我会双倍给。"两个人说说笑笑地走进屋子。屋内，炉火正旺，父亲在炉灶里烧红斧头。兽医说："你们家人都已经去了田头？"父亲说："可不是嘛，田里活计忙，恨不得用秸秆捆扎几个人帮衬呢。去年秋天，如果不是赫希格带着骑兵排把那些防治鼠疫的警察和宪兵赶走的话，我们没准儿还在被戒严着呢。""不至于糟糕到那种程度吧。要是真那样，别说是得了传染病死，饿也饿死啦。"兽医说着，看炉子里斧头的烧红程度。父亲也在观察斧头，得意地说："就连王爷庙警察见了我儿子赫希格，也像是老鼠见了猫似的。"兽医没计较父亲说的大话，端详着斧子说："现在已经烧红啦。"二人带着已经烤透的斧头和放血器械走出屋子。兽医用热斧头炙烤母牛犄角之间。一阵毛发烧焦的青烟升腾起来之后，母牛摇晃不已的头开始平静下来。父亲紧握拴绳，目不转睛地注视着。兽医从包裹中掏出锃亮的钢针，说："热炙治疗成功了，再把脾脏血放放就可以了。"兽医抚摩母牛肚子之后，把钢针扎了进去，紫黑色血液从牛的腹部溅出，渗进尘土里。母牛摇动着犄角似有不安，但是很快惬意地伫立不动了。父亲轻轻地抚摩着母牛脊背。"万事大吉啦，把它撵到草场上吧。"兽医说着收起治疗器械。父亲把拴牛绳摘下时，牛自己主动走出院外。玉米地里当大人们锄地忙碌时，恩和低头玩耍得正欢。母亲擦着额头汗水，向地头眺望着说："如果已经让兽医把牛病治好了，现在你爸他应该是套上车送饭送水来的。不知发生了什么事情？"嫂子坐在田边草棚里，给我们家新增人口——摇篮里两个月大的侄女喂奶，还不时地观察恩和的行踪，她喊："恩和，你过来，照顾你妹妹吧。"恩和好像是没听见似的继续玩耍。摇篮里孩子睡后，嫂子拉下摇篮蚊帐，扛上锄头走向田垄。

身负羊皮大包裹的额尔德尼来到了家门前。自从烧掉巴彦公爷的敖特尔包房以后，他杳无音讯大半年，具体躲藏在什么地方逃避法网，除了上苍谁也不知道。当他轻轻叩门时，波尔玛把门打开个小缝。波尔玛失望地嘟囔道："是你呀。"额尔德尼推开波尔玛走进去时说："你以为是谁，你这条母狗。"他把包裹放在炕上，提起油灯来回仔细地观察着房间内旮旯角落问："王爷庙来过警察没？"波尔玛摇头。额尔德尼说："赶紧准备些吃的。"波尔玛从额尔德尼手里接过灯擎，走出里间。额尔德尼在黑暗中枕着包裹躺下后很快发出了呼噜声。天刚蒙蒙亮，额尔德尼背着包裹拎着木棒走出大门。波尔玛从窗户里镶嵌的小玻璃看着他的行踪。额尔德尼离开嘎查不久，发现有一队骑兵迎面而来。他便离开小路，跑进榆树丛躲藏起来。骑兵们发现了他，追过来并把他驱赶到长官面前。长官赫希格在马背上问："原来是邻居呀，你这是要去往何方啊？"额尔德尼说："去应该去的地方，这跟你毫无关系。"赫希格说："你没听说苏联正在侵略我们北部边疆吗？我们正在招集兵马，你也参加吧。"额尔德尼说："那是国家大事，跟我扯不上关系。"赫希格说："那么立刻把这个逃兵枪毙掉。"胖子占布拉和巴拉杆拉开枪栓子弹上膛。额尔德尼说："我连匹马都没有，如何跟得上你们？"赫希格朝身边牵着马的诺尔布示意，诺尔布将从马给了额尔德尼。额尔德尼将包裹捆绑在鞍桥上，然后很不情愿地上马。这一次回来，赫希格进屋就对父亲说："在北部边疆，战场上缺乏大量战马和马具。""那么只好剥削老百姓啦，历朝历代都是这样。""既然要向所有农户征战马，我自己家得先带头啊。"父亲说："说得对。"赫希格说："那我就把套车的马带走了。"父亲着急了，站起来说："不，你在说什么？你是说要把我唯一的马带走？"赫希格说："是的。""你别是发疯了吧，把套车马送到前线，那是不是要把我自己套进车辕里呀？""我们也不是白牵你的马，是要进行档案登记的。如果战争结束了，要么还马，要么赔偿。""无论怎样我都不会把马给你。""如果您坚持不给，那么只好强制了，要是那样事情可就严重了。""你脑袋里是不是进水啦？不久以前，我们家一头母牛因为脑袋里长了虫子就晕头转向的。现在那头牛的病是不是传染给你了？竟然要把自家财产白白送给人家？"父亲说着用指头敲打额头。赫希格起立说："牵马的人很快就会来。"父亲的口气变得温和些："别这样，就算是父亲求你了。你就跟他们说，陶高的马腿瘸啦，如果这样，谁也不敢碰一下军官家财产。"赫希格不再搭理父亲，走了出去。当他来到铁匠铺附近时，看到胖子占布拉和诺尔布驱赶着二十来匹马，向河岸走。两名士兵来到尼玛家外，欲把他的马牵走。尼玛撒下拐棍，两手紧抓缰绳不放，士兵开始殴打他，这时赫希格走过去，向士兵呵斥道："你们没看出他是个残疾人吗？门口没有了马他会饿死的。"两名士兵变得不知所措，用怀疑的眼神瞅了瞅尼玛瘸子后，悻悻离去。尼玛面露得意表情，朝士兵背后吐口痰，捡起拐杖，拍了拍身上灰尘。当父亲站在马棚内时，刚要抢走尼玛家马匹的两个士兵来到了我家门前齐声喊："老爷子，把马从棚子里牵出来。"父亲牵马出来时，士兵们发现马腿是瘸的，左眼还淌着泪。父亲无辜地道："你们不会嫌弃一匹瘸腿瞎马吧？""见鬼，是匹又瘸又害眼疾的马，拿它当我爹呀，走吧。"一个士兵说。这时，赫希格来到他们跟前下马，他仔细观察之后，哈腰伸手抬起马左前腿，把扎进马掌里的木刺拔下。士兵说："长官，就算它不瘸，也是个快要瞎了的畜生啊。"赫希格瞅一眼父亲，道："没事，马眼里进一滴烟袋油子不碍事，估计很快就会好。"说着朝发呆的两个士兵下命令，"把马赶到河边马群里去。"挨训的士兵猛然从父亲手中夺过缰绳，将摘下的笼头扔在父亲脚下，把马赶走。父亲跺脚咆哮道："就算是你不考虑你爹娘，也应该想想自己的老婆孩子呀，如果你不把马给我还回来，就别再踏进这家门槛。"父亲把狠话抛出去，弯腰捡起笼头，迅速走进院门，把大门关上。

　　赫希格跟父亲关系僵持的那天晚上，他明目张胆地住在波尔玛家里了。赫希格、额尔德尼、胖子占布拉、诺尔布、巴拉杆、础鲁等正在一起饮酒作乐。灯光下站立着的波尔玛，手里拿着勺子，俨然像个图画中美人，侧脸轮廓影影绰绰。可赫希格和波尔玛看上去像陌生人，互不搭话。酒意甚浓的额尔德尼因为是一家之主，所以坐在席位正中央。赫希格说："我们排的任务是要征集二百匹战马。完成任务之后，要把马群送到王爷庙。然后再从那里前往诺门罕战场。"胖子占布拉说："俄罗斯人已经有了那么广大的国土，还不知足。应该把他们驱逐出边境并且应该让他们明白，这个地方也有人生活着呢。"额尔德尼嘟囔道："关于你们兴安军的势力我比谁都清楚。"他说着装模作样地把口水流淌下来，接着眼睛翻白，脑袋也下垂。赫希格说："你现在已经是兴安军第五团士兵啦，如果再敢胡说八道，小心军法从事。"额尔德尼在桌旁将要倒下时说："说句不好听的话，兴安军不过是群日本人的走狗。"说完就倒下，打起了呼噜。诺尔布笑道："如果仔细想，额尔德尼说得没错呀。"胖子占布拉说："我们把全嘎查的马匹扫荡得干干净净，是否有点过分了？"赫希格低头苦涩地笑道："目前就不必再提谁对谁错啦，等把苏联人赶出国门以后，再向父老乡亲赔礼道歉吧，其实我自己也失去了进家门的权利了。"这时，础鲁、巴拉杆走进来向赫希格回报道："已经两个时辰了，我们俩的值班时间已经结束，马群在北面山坡上，没有损失。"础鲁回报完就拿自己脏兮兮的靴子当枕头，悄无声息地卧倒在额尔德尼身边。胖子占布拉和诺尔布穿好外套走了出去。当胖子占布拉和诺尔布咳嗽着走出院门，上马离去后，波尔玛关好院子大门往回走，此刻，赫希格从屋子偷偷出来，在黑暗中毫不犹豫地抱住了她。二人像野合的狗，互相搂抱着趴在了院门东侧的家什堆上，迅速忘记这世界上还有许许多多其他人。

凌晨。当胖子占布拉和诺尔布二人坐在距离马群不远的山阴岩石上打盹时，额尔德尼与其他两个骑者走近他们喊："你们俩先回去吃饭吧，赫希格命令我们把马群赶到西侧山坡。"胖子占布拉说："一共是七十五匹马，你们点个数。"两个士兵开始清点马群数目。额尔德尼说："不用清点啦。"诺尔布说："还是清点一下好，这样责任就清楚了。"两个士兵不理会额尔德尼，仔仔细细清点完毕之后，才朝胖子占布拉点头示意。父亲躺在炕上呻吟着，母亲用热毛巾为他贴敷。父亲有气无力地说："哎！所谓兴安军都像是孙悟空似的，是些从石头缝里蹦出来的东西，连我唯一的套车马都给抢走，真是造孽呀。"母亲说："所有人家的马都带走了，又不是你一个人的。"父亲继续呻吟道："要是早知道赫希格是这么个连对他亲爹都不留情的混账东西，还不如早早把他扔在河沟里淹死算了。"就这时，赫希格进屋子，父亲依然躺在炕上呻吟着。他看见赫希格之后把脸扭向墙体。赫希格坐在父亲身边。母亲尴尬地微笑着向另一房间示意，她说："赫希格，你还是去你那屋吧。看看女儿，顺便给她取个名字再走。"赫希格起立说："还是你们给取名字吧，叫什么都无所谓。今天我们前往西面牧区，经过王爷庙之后直接开往诺门罕。满都呼学校的预备队学员们也许会去战场……"听了此话，父亲吃惊地蓬头垢面地从枕头上抬起头问："啊！满都呼也去战场？"赫希格说："很可能让他们去战场观摩实习，我是听宝力德叨咕的。"父亲厌恶道："宝力德当了什么大官就说这样的话？是不是满洲国成年男子汉都死绝了要让身体还没长够的孩子们去当炮灰？"赫希格说："宝力德在兴安军指挥部担任侦察部队首长。所以可能知道大人们之间说的话。"赫希格离开父亲，走出里屋，伸手欲拉开嫂子房门，但是犹豫片刻之后毅然决然地反身离去。嫂子在屋内等待赫希格来推门，但是门却没被推开。恩和还在睡觉。嫂子抱起她不满百天的姑娘来到窗户前往外看时，赫希格正走出院门，朝战马走去。嫂子在房间内哭泣着。当母亲走进来抚摩她头发时，她依偎在母亲怀里哽咽道："我现在还有什么脸活在嘎查里。赫希格怎么变得这样厚颜无耻呢，也不管波尔玛的男人是不是在家，就明目张胆地睡到一起了。""他是因为你爸爸骂他不让进家门，所以他们就在额尔德尼家喝了整宿酒，屋里也不是就波尔玛他们两个人呀。""天打五雷轰的东西，他进来看一眼女儿都不肯，难道她是我一个人生出来的吗！"嫂子歇斯底里地喊叫、摔东西、撕扯头发，闹腾起来。"呸，呸。嘴上没个把门的，胡说什么，赶紧请求佛爷饶恕你。"母亲站在一边嘟囔着。摇篮里的侄女开始嗷嗷哭泣，母亲欲伸手摇摇篮时，嫂子推开她的手，把孩子从摇篮里解开抱了起来，一脚踢开房门，走到院里把正在玩耍的恩和招呼过来，三人看似逃荒难民，狼狈不堪地回娘家去了。嫂子这么一折腾，父亲不再呻吟了。他轻松地下炕，走出屋子，不离不弃地随在娘仨背后，一直看着她们走进乌日图家大院。乌日图家杂货店门前，聚集着众多男女老少。父亲走过去挤进人群里时，乌日图正在讲："那些长着绿眼睛黄头发的俄罗斯鬼子就要占领我们祖祖辈辈休养生息的家园哪，大家都知道，只要打仗，就需要战马，不就是些种马尿液吗？就算是狼给吃掉啦。"父亲听了，突然变得兴致昂扬，他挤进人群里大声说："我是一声不吭就把自己唯一的套车马交给兴安军啦。如果那些俄罗斯人真的打进来的话，你们家门前别说是站着一匹马，就算是站着一群骆驼又有什么用。"诺尔布母亲挪揄道："陶高老头儿让老伴的热毛巾捂了几天，看来是见效了，连说话都跟以前大不一样啦。"众人哄笑。乌日图说："没有其他事情大伙就都回家吧。"诺尔布母亲说："可糟糕的是，我想磨米面，却没有马匹呀，粮食总不能连皮带糠地吃进肚子里去吧。"乌日图说："只要长着腿脚的人，就可以推磨碾米，赶紧走你的吧。"众人走散，唯独父亲留在乌日图跟前，显得有些底气不足，低声说："亲家，家里发生了不愉快，吉蜜思抱着两个孩子回娘家了。"乌日图咋舌道："你呀你，说什么好呢，连个巴掌大的家都管不了。"父亲立刻承认自己治家无方，并改变话题道："亲家，现在兴安军都上北面战场了，万一国军从南边打过来就坏了。"乌日图说："你连自己小家都管理不好，还净想些不自量力的事情，是吃饱了撑的吧。"父亲依然厚着脸皮打听道："特木勒那里确是没什么消息？"乌日图不耐烦道："没有。"父亲说："那我就放心了，万一有国军往我们这边进攻的消息就立刻通报我一声，也好有个应对准备啊，亲家。"乌日图说："你安心回家吧，别烦我了。"

赫希格骑兵排一路强行征召马匹来到巴彦公爷领地上。在主人大包房内，赫希格向巴彦公爷摊牌：预定任务还缺五十匹战马。巴彦公爷说："如果不嫌弃的话，我捐赠五十匹生个子马。"赫希格说："生个子没关系，在到达诺门罕战场时，就会变得驯服啦。"巴彦公爷谈完公事，转到私事上，很不愉快地说："赫希格呀，你现在已经是兴安军军官了，可有些话还得跟你说，要不心里堵得慌。你表哥在给我放了一年多羊群之后，干了一件非常可耻的事情，然后就跑得没影踪啦。"赫希格诧异道："我表哥？"巴彦公爷说："是啊，就是那位接回你妻子波尔玛的那个表哥额尔德尼呀。"础鲁立刻察觉到事情原委，插嘴道："额尔德尼究竟做了什么坏事就逃走了？"巴彦公爷说："他把敖特尔蒙古包烧毁之后就跑得没影啦。"赫希格朝础鲁会意地瞅了一眼，思考片刻后摇了摇头道："我以后肯定把额尔德尼给您送回来，到了那个时候要杀要剐随您心愿。"巴彦公爷说："好啦，只是随便说说而已，不过是一座破烂蒙古包，即使额尔德尼不烧，我也打算把它扔掉来着。"赫希格说："那么，您赶紧把捐赠的马群给指出来，我们不得不走了。"巴彦公爷说："好吧。"当巴彦公爷领着赫希格等人朝山坡马群走时，额尔德尼始终用帽子捂着脸，躲在别人身后。等他们从巴彦公爷的马群中挑选五十匹生个子马，准备出发时，天空西北侧雷电闪闪了。驱赶二百匹战马的骑兵排，行进在暴风骤雨中。头顶上不断有雷声炸响。当一声霹雳炸响，一个背枪来回奔跑圈马的士兵连人带马一起倒下。赫希格他们走到近处时发现，那战士脸色枯焦，已经被雷击毙了。马匹和人体烧焦的浓烈气味扑鼻回旋。众人纷纷向上苍双手合十祈祷时，又一名背后立着枪管的战士被雷电击中，从马背抛出四五步远滚落在地上。当马群回转，离开频频霹雷的小山包那瞬间，又有三匹马被雷击，把焦黑的尸体留在斜坡上。驱赶着马群整整奔波了四天四夜后，赫希格和他骑兵排战士们隐约听到，不时从远处传来的大炮炮击声音，也看到了在彼处山坡上升腾起一股股黑色烟尘。他们穿越一处稀疏松林之后，驱赶马群来到了兴安师指挥部帐篷附近预定地点，把马群和账单一并交到战马管理人员手里。当管理人员分发食物，让他们原地休息时，赫希格独自骑上马向指挥部奔了过去。在指挥部前面低洼地，少年观摩预备班的队员们正围在几个已经死去的同伴尸体周围，傻愣愣站着。赫希格从学生队伍里一眼认出了手腕上缠着纱布的满都呼。预备班带队日军，额头上裹着画有太阳的布条，独自坐在离学员们稍远处树墩上，手中握着战刀，裸着上身，但无法判断他是要剖腹自杀还是准备跟敌人决战。赫希格在离他们几十步远的地方勒住马嚼，用疲惫不堪的眼光眺望少年们时，宝力德从指挥部帐篷向他走过来，询问征集马匹任务的完成情况。赫希格简单回答了宝力德的问话后，很懊丧地说："这场战争恐怕不会有好结果。"宝力德严肃地问："你是怎么知道的？""还没上得战场就被雷劈死了两名战士和四匹战马，这可肯定不是什么好兆头。"赫希格说着，继续注视着少年们。"你多疑了，放心吧，满都呼没事，只受了点轻伤，胳膊被弹片划伤了。"宝力德微笑着指向少年观摩实习团，并接着说："这帮小伙子们正在等候来接的汽车呢。很快就会把他们送回到后方去。"这时，一辆汽车驶过来，停在少年们面前，他们纷纷爬上车厢。赫希格问："也许我们很快就要向敌人发起冲锋了吧？""向敌人发起冲锋是肯定免不了。如果碰上了苏联人或外蒙古人，你就朝他们喊话自己是蒙古人。"宝力德若有所思地对他悄声说。赫希格鄙夷道："我来到这里，可不是为了保全自己性命。"宝力德说："那就随你便吧。"

第十七章
似乎看到了成吉思汗再世

　　兴安师指挥部帐篷内，师长安冈指着地图向宝力德等军官介绍战况说："自从五月初在西北部诺门罕地区发生战事以来，日本军击退数次苏、蒙军不法进攻，截至五月末，日军战果统计，击落敌机六十余架，击毁坦克三十余辆，击毙敌军两千余名。六月中旬以来，苏军约两三个狙击师团配合蒙古军，在大批坦克、大炮和空军掩护下，已经深入我境内，在诺门罕一带占领了阵地，修筑各种火器掩体和散兵壕，并在喀尔喀河上架设两座水下军用桥梁。目前他们还在继续增兵。关东军为了贯彻日满共同防卫的使命，保卫满洲国领地，以果断行动，给敌人严厉打击，彻底粉碎苏蒙军的进攻，将其驱逐出境。"接着他部署下一步战斗计划：指挥部要向前挺进。指挥部帐篷内，人们都戴上防毒面具站着。唯独师长安冈没戴上面具而发火道："在战场上不首先给师长预备好防毒面具和头盔是最坏的事情。"宝力德把自己头上面具拿了下来，给安冈戴上。戴上防护罩和头盔的安冈气呼呼地走出帐篷。人们开始拆指挥所帐篷。战场激战间隙的平静中，赫希格和他战友们骑在马上，手握战刀正在等候冲锋命令。彼处高地隐隐约约出现了敌军骑兵影子。兴安军第五团团长下达命令，部队开始冲锋。蒙古国骑兵诱导兴安军骑兵出击后，立刻撤退到苏军坦克队后面。赫希格率领他的骑兵排，在坦克炮弹中进攻一段距离后，无谓牺牲数人返回到防区内。胖子占布拉叹息道："这算是什么战争呀，又是蒙古人互相残杀。"诺尔布提着步枪走了过来，向赫希格报告："刚才战斗混乱中，额尔德尼和巴拉杆带着一部分人绕过山头逃跑啦。"础鲁说："赫希格，这个问题如何定夺，只能由你做主了，其实我们也应该从这同族互相杀戮的鬼地方躲开才是。"赫希格皱着眉头陷入沉思。

已经转移到第五团防区内的兴安军指挥部帐篷前，排列着大队骑兵。一辆装甲车缓缓开过来，停在帐篷前。兴安军司令巴德玛拉布坦以及随从度棱，从装甲车上下来。他与兴安骑兵师长官安冈用日语简短谈话之后，开始向士兵们用蒙古语训话道："我本人千里迢迢专程前来慰问兴安骑兵师。我希望你们发扬与日满人民团结一致精诚合作的精神，不顾个人生命安危，英勇战斗，为大日本帝国、大满洲国皇帝建立功勋。只有这样，才能不辱没你们是伟大的成吉思汗的后代！"这时对方苏军阵地上开始炮击，人们纷纷躲进碉堡掩体。宝力德带领巴德玛拉布坦及随从进入一座拓宽掩体内。大概半个小时后，密集的炮击声响渐渐沉寂下来，只有散落弹片或被炸飞的物体在近处坠落时，发出一两次闷闷声响。隐藏在烟雾弥漫的掩体内，巴德玛拉布坦上将从灰尘中抬起头，紧闭双眼，连连吐唾沫。他那沾满泥土的八字胡狼狈不堪地一角上翘，一角耷拉着。炮声彻底停息，烟尘落定。宝力德问："将军大人贵体无恙？"巴德玛拉布坦故意稳住自己道："没事。"宝力德从掩体爬了出去，观察轰炸情况。度棱道："这可不是人待的地方。"巴德玛拉布坦问："依你看，这场战事的结果会怎样？"度棱说："听说，苏联红军是个所向披靡的队伍，他们英勇无比，是为穷人而战的正义力量呢。"巴德玛拉布坦嘟囔道："正义力量？"度棱说："是的，正义力量。谁要是违背它必输无疑。""民众想法是各种各样的，跟所谓正义有关系吗？""从表面看似乎没有多少关联，但苏联军队以实践证明，正义力量就在民众手里。"巴德玛拉布坦用疑惑眼光看了看度棱，心事重重地站起来，在狭窄掩体内，感到很不舒服，皱了皱眉头说："在长春关东军指挥部时松本将军对我讲，从战事整体情况看，在诺门罕地区我们肯定能打赢这场战争，他希望我去一趟前线，慰问全体兴安师官兵，让他们鼓起勇气，战斗到底。他还说，要带去的慰问品，已经用火车运往阿尔山了，我的人身安全由关东军方面负责，现在看来他们这些都是虚张声势而已。"度棱说："是啊，这是一场实力不对称的战争，我们还是尽快离开这里吧。"这时，宝力德回掩体内回报，外面已经安全了。巴德玛拉布坦和度棱，从掩体内出来，匆忙钻进装甲车匆匆离去。

大炮不停的射击声中，指挥部帐篷在震颤。师长安冈朝宝力德大声嘶叫："你立刻去各团战壕传我命令，让他们一定要守住阵地，一步都不能退却。"宝力德磕着脚踝立正，点头："哈依。"宝力德从指挥所帐篷出来，与一名警卫一起骑上马飞奔而去。大概奔跑两个小时后，他们在沙丘地带，灌木丛中找到第五团指挥所。当宝力德和他警卫穿过烟尘弥漫的坑坑洼洼后看到，在指挥所帐篷外的团长和几名指挥人员，人人都阴沉着脸，似乎手足无措的样子。宝力德大声传达命令道："师长命令你们，一定要守住阵地，一步都不能退却。"团长很沮丧，他说："我们已经在没有食物的状况下，守阵地四天四夜了，分配给的子弹和药品已经全部用光，伤亡不停地增多，士兵逃离战场事件不断地发生。可是，后方增援部队到现在还没影，你说这阵地怎么守？请您转告师长我们的难处吧。"宝力德很无奈地点头道："那好吧。"宝力德和他警卫几转周折，向各战区传达完师长的命令时，已经是第二天中午了。二人骑上马疲惫不堪地往回返时，遇到野战医院的车队。二人勒马停在松林中，从远处观察车队动向。野战医院车队正在山坡上缓缓行驶，对面不远处出现苏军坦克。汽车后厢内几名护士，看到敌军坦克后，害怕得抱成一团。坦克射出的炮弹在汽车附近爆炸。有一辆汽车被炮弹击中着火。近子似乎想起了什么，开始在车厢内翻找，最后拿出一面红十字旗，向敌军坦克挥动起来。坦克停止射击，并改变方向离去。女护士们看着逐渐远去的苏联坦克，含着眼泪，频频点头纷纷嘟哝道："谢谢，谢谢你们了。"

当宝力德和他警卫吃些干粮充饥，走出松林，下山坡来到野战医院驻地附近时，首先看到汽车下面阴暗处伸出来的女护士们的脚，她们在睡觉。近子从汽车下面爬出来，打着哈欠看了看不远处炮弹轰炸下隆起的烟雾塔，走向帐篷。她给一名伤员包扎完伤口走出帐篷时，宝力德跑去握住她的手。她惊诧道："宝力德，你怎么来了？"宝力德说："我正在向各团阵地传达师长的命令呢，你还好吧？"这时，苏军的炮击又猛烈起来。一颗炮弹在离他们几步远处爆炸，一辆汽车起火，产生比炮弹威力强劲几十倍的连锁爆炸声和滚滚气浪。宝力德拉住她的手往沙丘掩体方向跑。她一边被宝力德拉着跑一边气喘吁吁地说："放开手啊，宝力德君，爆炸没关系的，都见惯了，你怎么这么胆小？"她从宝力德手中把手拽开，停了下来。附近大炮炮弹再次连续爆炸，她离开宝力德往帐篷方向走去。"近子，快趴下！"宝力德刚喊完，她身旁一枚炮弹爆炸，婀娜身影瞬间被灰尘和烟雾吞没……烟尘散去，囫囵个儿的女子却不见了。

兴安师指挥所帐内各级军官正在开紧急会议。师长安冈说："关东军指挥部刚刚下达命令说，要把所有兴安师蒙古族军官撤回后方，以日本军官来代替他们的职务。希望各位与日本军方面的指定人员交接指挥权。"宝力德说："我不离开这里！""宝力德君，我们理解你的心情，你的女友近子刚刚被敌军炮弹击中离开了我们……"说

落日下／
209

着，安冈突然变严肃呵斥道："可这是战场，不是发泄儿女私情的场所。"宝力德咬牙道："说什么也不离开，除非你们打死我。"安冈说："那你说说理由。"宝力德说："我是从大日本国陆军军官学校毕业的，差不多等于是个日本人，再说，我跟你们一样崇拜日照大神。"安冈想了想："那好吧，你可以留下。"传令士兵跑进帐，喘着粗气回报道："师部直辖连连长被炮弹击中身亡，敌军散兵线正在林中穿梭，已靠近指挥部五百米距离了。"参谋长说："各级蒙古族指挥人员立即归队，交接指挥权！师部赶快准备撤离。"蒙古族军官们陆续离开师部。安冈瞅一眼宝力德后，拿起挂在帐篷立柱上的指挥剑，交与宝力德说："宝力德君，我要把师部直辖的两个连全部交给你。兴安师指挥部能不能在原地待下去或往前挺进，全看你的了。"宝力德眼里有血丝，接过安冈手里的指挥剑，走出帐篷。

　　离兴安师指挥所五十米处，骑兵列队已准备冲锋。宝力德摇摇晃晃地走过已被大炮炮弹轰炸过的沟坎到了骑兵列队前，不言不语地上马，挥剑率领队伍冲向敌军散兵线。安冈、参谋长等人离开帐篷，来到树上瞭望哨下。瞭望哨报告道："骑兵列队已经向敌军散兵线杀过去了。"宝力德带领的骑兵与对方散兵线接触，投入极其残忍的白刃战。宝力德挥剑砍掉一位敌军头颅喊："让你开炮！让你开炮！"宝力德又砍掉一个头颅喊："还给我的近子！还给我！"瞭望哨报告道："他们开始砍杀了。"安冈说："宝力德君不会辱没他英勇善战的蒙古血统，以我多年观察人的经验，敢肯定这一点。"瞭望哨高兴地喊道："敌军散兵线已经开始溃退，我部正在追击。"安冈微笑道："好样的，指挥所准备向前挺进。"一名士兵牵马过来，安冈收住缰绳上马。兴安师指挥所向前挺进一公里左右，在一座山坡阳面安顿下来。安冈和参谋长站在指挥部帐篷外，观看从远处凯旋的宝力德等骑兵战士。夕阳下的宝力德浑身血迹斑斑地走在队列前。安冈已经很疲惫，但，依然微笑着说："我似乎看到了成吉思汗再世。"参谋长说："我敢断言，关东军指挥部下令以日本军官更换蒙古族军官是个错误决定。"安冈说："我也在这么想。"

宝力德在诺门罕战场上，显示出蒙古人英雄本色的那天夜里，赫希格带着骑兵排偷偷离开阵地，各自回家去了。赫希格来到嘎查是他们离开战场的第三个夜晚。他来到拴马桩前下马，在院外观察片刻之后走了进去。当他进屋冒冒失失地寻找灯火时，母亲和父亲被吵醒。父亲听了赫希格带领骑兵排逃离战场的理由后，把铺盖挪开，身穿单裯盘腿坐着，对正在脱外衣的赫希格加以肯定道："如果前来抢夺我们土地的人不是苏联人，而是蒙古人，那你们回来算是对啦，这片草场无论是他们还是我们，谁住着都一样。"赫希格用毛巾擦脸时说："兴安军士兵死的死，逃的逃，全都完了。""朝自己同胞宣战，完了就完了吧。"父亲气愤地说着穿上裯子走出屋去。母亲从赫希格嘴里听到满都呼的消息后，对他埋怨道："我可怜的满都呼不知道怎么样了？都在一起，见一下自己弟弟又能怎样。"赫希格说："还没腾出工夫去看的时候，已经把他们运回后方啦。据宝力德说，他很好。您就放心吧。"母亲叹息道："怎么能放心得下呀，哎！"母亲把桌子放在赫希格面前，为他摆上热好的剩饭菜。父亲穿衣出去，将赫希格的战马牵进院子里，借助窗户射出的灯光仔细打量时，赫希格从屋里出来了。他在屋子里没看到自己老婆和孩子，有些坐立不安，但又不好意思向父母张口询问。父亲显然没感觉到赫希格的窘迫，依然津津有味地欣赏着战马说："要是把它套进碾子里，会不会尥蹶子？"赫希格问："您要干什么？"父亲说："打算让它歇息两天后，加工几袋子玉米。你们把全嘎查的马匹搜走后，又把它们扔在野外。没有马，我们是如何推碾子的，你知道吗？"赫希格并不回答，径直走出大院解手。父亲牵着马走进马棚。当赫希格吃喝完，在黑暗中走进嫂子的房间时，母亲擎灯跟随而入。当然，此时嫂子和孩子们并不在屋内。"明天去了你岳父家就能见到他们娘儿仨了。"母亲说着爬上炕为赫希格整理铺盖。赫希格坐在炕沿上舒了一口气，说："妈，不用给我弄铺盖啦，我就睡在你们房间里吧。"母亲高兴地卷起铺盖下炕说："好吧，咱们几个也好唠会儿嗑。"于是父亲、赫希格、母亲三人并排躺在炕上，灭灯后开始聊天。父亲打哈欠道："俄国人身材都很魁梧。"赫希格说："我们只是从远处看过他们身影而已。"母亲说："身材魁梧就可以抢占别人家园吗？真是。"赫希格说："我们最后一次向苏、蒙阵地冲锋是十天前的傍晚。兴安军骑兵在前头，日军骑兵在后面五十步距离跟着。当队伍冲进山谷口，隐约看到敌方阵地上物体轮廓时，昏暗中一只白色狐狸像闪电一般，从敌对两军阵地中间横穿而过。狐狸似乎使了什么魔咒，有几个兴安军士兵把马匹缰绳勒住，转身朝身后日军开枪，接着大约兴安军一个骑兵营全部都放弃冲锋，变成了一盘散沙四处飞奔了。瞬间，战场一片混乱，对方敌军也停止射击，从高处观看热闹。我们身后日军觉察到战况不可逆转就纷纷撤退……"父亲打岔："嗯，那只白色狐狸大概是传说中的呼伦贝尔银狐，你阿穆尔舅舅当年娶来的女人就是银狐所变。"母亲反感道："你胡说什么呢，还是听听赫希格讲吧。"赫希格断断续续地讲述战场上所见所闻，父亲、母亲不时地插一两句嘴。他讲着、讲着，听到了父亲的打呼噜声，接着母亲也开始打呼噜，屋内的聊天自然而然中断。

　　赫希格当逃兵回来的第二天傍晚就鬼鬼祟祟地去找波尔玛了。他告诉波尔玛额尔德尼几个月以前就逃离战场的消息。二人在昏暗里痛痛快快地媾和之后，面对面地躺在炕上。波尔玛说："昨天晚上我梦见你被打死啦。"赫希格笑道："我还不到死的时候，不过你要是那样盼着，也没办法。"波尔玛用手捂住他的嘴巴说："别再说些不吉利胡话啦。"赫希格依依不舍地抚摸着波尔玛的胸脯,叹息道:"明天应该去岳父家看看孩子们了。""是去看孩子们呢,还是看孩子们的妈妈呀?""是去看孩子们。走,咱去看看萨满超越神坎吧。"二人说着不约而同地起身,走出屋子。

　　格日勒和其木格守着家在炕上玩耍羊拐子游戏时,格日勒突然口吐白沫晕厥了。其实,格日勒表姐突然晕倒不是第一次。她自从被强迫搬过来住进我们家以后,时不时地口吐白沫、翻白眼晕倒多次了。晕倒基本上都在家人眼皮底下、也没人惹怒她的情况下发生。据母亲讲,格日勒表姐第一次晕倒,是父亲把满都呼送去高力板,拉着毫无用处的石槽回来的第二天下午。母亲正在案板上切南瓜,格日勒表姐蹲在她旁边择芹菜。母亲切完南瓜回头时,看到手里攥着一把芹菜歪倒在地上的格日勒。听到母亲惊慌失措的喊叫声,在外面菜园子里摘豆角的其木格和嫂子跑进屋里。三人携起手把格日勒表姐抬出屋子,放置在院子里通风地方,嫂子给她掐人中,母亲让其木格把父亲的酒壶拿过来,自己含一口烧酒,解开格日勒表姐的衣扣裸露其胸口,模仿正骨大夫喷洒酒。这些办法都无效。三人再次携起手把格日勒表姐抬进屋子,嫂子跑回娘家,把那莫斯莱老爷子当宝贝藏在箱子里的一把杜松树枝拿过来,引燃,烟熏。大概过了烧小半炷香的紧张时间,格日勒表姐终于在满屋子香气宜人的烟雾中醒了过来。从此,家里人不仅不让格日勒表姐干重活、累活,还特别小心在她面前的语言和态度,可格日勒表姐还是落下了晕厥病根。其木格拉起她使劲摇晃,见对方毫无反应,其木格放下晕厥者,快速从屋子跑了出去。当超越者青年萨满,从铡刀刀刃上走过第三次,带领者老萨满,用柳条鞭子抽打他脊背,让他向左侧走出场地,而站在观众席前排的父亲和母亲看得目瞪口呆时,其木格从众人中间挤了进来,走到二人身边,大口喘息着惊慌失措地说:

"爸，格日勒姐姐又昏倒啦。""你说什么？""格日勒姐姐在跟我玩拐骨游戏时突然昏倒了。""完啦，赫希格在哪儿？"母亲喊。父亲镇定地说："别喊啦。你快先回去看看她，我这就去请萨满师父。"母亲牵着其木格小跑着离开广场。赫希格从人群后排看到母亲和其木格匆匆离去，立刻猜到是家里出事了。他离开波尔玛朝家跑去。这时，超越神祇坎仪式已经结束，萨满师徒正在祭台旁收拾器物。父亲挤出人群走近带领者老萨满，嗓音颤抖地求道："我想请求您去给我家女儿看看病，求您慈悲为怀，快救救孩子吧！"老萨满在尚未熄灭的微弱火光中端详着父亲的脸，缓缓摇头。父亲立刻下跪，朝老萨满频频磕头。老萨满拗不过父亲的执着，终于点头允诺。当父亲和老萨满以及刚刚超越神祇坎的徒弟来到家里时，格日勒表姐突然从双眼翻白、口吐白沫的昏迷状态中奇迹般醒过来了。母亲按照老萨满要求，用黑色抹布把佛龛盖住，立即在右面炕上放桌子供奉萨满神龛。老萨满盘腿坐在摆满酒肴的桌子旁，神灵已经附体。在火炕另一头，格日勒表姐蜷缩在被子内瑟瑟发抖。萨满神灵道："她姥姥要住进外孙女的身体里。"父亲立刻下跪，祷告道："请求神灵保佑。"萨满神灵问："还有什么别的要求？"父亲道："没有别的要求。"老萨满颤抖着坐下，示意神灵即将离开他身体……当萨满师徒完成祛病消灾仪式回家时，赫希格以恭送为理由，把他们送到公房附近才驻足，返回途中被黑暗中等候在大门口的波尔玛截住。

父亲和母亲二人把三袋玉米和其他器物装上马车，准备前往碾房。这时，其木格懒懒散散地手里拿着赶牛鞭子走进院里来。父亲看了，气不打一处来，骂道："小畜生，赶个牛到嘎查东头，就用这么长时间。像个老太婆晃晃悠悠，瞅那德行。"母亲哄她道："我女儿要照顾格日勒姐姐吃喝呀，千万不要把她一个人丢在家里走远了。"被父亲无辜呵斥的其木格，噘着嘴，随手撇下赶牛鞭子走进屋时含含糊糊地说:"知道啦。"父亲和母亲赶着马车离开院子。其木格回屋时,赫希格正在洗脸。他从格日勒表姐昏厥的那天夜里出去恭送萨满师徒以来,在波尔玛家足不出户地鬼混了一天两夜,然后,突然想起自己的家一般今天清早没洗脸就匆匆回来的。其木格说:"哥。"赫希格边擦脸问:"什么事?"其木格说:"我刚才赶牛群去山坡时,见到嫂子啦,她让你去一趟她娘家呢。"赫希格用怀疑眼光看着其木格问:"是真的吗?"其木格把脸盆的水拿到外面泼掉时说:"真的,我骗你干吗呀,你赶紧去把他们接回来吧。"赫希格把毛巾递给其木格,然后走出屋子。看着他背影的其木格偷偷地笑了一下,这表明,她肯定是又撒谎了。当她走进自己和格日勒表姐共同的房间时,格日勒表姐头上缠着头巾,神色暗淡,正在发呆。她面对着格日勒表姐哼唱一首叫《女巫》的歌曲道:"你身穿五彩斑斓的衣服,你背负光芒夺目的铜镜,飘逸的腰身在翩然舞动,堪比那夏日花朵的芳香……"格日勒表姐莫名其妙地望着其木格,无力地嘟哝道:"大早晨的,你乱唱什么?""家里除了你我之外已经没有别人啦。你可是很快就要当女神的人啦,应该提起精神才是。"其木格说着走出房间。格日勒表姐像是厌恶红尘的觉者一般紧闭双眼。过了一会儿,其木格带着一个包裹走了进来,当着格日勒表姐的面,打开包裹说:"萨满师父赠送的所有行头都在这里。你要试试吗?爸爸和妈妈故意隐瞒着不让你知道。"格日勒突然变得目光灼灼,将手伸向包裹。满都呼曾经讲过,几年前他和格日勒表姐在鄂温克部落里向猎人们试着学养驯鹿技巧时,部落中的萨满老头儿对格日勒说:你是苍天的女儿,是上苍让你迷路,所以你才来到我们这个部落里落脚,注定是我的继承人。满都呼还说,他们二人之所以从那森林部落不辞而别,是因为格日勒表姐死活都不肯当那迷迷瞪瞪的女萨满。

父亲停住了马车,将鞭子、缰绳递给母亲,然后走到碾房门前探头问："怎么样，快完活儿了？"正在用碾房的妇女，手拿着扫把推着碾子说："快啦，如果你要是把马借给我的话，就更快。"父亲说："那怎么行，我要碾整整三袋子玉米，这也就够这匹马受的啦。"妇女道："那就耐心地等着吧。"父亲回到母亲身边。母亲问："怎么办？要不回去等？"父亲说，就在这里等着。他把母亲搀扶下车之后，卸下马。这时，那莫斯莱老爷子拄着拐棍从碾房前小路昂首挺胸地走来。父亲向他打招呼，老爷子理都没理就走了过去。赫希格坐在河岸边痴痴发呆时，那莫斯莱老爷子走到他身后用拐棍轻轻地捅他后背，大声问："你在这儿发什么傻？"赫希格站起来，匆忙问候道："爷爷您身体可好？"那莫斯莱老爷子说："晃晃荡荡地走着，还没死呢。你还是不想把媳妇和孩子们接回去吗？"赫希格望着河面摇头。那莫斯莱老爷子说："你是一名兴安骑兵师的士兵吗？"赫希格点头。那莫斯莱老爷子的声音突然严厉起来，命令道："如果是，就给我站好！"赫希格顺从地立正。那莫斯莱老爷子继续下令道："兴安北省督统现在命令你，向岳父家方向——抬起脚，走！"赫希格沿着小径走去，那莫斯莱老爷子在身后尾随着，不时地用拐杖敲打一下他屁股。来到嘎查中心街道上时，孩童们围绕着二人喧闹起哄。当赫希格欲停住脚步时，脊背便被老人的拐棍撞击，这景象引起孩童们更加前仰后合地哄笑。父亲和母亲在碾房外足足等了半个时辰才轮到用碾房。眼睛被蒙住的马正在拉着碾盘转圈。正在颠米糠的母亲，朝碾房小窗户向外瞅一眼，惊叹道："我的活佛，咳，你看。"父亲一边用笊篱捞取水桶里泡湿的玉米一边反感道："别把马惊着了，出了什么事情，至于那么一惊一乍。"他嘟哝着把笊篱内的玉米倾倒在碾盘上。母亲放下簸箕，走近窗户满脸堆笑道："可算是有了惩罚赫希格的人啦，挨拐杖的滋味，活该。"父亲抬起头朝外看时，那莫斯莱老爷子驱赶着赫希格从碾房面前走了过去。父亲走到门槛外，目送着离去的二人背影，突然退了回来，望着母亲捂着嘴不无阴险地笑道："这头鳖犊子，我们虽然说不动他，原来还有能驾驭他的高手呢，哼。"母亲用袖子擦了擦脸上的灰尘说："估计吉蜜思和恩和、托娅今晚会回家吧，可把我想死啦。"母亲所说的托娅是我侄女的名字。赫希格不肯给她取名，赶着马群去参加北边战场的当天晚上，其木格看到天上的一轮皓月，才想起给她取这个名字的。父亲说："如果要不是那个吃烂肉的凶恶秃鹫乌日图阻拦着，我早就把他们娘儿仨接回来啦。"

当乌日图整理杂货店货架上物品时，那莫斯莱老爷子拄着拐棍走进来，问："赫希格虽然从战场逃回来了，并且还到处游窜，为什么迟迟不来咱们家呀？"乌日图说："长着两条腿的人去哪里我怎么能管得了，不来就不来呗。"那莫斯莱老爷子悻悻道："这是一个当岳父的人应该说的话吗？所谓青出于蓝而胜于蓝，吉蜜思那个倔强脾性就是从你这儿来的吧。"乌日图说："就是呀，青出于蓝而胜于蓝，最早根源就在你那儿嘛。"那莫斯莱老爷子听了这话，不但没生气，反而很得意地笑道："来啦，我把赫希格给找回来啦。"这时，赫希格才走进杂货店向他老丈人低头问候。乌日图还没来得及跟他女婿搭话，那莫斯莱老爷子又抡起拐杖把赫希格从杂货店赶了出来。嫂子和亲家母正在炕上端详着裁剪好的鞋样。恩和和托娅把羊拐骨罗列在炕上玩，嘴里嘟哝着谁也听不懂的话语自娱自乐。恩和朝窗外看了一眼之后匆忙下炕跑了出去。嫂子和亲家母也奇怪地向外看去。映入她们视线的是：那莫斯莱老爷子驱赶着赫希格朝屋子走来，赫希格蹲下，抱起恩和亲吻他额头。嫂子迅速地将什物包装起来，抱着托娅下炕。当赫希格抱着恩和走到屋门口时，嫂子腋下夹着包裹抱着托娅走了出来。她也不看一眼赫希格的脸，却经过他身旁时把托娅放在他怀里就径直走出大门，赫希格抱住俩孩子，轮番亲吻脸蛋。

父亲和母亲在碾房里劳作时，嫂子突然进来，悄无声息地拿过父亲手中簸箕收拾碾盘。父亲犹豫了一下之后走出碾房。母亲说："我们也看见了赫希格被赶着走。其实你爷爷不强迫，我们也应该去接你们的，只是格日勒病了，耽误了些日子。"嫂子吞吞吐吐地问："格日勒还好吧？"母亲说："请了萨满师父了，医治得挺好的。"父亲回身，朝碾房门里望了一下说："我是不是应该回家看看？"母亲笑道："走吧，走吧，你现在对我没用啦。"父亲离开碾房来到家附近时发现，院子里格日勒表姐一身女巫装扮，手握单面鼓在祈神舞蹈。其木格蹲在门旁，仰着头、张着嘴，惊奇地望着她的一举一动。有几位过路人也站在院外好奇地观看，并发出零星喝彩声。由于格日勒表姐还没有成为真正的女巫，所以只是借助来自民间歌曲《女巫》的曲子自演自唱着。父亲悄悄地走到院子外人堆后面，疑惑不解地注视满面神采的格日勒表姐，还不时地摇头，揉搓双眼。

第十八章
把勋章摘下来扔进污水沟里

一九三九年九月十五日，日本驻苏联大使东乡和苏联外长莫洛托夫之间的谈判终于达成协议，交战双方停火。这次战争历时五个月，日本军官兵死伤两万八千余人，大多数死于苏军远程炮火之下。至于五千人的兴安师，根本就没有死伤统计数字，也没有官方公布的任何信息。实际上，这次战争中，兴安师方面，焚化尸体三百多具，被苏军俘虏三百多名，其余士兵就像一锅沸水一般蒸发，无影无踪。虽说双方协议停战，实际上是以日本军的惨败而告终。这一年，我十六岁。葛根庙经师磨炼我意志的残酷阶段刚刚结束。我为成了他手下最得意门徒而沾沾自喜。经师跟活佛谈论兴安各省境内发生的重大事件，乃至谈论满洲国政坛大事情都不回避我了——

在兴安军指挥部大楼里二十多个日本军官正在开秘密会议。首位日军军官说："所谓兴安军不过是花拳绣腿徒有虚名的乌合之众罢了，不是真正能作战的部队。应该立刻采取果断措施，改革体制，使他们变成警察部队。"日军军官南清一中校站起来驳斥道："若是把从战场上逃跑的责任全部推给兴安军，恐怕有失公平。我认为，我军是在使用战略上发生了失误，蒙古人虽然逃离战场，也不过是三五成群地回到自己家乡。而不是像汉族士兵似的整连、整营地投降了苏联人。"这时，会议室内开始议论纷纷。首位军官挥手制止了众人喧哗，总结道："第一，我们的战略发生了重大失误，竟然让蒙古人打蒙古人。应该把他们派遣到南方打国军才正确。如果这样，就可以避免民族冲突。第二，从由日本军官管理的部队内逃跑的士兵，比蒙古军官指挥的部队逃离的士兵多出几倍。以此看来，我们所实行的更换指挥官的决定完全是错误的。第三，由于战场的给养不平等以及武器技术威力等方面的不平等，我们在诺门罕失败了。"

度棱和宝力德来到指挥部大楼前，离门岗几步距离处停下来，度棱说："日本军官们聚集在一起不知道在研究什么事情，咱俩是不是也进去听听？"宝力德说："好吧。"于是二人毫不犹豫地往里闯。两位门岗堵住去路，对他们呵斥道："滚！"宝力德听了，气得浑身哆嗦起来，几乎要挥拳打人。度棱伸出手拦住宝力德，以免他做出过激行为，并要求门岗进去替他们找一下南清一中校。一个门岗进去找人，另一个站在原地目不斜视地看着二人。不一会儿，他们所找的日军军官南清一中校跟着门岗走了出来，把一枚钥匙交给度棱，说："如果你们找我有事，先去我住的那家旅馆等着。"度棱点头道："明白了。"日军军官南清一匆忙地走回楼内。度棱说："他们肯定是说一些不便让我们这些蒙古人知道的事情呢，咱们回去吧。""大致是如此。"已经消气的宝力德首肯道。二人离开指挥部大楼，途中进酒馆买了些熟肉食和酒，来到南清一所住的旅店，炕上摆上桌子，边喝酒边等待。大概喝了大半瓶烧酒后，宝力德从衣兜内掏出一枚战争勋章放在桌上，直视度棱，用拳头使劲砸桌面说："本来我是想在诺门罕战场上跟着近子走，可是阎王爷不肯收留，还让我拥有了这枚战功勋章。一场失败的战争，哪儿还有脸佩戴这个。"度棱说："在诺门罕战场上日本人把自己的力量估计过高了，苏联红军是……"这时，门被推开，日本军官南清一中校走进屋。度棱显露醉酒的样子，道："来，快过来坐，一起喝酒。"南清一来到桌前，坐下。宝力德从桌子底下拿出空酒瓶让南清一看后，说："我们已经等你两个小时了，看吧。"南清一拿起桌上酒瓶就往嘴里灌，小半瓶酒立刻下肚。度棱问："怎么才来？""别提了，有一个被交换回来的战俘没胆量自杀，会开完后，我一直陪着他鼓励他来着。"南清一说着从随身携带的皮包里掏出三瓶烧酒，摆放在桌子上。旅店小房间立刻变成三名中校军官与酒精较量的场所，除了发泄低落情绪的简单肉体动作外，几乎没什么语言交流了。各自喝干面前酒瓶时，已经快到第二天黎明。三人在旅店乱糟糟的炕上横竖躺下睡觉。南清一只是打个盹儿就醒过来，趔趄地走出屋去。他摇摇晃晃地走在清晨王爷庙街道上，绕来弯去，走了很长时间，终于来到日本宪兵队院内。他犹豫片刻，走进勤务兵休息间，叫醒嗜睡的勤务兵，嘱咐立刻备酒菜，顺便还交代了一些事宜就离开那个房间。他在走廊里失魂落魄地踱步十几分钟，然后，绕过走廊拐角来到一间炕上已经摆好酒桌的屋门前。大概五分钟后勤务人员按他的要求从房间离去，他开始跟一名正在被监禁的日本军官一起喝酒。被监禁军官含着眼泪说："苏联人没杀，你们却要杀我，为什么？"南清一说："从苏联战俘营被交换回来的兴安军士兵一共三百三十一名，其中有三个日本军官，除了你，那两个人昨天已经向天皇效忠了。""一定要自杀吗？""要不怎么向天皇陛下效忠？"被监禁军官突然喊叫道："把我送到诺门罕高地吧，我要求去那儿自杀。"南清一下炕，从包内拿出纸和笔，以及自杀药品放桌上出去了。南清一再次走上街头，转悠半时辰回来。经过房间走廊来到被监禁军官屋门口，悄悄把门推开看里面情况：被监禁者已经把衣服穿整齐，安安静静地躺在炕上，桌上留下的写遗嘱的笔和纸张还在。南清一看着尸体满意地点头，然后匆匆退出屋去。他从屋内跑出来，到院子墙角，抱着腹部蹲下，开始哇哇地呕吐。

满都呼和同学们一起在清扫院内操场时，看到新当选的兴安军校校长甘珠扎布和随从度棱、宝力德走进大院。守门军乐队员们匆忙站好列队，开始吹奏乐曲。在距离甘珠扎布三步之后，度棱和宝力德并肩跟随。进入大院，三人开始并肩而行。度棱道："借校长大人的福分，被乐队迎进大院，实在是不胜荣幸。"甘珠扎布说："老弟呀，就别拿愚兄开涮啦，自从蒙古人独立大旗蒙尘之后，我可是再也没有开玩笑的心情啦。兴安军官学校校长这个虚名，不过是悬挂在祝圣羊只脖子上的五彩布条罢啦，有什么可值得自豪的。"宝力德说："据说巴德玛拉布坦上将的权限也发生了变化。"甘珠扎布说："肯定会发生变化。虽然参加诺门罕战役的部队不是由巴德玛拉布坦亲自领导，可从战场上逃亡的蒙古族士兵都是他部下呀。"宝力德问："不至于撤销他所有职务吧？"三人议论着越过教学楼门卫，走进长廊里。甘珠扎布说："瘦死的骆驼也比马大，据说，关东军方面现在已经任命巴德玛拉布坦司令为兴安局总裁了。"满都呼离开扫垃圾的伙伴们，急速从操场跑进教师楼。他在走廊里追上三人，并超过去站在他们前面，气喘吁吁地向他们敬礼。此刻的满都呼已经变成身材魁梧的真正男子汉了，所以宝力德踌躇片刻后才认出来。"满都呼，你是在这里学习呀？"宝力德惊叹道。满都呼说："是的。"宝力德对甘珠扎布校长介绍说："这是我的亲家弟弟，以后还请您多多关照。"甘珠扎布含含糊糊地答应道："那自然。"宝力德对度棱说："这就是赫希格的弟弟啊。"度棱往前迈两步，与满都呼握手。宝力德对满都呼说："他叫度棱，以后也许会给你当教师呢，刚刚调到这个学校。"这时，甘珠扎布已走到走廊尽头，回过头等候度棱、宝力德。满都呼告别宝力德和度棱，跟跑进来时一样，匆匆离去。走进校长办公室后，甘珠扎布叹息道："现在是已经到了兴安军走下历史舞台的时刻了，蒙古人再也不可能举起独立自主的旗帜啦。"度棱诡秘一笑，道："那么，兴安军过去有过独立作战权利吗？"甘珠扎布摇头道："过去虽然做出关键决定时，看别人脸色，可是在世人眼中至少是一支独立军队嘛。从今往后，日本人恐怕连个虚名都不会授予我们的。"宝力德提出疑问道："蒙古人除了死心塌地依靠日本人之外，还有更好的出路吗？"度棱反驳道："怎么会没有出路！"甘珠扎布和宝力德二人惊异地望着对方瘦长脸上那莫测高深、炯炯有神的一双眼睛。

　　赫希格和衣仰卧在炕上，让嫂子在灯光下为其缝衣服掉下的扣子。恩和、托娅已经入睡。"上面传令，让离开战场的兴安军士兵尽快前往王爷庙报到。我明天就得走。"赫希格说。嫂子咬断线头望着赫希格的脸说："别人传说，日本人要严加惩处从战场上开小差的军人。"赫希格说："日本人可没说过我们是从战场上开小差的。其实我们也不是逃走的，不过是回家罢了。"嫂子放下手中活计，吹灭了灯，朝着赫希格依偎过去，摸索着给他脱衣。第二天晌午时，全副武装的赫希格、础鲁、胖子占布拉、诺尔布等十几个人集合在公房外，骑上马离开嘎查。路途中陆续从各嘎查、村落前来入队的人马不断，到王爷庙附近时，赫希格骑兵排原班人马基本聚齐了。他们在山顶休息时诺尔布观望四处，很是疑惑地说道："这一次我们把自己送到日本人那里，恐怕是凶多吉少。"胖子占布拉说："依你说，除此以外我们还有更好出路？虽然私自离开了兴安师，钻进了深山老林，不过既然是自动归队，事情还不至于变得太糟糕吧。"诺尔布说："我要去别的地方啦。我无法相信日本人颁布的告示。"础鲁问："你要去哪儿呀？"诺尔布摇头道："目前连我自己也不清楚。"赫希格环顾其他人，片刻后若有所思地说："诺尔布，你就随便吧。如果还有什么人愿意跟随他，那么在到达王爷庙之前可以离开队伍。"无人回应。诺尔布独自一人骑上马走下山坡。队伍中有人举枪瞄准诺尔布。赫希格用手中鞭子将那人的枪口举了起来，紧接着枪声响了。走到山脚下的诺尔布勒住缰绳回首望了一眼，继续离去。

　　赫希格带着骑兵们来到王爷庙火车站附近一座旅馆外停下。一列铁皮闷罐车正在吞吐着烟雾开进站台停下。从各个方向前来报到的众多骑兵来回穿梭。这时，胖子占布拉看到满都呼从人群中，挥动着手向他们奔过来。"哎呀，好像是满都呼，赫希格，你看，你弟弟来啦。"胖子占布拉惊叹道。满都呼来到赫希格前面停住了。赫希格问："喂，你怎么在这里？"满都呼说："我已经正式考入兴安军官学校啦。"胖子占布拉笑眯眯地往前迈两步，在满都呼面前立正敬礼道："一级军士胖子占布拉向您报告。"满都呼像害羞的小姑娘一样吐舌头，把脸转过去，问赫希格："爸妈都好吧？还有……"赫希格回答道："他们都好，你不要担心，格日勒也很好。"础鲁揶揄道："喂，满都呼，你既然来到了自家门前，为什么不去看看他们？看来，人要是喝了点墨水，舌头就好使，而两条腿就变笨啦。你再看看我们这些人，只要是想家了，连个请假条都不用开。"众人毫无恶意地欢笑起来。赫希格说："我们与其在这儿扯淡，还不如尽快找一处过夜的地方落脚呢，础鲁，你去附近找找看。"胖子占布拉说："一定要找一个炕热被子暖和的地方。"础鲁说："好吧，就把你安排在王爷庙最好的猪窝里吧。"赫希格把骑兵排安顿下来后，去兴安军临时指挥部报到。指挥官跟他寒暄几句后，立刻向他布置任务道："有叫额尔德尼和巴拉杆的两个上等兵带领着四十多名士兵袭击兴安西省中部汉族村落，并且严重地扰乱了当地社会秩序。不过由于他们住无定所，行踪难觅，若想追踪消灭他们非常困难，所以我们经过协商决定把这个任务交给你们排来执行。怎么样，有信心吗？"赫希格挠了挠后脑勺，不大情愿地说："兴安西省面积广大，真不知道从哪里下手。"指挥官说："有一个军官不久前见过他们。你可以先向他了解一些情况再说吧。"

在兴安军临时指挥部一间破烂板房内赫希格听取了亲眼见过额尔德尼和巴拉杆匪帮的那位军官讲述他梦魇般的经历——

虽说他们是逃离战场的残部，但还有一位受伤的营长在队伍中。所以，额尔德尼和巴拉杆目前只能充当传达营长命令的角色而已。所以他们二人到哪里住下，营长就躺在旁边，有气无力地默默看着手下两名上等兵胡作非为。在兴安西省北部山区汉族人家里，额尔德尼和巴拉杆在营长曾经占有过的漂亮女人莎拉赛玛的陪同下，饮酒作乐。额尔德尼举起酒瓶喝一口，把酒瓶放下，伸手抓捏一把旁边女人的脸蛋，然后，对巴拉杆淫荡地笑一笑。他说："哥哥教给你怎么骑女人。"巴拉杆说："我有什么可跟你学的？是不是学学把自己老婆给别人当褥子使唤的方法啊？"额尔德尼发狠道："你可能是想起了我那婆娘波尔玛了吧。你说得没错，不过跟波尔玛和赫希格算总账的那一天会来到的。"巴拉杆说："下无垄田、上无片瓦的你我这样丧家之犬，还能有那么一天吗？只有老天爷做主啦。"这时，一个勤务兵走进来报告道："报告营长，村里来了一个兴安军军官，说是要见你们。"仰躺在屋子墙角、用鼻腔直哼哼的营长还没来得及张口说话，巴拉杆就问："几个人？"勤务兵说："就一个人，我们已经缴获了他的战马和枪支。"额尔德尼说："给他安排一间单独房子。"巴拉杆诧异道："为什么要这样？他可能又是一个前来招降我们的人。干脆，打他半死，然后撵走。只要等到我们明天从这里离开就算是万事大吉啦。"额尔德尼却摇了摇头，说："不能那样，这一次我们要好好招待他之后再把他送走。"巴拉杆问："怎么招待？"额尔德尼说："为他准备女人。只要是兴安军军官，肯定会喜欢女人。若是那样，我们就可以在这个神仙住的地方高枕无忧地过上几天皇帝的日子。"巴拉杆说："但愿如此吧。"于是，匪徒们为自告奋勇独身前来招降的兴安军军官安排独门独院，强行让他跟一个捉来的尚有几分姿色的中年女人一起进去住。众多士兵聚集在大院之内。几个士兵在捕捉院落内的鸡和鹅。有些士兵还在贴近窗户偷听。这时，额尔德尼领着巴拉杆来到众人中间问："来招降我们的兴安军军官在做什么？"门口的持枪岗哨回答道："他老人家已经离不开烧酒、鸡肉和女人啦。"巴拉杆说："留下两个门岗，其他人立即离开。"过了两天后，额尔德尼领着巴拉杆走进军官享福的屋子说："好啦，尊敬的长官一路走好，不过千万别忘了把我们目前的住址报告给上司后领取应得的奖赏。"军官说："感谢你们如此丰盛热情招待，我保证，回去之后不会说出一个字的。"额尔德尼说："我们只是希望你如实向你上级禀报。"军官说："如果我吐露半句，就让天打五雷轰。"巴拉杆说："我们营长的意思是，让你回去之后，把这里看到的全部真相，统统告诉你的上司，你不要担心。"军官说："是，是。"勤务兵将手枪和子弹带等交给军官。

　　前来招降的军官离开村子后，额尔德尼冒用营长口令，带着匪帮来到一处湖边芦苇荡。营长的伤情越来越严重，大腿和臀部伤口已经溃烂不堪，只能趴在马车上奄奄一息，任人摆布。他的情妇坐在赶车人巴拉杆旁边。额尔德尼走在骑者们中间，不时地往营长的马车看。队伍来到湖边停下，巴拉杆卸马车，额尔德尼也过来帮忙。二人把马匹牵到离开人群的地方，马匹在草地上打滚。额尔德尼问："营长怎么样了？"巴拉杆回头瞅一眼马车上的营长和他情妇说："依我看，他过不了这一夜啦。"额尔德尼说："如果他断气，你立刻通知我。""你要干什么？""先不要问这些，到时候你就知道啦。"额尔德尼说完就离开巴拉杆，走进绿油油的芦苇荡。芦苇荡里人们开始点火做饭。黄昏时，营长躺在马车上不停地哼哼，他的情妇正在用湿毛巾给他擦脸，巴拉杆来到马车旁，也开始点火做饭。营长舔了舔嘴唇，吃力地说："巴拉杆，你过来。"巴拉杆来到营长跟前时，女人挪到马车后尾坐下。营长说："如果我咽气，把我的马匹和马鞍交给莎拉赛玛，帽子和靴子想办法捎给我家人。"巴拉杆看一眼女人说："莎拉赛玛你听到了吗？"女人说："听到了。"巴拉杆说："饭已经做好了，你喂营长吧，他的手已经不听使唤了。"巴拉杆和女人离开马车，到饭锅前。当女人拿起勺往碗里盛稀粥时，巴拉杆却趁机从衣服外摸女人的乳房，女人并不反抗，蹲着让他摸一会儿。然后她才拿着饭碗向营长走去，到营长旁边，含含糊糊地说："吃饭了，把嘴张开。"女人用羹匙喂，可喂进去的稀粥又从营长嘴边流了出来，女人很不耐烦地把饭碗放在他枕头旁。夜里，巴拉杆和女人干脆在营长眼皮底下的草地上做爱。营长喃喃不休："我没死呢，你们……我应该死在诺门罕……作孽啊。"女人兴奋中嘟囔道："闭嘴吧，你过不了这一宿了。"巴拉杆和女人做完爱，从马车旁站起来。巴拉杆哈腰伸手摸一下营长的脸，试探伤情后说："已经断气了。"巴拉杆欲离去时，女人抓住他衣襟问："干什么？你别走，我害怕。""我去一趟芦苇荡就回来，怕什么？你又不是十二岁姑娘，不要脸的臭娘儿们。"巴拉杆推开女人向芦苇荡人群走去。黎明时，队伍在湖边集合，额尔德尼和巴拉杆站在列队前。离他们几步远支木桩平放的胶轮马车上装载着干柴，在干柴堆上停放着营长尸体，营长的情妇已被死死捆绑手脚仰卧在尸体旁。额尔德尼环顾众人片刻后，说："营长死了，现在只能由我这上等兵来带队伍了。本人曾经长时间当过国民党兵、满洲国兵，所以清楚地知道军人应该怎样享受人间幸福的道理。"众人齐声道："我们愿服从上等兵您的指挥。"额尔德尼说："那好，现在火化营长遗体。"额尔德尼拿起燃烧着的木棍，朝马车走过去准备点火时，巴拉杆拦住他问："营长留下的遗嘱怎么办？"额尔德尼问："都说了些什么？"巴拉杆说："马和马鞍交给莎拉赛玛，帽子和靴子捎给他家人。"额尔德尼说："马和马鞍已经对莎拉赛玛没什么用处了，所以我们留下，至于帽子和靴子放湖边得了，兴许他家人以后能够找到。"巴拉杆继续提问："那莎拉赛玛怎么办？"额尔德尼嘴角露出奸笑道："莎拉赛玛？哦，她应该跟着营长走才对。"额尔德尼再次从篝火拿起燃烧着的木棍，引燃马车上的干柴堆，转身上马。女人喊叫："把我枪毙了吧！求求你们！"匪徒们不近人情，把正在被焚烧、挣扎的女人丢下不管，哈哈笑着纷纷骑上马跟随额尔德尼奔去。众人离开湖泊边缘地带回头看时，芦苇荡里正在冒着一股浓浓黑烟。

赫希格率领的骑兵排，来到了额尔德尼等人蹂躏过的汉族村庄。赫希格招呼一个农民前来，用半生不熟的汉语问话："我们是被派遣来寻找扰乱治安烧杀抢掠的土匪部队。他们离开这里之后往哪个方向走了？你一定要说真话。"农民怀疑地注视着赫希格摇头。赫希格说："你不必害怕，我们肯定不会放过他们。"农民说："几天前他们离开村子朝着东面走了，其他事情我一概不知。"被土匪吓着的农户，个个紧闭门窗，再也不会有人抛头露面，于是，赫希格带领队伍离开村子，往东跟踪。找到了土匪们过夜的芦苇荡，发现被烧毁的马车铁轮毂以及烧焦的两具遗骸。离开芦苇荡，队伍紧随马匹踩踏痕迹，继续往西跟踪。大概奔波了三四个时辰，来到一处岩石地带时，逃兵们的踪迹突然消失，赫希格手握望远镜站在山坡上，环绕四周瞭望，最后，焦距集中在被山林环绕的几户人家的小自然村落上。片刻之后他把望远镜递给了胖子占布拉，笑道："额尔德尼和巴拉杆这两只狡猾狐狸，假装离开村庄之后向东进发，然后绕过山脊改变方向顺着河流朝西行进，果然不出我所料。"胖子占布拉用望远镜眺望着说："没错，额尔德尼和巴拉杆这两个家伙，别说是换两件衣袍，就是烧成了灰我也能闻得出他们的气味。现在怎么办？要不直接冲进村里逮捕他们？"赫希格说："还是等到天黑吧。础鲁先带着侦察班靠近村子，搞清楚额尔德尼和巴拉杆住在哪户人家里。"础鲁装扮成农民带着两个人步行下山。等础鲁等人探听消息回来回报之后，夜深之时赫希格率领骑兵包围了村庄。赫希格、胖子占布拉和础鲁走进一家院落内，挡住了房前屋后各个出口。胖子占布拉敲着门说："额尔德尼，起来开门吧，我是占布拉。"额尔德尼从屋内回话道："是占布拉呀，你们也从战场逃到这儿了？"胖子占布拉道："你看，你看，邻居老乡就是不一样，听听话音就认出来啦。"巴拉杆在屋内说："咳，你不能出去。你倒是先想好了，占布拉是怎么知道我们在这里的？"额尔德尼说："随他是如何知道的。毕竟是我乡亲老弟占布拉呀，赶紧把他们请进来一块喝酒。"门被打开了，首先现身的额尔德尼被门外的士兵押解起来。胖子占布拉径直走进屋里，掀开被子时，从里面暴露出巴拉杆和一名裸身女子。胖子占布拉将巴拉杆拉下地，士兵们把他捆绑起来。天亮时，骑兵排押解着三十九名逃兵前行了。双手被反绑的额尔德尼从马背朝着胖子占布拉说："把乡里乡亲捆绑给日本人，从而做他们的走狗，心里是不是很舒服呀？"胖子占布拉说："闭嘴。"额尔德尼说："我们虽然在兴安西省做了些坏事，可是从来没迈过蒙古人家的门槛啊。"础鲁说："我们只是执行命令而已。如果有话说，就到王爷庙之后再说吧。"巴拉杆问："如果到了那个地方，我们大概会被枪毙掉吧？"赫希格说："通告上明明白白地写着，凡是从战场上逃离的人都会被视作回家探亲。可你们为什么一直在逃亡？"巴拉杆说："这些我们都不知道，赫希格，我们好歹都是喝一条河水长大的，如果你能放过我们，愿为兄长效犬马之劳。"赫希格说："我不需要犬和马。"额尔德尼啐一口唾沫说："巴拉杆，你这没出息的东西，有什么好求他的，杀就杀呗！"

　　额尔德尼等众逃兵押到王爷庙后，兴安军临时指挥员为赫希格佩戴勋章说："你非常好地完成了任务，现在我代表指挥部特别为你颁发功勋勋章一枚，并宣布恢复你的连长职务。"赫希格从临时指挥部出来后，把胸口上的勋章随手摘下来，扔进指挥部院外污水沟里。回到住处后，他把正在睡觉的胖子占布拉叫醒，二人一起出来，横过几条巷道，走进一家酒馆。还没开始喝酒，赫希格顾虑重重地说："依我看来，像额尔德尼和巴拉杆那样的人，应该给每人赏五十大板，然后，驱除出部队才对。"胖子占布拉说："不可以这样，还是让他们待在部队里为好。那都是一些在这里挨了五十大板，却把仇恨发泄给左邻右舍的家伙啊。没听说吗，挨了主人棍子的狗，出门就咬羊。"二人喝着、猜测着，到了酒意正浓时，础鲁进来说："你们二人果然在这里啊，听没听说日本军事法庭已经判处额尔德尼、巴拉杆等罪大恶极的十八人死刑？"赫希格问："你说什么？"础鲁说："已经把他们押赴刑场，这时候大概执行枪决啦。"胖子占布拉拍打着膝盖道："嘿，老天爷，若是知道结果是这样，就应该在半路上放走他们啊。"赫希格半信半疑，扶着椅子背摇晃着起立道："可是日本人曾经对我发誓，绝对不会杀死他们啊，真是那样，这些日本人太过分啦。"胖子占布拉问："你要干什么？"赫希格抓起桌上战刀说："我要去找他们问问，为什么呀，这么做。"胖子占布拉抱住赫希格说："你喝醉啦，人死了不能复活，咱仨还是继续喝酒吧。"础鲁帮占布拉将赫希格按坐在椅子上。

　　傍晚时分，在王爷庙北侧山坡行刑场上，准备处决额尔德尼、巴拉杆等十八名逃兵土匪。有少数日军围绕在刑场周围。执行死刑的士兵们端着步枪排列站在人犯们身后。执行官举起战刀说："他们都是些烧杀抢掠、无恶不作的强盗土匪，所以，今天我们要依照满洲国刑律处决他们，执行吧。"士兵们齐开枪，额尔德尼、巴拉杆等十八名蒙古人纷纷倒地。半夜，额尔德尼从刑场死人堆里爬了出来，晃晃悠悠地走下山坡。他艰难地走到王爷庙街道上，路过一座无人院落内的草堆时，附近暗淡灯光下隐约看到从草堆里冒出一个乞丐的脑袋。他毫不犹豫地钻进乞丐藏身的草堆里。过了一会儿，额尔德尼已经与乞丐交换了衣服。当乞丐向他伸手时，他愤怒地将对方踢倒，朝他脸上吐痰。很快乞丐被征服，额尔德尼也从草堆里爬了出来。身穿乞丐服装的额尔德尼拄着拐棍走向大街深处。第二天凌晨，在枪毙额尔德尼等人的山坡上，几个农民正在挖掘集体墓穴。一个日本士兵反复地统计死者数目，然后又不解地挠着后脑勺。这时，农民们开始动手，将被枪决的尸体一个接一个地抛进已经挖好的墓坑内。

第十九章
与恶鬼搏斗

侄儿恩和经常偷偷来到邻居波尔玛家做客。满都呼和格日勒养的那条小狗已经变成全身黑色，只有在眉毛处各长了指甲大小的黄毛，看起来像是四只眼睛的大狗。恩和给它取名度日博（蒙古语，四眼）。他去哪儿，狗都尾随着。他进波尔玛家，狗就蹲在门口哈哈吐舌头，耐心等待着它小主人出来。恩和现在已经八岁，和我当年（十年前）经常从波尔玛手里接糖果或干奶酪块的岁数一般大。波尔玛点燃了煤油灯，悬挂在棚顶下来的铁链子上，然后从箱子里拿出糖块递给恩和时说："你经常来我家玩，箱子里呀，总是放着糖块，就算糖块没了，还有干奶酪块呢，你还可以随便在炕上戏耍。"这些言语听起来，和她当年对我说过的话语如出一辙。"真的？不过我不愿意啃干奶酪块。"恩和说着跳上炕雀跃欢笑。波尔玛说："那就只能给糖块啦。怎么样？你在炕上蹦跶，我没生气吧？"恩和说："你真没生气，可我不回家不行，妈妈要是知道我来了你家，肯定会生气的。"波尔玛说："你妈妈不会发现的，你再玩一会儿。"恩和欲跳下炕，看着波尔玛说："那不行。"波尔玛搂住恩和亲了亲他漂亮小脸蛋，然后才把他放地上，让其出走。乞丐打扮的额尔德尼悄无声息地捂着腹部走进院子，然后躲藏在大门东侧物什堆里，倾听家里的动静。蹲在门口的狗朝他龇牙，但，没吠叫。这时屋门打开，恩和走了出来，狗见了主人立刻起身，夹着尾巴从波尔玛院子逃了出去。恩和没有看见额尔德尼，径直走出大门。额尔德尼很吃力地从物品堆里爬出。送走恩和后，波尔玛坐在灯下开始做女红。房门被推开，额尔德尼走进来。惊异失色的波尔玛将手里拿着的鞋底抛向额尔德尼，并声嘶力竭地喊道："什么人，出去！"额尔德尼愤怒不已地说："丑母狗，朝谁撇东西，瞎叫唤啥呀。"波尔玛用双手捂住胸口，目不转睛地盯着额尔德尼。额尔德尼走到灯下说："赶紧给我热饭菜，我快饿死啦。"当战战兢兢的波尔玛下炕时，额尔德尼已经开始翻箱倒柜，寻找更换的衣服了。

第二天早晨，波尔玛在炉灶上边烧奶锅边用眼角余光观察额尔德尼时，他说："不能让任何人知道我还活着，知道了？"波尔玛说："那你还不如趁早离开嘎查呢。""带枪伤离开这里能走多远？只要伤势好些，你不说，我也会离开的。在这期间，如果稍有纰漏，我就活活地勒死你这条母狗。"他端着饭碗吃饭时，还不时地往外巡视着。他突然放下饭碗溜下炕说："你先去挡在门口，我藏进地窖里，那小崽子又来啦。"额尔德尼躲进北墙根下菜窖内，不见了。波尔玛先是用后背挡了一会儿里间门，当她躲开时，恩和使劲推开门就扑了进来。"我怎么用力也推不开你家门。"恩和说着观察门后。"门有点变形啦。"波尔玛说着赶紧走过去将地窖口盖上。恩和说："你们家地窖里可能进耗子啦，唰唰作响呢。"波尔玛说："不是耗子，刚刚有一条臭鼬钻进去了，你不要走近窖口，不然它会爬出来咬你。"恩和说："爷爷说，如果让小狗玩臭鼬，狗就不会得狂犬病，度日博就玩过臭鼬。""藏在我们家地窖里的那只臭鼬呀，连狗崽子都不愿意跟它玩。""真奇怪。"波尔玛很麻利地从衣服口袋里掏出一块糖果递给恩和。恩和手中握着糖块高兴地在炕上雀跃。而波尔玛不安地站在地中央，望着恩和勉强微笑。恩和蹿跳着说："我在你们家炕上跳着玩，你真不生气呀。要是让爷爷看见我这样，早就用鞭子抽啦。"波尔玛说："你爷爷好像在家门口叫你呢，你还是赶紧回家吧。"恩和说："不是，是爷爷正在训练那匹三岁骒马呢，肯定不是在叫我。"波尔玛说："咱们俩出去好吗？"恩和说："不好，如果家里人看见我在这里，会骂我的。"恩和停止蹦跳，剥开糖块纸皮，把糖含在嘴里，把纸皮扔出窗户外，从裤兜内掏出四个羊拐骨就盘腿坐在炕席中间开始玩游戏。波尔玛依靠在炕沿上用身体挡住地窖口，惴惴不安地向窗外看着。室内除恩和投掷拐骨声响之外，很是安静。当地窖木板盖被举起时，玩耍中的恩和无意间从波尔玛腋下看到了额尔德尼的头发。波尔玛发现恩和用手指向地窖指指点点。她慌忙回首时，额尔德尼的脑袋正在从地窖口露出。"呸，地窖里是什么味道，差点熏死我。"额尔德尼说着从里面爬出来。恩和扔下手里的羊拐骨，迅速从炕上起立，紧紧贴在波尔玛的胸口，瑟瑟发抖。额尔德尼扑打着身上尘土说："没有必要躲避这狗崽子，有道是父债子还。"他边说边靠近波尔玛和恩和。波尔玛搂住恩和说："你想干什么？"额尔德尼说："在地窖里闷着时，我已经想好啦，咱们俩带着赫希格的崽子离开这里。"波尔玛用身体挡在恩和和额尔德尼之间，厉声说："你别碰恩和！"额尔德尼咬牙切齿，把波尔玛推倒在地，往她身上疯狂地踢踏。恩和退到炕角蹲下，并用双手捂住了脸。波尔玛声嘶力竭地尖叫几声就变得无声无息。额尔德尼上炕抓住恩和，将其夹在腋下跳下炕来，并再次把猛扑过来的波尔玛干脆利索地踢倒在地。恩和趁机逃到外间时，但又被抓住。额尔德尼从外屋家什箱子里掏出锛子，拽住恩和的手，走出屋子时，蹲在门口的狗突然一跃而起，义无反顾地扑过来就咬住他左手袖子，企图抢救小主人。额尔德尼撒开恩和，顺着狗的拉拽力量扑倒在它身上，用右手里攥着的锛子凶猛地朝狗脖子捅了几下，狗松开死死咬住额尔德尼左手袖子的嘴，为他小主人尽忠了。额尔德尼从狗身上起身，朝发呆、哆嗦的恩和走过来，再次抓住他的手，然后拽着他又走到狗跟前拿起沾血的锛子，在死狗身上擦了擦手和锛子上的血迹。

　　中午，嫂子、格日勒表姐、其木格，去河边柳林中洗衣裳。她们到了河岸后，其木格说："天气太热了，我想先洗个澡。"嫂子环顾四周说："周围没人，可以洗。"其木格说："咱们三个一起洗吧。"嫂子说："我已经做过女人啦，别玷污了河水。"其木格拉住格日勒表姐的袖口，要求一起洗澡。格日勒表姐拗不过她，只好依从地宽衣解带。二人别别扭扭地脱了衣裳，一旦走进水里就立刻变得调皮起来，互相泼水耍闹。嫂子留在河岸，端来一盆水，蹲下洗衣服。她把洗好的衣服，一件一件地晒在草丛上面。其木格和格日勒二人戏耍够了，从水里出来后，扭扭捏捏站在岸下隐蔽处，脱下内衣拧干之后重新穿上。不久，格日勒表姐浑身颤抖着爬上河岸开始口诵请神之歌，跳起癫狂舞蹈。她现在已经是受到师父教诲的真正女巫了，跳的也是真正萨满舞。

　　其木格笑着爬上岸来，递给格日勒表姐一块类似单面鼓的石头和击打的木棍。格日勒表姐得到"法器"之后，愈发沉醉地癫狂起舞。嫂子在树荫下，边洗衣服，边嘻嘻笑着欣赏。格日勒表姐跳累了，仰倒在草丛中。嫂子开始收拾晒干的衣物。其木格向河岸树丛走过去，蹲下解手。就在这时，额尔德尼牵着恩和的手，出现在其木格附近。其木格感觉到了额尔德尼的异常状态，立刻用手掌捂住嘴巴，以免自己惊叫出声。她匆匆系好裤腰带，悄悄绕过柳丛，拼命向嫂子和格日勒表姐跑去。她跑到嫂子跟前，气喘吁吁地说："额尔德尼，额尔德尼！"嫂子问："额尔德尼？他在哪儿？"格日勒表姐也从草丛中起身。其木格说："额尔德尼带着我们家的恩和走在柳丛中。"嫂子惊诧道："真的？"其木格抄起一块碗口大的石头，说：

"你们俩快跟我来。"三人每人都握着可以当作武器的物什，走出所隐蔽的树丛不远，很快就看到了额尔德尼和侄子恩和。额尔德尼意外遇见三个女人，尤其是碰到相传法术高明而名声在外的格日勒表姐之后，不禁犹豫起来。恩和企图挣脱他的手时，他揪住了孩子的耳朵，强迫他站在自己身前。他战战兢兢地说："格日勒妹子，我额尔德尼对您丝毫没有冒犯之意，如有此意不得好死。"格日勒表姐手里攥紧柳木棒，圆睁着双眼呵斥道："那就赶紧撒手，把恩和放开！"嫂子也歇斯底里地喊道："放开我儿子！"额尔德尼从腋下抽出那杀过狗的锛子，故作平静地说："这一次是赫希格亲自把我送到阎王殿门槛前，作为报复，我以他儿子当人质，卸下他一只胳膊就可以。"嫂子手里拿着一根细柳条，抢到格日勒表姐前头，渐渐靠近额尔德尼。额尔德尼说："母狗，你不要靠近我。"嫂子虽然扔下了手里柳条，但双脚依然继续往前挪，格日勒表姐和其木格也依次紧随其后。他把孩子从衣领拎起，后退几步，喊："你们都给我站住！"这时，嫂子突然像离弦的箭头一般冲了过去，拦腰抱住额尔德尼。额尔德尼躲避不及，将锛子捅进嫂子肚子里。嫂子颓然跪下倒地，血液立刻从腹部洇出，染红衣襟。恩和不知所措，呆立不动。手握木棍的格日勒表姐和拿石头块的其木格骤然醒悟过来，几乎同时凶猛地从左右两侧袭击额尔德尼。额尔德尼来不及抓住恩和就从倒下去的嫂子身上跳了过去，手里依然拿着锛子，逃向河岸柳丛密集处。格日勒表姐和其木格追击额尔德尼，跑了十来步就返回，嫂子坐起来，抱着恩和正在朝她俩微笑。格日勒表姐掀开嫂子的衣裳见了伤口，脸色立刻变煞白，傻眼了。显然，她高明的萨满法术，竟然对于肢体外伤无能为力、无计可施。格日勒表姐背着嫂子，其木格牵着恩和，四人哭声连连、狼狈不堪地走进嘎查，来到家门口。母亲惊慌失措地从屋里跑出来看时，嫂子已经在格日勒表姐的后背上昏迷不醒了。把气息奄奄的嫂子抬进屋里，让她躺在炕上后，母亲用白布为她包扎伤口。其木格、恩和在哭泣，格日勒表姐已经变得无力说话，满脸汗水地扶墙站着。

当父亲赶着马车从地里回来走进大院时，母亲磕磕绊绊地迎了出来，说："别卸车，家里出大事啦，你赶紧去王爷庙请大夫吧。"父亲依然手握鞭子走向家门，走几步后停下问："出了什么大事？""吉蜜思被人用刀子捅伤啦。"母亲喊叫着赶在父亲前面跑回屋去。其木格将父亲挡在门外说："爸，你快去请大夫啊，额尔德尼用锛子捅伤了嫂子。"父亲怒喝道："闪开！"父亲在屋内来回穿梭，搜集着铺垫在马车上的毛毡之类。其木格站在父亲身后跺脚道："您倒是快点呀！"父亲怒气冲冲地呵斥道："难道我不知道快点？滚开！"父亲终于把该带走的东西搜集起来抱住，匆匆走出屋子，驾着马车出院门，加鞭疾速离去。后来，父亲回忆那天经历时说，他到了王爷庙先是找到满都呼，让他把不幸消息告知赫希格，然后，找到大夫，继续往回赶来时，已经过了半夜时分。马车沿着山坡攀缘而上。父亲步行着与马匹一起快步向前。大夫说："你要是吝惜马匹，那我也下去吧。"父亲帮助马推车说："没关系，我在车上坐久了，腿肚子都酸了。"

嫂子意识清醒过来时，已经到了第二天的凌晨，天边开始蒙蒙亮了。母亲、格日勒表姐和其木格站在她身旁，惊喜地看着她那毫无血色的脸。嫂子有气无力地说："把恩和、托娅叫来。"片刻之后其木格带着恩和、托娅走进来。她望着恩和、托娅说："过来。"恩和、托娅走过去，靠近她的枕头站住。"想爸爸了吧？"嫂子问。恩和哽咽道："想。"托娅也跟着哭了起来。嫂子接着还想说点什么，但是由于呼吸困难发不出声音，只是嚅动几下嘴唇就闭上了眼睛，一滴眼泪从左眼窝渗出来，滚过鼻梁，流进右眼窝，又从右眼窝渗出，滴在枕头上。母亲把孩子们带出屋去。这时，父亲的马车进入大院内。格日勒表姐出来领着大夫快速走进屋子。父亲用手指头擦了擦眼角，忘了卸马，毫无意识地伫立在原地。片刻之后，父亲手握鞭子来到了波尔玛家院内，声嘶力竭地喊道："额尔德尼，额尔德尼。你给我滚出来！"他叫喊着朝敞开着的房门走去，看见了狗尸体，并认出是自己家的狗，但，继续往里走。倒在地上的波尔玛渐渐地从父亲喊叫声中苏醒过来。她企图站立起来，但是没有成功。她匍匐着爬到炕沿下，搀扶墙角向上起身。当父亲走进屋里时，波尔玛在地上靠炕沿坐着。屋内血腥味扑鼻。父亲不解地看着波尔玛，声音变柔和了，问："你怎么了？"波尔玛没有应声。父亲立刻退出屋子。躺在炕上的嫂子由于失血过多，面色苍白。为她诊脉的大夫轻轻地摇头。当父亲跑回自家院子时，母亲迎了出来，撩起衣襟擦拭眼泪摇头道："媳妇没能挺住。"父亲趔趄一下，用鞭杆支撑身体道："快叫大夫过去看看，波尔玛好像也不行啦。"

　　大概是嫂子出事前一个月的一天，赫希格被叫到兴安军临时指挥部，指挥官对他说："你带领着骑兵连立刻向通辽进发，到达那里之后，向第九军管区司令部报到。"指挥官告知他，兴安军编制已经被撤销了。赫希格犹豫着。"还有什么要说的吗？"指挥官问他。赫希格没回答指挥官，却反问道："你们为什么说话不算话，秘密枪决了额尔德尼等人？"指挥官说："他们不是我们杀的啊，是军法处控告他们触犯死罪。"于是赫希格变得无言以对，闷闷不乐地离开指挥部，带领着连队沿着铁路线行军两天，来到通辽火车站附近时，迎面走来两个军官。赫希格在马背上行礼道："请问第九军管区司令部在哪里？"两个军官几乎同时指向火车站东侧几间蓝色瓦房方向。赫希格带领着队伍朝着二人指引的方向继续前进。近处白色烟雾中，一列满载军用物品的火车，正像受伤的野兽般鸣笛进站。赫希格从第九军管区司令部接受驻防任务后，来到通辽附近农区。厨师班在一座农户院落内支起炉灶，锅内煮着牛肉。赫希格、胖子占布拉及础鲁等人围绕在炉灶旁。一位中年妇女走来往炉灶内添柴火。础鲁对妇女说："我们吃了你家牛，不过我们是用马匹来顶替的。如果女主人总是黑着脸，那锅里肉会夹生。"妇女说："一看就知道，你们的马不过是已经不能使唤的老马，可是我的二岁牝牛过了明年就不仅能长成耕地牛，还可以下犊啦。"础鲁说："其实我们也可以把马杀了吃肉，可谁让我们是蒙古人呢。"女主人叹息道："真是兵荒马乱无法无天呀。"胖子占布拉在打磨战刀时睨视一眼女主人。妇女闭上嘴，退回到炉灶西边六七步距离的牲口棚门前，倚矮墙而站。牲口棚里有一大群灰色野鸽子在出没。显然鸽子们把这户人家的牲口棚，当作自己的安乐窝有些日子了，横梁上、矮墙头到处都有白色粪便痕迹。赫希格离妇女不远处，依矮墙蹲着打瞌睡。赫希格和妇女之间，有个胡子拉碴的老兵，盘腿坐在地上抓痒，后背中心抓不到，捡了个细木棍戳，来回飞的鸽群稀粪便掉落在身上也不管不顾。团长警卫带着一个新兵，走进院子内，在赫希格面前停住脚步说："我为赫希格连长送来了一个新兵，团长命令你，为他指认一匹战马。"赫希格微睁双眼看了一眼新兵，不答话，再次闭上眼睛。团长警卫离开。新兵环顾四周，把自己的包裹用具拿过来，放在炉灶附近。胖子占布拉问："老家是哪儿的？"新兵摇头。胖子占布拉断定，他不是跟自己同族，所以接着用半生不熟的汉语耻笑道："没有故乡的人，是流浪汉吗？"新兵三番五次摇头拒绝回话后，突然开口说话道："我也是蒙古人，不过我不想把家乡的名称告诉他人。"础鲁骂道："这混蛋东西，没准儿是个汉人。"胖子占布拉起立，将磨好的战刀放入鞘内，拎起新兵的包裹就扔出墙外。新兵不气不恼地离开炉灶旁，缓慢走到院墙外把包裹捡回来，再次放在原地。锅里的肉熟透，士兵们拿出军用饭盒盛肉。新兵也从包裹内取出饭盒。胖子占布拉说："这锅肉里没有你的份儿。"新兵走到站立在牲口棚门边的女人身旁说："为我准备吃的。"女主人生气地回答道："我们家里没有吃的。"这时，恰巧从牲口棚内同时飞出两只鸽子，同时把粪便撒落在新兵额头上。新兵一时被眯得睁不开眼睛，抽搐着脸站立片刻，举起左手抹掉额头上的鸽子粪便，立刻变成大花脸。正在吃肉的士兵们哄堂大笑。新兵睁开眼，跳过矮墙，在跳跃过程中抽出战刀朝牲口棚横梁左右挥了两条漂亮弧线。牲口棚里瞬间变得灰色羽毛飞扬，六七只鸽子落地。其中一只鸽子被削掉的脑袋飞出牲口棚，掉在院内炉灶口的火炭上滋滋冒烟，身子却坠落在牲口棚内水槽中扑棱。受惊吓的鸽群四处飞散，牲口棚里飘动的灰色羽毛也渐渐落下。新兵把战刀装入鞘内，说："把这几只鸽子收拾收拾给我煮了，听见了吗？"女主人浑身颤抖着说："是，是。长官。"胖子占布拉向新兵不无嘲笑地说道："呵呵，还会飞檐走壁呢，是条汉子。过来，看看刀刃上沾没沾血。"新兵不再理会他的挑衅，原地呆立不动。础鲁疑惑不解地说："鸽子肉能吃吗？看来，这小子是饿疯了。"

离开农户后，骑兵连沿着山坡缓慢地行进着。赫希格催马追上新兵，跟他并辔而行时说："一刀斩掉七只鸽子的好汉，原来骑术一般呀。马嚼子要勒得紧一些吧。你不去当步兵，干吗非得要当骑兵？"新兵似有些不自然地回答道："我是从奉天大学来到战场进行采访的。团长向我交代，让我观察骑兵参战过程，我担心你们不会接纳我，所以只能故意挥战刀，装腔作势罢了。""如果是这样，你就跟随队伍后勤班吧。""是。长官。""你叫什么名字？"新兵从怀里掏出学生证，让赫希格看。赫希格还回证件说："叫德力格尔？""是的，长官。""德力格尔，你要寸步不离地跟随着厨师班，懂了吗？""是。"队伍来到一处山麓林子里扎营。赫希格牵着马站在山坡上，用望远镜观望时，团部传令兵来到他身旁，报告道："赫希格连长，团长让你把骑兵连指挥权交给副连长占布拉，立刻回家去。""出什么事了？你知道吗？""团长说，你在兴安军校的弟弟来电报说，说……说……""说了什么？快说。"传令兵吞吞吐吐地说："说你妻子得重病。"赫希格抓缰绳的手开始颤抖。传令兵用畏惧的眼神看着赫希格，突然转身上马离去。赫希格呆呆地看着传令兵离去的身影，醒悟过来，骑上马奔下山去。骑兵们在帐篷外树荫下三三两两地躺下休息，有两个年轻士兵正在炎炎烈日下，因为打赌而摔跤，可大伙儿都懒得围过来观看。赫希格来到帐篷前下马，"础鲁，础鲁"喊着朝帐篷走过去。赫希格气冲冲地走进帐篷，踢了一下正在打呼噜的警卫。础鲁醒过来，气愤地问："干什么？"赫希格说："起来，跟我走。"础鲁问："到底是天塌下还是地崩裂？"赫希格睁眼催促道："快！"胖子占布拉也惊醒，坐起。赫希格朝胖子占布拉说："把骑兵连指挥权交给你了。"说完拽起础鲁，离帐篷而去。胖子占布拉从身后喊："喂，赫希格，赫希格——"赫希格和础鲁，快马加鞭驰骋原野，来到一座野外军营前下马。赫希格无声地从一个士兵手里抢过他的马，把自己的坐骑换给对方；从另一名士兵手里抢来又一匹马，充当从马，几乎跟随从础鲁来不及说话，跨上马鞍就继续飞奔。础鲁看着赫希格离去的背影嘟囔道："马已经跑不动啦，赫希格你就自己走吧。"就这样，赫希格在半途扔下础鲁，疾驰一天一夜，回到嘎查时，几乎全嘎查的人都聚集在我们家院内。给嫂子治伤的大夫正欲告别返回。大夫握着父亲的手歉疚地说："我没能够帮上忙，不过你邻居家妇女很快会好起来的。"父亲说："我用马车把你送回家。"大夫说："不必，这里有我的老相识。我到他家办点事。"大夫离开人群，绕过马桩前粪堆时，赫希格来到门前下马。父亲迎上前去，接住马匹缰绳，声音哽咽地说："吉蜜思，她走啦！"

刚刚从窗户抬出来的装置嫂子遗体的棺材，安放在院子里马车上。赫希格走进院子时人群自动往两边闪开，给他留出通道。他来到棺木前伫立，低下头闭上了眼睛。

嫂子出殡的第四天早晨，其木格准备在棚圈内挤牛奶，赫希格正在修葺篱笆大门。其木格蹲下挤牛奶时说："哥，你应该去波尔玛姐姐家看看她，她现在很可怜。"赫希格默默地继续着手中活计。其木格继续说："波尔玛姐姐自从被额尔德尼打伤之后，已经瘦成皮包骨头啦。我看哥哥的鬓角头发越白，心就变得越黑。"赫希格只是瞥了一眼其木格，仍旧不说话。其木格挤完牛奶之后放开牛犊，提着桶往屋走。修葺好篱笆大门后，赫希格来到尼玛铁匠铺院外。他推开堵住院门的树杈等障碍物往里进。到屋前才发现里面没人。他往回走，把院门障碍物恢复如初，观望四处站立片刻后离去。尼玛从河里捞出半个月前沤在那里的一捆山榆细条，回头时发现坐在河岸上的赫希格。尼玛把树条抱到河岸放下，抖搂几下湿了的裤腿，一瘸一拐地来到赫希格旁边坐下。"吉蜜思已经去天堂了，你就不要再叹息了，还是琢磨琢磨愿意照顾你两个孩子的人，把她娶了算了。"尼玛说。赫希格叹息，不语。"都到这份上了，干脆跟波尔玛搭伙一起住得了，反正额尔德尼现在是个被判死刑的逃犯。"尼玛继续说。赫希格摇头。"怎么，你不乐意？"尼玛问。赫希格还是摇头。以母亲看来，嫂子吉蜜思的死，波尔玛是脱不了干系的。嫂子出殡的第二天中午，恩和欲溜下炕想出去时，母亲问："你要去哪儿？"恩和说："我想去外面玩。"母亲说："不许离开大院。"恩和说："知道啦，奶奶。"母亲走到窗户跟前，观察恩和的动向。她对其木格和格日勒表姐说："照我看波尔玛就是扫帚星托生的，是他们夫妇二人害死了吉蜜思。无论如何，以后都不许让恩和去她家玩。"其木格说："波尔玛姐姐有什么错？就连她自己也差点被额尔德尼害死了，这您是知道的呀。"母亲说:"如果不是她把犯人额尔德尼隐藏在地窖里,能出这么大事情?鬼东西如果还想给我当儿媳妇,那是痴心妄想。"格日勒表姐顺窗户朝外看一眼,悄声说:"波尔玛姐姐来啦。"母亲和其木格隔着窗户往外看时,果然波尔玛已经来到我家院门外,恩和正在为她开院门。母亲快速走出里屋,去把外屋门关上。波尔玛推我家外屋门板,但是门推不开,波尔玛理一下鬓发,犹豫着。就在此刻,门突然裂开一条缝隙,母亲露出半个脑袋,把孙子拉进屋子就关上了门。波尔玛用双手捂住胸口后退几步,转身跑出院子去。

嫂子出殡的第五天晚上,乌日图来我家说:"北方战争刚刚平息,南面又打起来了。也许战场上缺少牛肉,政府给我们嘎查下达了上缴五十头牛的指标。大概是每户都要出头牛。"父亲说:"我没有可以缴纳的牛。"乌日图看着赫希格说:"如果缴纳不起的话,要为国家服两个月劳役。亲家就二选其一吧。"父亲说:"难道连军官家属也不能照顾吗?"乌日图说:"我从来没听说过军官家庭可以照顾的规定。"赫希格也摇头。"究竟要我们做什么从来都不是我们自己所能决定的,还是交出牛吧。"乌日图继续说。"算了吧,两个月之内,无论做什么活儿也挣不到买头牛的钱。"父亲说。这时,础鲁走进来向所有人问候,并对赫希格说:"我是来接你的,部队已经转移到战场上了,团长命令你立刻回去。"赫希格说:"那就明天出发吧。"母亲听了着急道:"那,不为吉蜜思守七啦?"赫希格摇头。乌日图看了,气得青筋暴鼓,当场摔门而去。当础鲁回家时,赫希格出来送行。两个人在距离大门不远处停下脚步。赫希格说:"你给我做个伴,我想去见见波尔玛。"础鲁犹豫着:"你一个人去又能怎样?"赫希格说:"虽然好几次都产生了那种想法,可我还是控制了自己。有什么办法啊,一旦想起吉蜜思就总觉得自己是在造孽。"础鲁说:"既然这样想,那就跟着我来吧。"

波尔玛独自一人坐在黑暗的房屋内发呆时，赫希格和础鲁进来。波尔玛匆忙理理鬓发，点燃油灯。础鲁上炕之后盘腿坐下道："女主人啊，还不快上酒伺候？如果你们家没有现成的酒，就去邻居家借。"波尔玛一声不吭地摆桌上酒。础鲁藏着右手畸形小指，拿起筷子夹菜，并笑眯眯地说："看样子，女主人原来是有所准备呀。"赫希格站在地中间，似乎不知所措。据母亲讲，础鲁出生时，十个手指头齐全。就因为他有过一个姐姐和一个哥哥，他们都幼年夭折了，所以他母亲为了留住他性命，刚生下不久就用菜刀把他的右手小指给剁掉了。这样础鲁的命是保住了，但，随着他逐渐长大，心灵上烙下的阴影却一直挥之不去。波尔玛说："赶紧上炕吧。"赫希格心神不定地上炕。赫希格虽然拿起酒盅喝酒，但显得闷闷不乐。础鲁为了打破僵局，开始劝波尔玛喝酒，他说："喝吧，故人已往，可活着的人还要生活下去。说句实话，人只要活着一天，都不可以亏待自己的肠胃口舌啊。"波尔玛满眼含泪地凝视着赫希格，举起杯一饮而尽，说："只愿你们活得好好的。"再一次斟满酒盅，三人同时碰杯。础鲁道："完全正确，为了活着。"他特别馋酒，很快变得酒意甚浓，隐藏手指的事也不管不顾了。他拿起酒瓶把里面剩下的酒一饮而尽，擦嘴下炕，在不断的摇晃中打着饱嗝说："我必须得走啦，估计老婆现在等我等得都不耐烦了，你们俩慢慢喝着。"第二天晚些时候，也就是嫂子被杀害的第六天，赫希格和础鲁，把三匹马牵到波尔玛家附近，骑上。波尔玛跪在炕上，从窗户小玻璃向外眺望。当赫希格和础鲁两位骑者带着一匹从马渐渐离去的身影从视线内消失时，波尔玛颓然倒下，抱着脑袋呜呜恸哭起来。

父亲送走赫希格和础鲁后，找乌日图去了。他在嘎查达家大门前招呼时，亲家母出来迎接。父亲问："亲家在吗？""在，进来吧。""还是您叫他出来一下，天太晚啦，我跟他说两句话就走。"亲家母鄙夷道："什么事这么着急不能进来说？"父亲说："你把他叫出来吧，我有事问他。"亲家母进屋去，不一会儿，乌日图边咳嗽清嗓子边走出屋，来到父亲跟前。二人离大门几步距离，面对面伫立。终于父亲打破沉默，吞吞吐吐地说："亲家……"乌日图立刻截断道："打住！以后别再亲家长亲家短地叫啦，什么事？说吧。"父亲说："亲家，你大儿子特木勒最近有消息吗？"乌日图惊诧道："你打听他干什么？"父亲说："没什么，他是不是还在国民党部队当差？"乌日图虽然生气，但克制自己道："我明白啥意思啦，你这是来要挟我，是吧？"父亲说："对。"乌日图说："那就直说吧，你想怎样？"父亲说："您就高抬贵手，把我服劳役的名额给免除了吧，毕竟权力在你手上。"乌日图说："这不可能，我已经把服劳役人员名单交上去啦。"父亲说："改一改不行吗？"乌日图摇头道："那不可能。"父亲转身欲离开时说："那我就没什么别的可说的了，亲家。"乌日图想了想说："等一下，要不这样，你实在难为，我替你先出牛，怎么样？"父亲说："拉倒吧，那样我会寝食不安的。"乌日图送走父亲回屋时，亲家母已经在炕上躺下。"陶高都说了什么？"亲家母问。"他还能说什么呀。"乌日图嘟哝着上炕。"没说什么就回去了？"她继续探问。"他问一句特木勒是不是还在国军当差就走啦，睡觉吧，别理他，他爱干什么就干什么去，反正嘴长在他身上，我们想堵都堵不了。"乌日图慵懒地回答着钻进被窝。亲家母听了，连连打哈欠，慨叹不已。父亲回到家就拿起铁锹，在院子里开始挖窖。挖了个直径差不多五尺左右，深度有一人深的圆坑，抱过来旧年秸秆铺在圆坑底部和周围。他从窖内爬出后，走进仓房，背出一袋粮食往刚刚挖好的窖内倒下去。母亲来到跟前问："你疯了？要干什么？"父亲小心道："嘘，小点儿声，别让人听着。我去当劳工这家就无主了，不到万不得已千万不要拿出窖里的粮食，懂吗？"母亲频频点头说："懂啦，懂啦。"二人一起在朦胧月光下，摸索着把他们二人共同认为多余的几麻袋粮食藏好后，在窖口铺上厚厚一层秸秆，然后，扔土埋住，像工兵埋地雷似的小心翼翼把地面上的痕迹扫除，然后，二人像是干了什么见不得人的勾当一样慌慌张张地走进屋去。这时，恩和、托娅已经在炕上没铺毡子也没盖被就和衣睡觉了。母亲说："要不我们把母牛交出去顶替劳工名额算了，图个省心。"父亲说："我们的母牛已经交配过了，给他们不就等于丢两头牛吗？"母亲说："劳工们去什么地方，你知道吗？人生地不熟的，年轻人还行，你一个老头儿，万一出意外怎么办啊。"父亲说："住嘴，别说不吉利话，你说我老了，可我扛着一个半大小伙子干活都没问题。"母亲叹息着整理被褥。第二天早晨，当嘎查中心街道上人们牵着各自的牛去公房，让乌日图登记时，父亲身背行囊走进劳役人群行列了。母亲、其木格、格日勒表姐、恩和、托娅，站在大院门口目送他。母亲不断地擦拭着夺眶而出的泪水。她万万没料到这次离开竟是他们夫妻二人的永别。

第二十章
文明人离别前应该握握手

　　巴德玛拉布坦总裁在公馆书房里看着窗外，助手进来说："今天是将军您去兴安局上任之日。"巴德玛拉布坦依然看窗外说："是吗？"助手说："车在外边等您呢，将军。"巴德玛拉布坦嘟囔道："取消兴安师在满洲军队里的编制是我之过错，我对蒙古民众犯下不可饶恕的罪过。"助手说："虽然已经取消编制把人员分到第九、第十军管区管辖，但是责任不在您一个人身上，将军换衣服吧。"巴德玛拉布坦转身，点头。女佣送来穿戴的服饰，端端正正地放在书桌上。巴德玛拉布坦上将来到兴安局总部，在办公桌旁犹豫了一会儿就坐下。桌子上有很多文件，在等待他来处理。助理进来说："宝力德上校来了。""快把他请进来。"助理把宝力德请进办公室后退出。宝力德敬礼道："校长好！""好，好。你过来坐吧。"宝力德依然站着说："不知校长为何把学生叫过来？"巴德玛拉布坦微笑道："是好事，要不能把你从第九军管区叫到这儿来吗？"侍从端着盘子来敬茶。巴德玛拉布坦从桌上拿起一张名单交给宝力德，说："我想从兴安四省上层人物里各选出几名代表，带他们去日本国旅游考察，我和关东军方面商量拟定的人员名单在这里，你仔细看看吧。"宝力德坐下，快速浏览名单。巴德玛拉布坦说："我是在想，看到别国的发展状况对我们应该有所启发，把你叫来的主要目的是，让你帮我把名单里这些人员集中起来一起去日本国，到那儿以后还让你给他们当一当翻译，你愿意吗？"宝力德放下名单说："我愿意，可是……""你是在担心部队吧？放心，我已经向你军管区司令打招呼了。""谢谢校长，我们什么时候去日本？""你什么时候把人员全部集中起来，我们就什么时候出发。"宝力德站起敬礼道："校长放心，我马上开始行动。"

去日本国旅游考察的人员名单里，巴彦公爷作为兴安西省民间代表而赫然在列。他接到通知信函后招来弟弟达瓦喇嘛，与他商量对策。早年丧偶、膝下又无儿无女的巴彦公爷，遇到自己拿不定主意的重要事情时，首先想到的也信得过的人是跟他有血缘关系的唯一亲人弟弟达瓦喇嘛。他从枕头底下取出了那张邀请函问："达瓦，依你看，是否接受这张前往日本国参观考察的邀请？"达瓦说："我认为应该接受。这是一次越洋过海增长见识的好机会呀，并不是随便什么人都会得到如此珍贵的机遇。""不过我这个人只要看见日本人就从心里反感。说来也奇怪。""如果兄长想出去转转，就请放心。家里的一切事务都交给我好啦。""至于浩特和家没有什么好担心的，"巴彦公爷说着压低声音道，"只是放在佛龛底座下面的东西要严加提防，万万不能让外人发现。""是什么东西？"巴彦依然小声说："佛龛下面床板下藏着些枪支弹药。是一支民国军队路过这里时赠送的。这些武器武装一个排的士兵没有任何问题。"达瓦喇嘛合十祷告道："哥哥为什么要在佛徒圣地隐藏那些罪过的东西。我看还是挪开的好。"巴彦公爷说："不能挪开，放在别的地方我就更寝食难安啦。"兄弟二人正在因为私藏武器的事情意见产生分歧的当口，浩特外来了一辆敞篷汽车。汽车是宝力德带过来要接走巴彦公爷的。宝力德进包房很快说服巴彦公爷，牵着他的手从蒙古包内走出来。汽车载着宝力德、巴彦以及两名士兵驰骋在草甸上时，达瓦喇嘛留在浩特前，久久挥手着。在汽车颠簸中宝力德说："前往日本国的参观团内不仅包括兴安各省代表，还有朝廷大臣呢。我要首先告诉您，在日本人面前说话要掌握分寸。"巴彦公爷听了劝说，感到很不自在，问："那么您到底是在参观团里担任什么角色呀？"宝力德笑道："在兴安各省内，担负着招集你们这些代表，到达日本国之后还要为你们当翻译。""这么说，你可是有大学问的人啦，你是怎么学会那个国家的语言的？"宝力德傲慢地说："我是从日本帝国陆军大学毕业的。"巴彦将视线从宝力德身上移开，向天边眺望。五天后，巴德玛拉布坦总裁亲自率领的前往日本国参观考察团，从长春出发去往大连港。港口军警林立，三步一哨五步一岗。在邮轮候客室等候时，外面传来轮船鸣笛声音。人们纷纷起身，朝轮船走去。参观考察团到达日本东京后的第二天上午，在日方代表陪同下，来到了东京神社外。日本陪同说了一些话，由宝力德翻译道："这座神社是我们大和民族祖先日照大神神庙。"巴彦提出异议说："我来到你们国家的主要目的是，游览风景，参观文物。却认为没有必要参拜你们祖先。令我奇怪的是，你们也不征求意见和愿望，直接就把我们带到这里来了。这至少不符合接待礼节吧？"陪同目不转睛地瞪着巴彦公爷。宝力德一时语塞，纠正翻译道："巴彦公爷说，他有点头晕，所以想在外面等候你们。"这样，陪同带领众人走进神社，而巴彦公爷独自一人留在外面。在神社祭祀大厅，巴德玛拉布坦等人在陪同的带领下向日照大神顶礼膜拜。巴彦公爷敞开衣襟在日照大神神社庭院外树荫下乘凉。四周有人群穿梭。他用袍襟擦去汗水的同时不时地朝大门窥望。这时，巴德玛拉布坦等从大门内走出来。巴彦重新归队，来到一座公园内，继续观赏狗熊表演。演出结束时，驯兽师带领着狗熊与观众握手。轮到巴彦公爷时，他将手藏在背后后退两步说："人和畜生已经没有了区别的地方，算是个什么去处？"

宝力德翻译陪同的话，说："这只是游戏而已。除了为你解除烦闷之外没有任何恶意。"巴彦公爷脸色突变道："哪里还有这样不讲理的地方！"公园负责人似乎感觉到巴彦公爷的异常情绪，向他鞠躬道歉。巴彦公爷毫不客气地拒绝接受道歉，并把脸扭转了过去。这一天安排的考察内容总算结束，回到所住旅店门口，人们陆续走进屋内。宝力德来到巴德玛拉布坦跟前说："校长，中午饭我不跟你们一起吃了。""有事？""想去看望一下我在陆军学校学习时候的一位朋友。""那就去吧。"于是，宝力德找到已故女友的哥哥。二人进一家酒馆，叫了酒菜，开始喝酒。宝力德说："近子失去生命的那个地方叫诺门罕，是满洲国领土，苏联红军侵占后种下了许许多多祸根。"他还简单讲述了女友被炸死时的情景。女友的哥哥在酒桌上恸哭并擦脸道："近子已经向大日本帝国效忠，我作为亲人悲痛是肯定的，但也为她骄傲。"宝力德咬牙道："只要我活着就绝对不会与赤色分子共存！"女友的哥哥说："宝力德君回国后一定要多注意些自身安全。"宝力德已经有了七分醉意，嗓音颤抖道："我要从满洲国地盘上像衣服里找虱子一样把赤色分子一个一个地找出来，捻碎他们，我对不起近子……"女友的哥哥拍手叫来酒馆侍从说："宝力德君该回旅店休息啦。"一个侍从来到桌前，把宝力德扶起出屋。考察团在东京的参观活动基本结束了。旅馆房间内，巴德玛拉布坦有些不满地瞥了一眼巴彦公爷后，用他那一贯的缓慢语气说："巴彦公爷您可是找到了显示自己英雄气概的好机会啦。"巴彦公爷尴尬地从对方脸上转移视线道："我们东部蒙古地区原本就狭窄，可他们为什么还要条块分割呢？把土地草场分割成各个省份，这个理由到了今天也没有人给我解释，自从在王爷庙吃蛤蟆那一天开始，我一直在寻找答案。"巴德玛拉布坦笑道："听说你吃完了蛤蟆，回到浩特之后，立了好几次遗嘱，这是真的吗？"巴彦公爷说："那有什么好奇怪的，我只不过是怀疑日本人在大腿上注射了毒药呢。"巴德玛拉布坦环顾室内人员说："你到底还是没死嘛。我们蒙古人应该把目光放得远一些才好。我们已经感到了现今时刻已经进入了必须研究先进国家和民生进步经验的时代啦。"宝力德走过去，推开房间窗户说："公爷，您就往外看看吧，看看那些高楼大厦，多么漂亮雄奇啊。"巴彦公爷说："我现在没有兴致去欣赏那些景色。"

考察团结束参观回到大连港。傍晚时分，众人从停泊的邮轮上走下来时，巴德玛拉布坦说："时间过得真快，一个月不知不觉就过去啦。但愿我们蒙古人也有朝一日能够找到像日本人一样发展的康庄大道，走向辉煌。"宝力德说："既然日本人想真心真意地帮助咱们，那种日子大概不远啦。"巴德玛拉布坦说："故乡的空气都跟异国他乡不一样啊。"当巴彦公爷跟随众人走到船梯口之时，突然出现两个便衣警察架着他走出人群。宝力德跟随过去，跟警察交涉道："你们能给解释一下，为什么要抓捕巴彦公爷？"警察推开宝力德问："你是干什么的？"宝力德说："我是代表兴安局总裁巴德玛拉布坦上将来问此话。"警察骂道："混蛋。"宝力德依然克制自己说道："你们不说清楚缘由，休想抓走我的人。"警察说："好吧，我们在这儿等候你们考察团回国已经五天了，你回去禀告巴德玛拉布坦上将，这位被逮捕者私藏枪支弹药，已经严重触犯满洲国法令。"大连港夜空被数架探照灯照着，如同白昼。巴德玛拉布坦与众人站在广场上等待时，宝力德垂头丧气地走了过来。巴德玛拉布坦着急地询问道："问清楚了吗？为什么抓捕？"宝力德说："是宪兵队军警抓的，说是私藏枪支弹药。""那就麻烦大了，恐怕我们谁都没能力救他呀。"一辆汽车来到众人跟前。巴德玛拉布坦说："都上车吧，巴彦公爷的事情自有公断。"众人上车。三天后，奉天军事法庭审理巴彦公爷的案件。戴手铐的巴彦公爷坐在法官前面的被告席上。法官问："嫌犯姓名?"巴彦公爷说:"孛儿只斤家族后裔巴彦。""你知道自己为什么会待在此处吗?""这个问题应该由我来问你。"法官说:"把证人带进来。"两个警察将浑身是伤的达瓦喇嘛架进来。巴彦公爷见此情此景想从椅子上站起,但是被身后站着的警察死死地按住了肩膀。达瓦喇嘛勉强地说:"哥哥,我们完啦,你隐藏的枪支弹药已经被……"巴彦公爷突然醒悟过来,很坦然地问法官道:"你们要判我什么罪名?"法官说:"你先交代清楚自己是如何与外蒙古和苏联建立秘密联系的?"巴彦公爷说:"我跟他们没有丝毫的联系。"法官说:"如果没有,就拿出证据来。顺便交代清楚隐藏在家里的武器来源。"巴彦说:"我无法证明什么。关于武器是我用马匹与民国军队交换来的。"法官说:"根据我们所掌握的情报,事情没有那么简单。"巴彦公爷神情紧张起来,但还是勉强笑道:"看来我是身陷万劫不复的深渊啦。你们就把审讯记录和判决书写出来吧,我都签字画押。不过我请求,不要再虐待我弟弟。所有事情都是我一个人干的,我已经明白,所谓祸从口出指的就是这个呀。"说完,叹息着闭上眼睛。当法官示意时,下面的人将写好的判决书摆在巴彦公爷面前。巴彦公爷根本不去阅读,直接将名字签在上面。法官说:"你所犯下的罪行已经达到了诛灭九族的严重程度了,不过我们大日本帝国的法律一向是仁慈的,所以除了罪犯本人之外一概不予追究。"巴彦公爷说:"那就谢谢了。"法官说:"把罪犯押解到刑场。"几个日本士兵押解着巴彦公爷来到一处墙根下。一个警察想用黑布蒙住巴彦公爷的眼睛时,他拒绝了。日本兵朝他的胸部稀里糊涂开了两枪。多年后,巴彦公爷的事情在科尔沁腹地上,演变成各种版本的传奇故事,甚至有人说,他就义时喊了"成吉思汗万岁!"呢。实际上,巴彦公爷很早以前就引起王爷庙宪兵队的注意。可以说,安排他参加去日本参观的考察团,也是宪兵队蓄谋已久的勾当:兴安西省襄理公爷巴彦不仅抗拒奉献蒙古土地的号召，而且还与一支民国军队保持着秘密联系。趁目前巴彦已经离家去日本，迅速前往搜查！敞篷汽车及三轮摩托来到了巴彦的浩特外停下。当狗群吠叫时，军警射杀了其中一只。丧失同伴的狗群四处逃匿。军警们直接闯入蒙古包内。此时，达瓦喇嘛与女仆正在包房内调情。军警先把达瓦捆起来，开始在各个蒙古包内翻箱倒柜进行搜查。在供奉佛龛处进行搜查时，佛像坠落在地上四肢断裂。长明灯掉在地上，灯盏内的奶油洒了一地。军警们终于从右侧板床下发现了装在大木箱子内的枪支弹药。军警们互相示意之后纷纷走出。日本军警将缴获物资装上车，将达瓦喇嘛捆绑起来，载在三轮摩托车内离开。

巴彦被秘密枪决的第二天，宝力德来到巴德玛拉布坦公馆告别。他说："我是来向校长告别的。"巴德玛拉布坦问："你执意要回部队？"宝力德点头。巴德玛拉布坦说："你可以在兴安局继续工作，我向第九军管区司令员打个招呼就是。"宝力德说："我是愿意在校长身边工作，但是……""但是什么？不妨把想法说出来。""我是担心，如果老是这么待在办公室里翻资料，会与我在陆军学校学到的知识越来越拉开距离。"巴德玛拉布坦沉思片刻后说："男儿志向，志在千里啊。我不拦你，不过欣赏你的工作能力，想把你留在身边也是我的真心话。"宝力德向巴德玛拉布坦深深地鞠躬，退出时说："今生今世我会牢记恩师的教诲！"宝力德从巴德玛拉布坦公馆内走出，从侍从手里接过缰绳骑上马时，兴安局新任总裁亲自跟了出来叫住他。宝力德问："老师还有事？"巴德玛拉布坦微笑道："有，文明人离别前应该握握手。"宝力德走过去握住巴德玛拉布坦的手。

兴安军校教务长度棱，在夜间王爷庙街道小路上拐过几个弯道，来到一间板房前敲门，门被打开后他小心翼翼地左右观察。他走进板房后与一名共产国际代表拥抱，互相拍拍肩膀，问候。代表说：

"因为日本军队在诺门罕战争的失利，他们的进攻方略发生变化，放弃攻占苏联，指向中国内地了。目前你的任务是，以兴安军校为基地，培养更多的具有共产主义思想的蒙古族青年学生，让他们团结在自己周围，至于以后秘密活动方面，更需要严谨隐秘才行。"代表从怀里掏出一些文件交给他时，度棱说："兴安军校八个连的学生中都已经插进我们的秘密联络员，我们时刻等待起义的命令。"代表说："你们做得很好，可是起义并不是我们工作的目的，我们一定要以培养更多具有共产主义思想的青年为目的，将来把他们放到世界哪一个角落或哪一个军队里，他们都会按共产主义的原则生根发芽。这是斯大林同志给共产国际联盟的最新指示，你把文件内容记住后立刻烧毁。"度棱说："知道。"代表说："那就再见吧，同志。"度棱第二次与秘密代表见面是冰雪覆盖科尔沁大地的冬天，见面地点也是上次那间板房。代表说："已经解散了共产国际并停止了组织活动。从今往后，各个国家要根据自己的国情开展活动，其实涵盖全世界的统一活动效果和影响并不是很好。"度棱吃惊地问："为什么？"代表说："这是根据斯大林同志的意见做出的决议。为了有利于开展反法西斯运动，解散共产国际是必要的。"度棱说："那么关于我在这里的具体工作，到底怎么进行下去？"代表说："继续像以前那样秘密隐藏在日军内部，最好是与中国共产党取得联系。"度棱说："明白。"

兴安军官学校一间教室内，与满都呼低声谈话时，度棱说："我原本还以为，只要依靠蒙古民族上层阶级，就能挽救我们的民族。可是我忽略了我们的王公贵族一刻钟也没有忘却自己的利益。"满都呼问："我们还有其他出路吗？"度棱的双眼突然变得炯炯有神，说："只有千千万万的黎民百姓团结一致浴血奋战，才能走上光明大道。"满都呼问："黎民百姓？"度棱说："就是，黎民百姓。苏联和外蒙古都选择了这样的道路，我们也应该朝着这个方向走下去。"满都呼陷入了沉思。满都呼离开度棱，走出教室，来到学校大院里的酒馆外，观察三三两两地走进酒馆的学员们。满都呼终于等来已经预约好的十来个蒙古族学员，大伙聚在酒馆偏僻角落的一张桌上，神秘、庄严、激动地举行了一次特殊的歃血盟誓。"虽然学校有校规，不允许三人同行，不过我提议咱们八个人走出酒馆携手同行，故意做给他们看看。"满都呼说。"好吧，我们就共同品尝一下日本教官皮鞭的滋味。"大伙纷纷表示决心。醉意朦胧的满都呼摇晃着起身说："行，现在立刻行动。"酒兴甚浓的满都呼等八人在兴安军官学校院内牵手并排而行。一名日军教官与他们擦肩而过时，突然站住，训斥道："你们难道忘记了校规吗？"满都呼露出鄙夷表情，嘻嘻笑着问："什么校规？我们喝醉啦，记不起什么是校规。"日本教官愤怒异常地跺脚，但还是无可奈何地离开。满都呼等人似乎尝到了第一次硬气面对日本人获胜的喜庆，手牵手在校园内雪地上来回走着。最后，没人欣赏他们表演了，才走回各自的宿舍。第二天晚饭后，满都呼等歃血盟誓过的八人特意在清醒状态下，在教学楼走廊内互相勾肩搭背地走着。突然出现全副武装士兵逮捕时，他们还是跟昨天喝醉故意惹事的状态一样，面对逮捕者坦荡无忌地说笑着。他们被赶到学校操场雪地上，开始遭受日本教官领头的武装逮捕者们的残酷惩罚。鞭打、脚踢，扇耳光像雨点般落在满都呼等人身上，但他们却不停地、无畏地笑着。度棱走到操场上众人中间，向行刑者质问道："他们犯了什么错误？"日本教官说："他们八个人破坏了三个以上的人不允许成帮结队一起走的校规。"度棱问："还有？"日本教官说："无视教官权威，在惩罚过程中依然说笑不已。"度棱一把夺过日本教官手中鞭子，朝着满都呼等八人劈头盖脸地抽打一阵后，喊口令道："全体——立正！"满都呼等八个学生，收起嬉皮笑脸立正。度棱向教官敬礼，郑重道歉道："这些都是我的学生，还是由我来惩戒他们吧。"日本教官还礼，看着学生们说："所有人听清楚了，如有再犯校规者，决不轻饶。"度棱喊道："一列纵队，方向——教务长办公室，齐步走。"违规学生跟着教务长离去时，日本教官兀自嘟哝道："这些野蛮蒙古人全都疯啦。"走进教务长办公室，满都呼等八人一身鲜血污垢地站立在办公桌前。度棱问："究竟发生了什么事情？"满都呼说："我们故意并肩行走，是为了品尝一下日本教官皮鞭的滋味。不是说黎民百姓要精诚团结吗？"度棱嘴角露出难以察觉的笑容，问："没有发生其他事情吧？"学员们齐声回答道："没有其他事情。"教务长的脸色突然变得阴沉起来："就这样明目张胆地做日本人眼中钉、肉中刺吗？你们脑袋里是不是装满了牛粪啊？赶紧去医务室包扎伤口，然后解散。"满都呼等勇气顿失，悄无声息地从教务长办公室鱼贯而出。

格日勒表姐神神秘秘地把其木格叫去，躲藏在院内厢房东侧一堆废物品后面说："我现在就去萨满师父那儿，可能回来得晚些，也许过几天才能回来。"其木格说："那就我陪你一起去吧，反正我也很想去王爷庙街上溜达。"格日勒表姐说："不必。"其木格扫兴地说："不就是学萨满舞蹈嘛，有必要待那么长时间？"格日勒表姐腋下夹着个扁包裹，像狐狸一样轻巧地跳过篱笆，边走边说："我要走了。"吃晚饭时，母亲对其木格说："去叫格日勒吧，她连饭都忘了吃啦？"其木格用万分委屈的语调说："她又去她师父那儿了。"母亲叹息道："咱们家吃饭的人是越来越少啦。"当格日勒表姐站在王爷庙兴安军官学校围墙外面左右观察来回穿梭的学员们时，满都呼从校园大门走了出来就问："你又来做什么？""我为你缝制一件皮坎肩，你试试。""我上次不是说过不要再给我带什么东西，你怎么听不懂人话了。"格日勒表姐依然不在乎满都呼的指责，把小包裹塞进他手里，说："我们是不是该把旧房子修好？"满都呼问："什么旧房子？"格日勒表姐目光中透出疑惑神色道："你已经把咱们俩生活过的旧房子忘记了？"满都呼说："已经忘记了。"格日勒表姐眯起眼睛用陌生的眼神凝视着对方，沉默不语了。"你回去吧，不要再来找我。"满都呼说完，把小包裹扔给格日勒表姐，转身径直走进军校大门。满都呼回宿舍，到窗前向外眺望时，站在学校大院门外的格日勒表姐刚刚小跑离去。有位同学来到满都呼身边拍他肩膀淫亵地笑道："那个姑娘已经来找你好几次啦。是不是因为肚子被你搞大了？"满都呼一言不发，抡起拳头把对方击倒在地。对方挣扎着起身，吐一口带血丝的唾沫冲向满都呼，却被其他同学劝阻。满都呼拿起帽子踹开房门，走出宿舍。

　　格日勒表姐离开兴安军校之后，在不断飘落的鹅毛大雪中犹犹豫豫地绕了几个巷道，来到萨满师父门前轻轻敲门。她被满都呼不近人情的话语深深刺伤，感到心灰意冷。可以说，自从满都呼离开嘎查去上学以来，这些年的期盼与梦想已经彻底破灭。心中一直怒放着的那一朵鲜艳花瓣彻底凋谢。在她面前，能够随时随刻双手捧住凋谢的花瓣，并爱不释手的亲吻者就剩下一个萨满师父了。门被打开，她走了进去，站在屋子中央发呆。已经步入不惑之年的萨满师父为她拍打身上的落雪，并很关切地问："见到你弟弟了吗？"格日勒表姐缓缓摇头。萨满师父说："坐下吧，愣着干什么？"格日勒表姐突然抽泣道："师父，请您将刚才依附在我身上的魂灵赶走吧！"萨满师父问："那魂灵是如何流窜在你身体里的？"格日勒表姐恸哭道："白昼里缠绕在脑海里的杂念整夜地折磨着，师父救救我。"萨满师父开始穿戴行头说："啊，知道啦。"当萨满师父开始为格日勒表姐驱邪作法时，满都呼已经站在萨满师父家门外了。从屋内不断传出萨满击鼓之声。满都呼伸向门板的手，似乎被一种突然而至的思绪阻止了。不被文明人类看好的姐弟恋情魔咒，像个灰色圈圈，围绕着他旋转，他不得不强行把情感的所有门窗全部关闭。灰色圈圈似乎彻底被他拒绝，幻化成实心黑色球体重重地砸在地上，穿透地表层不见了。他也变成了铁石心肠、金刚不坏之躯体。只有这样他才能安下心，才能抬起头做人。他把手从门把缩回。风势渐强，狂雪飞舞，屋外人已经无法站立。鼓声渐渐弱去，屋内灯光熄灭。满都呼毅然决然地转身离去。

满洲国皇帝溥仪亲自来到王爷庙军官学校视察大概是一九四三年八月间。那天皇帝陛下戴黑色墨镜向人群以及仪仗队挥挥手，缓缓来到大阳伞下，站在台前讲道："我为看到满洲国军队的一支强有力的候补队伍而感到无比地高兴。不久的将来，会有许多战斗英雄从这里脱颖而出，投入到为大东亚共荣而奋战者行列中去，还有一部分拔尖儿精英被天下无敌的大日本帝国关东军所吸纳，对此我深信不疑。"众人不停地鼓掌欢呼。仪仗队重新开始奏乐，皇帝溥仪、关东军顾问、巴德玛拉布坦总裁、葛根庙活佛（当时，我是活佛随从）等在人们的欢呼声中离开大阳伞，朝兴安军校北侧小山包走去时，许多便衣保安人员，把人群驱散开，留出一条人墙通道。皇帝溥仪、巴德玛拉布坦总裁以及关东军顾问等人缓缓来到小山包顶上观礼台时，小山丘脚下已经准备好的军事表演立刻开始。在山脚下，列方阵围观的全体师生一律穿戴新制服、鞋、帽和白色手套，军事表演的学生各连队全副武装，开始表演，步兵厮杀、剑术等军事表演完毕，最后一项精彩表演——满都呼参加的骑兵队列出现，这也是此次军事表演的亮点。宽阔的军事表演场上，十六人为一组的六组表演小队，各队之间间隔距离为十来米，变幻莫测的品字形队列，队员们在指挥官号令下，动作一致地举起军刀，坐骑和骑者的配合相当默契。从观礼台观看这场面的皇帝溥仪等上层人物们，纷纷赞叹叫好。关东军顾问带头鼓掌说："不错，军事表演很精彩。"皇帝溥仪感叹道："我似乎看到了伟大的成吉思汗军魂。"关东军顾问说："皇帝陛下正说到点子上啦，成吉思汗军魂跟大日本帝国武士道精神一样，源远流长。"巴德玛拉布坦总裁说："希望顾问先生今后大力扶持兴安军校，让更多蒙古族学员精英有机会在关东军部队中得到更好的锻炼。"顾问频频点头："那当然，请巴德玛拉布坦总裁放心。"

　　日本关东军指挥部开会重新研究蒙古问题时，有人说道："蒙古族上层人士已经不止一次提出建立成吉思汗庙的要求了，我们怎么回复他们？"这时，有一位高级军官说："兴安各省不断出现蒙古人杀害日本人的事情，其中最主要原因是，蒙古人还没皈依我们的日照大神所致，应该尽快想办法让蒙古人接受我们的神，并取消兴安省这'国中国'之势，只要有了共同崇拜的神祇一切都好办，我们不应该答应他们建成吉思汗庙的要求。"这时又有人提问："可是蒙古人已经先提出要求了，要是不答应要求，反而叫他们接受我们的神，这恐怕是一时不能轻易办到的事情吧。"这时，一帮年轻日本军官闯进会场表示，坚决不同意建成吉思汗庙。会议主持呵斥年轻军官们退出会场，并作总结说："我们先答应让他们建成吉思汗庙，但是日照大神是满洲国皇帝应允崇拜的至高无上之神，是我们大日本帝国最伟大的神，是一定要供奉的。至于日照大神和成吉思汗的排位问题，为了避免矛盾和纠纷，可以暂且回避不提。"关东军特使把准许建立成吉思汗庙以及提供建筑专家和有限物资援助的消息，送到兴安局巴德玛拉布坦总裁那里。于是蒙古族各界人士上上下下一片欢喜，口口声声称赞日本人，并发出向各界蒙古人筹资的通知。葛根庙活佛下旨，献出了那一年所有的农田收入三万元，所占比例是所有王公贵族以及宗教人士捐献的五分之一。

　　挂在竖起的两根木桩之间，天蓝色横幅上用日、蒙两种文字书写着"成吉思汗庙破土动工仪式"字样。时节已到日本人允许建成吉思汗庙的第二年早春，乍暖还寒，万物正在复苏。日本关东军代表、满疆政权代表、兴安局巴德玛拉布坦总裁以及葛根庙活佛等各界代表站在横幅下，面对前来观看的满山遍野蒙古族群众。驻扎在王爷庙的满洲国警察和日本宪兵，倾巢出动，在维持秩序。仪式主持手里拿着纸张，在瑟瑟寒风下，念道："下面，资金系系长那莫斯莱扎布向大家公布，建立成吉思汗庙的资金来源。"系长那莫斯莱扎布手里拿着账本来到主持旁边，清清嗓子开始念道："凡居住在满洲国境内的蒙古人每人捐款五角，共计五十万元；王公贵族以及宗教人士捐献十五万元；东蒙古地区官员、职工、学生等捐献十五万元；蒙疆政府德王派人送来捐款五万元；财团法人蒙民厚生捐款十五万……"从山顶一直排到山脚下的蒙古族群众纷纷膜拜下跪。仪式主持说："接着关东军代表讲话，大家欢迎，鼓掌。"只在横幅下有稀稀拉拉的鼓掌声。关东军代表用流利的蒙古语讲道："众所周知，满洲国皇帝已经下诏书，东渡日本迎奉日本大帝国的'日照大神'为国神，在满洲国各省建立靖国神社。可这里蒙古人民就要奉建祖先庙，关东军司令部认为这两件大事不会发生抵触，毕竟'日照大神'是满洲国皇帝供奉的国神嘛……"正在膜拜的蒙古族群众纷纷站起，山坡上人流开始涌动。有了开始骚动的迹象，警察和宪兵选择高地架起机关枪，瞄准人群。巴德玛拉布坦总裁看着眼前一触即发的群众暴乱，大声喊道："我的蒙古同胞们，请你们要克制住自己，一定要冷静。关于成吉思汗庙和靖国神社的排列问题我们会妥善解决的，请大家相信我。"王爷庙特务机关长靠近巴德玛拉布坦身边悄悄说道："还是尽快让关东军代表离开这里吧。"巴德玛拉布坦点头应允。特务机关长对身边的便衣军警说："一定要保护好关东军代表的生命安全。"人群里传开"圣主英灵！圣主英灵！"的声音节拍，逐渐变得震耳欲聋。关东军代表在军警护送下，灰溜溜地走下山顶。这是我目睹过的最惊心动魄的场面。此刻，一片混乱中我伸手抓住，站在天蓝色横幅下瑟瑟发抖的活佛那冰凉的手，穿过人群，朝山脚深一脚浅一脚地跑了下去。

第二十一章
父亲的噩耗

　　森林中毗邻的两座木板房周围，有三十几名身着各色服装的武装人员和几个身穿八路军军装的士兵徘徊，其中包括诺尔布。自从离开兴安军后，他参加了这支八路军游击小分队，一直在东蒙地区搞偷袭日本人的零星活动。小分队队长说："上级把消灭伪满洲国第九军区司令甘珠扎布下属一个骑兵连的任务交给了我们支队。那个骑兵连连长叫赫希格。他已经成为我党在兴安西省开展活动的重大阻力。"诺尔布说："我认识赫希格。要消灭他的连队，不是一件容易事情。赫希格作战经验丰富，而且他率领的是携带从马的骑兵连，所以机动性非常强。"小分队队长说："所以上级在给我们下达命令时，要求与国民党军队取得联系，并同他们联合作战。""国民党军队难以信赖。"有个战士提出异议。政委说："在共产党和国民党建立统一战线共同抗日期间，除了那些死心塌地的汉奸走狗之外，都应该精诚团结，密切合作。"这时，侦察兵进来向小分队队长报告，他们痛恨不已的满洲国第九军区赫希格骑兵连进入山北面汉、蒙古人混住小村落，准备过夜的可靠消息。八路军小分队傍晚时分来到赫希格骑兵连准备过夜的村庄附近的山林里隐蔽。侦察员说："村庄里有敌军骑兵差不多是一个连的兵力。""我们人员少，最好不要惊动他们。要尽快找到国军骑兵部队，跟他们携起手来对付这帮狗娘养的。"政委说。诺尔布惋惜道："进到嘴里的一块肉，不亲自嚼一嚼，太可惜了。"政委问："诺尔布同志的意思是？"诺尔布说："我们有八匹战马，足够搅和他们一宿，死死缠住他们，不让他们睡好觉。"小分队队长想了想说："我同意诺尔布同志的意见，可以试一试，但不许开枪以免伤着无辜老百姓，要黎明前归队。""是，队长和政委放心。"诺尔布和另外七名战士骑马离去后，政委朝侦察员说："你能找到国民党骑兵现在的住址吗？"侦察员点头道："能。""好，那就立刻打扮成农夫前去找他们，一定要清楚地告诉他们，满洲国赫希格骑兵连现在的位置。"

在一家农户炕上，赫希格、础鲁等准备睡觉。胖子占布拉脱掉上衣，光着肩膀在油灯下抓虱子。按照胖子占布拉的无礼要求，把炕腾出来的农户一家五口人挤在地上铺秸秆的西北侧角落里，瑟瑟发抖。胖子占布拉说："佛造人的时候为什么让他身上还生虱子呢？真是奇怪。"础鲁说："不只是人，连牲口都有虱子，这有什么奇怪的，真是岂有此理。"胖子占布拉不把础鲁的反驳当回事，朝角落里一家人说："你们家里谁的指甲长？过来给我挠挠后背。"五口人低声商量、推搡，终于农妇来到占布拉背后。胖子占布拉回头看着妇女说："不，不。你回去，叫那个男孩子过来。"男孩子不肯过去为占布拉挠痒，他的父亲打他一巴掌，孩子这才唯唯诺诺走过去，爬上炕，跪在占布拉背后，为他挠痒。胖子占布拉惬意了，嘴里不断地哼哼哈哈叫着。赫希格朝农户家人说："今夜不许熄灯，你们听到没？"农夫说："听到了，长官。"从外边传过来马蹄声。赫希格迅速下炕，抽出剑，走出屋去。外边有枪声，础鲁也跟着赫希格出屋，胖子占布拉从衣兜掏出一块糖奖赏给男孩子，并让他回角落里，开始慢慢腾腾地穿衣服。赫希格和础鲁跑到农户大门口时，那几个来路不明的骑者未开一枪就急速穿过村庄中心街道，月光下留了飘飞的尘土往西奔了过去，不见了。这时，受惊吓的骑兵连战士从四处来到村子中心大道上，列队集合完毕。赫希格抬头看了看天空中明月嘟囔道："难道他们只是些过路人？"他想了想说："解散。"赫希格等再次上炕刚要躺下，外面马蹄声和哨兵枪声再次传来。础鲁出屋打探，赫希格与胖子占布拉却没起来。胖子占布拉用棉袍包住脑袋说："这一宿真是活见鬼了。"不一会儿，础鲁回屋说："又是十来个骑者从村东往西经过。"赫希格感到厌烦，问础鲁："有酒吗？""想喝就找呗。"础鲁说。赫希格朝农夫问："你们家箱子底有瓶子里装的辣东西吗？"农夫说："没有啊，长官，我活到四十岁，至今从没尝过那玩意儿是什么味道。"赫希格说："础鲁，你出去弄一瓶来吧，我睡不了了。"础鲁出屋后并没有去找酒。他和一名岗哨士兵一起躲在村子中心路段附近一户篱笆后面，手里拿着套绳在等待骚扰者。"他们还会来吗？我困得都受不了了，不知这伙该死的骚扰者想干什么。"那名战士嘟哝着靠篱笆坐下。础鲁说："嗨，警惕点，估计那帮人很可能还回来的。"果然马蹄声再次从东边隐约传来，不一会儿骚扰者们靠近篱笆的小路冲了过去，础鲁和伙伴扔出套索套住最后一名骑者，连人带马一起留了下来，其余人丢下一个伙计，毫无察觉地奔了过去。赫希格坐在炕上等待酒时，础鲁和岗哨一起把套住的骚扰者押进来说："酒没找到，却抓到这么个货色，赫希格你不介意就喝他血吧。""怎么抓到的？""用套绳呗。"胖子占布拉气汹汹地掀开脑袋上的棉袍，拿起枕头边的剑，咬牙切齿地下炕，对被捆绑的骚扰者说："夜晚不让人家睡觉，你肯定活腻歪了。"赫希格朝俘虏问："你们都是些什么人？说吧。"俘虏还没来得及答话就被胖子占布拉一刀砍死。房间角落里的农户家人受惊吓互相抱成一团，一位小姑娘惊叫，农妇捂住她的嘴，制止她出声。础鲁惋惜地嘟囔道："真是的，要杀就应该拉出去在外边杀嘛。这满屋子血腥味儿，怎么睡啊。"赫希格无可奈何地叹息，并挥手道："嗨呀，算了，算了。杀也杀了，说什么也晚了，快把尸体弄出去吧。"础鲁和岗哨士兵把尸体拉出屋去。胖子占布拉擦掉剑上的血迹装入鞘内，努劲哼声地爬上炕，躺下。

诺尔布等八路军游击分队骑者们连续几次迂回穿越村庄后，来到村北山林草丛中摸黑歇息，马匹都已经很累。黎明时，诺尔布醒过来招呼其他人。"赶紧都起来，去找部队。"他数一数人员，奇怪道："哎，怎么少了个人？""索达不见了，他去哪儿了呢？"有人说。大伙儿揉揉眼睛，迷迷瞪瞪瞅周围。游击队战士们林中来回穿梭招呼："索达，索达。"诺尔布下命令道："回来，都别喊了。赶紧离开这里找部队去。"当诺尔布等人乘骑来到山林边缘时发现：不远处结冰的小河边，国民党骑兵正在与满洲国骑兵交火。四个月前，额尔德尼用锛子捅伤嫂子后，投奔的就是这支国民党骑兵部队。交战双方经过短暂较量后，身着国民党军服的额尔德尼与十几个骑兵一同沿着河岸逃窜。赫希格、胖子占布拉和础鲁等挥舞战刀乘胜追击。在远处出现了一座田间窝棚，额尔德尼一伙向窝棚逃去。就这时，诺尔布等七个人奔到窝棚后面，下马卧倒准备狙击。额尔德尼等还没逃到窝棚前时，被赫希格等人追上，双方开始厮杀。额尔德尼独自冲出包围圈，逃往窝棚。诺尔布等人从窝棚后面朝赫希格他们开始射击。胖子占布拉跟随赫希格的同时，声嘶力竭地喊叫道："赫希格，不要再追击啦，那边隐藏着敌兵！"赫希格伏在马背上，纵马越过低矮窝棚上空，将额尔德尼砍下马来。胖子占布拉和础鲁等也赶来将隐藏在窝棚后面的八路军游击队员砍倒两个，其余几个缴械投降。受伤的诺尔布从窝棚后面摇晃着起身，抓住战马缰绳，抛下他人独自逃逸。像疯狗一样双眼充血的赫希格，朝已经举手投降的敌军士兵乱砍乱杀。础鲁和胖子占布拉合力夺下他的战刀，勉强把他拉下马。胖子占布拉倒骑在赫希格身上，悲伤地劝道："我们不能继续杀人啦，太没道理啦，这种战争我是打够啦！打够啦！"础鲁走过来将胖子占布拉拉起来。赫希格像是被疯狗咬了正在狂病发作，面部可怕地扭曲着，抽搐的身体只能在他人搀扶下才能勉强站立。

格日勒表姐的萨满师父来到我家，跟母亲说："格日勒让我来取走她的东西。"母亲问："格日勒现在在哪里？"他说："她一直住在我家。"母亲叹息道："我们不曾亏待过她呀。"他说："格日勒以后肯定会来看望你们的。"母亲协助其木格，包扎格日勒表姐的衣物和其他用品。萨满把格日勒表姐的包裹和箱子装上马车，匆匆离去。母亲和其木格送客还没来得及回屋时，础鲁用战马驮着赫希格来到家门前。其木格看到被绑缚瘫软在马背上的赫希格之后，为了不喊叫出声音捂住了嘴巴。母亲靠着篱笆发呆。础鲁将自己的战马留在拴马桩上，牵着赫希格的马走进大院，欲把赫希格扶下马背时说："你们倒是快过来帮忙啊。"母亲和其木格，谁也没有反应。础鲁问："你们这是怎么啦？"其木格哽咽着，慢慢开始抽泣起来。础鲁道："赫希格还活着呢，快过来帮忙。"母亲和其木格终于清醒过来，擦掉眼泪，协助础鲁，把赫希格搀扶进屋。其木格正在为躺在炕上的赫希格擦洗脸上污垢时，础鲁说："我走啦，路上差点没累死，得回家去好好睡一觉。"础鲁走时与跟跟跄跄跑过来的波尔玛碰面。"别心急火燎的，你的那位呀，还活着呢。"础鲁说笑着离开。当波尔玛闯进里屋，站在似乎沉沉昏睡的赫希格面前战栗时，母亲将她强行推出里屋，继续往后推，直至把她推到院门外。之后母亲关闭院子大门。波尔玛只好一步一回头地走向自家。赫希格躺在炕上，足足沉睡一天一夜还未醒过来。恩和和其木格、托娅三人坐在旁边注视着他憔悴的脸庞。母亲站在地中央用头巾不断擦拭泪水。赫希格的面色惨白依旧，毫无变化。就这天傍晚前，跟父亲一起去服役的人们陆续回来了。最后走过来的两个人将行囊放置在公房前雪地上休息片刻。一个对另一个说："总算是活着回嘎查啦，你在路过时，把陶高去世的消息告诉他老婆子楠杰吧。"受委托者反复叹息道："哎，如果是个好消息的话……"委托者说："好吧，如果你觉得不方便就算了，待一会儿我去。"受委托者说："不方便又能怎么样，还是路过他家时，说了吧，反正我还得把东西送去。"二人拿了各自行囊道别而行。其实，受委托告知父亲噩耗者来到我家门前的半时辰前，赫希格已经醒过来了。他盖着被子安安静静地卧在炕上。其木格端来一碗冒着热气的水放在他的枕头边。恩和、托娅坐在他身边摆弄着他的手指。母亲瞅着恩和、托娅说："早晨有一只喜鹊落在树上叫了半天，可能是你们爷爷要回来啦。"其木格说："如果爸爸回来了，还是把哥哥送到王爷庙去看病吧。"这时，从窗户向外注视的母亲，匆忙溜下炕朝外走去。当母亲站在院外面等候时，那位受委托者身背行囊，眼睛盯着鞋尖，走了过来。他的嘴唇颤抖着，但是在母亲面前像是做错事的小孩子，久久说不出话。母亲问："我家老头子呢？"受委托者摇头。母亲再次问："他没跟你们一起回来？"受委托者这才慢吞吞地开口说话："陶高大叔已经升天啦！"母亲后退一步，靠在篱笆上，似乎事不关己，异常平静地问道："他的遗体在哪儿？"受委托者说："我们去服役的地方离这儿很远很远。"母亲嘟囔道："就这样完了？应该想办法把人请回家来才是。"受委托者摇头道："已经和众多去世的人埋葬在一起了。我受他老人家生前委托，带回来小包裹东西，其余的没拿。对步行的人，路实在是太远了，婶子。"受委托者把东西交给母亲后，哈腰重新背起行囊离开。母亲眺望远方很久之后，手里拿着小包吃力地拖着双腿向屋走去。

其木格把赫希格的头抬起，用勺子给他喂水。恩和端着水碗，站在旁边。母亲走进屋子时托娅迎过去抓住她手里小包裹不放。其木格扶着让赫希格重新躺下，为他擦去嘴唇上的水渍。母亲把小包裹悄悄放在托娅够不着的地方，转过身来看赫希格。犹豫片刻后，母亲走到火盆前，从炭火里取出黢黑的一颗土豆，又回到炕沿上坐下。每年到了冬季，母亲的左脚后跟皴裂，害得她走路时疼痛难忍。她脱掉左脚上的鞋和补丁层层的布袜子，把烤熟的土豆掰开，开始在脚后跟皴裂处涂抹土豆泥。做好了脚后跟的保养，母亲重新把鞋袜穿上，从炕沿艰难起身，疑虑重重的眼神看着赫希格消瘦蜡黄的脸。她欲言还休，包上头巾走出屋子。母亲孤独彷徨在清冽晚风中，在院子篱笆周围走来走去。她走近波尔玛家附近之后又返回自家门前。母亲在外面犹豫踌躇很长时间，三星西斜昭示夜深了。她终于下定决心，走进了波尔玛家院子。当波尔玛油灯下直起腰刚要收起针线包，准备睡觉时，母亲走了进来。波尔玛诧异地光脚下地，请母亲上炕坐。"波尔玛，请你原谅我！"母亲迟疑地站着。波尔玛慌乱地问："赫希格怎么样了？"母亲很平淡地说："赫希格没事，是我们家老爷子去服役，结果却把命丢在他乡。"波尔玛似有了瞬间平缓，但还是装出悲痛表情问："什么时候得到的噩耗？"母亲说："是傍晚前，我现在应该怎么办？""大婶！""波尔玛，婶子现在什么也做不成啦，我们家栋梁断了呀！""大婶。"二人突然间撕开虚假客套屏障，相拥而哭。波尔玛把母亲从家里送出来时，外面午夜寒风呼号，大雪纷飞。波尔玛家里的灯已经熄灭了。两个女人相互搀扶着趔趄前行，朝我家走过去。在嫂子含恨留下的房间里，波尔玛和恩和、托娅坐在赫希格身边。赫希格微睁双眼握着波尔玛的手，默默无语地躺着。恩和、托娅被夹在二人中间不时地吸溜着鼻涕。在堂屋母亲从箱子里取出崭新的袍子放在身旁，然后像魂魄一样轻飘飘地移动到佛龛前为长明灯添油之后双手合十，并开始祷告。其木格站在母亲后面，不解地望着她的所作所为，费解地问："妈，黑灯瞎火的，您拿出新袍子做什么？""我就要随着你爸去啦。"母亲嘟囔道。其木格依旧没听明白母亲的意思，傻呵呵地说："就算是去看望爸爸，也不能赶夜路吧。哥哥已经有了些气力，能自己坐起来吃饭啦。等过几天他的病好了以后，让他去不是更好吗？"母亲说："我要歪一会儿，你也回去睡觉吧。"当其木格要回自己房间时，母亲把她叫住，朝嫂子的房间指了指，悄悄说："今晚不要进去打扰他们四个。"

　　八路军游击小分队被赫希格骑兵连打散后，诺尔布由着坐骑信马由缰地越过雪原来到巴颜公爷的浩特。男仆跟在狗群后面，拿着木棍迎面奔来。男仆抓紧木棍，好奇地谨慎地绕着这个衣着褴褛的八路汉子骑的马匹时，诺尔布说："我受伤了。""原来是蒙古人？"男仆这才放松了警惕。"是，我是蒙古人。""这就好。"男仆从诺尔布手里接过笼头、缰绳牵着马匹走向浩特马桩跟前。诺尔布被男仆搀扶着进奴仆蒙古包后，躺在西面床上。女仆其其格为其清理伤口。男仆走过去坐在北面主人位置上，手里揉搓着鼻烟壶伸长脖子观察伤情。女仆一边清理伤口一边嘟囔着："砍得也太狠了，左胳膊上的肌肉几乎一半被削掉了。"男仆吸鼻烟打了个响亮喷嚏，朝着诺尔布说："这就是战争啊，在战场上如果谁的手软，那也只能把自己的命搭上啦，是这么个理儿吧？"诺尔布点头。这时达瓦喇嘛清清嗓子，走进蒙古包。男仆匆忙起身回话道："这个人带着伤来到咱们浩特，所以我就把他领回包里来啦。"达瓦喇嘛直视诺尔布问："你是哪儿的人？""是打日本人的八路军，我叫诺尔布。"达瓦喇嘛说："既然如此，就不用待在这里了，等给您料理完伤口就去上房喝茶歇息吧。"诺尔布说："这里就很好啦。"这时，其其格已经把伤口处理完，帮他穿上了衣裳。"那怎么行？"达瓦喇嘛说着，自己动手搀扶诺尔布走出仆人包房。留下的两个奴仆交换着不解目光后，也跟了出来。既然捡回来的人是受尊敬的上房客人，那他的坐骑也得受特殊待遇才是。松堆牵战马进棚子，其其格抱着柴火朝上房走过去，二人显得异常忙碌。诺尔布和达瓦喇嘛坐在所谓上房大毡包内谈话，其其格走进来往炉灶内添柴。达瓦喇嘛说："我哥哥巴彦公爷被日本人杀死了，我发誓，一定要用日本人的头颅祭奠去世的兄长英灵。"诺尔布说："日本人不仅仅是吞并了整个东蒙，同时还侵占了中国东北地区。他们对蒙古族和汉族人民犯下了不可饶恕的罪行。"达瓦喇嘛说："汉族人的事情跟我没有关系，我只是想为我兄长报仇雪恨。你们八路军如果真是打日本人的军队，我将把哥哥留下的全部财产捐献给你们。"诺尔布说："我们不要你哥哥的财产，不过我们打日本人是肯定的。"其其格将奶食品摆放在桌子上时，诺尔布吃劲地挪动身子朝她说道："您也坐下吧。"其其格摇头谢绝。达瓦喇嘛说："她可不能坐在这座蒙古包里的上座，因为她只是个用人。"

赫希格昏迷不醒地被础鲁送回家的第二天傍晚，出来关闭院门的其木格与站在外面的诺尔布不期而遇。诺尔布从柴堆后边黑暗里低声招呼道："其木格。""你是谁？""是我，诺尔布。"其木格开门走出，来到柴堆旁时，诺尔布把她紧紧抱住。两个人在呼啸的风雪之中相拥而立。其木格说："赫希格哥哥因为患病，从部队回到了家里。"诺尔布说："我不能见他，我和他已经是敌人啦。""为什么？""赫希格杀死了我们很多同志，如果在战场上遇见他，我决不放过他。"其木格试图将诺尔布推离自身，可诺尔布把她抱得更紧了。诺尔布说："千万不能告诉你哥哥我在嘎查里，懂了吗？"其木格问："到底是为什么呀？"诺尔布说："你先别问为什么之类了，我以后会告诉你，不过，这次我的确就是来看你的。"其木格在这突如其来的爱情和亲情较量中毅然决然地选择了后者，恩怨分明地挣脱诺尔布的手，跑回屋去。可是依我看来，诺尔布没撒谎。他的确是来看其木格的。但他也在寻找他失散的队伍。要不他不可能在达瓦喇嘛冬营地上只住了一宿就忍着伤痛回到嘎查里。

托娅和恩和已经在赫希格身边睡着了。波尔玛坐在一旁注视着父子三人，心里洋溢着说不出的愉悦。其木格送走诺尔布后，鬼鬼祟祟地从外面进来，靠近波尔玛低声耳语道："妈妈不知是怎么回事，突然对我说要跟着爸爸一起走。""陶高大叔已经升天啦，难道你还不知道吗？"波尔玛瞪大了眼睛说。"爸，不可能！"其木格张开嘴发傻。似乎沉睡中的赫希格突然睁开眼睛，发出勉强被人听得见的声音嘱托道："明天给满都呼和楚格拉捎口信，叫他们回来。其木格你今晚要守着母亲，一步也不要离开。明白啦？"其木格清醒过来，频频点头，并问道："是从哪儿传来的消息，是不是假的？"波尔玛说："跟陶高大叔一起去服役的人都回来了。"是啊，连恩和、托娅都已经知道了的事情，她却忙里忙外一直被蒙在鼓里。她边伤心哭泣，边毫无目的愤愤不平地悲伤、生气。其木格走进牲口棚，把赫希格的战马牵出，哭哭啼啼地骑上，离开嘎查而去。她经过榆树林，来到我们葛根庙门口下马，敲寺门。寺门被打开，出来一个和尚。和尚朝她双手合十道："施主为何夜间敲门？""师父给我叫一下楚格拉吧，我是他的姐姐有急事找他。""那不行，活佛不准许僧人夜间出寺门。""那就请您告诉楚格拉，他父亲去世了，让他明天一定要回家一趟。""可以，可以。"寺门被关上。其木格上马离去。看寺门师父凌晨才把父亲去世的消息告诉我。其木格离开葛根庙后，连夜赶往王爷庙，去找满都呼去了。也许其木格急迫地感觉到家里除了她以外，没有第二个人会承担起传递消息的责任吧。所以她突然变得如此无畏，如此老练。寒风呼啸不绝于耳，风的呼啸声中混杂着狼群嚎叫，不远处还鬼火闪烁、分解，再闪烁、再分解。

她知道，所骑的坐骑是天下最好的战马，是跟它的主人一样久经沙场，是走惯了夜路陷阱并具有人的思维能力的智者。路途中柞树丛延绵不断，也就是说，树枝和树叶摩擦出的沙沙声一路给她壮胆。离开葛根庙顶着烈风赶路时她在短暂时间内哭泣过，但，流下几滴眼泪后，担心把脸冻着，所以勉强抑制住哭泣，不再想父亲的客死他乡，只想着赶紧把满都呼找回来这一件事情。战马踏上斜坡时，眼前出现了夏夜萤火虫一般几颗绿色飘浮不定的光点。她收住缰绳，往十几步距离的林间黑暗处睁大眼睛观察。直觉告诉她，前边至少有三条狼在堵截去路。她低下头，把脸贴在战马脖子上嘟哝道："马啊，马。就看你的了！"其木格稍稍松开缰绳就站稳马镫，挥手用马鞭朝战马肥臀抽打两下，战马飞速向山坡冲了过去。林间那几颗绿色光点像拉长的橡皮筋一样瞬间抻开，又缩成绿光点在左右两侧跳动。她抱住鞍鞒回头看那瞬间，一股黑影带着两个绿光点正在跃起，粘连在马尾巴上，像水里游动的硕大无比的大鲇鱼一般左右晃动。马匹被后面重物拖住，停顿了一下，马鞍失去平衡往前倾斜三十度角，其木格险些从马背摔下，她左手抓着缰绳，右手抓住右后边梢绳，勉强保持身体平衡。战马臀部跃起，肌肉强劲的两个后腿同时腾空、伸长。粘连在马尾巴上的黑影受到马蹄重创，像被撇去的皮张一样飘到半空，又渐渐坠落。战马嘶叫一声，继续往山坡下飞奔，等爬到山顶时，从后面追击的绿色光点都不见了。其木格恍惚迷离、魂不守舍间，参与了一场马匹与狼群的精彩搏斗，不知不觉间却看到了远处王爷庙镇隐隐约约的灯光。其木格终于骑着战马缓缓走在王爷庙街上了。两个醉酒醺醺的日本浪人迎面过来拦住，往她脸上照手电筒，并扯着嗓子喊道："下马，要搜查。"她欲改去向时，一个浪人冲前把缰绳夺去，另一个把她从马背拉下，开始嬉皮笑脸地做出猥亵动作。其木格挣扎着叫喊时，浪人用手把她的嘴给堵住，开始解开她衣服扣，肆无忌惮地摸她乳房。这时，从街角黑暗处奔过来一位骑者，用马鞭狠狠地敲打两个浪人的头部各一下，致使他们卧倒，他把其木格拉上马鞍，逃离时还顺手拿起另一匹马的缰绳，立刻在黑暗中消失。这位从危机中解救其木格的骑者就是诺尔布。他深更半夜在我家门前跟其木格见面后，并没有走远，而是蹲在我家柴堆后面继续等待她再一次出现在他面前。当其木格牵着赫希格的战马走出院子那一刻开始，诺尔布就不离不弃地跟在她后头，虽然是怀着觊觎、窥探与好奇的矛盾心情，但，毕竟在暗中保护着她。对此我始终特别感激诺尔布，哪怕后来他代表新政府，对我做出强迫娶妻那样出格的决定时，我依然还是忘不了他的好。其木格、诺尔布二人逃到王爷庙南侧山坡上柞树丛时，天开始蒙蒙亮了。诺尔布先下马，咬紧牙关，下意识地抚摸一下疼痛难忍的胳膊伤处，然后把其木格接下马鞍。其木格伏在诺尔布肩上哭泣道："诺尔布哥。"诺尔布拍打她的后背安慰，并给她整理衣领道："不用害怕，现在没事了。""哥，你救了我的命。""夜间去王爷庙要干什么？""我是来找满都呼哥哥的，我爸爸去世了。""胡闹，是不是赫希格指使你的？""不是啊，我是偷偷跑出来的，家里除了我没人能传递消息。"诺尔布装模作样地生气道："知道了。"其木格说："我没能把消息告诉满都呼哥哥。""你竟然夜间一个人骑着马到处乱闯，多危险！""你肯定知道满都呼哥哥的学校地址。"诺尔布依然生气："知道又怎样，你回去吧。""那你一定要替我捎个信，行吗？"诺尔布给其木格的马勒紧肚带时嘟囔道："不仅仅是狼群，连日本人也是你亲戚，是吧，真傻。快上马，赶紧回家。"就这样，其木格很不情愿地上马离开诺尔布。

父亲噩耗传来的第二天夜里，赫希格的另一个对手特木勒也来到嘎查。特木勒和警卫骑马来到家门前，勒住缰绳驻足。二人观察周围片刻后，把马匹留在院外，走过去敲门。家门没打开前，乌日图从屋内问："谁啊？"特木勒低声回答道："爸，是我，特木勒。"吃完夜宵，特木勒与他家人一起闲聊时，警卫在一旁睡觉。乌日图说："这次来就别再去找那个国民党军营啦，这些年你当国军军官的事成了别人拿捏我的把柄，弄得我在嘎查所有人面前不得不点头哈腰，好像欠他们多少人情似的。"特木勒说："我现在不仅仅是党国军人，还是个国民党党员呢，在这国家存亡关头，像个懦夫一样猫在家里怎么可以？"乌日图说："什么党国，这里才是你的家。明天我把你送到满洲国第九军管区去，他们照样会让你当军官的，正好你弟弟宝力德也在那里。"特木勒摇头笑道："爸爸你就不要再劝了，我绝对不会那么做的。""什么？难道你离开家这些年变得好赖不分了吗？"乌日图气得脖子上青筋暴鼓。特木勒说："我这次来不为别的，只想看看你们二老和爷爷，然后连夜赶回。"萨玛嘎抹着眼泪道："我儿子瘦了。"那莫斯莱老爷子插嘴："能不瘦吗？带兵打仗可不是养膘差事。"乌日图情绪缓和下来问道："你真的还要去继续当国军？"特木勒说："是的。"乌日图叹息道："嗨，我从门外听到你声音就想，以后再没人敢戳我脊梁骨了呢，真是的，要走就走吧，命该如此谁也没辙。"特木勒站起束腰带，推一推炕上睡觉的警卫道："伙计，醒醒，我们该赶路啦。"当特木勒和警卫来到户外，欲上马时，亲家母跑来，拽住缰绳，说："赫希格得病回嘎查好几天了，你去见他一面再走吧。"特木勒说："我不能去见他，我们水火不容。"亲家母萨玛嘎声音颤抖道："什么？难道你跟你亲弟弟宝力德也水火不容了吗？"特木勒点头。亲家母依然抓着缰绳不放，她说："那你今夜就休想离开塔拉嘎查。""妈，您怎么了？"特木勒无可奈何。亲家母说："你跟我来。"亲家母牵着特木勒的战马来到我家门前，把马匹缰绳交给警卫后，转身抓住特木勒的手，直接把他拽进我家院里。"进去跟赫希格说句话再走，好歹他是你妹夫。"亲家母对站在院门口犹豫不决的儿子说。特木勒说："妈，你就别逼我啦，我们已经是说不到一起的敌对阵营里的人。""我不管什么阵营。在塔拉嘎查你们就是兄弟，进去见面！"亲家母推着特木勒走进屋子。当特木勒被亲家母强迫站在嫂子生前房间里时，赫希格在暗淡灯光下，微微睁眼用感到陌生的眼光瞅着。"是特木勒大哥吗？"赫希格终于认出特木勒，欲坐起时，波尔玛过来扶住。亲家母替特木勒说："是啊，你特木勒大哥回来了，你们握手言和吧。"特木勒厌恶地瞥一眼不合时宜地显露出恩爱动作的波尔玛与赫希格，欲转身时说："你们好自为之吧。"亲家母说："看在你死去的妹妹吉蜜思和两个外甥的分儿上，你就跟赫希格握个手，言和了再走吧，妈求求你，这是家，不是战场。"特木勒转身向赫希格敬礼，赫希格也很无力地以躺卧姿势还礼。特木勒和他警卫骑上马离去后，母亲和波尔玛来到站在马桩附近抽抽噎噎的亲家母身边。亲家母在黑暗中，垂头丧气地朝雪地祈祷道："但愿他们以后战场上见面时，不会向对方开枪啊。"母亲说："亲家母。"亲家母面对着母亲，毫无掩饰地哽咽着。母亲也开始揉搓眼睛。这时，波尔玛说："陶高大叔在服役的地方去世了。"亲家母感到意外："啊！"母亲抽泣道："真的，亲家母。我们昨天下午才得到的消息，以后我一个人怎么维持这家呀。"

　　我是从看守寺门师父嘴里听到父亲的噩耗后，连早餐都没吃就飞快地一路小跑，用坐禅惯了的柔弱腿脚，一口气把十五华里路程抛在身后，回到家门口的。虽然葛根庙经师已经安排好，让我去博王旗日本人新建的最大寺宇深造，但我还是请了一天假就来了。这足以证明我还是个尘缘未断、不够格的出家人。我来到院门东侧气喘吁吁地靠篱笆停下，左右瞅了瞅，把手里打狗棍子扔下，正要往院门走时，看到了正在顺着嘎查中心街道小径骑着马奔走的其木格。其木格来到波尔玛家门前下马，把马拴在篱笆上就往自己家跑来。波尔玛弯着腰，在我家柴堆前抱柴火。波尔玛看到其木格身影，抱着柴火等待她靠近。这时我已经走到自己家院门口，以为没被人发觉。可是波尔玛看着其木格诧异道："楚格拉回来了，是你送的消息？"其木格点头。波尔玛想了想说："怎么给满都呼捎口信呢？对了，应该让楚格拉去一趟王爷庙。"她说着回转身体朝我招手。其木格从波尔玛手里接过柴火说："不用，我已经托人把消息告诉满都呼哥哥了，估计他也很快就回来。"波尔玛用疑惑的眼光看了看其木格，也看了看我，沉默不语了。

满都呼是晌午时分回来的。他在拴马桩附近下马时，其木格匆忙迎过去，依在他怀里哭泣。满都呼抚摸其木格的头发安慰她。他现在已经跟昔日的满都呼有了天壤之别。本来就一副不俗长相，现在有了文化知识，再加上军人刚直不阿的气质，把家人以及波尔玛给震住了。当然不包括十多年征战沙场的赫希格，也不包括红尘之外的出家人我。因为赫希格和我明明看到满都呼走进院内，却依然淡定地聊着刚才开头的话题，连停顿都没停顿一下。赫希格披着外衣坐在火炕中央，显示他已经成为这个家庭的顶梁柱。恩和依偎着他父亲沉默不语。我坐在赫希格对面数着念珠。波尔玛忙碌着做饭烧茶。"仙逝的父亲灵魂已经上达真界了，为一个已经远远离开我们的人，也没有必要过分地悲伤。"我说出出家人对死亡的看法。赫希格久久地凝视着我，他说："我们兄弟几个，个个都像只迷航的孤雁彼此漠视至今日。不过既然已经离世的人把咱们兄妹几个带到这个世界上，难道就不能趁着为他送行祈福的日子里聚聚吗？"我说："哥，我不是那个意思，是因为去高等宗教学校报道的期限已经到了。"赫希格说："那就把去报道的日子延后两天。"这时，满都呼走进房间就劈头盖脸地问："爸爸是什么时候被害死的？"恩和听到异样口气就离开他父亲怀抱，慢慢靠过去，用瘦弱的肩膀撞了一下满都呼，然后，噘着嘴跑出屋去。满都呼被恩和冲撞，却像是粗大木桩一般纹丝没动。“是谁告诉你爸爸是被害死的？”赫希格反问。“那么是谁强迫爸爸去服役的？”“没有人强迫。”“既然没有强迫，难道有自愿前往阎王殿的人吗？”其木格充当和事佬，说：“如果不去为日本人工地上服役，那就必须用牛作为赎金。”“牛？哼，妈在哪儿？我去问问。”满都呼厌恶地看一眼其木格后，气汹汹地走了出去。很快，母亲手里拿着父亲留下的小包袱与满都呼一起进来说：“叫恩和也过来。”恩和被叫进来后，母亲边擦眼泪边揭开小包袱说：“全家人聚到一起不容易，这是你们父亲留下的，他的魂魄跟着这个小包袱一起回家的。”母亲从包袱内抖搂出几件父亲留下的破旧衣裳。赫希格、满都呼、其木格从旧衣裳中每人拿一件，我却没伸手。赫希格朝我说：“你也拿一件吧。”我摇头。母亲擦掉眼泪说：“楚格拉是出家人，可以不拿。你们的父亲辛辛苦苦一辈子，现在倒是省心了，什么事都可以不管了，你们就不要互相埋怨什么，妈求你们。”接着我们按母亲的要求聚集在堂屋。我盘腿坐着念藏经为父亲超度，母亲跪在佛像面前祷告。旁边小木箱子上摆放着一件新袍子，我知道那是母亲给自己准备的寿衣。房间西侧赫希格和满都呼坐在炕上谈话，内容已经跟父亲的遇难没什么关系了。波尔玛为恩和、托娅穿上厚棉衣准备带他们出去。赫希格问满都呼：“你经常能和格日勒见面吗？”满都呼摇头。“你离她最近，所以应该多多照顾她。”赫希格说。“我的头脑除了仇恨之外已经不能装进去任何东西了。”满都呼说。“仇恨谁？”赫希格问。“日本人。”满都呼毫不含糊地回答。赫希格稍有犹豫地问道：“为什么？”满都呼说：“还有必要问为什么吗？我们生活中的一切不幸都是因为他们。”赫希格说：“是谁对你说这些的？”满都呼说：“这个你不必问。希望哥哥您也做好随时把枪口指向侵略者的准备。"赫希格喃喃道："侵略者？"满都呼说："对，就是外来的侵略者——日本鬼子！"赫希格无奈地摇头道："对于我来说一切都晚啦。"

我为父亲的灵魂虔诚地念完超度经，离开家返回寺时，太阳已经西斜。绕过院子篱笆时看到其木格在牛圈里一边用木杈收集冻牛粪，一边嘤嘤哭泣着。

第二十二章
连心草花纹没画好

　　我回寺的第二天早晨去经师的寝室与他告别时，他说："你要出门远行了，博王旗可不是个很近的地方，出门前要好好想一想有什么牵挂没。"我摇头，并双手合十说："出家人六根清净四海为家，没有什么东西可以使我牵挂。我身心只能容得下佛家三宝，青灯古佛暮鼓晨钟乃我身家所托。"经师说："日本人所建寺庙学校操守规矩可能与我们的信仰有所不符，还望徒弟你牢牢记住师父之言。"我再次向经师行礼告别之后，离开他的寝室。我走到寺院外拴马桩处，上马。催促马匹奔走一阵，到寺西南侧沙山顶端，勒住缰绳，用积满泪水的眼睛回首眺望时，看到了站在寺前挥手的经师身影。我用意念把离别的惆怅消除，跨越沙山继续前行。我离开葛根庙去博王旗的那天夜里，在王爷庙兴安军官学校一间学生寝室内，与满都呼歃血盟誓过的七个学生聚集在一起，干了一件只有世俗热血青年才能做得出来的蠢事。他们八个人里满都呼排行老三。聚集到一起后，老大问："老三满都呼去了哪里？"平时跟满都呼形影不离的老五回答说："他家里捎来口信，说是他父亲去世了，让他回去办丧事。"老大说："那我们就不等他了，立刻行动吧。"他们把灯熄灭之后从房间鱼贯而出，小心翼翼地挨着墙根来到兴安军官学校武器库外。身手敏捷的老二凑过去，一刀利索地杀死了武器库岗哨之后，其余六个人立刻破门而入。过了一会儿，全副武装的七个人，骑着马冲出兴安军官学校大门。正在学校房舍内沉睡的日军军官德田茂被敲门声惊醒了。传递消息的日军士兵跑进来，上气不接下气地向德田茂回报警卫连七位士兵出逃的情况。德田茂匆忙起身穿衣，并咆哮道："快快追击！"一刻钟后，众多乘坐汽车、三轮摩托和骑马的日军教官以及蒙古族学员从学校大门蜂拥而出。结果可想而知：七名热血青年虽然逃出王爷庙，往蒙古国方向马不停蹄地奔走一昼夜，但在距兴安西省北方边境不到五十华里的地方全部被活捉。当满都呼过了为父亲守灵的三宿，离开嘎查，回到王爷庙的那天中午，日本宪兵队在洮儿河岸边，对出逃的七名士兵执行枪决了。在众多围观人群中满都呼找到度棱，紧紧地攥住他的手，用几乎悲痛欲绝的眼光看着执行军官挥舞军刀示意行刑。一阵枪声响过之后，七名士兵纷纷倒下。惨不忍睹的景象使满都呼闭上了充满仇恨的眼睛。

　　赫希格康复得异常快。因为不是肢体受伤，所以波尔玛的细心照料，对他的康复起到了举足轻重的作用。母亲对波尔玛做她大儿媳的默许，更是让赫希格消除了一切后顾之忧。他料理完父亲的后事就离开嘎查去找队伍。他独自一人日夜兼程，到达目的地时，在满洲国第九军管区第二团指挥室内，团长正在讲："国民党和共产党眼看就要第二次合作起来对付我们了，骑兵部队以连为单位，一定要及时互相传递消息，尽量消除被他们吃掉的祸患。共党游击队虽说人少，武器差，可他们却很狡猾，能够渗透到后方蛊惑民众，这事让日本方面也很是头疼，从局势发展看根除赤色党已经是件特别艰难的事情了。军官们想及时发现部队里赤色党苗头，就得后脑勺上长只眼睛才行。"宝力德提醒团长道："军队也应该参照民间保甲制度。"团长反驳道："观念的渗透面前民间保甲制度有什么用？那是看不着摸不到的东西啊。"宝力德信心充足地说："目前在部队里您所说的那种看不着摸不到的观念渗透还是在萌芽状态中，依我看，消除隐患问题不大。"团长说："我说部队有问题了吗？要防患于未然。"赫希格没听明白军官们的辩论，只是心里默默念叨：后脑勺上怎么会长出眼睛呢？赫希格从团部出来，欲上马时，宝力德跟了过来笑着问："你理解了团长所说的后脑勺上长眼睛的要求吗？"赫希格还没来得及回答，宝力德继续说："你肯定理解了，嘎查里都好吧？"赫希格说："你们家人都很好。""这我就放心了。"宝力德看着不远处几棵粗大榆树上的皑皑雾凇说："不消灭干净赤色党，天下不会有真正的太平。"赫希格说："我的情况跟你不一样了，家庭分散，各走各的，什么赤色党、白色党都无所谓。"宝力德诧异地问道："怎么会有这种想法？太可怕了！"赫希格抓住缰绳，骑上马背说："那就躲开吧，你大哥特木勒回过嘎查。"赫希格离开宝力德，继续奔走三十华里路程才找到自己的连队。骑兵连正在一个山区汉族村庄中休息。几名老兵从怀里掏出酒瓶互相传递，离他们不远处，德力格尔趴在露天碾盘上，在写日记。以赫希格看来，连队似乎已经恢复了元气，一切照旧。一路悬着的心终于落地。他稳稳地盘腿坐在农户炕上，跟础鲁和胖子占布拉等人一起喝几碗烧酒，暖暖身子说："你们说说，我的骑兵连里会不会有赤色分子？"础鲁问："所谓赤色分子，到底是什么呀？"赫希格说："在诺门罕，跟我们打仗的那些人都是赤色分子。"础鲁说："那他们不都回去了吗？这里哪儿还有啊，都是些兴安四省来的蒙古人，难道你认不出蒙古人的脸型了吗？"赫希格说："别提偌大的兴安四省，我们小小的塔拉嘎查就出了一个。"础鲁问："你是说诺尔布？"赫希格说："除了他还有谁。"础鲁道："就是给诺尔布一百个胆，他也不会来我们中间。"赫希格说："诺尔布是明的，并不可怕，我指的是奸细。"胖子占布拉说："我知道了，整天手里拿着纸和笔的那个德力格尔很可能是那种货色。"础鲁说:"胡说,德力格尔是团长亲自派到我们连的,他要是赤色分子,团长早把他砍了。"赫希格垂头丧气道:"看来,你我等识别赤色白色很困难。"胖子占布拉说:"我看德力格尔肯定是。"础鲁说:"谁知道啊,反正现在我是懒得想这些。"第二天中午,赫希格率领骑兵连,离开汉人村落,在树林中休息。德力格尔坐在树下,正在笔记本上记录着什么。赫希格来到了他身边,用鞭子抽打着马裤膝盖,露出好奇神色问:"有一点闲暇你就写个不停,究竟是在写什么?"德力格尔起立,将笔记本端在身前回答道:"报告连长,我在记录我们连的战斗进程、作战区域、敌人的数量以及战斗结果等等。这是团长交代给我的任务。"赫希格将笔记本推回去说:"很好,很好。"赫希格走回到在岩壁下烤火的胖子占布拉和础鲁身边坐下时,说出自己的疑虑。胖子占布拉从火堆旁哼哼唧唧地站起,摇摇晃晃地走到德力格尔身边,一声不吭地夺过笔记本抛向空中。当笔记本下坠的一刹那,占布拉用战刀拦腰将其斩断。德力格尔捡起笔记本碎片看了片刻之后扔掉。胖子占布拉为自己的行为沾沾自喜、得意洋洋地笑着往回走时,赫希格从火堆边站起来,喊:"全体上马。"骑兵队伍离开山林时,赫希格、础鲁、胖子占布拉并辔走在队伍前面,欢声笑语撒下一路。

已经是一九四四年夏季了。其木格怀抱针线盒,准备出屋时,母亲问:"你要去哪儿?"其木格说:"去学学裁剪鞋帮纸样。"母亲说:"不能去诺尔布家。要是去他家的话,我打断你的腿。"其木格说:"诺尔布不在家,我只是想让他妈妈教教我,那又怎样?"母亲说:"听说诺尔布是八路,还有人说他发誓,要生吃赫希格的心和肝呢。如果你去他家,就不要再回这个家了。"其木格不把母亲的提醒当回事,抱着包裹继续往外挪步。母亲抢先在前堵住了门。娘儿俩在门口揪扯在一起。片刻之后母亲松开手说:"你要是真想去学点女红技巧，也没什么，不过想当他们家儿媳妇，想也别想。听说那些八路军是些连佛爷都不放在眼里的魔鬼。"其木格径自走出屋去。母亲独自一人留在门口发愣。自从恩和、托娅有了名不正言不顺的继母波尔玛以后，母亲几乎白天看不到他俩的影子了。当诺尔布母亲提水桶浇灌菜园子时，其木格来到她身边，放下手中包裹就开始帮助老太太浇园子。诺尔布母亲问："把鞋帮带来了？"其木格点头。诺尔布母亲放下水桶，摇摇晃晃走到屋檐下阴凉地方坐下，叹息道："什么时候战争才能结束，放我儿子回来哟。"其木格在她面前显露腼腆，故意岔开话题将包裹打开说："连心草花纹没画好，您给改改。"诺尔布母亲说："行，行。"

母亲蹲在门廊边捻麻绳边流泪。当波尔玛和恩和、托娅走进来时，母亲擦干眼泪放下手里活计扶墙站起。波尔玛显然没注意到母亲刚刚流过泪。她当着母亲的面，肆意妄为、毫不避讳地轮番亲吻恩和、托娅的脸颊说："大婶，恩和、托娅都叫我妈妈啦。"托娅附和道："波尔玛妈妈。"波尔玛说："最好把波尔玛去掉。"托娅露出门牙缺口："妈妈。"母亲委屈地朝波尔玛诉苦道："连其木格也不听我的话啦，唉。"波尔玛说："大婶，不至于吧，哪有这么严重。"母亲擦着眼角，复又开始伤感道："我就把恩和、托娅交给你了。其木格总是嫌弃我没完没了地唠叨。"波尔玛灿烂地微笑说："大婶，没有必要颠三倒四、胡思乱想来折磨自己。托娅可是我亲生女儿啊。是这样吧，托娅？"托娅点头肯定。这时，其木格怀抱包裹回到家门口，偷偷观察屋内情况。看到波尔玛从屋里出来，其木格马上凑过去，流露出一脸受委屈模样，可怜兮兮地对她说："妈妈看我左右都不顺眼。不行的话今天晚上到你家对付一宿。"波尔玛说："说什么疯癫话呢？当我们老了的时候也都会变成那样的。""我们家已经没有正常人居住的地方啦。"其木格嘟哝道。波尔玛说："我就愿意住在这个家，难道依你看来我也疯了吗？"其木格勉强微笑道："妈妈她现在怎么样？"波尔玛说："你就放心吧，作为母亲，把女儿嫁出去以前，哪有赶出家门的道理？快进屋。"波尔玛说着走出大门。其木格犹豫片刻之后推门进屋。

与满都呼歃血盟誓过的七个伙伴被日本人杀害的第二天夜里，度棱在王爷庙一间民房内秘密招集军官学校十几名学生，对他们讲："为了民族解放事业浴血奋战献出宝贵生命固然可敬，但是在当今法西斯势力依然强大的情况下，斗争方式方法一定要灵活机动，我们要从那些牺牲的战友那里吸取失败教训，还要学会细心忍耐戒除急躁。"度棱招集青年学生第二次秘密布置任务时，已经是第二年秋季了。兴安军官学校一间黑暗房子内，满都呼等十几名学员组织者聚集在一起，倾听教务长用他那低沉嗓音布置任务："最好是在学校院内动手，杀掉所有日军军官。倘若发生意外，妨碍计划顺利进行，届时葛根庙附近就是进行第二次行动的预定地点。务必在明天早晨趁学生集合的混乱时机，将这个决定告诉各个连队起义负责人。"风雨呼啸天色阴沉的王爷庙之晨，数百名学生在校园内喧闹着。苏联轰炸机在王爷庙上空不时地呼啸而过，扔下的炸弹爆炸声不断地从四处传来。悬挂在兴安陆军军官学校大门拱顶上的日本及满洲国国旗已经被风雨撕裂成条状，在猛烈大风中飘摇着。在日军军官指挥下，学生站成四个方阵。队列中的满都呼等人口头传达着起义总指挥的密令。一个日军士兵走过来向度棱行礼，道："德田茂指挥官让您去他办公室。"他跟随招呼他的士兵离开列队，走进教学楼。这时，列队第一方阵的部分学生开始从学校大门陆续撤出。德田茂的办公室内，几个日本士兵正在地板中央用明火焚烧文件。他走进屋内行礼，日军军官们并不理会。他转身欲出房间时，德田茂喊："你别走，站住！"他停下。德田茂走近度棱，说："苏联飞机已经占领了王爷庙领空，双方也开始相互炮击。没有什么可隐瞒的，你就在这里留守电话，哪儿都不能去。"这是起义策划者度棱事先未料到的临时变故。他顺窗户往外看时，学校大院内站立着第四方阵最后一批学生。满都呼也在队列内。苏联飞机掠过教学楼上空，扔下两颗炸弹。一颗爆炸在院墙上，另一颗爆炸在教学楼左侧墙脚。整个楼层震颤不已。院内的日军指挥官挥动手臂下达命令，最后方阵的学员列队开始向外移动。德田茂办公室内的日军把文件焚烧完毕，才向他示意出发。德田茂带领最后一批机关人员，从学校大门奔出，催马追赶前头列队。中午时分，德田茂等人在距离王爷庙六十华里处的一座山坡，追上了最后方阵的学生队伍。当德田茂与其他几个日军军官聚集在一起时，度棱悄悄离开，来到了满都呼所在的学生队列中。指挥学生队伍的六个日军军官勒住马匹缰绳驻足在山坡上，其中一人用望远镜眺望被烟雾遮盖的王爷庙镇。而学生在山坡上聚集，默默等待下一步行动指示。站在学生列队中的度棱，频繁看着手表。满都呼催促道："再不动手就来不及了。"度棱说："另外三个大队的人到了现在还没有音讯，究竟发生了什么事情？约定时间已经到了。"度棱示意，几个狙击手从树丛或人墙隐蔽处，向站在山坡上的日军军官们瞄准。一个维持秩序的日军士兵似乎怀疑了什么，走近学生队伍时，满都呼毫不犹豫地将匕首插进他的胸膛。当倒下的士兵发出痛苦喊叫时，几名狙击手的枪也响了。位于高处瞭望远处的日军军官接二连三地从马鞍上坠落。紧接着学生们一起动手将所有维持秩序的日军全部砍死。一个骑马的信使来报告："第一支队已经把所有日军军官处决了。"又有一个信使来到："第二支队已经完成任务。"接着第三支队也来回报已经处决队伍里所有日本人的消息。纷纷前来的学生队伍在葛根庙北侧山坡上排列在一起了。度棱离开队列走过去，站在六名被击毙的日军军官尸体旁边大声宣布道：

"就在今天，我们杀死了日军军官和士兵，举行了武装起义。现在已经到了我们蒙古民族自己当家做主的时刻。我们要彻底永远地摆脱外来者的侵略和压迫，为自己民族的解放事业进行革命！"学生队伍纷纷发出欢呼声。学员队伍在葛根庙北侧山坡上，经过短暂休整后，除少部分人离开队伍之外，其余的自愿踏上了返回王爷庙的行程。

第二天凌晨开始，在王爷庙镇大街上，苏联军人为戴红色布条上用黄色油漆写着俄语文字"人民警察"袖标的兴安军官学校学生分发武器。满都呼和同学们排着队前来领取武器。与此同时，已经被苏联红军占领的长春，街市上空硝烟缭绕，向苏联军队缴械投降的日本兵随处可见，局势一片狼藉。兴安局院内苏联兵士们岗哨林立，日本和满洲国国旗从高处缓缓落下来，掉在苏联士兵脚下。在兴安局会堂内，巴德玛拉布坦等兴安局有关高层人员在焦急、恐慌地等待时，几名苏军军官以及全部武装的几十名战士进入会场。一名苏军军官环视屋内人员后问："原满洲国兴安局负责人员都到齐了吗？"巴德玛拉布坦说："都已到齐了，长官。"苏军军官说："那就好，现在我公布苏联红军反法西斯前线总指挥部的命令。"他读完命令后，把手里纸张折叠起来补充道："既然东蒙临时社会秩序维持会已经成立，那么作为负责人的各位要恪尽职守。我顺便提醒大家，日本法西斯的太阳已经落山，对他继续抱幻想只是枉费心机！散会。"当苏联人出去后，会堂内，官员们开始喧哗，谈论局势。巴德玛拉布坦从椅子上缓缓站起，不参与谈论，走出屋去。

宝力德骑着马，走在街道上络绎不绝的人群中。他来到兴安局院外，看到站岗的苏联兵，摇头叹息。从兴安局院内，巴德玛拉布坦一个人垂头丧气地走出时，宝力德迎过去靠近他几步远下马。握手和敬礼等礼节已经失去了意义。二人面对面地驻足片刻。巴德玛拉布坦边走边叹息道："完了，一切都完了。"宝力德牵着马，与巴德玛拉布坦一起向街上人群走去时说："满洲国第九军管区管辖之内的蒙古族士兵已经四处溃散。"巴德玛拉布坦再次叹息道："我们不会再有好日子啦。"二人走到巴德玛拉布坦公馆门前停下。宝力德说："总裁您还是回避一下目前局势，离开这里吧。"巴德玛拉布坦干咳道："就不要再这样称呼啦，事情已然到了这种程度，躲又能躲到哪里去？就在这里等着，把命运交给上苍吧。"宝力德说："我们蒙古民族的命运为什么总是这样多舛？当我们的靠山日本人被打败时，我们就又一次成了漂在水面上的葫芦啦。"巴德玛拉布坦说："其实我们蒙古人从日本人那里什么也没得到。如果说有所收获，那就是历史留给我们的惩罚和教训。"宝力德说："只要我们蒙古民族不受共产党的蛊惑和影响，肯定会寻找到光明发达的前程。""从今往后，你也要好好考虑怎样把自己救出火坑吧。"巴德玛拉布坦说完，把宝力德留在公馆院外，自己径直走了进去。这时，公馆大院外来了一班武装军人。他们安排了门岗之后，剩余的人走进住宅。巴德玛拉布坦走进书房，刚要在沙发上坐下歇息时，苏联军人进来向他敬礼道："就要召开维护秩序委员会委员会议，请您立刻去参加。"巴德玛拉布坦站起，他略略整理衣领之后跟着士兵走出房间。女佣手里拿着巴德玛拉布坦的帽子和腰带想追过去，但被苏军制止。一个月后，长春市飞机场来了一架苏军军用飞机。日本关东军以及满洲国上层人物们穿过夹道而列的苏军士兵登上飞机。巴德玛拉布坦在一脚登上舷梯时回首一望，后面士兵警告地轻轻一推。很快飞机起飞，目的地在苏联赤塔城战犯管理所。

宝力德骑上马，独自一人离开长春，无精打采毫无目的地走在旷野上。他风餐露宿几个昼夜，终于看到高力板的远景。饥渴难耐的他，傍晚时分来到离老相识撒格斯嘎家百步远的地方下马，牵着马走过去。靠近撒格斯嘎家五十步距离时，屋顶掩体内的枪手探出半个脑袋看着他，大声呵斥道："站住！什么人？"宝力德举双手停下，回答道："请你给户主回个话，宝力德上校来找他。"不一会儿，撒格斯嘎在房顶出现，他问："你是宝力德老弟吗？""是啊，我是宝力德。"院门被打开，宝力德牵着马走了进去。几年前，兴安军驻扎在高力板镇时，宝力德认识了这位富裕农户，曾经无数次跟户主撒格斯嘎一起饮酒畅谈过。如今，大院已经是一副败落不堪的景象了。宝力德惊诧地问："你怎么在家里一个人了？你的女儿们呢？"撒格斯嘎奸笑道："难道宝力德上校还没看出时局变化趋向？"宝力德说："对时局的变化趋向我也许比你更清楚啊，记得你有四个女儿。"撒格斯嘎说："不止四个，我有五个女儿呢。"宝力德问："他们人呢？"撒格斯嘎说："把他们全部送人了，谁能未卜先知这世道将会变成什么样。"其实户主撒格斯嘎除了他五个女儿之外还有一个儿子，只是从未向宝力德提起过罢了。正所谓世间何人没有一两件难言之隐呢。久别重逢的二人，饭后长时间谈论时局变化以及命运动荡之后，才各自回房间睡觉。凌晨，外面枪声响起，撒格斯嘎手里拿着两只步枪，闯进宝力德屋内喊："老弟，快起来吧。"和衣睡的宝力德从梦里惊醒，睡眼惺忪地问："出了什么事？"撒格斯嘎把手里的一支步枪朝他扔去，说："外边来了几个土匪。"宝力德侧身起立，空中接住步枪，跟着撒格斯嘎匆忙出屋。房顶唯一的枪手刚刚被对方击毙。二人小心翼翼地踩踏木梯，爬到墙上射击孔旁，把枪手尸体挪开，往外还击。墙外撞击大门的几个人连续中弹倒下。"赶紧撤！"墙外有人喊话，余下几个袭击者上马退去。撒格斯嘎看着逃跑者的身影，道："多亏上校在这儿，要不我很可能在他们手里完蛋了。"宝力德拍拍身上灰尘道："即使我不在，你对付他们也是绰绰有余的。"撒格斯嘎说："看家护院的枪手已经死了，那些王八羔子也许还会来，这屋子我是没法待了。"宝力德问："以后有什么打算?"撒格斯嘎毫不避讳地说:"想去找共产党的部队,上校你呢?"宝力德说:"都到这分儿上了,你就别开玩笑了。"撒格斯嘎说:"我没跟你开玩笑,是真的,我要去参加八路军。"宝力德用疑惑的眼光看着撒格斯嘎,沉默不语了。宝力德、撒格斯嘎准备了一些干粮和水,匆匆离开被袭击的大院,朝野外并辔而行,来到一处岔路,停下。宝力德说:"你真要去找八路军?我们和他们可绝对不是一路人。"撒格斯嘎说:"这兵荒马乱的年头,到底谁跟谁是一条路上的呢?俗话说,人往高处走,水往低处流,我曾经几次听到过共产党人的宣传报告,总觉得很有道理,所以早就想好了。再说他们正需要像我这样识文断字的人,到他们中间弄一官半职不成问题,要是留在你们中间,我只是半瓶醋而已。我劝上校你也好好考虑考虑。"宝力德摇头道:"那是不可能的,我面前的敌人只有一个,那就是共产党。我恨不得吃他们的肉,喝他们的血。"撒格斯嘎问:"那你要去哪儿?"宝力德说:"去找东蒙权威人士,劝他们要依靠国民党,把局势扭转过来。"宝力德欲离开时,撒格斯嘎拿出手枪,用他那低沉嗓音说:"站住!"宝力德回马转身,脸色变煞白道:"你还没跟共产党走到一起就先学会了他们的反复无常?"撒格斯嘎笑了笑把枪收起说:"跟你开玩笑啊,祝上校一路走好,王爷庙酒席在等你呢,快去吧。"宝力德依然阴沉着脸离去。撒格斯嘎又一次拿出手枪从他背后瞄了瞄,然后嬉笑着装入套内。

凌晨袭击撒格斯嘎大院的那几个人并不是什么土匪,而是另有其人:赫希格骑兵连。他们聚集在一座空无一人的村庄。"日本战败,满洲国也灭亡了。"赫希格注视着村庄被炮弹轰炸过的残垣断壁说。础鲁靠近他回报:"昨天晚上三排一班的全部人员跟随着他们的班长跑啦。"赫希格环视周围不知所措地对士兵们说:"跑就跑了吧,目前我实在是想不起到底依靠谁为谁管辖。如果还有人想离开队伍,把战马和枪支留下就可以走人。"阵列里一派寂静。夜里，德力格尔与炊事班儿名战士在秘密商量。德力格尔说："日本人向苏联红军投降了，我们的部队已经是无人看管的军队，与其待在这里等死，还不如像三排一班一样自己出去寻找出路。"图布新说："在我们中间，唯独你德力格尔识字认理儿，告诉我们出路在哪儿，我们听你的。"德力格尔说："那就这样吧，我们先离开这里，然后立个功，体面地去找共军部队。"图布新说："一定要去找共产党的部队吗？国民党的部队也随处可见，依我看跟随他们会更好。"德力格尔说："苏联人就是红色部队，将来他们肯定能打赢一切对手，要找就找那样的部队，只要我们立了功，他们会接受我们的。""怎么立功？你就直说吧。"大伙纷纷询问。德力格尔说："离这儿不远的高力板镇，有一户比较出名的恶霸地主，他叫撒格斯嘎，我们兄弟几个连夜赶过去把他老窝给端了，活捉撒格斯嘎，把他送给八路军，这样就差不多算立功了。"图布新问："行吗？不会有差错？"德力格尔说："肯定行。"就这样，德力格尔、图布新等炊事班战士，骑上马偷偷离开残片瓦砾中的宿营地。他们在旷野上奔走一阵，绕过一座沙丘时，图布新勒住缰绳停了下来，嘟囔道："听说红党很可怕呀。"图布新回转去向，半途留了下来。德力格尔等炊事班战士来到时，屋顶上的枪手喊："干什么的？站住！"德力格尔等人朝枪手同时开枪。枪手扶着掩体挣扎，摇晃倒下。德力格尔道："把门撞开。"众人边射击边开始齐力撞击铁大门。接着宝力德和撒格斯嘎出现在房顶朝他们射击，用身体撞击铁门的三个人挨了枪子儿丧命，德力格尔带着其余六名战士逃离。德力格尔带着他的一班残存人马，在高力板镇附近区域，费了一番周折找到了诺尔布所在的八路军游击分队，向分队队长回报说："赫希格骑兵连昨天晚上住宿在离这儿不远的兴安南省一座村庄里。我们这个班是在那里离开他们的。"队长说："摆在我们面前的主要目标不是进行战斗，而是尽快向原属于满洲国的第九、第十部蒙古骑兵部队进行宣传转化工作，并将他们拉到我们的队伍里来。国民党军队也进入了满洲国兴安各省，我们一定要赶在他们前面。"诺尔布向队长自荐道："我肯定能把赫希格骑兵连拉到我们这方面来。"队长点头说："若是这样，就把策反赫希格骑兵连的任务交给你，立刻行动。""请队长放心。"诺尔布朝着德力格尔命令道："你给我带路。"

赫希格骑兵连在无人的村庄住一宿，无所事事、忐忑不安地过了一个漫长白天，傍晚时离开村子，朝村北头崖壁口出发。胖子占布拉说："既然日本人已经向苏联投降了，我看咱们还是各回各家吧。"赫希格摇头道："现在不能彻底解散部队，我们这些人也许会对蒙古人有用。"队伍来到崖壁口发现悬崖上影影绰绰的两个人影。士兵们将枪口对准二人，赫希格举手制止。崖壁上的人朝下喊话道："兄弟们，别开枪！我是诺尔布，跟我一起来的这位是前天才离开你们队伍的德力格尔，我是代表八路军游击队来接你们了。"胖子占布拉扯着嗓子问："诺尔布，你身后的人是逃亡的德力格尔吗？"德力格尔说："你们应该听从诺尔布首长的话，弃暗投明！"胖子占布拉揶揄道："诺尔布首长？让野狗吃了他吧。你们八路军跟我们不沾边，要是不让路，就开枪啦。"诺尔布说："兄弟们，请听我说……"础鲁说："八路军的泔水这么快就把你喂肥了？回去告诉你们的同伙，别插手蒙古人的事儿。"赫希格说："诺尔布，你走吧。"诺尔布说："今天，我是绝对不会空手而归的。"赫希格以低沉的声音命令道："上去抓住他们。"几个士兵朝崖壁爬过去时，诺尔布和德力格尔并没逃跑，也没反抗就老老实实地被擒住。士兵们将二人粗鲁地拉下马，用皮绳捆住手脚，嘴里塞上毛巾放倒在地，然后将他们的坐骑缰绳悬挂在后鞍鞒上。骑兵队伍穿过崖壁口时，再也没人搭理被捆绑的两位说客，士兵们个个只是在嘴里咻咻笑着。

明月之夜，诺尔布和德力格尔二人被捆绑着躺在地上，两匹坐骑在主人身边站着无法啃草，也无法离去。被绑缚已经过了一天一夜，第二个夜晚来临时，终于有一辆马车绕过山崖隘口停在他们身边。车夫先下车，借着月光俯身端详二人。诺尔布挣扎，有个穿戴萨满服装的人从马车下来，俯下身将他嘴里的毛巾拿掉。诺尔布用微弱声音说："老乡，求你帮我们解开绳子。""你们到底是什么人？"车夫问。"我们遇见了土匪，帮帮我！""你们从哪儿来？""我是塔拉嘎查的人。"诺尔布回答。"塔拉嘎查的？我看看。"车上坐着的妇女说着下车走过来，朦胧月光下观察着说："是诺尔布哥哥！"诺尔布说："是啊，我是诺尔布！你是？""我也是塔拉嘎查的，叫格日勒，他是我的师父。"妇女说着，跟萨满一同为二人解开绳索。德力格尔有气无力地说："水，水。"他欲起身，却未能站住，软塌塌地坐在地上。诺尔布用勉强听得见的声音说："被捆绑的时间太长了，腿脚不听使唤啦。"车夫和格日勒表姐将二人搀扶上车，萨满走过去解下挂在鞍子后遒上的马匹缰绳。拉着躺卧在车板上的诺尔布、德力格尔，马车缓缓走出隘口下山坡，过了一段沙砾路段，停在小河边。格日勒用从路边履带板断裂而废弃的苏联坦克旁捡来的钢盔取水，给车上二人喝。萨满师父将拴在车后的两匹战马牵到河岸饮水。车夫手握长鞭站在车旁。诺尔布擦了擦嘴唇说："托格日勒妹妹的福，身体有力气啦。"格日勒诧异道："你们可是遇到了连马和枪都不屑一抢的奇怪土匪啦。"诺尔布说："是啊，对你还有什么可藏着掖着的。我们是遇见了你赫希格大哥带领的骑兵才变成现在这样子。"格日勒愣了一下问："赫希格大哥？你是认错人了吧？"诺尔布说："即使把赫希格烧成灰，我也能认得出他。"德力格尔问："有吃的吗？"萨满说："我们师徒俩是去给人看病做道场的，哪还带什么吃的。你们再坚持一会儿就到我们要去看病的那户人家啦。"马车来到病人家之后，萨满和格日勒表姐分别挽扶着诺尔布和德力格尔走进屋子。车夫将马匹牵进棚圈内。车夫忙活完外面的事情，进屋就吩咐家人赶快准备稀粥。诺尔布和德力格尔面对面侧身躺在户主安排的屋子炕上，慢慢喝粥。等有了些气力后，诺尔布说："古人传下来的故事说，有个迷路人巧遇故乡之人而得救。如果不是巧遇格日勒妹妹的话，那我们俩肯定会干渴而死在崖壁之上。"德力格尔说："我们被捆绑着在那里整整躺了一天一夜啊，赫希格连长……"诺尔布打断他的话，鄙夷道："俗话说被剪了耳朵的狗更亲近主人，以后永远不要在我面前把赫希格叫作连长，懂了吗？"德力格尔问："那叫他什么？"诺尔布似乎一时想不起怎么回答德力格尔，从隔壁屋子传来萨满道场的敲鼓声音。

第二十三章
马鞍突然不见啦

王爷庙已经变成了鱼龙混杂的泥潭。苏军指挥部一间简陋的木结构房屋内，国民党、苏军、八路军，以及蒙古民族代表聚集在一起，开了个紧急会议。各持己见的各方代表们，争抢着表达了对于东蒙地区以及蒙古民族大众命运何去何从的看法。讲出的理由要么为蒙古贵族们的利益着想，要么为蒙古族劳苦大众的利益着想，总之，都在为蒙古民族的利益着想，最终，蒙古族各界人士推选出来的首席代表博颜满都呼提要求说："由于东部蒙古地区已经脱离日本人的统治，所以希望各方代表支持我们成立地区性临时政府。"主持会议的苏军代表表示："我们苏联方面同意你们的提案。同时我们认为中国方面其他党派不要插手东部蒙古地区事务。"八路军代表率先爽快地答应道："我们没有意见。"国民党代表不太情愿地点头说："我们也同意。"苏军代表总结道："既然各方代表都已同意了，我们提前宣布，东部蒙古地区临时政府即将成立。"

东部蒙古地区临时政府成立之前的酝酿筹备阶段，博颜满都呼、度棱等十几个人骑马日夜兼程，来到了蒙古人民共和国首都乌兰巴托。到达乌兰巴托的第二天上午，蒙古国首脑乔巴山和东蒙临时政府准首领博颜满都呼，以及高鼻蓝眼的两名苏联列席代表等坐在蒙古国中央政府办公的蒙古包正北位置上之后，充满兄弟手足之情的一轮谈判开始。博颜满都呼讲道："即将成立的东蒙临时政府各界代表强烈要求与外蒙古统一。大多数成员一致认为，应该抓住这个千年一遇的宝贵机会。"博颜满都呼快人快语，立场鲜明地表达完这次来访的主要目的后，乔巴山手里拿着一份资料，清清嗓子说道："众所周知，一年前，也就是一九四五年十月二十日在我们这里举行了一次全民公投。公投范围包括喀尔喀四部、科布多共十八个盟部，以户为单位，在所有满十八岁以上不分性别的公民中进行。当然，不包括唐努乌梁海，因为，唐努乌梁海已经纳入图瓦人民共和国而并入苏联，情形跟你们如今的东蒙现状相似。我们采用的是记名投票，在'赞成'和'反对'两项栏中画线。投票工作于去年十月二十日午夜完成。开票结果是：全共和国之合法公民数共有四十九万四千零七十四人参与投票，赞成独立者占全体的百分之九十七，其余为弃权，无一人投反对票……"博颜满都呼听到这里，拍桌子打断乔巴山的演讲，似乎顾不了手足之情，也忘掉了贵族体面，甚至吹胡子瞪眼地号叫起来。会议开舌战整整一天，终于不欢而散。博颜满都呼、乔巴山并肩在冰雪覆盖的图拉河岸散步，缓缓来到蒙古国首都乌兰巴托市郊时，乔巴山才说出掏心窝子的话语。随从们牵着马匹跟随在数十步之遥。乔巴山说："现在的外蒙古是在什么样的形势下实现独立的，倘若没有《雅尔塔条约》，蒙古国没有可能获得独立的条件。在中国和苏联两大国家夹缝中生存的蒙古民族，在目前形势下给任何一个国家增加麻烦都是不明智的。《雅尔塔条约》中提到的一个条款是，如果让苏联人向日本宣战，就必须同意让外蒙古独立。这个你们都已经有所耳闻吧，中国政府刚刚承认外蒙古独立的首要条件是，当苏军从中国撤军时，不能向东北的共产党军队给予任何支持。当然，这是秘密补充协定。所以目前的蒙古民族与被夹在岩缝中的树貂无异啊。说实话，无论你我，谁人不希望实现蒙古民族的统一啊！"博颜满都呼恍然大悟道："那么我是否可以这样理解阁下的意思……""说吧，无妨。""这件事情没有任何成功的可能？"乔巴山点头道："是的，至少目前世界形势如此。"欢送酒宴上，博颜满都呼眼含泪水，举起酒杯说："对于血浓于水的至亲同胞难以尽言的苦痛，我们完全理解，蒙古民族万岁！"他喝干杯中酒，开始与席上所有人干杯。乔巴山说："我们已经高举共产主义红色旗帜，我们建议你们也举起这面旗帜。"博颜满都呼沉默地陷入思考。不一会儿，蒙古人的豪爽性格战胜了一切。他不断地跟坐席上的客人碰杯，很快不胜酒力，抬不起头，昏昏沉沉地醉倒。三天后，十多名东蒙代表从蒙古国首都乌兰巴托市中央政府大院出发，把乔巴山等送行者留在身后，风餐露宿，跋山涉水来到东蒙临时政府大院外，在拴马桩前纷纷下马。

已遭动乱之劫的兴安军官学校校院，变成了青年人聚首、无拘无束地讨论民族出路的理想场所。有人说："即将成立的东蒙临时政府负责人正在准备与蒙古人民共和国取得联系。他们回来之后，我们东部地区蒙古人将以什么样的方式生存，就会有结果了。"显然他们还不知道，正在酝酿中的临时政府目前的动向，正在胡乱猜测中。满都呼说："趁着这个天赐良机，首先应该获得我们自己的自治权利，为什么还要朝外蒙古跑呢？""只要全体蒙古人建立统一的蒙古民族国家，无论让我做什么，我都可以接受。"另一位青年表白。"没见共产党、国民党在我们前后左右转来转去的？想建立统一蒙古国家，这个想法有点幼稚了吧？""我认为，我们应该跟随共产党。既然外蒙古已经建立了红色政权，那么，即将成立的东部蒙古临时政权理应与他们建立联系，这是一个正确选择。"说这话的是个中年人，明显比其他辩论对手老练。"我们既不跟随苏联，也不服从汉人，我们只建立自己独立的国家！"年轻人反驳道。"倘若是依然保持王公贵族封建领主特权权益政府，那么这样的政权对于广大人民没有任何用处，我们黎民百姓用那样的政府做什么？"中年人说。

宝力德自从与撒格斯嘎分道扬镳后，找到了原先国军边疆开垦团的残部，并且立刻被他们的领导层接纳。因为宝力德是土生土长的蒙古人，所以理所当然被认为是与即将成立的东蒙临时政府打交道的最佳人选。宝力德肩负使命，与警卫一起来到东蒙临时政府办公室。此时的度棱，在既是办公室又是寝室的房间里躺在床上读书。当宝力德进来时，他将书塞进枕头下面起身迎接。宝力德进房间，还没站稳就说："苏联人用飞机将所有东蒙领袖人物拉到赤塔去了，我们应该怎么办？"度棱说："抓走就抓走吧，其实他们也没对老百姓做过什么有益的事。"宝力德诧异道："什么？从一位军官嘴里吐出这样的话语，令我感到羞耻！"度棱自豪地说："人民，只有人民才能创造人间奇迹！"宝力德走过去将手伸向藏书的枕头说："您说话越来越难以理解啦。"度棱微笑着将书递给宝力德说："希望你也快快回到人民阵营里。"宝力德指着书面上的人像问："这个人是谁？"度棱说："是苏联革命已故领袖列宁。"宝力德将书扔到床上说："你已经变成了读那个使满世界都刮起红色风暴的书的大哥啦？"宝力德第二次来到临时政府大院是春雨蒙蒙的早晨。满都呼站在门岗旁边，在迎接各方客人。宝力德与几名国民党军官一起坐汽车驶进院内停下。满都呼向他们敬礼道："会议已经开始了，各位长官请进。"宝力德似乎对这小同乡不屑一顾，含含糊糊还礼后就领着军官们匆匆进会议厅。东蒙临时政府会议室内，主持会议的度棱正在讲："东蒙临时政府要发扬民主精神，向各界朋友征集意见，大家可以畅所欲言。"有个皮肤保养很好、有贵族气质的老年人站起来说："我提个意见，往后要是跟随民国政府，首先把过去王爷、公爷的职权给恢复了。一定要小心提防着赤党才是，决不能让那些衣衫褴褛者踩到我们脑袋上，否则等于是蒙古人自取灭亡。"坐在他旁边的博颜满都呼，干咳一声，看着迟到进来的宝力德等人，用食指轻轻敲桌面说："合并内、外蒙古的道路已经行不通了，可是靠山我们还得找，要不目前很难稳得住脚。"宝力德边走边说："我们首先要与民国政府联系，只有这样才能把原先蒙旗集会制和旗扎萨克制度恢复起来。"这话得到了大多数集会者的认同，会议室内响起掌声。度棱摆了摆手，制止喧哗说："讨论恢复蒙旗集会制和旗扎萨克制度，以目前情况看是有些不妥当，还是大家出主意怎样尽快解决整顿或改变自治军编制等事宜为好。"

赫希格领着骑兵连，在兴安南省和西省边界处转悠。他在犹豫彷徨中等待着、期望着什么。不知不觉间半个月时间过去，收庄稼时节来临，战士们的情绪也发生了不可逆转的变化。几乎到了绝望边缘，赫希格才下命令留下五名应急联络员后，把队伍暂时解散。回到自家门前，恩和和其木格、托娅出来迎接。当四人相拥着正要进屋时，波尔玛从她家里赶了过来。母亲等候在门槛旁，赫希格向母亲请过安之后，被众人簇拥着进屋就扫兴地哀叹道："日本人战败了，满洲国也灭亡啦，好运气恐怕也远离尾随它的蒙古人啦。"母亲说："管他谁战败谁灭亡，只要没有战争就好。如果不是有波尔玛帮衬，在这年头我们恐怕连饭都吃不饱呢。"波尔玛朝赫希格说："赶紧把脏衣服换下来吧，我给你收拾收拾虱子。"赫希格沉陷在沮丧之中，问："满都呼有消息吗？"母亲摇头道："没有，至今都杳无音讯。"赫希格起身走进恩和的房间更换衣服，片刻之后将脏衣服扔了出来。接下来的四五天时间，赫希格像苦苦寻找羊群的孤独羊羔突然间找到了母羊似的，跟随在波尔玛左右寸步不离地黏糊。赫希格和波尔玛驱赶着带犊的两家三头母牛，从河岸柳林向家来时说："真不知道为了什么，人不离鞍地征战不息这么许多年。""你给我活着回来就是万幸啦，别的我什么都不盼望。"波尔玛说。"波尔玛，军刀我还是要挂在腰上的，我还不到休息时刻啊。""还要去哪儿？你不是说杀戮已经结束了吗？"赫希格摇头道："究竟走向何处，目前连我自己都不知道。"二人说话间不知不觉来到波尔玛家前，把三个牛犊分别从母牛旁边赶开，一个一个圈进木栏内。二人走进屋子，站在地中央互相搂抱起来，大大方方地亲热一番。赫希格亲够了走过去坐在炕上以后，波尔玛从箱子上面取下油灯观察赫希格的头发，说："你的头发已经花白，岁月过得太快啦。"赫希格取过油灯放下，将她搂在了怀里，又开始亲热。波尔玛是最早察觉到异常情况的。她对母亲说："赫希格他很可能还要去打仗。"母亲献策说："把他的马鞍藏起来，就让他骑着光背马去打仗吧。"波尔玛迟疑地问："能行吗？"母亲说："就算是不行，我们还有什么别的办法阻止他？"二人说着，不约而同地离开屋子。母亲带着铁锹走在前面，波尔玛抱着马鞍跟随在后，二人鬼鬼祟祟来到房后挖一小坑将马鞍埋下。那天下午，赫希格去公房找骑兵连应急联络员了解情况时，胖子占布拉哭丧着脸说："昨天晚上留下来给骑兵连当联络员的其他四个人都回家了。我想劝阻他们，可是他们用枪口对准我。赫希格，你想想，失去主人的狗就不知道咬谁啦。"赫希格说："这样也好，那就安安心心地去秋收吧。"础鲁也闻讯赶来说："早该如此。现在只要束腰带欲出门，老婆就拽着衣袖一把鼻涕一把泪的。"赫希格离开公房回到家后，似乎丢了魂一样坐立不安起来。他出得门来，东西张望，走到马车边上上下下地端详之后迷惑地挠头，最后又走到家什堆里翻看。其木格和恩和、托娅透过窗户观看他的一举一动。恩和朝母亲问："奶奶，不知道爸爸在外面找什么？"母亲显得心不在焉，用抹布擦拭着茶杯，似乎不想回答恩和的提问。赫希格走进房间，问母亲道："妈，见到马鞍了吗？"母亲摇头。恩和说：

"早晨马鞍还在门后木架上啊。"其木格说："我倒是没注意。"赫希格再次问："你们真的谁也没看见马鞍吗？难道它会自己不翼而飞？"母亲依然摇头，连托娅都摇头了。赫希格无可奈何，嘟哝着走出房间。他气汹汹地去波尔玛家院子查看。巡视她家所有旮旯边角。波尔玛从屋子出来，强忍笑意问："你找什么？是不是怀疑我藏着野汉子？"赫希格挠头若有所思地说："马鞍突然不见啦，真奇怪呀。"波尔玛似乎心满意足地说："既然把马鞍笼头都丢了，那就不能骑马打仗啦。但愿你永远找不到马具。""如果接到出发命令，没有马鞍我也照样可以上路，你见过哪个骑兵连连长缺少马具？"赫希格说着继续翻找。屋里屋外折腾够了也没找到马鞍。赫希格的脸马上阴暗起来，眼看就要发脾气了。波尔玛这才妥协道："好啦，要是这样的话就算啦，东西是婶子和我一起藏起来的，就别生气啦，现在就给你拿出来。""你们疯了！做事怎么这样没有分寸？如果遇到紧急集合的场合，我难道要骑着光背马出发吗，啊！"赫希格愤怒地咆哮着摔门而出。捂住嘴巴的波尔玛独自留在后面。找到了马鞍后，赫希格立刻对波尔玛温存起来，二人套上马车去草场拉干草。落日下草场被染成一片暗红色。近处的山坡、远处的雾霭、纷飞的小虫，以及周围一切在二人心里变得舒适惬意。波尔玛手里拿着草叉站在车上，赫希格从下面往上叉草。附近还有其他人家也同样劳作着，其中包括础鲁夫妇。装完车歇息时，础鲁和他妻子握着草叉，朝他们走过来。"跟老娘儿们一起待久了可真腻歪，还是重新把骑兵连集合起来吧。"础鲁咧嘴说笑着，坐在赫希格旁边，不停地挥手驱赶伏在脸上的蚊子。波尔玛说："础鲁，你说什么疯话！"赫希格："等收完干草之后再说。"础鲁的妻子朝赫希格说："你表妹格日勒在诺尔布家呢，你们还不知道吧？"赫希格诧异地问："你什么时候看见她的？"础鲁的妻子说："我们来草场的路上看见的，蹲在诺尔布家门口洗衣服的那个女人肯定是格日勒。"这时，不远处，装了一半草的马车移动，还没来得及系拉绳的草垛从车上坠落下来。础鲁两口子朝马匹叫着喊着跑了过去。

诺尔布和德力格尔被格日勒救活后，王爷庙一带活动的土八路们几乎都成了她家常客。土八路们发扬风格，黎明即起，将铺在身下的干草收拾起来。这时，炕上和衣而卧的萨满师父和格日勒表姐才醒过来。诺尔布和德力格尔，头一次来住宿的那天凌晨，萨满师父说："我们自己收拾吧，你们炕上坐着。"诺尔布边收拾地上铺的干草边说："我们的部队有规定，尽可能不给老百姓添麻烦。收拾完之后，我们就出发。"格日勒表姐说："没关系，我们家住过各种各样的军队。"诺尔布说："因为共产党的军队是为了穷人。"萨满师父问："那么，您是？"诺尔布说："我们就是八路军。"萨满师父说："如果是这样，我和徒弟为你们祈神！"诺尔布说："不必了，我俩立刻就走。"诺尔布和德力格尔骑上马离去时，格日勒表姐站在门口依依不舍地挥手相送。当诺尔布、德力格尔离开王爷庙中央街道，策马行进在成吉思汗庙北侧榆树丛中时，有几个东蒙自治临时政府的侦察兵挡住了他们的去路。诺尔布、德力格尔立刻改变了方向。侦察兵催马追击，眼看没有可能追上二人，他们胡乱放几枪返回。诺尔布和德力格尔离开王爷庙后，在附近村庄找到了队伍。虽然他未能完成劝降赫希格骑兵连的任务，但队长不仅没责备他，还交给了他新任务。队长说："你家在王爷庙附近，所以你很适合去那里开展工作。到后方工作，并不意味着逃避战场，诺尔布同志，这个道理你明白吧？"诺尔布并没明白队长的初衷，但还是敬礼道："请首长放心。"队长笑了说："就目前形势而言，在后方工作跟前线一样危险，你一定要保持高度警惕。"就这样，诺尔布趁夜黑独自一人第二次徒步来到王爷庙的格日勒表姐家院外。他匆忙越过格日勒表姐家

院墙，轻轻推开门走了进去。这时有一群临时政府巡逻兵尾追他来
到格日勒表姐家院外，不断地敲门喊叫着要求进屋搜查。诺尔布进
屋就说："巡街的人正在追赶我，这里有藏身地方吗？"萨满师父说：
"可以在地窖内藏身。"外面的人已经破院门而入，正在猛烈地敲打
房门。格日勒表姐突发奇想道："来不及啦，赶紧盖上被子躺下。"
诺尔布趴在炕上，盖被子躺下。格日勒表姐拿起法器开始装神弄鬼
地施法。巡逻队员们闯了进来，带头的是满都呼。格日勒表姐在满
都呼等巡逻队员面前翩翩起舞驱邪。满都呼走过去将诺尔布身上的
被子揭开。格日勒表姐依然不停地狂舞。满都呼和诺尔布目光碰在
一起。满都呼把被子重新盖在诺尔布身上，转身走向浑身颤抖不已
的萨满师父时，问："是要整夜施法吗？"萨满师父犹豫一下，说：
"是啊。"满都呼摆手，对巡逻队员下命令道："撤。"巡逻队员们走
远，外面喧闹消失之后，格日勒表姐的狂舞也停止了。萨满师父若
有所思地叹息道："如果总是这样，我们迟早也会卷入其中的。"诺
尔布掀开被子，表示歉意道："他们已经走远，给你们添麻烦了。我
现在就走。"格日勒表姐说："黑灯瞎火的，哥哥能去哪儿？等天亮
了再走。"萨满师父说："就让他走吧。"诺尔布乖乖下炕，朝门口走
去。格日勒表姐突然喊道："等一下。"诺尔布没停步，直接走出屋
去。萨满师父问："你还要干什么？"格日勒表姐将穿在身上的法衣、
法器等脱下来，放在萨满师父面前，斩钉截铁地说："我再也不会住
在一个连落难之人都不能留宿的人家！"萨满师父奔向前去，欲要抓
住格日勒表姐衣袖时，她甩开了对方的手，跑了出去。当诺尔布在
黑暗中沿着墙根趔趄行进时，格日勒表姐从后面赶了上来，气喘吁
吁地说："哥，我也不会住在这里了。"诺尔布驻足，似乎情不自禁
地抓住了格日勒表姐的手。格日勒表姐依偎在他怀里哭泣起来。诺
尔布悄声问："怎么啦？"格日勒表姐带着哭腔，嗫嚅道："我再也不

住这个该死的萨满家了。""那怎么行？""我真的受不了啦。""回去，赶紧回去吧。""不，我死也不回去。""我无法带着你走，有任务。""那我就撞墙。""别呀，咱们再想想办法。"二人说着哄着消失在黑暗之中。第二天早晨，蓬头垢面的萨满师父坐在炕上发呆时，满都呼手握着马鞭，走了进来对他说："施法结束啦？"萨满师父忏悔道："昨天晚上我对你们撒谎了。"满都呼说："你已经让他逃走啦？"萨满师父愤愤不平地注视着满都呼说："别把我的神祇惹怒了，赶紧把手里的马鞭扔出去！""我并不惧怕你的神祇，你老婆呢？"满都呼问。"跟着那个逃亡者一起跑啦。"萨满师父说。满都呼揶揄道："你的神祇没帮助你吗？"萨满师父突然翻白眼，口吐白沫仰面摔倒在炕上，扎煞着双手，浑身不停地抖动着。

诺尔布无可奈何地把格日勒表姐带回家，把她留在门外，自己先进去见他母亲。他母亲看了儿子就说："早晨起来右眼就跳个不停，原来是喜事。儿子，你现在就给妈妈发誓，从今以后哪儿都不去！"诺尔布说："只要这个世界上有贫富之分，我们就没有什么可高兴的事情。"诺尔布母亲说："穷人和富人，都是前世定下的命。其木格姑娘经常来让我高兴，让人家大姑娘总是等着咱们也不是回事，求个媒人去说说。"诺尔布说："不用，现在就是找媒人也是徒劳无益。"诺尔布母亲似乎听错了，问："你说什么？"诺尔布说："只要与赫希格有关系的人都是我的敌人。"诺尔布母亲脸朝屋顶祷告道："老天爷保佑！儿子啊，可不许那样乱讲啊。"诺尔布退出屋子，很快把格日勒表姐牵到他母亲面前。当天傍晚时分，赫希格牵着马驱赶他和波尔玛两家十来头牛沿着河岸走时，诺尔布步行迎了过去，截住他去路说："见到我还活着，你很奇怪吧。"赫希格说："我从来也没盼着让你去死。"诺尔布说："挥舞战刀砍杀是为了让人活着，是这样吗？"赫希格说："若论弄枪舞棒，你不是也一样吗？

那是战场，如果我不砍人，别人就砍我。"诺尔布说："你也不用着急，穷人闹革命总有一天会枪毙你。"赫希格说："我也不是富人。"诺尔布问："怎么，害怕了？"赫希格说："有什么可害怕的，只不过是说句实话而已。"

第二十四章
树条在空中划过一条弧线

诺尔布的母亲对格日勒表姐说:"孩子,既然回嘎查了,应该去看看家。"格日勒表姐说:"是无主之家,早已没法住人啦。"诺尔布母亲说:"我说的不是那个家,是说你楠杰姑姑家。"格日勒表姐摇头道:"我不去。"诺尔布母亲说:"这样不好,就算是他们伤害过你,但是血缘关系永远是相亲相爱的心结呀。"格日勒表姐说:"大婶不是在撵我走吧,我肯定不会成为你家负担的。"诺尔布母亲说:"我说这些话,仅仅是为了邻里之间别伤了和气啊,姑娘。"格日勒表姐说:"我决定参加诺尔布哥哥所说的革命,我再也不会跟其木格一家发生任何关系。"其木格听到了格日勒表姐的消息后,不顾未婚女子体面,撕破姊妹情深的假面具,直接去找她议论是非。二人在诺尔布家院子里,见面就撕扯起来。其木格义无反顾地扑向格日勒表姐时尖叫道:"我要把你这个没脸没皮的母狗脸皮撕下来!"格日勒表姐边招架边说:"如果说到丢脸的人是指你自己吧,呸!""我要杀了你!"其木格猫腰顺手捡起地上树条就朝格日勒表姐抽打。格日勒表姐退却败阵,躲到诺尔布家厢房后头说:"你要杀我?难道你们杀死的人还少吗?"这时,路过诺尔布家门前的波尔玛闻讯匆忙跑进院子里来抓住了其木格的手,并劝架道:"其木格,姐姐求求你,别丢人现眼了。"诺尔布家院外,看热闹的人逐渐增多。其木格还在逞能，挥动着手里的树条。波尔玛把树条抢过来，从篱笆和聚集的人群上头扔了过去，树条在空中划过一条弧线，插在院子外面柴堆上。两手空空的其木格，突然抱住波尔玛，伏在她胸前嗷嗷哭了起来。估计看热闹的谁也没想到吵架这么容易就收场，纷纷扫兴而离去。情绪缓和下来的其木格被波尔玛牵着手来到她家，坐在炕沿上，委屈万分地哽咽道："抛弃自己丈夫，跟着别人私奔的不知羞耻的母狗！"波尔玛面露难色说："你不是在骂我吧？"其木格说："我是在骂格日勒。"波尔玛说："细想起来真算是造孽呀，想当年我也……"其木格说："波尔玛姐，这跟你没关系。"经过这场吵架，她似乎一下子成熟并聪明了。她把聚焦在格日勒表姐身上的目光转移到诺尔布身上。

其木格来到公房外时，持枪岗哨把她拦住。岗哨说："革命积极分子们正在这里开会呢，你不能进去。"其木格说："我要见诺尔布，有很重要事情。"岗哨说："站住！再往前走就开枪了！"诺尔布从屋窗户探出头问："谁啊？"岗哨说："赫希格的妹妹其木格来了，她说要见你，不肯离去。""让她过来。"诺尔布说完把脑袋缩回。公房内聚集了铁匠瘸子尼玛等十来个穷人积极分子在开会。其木格进来就朝诺尔布说："我决定要参加革命了，从现在开始与那个家庭断绝关系。"诺尔布说："参加革命可不是嘴上说就可以的，主要看行动，其木格要求当积极分子，大家同意吗？"瘸子尼玛说："当然可以，我没意见。"众人纷纷表示没意见。诺尔布说："那其木格同志从现在开始就是积极分子一员了。我们目前主要的任务是，为即将要举行的土地改革运动做好准备工作，同志们可以自由地谈一谈各自想法。"瘸子尼玛问："这土地到底怎么改？"诺尔布说："目前土地所有权集中在极少数人手里，这是大家都知道的事情，实际上土地使用和所有权应该人人都有份儿才对，这就是共产党所领导的革命目的。"瘸子尼玛似乎突然开了窍，很是得意地问："那就是说，我跟乌日图嘎查达一样，有自己的土地？"诺尔布说："对。"众人开始议论纷纷。诺尔布说："大家静一静。"屋内停止喧哗。诺尔布说："我们这些革命积极分子一定要时刻提高警觉，嘎查里谁要是散发反动谣言，立刻把情况向组织汇报，大家听明白了吗？"众人几乎同声回答，明白了。诺尔布说："大家一定要保住会议秘密，散会。"众人陆续出屋，其木格像是还有话要说，一副倔强、不达目的不肯罢休样子，站在门板后侧留了下来。当诺尔布背上手枪准备回家时，她突然从门后蹿出，把他拦住说："你别回家。"诺尔布后退两步，下意识地摸手枪并惊诧道："吓我一跳，为什么？"其木格吞吞吐吐地说："因为，因为，格日勒住在你家。"诺尔布问："那又怎样？"其木格说："要不，你回去后把她从家里轰出去！"诺尔布掩饰住刚才的失态，微笑道："我还没学会地主阶级那一套呢。"她变得无话可说，捂着脸从公房跑了出去。

格日勒表姐从自己小包裹里取出一个布偶放在前面，开始施法。当她用绣花针扎向布偶时，诺尔布的母亲蹑手蹑脚地走到她身后，小心翼翼地制止道："大婶求你了，即使你和其木格不是一母所生，但也是血亲啊，千万别发毒咒。"格日勒表姐不得不把布偶放回包裹里。"姑娘啊，虽说楠杰只是你姑姑，可她那儿毕竟是你家呀，最好还是回家跟家人和好吧。""我死也不回那个家，婶子要是撵我，我这就离开去找共产党军队。""不是啊，姑娘。婶子只是担心，都是乡里乡亲的，怕他们往坏处想。"格日勒表姐抽泣道："鼠疫时，我被日本人冤枉隔离，他们全家人却一次也没来看过我，我恨透了。为了让满都呼去高力板学习，他们把我家门窗全部给堵上了，要不我不至于在隔离区遭到日本人的侮辱，幸亏我命大，要不早就让他们给弄死了。"这时，诺尔布从公房回到家，听到了格日勒表姐最后一句哭诉，进屋就说："这就是阶级仇恨啊。"格日勒表姐见了诺尔布就立刻跪下，乞求道："诺尔布哥，你让我见一见共产党的部队吧，我不会忘记大恩！""起来吧，共产党人不兴这个，以后有机会我一定把你送到咱部队去。"诺尔布说着把格日勒表姐扶起。

赫希格走进铁匠铺时，尼玛瘸子正在给旧靴子钉掌。尼玛瘸子是刚从公房开完积极分子会回来。他见了赫希格，有戒心地叹息道："唉，生意不景气啊，偶尔有人来给马匹打马掌也是赊账的，我这跛脚什么靴子都受不了，钉上了铁掌还能穿一阵子呢，你坐吧。"赫希格从怀里拿出一包东西递给他。"是什么？""旱烟。""太好了，断烟好几天，抽晒干的白菜叶子对付呢。"尼玛说着从靴筒里拿出烟袋。赫希格问："吃的缺不缺？"尼玛说："不缺，什么死狗、死牛我都敢吃，以后就更没事了。"赫希格问："以后会怎样？炕头会长出粮食？"尼玛说："嗯，差不多。"赫希格问："你都听到什么了？"尼玛有些神秘地说："他们一再劝我去参加积极分子会，我就去了，赫希格你大概没听说过吧，以后咱穷人也有自己的地可种了。"赫希格说："别胡说，是诺尔布承诺给你地？"尼玛说："不是他，是共产党。"赫希格嘟囔道："共产党……"尼玛说："对啦，承诺给地的人是共产党。"

其木格站在诺尔布邻居家柴火堆后边，偷偷观察诺尔布家院内情况。格日勒表姐在诺尔布家院子里把洗好的几件衣裳挂在篱笆上，抬起头看了看天气情况就回屋去。其木格看到此景痛恨不已，咬牙跺脚。赫希格垂头丧气地从铁匠尼玛家出来，心不在焉地经过其木格身旁，又走了回来，感到诧异就问："其木格，你站在这儿干什么呢？快回家。"其木格嘟囔道："格日勒怎么不死呢！"赫希格呵斥道："你疯了？我叫你回家呢，听到没？"其木格拗不过赫希格的脾气，往家跑去。赫希格站在原地，朝诺尔布家若有所思地看着。几天后，半夜时分，诺尔布与一帮骑者来到门前，下马。诺尔布把其余人留在院外，自己走进院子。当诺尔布走进屋时，他母亲摸索洋火，费劲巴拉地划了几次才把油灯点着。诺尔布走到正在酣睡的格日勒表姐枕头边，说："格日勒妹子，快起来，我们要走了。""这么晚去哪儿啊？等天亮吧。"诺尔布母亲说。这时，格日勒表姐醒了过来，睡眼惺忪地打着哈欠开始穿衣服。诺尔布说："不能等天亮，国内战争已全面爆发，我们得尽快去找到自己部队才行，妈您在家好好待着吧。"诺尔布母亲双手合十道："又开始打仗了，佛爷！"诺尔布把灯吹灭，跟格日勒匆匆出去。老太太独自留下，侧耳倾听时，从外面传来渐渐远去的马蹄声。

诺尔布等人逃离嘎查后的第二天清晨，胖子占布拉把骑兵连几个人招集在公房，派人把赫希格从波尔玛家招呼过去。当赫希格刚要跨进公房门槛时，胖子占布拉着急忙慌地问："赫希格你说说，现在我们应该怎么办？""到底出了什么事？"赫希格问。胖子占布拉说："战争又开始啦，我们怎么办？"赫希格想了想，用犹豫的口气问："去王爷庙找东蒙临时政府？"础鲁说："诺尔布已经领一帮弟兄找八路军去了，我们也赶紧选一条路吧。"胖子占布拉带头表示："赫希格往哪儿，我往哪儿。"众人纷纷说道："占布拉说得对，赫希格你就做决定吧。"母亲从牲口棚把牛群放出时，波尔玛来到跟前说："婶子你听听。"母亲停下，侧耳倾听。从远处隐隐约约传来炮弹爆炸声。波尔玛说："好像又开始打起来了。"母亲双手合十道："这可怎么办！"这时，赫希格不言不语地走过他俩身旁，走进院门。牛群自动离开牲口棚，被波尔玛家一头母牛领着往山坡走。母亲不顾牛群，转身与波尔玛一起不近不远地跟着赫希格。赫希格走进储藏粮食的仓房内，从墙角挖出枪械等随身携带品。母亲和波尔玛站在仓房门口注视着他的一举一动。赫希格手里拿着枪械、子弹带等物品从仓房走出，依然不跟母亲和波尔玛搭话，匆匆向院门走去。留在仓房门口的波尔玛与母亲默默地互相对视。母亲叹息摇头，波尔玛惧怕母亲视线似的，低下头看自己靴尖。赫希格骑兵连几个战士牵着马匹聚在公房外。一些老头儿和妇女、孩子过来围在他们四周观看。乌日图清清嗓子说："目前赤党正在蠢蠢欲动，要想侵吞我们祖先留下的家园，没有土地和草场的蒙古人还叫蒙古人吗？所以我们的年轻人去帮东蒙临时政府自治军打仗是对的。"众人纷纷喊道："对，对。"乌日图向骑兵连战士说："孩子们，一定要狠狠地打，把赤色党赶走远远的，让他们尝到惹恼成吉思汗后代的滋味！"赫希格朝他的几名骑兵下命令道："上马。"武装人员从人群里分开，骑上马，列队出发。送走赫希格后，母亲手里拿着一件新袍，坐在炕上，朝波尔玛喃喃道："累啊，真累。熬不过这打仗日子了。"波尔玛安慰道："婶子，您不用太担心，赫希格肯定会没事的，他又不是第一次去打仗。"母亲说："不是为赫希格担心，该轮到你了，波尔玛，我现在就把这家交给你。""婶子……"波尔玛的双眼浸满泪水。母亲说："按理说，应该把其木格嫁出去，给满都呼娶媳妇才算完成任务，可我现在的确无能为力了。"那天，母亲牵着波尔玛的手，走在屋子和院子里里外外，向她交代，和父亲一起大半辈子一把一撮搜集起来的，在富裕人家眼里一钱不值的那些点点滴滴家当，包括父亲离开家时秘密留下的那个应急用小小粮窖。

　　诺尔布带着十多个愿意投奔共产党的人离开嘎查后，在兴安西省境内被山林围绕的务农小村落找到了八路军游击小分队。他们在东蒙境内全面瓦解、争取满洲国骑兵的目的眼看就要达到了，可惜的是，就在这节骨眼上，国共两党骤然间反目成仇，小分队打算也成了泡影。如今满洲国骑兵残部又从四面八方汇集到王爷庙一带，接受东蒙临时政府指挥，再加上趾高气扬的苏联人撑腰，别说是八路军游击小分队，连国民党边疆开垦部队也只能站在一旁看着垂涎三尺却毫无办法收编他们了。八路军游击小分队从屡屡受挫中总结经验，从血的教训深刻地悟出在丘陵地带打游击战时马匹的重要性。小分队队长见到诺尔布后，马上派他往牧区去张罗战马。因为要想跟素不相识的牧区蒙古人打交道，首先得会说蒙古语才行。就这样，诺尔布领着格日勒表姐和德力格尔，来到了曾经有过一面之交的达瓦喇嘛营地上。达瓦喇嘛从寺宇来营地时，男仆接过缰绳。德力格尔扛着步枪在营地附近巡逻，从远处警惕地看着达瓦喇嘛。男仆说："来了三位八路老爷。"达瓦喇嘛边点头边朝马桩上拴着的三匹马看了看，然后走向上房。在上房内，其其格正在招待诺尔布和格日勒表姐喝茶。达瓦喇嘛走进与客人互换礼节。当其其格退出时，诺尔布向格日勒表姐用眼神示意让她跟着出屋。诺尔布向达瓦喇嘛伸出手说："我这次来是代表东蒙地区八路军游击支队来见您的，上次多亏了你们精心照顾。"达瓦喇嘛握住客人的手，有疑虑地端详着他的脸说："欢迎啊，欢迎。有什么困难尽管说，你们打日本，替我死去的哥哥报仇雪恨，我曾经承诺过要帮忙，蒙古人说话算话。"主人和客人各就其位，互递鼻烟壶消除疑虑后，诺尔布说："我们的骑兵缺一些马匹。"达瓦喇嘛爽快地说："那没关系，你们尽管从我哥哥的马群里挑选，不够就我们庙仓马群来补充。"诺尔布说："我以人民的名义向您表示感谢，现在虽然日本人已经投降，但是内战却爆发，局势依然十分严峻，希望您带领众僧做好保护寺庙的准备。""放心吧，佛法无边，寺庙会一直安然无恙的，你们什么时候取走马匹？现在吗？""不，马匹暂时不动，我们三个只是先来与您沟通的，等派人来取走马匹时，会把收据或现钱一次性交齐。"仆人小包房前，男仆坐地上，正在磨鞣皮刮子，旁边木桩上悬挂着一张硝皮，酸味扑鼻。其其格来到他身旁，不时地往站在上房门口的格日勒表姐瞅。

男仆说："我还真没看出三个八路，其中一个是女人，毕竟是当兵的，连穿着都一样，很难分清男女。"其其格说："一开始我也没看出来，却是有点奇怪。""怎么了？""女人还能当兵，很奇怪。""可不是吗，还带着手枪呢。"德力格尔依然从远处注视着他俩的一举一动。格日勒表姐目光烁烁，扫视周围，右手还抚弄着腰间套中手枪。这时，上房门帘被掀开，诺尔布和达瓦喇嘛走了出来。诺尔布朝格日勒表姐说："我们走吧。"德力格尔看到诺尔布后，快速走向马匹。三个八路骑马从营地离去后，达瓦喇嘛看着他们远去的背影站了一会儿，朝男仆和女仆走几步，停下，问："往羊群敖特尔送食品了吗？"男仆说："已经送去了，公爷。"女仆吐出舌头，轻轻推了一下松堆。男仆趔趄着站起，匆忙又下跪，纠正口误说："叫错了，请喇嘛佛原谅！"达瓦喇嘛转身走向马匹时嘟囔道："老糊涂鬼，注意点。"离开达瓦喇嘛营地后，诺尔布和格日勒表姐在前面并辔而行，德力格尔随后。三人来到草黄叶枯的原野上，诺尔布勒住缰绳，停下说："我始终坚信早晚会有一天红旗会覆盖所有蒙古地区。目前自治军不是我们的主要敌人，所以上级一再要求，通过宣传和耐心劝导把他们拉到人民一边来，不到万不得已不和自治军交战。"格日勒表姐说："只要和你在一起，把我派哪儿去都可以。""那怎么行呢？我马上要去前线作战，你还是留在后方为好。""我不怕敌人，就怕和你分开。""你真是的……""要不你现在就教我打枪吧。"格日勒表姐说着下马。这时，随在后边拉开一段距离的德力格尔赶上。诺尔布很不情愿似的下马，开始手把手教格日勒打枪。德力格尔似乎不想看到二人过分亲昵的动作，在马背上把脸转过去，催促道："我们还是赶紧赶路吧。"

　　八路军游击小分队正在被山林环抱的汉族自然小村落里休整。有人在墙壁上张贴宣传单。战士们在帮助老乡，挑水的挑水，扫地的扫地。村子西侧设小分队队部的三间土房里，胡子拉碴的政委和队长正在与撒格斯嘎和图布新二人谈话。图布新是跟德力格尔等人去攻打撒格斯嘎大院的那天夜里半途离开他们后第二天中午遇到撒格斯嘎的。那时，撒格斯嘎离开宝力德独自一人在赶路。二人见面，交流几句后图布新就被撒格斯嘎说服，成了志同道合的同路人——投奔八路者。政委说："撒格斯嘎同志，组织上经过研究决定把你和图布新同志一起派往牧区去，做土地改革宣传工作，有困难吗？"撒格斯嘎说："没困难，听从组织决定。"队长说："那就好。目前部队里识文断字的蒙古族干部很少，你们二位能够替组织承担起这艰巨任务我和政委很高兴，并由衷地谢谢你们。"随着门外的报告声，诺尔布和德力格尔以及格日勒表姐走了进来。三人同时向队长和政委敬礼。诺尔布从包内拿一包银元，放在桌上，说："报告队长，我们跟一家富户说好要二十匹马，可是户主坚决不收钱，并承诺随时取走马匹。"德力格尔和撒格斯嘎不期而遇，久久互相对视着。队长问："留给收据了？"诺尔布说："没留，等派人去取马匹时再说吧。"队长说："那也好，你们完成任务了，回去休息吧。"这时，德力格尔突然往前冲过去，揪住撒格斯嘎的领口不放，说："队长，他是高力板镇的恶霸地主，怎么？"撒格斯嘎掰开德力格尔的手，把他推开，面无表情地站着。政委笑着说道："德力格尔同志说得对，他过去确是个地主，可现在已经是八路军战士啦。"诺尔布拽住德力格尔衣袖说："我们走吧。"德力格尔气得直跺脚。撒格斯嘎说："你误解我了，不过你生气也是对的。"政委挥手示意让诺尔布、图布新、格日勒表姐三人出屋，把撒格斯嘎和德力格尔留下来问："到底是怎么回事？你们俩现在一定要当着队长和我的面说清楚！"撒格斯嘎说："德力格尔是我的亲儿子，我让他一直在外地念书，所以他对家里事情不太了解。"德力格尔说："我的五个妹妹在哪儿？肯定是你把她们全杀了！"听了这话，政委突然笑了起来，德力格尔显得更是莫名其妙。政委拍了拍德力格尔的肩膀说："德力格尔同志，原来你对撒格斯嘎同志理解错了，你的妹妹们现在都好好活着呢，关于这件事你父亲他已经向组织交代过了。"撒格斯嘎一脸委屈，他说："我为女儿们的安全着想，始终没把她们过继的家庭住址告诉德力格尔。"政委说："撒格斯嘎同志为了参加革命而无后顾之忧，把自己的亲生女儿们都过继给别人家了，德力格尔同志你说说，难道这还有错？"

第二天早晨，撒格斯嘎和图布新在野外榆树林中并辔而行时，突然，骑者德力格尔手里拿着步枪从榆树丛里蹿出来拦住去路。撒格斯嘎似乎并没有感到意外，问："狗崽子，你到底想干什么？"图布新拿出手枪，对准德力格尔。德力格尔眼睛充血，恨不得把亲生父亲活吞，他说："你在欺骗组织！"撒格斯嘎揭开衣领，拍了拍裸露的胸脯说："那小狗杂种你就开枪打死你父亲吧，开枪啊。"德力格尔的双手开始颤抖，渐渐枪口也朝下了。撒格斯嘎对图布新说："我们走。"二人从旁边奔过去时，德力格尔趴在鞍鞒悲痛地喊叫着朝树丛开了一枪。撒格斯嘎和图布新二人，马背上颠簸一整天之后，日落时在一个小山头上下马，用望远镜向牧民冬营地包房观察。图布新笑着突然问："那个叫德力格尔的小伙子为什么那么恨你？"显然，他是一路反复琢磨这件事来着。撒格斯嘎眼睛从望远镜移开说："怎么跟你说呢，都是为了一心一意干革命，我们父子俩才闹到这份儿上，大概就是这样。"图布新说："他真是你亲儿子吗？在满洲国第九军管区服役时，我们是同一个连炊事班战士啊。部队解散前，他领着几个人去高力板，那时，我还不认识你。"撒格斯嘎说："黎明时，来抄家的原来是你们？"图布新说："我没去，趁夜黑，半路上溜走了。"撒格斯嘎说："那证明你命好啊老弟，那次他们留下三具尸体跑的。"图布新说："德力格尔真是个怪人，不仅抄自己家，还向他老子对枪口。"撒格斯嘎露出鄙夷表情道："他可能不是我的种，你没瞧见向我对准枪口时手哆嗦的熊样吗？"撒格斯嘎再次用望远镜观看彼处，发现一位骑马的牧民，他说："我们俩过去打听一下冬营地情况吧。"二人骑上马走下坡路，来到羊倌老头儿前。撒格斯嘎问："老哥好啊？"老头儿说："好，好。""这是属于哪个地区的冬营地？""原先叫好力宝嘎查，现在就不知道了。"图布新问："为什么？"老头儿说："地名老是改来改去的谁能记得住。"撒格斯嘎问："你是给牧主家放羊吧？"老头儿说："羊群是我自己的。"撒格斯嘎说："我们去你家歇息行吗？"老头儿说："赶路人不可能带着家走，走吧。"于是三人一起来到老头儿家前下马。老头儿说："请吧。"从包房走出老太太和小姑娘，站在门左右各一个。撒格斯嘎和图布新在奇特的夹道欢迎中走进包房。主客各自找到位置坐下后，撒格斯嘎说："不瞒你说，我们俩是八路军工作队的，上你们这儿来宣传关于土地改革的事情，跟你打听一下，这里的牧主老财情况。"老头儿想了想说："能算上牧主的……"撒格斯嘎说："就是雇人放牛羊的。"老头儿拿出鼻烟壶递给撒格斯嘎时，说："哦，有，有。"撒格斯嘎伸手摸了一下鼻烟壶，鼓励道："你不用害怕，八路军会为你做主。"

宣传工作做得很顺利。不到一个月时间宣传队包房前就聚集起二十来名民兵，饶有兴味地倾听撒格斯嘎讲话了。撒格斯嘎鼓动道："去牧主家把金银财宝收回时，要是有人胆敢反抗就可以把他踩死，用尸体喂狗。咱们穷人给家乡山水做主的时候到了，大家跟我来。"撒格斯嘎领着众人沿着冻冰的小溪边向已经认定的第一户牧主家走去。路途口号声不断："打倒牧主！坚决土地改革！共产党万岁！"众人经过山坡榆树林，再通过河边柳树丛，来到牧主家附近停下。这时，有个人从牧主家走出来，骑上门前鞍马奔走。撒格斯嘎道：

"快，牧主家有人跑了！"队伍停止喊口号，加速奔跑靠近牧主家门前。牧主家十来条狗展开攻势，一起疯狂地向游行队伍奔来，结果被众人手里的石头块或棍棒打散，一个一个猎狺叫着往四处逃避。积极分子鳏夫伊达木领着两个民兵闯进牧主家，把牧主夫妇从包内赶了出来。撒格斯嘎问："刚才骑马逃跑的是什么人？"牧主说："不知道啊，诺颜（长官）饶恕！"撒格斯嘎命令道："打！"伊达木扬手里棍子，朝牧主腿弯砸下，一棍子把他打趴下。牧主婆哆哆嗦嗦地说："刚才骑马走的是我儿子，他不是逃跑。"撒格斯嘎问："那他为什么早不走晚不走，偏偏看到我们就离开家？"牧主婆说："我儿子是上北山谷赶马群去的。"撒格斯嘎下令道："把这爱撒谎的牧主给绑起来。"伊达木和另一个民兵把牧主给捆绑住。撒格斯嘎说："把他押到山脚下榆树林。"众人把牧主婆子留在家前，押着牧主，喊着口号，走向榆树林……

最终，牧主被众人踩踏致死。

第二十五章
母亲不清楚儿女们谁跟谁在作对

　　王爷庙街上从早到晚，骑兵列队不断来回穿梭。赫希格找到满都呼，向他打听格日勒表姐的情况，他问："格日勒住在哪儿？你把我领去。"满都呼说："她已经离家逃跑了。""为什么？""我怎么知道！""我不告诉过你，照顾着她！""怎么照顾她呀？她跟着那个萨满男人，一离开家就十天半个月都不见人影。我还看到过诺尔布躺在他们家炕上呢，当时我带一帮人去的，可第二天早晨再次去看时，她男人说，格日勒跟着诺尔布连夜逃跑了。""她跟着诺尔布走的事情我知道，不过从此她再也没回来过吗？""我琢磨她很可能跟着诺尔布参加八路军去了。""昨天你们跟哪一方打的仗？碰到八路军了吗？"赫希格问。"八路军太狡猾，他们不肯与我们交战，也不走远，不近不离地耗着。"满都呼回答。"那到底跟哪方面打的？""遇到国民党的一支骑兵部队，双方从远处互相炮击，还没来得及冲锋对方就已经撤退了，这仗打得越来越奇怪，甚至几乎都分不清敌我。"满都呼说着离他们而去。于是赫希格、础鲁、胖子占布拉三人走进酒馆开始昏天黑地地喝酒。胖子占布拉说："喂，赫希格，我问你，我们现在是自治军还是独立军？啊，你说说。"础鲁说："说独立军可以，说自治军也可以。管他呢，辨别这些对你我有用吗？"赫希格从桌上拿起半碗酒喝掉，站起摇晃着说："我要出去，在王爷庙街上左右砍两下，把我的马牵过来。"础鲁傻笑着说："长官，这酒馆门框太矮了，鞍马匹恐怕进不来。"赫希格站不稳，坐下。胖子占布拉嘴角流着口水说："喂，赫希格，我们现在到底是谁的兵？到底是自治军还是独……"酒劲充足的赫希格、础鲁、胖子占布拉三人按照白天满都呼告诉的线路来到萨满家外，开始敲打房门。萨满打开门，三人互相推搡着进去。三人骂骂咧咧地进屋后，爬上炕，躺下睡觉。萨满看着他们，在屋子角落里缩成一团，不敢动弹，不一会儿三人开始打呼噜。次日凌晨三人离开萨满家，牵着马匹，无所事事游手好闲地走在街上，寻找继续喝酒的酒馆时，遇到带着警卫走的宝力德。宝力德朝赫希格说："都什么时候了，你还在醉醺醺地找酒馆喝酒？立刻跟我去临时政府军事指挥部！"赫希格迷迷糊糊地跟着宝力德来到所谓军事指挥部，见到一位叫巴图那顺的团长。宝力德说："东蒙临时政府有可能让我们这些蒙古人落入陷阱。"巴图那顺问："您为什么这么说？""因为他们正在做着统一东、西部蒙古的梦。""西蒙究竟怎么啦？""西部蒙古有一半已经赤化了，我们如果与他们统一了，那么东部赤化也就是早晚的事情。""依您看，有什么办法阻挡这一趋势吗？""办法应该是有的。""那您就直接说出来吧。"宝力德似乎已经胸有成竹，他对巴图那顺说："我们要和国民党合作，把东部蒙古地区所有八路军游击队驱逐出境，只有这样，才能粉碎那些恨不得跟赤色分子穿一条裤子，并企图统一东、西蒙古的榆木脑袋们的痴心妄想！"赫希格半醉半醒状态下，怀着激动心情聆听着他们二人的谈话。可是他根本不知道，这是一桩悖逆东蒙临时政府的阴谋。几天前，在临时政府一间客厅内，度棱、宝力德和博颜满都呼商议派有关代表去承德参加会议时，度棱说："已经做出决定，东、西部蒙古各派遣七名代表前往承德开会。"宝力德说："西部蒙古应该是赤色党占据优势吧。"博颜满都呼说："红色也罢，蓝色也好，蒙古民族的统一是正确方向。"度棱拿出一张已经拟定好的人员名单说："有必要把派遣的代表遴选出来。你们斟酌一下。"博颜满都呼看看名单，干咳道："尽可能选出能够正确表达蒙古人民希望和理想的人是首要问题。""只要不把蒙古人出卖给八路军，我就没有意见！"宝力德看了名单后，摔门而出。这份七人名单里没有宝力德的大名，所以他趁机去找承德会议期间部队临时指挥官巴图那顺团长，预谋惹出一些乱子也是合乎情理的。当东蒙代表们骑上马，前脚离开王爷庙，后脚宝力德肆意妄为的行动就开始了。

我衣衫褴褛，手里拿着打狗棍，晃晃悠悠来到葛根庙墙根坐下。我是徒步跋山涉水，一路乞讨，足足走了二十天才回到这里的。寺门被推开，出现看门老和尚的脑袋。当众和尚在经堂内念经时，我被看门老和尚扶着走了进去。我跪倒在对我恩爱有加的经师面前："师父啊，博王旗路途真是走不完的远啊。"说完这句话，我就失去了知觉。等我醒过来时发现，自己躺在僧侣寝室内，有人已经把僧衣给我换好了，经师盘腿坐在枕头边数着念珠。我说："师父，日本人在博王旗建立的宗教学校已经变成了一片废墟。"经师合十道："好徒弟啊，是佛爷让你活着回来的。"有一位我觉得面生的沙弥进屋，说："师父，外边来了几名骑兵，正在环绕围墙做礼拜呢。"经师问："带枪了吗？"沙弥说："带呢。"经师和沙弥，留下我出屋去。我勉强起身，也跟了出去。几名国民党军官正在环绕寺院围墙行走、礼拜。然后，走到寺院门口时突然忘掉虔诚撕毁礼貌面具开始向寺院门拳打脚踢起来。门被打开，手拿念珠的经师出现。军官们看也不看经师的脸就走进院门。走到经堂门前时，经师劝军官们卸下武器。经师说："请施主们把枪械留在经堂门外吧。"一名军官带头走进经堂时，从牙缝吹出："不。"经师嘴里念叨，唵嘛呢叭咪吽。我认出四名军官之一——宝力德。从旁人的称呼中听出另一位和宝力德狼狈为奸的国军军官是赵营长。军官们身上带着武器，向佛像叩头。他们拜完佛，走出经堂，来到院中。宝力德说："我们来这儿是向方丈借个住宿地方。"经师合十，拒绝道："恐怕不行，寺庙净地杀气太重，佛已经愤怒了。施主们还是去附近村庄找个住宿地吧。"宝力德说："难道住一宿都不行吗？"经师摇头道："是的。"宝力德说："那就对不起了，我们今晚就住这儿。"经师再次念叨，唵嘛呢叭咪吽。第二天，自治军临时指挥官巴图那顺团长受到宝力德豪言蛊惑，头脑发热，自作主张，向赫希格骑兵连下达命令，去葛根庙跟宝力德召集过来的国民党开垦部队会合。宝力德在寺门前动员狼狈为奸的联军士兵时，信誓旦旦地表示：要以迅雷不及掩耳之势去消灭东蒙境内死缠不休的八路军游击队。

　　行军途中路过塔拉嘎查时，联军队伍停留在中央街道上，就地准备用晚餐。宝力德带领几个国民党士兵来到诺尔布家外面，诺尔布母亲匆忙出来，不知何方神圣而稀里糊涂迎接时，宝力德问："你儿子诺尔布在哪儿？"诺尔布母亲说："不知道。""那么，你这条老狗听好了，诺尔布跟着八路军走呢。""佛爷，你这个孩子怎么这么口无遮拦啊？你不是嘎查达乌日图家孩子吗？""说对啦，我就是乌日图的二儿子宝力德。""就连你父母也没这么骂过我，你到底是在什么地方学会了骂人？""现在没有时间跟你废话，我要杀头牛给士兵们吃，你就指一头吧，到底是哪一头？""什么？我哪有给你们吃的牛啊？"宝力德朝牛圈看了一眼，说："我们不是白吃你的牛，现在就给你送来偿还的牲口，进去抓头牛。"他朝身后随从挥手，几个士兵进牛圈，开枪射死一头母牛，并从棚圈拉出来。诺尔布母亲突然拼命地扑向宝力德。宝力德将其强行推入屋内，用粗木头把门板从外面顶死。几个士兵在房屋前空地上开始扒牛皮。这时，一名士兵牵着一匹瘸腿马，来到杀牛处。宝力德示意，让战士前去取走顶门木头。片刻之后，诺尔布母亲从屋子趔趄走出。"为了偿还你的牛，我给你牵来一匹马。"宝力德大声朝诺尔布母亲说。诺尔布母亲仔细地端详着马，突然愤怒地拍膝盖咆哮道："宝力德，你这狼崽子呀，是匹瘸马啊，让魔鬼把你抓了去吧！"

兴安西省境内的八路军游击分队，来到达瓦喇嘛营地上，补充坐骑。因为，去年入冬前，诺尔布、德力格尔、格日勒三人来这里事先与营地主人达瓦喇嘛商量过，所以，事情很顺利解决了。达瓦喇嘛不仅分文不取地送给八路军游击分队二十匹战马，还同意让他们随时随刻滞留在营地上。战士们在营地附近无忧无虑地忙活着。有的在收拾牲口粪便，有的在扫院子。德力格尔和格日勒表姐替其其格从泉边挑水，诺尔布等人帮助松堆搭建新牲口棚。众人纷纷进包房准备喝午茶时，两名战士把男仆抬过来，强迫让他坐在包房北侧，格日勒从其其格手里接过茶勺，硬把她也推过去坐到男仆旁边。一名年轻战士向松堆和其其格敬茶时众人欢笑。两位奴仆高兴地用衣袖反复擦眼泪。当其其格按蒙古妇女礼节，想单腿蹲起时，德力格尔走过去，再三客气，让她像个男人似的盘腿坐下。午后，八路军部队离去时，松堆、其其格挥手与他们告别。当队伍背影远去后，其其格用手遮光恋恋不舍地说："可惜是他们让女人盘腿坐着喝茶，难道蒙古人还不知道蒙古族礼节？"松堆道："他们好像是佛爷派来的，对待下等人还那么好脾气，我连做梦都没敢想过，坐在已故公爷那位置喝茶呢。"八路军队伍离开达瓦喇嘛营地，大概走了五华里远，在树丛密集的山坡上，与前来要消灭他们的赫希格和宝力德带领的混杂部队遭遇。诺尔布用望远镜眺望对方阵势。德力格尔在旁边草丛里蹲下，架起机关枪。格日勒表姐为他的机关枪弹匣装子弹。诺尔布说："格日勒，你要寸步不离地为德力格尔的机枪装填子弹，明白啦？"格日勒表姐说："明白。"诺尔布离开他们，带着警卫向其他机枪手走去。国民党军队排成横列走向八路军阵地时，赫希格带着骑兵走进山坡上的林间空地。胖子占布拉说："我们在这里稍等片刻。当双方拼杀疲惫之后我们再开始冲锋。"赫希格说："从地形上看，进行直接冲锋对骑兵不利，要是越过山头，从西北山口迂回包围八路军，战果会更好。"八路军和国军对立，双方开始互相射击。赫希格带着队伍快速越过山头，来到了山坳入口处。他用望远镜观察片刻之后，抽出战刀，从八路军阵地北侧，自己带头冲了过去。国军冲锋阵线已经被烟雾笼罩。八路军三名机关枪手，占据有利地形，朝对方猛烈扫射着。对方散兵线上偶尔有人从马背滚落。德力格尔旁边递送弹匣的格日勒表姐，突然低下头俯卧在地，一动不动。德力格尔抱起格日勒表姐时发现，她的胸膛已经被鲜血染红了。德力格尔轻轻地放下格日勒，重新爬入树丛掩体时，赫希格等已经冲到背后了。诺尔布带着少部分骑兵匆匆往斜刺里逃脱，满都呼领着几名自治军骑兵从后面追击。八路军阵地上布满了尸体，德力格尔等大部分步兵举手投降。赫希格从马上下来抱起格日勒表姐。格日勒表姐还没咽气，她认出赫希格，使出浑身力气，说了句令他感到无可奈何的话："大哥……我要穿……法衣舞蹈……"赫希格缓缓把格日勒表姐放置在草丛里，让她脑袋枕着一簇香味扑鼻的云香。宝力德来到八路被占领的阵地上，下马就趾高气扬地说："我们不接受这些赤色分子的投降，把他们全部砍死！"自治军骑兵听从宝力德的话，立刻纷纷举起战刀砍倒了几十名投降的八路军士兵。宝力德自己也欲举刀砍向德力格尔，却被赫希格抢起的战刀拦挡。赫希格咆哮道："别杀了！"宝力德问："为什么？"赫希格说："什么也不为，就是不能杀！"赫希格刚把杀俘虏的不人道行为制止，再次蹲下来观察格日勒表姐时，她已经注视着蓝天，安安静静地咽气了，似乎没怎么感觉到肉体疼痛。这时追击逃窜八路军的满都呼，领着一帮士兵返回。满都呼看见躺在草丛上的格日勒表姐的尸体后，突然疯狂地、撕心裂肺地号了一声就挥动战刀向一棵柞树砍去，碗口粗细的柞树被拦腰砍断。接着他转身就朝宝力德圆睁双眼问："是你杀她的？""是我杀的又怎样？"宝力德反问。满都呼挥起战刀朝宝力德砍去，对方迅速闪开，并用战刀挡住袭击。打了胜仗而兴奋不已的士兵们，纷纷吼叫着把二人团团围住，刚刚还是个硝烟弥漫的现代战场，瞬间变成了冷兵器时代的武士竞技场。比武开始阶段，两个人不分上下，渐渐宝力德乱了阵脚只剩招架之力，甚至喊出了从剑术教练那学的骂人话。满都呼越战越猛，一股不把宝力德砍成两半不肯罢休的架势。可是天公不作美，满都呼左脚不小心踩在地鼠包上陷了进去，身体跟着挥剑惯性扑了个狗抢屎，很难堪地趴倒在对手脚下。这时，满脸堆笑、津津有味地观看比武的赵营长举起手枪朝天放一枪。宝力德收住差一点砍掉满都呼右胳膊的剑，放入鞘内，推开人群，清清嗓子吐口唾沫，走出观看圈外。当满都呼爬起来时，围观人群为他让出一条往格日勒表姐尸体走过去的夹道。据础鲁讲，整个"比武"过程中，赫希格始终没离开格日勒表姐半步。他不合时宜地单腿跪膝在格日勒表姐身旁，含泪为其擦拭嘴角溢出来的血迹，给她理顺头发。满都呼从人群夹道来到仰躺着的格日勒表姐跟前站住，注视片刻逝者遗容后，不近情理地把赫希格推开。赫希格单腿跪姿变成盘腿坐姿。满都呼哈腰抱起格日勒表姐的尸体，朝雾霭中的山崖高处缓缓走去。础鲁说，因为格日勒是耶德根（女萨满），所以满都呼自作主张，把她"风葬"在岩石上是再恰当不过的。

自治军和国军开垦团联合起来打了个小胜仗，驱赶着八路军游击队俘虏走过山岚氤氲的山坡荆棘丛，到山脚小路上停留片刻之后，队伍自动分成两部分：自治军和国军。赫希格问："俘虏怎么处理？"宝力德说："我已经说过了，应该把他们全部杀掉！"国军赵营

长说："如果你们觉得不方便,我们带走他们就是。"赫希格低头思
考片刻后说："可以。"赫希格带着队伍离开了国民党部队,来到了
临时政府大院前停住。当赫希格和胖子占布拉二人离开队伍走进大
院时,有个警卫前来迎接敬礼道："首长让你们二位去会议室。"赫
希格说："知道了。"胖子占布拉问："发生了什么事情?"警卫摇头。
会议室内,不久前从承德回来的临时政府官员们铁青着脸坐在席位
上。半个月前他们在承德一座大楼内与西蒙代表一起,开了整整四
天的会,得出如下决议:解散东蒙临时政府,组建内蒙古自治运动
联合会东蒙总分会,领导东部蒙古地区自治运动。东蒙自治军改称
为自卫军,并由内蒙古自治运动联合会统一指挥。代表们举手表决。
然后,东、西部代表在承德那座楼房前照相留念,互相告别。他们
风尘仆仆地回到王爷庙发现,东蒙自治军临时指挥官巴图那顺团长
干出一件不可饶恕的罪行。警卫进来向新当选的东蒙自卫军首长报
告道："报告首长,他们来了。"首长说："让他们进来!"赫希格和
胖子占布拉走进会议室,站立在众目睽睽之下。首长挥手道："把他
们抓起来!"几个士兵缴了二人武器之后将他们捆绑起来。赫希格一
时愣住。胖子占布拉挣扎着说："你们这是卸磨杀驴!"首长说："先
带出去关押他们,等候处理!"当天的会议结束,自治军名号改成自
卫军。度棱与自卫军首长一起,在列队中穿行时,说："在原来的自
治军中有很多像赫希格、胖子占布拉这样的人。他们的思想还没有
达到认识并接受共产主义的程度,所以犯这样那样的错误是在所难
免。"首长说："我的同志,事物是很复杂的,尤其是在当前你死我
活的残酷斗争中。"度棱坚持己见："无论如何,不释放像赫希格和
占布拉那样中层军官的话,仅仅通过宣传改造军队是很困难的。"首
长说："可以释放他们,不过要撤销他们的职务。"在东蒙临时政府
一间监禁室内,赫希格闭眼躺在床上,而胖子占布拉却在狭窄的空

间内不停地踱步，他说："俗话说，相信自家狗，炕上把屎拉。现在可真是应了这句话啦。"赫希格微睁双目道："你就安静些吧，我要睡啦。""能安静下来吗？现在是什么时候，你知道吗？""我只是困得厉害。""没准儿他们会赏我们每人一颗永远也醒不过来的长眠药丸啊！"赫希格垂下眼皮道："那样更好，你我从现在开始为消弭各自造下的罪孽而祈祷吧。"门被打开，度棱和警卫一起进来。度棱说："好啦，上级已经同意你们二人归队了。"胖子占布拉说："请你告诉我，我们到底犯了什么错误。"度棱说："八路军一支野战支队报销在你们手里了。这件事情还算小吗？牵连到此事的巴图那顺团长，今天早晨已经被判处死刑啦！"

当国民党军队驱赶着俘虏走向葛根庙方向时，走在俘虏队伍中的德力格尔突然笑了起来。宝力德用马鞭左右抽打狂笑者德力格尔，并大声呵斥道："狗崽子你笑什么！"德力格尔依然笑个不停。宝力德旁边的赵营长说："这胆小鬼，可能是神经受刺激啦。"等他们把俘虏们赶到塔拉嘎查时，民众聚集过来，母亲也在其中。宝力德从马上指着俘虏们说："这些人就是反对佛爷的赤色分子，你们好好看看，就是这些东西！"德力格尔拍打着胸膛依然在大笑。"这个干瘪小子吓傻啦。"一名国军士兵说着随手从地上捡起马粪蛋或许是块干牛粪递送给德力格尔说："这是点心，吃了吧。"德力格尔端详马粪蛋或干牛粪之后，把它塞进嘴里有滋有味地咀嚼了起来。母亲走出人群来到德力格尔身边，抓住他的手，朝宝力德说："他吓得心脏迸裂啦，可怜见的。"德力格尔依然笑着。宝力德揶揄道："亲家母，你是不是想让他当你干儿子呀？"母亲说："是啊，宝力德。"宝力德仍旧笑道："那就把他带走。"母亲立刻牵着德力格尔走出人群。母亲对我讲述这一段救人经历后，作总结道："实际上宝力德不会不清楚，在我们蒙古人眼里马、牛粪便是干净东西，饿极了嚼一嚼充饥也不算什么特别难堪的事，尤其是被人逼迫情况下更是如此，但宝力德没向那些汉族士兵说破玄机，反而以此当借口把俘虏中唯一的蒙古人放走了事。"在母亲看来，宝力德就是这样一个令人琢磨不透的人。宝力德跟国军赵营长一起在葛根庙喇嘛宿舍内喝酒庆贺胜利时说："依你们看，东蒙临时政府有可能如他们所言，继续与我们合作共同驱逐八路军吗？"赵营长说："从今天战斗的情形判断，很难说得清楚。不过，他们不至于举起战刀，反过来砍我们吧？"宝力德说："无法肯定。实在不行，就离开这里。不管怎么说，你、我还不具备一口吞并兴安各省的能力。"二人酒足饭饱，来到经堂大院内时，士兵们围坐在临时搭建的炉灶旁等待吃饭。宝力德满面红光，双目炯炯，这表明他已经说服赵营长，按照自己意愿，马上要干一件出格事情了。我与几个喇嘛用长柄铲子搅动大锅里的稀粥。八路军俘虏们站在墙角里，宝力德朝他们说："如果有谁想改变信仰，现在就可以离开这里。我在佛爷面前发誓，肯定宽恕他。"没有人从俘虏队伍走出。我预感到神圣的寺庙很可能马上就要被血腥玷污，都不敢睁眼看那些墙角站着的俘虏。宝力德摇头，喊道："执行！"执行官挥舞战刀，行刑队开始朝俘虏们射击。

母亲把饭碗放在德力格尔面前时，他仍然在假笑。母亲说："孩子，别笑啦。大妈清楚，你是装出来的，没有毛病。"德力格尔停止了笑，片刻后又开始笑起来。母亲说："赶紧吃饭，等天黑以后就走。能找到自己家吧？"德力格尔这才明白过来，自己得救了，匆忙下炕跪倒在母亲面前。傍晚，德力格尔和恩和、托娅一起站在牲口棚外。母亲从马厩牵出我们家唯一的骒马说："孩子，没有鞍子，可总比光着脚蹚过冰凉河水强点吧，等过了河把它放回就行了。"德力格尔在母亲面前再次下跪，频频磕头说："大妈，我不怕河水凉，只要活着，总有一天会来看望您。"母亲说："起来，快点走吧。"德力格尔没骑马，背着母亲为他准备的干粮袋，消失在黑暗中。母亲和恩和、托娅站立片刻之后把骒马关进牲口棚。

　　自卫军要去包围葛根庙的那天中午，赫希格、胖子占布拉和础鲁，正在饭馆吃饭。胖子占布拉说："谁要是知道自治军和自卫军有什么区别，就解释给我听听。"础鲁说："一个是可以在任何地方自由自在地喝酒，另一个不可以。"胖子占布拉说："从现在开始，我们要和国民党军队打仗啦，是不是？"赫希格说："就吃你的吧，饭菜都堵不住你的嘴呀？"胖子占布拉说："不喝酒怎么行？赫希格，没见我胸脯热得发抖，手脚也在颤抖吗？"这时，听到外面响起集合号，他们放下碗筷从饭馆走出去。国军赵营长指挥队伍，以葛根庙院墙为依托，反击内蒙古联合会自卫军的冲锋。赵营长对战士们说："我早就猜到，也曾经领教过蒙古人的反复无常。可惜他们没有重武器，所以我们依托寺墙，把那些混蛋一个一个放倒在寺背空地上。"短时间射击之后，对方停止了攻击。赵营长从墙上豁口用望远镜朝外瞭望片刻后，说："看他们攻击的阵势，不像仅仅是反复无常那么简单啊。"宝力德问："那怎么办？"赵营长朝士兵们喊："从南门撤退！"士兵们从葛根庙正门蜂拥而出，三五成群，往四处逃窜。可是留在寺院内的宝力德和赵营长以及警卫班十多个人却牵着马匹，从寺宇伙房后门溜走了。那天的战斗留给我们这些出家人的印象是：与猎人在追赶野兔没什么两样。奔跑在寺宇前旷野之中的国民党步兵和骑兵被欢呼雀跃的内蒙古联合会自卫军追杀着。很快国民党骑兵多数从马背被打下，死的死，伤的伤，满山遍野不是拖着缰绳的马匹就是扔掉枪支抱着脑袋四处奔跑的逃窜者了。追杀者们看到此情此景，个个都陶醉在胜利的喜悦中，有的人甚至把战刀和枪支收起，嘴里吹着口哨，用马鞭追打徒步逃跑者。赫希格、胖子占布拉、础鲁等人追赶骑马逃亡的五个国民党兵，来到我们塔拉嘎查东侧时，

落日下／

诺尔布和他的警卫也走到自家门外，刚刚下马。听到枪声，诺尔布和警卫重新上马，迎了过去。被追赶的五个国民党兵朝嘎查中心奔来，赫希格等人在他们后面追击，诺尔布和警卫向他们迎面射击。五个逃亡者之三个中弹从马背摔下，剩下两个陷入前后夹击，被迫投降。就这样，赫希格和诺尔布在嘎查中心再次会面。诺尔布朝他未来的大舅哥，也是他死对头的赫希格乜斜一眼，什么也没说就跟他的警卫催马离去。

窝藏在葛根庙的国民党开垦军大部分被消灭。满都呼和赫希格二人战斗结束后，队伍休整间隙回到家里见母亲。波尔玛也跑过来，帮母亲烧茶做饭。母亲讨好地望着满都呼问："格日勒在家里还好吧？"满都呼扭过脸去。赫希格含含糊糊地说："格日勒在上次战斗中牺牲了！"母亲浑身一颤，问："什么？"赫希格再次说："她参加了八路军，在战斗中咽气啦。"格日勒表姐明明是死在自己手里，可是赫希格和满都呼谁也没有向母亲说出真相的胆量。母亲甚至都不清楚，她的儿女们到底谁跟谁在作对，谁跟谁在残杀。"老天爷呀！"母亲低下了头。波尔玛说："我看见刚才打仗以前诺尔布和另外一个人来到嘎查南，不知道你们在跟谁打仗。"赫希格说："跟国民党打仗。"这时，外面响起了集合号。赫希格和满都呼束腰带，准备出去。波尔玛问："还要走啊？"赫希格说："不走怎么办啊，你们就好好待着吧。"赫希格和满都呼走过去时，公房前空地上骑兵已经整齐列队。阵列前站着诺尔布和自卫军骑兵连连长戴钦。戴钦看了一眼少数俘虏后，朝诺尔布说："被俘虏的大部分敌军士兵已经派人送往王爷庙了。我们还要继续前行，剩下这几个不知如何处理才好。"诺尔布说："没关系，把他们交给我吧，我把他们送到王爷庙去。""那就拜托了。"戴钦说着转身上马，下令："出发！"骑兵队伍离去后，诺尔布和警卫押解着七名俘虏绕过碾房，往北山沙地走。北边大约五华里，有一处长满榆树的洼地。诺尔布和他的警卫把那些俘虏赶到洼地边沿，诺尔布喊："站住！"俘虏们依令而止。诺尔布对警卫使眼色，警卫会意，端起枪预备射击。俘虏中的一个回头问："你们要干什么？"诺尔布说："让你们亲眼看看与人民为敌的结局！"七名俘虏惊叫着往榆树丛逃散。诺尔布和警卫同时开枪，一个不落地将俘虏们全部射死，然后头也不回地离开洼地。

第二十六章
人有旦夕祸福

　　去王爷庙途中，诺尔布对他的警卫说："被我们押解的俘虏见我们只有两个人，所以他们趁我们不备四处逃散，万不得已我们开了枪。无论谁问起，你都要这样回答，明白了？"警卫点头。二人日落时走进自卫军指挥部大院。见到度棱，诺尔布出示介绍信。度棱说："好，诺尔布同志请坐。"诺尔布依然站着说："我和警卫一起押解在塔拉嘎查战斗中被自卫军缴械的七名俘虏，可是在途中，那些俘虏见洼地里长满茂密榆树就趁机逃散，所以遵照军令条例把他们全部击毙了。"度棱问："难道没有一个活下来吗？""没有，如果您不相信，可以与警卫核实。""算啦，要做的事情很多。"度棱把介绍信还给主人。"我的工作岗位安排在哪里？"诺尔布不卑不亢地问。度棱说："从你的介绍信看，后方工作经验丰富，所以派你去附近寺宇以及王爷庙周边村庄开展群众工作。你看怎么样？"诺尔布表示愿意服从组织。他从自治军指挥部出来，跟警卫一起来到一处饭馆门前时，店员出来迎接。饭店一个角落里，打扮成牧民模样的宝力德与国军赵营长正在喝酒。宝力德低声说："跟我们同心同德的自卫军巴图那顺团长身负所有冤枉倒毙在赤色分子枪口下了，我们俩得好好考虑一下，下一步棋该怎么走。"赵营长也小声地说："你说应该怎么办？要是混迹在这些人中间，每天都像鹦鹉学舌般地说那些莫名其妙的新词儿，总有一天会憋死。""我们要想方设法找到兴安西省国军指挥部。"这时，诺尔布和警卫走进房间注视着宝力德。宝力德将视线移向别处，可惜晚了。诺尔布径直走到他们桌子旁边。警卫为诺尔布搬来椅子。诺尔布竭力控制着仇恨，冷淡地朝宝力德说："内蒙古自治联合会还没有逮捕你吗？"宝力德故作轻松，斟满酒杯敬诺尔布说："逮捕之后立刻释放了。好了，坐下喝酒。"诺尔布说："这是一双沾满八路军鲜血的手。这杯酒还是你自己喝了吧！"宝力德将敬诺尔布的酒自己喝干了说："好吧。"诺尔布说："你掠夺老百姓的牛，去喂肥那些国民党士兵，干这种营生你熟练得很啊！"宝力德说："我是用一匹马换的。"诺尔布咬牙切齿道："那是一匹瘸马，你本来有满圈牛马，却盯住我母亲唯一的一头耕牛。"宝力德说："好啦，老弟，就别再说那些啦，以后我一定还你五头牛，就原谅你愚弟吧。"诺尔布说："当然，肯定原谅你！"诺尔布说罢领着警卫退出房间。等他们的脚步声消失，宝力德从座位起立，边扎腰带边看着同伴摇头道："我们必须立刻离开这里。这个家伙原来是我们家长工的儿子。是个有仇必报的疯狗。"诺尔布和警卫再次来到自卫军指挥部时，度棱在他办公室内和几个军官正在研究地图。度棱满意地说："将国民党军队完全彻底地驱逐出内蒙古地区的时刻即将来临，现在应该着手进行建立内蒙古自治政府筹备工作才对。中国共产党中央委员会支持这项工作。"这时，诺尔布报告之后再次走进办公室就劈头盖脸地说："你们自卫军预防坏分子的工作不得力。"度棱问："发生了什么事情？"诺尔布说："为什么宝力德还在自由走动？"度棱问："宝力德在哪儿？你看到了？"诺尔布说："我要提醒你们，他是一个什么坏事都敢做的危险分子。"度棱说："好，知道了。我们基本上了解了有关宝力德的情况。他在哪儿？"诺尔布一口气说出宝力德打扮成牧民正在喝酒的地方。诺尔布按照度棱的指示，带着几名自卫军士兵匆匆来到宝力德喝酒的地方时，酒馆已经打烊。敲门片刻之后，饭馆内灯亮了。诺尔布进饭店就问："刚才在这里喝酒的两个牧民在哪儿？"店员说："你们前脚出去，他们就后脚走啦。"诺尔布遗憾地嘟哝道："狼崽子，看出破绽啦。"

诺尔布的后方工作第一个落脚点是葛根庙。他带来二十多个民兵，把所有喇嘛集中在诵经堂内，连续三天不分昼夜做了细致入微的思想宣传工作。我们这些出家人本来以为自己是未来觉者，可却万万没想到一个一个都是虱子一样吸人血的寄生虫。从第四天开始工作组换了一种隐秘工作方式。他们首先把小活佛和经师监视起来，然后，找个别僧人进行特殊谈话。我是被特殊谈话的首批对象之一，但，我只能告诉他们在博王旗日本僧侣学校学到的木匠活技巧，除此之外，知道的东西甚少，所以很快被工作组撂在一边。特殊谈话秘密进行两天后，果然有了收获。工作组竟然从众僧中发现了与顽固土匪帮有直接联系的一名坏分子。坏分子是厨房里的伙夫头子，让宝力德和赵营长等人从内蒙古联合会自卫军围困中成功逃脱的罪魁祸首。工作组入驻寺宇的第七天，开了个公审大会。那天，周围蒙古族嘎查、汉族村庄的上千人聚集在寺庙围墙南侧，用木板搭建的简陋主席台周围，喊声连天。工作组把元凶罪魁伙夫头子绑缚在寺门前马桩上。诺尔布跳上主席台，清清嗓子制止众人喧哗后，开始讲述坏分子的所作所为，讲得有板有眼，并宣布当场执行死刑。有一名醉醺醺、五大三粗的民兵，手里拿着锃亮的匕首摇摇晃晃地向马桩上绑缚的罪犯走了过去，其后跟随着一个端着一盆凉水的矮个子民兵。醉汉似乎像个准备杀羊招待客人的家庭主人，把寒光四射的匕首含在嘴里，笑眯眯、小心翼翼地把坏分子的前襟解开，把手伸进凉水盆里，用湿淋淋的手掌抚摸罪犯裸露的毛茸茸胸脯，罪犯哆嗦了一下，然后，把充满血丝的双眼紧紧闭上。围观众人变得鸦雀无声，只有人群外围蹲着的几条流浪狗朝天嗷嗷叫。醉汉是怎样把一个人的心脏活活给挖出来的，具体细节我没敢看。当人群喧嚣再次震耳时，我才抬头朝马桩观看，醉汉正在把血淋淋的心脏放入矮个子端着的盆子里，失去心脏的坏分子的脑袋已经耷拉在肩膀上了。第八天，工作组又有了新收获。发现了两名与德王有联系的秘密线人。第九天，再次召开公审大会，把那两个德王的秘密线人押解到寺西侧扔垃圾的洼地枪毙，让他俩当了名副其实的替死鬼。第十天傍晚，出了一件意外事件：趁诺尔布和民兵们吃饭的时间，葛根庙活佛的老师，也就是我的恩师经师喇嘛，偷偷跑出寺院，在后山坡上用干柴火把自己的身体点天灯了。据放羊的目击者说，经师先是把六捆干柴，一捆一捆地背到崖壁下隐蔽处几棵山楂树之间，然后，面朝寺庙方向，在六捆干柴当中盘腿而坐，当放羊人赶着羊群到山脚回头时，看到了一股淡淡蓝烟飘起，但并没引起山火却很奇妙地消散。第二天早晨放羊人再次来此地观看时发现，那几棵山楂树也安然无恙，可经师和六捆干柴却变成了薄薄一层包房那么大个白色灰圈。俗人会把这种行为说成是自焚。经师虽然用自己的血肉之躯点了天灯，但是他的行为丝毫没有动摇诺尔布等人的宣传改造所谓迷信反动旧势力的决心。出点天灯事件的第二天上午，诺尔布站在诵经堂台阶上宣布他最新决定：包括活佛在内的所有喇嘛全部立刻离开寺宇。于是我身负行囊走回到塔拉嘎查自家院门外，扔下打狗棍，走进屋里将包裹放在炕上时，惊讶不已的母亲竟然一时语塞。我说："寺里喇嘛都解散了，各奔东西啦。"母亲边祈祷边惶惶不安地问道："活佛大人也像你这样回家去了吗？""他们说，活佛也是肉眼凡胎，是个普通人。""求佛爷保佑！他们怎么能说这样不吉利的话呀？"母亲又惊恐，又疑惑。那天夜里我钻进被窝后，辗转反侧，久久难眠。胸膛里似乎有两个人在激烈地争吵：一个是准备好了一辈子要当庄稼汉的木匠，另一个是对佛陀一片诚心而背诵过许多卷经文的喇嘛。木匠以残忍口气埋怨道："当隐藏在寺庙里的坏分子被掏出心脏时，你应该睁大眼睛看着好好过眼瘾！"喇嘛听了，闭紧眼睛双手合十道："唵嘛呢叭咪吽。"木匠挑衅道："唵嘛呢叭咪吽个屁！为了念那毫无用处的经文，赖在寺内不离开十几年，误了我多少事情你知道吗？哼！"喇嘛再次合十道："唵嘛呢叭咪吽，罪过！"木匠生气了，说："别老是唵嘛呢叭咪吽了，好吗？我这就娶媳妇，生孩子，要不然快成老光棍了。"胸膛里的两个人一直争吵到拂晓，窗棂上的吉祥图案渐渐清晰起来。沉重的眼皮把意识中的窗户给猛然间关闭，争吵的二位和旁观者我从肉体表面上都变老实了。可实际上我们三个并没有消停，经过短暂几分钟黑暗中的坠落，又来到另一个磷火纷飞的世界。这里正在对犯人执行酷刑。我悄悄挪步，战战兢兢靠近刑台驻足，第一眼就认出行刑者正是被民兵活活掏出心脏的那位罪犯喇嘛，受刑者却形似诺尔布。当行刑者用尖刀豁开诺尔布腹部时，随着裂开旧棉花般的声音发黄的脂肪间隙隐约看到一颗跳动的黑心。胸膛里的木匠似乎如愿以偿，他满意地说："这次我却是清楚地看到，人被活活掏出心脏时那充满恐惧与怯懦的狰狞面孔。"喇嘛随声附和道："那心是黑的。"我看到往日水火不容的二位和好，抑制不住兴奋大声哈哈笑。有人推醒我问："楚格拉你乐什么？醒醒，喂，醒醒。"我睁开眼，发现疑虑重重的母亲坐在枕头边，正在抚摸我额头。

诺尔布和民兵们踏平葛根庙之后，来到塔拉嘎查，继续做宣传工作。公房外，背着步枪的十几个骑者连同坐在马车上被押解的乌日图等四个老人一起准备出发。四个老头儿之一，在满洲国时期在王爷庙当过女子学校校长的桑布，上马车坐下后问："我们四个人还有回来的机会吗？"乌日图摇头道："不知道啊。"有个民兵从马背朝他们呵斥道："住嘴，不许胡说！"诺尔布等人把四个老头儿拉到他曾经杀害过七名国军俘虏的嘎查北侧洼地，推下马车就稀里糊涂枪毙掉。那天晚些时候，亲家母萨玛嘎来到我家，揪住我的手不放，并哽咽道："楚格拉，求你赶着马车把我老头子的遗体给运回来，行不？"母亲还蒙在鼓里，问："亲家母，到底发生了什么事情？""听说他们把我老头子拉到嘎查北榆树林洼地枪毙后扔进了沙坑里。"我说："独自一人去那儿有点困难，能不能再找个帮忙的？""就是因为找不到人才厚着面皮来求你们呀。"我点头同意，与亲家母一同出去套马车，连夜去了嘎查北侧洼地，把乌日图的尸体运过来，又连夜把尸体弄进为那莫斯莱老爷子预备的棺材里后，送到他祖先坟地埋掉才算完事。第二天夜里，宝力德跟赵营长一起来到自己家，发现父亲被害后，干出了一件令人汗颜的复仇事件——

黎明时刻，宝力德和他同伴赵营长正在吃饭。亲家母一边哭泣着一边招待他们说："昨天求楚格拉把你父亲遗体从野外找回来，总算是像个人样地下葬啦。"赵营长说："国民党军队这么容易就被八路军打得节节败退，简直难以置信。"宝力德说："不走是不行了，这里已经没有你我的立足之地了。"亲家母带着哭腔问："你走了以后，我和你爷爷怎么办？"宝力德放下汤勺，擦擦嘴，下炕，边扎腰带边说："只有老天知道啦。"宝力德和同伴走出屋子。他们似乎清楚地知道，目前诺尔布不在嘎查里。诺尔布是昨天枪决那四个坏分子后，下午领着警卫一起去王爷庙汇报工作去的。宝力德和赵营长牵着马匹来到诺尔布家外。宝力德将手里缰绳交给同伴之后，独自走进屋去。当诺尔布母亲披着衣服下炕时，宝力德踹门闯进来就说："老母狗，你儿子诺尔布在哪儿？"诺尔布母亲在昏暗里没有立刻认出宝力德，责怪地问："你是谁？"宝力德靠近老太太，灰暗中的老太太似乎变成了吞噬父亲生命的红色政权化身，他毫不犹豫地将匕首捅进她胸膛。老人哆哆嗦嗦倒地之后，宝力德用她衣襟擦掉了匕首血迹。宝力德从屋内出来，对赵营长说："我们走。"

诺尔布跪在山坡上刚刚建起的坟墓前烧供物。他晌午时从王爷庙回家，看到自己母亲冰凉僵硬的尸体后，既没哭又没说什么，匆匆召集几个民兵简简单单地出殡了事。距离坟墓几十步远的树丛中，戴红袖标、身背步枪的几个民兵在站着聊天。民兵们在等待诺尔布向他们交代下一步行动计划。新坟前脸盆般大小的浅坑里干柴在燃烧，干柴上放置的羊胸脯肉、杂粮、红枣之类供物在燃尽之际飘香四溢。母亲遗容在火焰上、在烟雾里上下跳蹿，似笑非笑而飘忽不定。母亲虽然一生贫寒，但乐观开朗，含辛茹苦地把他养大，却遭到了如此悲惨下场！这怨谁？是因为自己参加了革命？显然不能！革命虽然血腥，但，对于穷人来说，那是独一无二的生存出路啊！一个面黄肌瘦的长工，在雇主玉米地上，手拿着锄头扑倒在垄沟里。长工叫达力扎布，他回家后，咯血不止，从此再也没能站起来。雇主那莫斯莱发善心为长工出钱办丧事，并允许长工的儿子顶替父亲继续当长工。长工的儿子却毅然决然地拒绝了雇主好意，跟母亲一起侍弄自己家仅有的一头耕牛和三亩两分旱地，相依为命至今。长工的儿子曾经在雇主面前感激涕零过。但，那是因为，他还不知晓这世界上已经有了穷人自己的红色政权。复仇！复仇！只有把原有的一切秩序颠倒过来才是人间正道！这是长工的儿子从革命斗争风暴中学到的再简单不过的道理。坟前浅坑里干柴还在燃烧，但，火焰上跳动的影像却已经幻化成母亲被害时的血淋淋场面，供物烧焦的味道也变得苦涩难闻。诺尔布离开坟墓走向那几个民兵时，咬牙切齿地嘟哝着："如果不能替母亲报仇雪恨，我誓不为人子！"果然，那天夜幕降临时，又出了一件事情——

亲家母为了让耳背的人听清，大声地对那莫斯莱老爷子说：

"爸，我们已经没有办法住在这里啦，就去我娘家躲躲吧。"那莫斯莱老爷子问："什么？""咱们搬到我的娘家去吧。""不用，要走你自己走吧，我在死以前哪儿都不去。""那我走啦，能借到粮食的话，明天上午就回来。""萨玛嘎，你走了，母牛和牛犊怎么办？""咱们院子里已经没有一头长着蹄子的东西啦，都让革命人给没收走啦。""要是那样，你就走吧。"于是亲家母腋下夹着包裹走出屋子，来到了波尔玛家外。此时，波尔玛正在院子内剥麻。亲家母说："波尔玛，有件事情要麻烦你。"波尔玛手里拿着剥下的麻，来到篱笆旁边："说吧，什么事，不要客气。""家里现在已经没有一点吃的东西啦，我想去娘家借点儿。""明白了，你放心地走吧，我去照顾你老公公。"亲家母擦拭眼泪，感激道："波尔玛，如果以前有得罪你的地方，就请饶恕我们吧！"亲家母离去后，波尔玛带着食物来她家，将柔软的两张白面饼放在那莫斯莱老爷子前面，大声地说："我给您带来了晚饭，趁热赶紧吃了吧。"那莫斯莱老爷子微笑着捡起筷子，说道："波尔玛，你喊什么，我又不耳聋。"波尔玛说："晚上睡觉前别忘了把门闩插上。"那莫斯莱老爷子边有滋有味地嚼着饼边说："这个家呀，门关不关都一个样啦。"波尔玛说："那我就去河套赶回母牛和牛犊去啦，您慢慢吃。"那莫斯莱老爷子头也不抬就说："好吧。"波尔玛找火柴点燃防风油灯，挂在墙上之后走出屋子。波尔玛刚离去，诺尔布就来到乌日图家外。见从里面出来的是波尔玛，他躲藏在柴堆后面。波尔玛拿起短套杆向河边走去。那莫斯莱老爷子还没吃完饼时，诺尔布走了进来，站在昏暗灯光下，大声问道："你儿媳萨玛嘎去哪儿了？"那莫斯莱老爷子打了个饱嗝，眯细眼睛瞅了瞅冒失闯入的不速之客，生硬地问："你说什么呢？"诺尔布音色和蔼了点："你儿媳去哪儿了？"那莫斯莱老爷子反问道："你问她去哪里干什么？家里牲口和粮食全部收走了还不满足吗？"诺尔布说：

"老东西你不想告诉我是吧，那好，我让你想哭都挤不出眼泪！"那莫斯莱老爷子举起拐杖骂道："小混蛋，说谁是老东西？你不就是那个长工达力扎布的儿子吗？跟父亲一个模子倒出来的长着狼眼的崽子，你赶紧从我房间里出去。"诺尔布突然变老实了，说："好，好，我这就出去。"诺尔布从屋子出来，走到院门口踌躇片刻，又返回屋里，提着防风灯出来，顺手把油灯抛向用芦苇覆盖的屋顶。油灯砸在压芦苇卷的石头上，玻璃罩子碎裂，瞬间就烈火熊熊了。那莫斯莱老爷子从屋里喊："狼崽子，别把防风灯拿走呀，萨玛嘎去她娘家借粮食去了，快把灯拿回来。"诺尔布边侧耳倾听着老爷子喊叫，边把外屋门关紧、闩住，又从院子里找来两根粗木棍，把门板从外面顶死，然后心满意足地点点头就甩手而去。当我跟大伙儿一起提着水桶跑过去救火时，屋顶刚刚塌下，火势已经没法控制了。波尔玛频频摇着头，疑惑不解地看着墙体之间翻滚的黑烟对大伙儿说："那莫斯莱老爷子把自己关在屋子里放火焚烧，是有些蹊跷啊。"可她又说不出一二三来，只是反复唠叨着自己不应该给老爷子送去两张饼就匆匆离开。当时，我和其他民众一样，也认为：老爷子是一时想不开才自焚的。

第二天上午，础鲁的老婆放牛时在嘎查东北侧山坡柞树丛里发现被杀害的亲家母萨玛嘎的尸体。她上气不接下气地跑回来，向领导汇报。诺尔布说，萨玛嘎是个可恶的地主婆，死了活该，尸体就那么在山坡上搁着喂狼得了。她又跑来我家，跟母亲叨咕，她所看到的骇人情景以及诺尔布对此事件的不近人情的冷漠态度。说完，础鲁老婆愤愤不平地离去。我遵照母亲嘱托，赶着马车带着铁锹、木匠斧子等家什，按照础鲁老婆所说的山坡上位置，匆匆过去看时，亲家母萨玛嘎的遗体已经变僵硬，布口袋里装着的两升小米浸透了血液被她紧紧地抱在怀里。死者伤口与诺尔布母亲的伤口相仿，也是被胸部捅进匕首而亡。我把遗体送到乌日图坟前，重新把棺材挖掘出来。撬开棺材盖时闻到了一股无法忍受的霉变气味。我感觉到热辣辣的液体从胃里直往上冒就蹲在棺材旁边，哇哇吐起来。乌日图的尸体已经高度腐烂，几乎没人样了，我捂着鼻子勉强把那腐烂尸体往棺材边推一推，把亲家母的遗体放进去，把血腥味扑鼻的小米布袋放在二位逝者脚边，然后，用木楔把棺材盖钉上。当年发生的这一连串无头案的实际经过，以我如今八十五岁的人生经验来推测，应该是这样的。至于想象部分的真实性有人持怀疑态度也是正常，但愿我没冤枉无辜者。

衣衫褴褛的德力格尔无精打采地走在森林中。当发现顺小径奔来的骑者时，他躲在树丛里屏住呼吸观察对方。终于认出骑者是图布新。德力格尔从树丛里走出，图布新勒住缰绳拔出手枪。德力格尔挥手喊："喂，同志！""你是谁？""我是德力格尔啊，别开枪！"图布新过来，下马。"你怎么变成这模样了？部队呢？"图布新问。"别提了，自卫军叛变，跟国民党军合伙……"德力格尔嗓音发颤。图布新问道："连长和政委呢？"德力格尔含着泪水，向他详细讲述了有关八路军游击小分队的悲惨遭遇以及自己走投无路在山野栖身采吃野果度数日的艰难经历。讲述过程中他有意忽略了自己当俘虏以及在塔拉嘎查装疯卖傻啃吃马粪蛋或干牛粪时被一位老太太救助等段落。图布新闭眼片刻后，情不自禁地抱住德力格尔的肩膀说："不要说了，同志。我正在找组织呢，听联络员说，我们的师部已经搬到王爷庙去了，要不我俩一起走吧。"当天夜深时，德力格尔和图布新二人来到自卫军指挥部门前下马，向岗哨报告后进屋去。度棱在寝室读完图布新递给他的介绍信。图布新说："撒格斯嘎主任不听劝告，为了两瓶酒杀无辜老百姓，已经到了不可救药的程度，请组织想办法制止他的疯狂行为！"度棱诧异地看着蓬头垢面、变得像野人的德力格尔问："你们俩一起来的？"图布新说："不是，我们是在路上遇到的，德力格尔同志在一个多月前的战斗中与部队离散。"德力格尔敬礼道："报告首长，我们连被敌人包围，寡不敌众，连长和政委已牺牲，剩余人员四处逃散。""这样吧，图布新同志你回牧区以后让撒格斯嘎来一趟王爷庙。"度棱显然想回避谈论此事，打断德力格尔的话，挠腮点头又想了想，看着他说："就你了，德力格尔同志，你跟随图布新一起去，临时当他助手，做好土地改革宣传工作，直到组织上安排合适人选派去为止。"图布新和德力格尔异口同声地回答："是。"度棱说："已经是半夜了，对不起，你们二位只好先找个地方对付今晚的住宿和吃饭问题吧。我这里该处理的事情太多，都乱成一锅粥了。"

二人找旅馆住宿的第二天早晨，度棱派人送给德力格尔一匹鞍马和一套半旧不新的蒙古袍和靴子。于是，二人骑着马日夜兼程，中午时分来到图布新做土地改革宣传工作的牧区冬营地东侧山坡上。图布新勒住缰绳，把马匹停下说："我知道你恨撒格斯嘎，但是见面后一定要控制自己情绪。"德力格尔自言自语道："那条恶狗把我母亲绑在屋内立柱上，活活让她饿死的！"图布新问："到底是为了什么？"德力格尔说："他不仅领来野女人在母亲眼皮底下同居，还要把我的妹妹们一个一个地过继给人，母亲看不惯他的淫荡，忍受不了他的肆虐，也不同意把女儿们过继给人，所以她疯了。""可是现在你一定要控制自己，懂吗？德力格尔同志。""我懂，你放心。"图布新和德力格尔来到宣传队毡包前下马。岗哨走过来迎接他们时说："撒格斯嘎主任刚喝完酒在睡觉。"德力格尔朝包房径直走过去。岗哨警惕地看着德力格尔端起步枪，欲拦住。图布新朝岗哨说："不用担心，是我们工作组的，你回家喝午茶去吧。"岗哨一步一回头地离去，图布新走过去，站在岗哨位子上，观察周围。撒格斯嘎睡在毡包北侧，德力格尔哈腰走进来，攥紧拳头站在撑子旁，盯住撒格斯嘎睡姿，呆呆地站着。他突然伸手拿起小茶桌上刚吃手扒肉时用过的刀，朝睡梦中的撒格斯嘎的胸脯捅了进去。撒格斯嘎惊醒，睁开眼，挣扎着骂道："狗杂种……是你！"德力格尔咬牙道："是我，为我母亲报仇！"撒格斯嘎顾不了伤痛，伸出手揪住德力格尔领口。二人互相搂住对方，从包房低矮的床板滚到地上时，插进撒格斯嘎胸前的匕首被挤压，往深扎进，只剩下牛角把留在体外。撑子被推倒，血液喷涌，烟灰暴起。图布新站在包外，倾听屋内打架声，一边摸着手枪一边继续四处观看。一会儿，德力格尔从包房里走出，图布新很平静地问："为你母亲报仇了？"德力格尔说："是的。"图布新说："那就赶紧把尸体弄走。"德力格尔说："这你放心。"德力格尔走回包内，不一会儿抱着用毡子裹住的尸体出来。图布新说："你最好别再回来，剩下的事情由我来处理。你去王爷庙向组织汇报撒格斯嘎主任在宣传工作岗位殉职的消息就可以了，他是因急病去世的。"德力格尔说："知道了。"德力格尔把尸体放在马鞍上用皮鞘绳捆住后，牵着马匹离去。图布新匆忙进包房，撒灰收拾血迹时，另一位跨步枪的岗哨来到门前，问："您回来了？"图布新说："是的，刚回来。"岗哨回头瞅着德力格尔远去的身影问："牵着马、驮东西走的是谁？"图布新说："是撒格斯嘎主任的儿子，主任刚刚去世，凑巧儿子过来为他送行，他真有福。"岗哨说："怪了，这么突然？我晌午离开这里时，撒格斯嘎主任还好好地吃肉喝酒来着。"图布新说："是的，确实很突然。这正所谓，天有不测风云，人有旦夕祸福啊，可惜了。"

四年后，我犯下了不可饶恕的罪行，逃离塔拉嘎查，踏上了漫无边际的乞讨游僧之路，来到此地，在鬼火跳蹿的那片杀人无数的榆树林里挖开旧墓穴与猪獾为邻藏身将近两年零八个月。我把自己也想象成穴居猪獾，白天大多数时间在墓穴里睡觉，夜晚才出去活动。饥饿难耐的日夜，为了寻找食物，不得不绞尽脑汁、费尽心思。对我来说最难熬的是冬季。因为冬天山沟里的野果、可食野菜都没了，只能和当地人一样吃肉、啃骨头来充饥。我是个会说话的猪獾，也就是成精的猪獾。每到黄昏后，我去人家门口招呼主人的名字，不过只能招呼两下（当地人说，如果来到门口招呼的是鬼的话，它只能叫两声，不能叫第三声，唯独人才能招呼三声），如果招呼第三下的话，主人真的会出来迎接。可我并不需要他们出来迎接，只需要他们迫不及待地等待我第三声招呼的恐惧情绪。户主手里拿着猎枪或斧子在等待我的第三声喊叫，此时，我却跟他们家的狗群角逐一番后，靠近篷车，从篷车里储藏着的肉食中拿一条羊腿就跑回墓穴，趁夜黑点火烤熟了吃。好在丢一条羊腿，牧民谁也不会太在意。那时，好力宝嘎查，已经升级为好力宝苏木（乡），图布新当上了苏木达（乡长），红红火火地搞牧民合作社。有一次，我离开穴居走出榆树林，正在山坡沟壑中聚积的枯草堆里躺下晒太阳时，被骑着枣红马赶路的图布新苏木达看到。他毫不犹豫地脱下军大衣，盖在我身上就走了。正好那天，有一位猎人的儿子得了水肿病，需要吃猪獾肉来治疗。猎人眼光聚焦在我所穴居的榆树林。白天，猎人用牛车拉干柴来，堆放在距我穴居不远处，坐下休息时嘴里嘟哝道："猪獾啊，猪獾，你别怨恨，我儿子得了水肿病，需要吃你的肉来治疗。"我躲在猎人背后草丛，听出他要熏死猪獾救儿子的急切心情。我只能离开穴居，另寻他方。

后来，我为了避开熟人眼光，来到人迹罕至的吞特尔峰脚下隐居，过起了野人生活。随身携带的一把斧子、火镰、尖刀和针线包让我成功立足在野兽出没的森林里。有斧子和树林，木匠不愁没有挡风遮雨的居所；有火镰，人不可能吃生肉充饥。我一方面与各种猎物和平相处，另一方面毫不客气地狩猎它们，吃掉他们的肉，扒下它们的皮毛遮盖屋顶、缝制穿着。过起森林中隐居生活的第四年，或许第五年的早春时节，我跟踪一头受伤的马鹿，在林子里来回趔摸一整天。结果，黄昏时分走进一片柞树丛里马鹿踪迹丢失，却在林间空地上发现了并列的两座毡包，其中一个包房穹顶上蓝光袅袅。从两顶包房附近蹿出三条猛兽一般大狗，朝我跑来围着我龇牙咆哮。我干脆一屁股坐在雪地上，边歇息边等待主人出来劝狗。愤怒的三条狗围着我转圈，但没有胆量靠近我撕咬。我反复朝包房清嗓子，向主人传递出来劝狗的信号。包房房门的毡帘子被掀开，从里面走出一位穿白色棉袍、额头发白光的女人，分别喊了三条狗的名字。三条狗摇晃着尾巴离我而去。妇女来到我面前问："狗咬伤了没？"我摇头表示自己安然无恙。女人说："那就站起来进屋吧。"我跟随妇女走进她的包房发现，里面还有两个女人，穿着也是白色棉袍，额头也是散发白光。包房被白布屏障分割成北、东、西三段，每个角落都隐约闪烁着萤火虫微弱绿光。显然，占据包房内正北侧床板的女人是这里的权威。"家里没有男人陪你叙旧，我们三个也刚刚用膳过了。客人要是饿了、渴了去东侧包房自己引火烧茶喝、煮肉吃，也可以睡在那里过夜。"权威说。我欲答谢时，领我进包房的女人拽着我衣襟扭扭捏捏地说："跟我来。"我尾随领路者走进东侧包房后，冷不丁地被她推倒在西侧床板上。她说："你先满足我要求，要不什么也不会给你吃、给你喝。"我多年流浪，经常饥馑挨饿促使我几乎忘掉了男女云雨恩爱之事。我被女人柔软的双臂紧紧箍住，躺倒在床板上无可奈何地说："我饿了，浑身一点力气都没有。""不，你肯定能行。"女人嘟哝着开始解开我的树皮腰带和石头衣扣。女人如饥似渴地吮吸我肮脏不堪的耳廓、脖颈，双手还不停地揉搓我那几乎失去功能的裤裆里的赘肉，弄得我死去活来。我终于在这没有穹顶窟窿的黑暗包房里跟女人媾合成功。第一个女人似乎心满意足，咂舌而去。可她刚迈出门槛不久，第二个女人急不可待地跑进来，不声不响地投进我怀抱，开始揉搓、吮吸。满足第二个女人后，我已经精疲力竭，睁不开眼了。这时，第三个女人带着一股凉风进来，气汹汹地说："二妹，差不多就行了，回屋吧。"缠绕住我腰围的温暖胳膊缩了出去，又换来树藤一般粗糙、冰凉的胳膊摩擦胸脯。听觉告诉我，这里的权威来了。我有气无力地说："我实在是无能为力了。""那就躺着吧，我不用你做什么。"权威说着，抱住我后背躺下。天蒙蒙亮时，我醒了过来，发现自己在林间空地上依偎着一棵枯树根半蹲半躺，裤裆里湿透的部位冻结成硬邦邦的冰坨。我边揉搓裤裆间，边观察四周。林间空地上的两座包房不翼而飞，当然，三个被欲望烧灼的女人和三条凶猛的狗也在回味中变得亦真亦假、若有若无。离我几十步远雪堆积的斜坡阴面附近，受伤的鹿犄角着地横躺着。我欲站起，膝盖打软又跪下。咬紧牙关，使出浑身最后一点气力，朝马鹿的方向攀爬。马鹿已经奄奄一息，但还保留着身体微弱热量。我把尖刀捅进马鹿脖颈割断动脉，喝了足足三口血。从此，我有意无意地经常来这块林间空地上寻觅那子虚乌有的三个女人的踪迹来消磨时光，但，每次都毫无意外地落空而返。又过了大概五年时间，大饥荒横行之际，我却再次有幸遇到那位已经鼎鼎大名的共产党员领导干部图布新。此时，他已经荣升为扎鲁特旗副旗长了。那是一九六〇年秋末，也算是我离开塔拉嘎查后，流浪生涯结束的那年。副旗长图布新带领一帮随从，在绵绵秋雨中坐敞篷汽车视察山林情况，在我岩石缝中搭建的简陋窝子里避雨一宿。可他并没有认出我是他曾经送过军大衣的那个流浪汉，我也没道破天机。离开时，他用那绸缎般细皮嫩肉的手握住我鹰爪似的手说："楚格拉，你就是我们国营林场的第一个护林员了。"听了雨夜一宿图布新副旗长掏心窝子的话语，我那几乎已经泯灭的融入社会的奢望死灰复燃。我竟然唯唯诺诺、感激涕零地点头承诺：要一辈子看护好这片森林！从此，我那简陋窝子成了首批包括我在内的三名护林员的宿舍，我也跟随副旗长图布新去了一趟千人沸腾的小镇，剃掉扎煞的铁丝一般的毛发，洗掉浑身污垢，成为一名胳膊上戴袖标的护林员。

第二十七章
现在就把寿衣给我换上

母亲出去倒刷锅水时，诺尔布走进房间，仔细观察堂屋布置以及茶桌下恩和从外面捡回来让托娅玩的那些铜弹壳。当母亲端着空锅走进来时，他问："大婶，其木格呢？"母亲说："你就不要叫我大婶了，我怕折寿！"诺尔布说："我找个时间带几个民兵来，把你们家篱笆修补了吧。楚格拉在寺里当了多年喇嘛深受宗教迷信毒害，估计是不会做家务啦。"母亲说："就算我儿子在寺里待了多年，不过家务事也能对付。你就不必插手啦。"这时，其木格从她的房间出来，走进堂屋。母亲说："其木格，你去打水，水缸已经空啦。"其木格不理会母亲的话，给诺尔布倒茶。母亲说："其木格，你聋啦？我让你去挑水呢！"其木格惶惑片刻走出房间。诺尔布对母亲说："您已经岁数大啦。还是想着早早给楚格拉娶个媳妇放松一下腿脚吧。""诺尔布，你就别发疯啦，玷污佛徒是罪过！"母亲说。诺尔布笑道："佛徒？让狗吃了吧。"母亲面色阴沉地指着门喊道："你出去！"诺尔布起身，淡定地说："楚格拉的婚事我亲手操办，你就做好准备迎接新娘吧。"我和侄子恩和在院子里锯榆木，预备牛车轮辋材料时，诺尔布从屋子出来，走到我们旁边。他不言不语就把侄子恩和拉开，坐在他位置上帮助我锯木头。把一块一尺半长碗口粗的榆木锯开后，他看着分成两半但不对称的轮辋材料，突然问："楚格拉，你是在哪儿学的木匠活？"我说："我已经向组织交代过了，是在博王旗日本人建的宗教学校上学时候学会的。""你就不想娶媳妇吗？"诺尔布接着问。我摇头，埋怨说："你的锯歪啦。"恩和推开了诺尔布，抓住了锯柄。诺尔布说："苏荣守寡多年了，那个女人怎么样？"我说："别给我找麻烦耽误活计。""你可要明白，改造受到宗教迷信坏影响的人是我们的任务！"诺尔布说完，拍打几下屁股上的灰尘就离去。诺尔布来到公房，思虑重重地坐着喝茶。警卫在一旁靠墙站着打盹。当诺尔布回头朝窗外看时，其木格走进公房院内，踌躇不动并左右瞅着。诺尔布朝打盹的警卫说："喂，醒醒。你出去把其木格叫进来，然后在门口守着，没我允许谁也不许放进来！"警卫揉揉眼皮，耷拉着脑袋无精打采地走出屋。不一会儿，其木格进来，唯唯诺诺地跨门槛站着。诺尔布说："你母亲似乎不同意我们俩的事情，怎么办？要不我们各走各的路吧。"其木格着急道："妈不同意我也跟你！"诺尔布微笑着问："为什么？"其木格说："你把我从日本浪人手里救过，也看到了我裸露的上身，除了你我谁也不嫁！""看你的胸脯这不假，不过那是当时为了救你才……你真的不怕你家人反对？""让他们打死我好了，不怕！"诺尔布突然变得理直气壮，他说："你要是真下决心跟我过，那他们别说是打，连骂都没权利骂你，过来跟我握个手吧。"其木格跨过门槛，靠近诺尔布停下时，他握住她的手说："今晚去我家，行吗？"其木格抽出手，像逃脱一般跑了出去。那天夜里，其木格推开诺尔布家院门时，他从大门左侧黑暗中窜出来，抱住她。其木格无语装模作样地挣扎一番，诺尔布抱住不放，二人推推搡搡地进屋就趴在炕上，滚来滚去不分你我了。二人激烈做过爱之后，屋子里变得凌乱不堪，弥漫着腥臊味道。其木格开始穿衣，诺尔布裸露胸脯躺着，他抚摸胸脯回味性爱的愉悦感说："别回去了，要不陪着我再躺一会儿吧。"其木格说：

"不，妈发现就不好了。"诺尔布说："真要走？那就回去干脆告诉你
母亲得了，反正这事他们早晚都得知道。"其木格喘息着下炕找鞋。
当她离开诺尔布家，蹑手蹑脚地来到自己家院门口时，母亲手里拿
着柳条正在等她。母亲什么也不说就开始朝其木格的后背用柳条狠
狠地抽打。其木格双手保护脑袋，任母亲殴打。最后，母亲扔下手
里柳条往家门走去，其木格默默地跟随她。第二天凌晨，母亲和其
木格每人背着个大包袱来到诺尔布家院门前停下。母亲把背上包袱
放下，转身擦着眼泪，欲离去时低声说："已经都那样了，你们俩就
好好过吧。"其木格看着母亲背影泣不成声，过了一会儿母亲身影消
失，她突然下决心，拿起地上的两个包袱跟跄走进院门。

　　诺尔布不费吹灰之力就娶了其木格，成了我名正言顺的姐夫。
当寡妇苏荣将破袜子套在木楦子上缝补时，诺尔布走进她家。苏荣
下炕拍打着胸前灰尘，客气道："您坐吧。"诺尔布并不坐下，定睛
看着她正在缝补的袜子，关切地问："日子过得挺累吧？""还好，
不至于看儿子和儿媳妇的脸色。"苏荣说。苏荣的儿子给猎户当过门
女婿已经好几年，但她自己却在孤单寂寞中度日、熬着。诺尔布坐
在炕沿，胸有成竹地说道："如果得到一个童男子，你会高兴吗？"
苏荣突然间换了人似的，满脸堆笑，大大咧咧地说："诺尔布，你怎
么拿大姐开玩笑？造孽呢。"诺尔布却一本正经地继续说："我不是
开玩笑，楚格拉从寺里回来啦。""是赫希格的弟弟楚格拉？"苏荣
绷住脸问。"就是他，怎么样？喜欢吗？"苏荣害臊，脸红了。她匆
忙摇头质疑道："他能看得上我？"诺尔布拍拍胸脯说："看不上没
关系，他是被改造者。你一直因朝克图的死而怨恨赫希格不是吗，
楚格拉就是顶替你丈夫朝克图的那个男人。"苏荣嗫嚅道："我听您
的。"诺尔布说："只要你愿意，这件事情就交给我办吧。"苏荣唯唯
诺诺地点头默许。就这样，我的婚娶人生大事，被别人暗中定夺下

来了。

　　从一九四六年秋季至一九四七年夏季，内蒙古自卫军开始全线打击国军在内蒙古境内的残留，所向披靡。塔拉嘎查的赫希格、胖子占布拉、满都呼、础鲁四人随着骑兵部队去热河一带向国民党军最后一道防御工事发起冲锋。当自卫军阵营出现大量伤亡时，对方防御工事内出现骑兵。赫希格等掉转战马逃亡。赫希格独自一人慌不择路地疾驰，身边有一颗炮弹爆炸了，气浪将赫希格连人带马掀翻在地。赫希格苏醒过来之后环顾四周。战斗已经结束，虽然到处有烟尘升腾，但是周围一片死寂。赫希格想站起来，但是失败了。他以为自己左腿被炸飞了，但是慢慢摸索后发现，左腿只是轻微破皮。他撕开衣襟简单包扎伤口之后，捡起一根木棍拄着站立起来。当他路过一道沟坎时听见有人呻吟。他过去从死人堆里搀扶起伤员。伤员的肩章说明他是自卫军军官。赫希格背着伤员赶路，黄昏时来到自卫军野战医院帐篷附近，二人重叠着倒下。他带来的伤员就躺在他身边，奄奄一息。听到赫希格的呼声，从帐篷内出来两名护士朝他们走来时，体力严重透支的赫希格自己也昏迷了过去。自卫军帐篷医院内，借着汽灯灯光看得见几十名伤员。医生和护士来回穿梭忙碌。赫希格从角落里的床上醒了过来。他所背来的伤员，躺在他旁边床位上，浑身上下都缠满了纱布，一个护士正在用勺子为那重伤员喂流食。打赢了这场小规模攻坚战后，内蒙古自卫军士气大增。团指挥部和野战医院汇集在一起，开始庆贺胜利。当指挥部附近骑兵队列集合时，那位被赫希格从战场背回来的军官，虽然浑身缠满绷带，但是在别人搀扶下，亲自为赫希格授勋章。这时，赫希格才知晓他救了一位团长的命。赫希格胸前悬挂着勋章返回队列。伤员团长推开搀扶他的医务人员讲道："祝贺赫希格授勋的同时，宣布他担任所属骑兵连连长。内蒙古大地上插遍红旗的时刻不远了，我们英雄的骑兵所向无敌！"士兵齐声呼喊：所向无敌！团长摇晃着身体，坚持进行完动员之后，医务人员扶他离开。战事动员结束，队伍分头出发时，础鲁用靴子拍打着鞍鞯靠近赫希格敬礼道："赫希格连长，警卫向你敬礼。"胖子占布拉说："赫希格，你就不要再让他当警卫了，腿脚勤快的年轻人有的是。"赫希格显然没心情跟他们开玩笑，闷闷不乐地吩咐础鲁前去调整队伍行进方向。骑兵连走过平地，沿着山坡行进时，与赫希格并辔而行的胖子占布拉好奇地问道："咳，赫希格，你怎么突然变成战斗英雄啦？"后面跟随的础鲁说："因为抢救了给他授勋的那位团长呗。你我二人在生死关头，哪里还有挽救他人生命的良知和勇气。就这副德行还妒忌别人当了连长？"胖子占布拉不无讨好地说："就是没有建立功勋，赫希格原来也是连长，现在就算是当了团长部队也亏欠着他呢。"赫希格依然铁青着脸说："不要胡说。"

一九四七年五月的王爷庙大街上，人们正在准备迎接内蒙古自治区成立庆祝大会。骑兵部队和众多身穿节日盛装的人群聚集在这里。大会会场主席台上，一位首长宣布内蒙古自治区成立时，台下人群中发出山呼海啸般的欢呼声音。以乌兰夫主席为首的政府委员和参议会驻会参议员等数十人同声宣誓就职：……誓以至诚，为内蒙古人民服务，并为坚决争取自卫战争之胜利，与彻底解放内蒙古而奋斗！主持人："现在乌兰夫主席讲话。"台下鼓掌欢呼。乌兰夫说："……此次自治政府成立，不仅为内蒙民族解放运动中一极有历史意义之举，而且象征着蒙古民族内部和汉族之间的团结，也象征着我们一定能走向胜利，全体人民应一致团结在自治政府周围，为彻底粉碎蒋介石的进攻而努力！"胖子占布拉、满都呼、础鲁等也是满脸喜悦表情，与人群一起，高呼口号。赫希格在马鞍上调整一下坐姿，扭过脸去，用衣袖擦拭夺眶而出的眼泪。他抬头再次向主席台观看时，他所熟悉的政府委员度棱，站在话筒前显赫位置上，正在挥手使众人的欢呼声平息下来，讲道："内蒙古自治联合会宣布，将王爷庙改称为乌兰浩特（红色城市）。"台下又是一片掌声和欢呼声。黄昏时，已经改变名称叫乌兰浩特的王爷庙街上，群众和军人围绕在篝火周围起舞歌唱。哨兵带领着通信员来到现场。旁人听不清楚通信员向赫希格说了些什么。赫希格穿过篝火堆去见度棱。在喧嚣中谁也听不清楚他们说什么。赫希格离开度棱，来回寻找，几番周折找到满都呼，对他说："嘎查那边刚刚传来消息，说母亲病得很厉害。我们俩必须立刻就回家去。"满都呼说："要是回去应该向团长报告。"赫希格说："我已经向度棱委员请假了，他会告诉团长的。走吧。"赫希格和满都呼二人匆忙离开欢乐的人群，在黑暗中并辔而行。满都呼说："哥，从今天开始就过上头顶没有压迫、身上没有剥削的好日子啦，如果爸爸还活着该有多好啊！"赫希格说："可是我们连父亲的遗体都没找到！""都是日本人犯下的罪行！如果不是他们，父亲今天还在种地呢。"二人议论着家事，渐渐远离乌兰浩特街区，催马奔上树木林立的山坡。就在此刻，枪声突然在山脚下榆树林中响起，赫希格抱着鞍鞒趴在马鞍上。满都呼快马加鞭朝枪声传来的方向冲过去，开了数枪之后返回，惊诧道："哥你受伤了？"赫希格用手压住肋下，强忍疼痛，说："没关系，肋骨好像被火烧了一下，慢慢走就没事。""还是下马看看伤口吧。""没事，你前面带路，走。"接着发生的一系列事情证明：不知何人所发的那颗流弹，不仅仅给赫希格带来肉体伤害，还带给我众多的麻烦，甚至可以说，毁掉了我们全家——

　　几天前，苏荣坐在炕上做针线活时，诺尔布走进她家，跟她说："我丈母娘病了，这是个好机会，你赶紧去像儿媳妇一样伺候她就可以了。"苏荣迟疑道："那样不妥吧。""怕什么？""我不敢去，除非您也去看着他们。""那就你先去他们家待着，过一会儿我和其木格一起去，给你做后盾。""那好吧。"就这样，苏荣收起针线，简单地打扮一下自己就来到我家，赖着不走了。母亲面色难看地卧在炕上，波尔玛和苏荣在左右照顾。母亲变得弱不禁风，她微微起身，倚着枕头颤巍巍地问："波尔玛，楚格拉把我的阁日（棺材）打造好了吗？你出去看看。"波尔玛故意避开有关棺材的话题，擦拭眼泪说："已经往王爷庙送信啦，赫希格和满都呼很快就回来。"母亲艰难地喘息着："这一回恐怕是不能和他们见上一面啦，现在就把寿衣给我换上吧。"波尔玛和苏荣面面相觑，不知所措。我在房子东面打造棺材，恩和当我的帮手，不停地刨木板忙碌着。这时，全副武装的其木格和诺尔布来到我们二人身边。诺尔布问："妈病得那么厉害吗？都准备寿材了？"我并不理睬他。其木格说："母亲从去年秋天就开始不停地说自己快死了，其实没那么严重，我们进屋去看看她吧。"已经穿上寿衣的母亲闭着双眼平静地卧在炕上，似乎在等待上苍招呼她去的那神圣一刻。其木格和诺尔布走进来时，波尔玛和苏荣给他们让座，不过二人并没坐下。其木格俯身靠近母亲，悄悄招呼道："妈。""你走吧，你早就不是我女儿了。"母亲微睁眼睛，有气无力地说着，再次闭上了眼睛。突然有人声嘶力竭地喊道："妈！妈！"细听，是其木格的声音。她的喊叫声不断传到我的耳朵里。诺尔布靠近母亲耳边，问："让苏荣给您当儿媳妇吧，怎么样？"母亲再次睁眼，气喘道："楚格拉是佛徒啊！"诺尔布说："妈，这世界上根本就没有什么佛，也不会再有佛徒了，您就成全他们吧。"波尔玛低声下气地说："诺尔布，大姐求求你，别说了。"母亲突然浑身颤抖，鼻梁变歪，接着一动不动了。其木格扑到母亲身上哭泣、喊叫。就这样，母亲一气之下，含恨而去。

我做出决断，不再等待赫希格和满都呼回来瞻仰母亲遗容，因为那样会错过入殓的好时辰。按我推算出来的时间表，母亲撒手人寰的第三个时辰开始我们入殓母亲遗体，等待第二天出殡的卯时。我清楚地知道什么时辰出殡对母亲的灵魂最吉利，也熟悉出殡的民间传统习俗。虽然这些低俗的教条并没记录在佛教经典上，但万万没料到，跟随葛根庙总管喇嘛在乡间奔波时学到的那些东西，比佛祖经典还能安慰活人的心。家里有人去世，尤其是去世的是寿终正寝老人，出殡前一定把消息传递到每家每户，这也是乡间不成文的规矩。天黑后，我决定领着恩和，挨家挨户去告知母亲仙逝的消息。正要走出大门时，苏荣跟了过来说："恩和，你回屋吧，我跟你叔叔一起去。"恩和看看苏荣，也看看我，犹豫不决。苏荣说："听话吧，恩和。快回屋去。"恩和似乎悟到了什么，毫不客气地对她说："不用你忙乎了苏荣奶奶，你回自己家歇息去吧！"被叫成奶奶的苏荣，依然表现大度，她说："灵柩前守灵是需要男人的，你们俩却让波尔玛和我两个妇道人家守灵？"我想，苏荣说得有些道理，于是决定：留下恩和守灵，跟苏荣一起走街串巷。在黑暗里凹凸不平的小道上，苏荣与我并肩走着走着，突然伸手挽住我胳膊，哽咽起来。我平时最厌恶女人的无端取闹，所以挣脱胳膊说："在这塔拉嘎查，我母亲活着时候算是个寿星，你不用为她哭泣！"苏荣不仅不放开我胳膊，反而抓得更紧了，并嘟哝道："楚格拉，我不是在为你母亲的去世而哭，我这是为自己！""为你自己？"我问。"是啊，在你的眼里我还算不算是个女人？"苏荣问。"你当然是个女人。"我说。"那就停下来，听听我撒尿的声音吧！"苏荣蓦地撒开我胳膊，蹲下就撒尿。虽然我成年后，从来没有近距离听到过女人撒尿的声音，但是对于母牛、母马的撒尿声音以及尿液的腥臊味道还是熟悉的。我悔恨自己在母亲的忌日夜晚，领着这么个水性杨花的女人走街串巷。我撇下苏荣疾步走到一户门前招呼主人。招呼三声后，主人披着袍子出来问:"谁啊?"我说:"我是木匠楚格拉,母亲楠杰下午去世了,明日卯时出殡。"户主说:"哦,知道了,可怜见的。"我继续朝第二家走,这时,苏荣气喘吁吁地追过来,又挽住了我胳膊,甩也甩不掉,像秋后的苍耳子一样黏着。我无可奈何地被她纠缠着,拉拉扯扯地走完所有住户门前时,已经东方泛白。

　　卯时前,出乎我预料,赫希格和满都呼二位哥哥一起回到家里。恩和接过赫希格的马笼头,波尔玛用惊恐的眼神瞅着马背上脸色煞白的赫希格。赫希格很是吃力地下马,走了几步停住了。满都呼拴好马匹之后走了过来,站在赫希格身后,伸手扶他。显然他是担心赫希格摔倒。这时,波尔玛哽咽道:"大婶没能等到你们回来!"赫希格甩开满都呼的手,艰难地走向大门。满都呼要挽扶他,被他再次拒绝。波尔玛这才发现赫希格的前胸已经被鲜血浸透,她吃惊地睁大眼睛并捂住了嘴巴。赫希格终于缓慢地迈过门槛走进屋内,穿过外间烟雾走向里间。在炉灶旁忙碌的苏荣匆忙躲闪,为他让路。里间炕上放置着母亲的棺材。棺材前面点着长明灯。赫希格走到棺材前面,用现成的棉花缠绕灯芯,点燃放置在佛灯碗里,然后跪下磕头。满都呼也缠绕灯芯点上,在赫希格身旁磕头。叩首完毕之后赫希格没能站起来,像个木头墩子一般,从跪立姿势重重地倒在地上。满都呼和波尔玛立刻将赫希格挽扶起来。我指定的出殡卯时到了。众人协作将棺材从窗口抬出来,转载到马车上。我朝顺时针方向围绕马车,为逝世的母亲招魂。这时,赫希格已经从昏迷状态醒了过来,在恩和挽扶下来到院子里,爬上马车抚着棺木前沿站立。之后,满都呼和我各自站立在棺材两侧。除让三个顶天立地的儿子扶棺木之外,我的确想象不到人世间红尘还有比这更荣耀的事情了。母亲安息吧!马车离开大院朝我们家祖先的墓地奔驰时,一部分骑马的男人跟随在后面抬高气派。留在家里的波尔玛和苏荣在外间忙碌着，一个在和面，另一个在熔化黄油。诺尔布和其木格这一对六亲不认的红人，再次从公房过来走进屋子。诺尔布很是关心地问道："去野外出殡的人们快回来了吧？"波尔玛说："应该是快回来了。"这时，从外面隐约传来马匹和人群喧杂声音。波尔玛从炉灶捡火炭，装到盆里。诺尔布明知故问道："把炭火掏出来做什么？"波尔玛说："从墓地回来的人都要用火净手。"诺尔布鄙夷道："封建迷信。"波尔玛说："迷信也罢，封建也罢，习俗是从上辈传下来的。"诺尔布拉着正在哭泣的其木格低声道："我们走吧，别在这里碍手碍脚了。"从墓地返回的马车和骑者来到我家院外时，波尔玛将火盆放置在院子中央，上面添上从篱笆上折下来的干净木屑使之燃烧起来。人们的情绪跟送葬时候判若两样，说说笑笑地走进院子里来，将双手在火苗上来回翻弄着炙烤净手，然后才走进屋里。满都呼和我搀扶着赫希格，跟随着帮忙的客人们走进屋子。

用马驮载撒格斯嘎的尸体离开牧区的那天，德力格尔被冤魂缠住了。毕竟亲手杀死了自己亲生父亲啊！尸体是被他毫不犹豫地抛进山沟里的，可是记忆里那凶相毕露的父亲形象是不会被轻易甩掉的。扔下尸体接着赶路时，坐骑被草丛中的有形、无形障碍物绊倒，弄得他晕头转向。他惶惑迷离中迷失方向，在荒野上信马由缰地来回奔跑着。本来两天时间就能到达目的地，结果被他耗去五天时间才找到通往乌兰浩特的路径。这时，马匹却死在沙丘上。他从马尸体上把鞍子、缰绳之类的东西解下，看着马尸体默默站了一会儿，然后，把那些马具藏到一旁黄柳树丛里，背上小包袱离去。他来到乌兰浩特自治区政府大院外，读门牌上的文字，向门岗问了几句什么话就走进院内。此刻，自治区政府办公室里不断有人进出，度棱向一位来访者愤怒地说着什么。德力格尔走进办公室，来到桌前站住。度棱说："要是这等小问题都来请示，那我即使有三头六臂也解决不完啊，同志，知道吗？"那位来访者吞吞吐吐地说："首长，那这事情到底怎么解决呢？"度棱说："什么这个那个的，自己动脑子想办法，尽量克服困难解决吧。"来访者显得很无奈，说了一句，"那好吧。"就退出屋子。接着，度棱边做记录边对德力格尔说："你什么事？赶紧把汇报的事情说得简单清楚些吧。"德力格尔说："撒格斯嘎同志因急病在牧区工作时突然去世。"度棱问："你说的是哪个撒格斯嘎？"德力格尔说："跟图布新同志一起去牧区好力宝嘎查工作的撒格斯嘎主任。"度棱这才抬头仔细观察德力格尔的脸，然后说："哦，这消息我已经知道了，向好力宝牧区嘎查派去代表都已经两天了，你怎么才来？"德力格尔说："迷路了，坐骑也在半路上死了，我是徒步来的，所以才延误了时日。"度棱问："那你还有别的事吗？"德力格尔说："既然有人代替我牧区工作岗位了，那我呢？"度棱问："你想去哪儿工作？"德力格尔说："请求组织让我去塔拉嘎查一带，跟那里的工作组同志一起工作吧。"度棱摆手，继续做记录时说："准许，去吧。"诺尔布坐在椅子上擦枪。其木格坐在地中央摆弄着辫子。她从窗户玻璃反光中可以看得见院内背枪来回走动的岗哨。诺尔布说："他太过分啦，根本就不把新政府放在眼里啊。"其木格说："赫希格哥哥是受伤了，如果不把新政府放在眼里，那还干什么为建立新政府而流血受伤呢？"诺尔布说："他的双手沾满了八路军鲜血，即使跳进大海，也洗刷不清啦。"夫妻二人正辩论时，德力格尔走进来。诺尔布惊叫着放下手中活计从椅子上起立，问："是德力格尔吗？"德力格尔说："是我，排长。"二人先是拥抱，接着握手久久地互相凝视着。诺尔布终于放开对方的手，感慨道："我还以为你已经牺牲了呢，同志！"德力格尔说："我被敌人逮捕后，多亏这个嘎查的一位老大娘施救，才侥幸活下来的。"德力格尔先回报有关自己工作调动的情况，边喝着茶水边把母亲施救他的经过简单地给诺尔布和其木格讲述了一遍。于是诺尔布领着德力格尔沿着嘎查中心巷道去寻找他的救命恩人。他们走到我家附近停住脚步。这时，满都呼正要办完丧事，留下赫希格准备独自回乌兰浩特。"就是那个骑马人离开的人家老大娘救了我。"德力格尔指着我家说。"那就不必去啦。""为什么？"诺尔布说："挽救你生命的老太太已经去世了，今天早晨才下葬的。"德力格尔叹息道："太遗憾了。""挽救你生命的老太太的儿子是谁，你知道吗？""是谁？""是赫希格。"德力格尔回忆片刻后，问："是在兴安军当过连长的赫希格？"诺尔布说："正是他。他曾经捆绑你我二人，头朝下扔在山坡上，难道这么快就忘记啦？"德力格尔感到意外，并流露出惊恐表情说："上级派遣我到这里工作，可我并不知道这里就是赫希格连长的家乡呀。"诺尔布说："这就好了，既然我在这里，你还怕什么？"

苏荣搬过来住的第八天起，我就莫名其妙地对女人肉体产生了兴趣。因为，夜里趁我熟睡，苏荣偷偷钻进我的被窝，撩拨得逗了。当沙弥住宿在僧侣宿舍时候开始，我梦里经常遇到一位皮肤白皙、温柔体贴的风尘女子。我承认自己定力不深，经常为此女而梦遗。那时，调皮的师哥用亦真亦假的口气讲述有关锁骨菩萨化身为风尘女子之事。除此之外，我清醒状态下从未与女人（当然除了母亲）的身体接触过。深夜里，苏荣把我弄醒时，我已经被她撩拨得快要坠入地狱欲火坑底，能量之大远远超出肉体凡胎薄弱意识所能控制范围。我毫不犹豫地翻身，把她压入身下。她，下体湿润，浑身滚烫，不管不顾隔壁堂屋炕上睡觉的赫希格以及托娅、恩和醒来，肆无忌惮地大声喘息着，抓挠我后背、肩膀头，甚至不断地喊叫"楚格拉、楚格拉"。她曾经先后三次猥亵过我，对此我始终记忆犹新：第一次是八岁那年，从她家房檐下，捣毁雀窝时，在梯子上端让她堵截，被扒下裤子，蒙羞；第二次是十岁那年，我去找阿穆尔舅舅时，她拦住去路，并揪住我的耳朵不放；第三次是闹鼠疫那年，夜间去找总管喇嘛时，她厚着脸皮把我叫到身边，模仿日本医生摸疙瘩的姿势，直接把手伸进我裤裆里乱捏。有了这三次行为铺垫，加上如狼似虎的四十岁寡妇，男人不堕落才怪呢。我承认，对佛祖的一颗虔诚之心，已经被红尘彻底玷污。

早晨，隔宿的陈旧空气散尽，换来了烧牛粪的新鲜味道灌满屋子之后，赫希格和我跟往常一样坐在炕上喝茶，苏荣倒水端茶，殷勤伺候我们。虽然响应新政府的号召离开寺庙还俗，但，我的内心一直到昨晚还是个出家人。苏荣说过，她嫁给我也是依照政府的要求在行事。我也对她说过，既然我们二人非得住一起不可，那就约法三章：外人眼里是夫妻，实际上只是个生意合伙人。她当时听了很是顺从地答应我的要求，并说："只要二人一个屋檐下住着我就满足了，你是业主，我是合伙人，给你烧茶做饭的搭档。"我说："你不仅仅是烧茶做饭的合伙人，还是个管经济账的领导。"她高兴地点头答应。可如今一切都不同了，我们二人肉体上的结合给了她比政府为她撑腰更大的勇气。她面对赫希格，彻底改变此前的唯唯诺诺姿态，明目张胆地下逐客令道："您是部队的人，是不是应该去乌兰浩特住进军队医院养伤？要是骑马不方便，楚格拉可以套马车送您去。"赫希格厌恶地斜了一眼苏荣，不无讽刺地说："说什么才好呢，家里发生这么大变化，我真的没想到。"苏荣放下水壶，转过脸说："您就不要再说啦。要说什么，我能猜得出来。波尔玛也跟我一样啊。"赫希格捂着腹部伤口下炕。我问："哥，你要出去？"赫希格怒气冲冲地扎腰带挂上战刀走出房间时说："我走。"我来不及对苏荣发怒，跳下炕拦截赫希格。赫希格青筋暴鼓，对着我厉声喊道："你闪开！"赫希格牵着托娅走出屋子就喊："恩和，咱们走。"我没听到恩和的回答。当赫希格牵着托娅迈出院门时，才看到恩和跟随在后面。我和苏荣从屋子窗户默默地望着他们父子三人的一举一动：赫希格双手握住托娅的腰身轻轻一举让她上鞍，从马桩上解下坐骑牵着走远。恩和尾随几步眼含泪水回首望着我。我向他点头示意，恩和这才用衣袖擦干泪水去追赶他的父亲。赫希格将坐骑拴在波尔玛家马桩上时，波尔玛从屋子匆忙跑出来迎接。赫希格尴尬地微笑道："我们仨搬到你这里啦。"波尔玛拉住他们的手说："那就咱们一家四口进屋吧。"赫希格说："我这家庭算是彻底各奔东西了。"波尔玛说："分家没什么不可以的，谁能保证一辈子不离开自己出生的屋子啊。"赫希格懊悔道："楚格拉守家业是对的，可我不应该跟他们翻脸。"波尔玛说："楚格拉有自己的家了，其木格现在过得也挺好，你不用为他们担心。"赫希格说："别提其木格，她决意要跟定诺尔布，谁也拿她没辙。"

第二十八章
像捻虱子一样把你捻死

赫希格躺在炕上，波尔玛坐在他身边为他缝补内衣，他盯着屋顶说："等战争结束，时令平和了，应该在嘎查前边盖一座新房才好。如果那样离河边更近，牲口饮水也方便。""就这么决定了，我们绝对不会长久地住在这所房屋里。"波尔玛咬断线头后，伸手抚摸着赫希格的头发继续说，"不过，只要你在我身边，住新房旧房都无所谓。"我从敞开的门外站着，倾听二人肉麻的谈话片刻后，走进屋子就说："哥，咱们回家吧。"赫希格推开波尔玛的手问："你要干什么？"我说："我要把苏荣赶走，咱们俩回家吧。""你疯了？"赫希格问。我走过去搀扶他，强行起身。赫希格说："把手拿开，别碰着伤口。"我欲抱起赫希格时说："你别动，我抱着你走。"这时，波尔玛企图将赫希格从我手中夺过去，她说："弟弟，你长点心眼儿吧，姐姐求求你啦，我再也不会让任何人带走他。"我说："难道我是别人吗？我是他亲弟弟，你算是他什么人？"听了我这句不近人情的话语，惊诧不已的波尔玛把手松开了，赫希格却使劲地抽了我一个耳光。我带着哭腔说："大哥，如果你认为我有得罪你的地方，就打死我吧。"赫希格说："谁说你得罪了我？"我擦去泪水问："这么说你没有怨恨我？"赫希格忍不住笑了，他说："我是为你高兴还高兴不完呢，傻小子呀，只要你把木匠活做好了，就算是帮了你哥哥大忙啦。"当苏荣匆匆来到波尔玛家外时，我正好从屋子退出走到院门口，跟那只母老虎碰面。我不想理会苏荣，与她擦肩而过。苏荣从我后面追了过来问："楚格拉，你真的决定不跟我一起过了？"我什么也不想回答，继续走我的路。苏荣停住脚步，从背后威胁道："那我这就去报告政府。"这时，波尔玛从屋子出来，跑到苏荣身边劝阻。苏荣推开波尔玛转身朝河套方向走去。波尔玛再次追过去，拉住了她衣袖，并笑嘻嘻地劝她道："算了吧弟妹，楚格拉那个人呀，可是珍贵得像人参呢，想办法和解吧。"苏荣停下来，顿足朝波尔玛变色道："谁是你弟妹？你是嫌弃受伤的，开始眼馋年轻的了吧，呸！"她说完就改变方向，朝公房径直走掉。

诺尔布、其木格、德力格尔三人在公房煞有介事地协商嘎查里事务。门口的警卫将步枪斜靠在墙上，蹲在墙根用碎玻璃片修整榆木鞭杆时，吐着舌头，抽搐着嘴唇。苏荣哭泣着绕过警卫，走进屋子就跪倒在诺尔布面前，开始诉苦："请政府给我做主！"诺尔布将其搀扶起，问："怎么了，弟妹？"苏荣"哇"一声尖叫，像演技高超的演员一样号啕大哭起来，并断断续续地说："楚格拉为了把他哥哥赫希格带到家里住，准备把我撵走。"诺尔布咬牙切齿，拍打桌子道："刽子手！"德力格尔问："谁是刽子手？"诺尔布看着德力格尔，挥手下命令道："喇嘛和土匪勾结起来开始压迫穷人啦，你去把赫希格抓起来，立刻！"德力格尔说："这样好吗？他现在是担任公务的军官。"诺尔布指了一下在门口发呆的警卫说："把他带上，军官又怎么样？破坏内蒙古联合会规定，照样可以逮捕，现在就去。"其木格的一只手搂住苏荣的粗腰，另一只手用毛巾为她擦拭泪水。德力格尔犹豫一下，然后与警卫一同走向院门。苏荣依然泣不成声，愤愤不平地说："你们要抓的人在波尔玛家呢。"诺尔布安慰她道："德力格尔知道怎么做，你就放心吧。"当德力格尔和警卫到来时，波尔玛正在院子当中拍打毛毡上的尘土。德力格尔说："让赫希格连长去一趟公房。"波尔玛说："叫一个带伤的人去那里做什么？他刚刚喝药睡下了。"德力格尔犹豫着："那么，我们过会儿再来。"波尔玛问道："谁叫他？"德力格尔说："是诺尔布首长。"波尔玛愤怒地说："诺尔布如果跟他大舅哥有事的话，可以自己来，让其木格来也行。他们难道是陌生人吗？"苏荣已经停止了哭泣，双手抱胸站在屋子地中央。诺尔布说："你现在回家吧，楚格拉不会再撵你的。"苏荣屈膝弯腰道："我就给诺尔布首长磕头啦。"诺尔布说："不用给我磕头，要感谢就感谢政府。"苏荣跪下说："那我就给政府磕头。"诺尔布生气道："赶紧走，就别磕头啦，怎么这么麻烦。"苏荣勉强立起身子，扫兴地走出屋去。屋子里诺尔布和其木格夫妻二人留下后，其木格问道："你逮捕赫希格哥哥，要把他送到哪儿去？"诺尔布不无讨好地笑道："我估计德力格尔可没长逮捕他的手啊。""那么……"其木格不解何意，欲言又止。诺尔布解释说："我这么做是给苏荣看的。你哥哥如果真的和德力格尔一同来的话，我们就把他请到我们家，宰杀一只羊招待他。长时间吃不到肉，可真是馋坏我啦。"果然不出诺尔布所料，苏荣离开公房不一会儿，德力格尔和警卫空手而归。诺尔布问："怎么就你们两个回来了？"德力格尔摇头不语。诺尔布起身整理腰带时，装模作样地埋怨道："没出息。"

其木格在外间收拾羊下水时，诺尔布在炉灶上煮着手扒肉说："锅里肉快熟啦。"其木格说："那你就赶紧去请赫希格哥哥来吧。"诺尔布说："应该你去请，不然我就自己先吃啦，这馋的。"其木格说："忙什么，别着急，稍等一会儿。"其木格擦干净手准备去请赫希格。这时，诺尔布嘱托道："见到德力格尔就说是我说的，让他搞点酒来。"其木格在路过公房时，看到坐在外面擦拭手枪的德力格尔，说："借两瓶烧酒去我们家吧。诺尔布叫你去吃手扒肉。""我到哪儿去弄酒？""这我可不知道，你自己想办法啦。"她离开德力格尔，去波尔玛家时，波尔玛、赫希格、恩和、托娅，围着餐桌正在吃晚饭。波尔玛见了其木格喜出望外道："来，快过来上炕，跟我们家人一起吃饭吧。"她把"我们家人"四个字说得特别响亮、暧昧。其木格说："我们家宰了只羊，来请哥哥吃手扒肉。"赫希格将碗筷推开笑道："为什么不早说？等人家吃饱了才……"其木格发愣，不言语了。赫希格跟波尔玛互递眼神后，下炕穿靴子，对发愣的其木格说："走吧。"赫希格和其木格过去时，诺尔布正在往炕上摆桌子。诺尔布见了赫希格就说："炕上请。"赫希格说："听说你已经复员了？你和我妹妹成了家，我还没来得及祝贺呢。"诺尔布挑衅道："承蒙你照顾，我荣幸地受了伤，所以才复员的。你居然还能想起妹妹出嫁，难得啊。"赫希格并没在意诺尔布的奚落，上炕盘腿坐下。此刻，德力格尔也拎着两瓶酒进来，向二人行军礼。诺尔布看了挖苦道："算了吧，德力格尔你就不要在我家里挥拳踢腿的。"赫希格说："诺尔布，你要是没完没了这样装腔作势的话，我们可以不喝这个酒。"诺尔布也上炕坐在赫希格身边，说："随便吧。"其木格唯唯诺诺地为他们斟酒。赫希格毫不客气地从其木格手里接过斟满酒的杯子，将它一饮而尽，把空酒杯沉沉地放下。德力格尔拿起刀子割了一块肉就躲开酒桌，说："你们慢慢享用，我先走了。"其木格将德力格尔送到院子外时，看到从远处走过来的波尔玛。波尔玛走近他们俩就担心地问道："他们俩还算和气吧？"其木格摇头道："说出的话能吓死人。""我听见他们的谈话后，差点被一块肉噎死。"德力格尔说着离去。波尔玛和其木格走进院子，来到窗根，偷偷朝内观望。波尔玛看到桌子上的刀子，悄声说："其木格，你进去把桌上的刀拿开。"其木格长长地叹息道："他们二人肩上都挎着手枪呢，拿开刀子有什么用。"赫希格和诺尔布已经把两瓶酒喝干了。诺尔布说："部队里有你这样的人存在是非常危险的。全国解放，政权稳定之时，那些翻手为云、覆手为雨的家伙们就会像衣缝里虱子一样被捻死。"赫希格说："我在不知道为谁而战的情况下，糊里糊涂地走到今天。我前面的道路到了今天才有了些明确方向。"诺尔布说："无论怎样狡辩都晚啦。"赫希格推开面前酒杯，说："我们俩能不能说些别的话题？"诺尔布说："你我之间还能有别的话题吗？"赫希格说："那我走啦。"诺尔布说："请便吧。"赫希格从屋子摇摇晃晃出来时，波尔玛从窗户外挪到门口，搀扶着他迅速离开诺尔布家院子。二人歪歪扭扭地行走在嘎查中心路段，绕过乌日图家废墟后，赫希格长长叹息道："在塔拉嘎查，我只佩服两个人。"波尔玛问："哪两个？"赫希格说："一个是诺尔布，另一个是宝力德。"波尔玛问："为什么？"赫希格说："这两个混蛋，不管做什么，从开始那一刻就清楚自己应该怎么做。"波尔玛说："都是些人味很差的家伙。"赫希格说："如果不是为妹妹着想，就凭诺尔布那德行，我早就把他的皮活活给扒下来啦。"

　　似乎一切都恢复了平静，我和侄子又开始忙碌着做木匠活。不仅是嘎查里人，还有外乡人也经常来找我，给他们修理旧勒勒车或马车，有时候还有人要求打造新车辆。我边干活，边东一句西一句地跟侄儿聊天打发寂寞。"你爸爸是不是埋怨我？"我问。"我没听见。"恩和说。苏荣送来茶壶和碗，站在一旁说："怎么会埋怨你呢？还不是因为我被强迫塞进你们家，给你们兄弟之间增添麻烦，都是我不好。"我反感，抑制不住情绪说："既然做了肮脏事，就不要摇尾巴讨乞怜。"苏荣说："哎哟，摇尾巴，难道我是狗吗？是政府把改造你的任务交给了我，可不是姑奶奶我自愿来到你们家的。""那您就立刻回自个家过舒服日子去吧，我现在就把房子院子还给赫希格。"我说着扔下斧子朝外走，苏荣追过来拦腰抱住我，立刻变了另一种人，可怜兮兮地乞求道："求求你啦，我的宝贝，咱们俩以后不再拌嘴，好好过日子就是。"我将苏荣推倒在大门左侧物什堆上，可她倒下去时却顺手揪住衣襟把我也拽趴下。恩和默默地望着我们夫妻二人的肉搏战，自始至终不过来拉架。

满都呼回到乌兰浩特后，向上级汇报了有关赫希格在回家途中莫名受伤的情况。度棱问："发生了什么事情？"满都呼说："他被人偷袭，子弹击中了肋骨。""伤势严重吗？""不太严重。不过不方便骑马。"度棱听了将信将疑，说："赫希格真受伤了？不许撒谎啊，我们现在已经不是过去那自由自在、随心所欲惯了的兴安军。是共产党领导下的红色队伍组成部分，纪律严肃程度可不能跟以往同日而语。"满都呼说："这些我都明白，他真的受伤啦。"几天后，诺尔布跟着送活羊慰问驻军的马车来乌兰浩特，找到度棱，质问道："我实在是不能理解为什么让赫希格这样的危险分子自由自在地到处走动！说他受伤，我可是一点也看不出来。您还不至于忘记了宝力德的所作所为吧，不至于忘记我们是在为谁流血奋斗吧？赫希格如今在塔拉嘎查跟一个寡妇明目张胆地鬼混呢。"度棱说："诺尔布同志，你给我戴的帽子是不是有点大了？你就放心送你的慰问羊去吧。"诺尔布还是不依不饶地说道："当敌人坐在身旁手里握着枪向我瞄准时，我还能放下心来吗？"度棱被对方问住，无法再拖延时间了。他说："知道了，诺尔布同志，来人！"进来两个持枪战士。度棱当着诺尔布的面，铺开公文便签，潦潦草草写了一行字，把写字的纸张撕下来交与那两个战士说："你们立刻去塔拉嘎查把赫希格带回来。"

"去乌兰浩特送慰问羊的马车明天上午就回来，在这期间，我们一定要保持警惕，避免嘎查里出现差池。"德力格尔站在公房院内，正对其木格等十几个基干民兵说。民兵们三三两两地往各处散去，这时，从乌兰浩特派出的抓捕赫希格的两个人来到公房院门口下马。"赫希格家在哪里？"公差问。"问这个做什么？"德力格尔反问。公差拿出公文给德力格尔看，然后说："自卫军指挥部下了逮捕令。"公差被德力格尔请进公房歇歇脚。歇息片刻之后，两个公差之一，放下茶杯站起来说："我们俩还是先去执行任务吧，怕夜长梦多，希望德力格尔同志派人给指认一下赫希格家。""好吧，"德力格尔说着回头，朝门口岗哨说："你领他们去指认一下赫希格家。"岗哨问："到底指认哪个家？"公差感到诧异，他问："赫希格到底有几个家？"德力格尔笑道："两家轮着住。"当公差从屋内走出时，其木格满脸汗珠，气喘吁吁地站在岗哨旁边。"哪个同志领我们去？"公差之一问。岗哨带头往外走着说："跟我来吧。"两名公差和岗哨离去后，院子里只剩下德力格尔和其木格。德力格尔说："其木格，你回家去歇息吧。"其木格掏出手绢擦着额头上汗珠，悄声说："谢谢你，为我哥哥拖延时间，要不他完了。"德力格尔也压低嗓门儿说："我忘不了楠杰婶子的恩情，你就安心回家睡觉去吧。""还是等他们回来好。""还等什么呀，他们肯定空手而归。"德力格尔嘟哝道。公差抓捕赫希格的过程是这样的：岗哨领着两个公差来到波尔玛家附近停下，指向波尔玛家说："有灯光的那家就是。"公差问："另一个家呢？"岗哨说："毗邻的是他弟弟楚格拉的家，没看见屋内已经熄灯了吗，赫希格不可能守着弟妹不离开。"此时，波尔玛坐在灯下缝制鞋帮，托娅睡在旁边。恩和在波尔玛家只住了三宿，第四天晚上又回到我身边了。岗哨完成了指认任务后，连个招呼都没打就离他们而去。两个公差用狐狸步子靠近波尔玛房门，前头一个突然伸脚踹开波尔玛家木板门，两个人几乎同时挤了进去就劈头盖脸、异口同声问："赫希格在哪儿？"波尔玛似乎故意做出吃惊动作，哆嗦着抱住睡梦中的托娅，又可怜又无辜地说："这里不是他家呀。"一个公差问另一个道："我们是不是来晚啦？"波尔玛充愣，回答道："我不知道。"两个公差面面相觑，之后退出屋子。当两个公差返回公房时，德力格尔问："没抓到？"公差说："他跑啦。"大概半小时前，赫希格和波尔玛二人正在把母牛和牛犊分开圈起时，其木格气喘吁吁地跑过来，说："哥，你赶紧跑，从乌兰浩特来人抓你啦。"她说完就反身融入黑暗之中不见了。赫希格似乎没来得及想事情的前因后果就匆匆跑进屋子，吻了吻躺在炕上睡觉的托娅，顺手捡起他的行囊。马匹不在眼前，找到它再逃跑是下策。波尔玛说："快走吧。"赫希格说："恩和又要跟他叔一起睡了。""这你就别管了，有我呢，快！"波尔玛催促道。赫希格再次亲吻托娅的额头之后，被心急火燎的波尔玛推着走出屋去。他步行穿越黑暗前行不久，波尔玛坐在灯光下，心不在焉地做起针线活了。

送走两位公差后，德力格尔和岗哨睡在公房炕上，屋内已熄灯。外面马蹄声把德力格尔惊醒，他趴窗台往外看时，一位骑者来到门口，正在下马。德力格尔推醒抱着步枪和衣睡的岗哨："快起来，外面来人了。"岗哨拿起步枪下炕，这时，外面人的脚步声表明，他已经进外屋了。德力格尔和岗哨躲在门两侧等待他冒冒失失地进里屋来。外人进来就立刻被德力格尔和岗哨按倒。闯入者挣扎道："你们要干什么？我是传令兵。"德力格尔点灯，抱住传令兵的岗哨也松了手。德力格尔问："你从哪儿来？"传令兵说："从乌兰浩特来的，在找塔拉嘎查工作组的德力格尔同志。"德力格尔说："我就是德力格尔。"传令兵说："度棱首长叫你立刻去乌兰浩特报到，我带着从马来的。"德力格尔问："到底出了什么事？"传令兵摇头道："不知道。"德力格尔朝岗哨说："你去告诉其木格，我有急事离开嘎查，去乌兰浩特了。"岗哨说："好吧。"德力格尔就这样突然半夜被人叫走了。此时，苏荣不知去谁家了，聊够了回来对我说："你那个装腔作势的军官哥哥已经变成了一条死狗啦,你就别在我面前耍威风啦。"我并不答话,坐在地中央矮凳子上,锉着锯齿。"你耳朵聋啦,还不睡觉。"苏荣催促。我依然平静地做着手中活计。从我房间不断传出的锉动锯齿的尖利声音,穿越夜空传遍全嘎查。片刻之后苏荣把灯吹灭了,但是锉锯齿的声音并没停止。我不是吹牛,锉锯齿算是一件很细致的活儿吧,我却闭着眼睛都能干得漂漂亮亮。

第二天凌晨,德力格尔和传令兵一起来到自卫军指挥部外下马。此刻,度棱在寝室门口蹲着刷牙。德力格尔把缰绳交给传令兵,来到首长面前敬礼。首长用肩上搭着的毛巾擦擦嘴问:"连夜赶路累坏了吧?"德力格尔说:"报告首长,不累。"度棱说:"咱进屋谈吧。"屋内单人木床上是整齐折叠的被褥,桌子上有书本之类的东西横竖躺着。度棱说:"把你从塔拉嘎查紧急调过来,想交给你一个很重要的任务。"德力格尔说:"是。"度棱说:"以前我不知道你有很高的文化知识,昨天查档案时才发现了你是高等学府毕业的人。"德力格尔说:"我一定完成首长交给的任务。"度棱说:"有一部分犯错误的旧军官正在等待审讯,需要有一定文化素质的人担当审讯员一职才行,用野蛮态度处理他们的问题对革命事业不利,你当这审讯员一定要谨慎从事。"德力格尔说:"明白。"度棱说:"你先洗洗脸吧,一会儿我们一起吃饭。"传令兵端来洗脸水,德力格尔挽起袖子,接过水盆放地上,蹲下就开始噗噗洗脸。

举行内蒙古自治区政府成立庆典那天,赵营长说:"我们越是继续战斗,就越是违背天意。我们的政府已经把民意丧失殆尽啦。倘若不是这样,东蒙怎么也不会堕落到今天的程度。"宝力德说:"集中兵力对王爷庙进行一次突然袭击,把赤色分子建立自治政府的美梦打个粉碎怎么样?""您就算了吧,内蒙古自治区的成立已经不是梦而是事实。中国大地普遍在生死线上挣扎的时候,别说是王爷庙，就是把整个内蒙古地盘全部占领了，也不会有人为我们记功授勋的。"赵营长说。"我们既没有退路，也丧失了打击目标。"宝力德叹息着一脸沮丧地走出帐篷。国军残部蜗居的林间空地上，失魂落魄的士兵们垂头丧气地来回走动，树林密集处，鸟叫声声。帐篷附近的树上拴着一些马匹。宝力德走出帐篷之后，将一簇绊脚的荆棘猛踢一脚。他拖着疼痛的脚一瘸一拐地走近当马桩的几棵紫桦树，解下一匹马勒紧肚带之后骑上离开野外宿营地。不一会儿，赵营长从帐篷出来问岗哨："宝力德去哪儿了？"岗哨回答道："他还能去哪儿，也就是在附近山坡或河边瞎转悠罢了。"赵营长苦笑道："他的处境已经很可怜了，人间最大的不幸和耻辱就是漂泊四方无家可归啊。"这时，宝力德骑马毫无目的地奔跑一圈又回到马桩附近下马。赵营长看着林子里晃动的宝力德身影自言自语道："就不说宝力德了，我们现在怎么办？估计民国政府会毫不犹豫地抛弃我们吧。"岗哨也看着宝力德嘟哝道："无论怎么说，对于我们这些军人来说只有接受命令或执行命令两个选择。"赵营长和宝力德一起回到帐篷后，再次商量的结果是：将带领这支命途多舛的国民党开垦部队骑兵残留，去偷袭地方红色政权，赌一把运气。

太阳西斜，林中闷热渐渐退去，国军残部卸掉帐幔，喊声连连地集合队伍。路途中宝力德与赵营长并辔而行时说："我们进驻高力板，把那里参加赤色活动的人家全部毁掉。"赵营长说："如果谁人为了公报私仇擅自离开队伍，当心军法从事。我们是堂堂国军，而不是趁着黑夜偷鸡摸狗的狐狼之辈。"宝力德不服气，把脸转过去鄙夷道："哼。"赫希格藏身在一家小饭馆储藏室内，已经三天了。当储藏室门吱嘎响起时，赫希格起立将身边卷成筒状的席子扣在自己身上。饭馆老板娘腊月端着饭菜走进来，嗲声嗲气地说："吃饭吧。"赫希格将身上席子取下，说："我给你添麻烦啦，不过我很快就离开这里，去别的地方。""没给我添任何麻烦，只是你每天独自一人待在这阴暗潮湿的库房，不感到寂寞就行。"赫希格开始吃饭。几年前，兴安军驻扎这里时，他曾经跟这位饭馆老板娘有过肉体接触，所以这次在家乡遇到麻烦时，第一个想起的人就是她。"你慢慢吃，饭馆里也许会有别的客人来。"腊月把饭菜放在充当饭桌的小板凳上，靠近赫希格，脚尖离地翘起身子，吻一下他胡子拉碴的脸颊就匆匆出去，把储藏室门从外边锁上。饭馆外面，几个八路军战士和孩童们欢声笑语。一个战士说了个什么笑话，使得周围穷苦人家的孩子们笑声一片。还有一个战士走进饭馆，出来时用挎篮装满馒头分发给孩子们。当几个八路军战士离开饭馆门前时，孩子们纷纷跟随而去。从窗户往外观察的女主人腊月立刻出来将门关闭。天黑后，赫希格与饭馆老板娘一起在她的寝室吃饭时，向她打听道："大街上还能见到八路军吗？""下午，几个八路军在门外跟一帮穷孩子玩耍，结果把一篮子馒头都分给了他们。不过这没什么，只要能保住饭馆，几篮子点心钱眨眼之间就能挣回来。"腊月若有所思地回答。赫希格感慨道："真的没想到，半辈子戎马生涯，结果倒成了过街老鼠人见人恨。""无论谁恨你，我也没有厌烦你呀。"腊月很是直爽地表白。赫希格哀叹一声。"难道你不相信我说的话？"腊月问。赫希格无可奈何地回答道："相信，相信啊。"这时，从外面传来了枪声。腊月吹灭了灯，在饭桌旁依偎在赫希格怀里。那一夜，从半夜开始的八路军和国民党士兵互相射击的枪声一直持续到凌晨，最后八路军败逃。当赫希格站在储藏室门旁倾听外面声响时，腊月气喘吁吁地跑过来说："告诉你一个好消息，国民党把八路军给赶跑啦，你现在可以出来了。"赫希格整理衣装从饭馆出来后，果然第一眼看到的是街头巡逻的两个国民党骑兵。巡逻兵也看到了他，迎面过来喊道："举起手来。"赫希格遵照巡逻兵的意思把双手举过头顶。巡逻兵骂道："大胆蠢贼，跟女人私通后连逃跑的事情都给忘了吧？"赫希格说："我不是八路军。"两个巡逻兵面面相觑，耻笑道："你以为是在对瞎子说话呢吧？看看你的穿戴。"赫希格这才看着自己的自卫军着装无奈地摇头。"走。"巡逻兵厉声呵斥。赫希格被巡逻兵驱赶着来到一座带有围墙的人家。赫希格认识这所院落原来的主人撒格斯嘎。门外站立着两个门岗。巡逻兵对门岗说："这个家伙他妈的，钻进女人被窝里，竟然连逃跑都给忘啦。他看起来像是八路军军官，让长官处理。"赫希格被门岗带进大院之后，首先看到几名被俘虏的八路军战士。从俘虏身边绕过走进屋里，一眼就认出宝力德。宝力德和国民党赵营长坐在桌边吃喝。门岗将赫希格往里推了推汇报道："巡逻兵刚刚把这个家伙送过来，说是八路军军官。"宝力德向门岗挥手示意，门岗退出。宝力德迟疑片刻之后从炕上溜下来，惊诧道："是赫希格呀。"赫希格说："是我。"赵营长问："被我们打垮的原来是你的连队？"宝力德说："怎么可能呢，赫希格的连队不可能这么不堪一击。"赵营长说："不管怎样，我们毕竟过去合作打过仗，过来坐吧。"赫希格毫不客气地上炕，坐下。宝力德问："你是怎么来到这里的？"赫希格说："一言难尽啊，走投无路就来到了这里。"宝力德兴奋，竟然被自己笑声给噎住，他说："我早就料到啦，我们俩迟早会走到一条路上来的。"

　　赵营长以及宝力德和赫希格三人站在窗前朝外眺望。映入视线的是驮载在士兵战马上的大小包裹。士兵们每次出去就用马车驮回来一些东西，渐渐地撒格斯嘎大院内，掠夺的财物堆积成一座小山包。赫希格说："你们俩带着这些土匪强盗到底要做什么？""什么？土匪强盗？"赵营长问。"难道不是土匪强盗吗，行军作战，马鞍上驮着那么多东西干什么？""如果不让他们抢夺，就很难让他们听话。我也是万般无奈呀。后方军需供应已经断了几个月啦。"赵营长说。连续几天的掠夺后，士兵们的贪婪习性愈演愈烈，赵营长不得不听取赫希格的意见，开始检查士兵战马上驮载之物，他说："我命令你们，把马鞍上除了干粮以外所有物品全部扔掉。"士兵们伫立不动。赵营长走到马鞍上搭载着幼儿摇篮的士兵面前，问："这是什么？""是山荆子树做的摇篮，香喷喷的。我想把它带给老婆做礼物。"众士兵大笑。赵营长命令道："扔掉。"那位士兵依然没有任何反应。赵营长掏出手枪朝他胸口开了一枪。

高力板镇已经被国民党军残留占领的消息传到乌兰浩特自卫军指挥部后，满都呼以排长身份受命，带领骑兵排前去剿灭。经过塔拉嘎查时，骑兵队伍暂时停留在嘎查里。满都呼离开队伍走向波尔玛家时，警卫牵着马匹，寸步不离地跟在后边。此时，托娅独自蹲在路边捣弄蚂蚁窝，满都呼来到跟前停下，从衣兜内掏出一包冰糖给她。托娅问："满达（满都呼的昵称）叔叔，我爸爸去哪儿了？"满都呼说："你爸爸可能上山找马去了吧。""妈妈和我夜间特别害怕。"托娅说。"妈妈？"满都呼问。托娅指向波尔玛家说："我是说那个妈妈。"满都呼说："你玩吧，叔叔以后带更大块的冰糖给你。""给恩和不？"托娅问。"恩和已经是大人了，不给他。"托娅露出门牙缺口嘻嘻笑，继续捣弄蚂蚁窝。波尔玛在扫地时，满都呼大踏步走进，劈头盖脸地问道："赫希格真的逃走啦？"波尔玛老老实实点头道："有人来抓他，如果不逃跑，他们肯定会杀死他的。"满都呼说："我真的难以理解，他到底是怎么想才会那样胡作非为。"波尔玛说："因为八路军把所有犯过错的人都当成敌人，所以不逃跑的话……""只顾自身的榆木脑袋。"满都呼说罢转身出走。波尔玛扔下笤帚跟过去，拉住满都呼的衣袖问："弟弟，你要干什么去？"满都呼甩开波尔玛的手，跨过门槛时说："我要找到赫希格，用皮绳勒死他。"波尔玛以小跑速度超过满都呼和他的警卫，来到骑兵队列前，揪住础鲁的战马缰绳，带着哭腔恳请道："你们一定要相信，赫希格是不会朝你们开枪的。"胖子占布拉说："嫂子，你也要相信我们，反正我是不会向他开枪的。你就把心放进肚子里吧。"础鲁附和道："当然啦。撒开手吧，波尔玛。"波尔玛撒开础鲁坐骑的缰绳后，满都呼骑上马，挥手下令道："向高力板镇，出发！"

第二十九章
右手食指着魔了

在高力板镇滞留的最后一天夜里，赫希格跟宝力德以及国军残部军官们一起喝酒时，赵营长醉醺醺地说："赫希格，你就代替我担任营长职务吧，看来士兵们愿意听从你的命令。"赫希格说："别说是当营长了，就算是当上团长，也帮不了你什么忙啦。""不要灰心丧气，时局很快就会发生变化的。""什么变化？""不知道，不过你一定要相信一切都会转变的。"赵营长说着嘴角流出哈喇子，趴桌子睡下了。始终保持警惕拒绝喝酒的宝力德将赫希格从房间内叫出，二人来到撒格斯嘎大院右南角马厩附近停下。院子里的一切在从屋子里射出的微弱灯光下，影影绰绰。已经堕落成跟地方土匪没什么区别的士兵们横七竖八地躺倒在大院内各个角落，咒骂声连连不断。赫希格被他们捉来时看到的那几名八路军俘虏已经被杀害，尸体堆放在大门左侧土堆旁边。宝力德说："咱们俩离开这里，去别的地方，另谋出路。"赫希格问："去什么地方呢？这个世界上还有我们的栖身之处吗？""无论如何，这些人已经算不上是真正的军人啦。我们离开他们去内地，如果可能的话想办法去台湾。""台湾？""对，据说国民党政府正在把军队和物资大批运往台湾呢。"这时，大院门口响起了枪声。横卧在地上的士兵们醉眼惺忪地起身向四处胡乱射击。赫希格和宝力德退入屋内，试图弄醒瞌睡的赵营长，但是没有成功。无奈之下宝力德掏出手枪贴着他耳畔扣了扳机。赵营长惊悸跃起，但是仍旧不解地挠着头皮，像软体动物一般绵软下去。赫希格推开宝力德就揪住赵营长的领口，把他从屋子拖了出来。士兵们以院墙为依托对抗着外面进攻。宝力德第一个跑进马厩把自己战马牵出，骑上就从院墙右南角被炮弹炸塌处越了出去。士兵们看到了逃窜豁口，也纷纷跟随其后逃逸。在外面清凉空气和爆炸声中赵营长渐渐从迷糊状态里清醒过来。他站了起来，摇晃着走两步，腰间摸索着掏出手枪，朝正要蹬马镫的一名士兵开枪，士兵在自己长官的枪口下，倒在血泊中。赵营长扑了过去抓住士兵尸体旁的马匹缰绳，但几番挣扎还是爬不上马背。赫希格本来就没有战马，也不想跟着这帮龌龊之辈逃跑了。可眼前情形，鬼使神差地让他骑上了马背。他伸出手把赵营长也带上，让他横卧在鞍前，在纷飞的灰尘中从大院冲了出去。天色蒙蒙亮时，他们才勒住了坐骑。五十几名士兵突出重围，其余全部丧命。赵营长双脚着地后，感激涕零道："赫希格，你挽救了我的性命，在有生之年我一定报答您的大恩大德。"赫希格并不答话，只是四下瞭望地形、地貌。赵营长歪倒在草地上说："马匹已经走不动了，我也连眼皮都抬不起来啦，在这里休整到中午吧。"宝力德说："我们不能在这里停留，如果追击我们的人来到这里，就等于把我们装进口袋里了。"赵营长分析道："追击者的马匹不会比我们的强到哪儿去，没关系，就在这里歇息。""他们也许会在附近嘎查里替换马匹，继续追击的。"赫希格说。赵营长不听劝，坐下来，将一块白布铺在草地上，命令士兵把食物摆在上面说："好了，救命恩人，请过来，我们一起吃点儿东西。"宝力德用蒙古语恨恨道："赫希格，就不要管这些狗杂种了，咱们俩离开这里。"说归说，骂归骂，大家还是一起坐下来开始吃喝。赵营长很快又有了几分醉意，开始大发议论时，彼处树林边缘上响起了枪声，有所准备的宝力德第一个骑马逃离。赫希格再次把赵营长放在鞍前逃窜。大部分士兵来不及上马就被追兵砍死。响午时分，赫希格、宝力德、赵营长和二十几名士兵侥幸活命，钻进了河边茂密的柳丛之中。赵营长再次感激道："赫希格呀，您又一次挽救了我性命。"宝力德已经开始看不起这位手下没有多少兵卒的营长了，他毫不避讳地骂道："狗杂种，你再也不要唠你那老掉牙的嗑啦。"在河套柳林中，赫希格、宝力德等二十八个人在休息。赵营长躺在嫩草上，显露出一副很是悠闲自得状态，似乎正在游山玩水。几个士兵去捡干柴，另外几个士兵用枪刺在地上抠炉灶，准备炊烟。赫希格说："在天黑之前不能点火。"赵营长微微起身说："不吃东西恐怕是熬不住啦。"宝力德鄙夷道："你刚愎自用，自作主张，丧失了一个营的士兵，就是死，也不冤枉。"赵营长拉长声音道："古人说，留得青山在，不怕没柴烧。这话你相信不？无论我在任何一处蒙古地方走动一下，就可以毫不费力地集结一个营的兵力。""呸！让狗吃了吧，现在还有哪个蒙古人把你我放在眼里？"宝力德说完，朝柳树丛吐口唾沫。赵营长复又卧下。赫希格穿行在柳丛中，当他即将要走下河岸时，宝力德尾随而至。赫希格蹲在河岸下洗脸，宝力德也蹲在他身旁，说："天黑之后咱俩离开他们走吧。"赫希格说："我必须先回家一趟。"宝力德说："又是那个波尔玛勾你的魂儿吧。"赫希格说："我永远也无法弥补对你姐姐吉蜜思犯下的罪孽，如果我还要继续做对不起波尔玛的事情，那我就没有必要再苟活在这个世界上啦。"傍晚后，人们围坐在柳丛中几堆篝火旁时，赫希格起身离开篝火堆，向河岸走去。赵营长喊道："站住。"赫希格停住脚步。赵营长问："你要去哪儿？"赫希格根本不理会对方，继续朝着当马桩的柳树挪动。赵营长将手伸进腰间匣套，拔出手枪。宝力德说："算了吧老兄，狐假虎威装腔作势，有必要吗？"赵营长说："他不会把我们出卖给赤色分子吧?"宝力德说:"就算是出卖了,你我又能值多少钱?"赵营长对旁边两个士兵下命令道:"你们两个去把赫希格抓回来。"两个士兵抓起步枪起身时,宝力德呵斥道:"坐下!"两个士兵重新坐下,往篝火上添柴。宝力德说:"他要去看望相好的女人,就让他去吧。"赵营长叹息,并嘟哝道:"事已至此,还在惦挂着婆娘,去死吧。"

第二天午夜时分,赫希格带着从马来到波尔玛家外,在马桩旁下马后,犹豫了一下,小心翼翼地观察周围,没发现异常就走进院子。他走到窗前轻轻叩击窗棂。屋内传出动静后,门很快就打开一条缝隙,赫希格迅速斜着身子钻了进去。赫希格在昏暗的房屋内拥抱着波尔玛,片刻之后二人分开。赫希格说:"咱们离开这里,快准备东西吧。"波尔玛问:"现在?""对,就现在,赶紧的。""那恩和怎么办?""他不会有事的,暂时跟他叔叔待在一起。以后我们找到了立足之地,就把他接走。"波尔玛点着灯火,匆忙整理行囊时说:"把孩子交给苏荣我有些不放心。"赫希格说:"没别的办法了,快!"他把灯吹灭,怀里抱着睡梦中的托娅,领着波尔玛从房屋内出来,望一眼坐骑之后立刻闭目立足。他看到了诺尔布和两个民兵站在距离马桩十步之遥的地方。"波尔玛,咱们走不了啦。"赫希格嘟哝道。波尔玛将目光移向马桩,也看到了凌晨雾霭中的诺尔布等人,她说:"咱们回屋吧。"

事情缘由是这样:三天前,诺尔布坐在赶车人旁边打着盹儿,从乌兰浩特回来的。马车来到他家门前停下时,其木格从屋里跑出来迎接。诺尔布睡眼惺忪地下马车时,赶车人说:"没别的事就我回去了。"诺尔布点头,马车离去。诺尔布抖搂身上灰尘,不跟其木格搭话就直接走进屋去。他阴沉着脸盘腿坐在炕上,其木格边给他沏茶倒水边说:"你把脏衣服脱了吧,已经十来天睡觉也没脱过吧,肯定虱子成群了。"诺尔布说:"虱子再多也咬不死人,你们到底是干什么吃的！让赫希格逃窜，塔拉嘎查的坏消息已经传到乌兰浩特去了。"其木格故意避开话题说："德力格尔已经被调到乌兰浩特了，你没见到他？"诺尔布说："德力格尔走了，你还在，嘎查里留的民兵们还在，你们到底怎么执行任务的？"其木格一下子变得无话可说。诺尔布情绪缓和以后，喝口茶说："赫希格呀赫希格，你能逃出塔拉嘎查，可休想逃出高力板！""二哥他们……"其木格欲言又止。诺尔布说："我跟满都呼的队伍路上见面才知道赫希格逃跑的详细情况，这时候满都呼他们也许把高力板给围住了吧，赫希格要是去了那里跟国民党军鬼混的话，寿命也就到头了。"诺尔布回来的第二天，从乌兰浩特派去的传令兵快马来到公房前，与岗哨简单交换几句就往屋走去。此时，公房内诺尔布正在跟民兵们讨论如何有效防范危险人物坏分子赫希格的紧急策略。传令兵拿出一份文件，说："蜗居在高力板的国民党部队已被消灭，可是赫希格又逃脱了，上级命令你们嘎查民兵队伍，要提高警惕，赫希格很可能还会回到嘎查里来。"诺尔布拍大腿惋惜道："又让他逃脱了，唉！"送走传令兵后，诺尔布咬牙道："要是赫希格再来就好了，这次我让他插翅难逃！"既然上级的部署和自己想法不谋而合，诺尔布立刻组织人员，在各家院子里旧年草堆或院子外面柴堆附近，安排民兵躲藏着，等待赫希格的到来。诺尔布还亲自每时每刻从暗处观察着波尔玛家周围，密切监视着她的一举一动。当其木格把挑来的水倒入水缸时，波尔玛牵着托娅的手尾随进来，问："其木格，你哥哥有消息吗？"其木格反问道："你是问满都呼哥哥？""不是他。"波尔玛似乎为了隐藏内心不安而扭扭捏捏。"哦，明白了。听诺尔布说，满都呼哥哥带领骑兵去了高力板镇，把藏在那儿的国民党军队全部消灭啦。"其木格说。"诺尔布没提你大哥吗？"波尔玛悄声问。"没有。"其木格回答。她用毛巾包好一张饼，递给托娅。托娅摇头不肯接受。波尔玛说："拿吧，姑姑给的。"托娅这才接受。波尔玛牵着托娅的手，走出诺尔布家，扫兴而归。其木格目送波尔玛母女，将另一只水桶提起，把水倒进水缸里。这时，诺尔布鬼鬼祟祟地走了进来，问："波尔玛来干什么？她都说了什么？""她是来借灯油。"其木格随意撒了个谎。诺尔布说："没见她手里拿着瓶子之类的呀。"其木格一时圆不了自己撒的谎，无奈地吐出了舌头。诺尔布加强语气，厉声问道："她到底问了些什么事情？说！"其木格这下害怕了，吞吞吐吐地说："她来打听赫希格哥哥的消息。""这就对啦。"诺尔布说完，匆匆走了出去，继续跟踪监视波尔玛的动向。正所谓，功夫不负有心人，诺尔布废寝忘食地日夜监视、跟踪波尔玛的第三天凌晨，事情就有了结果——赫希格自投罗网了。

诺尔布安排两名得力手下押送赫希格后，心满意足地回家去了。其木格看到表情就明白一切了，她不无挖苦地问："逮捕了自己大舅哥送往乌兰浩特，这回你可称心如意了吧。""大舅哥。没错，他的确是我大舅哥。派人把他往乌兰浩特押送也是真的。不过你，作为我老婆，一定要学会分清敌我。只要像赫希格那样的人在世上活着一天，我就不能省心。"诺尔布说着往洗脸盆里舀水。其木格用手捂住脸开始哭泣。她以此借口，这一天可以什么也不做，可以逍遥在革命之外了。我和侄儿开始在院子内安装车轮时，波尔玛目送被两个民兵押解着走在嘎查中心路段上的赫希格，等他们绕过碾房从视线内消失以后，她跌跌撞撞地跑到我家篱笆外，把我叫过去，可怜兮兮地对我说："楚格拉呀，刚才有两个民兵把你赫希格哥哥带往乌兰浩特啦。"我一言不发地重新回到原地继续干活。波尔玛愤怒地望着我和侄子的背影，在篱笆外站立片刻后，擦干泪水，拖着沉重脚步离开了。我清楚地知道，波尔玛回屋后，肯定抱住托娅，母女俩互相依偎着哭泣。托娅也许还傻傻地问她："我爸爸到底怎么了？"

波尔玛会回答她："你爸爸他没事，很快就要回家来。"托娅会挣扎着喊叫："你撒谎，他们把他赶到野外要殴打了，是不是？"波尔玛面对托娅的一再提问，会眼含泪水，摇晃脑袋。或许波尔玛背起托娅在房间里来回走动，托娅被哄得很快就要睡觉。

　　我放下手中的凿子和斧头进屋，拿着马嚼子出来时，恩和好奇地问："叔叔要去哪儿？"我说："我去把马找回来，它也许走远了。"苏荣从屋子端着装谷糠的簸箕出来晒窗台上，她那疑神疑鬼的眼光尾随着我来回转动。恩和问我："叔，上完轱辘箍还干什么？"我说："你干完活儿就休息吧。"等苏荣离开窗台，走过去收起挂在栅栏上几张羊羔皮回屋后，我快速进仓房，挪开石槽，挖出用防水布片包裹着的步枪，把石槽推到原位，跑出来。我出得仓房就把步枪和马嚼子顺着篱笆缝隙推到院子外面杂草丛里，然后大摇大摆地往院门走去。我伸懒腰故意让从屋内窥视我行踪的苏荣看到我空着手走出院子的背影。我背着用布片包裹着的步枪来到山坡上带羁绊的马匹前，给马咬上嚼子就光背骑上，朝北面沙地榆树林奔去。我心里清楚地知晓诺尔布等革命者的杀人地点或把犯人送往乌兰浩特的必经之路。果然不出我所料，赫希格被两个民兵驱赶着行走在沙包坡上。他们到了枪决乌日图等人的沙窝子。我隐蔽在沙窝子边沿上的柳树丛中观察情况时，提前把马匹留在三十步开外长势茂盛的沙柳（也叫黄柳）丛，以免无知的畜生嘶鸣，暴露我行踪。我侧耳倾听时，赫希格对那两个民兵说："你们俩又不是不认识我……"一个民兵说："如果说乡里乡亲的，是应该放你走，可是……"赫希格问："可是什么？""可是把亲情和罪恶混淆在一起，是不符合我们共产党人纪律的，这，你是清楚的。""你们俩从什么时候变得这样通红通红的了？"另一个民兵勃然变色道："闭嘴吧，想起你做过的那些事，我恨不得立刻枪毙了你。"两个民兵之一端起了枪。这时，我已经听不清他们在说些什么了，也不指望听到对赫希格有利的话语，脑子突然变得一片空白。似乎从喉咙里冒出一种刺耳声音在催促："快动手啊，要不你大哥就完蛋了！""再等一等，也许……"我想缓解右手食指抖动，也想安慰藏在喉咙里的劝说者。"别犹豫了，孬种！"喉咙里的声音开始詈骂。民兵手中握着的枪，像伸开身子的粗大毒蛇一般渐渐向上挪，黑黑的口子对准了赫希格的后背，欲吐红信子。可我还在犹豫。就这时，右手食指着了魔，急不可耐地扣动扳机。枪声响起，赫希格背后五步距离站着的那个端起枪的民兵应声倒地。我被沉重的汉阳造步枪后坐力吓出一身冷汗。另一个民兵见到同伴倒下，慌忙从肩膀上取枪。喉咙里有声音提醒道："一不做二不休，干掉他！"右手食指再次扣动扳机，几乎与响起的枪声一起另一个民兵也跪倒在沙地上。赫希格朝枪声响处望去，但是没发现任何目标。因为我已经缩回柳树丛后面，舒口气迷迷糊糊躺下了。等我醒悟过来时，发现自己在沙包顶端柳丛后面坐着，步枪就放在我身边。我将步枪用布片包好埋进沙子里，然后朝沙柳丛深处的马匹跑去。我骑着光背马，回到家里时，苏荣已把饭菜准备好，在等我。我走进外屋就听到，苏荣在问侄子："你叔叔去哪儿了，到了现在还不回来？"恩和说："去牵绊马了，很快就会回来的。"苏荣说："你先把身上的尘土拍打一下，然后洗手洗脸。"恩和取过脸盆走出来时，我和他擦肩而过，走进里屋，若无其事地看桌上饭菜。"马是不是走远了？"苏荣问道。我上炕，盘腿坐在桌子旁说："饿坏啦，快盛饭。"苏荣嘟哝道："好像谁欠了你八百吊似的，没点好脸色。""就别像狗似的汪汪叫唤啦。"我说着拿起筷子开始吃饭。恩和进来之后坐在我身边，也跟我一样不声不响地拿起筷子吃饭。苏荣感慨道："血统就是血统，那做派简直就是一个模子里倒出来的。"

身背步枪的赫希格从沙包上柳丛中站立起来。他面无表情地看着天色，一群老鸹逆风从他头顶呼啸而过。他吞咽一口唾沫润润嗓子，从沙地上捡起绑缚他的皮绳，把绳索扔向树丛，然后朝上走去，身影很快就消失在黑暗之中。那两个被我杀害的民兵已被赫希格埋进沙坑中，跟血迹和脚印一起消失。沙窝又恢复了往日平静。当天夜里，波尔玛坐在已经睡觉的托娅枕头旁，盯着悬挂的油灯发愣时，家门突然被轻轻地打开，赫希格蹑手蹑脚地走了进来。波尔玛久久地凝视着赫希格，半天说不出话。终于赫希格低声问："怎么啦？不认识啦？"波尔玛揉着眼睑，似乎不相信眼睛："你？"赫希格说："是我呀。"波尔玛赶紧出去闩门，回来，问："他们这么容易就放过你了？"赫希格摇头道："还没到达乌兰浩特，押解我的那两个家伙就被不知从何处飞来的子弹给打死啦。我觉得自己没有必要把自己送过去让他们审讯，所以就回来啦。""饿坏了吧？"波尔玛问。赫希格点头。于是，吃了一顿夜宵后，全副武装的赫希格在屋子中央来回踱步，等待波尔玛为他预备携带的食物。托娅还在炕上睡觉，赫希格三番五次哈腰亲吻她脸颊，她都没醒过来。波尔玛说："路上多带点吃的吧。"赫希格突然改变主意道："算了吧，波尔玛。要是真有继续活下去的缘分就回来一起吃，要不然带再多食物也没什么意义了。"波尔玛哆哆嗦嗦地把包扎好的油腻食物皮袋抱在胸前，不知所措地看着赫希格胡子拉碴的脸。赫希格声音颤抖，但显然是想安慰对方，他说："你放心，只要我有活路就不会饿死。"波尔玛默默点头，赫希格吻了吻她的额头就离去。

乌兰浩特大街上不时有骑兵列队走过。诺尔布催马超过一列骑兵队伍，在自卫军指挥部门前下马。他拴好马之后走进大门。在自卫军指挥部办公室里，度棱和德力格尔等几位官员商谈如何顺利改变自治军编制问题而绞尽脑汁时，诺尔布进来向各位领导行军礼。度棱握住诺尔布的手说："诺尔布同志，请坐。"诺尔布保持站立姿势，急不可耐地汇报道："几天之前，我们逮捕了赫希格，可是押解他到乌兰浩特的两个民兵到现在还没回去。"德力格尔问："什么？几天前你们把赫希格押送到这边？"诺尔布瞪大了眼睛说："是啊，都四天啦。"度棱想了想，摇头道："可能路途中出事啦。德力格尔，你立刻带着诺尔布去调查一下。"诺尔布和德力格尔以及助手为了寻到目击者，在塔拉嘎查和乌兰浩特之间骑着马奔跑，几番周折后，终于来到塔拉嘎查北侧沙包附近，下马查看沙窝子。最后他们走近沙坑。很快就发现了被埋在沙子里的两个民兵尸体。诺尔布脸发青，说："正是这两个人，赫希格逃走啦。"德力格尔仔细查看尸体后冷静分析道："这两个人是被从远处射来的子弹击中。"诺尔布说："你现在是专门负责审判犯人。究竟怎么抓捕、处理赫希格，你应该是清楚的。"德力格尔说："你就不要再像在塔拉嘎查时那样对我发号施令啦。"诺尔布懊恼地感觉到他与曾经的手下已经发生了地位悬殊的变化，有所戒备地说："是，德力格尔首长。"等取证完毕，把尸体重新埋掉后，德力格尔与助手离开诺尔布返回乌兰浩特。此刻，赫希格隐藏在对面山坡柞树丛中，用望远镜观察着他们的一举一动。诺尔布回到嘎查，立刻领着几个肩扛步枪的民兵来查看波尔玛家。他们走进来时，炕上玩耍的托娅乖乖下炕，抱住了正在收拾房间的波尔玛。诺尔布命令手下民兵道："仔细搜查。"几个民兵开始搜查，翻动家什的拙劣动作跟掠夺成性的土匪毫无二致。波尔玛问："你们要干什么？"诺尔布并不理会波尔玛，他掀开地窖盖子，对身边民兵下令道："下去看看。"民兵进地窖之后很快就出来，说："除了腐烂的土豆和大萝卜之外什么也没有。"家里所有东西几乎全部被翻乱。波尔玛抱着托娅，后背靠在墙上，痴痴地看着从屋顶垂下的灰挂，不停地颤抖。

　　我和侄儿在院子里为新打造的马车装车厢木条时，诺尔布带领那几个刚刚搜查过波尔玛家的荷枪民兵从大门口走了进来。苏荣从屋子出来迎接道："请诺尔布首长进屋喝茶。"诺尔布说："我哪里还有什么喝茶的心情。"苏荣问："到底发生了什么事情？"诺尔布说："赫希格在被送往乌兰浩特途中杀死了两个押解他的人，然后消失得无影无踪啦。"苏荣的脸色立刻变得煞白，用颤抖声音问："那，现在该怎么办？"诺尔布朝着我说："楚格拉，你老实回答我的话。"我说："我能回答你什么呀。"诺尔布厉声喝道："你站起来。"我老老实实起立，等待他发落。恩和看到此情此景，突然失声号啕大哭。这样，诺尔布的注意力从我挪到恩和身上。他揪着恩和的衣襟将他拽到墙角，逼问："你爸爸回过家吗？"恩和带着哭腔道："没有，姑父。"诺尔布摸枪吓唬道："小崽子你要是敢撒谎，我撕烂你的嘴。"恩和颤巍巍地顺着墙皮往下滑落，一屁股坐在了诺尔布的鞋子尖上。诺尔布从恩和屁股下抽出脚，朝他后背狠狠抡两掌就扔下他，挥手带着民兵气汹汹地离开院子去。据其木格讲，那天夜里诺尔布辗转反侧，一会儿光着身子趴着窗台往外瞅，一会儿在枕头上侧耳倾听从外面传来的窸窣之声。最后，他起身穿裤子时，其木格醒过来问："你要干什么？"诺尔布披着外衣下炕时嘟哝道："有人进咱家院子里。""咱们家院子里哪里还有什么被别人惦记的东西啊。""也许会进屋的。""肯定没有来看咱们的人啦，就连嘎查里的孩子们见到我们都躲开呢。""这就是铁证，证明敌人并没有睡大觉。"诺尔布身披外衣走出房间，手握步枪在院落内转悠。碗形月亮的辉映下，四周静悄悄。院落大门外似有什么物体。诺尔布举枪就毫不犹豫地射击，枪声穿越夜空，传到河岸彼处山崖，回声连连。他轻轻抬腿慢慢靠近那股趴在原地不动的黑色物影，伸出手哈腰摸索才发现原来是一堆湿漉漉的马粪。诺尔布把摸马粪弄脏的手，在篱笆下蒿草上扒拉几下，在胸前来回晃动的衣襟上擦了擦，然后回到屋里。其木格问："在外面发现什么了？"诺尔布说："有一个家伙站在院子外面朝里看，当我打枪时，撒腿跑啦，跑得像兔子一样快，眨眼之间就不见啦。"其木格忍俊不禁道："不会是一堆马粪吧？"诺尔布说："放屁。"第二天晌午，波尔玛将马车牵出院子，反身关上大门。她不知道有人在后面跟踪，在偷偷观察她的一举一动。她把马车赶到嘎查东头自己家田头停下，然后钻进了已经长成齐人高的玉米地里。跟踪者气喘吁吁地跑回公房，向正在开会的诺尔布报告，波尔玛私自偷偷摸摸去农田的消息。诺尔布对跟踪者嘱咐道："你骑马去继续跟踪，小心别让波尔玛发现。"这时，赫希格和波尔玛在玉米地里相遇。二人在青纱帐中如同失散多年后好不容易重逢一般，互相紧紧搂抱，难分难舍，如漆似胶。赫希格说："我想直接去乌兰浩特自卫军指挥部自首。"波尔玛说："要是自首，不会被枪毙吧？""你放心，不至于到那个程度。"波尔玛放开赫希格的脖子，长叹道："你自己做主吧，只要不至于要命，也可以……"赫希格连连叹息，悔青了肠子说："当初我不应该离开嘎查逃往高力板罪上加罪啊，托娅的成长就拜托你了。"当跟踪者来到波尔玛家农田附近，藏身于榆树丛中，伸着脖子瞭望波尔玛的马车那一刻，赫希格神出鬼没地出现在他背后，拍一拍他肩膀问："喂，看什么呢？"跟踪者回头惊叫"啊"一声，欲拿起枪时，赫希格摁住他的手说："算了吧，老弟，把枪背上，回去告诉诺尔布，别费心思再找了，我这就去乌兰浩特自首。"跟踪者颤抖不已，连连应诺道："是，是。"

第三十章
好好待着吧

赫希格去乌兰浩特自首的第二天上午，德力格尔对他的审讯就开始了。简陋的审讯室内，赫希格不卑不亢地面对审问人员坐下后，德力格尔直奔主题，问："押解你的两个民兵到底是怎么死的？"赫希格的答话也很简洁："不知道。""你是逃离他们视线后开枪打死他们的，对吧？""我没有逃离，也用不着那么做。""那就奇怪了，两个人在你眼皮底下被枪杀，你却什么都不知？""我只知道他俩已死，尸体是我埋的。"审讯从赫希格的杀人行为牵扯到逃往高力板的动机，接着又勾勒出投奔国军残部负隅顽抗新政权的一系列罪证线索。初次提审暂时告一段落，德力格尔指使记录员等人先出屋后，自己留了下来，悄声对赫希格说："我本人倒是很愿意相信你的话，但这件事毕竟关涉到人命。楠杰大妈是我的救命恩人……"赫希格打断他的话，说："你不要考虑那么多，我罪有应得，怎么处置都没有任何怨言，不然不会来这儿自首的。"审讯持续了五天，其间赫希格不厌其烦地重复着第一次审讯中的那些话来收尾。度棱首长有时把德力格尔叫到指挥部办公室，询问查没查清赫希格的问题。德力格尔说："还没有，不过……""不过什么？"首长问。德力格尔说："他并没有杀死那两个民兵，这一点已经查清了。""有证据吗？"首长继续问。德力格尔点头道："勘验时在场的人都可以证明，两个人是被远距离射出的子弹击中身亡。"首长说:"暂时把赫希格的问题搁置起来,目前国内战事已经进入了决战阶段,骑兵师已经接到了向南进军的命令。战场上非常缺乏经验丰富的指挥员。师指挥部召开紧急会议,决定给那些犯过错误的军官将功折罪的机会。上级要求,除了少数人,将那些没有明显反革命行为的人送回部队。"德力格尔眼睛发亮道:"太好啦。上级领导的决策太英明啦。"

一九四八年八月,自卫军改变编制成为内蒙古第一骑兵师,所有士兵一律脱掉长袍穿上了解放军服装。德力格尔与助手从指挥部出来,路过军营时与满都呼相遇。德力格尔大声喊道:"满都呼!"满都呼欲进板房,驻足转身,疑惑不解地看着德力格尔手舞足蹈的表情。"你哥哥赫希格即将回归自己骑兵连啦。"德力格尔说。"真的?""我刚刚接到师指挥部的命令。指挥部决定让大多数正在被调查的具有丰富作战经验的指挥官回归部队。"满都呼满眼含泪地紧紧握住德力格尔的手。关押被检查军官的黑暗隔离室内,赫希格躺在脏兮兮的床上打瞌睡。德力格尔走了进来就抑制不住激动的心情,他说:"赫希格大哥,我要报答楠杰大妈恩情的愿望总算实现,你现在可以回到自己原来的骑兵连了。"赫希格睁开眼睛久久地难以置信地望着对方。德力格尔笑道:"你不相信?你弟弟满都呼在外面等着你呢。"赫希格走出臭烘烘的隔离房后,仰望天空深深地吸一口新鲜空气,脸庞透露出难以察觉的笑意。满都呼走近他,激动得一时不知说什么好,敬礼道:"哥!"赫希格似乎感觉出时局变化的气息,对满都呼说:"前面带路,我们回连队。"当赫希格跟随满都呼走进连队板房时,朝墙盘腿坐着修理马绊子的胖子占布拉回头看一眼赫希格后,兴奋地把手里皮条扔掉,跳下床来,把赫希格抱起放在床上说:"赫希格,你总算没事了。"政委那音太向赫希格敬礼道:"我是政委那音太。"赫希格下床与那音太客客气气地握手时,础鲁说:

"我跟他们打赌你会安然无恙地走出审讯室，我赢了。"那音太微笑道："同志们，连长已归队，我这代连长的任务已经完成了。"赫希格说："我跟政委有事要商量，你们先回避一下。"满都呼、础鲁、胖子占布拉陆续出屋后，赫希格说："我的问题还没真正解决。"那音太说："上级明确指示，在要去前线指挥战斗的旧军官面前不能再提起过去的事情，赫希格同志您就安心地带领连队，好好打仗吧。"赫希格点头道："知道。"那音太说："不要有任何心理疑虑，大胆地指挥连队就是。不要辜负上级对你的信任，我们党会正确处理好一切的，只要是冤枉，迟早会有昭雪之日。"赫希格看着窗外，沉默不语。

第二天早晨，赫希格率领的骑兵队伍离开乌兰浩特，行进在黄绿相间的秋季原野上时，胖子占布拉向赫希格恳请道："我们应该在自己的嘎查里过中午。离开故乡去远方打仗，很难说就能活着回来。所以还是看望一下老婆孩子吧。"赫希格还没来得及说话，础鲁接过话茬，问："你是怕死了吧？"胖子占布拉说："别胡说八道。如果你不愿意看一眼塔拉嘎查，就夹紧你那小鸟待在队伍里。"队伍来到离塔拉嘎查五华里的一处沙丘上停下休息。赫希格向那音太交代几句话后，领着胖子占布拉催马离去，不一会儿，础鲁也从二人身后赶了过来。胖子占布拉对础鲁说："你是条尾巴吗，跟着我们干什么？"础鲁说："你难道不知道我是连长的警卫？"赫希格打断二人的贫嘴争吵，他说："我们得抓紧时间，半个时辰之内，必须赶回队伍。"础鲁说："占布拉你听见了吗？""听见啦。"胖子占布拉说着催马跑到二人前头，急速奔去。础鲁望着占布拉背影笑着嘟哝道："这家伙想老婆想得简直快要发疯啦。"赫希格来到马桩近处时，波尔玛从屋子迎了出来，小跑来到赫希格战马前，眼里含着泪水道："我早就知道，你肯定会平安回来的。"赫希格眯起眼帘微笑着下马，把马拴好，边走边说："我已经得到上级的宽恕和理解，为了将功折罪，就要去战场了。""又要走呀!"波尔玛扫兴地嘟哝道。跨进外屋门槛二人就急不可待地相依而立,如饥似渴地吮吸对方嘴里的唾沫。

波尔玛和赫希格保持着拥抱姿势,像个阴阳连体似的牵扯着走进里屋才恋恋不舍地分开。波尔玛问:"要不要把恩和、托娅叫过来?"赫希格上炕盘腿坐下,说:"又不是一去不返。恩和快长成男子汉啦,可以对付自己的事情了,就跟着他叔叔过着吧。我只是放心不下你和托娅,所以才趁着部队休息的工夫来看你们。"波尔玛依偎在赫希格怀里,开始哭泣。这时,础鲁来门外,清清嗓子给信号,欲进屋又退却,大声说:"你们俩如果想继续黏糊,我就先走啦。"波尔玛擦去眼泪,朝外说:"进来坐吧,础鲁,跟走远路的人黏糊,我又不是孩子。"础鲁进来,靠在炕沿站着微笑。赫希格下炕时说:"待不了多久就回来啦。"波尔玛说:"去多长时间倒是没关系,反正是个等待的命,不过一定要好好地回来!"赫希格问:"托娅呢?"波尔玛说:"在外边玩呢。"当赫希格、础鲁、波尔玛走出屋子时,胖子占布拉也来到他们面前。础鲁问道:"往你婆娘脸上吹够唾沫了?"胖子占布拉说:"我又不是公山羊,哪能这么快就吹唾沫啊,不过出门时她拽住胳膊不肯撒手是真的。还说,让我一定要胳膊腿完整地回来呢。"础鲁哈哈笑道:"那缺脑袋回来呢?"波尔玛合十道:"求求你们俩了,马上要去战场的人不要胡说八道,那样会不吉利的。"这时,托娅绕过柴火堆,嘴里喊着"爸爸,爸爸"跑了过来。赫希格向前迎两步,把她抱住,亲吻她红扑扑的漂亮小脸蛋。波尔玛从赫希格怀里把托娅接过来,放地上。赫希格从怀抱拿出纸包糖果,剥开一块糖果让托娅含住,然后把糖果包放在波尔玛手里依依不舍地说:"我们要出发了,好好待着吧。"

赫希格带领骑兵连从乌兰浩特出发的半个月前,宝力德和赵营长等二十七人仍旧滞留在柳林中。士兵们用柳枝编织蝈蝈笼子消磨时间，或坐在树荫下修葺马龙套。宝力德将手枪擦拭好放进盒子内，走到炉灶边打盹儿的赵营长身边坐下。似睡非睡的赵营长睁开眼，打了个哈欠道："都三天了，赫希格怎么还不回来，恐怕是被赤色分子抓起来了吧？我看咱们还是转移到兴安西省吧。""转移到哪里，都随你便。"宝力德说。"宝力德，我发誓不再喝酒，你就别再端着架子啦。""你要是不再喝酒，除非狗不再吃屎。"赵营长解开衣领扣，从脖子上摘下一尊玉石小佛像晃动在眼前说："我面对佛爷发誓，从今以后戒酒！如果前往兴安西省，我们就能遇到前来寻找接应我们的部队。""那倒说不准。不过又能怎样啊，事情已然到了这一步，就走一步看一步啦。"于是，跟丧家犬没什么两样的这二十七人，轮流骑着仅剩下的十几匹马，趁夜黑动身离开河边柳树丛，向兴安西省出发。此时，他们苦苦等待的赫希格已经去乌兰浩特自首了，只是他们还被蒙在鼓里罢了。路途中遇到的三五个成群的小股土匪被他们收留，到达兴安西省境内达瓦喇嘛所属地域时，竟然已经变成一百多人的队伍了。他们没费一枪一弹就占领了公爷庙。之后将活佛和所有喇嘛强行驱逐出寺。看着瞬间变得空荡荡的寺院，赵营长双手掐腰狞笑着大声喊道："派人到附近牧民敖特尔抓羊来。"几个掠夺成性的士兵骑马离去后，宝力德对赵营长说："现在我们彻底变成土匪啦。"赵营长继续笑道："管他变成什么呢，首先得填饱肚皮吧。""你可是在佛爷面前发过誓，要做好人的。""我只是发誓不再喝酒而已。""投奔我们的这些人确实是实实在在的土匪呢。""别着急啊，我有法子治他们，你就放心吧。"宝力德长叹一声，跟着赵营长走进寺大殿。一些士兵在佛像前双手合十进行祷告。赵营长下令道："给灯盏添油。"宝力德说："把佛徒们都赶走了，然后又要给灯盏添油，是不是有点多余了？"赵营长说："给灯盏添油，是为了利用它的光亮。而不是为了看清佛脸。添油。"士兵们端来器皿，将里面的黄灿灿的奶油添进灯盏内。赵营长再次下令道："把所有妨碍行动的东西统统搬出去。今天晚上就像是回到了自己家一样舒舒服服地睡个好觉。"当晚，宝力德牵着马从寺大院出来欲上马离开时，岗哨走了过来说："您不能走，长官在大殿里叫您呢。"宝力德将坐骑交给岗哨再次朝大殿走去。大殿已经还原成原来模样。宝力德走进时，赵营长迎过来说："好啦，你就不要离开我们啦，大殿已经恢复原来的样子了。如果你还是不满意，就直说，我来执行就是了。"宝力德说："大殿虽然恢复了原来样子，可是活佛和喇嘛们都被赶走了。所以很难说这就是寺庙。"赵营长说："那没关系，可以把他们请回来嘛。"宝力德以坚定的口气说："我们一定要离开寺。"赵营长答应道："可以。不过……""不过什么？"宝力德问。赵营长说："好歹把今天晚上对付过去啊。"

从寺里被赶出来的达瓦喇嘛，把年迈的活佛领到自己营地安顿下来。第二天清晨他站在浩特外面，向远处的庙宇眺望时，女仆来到了他身边问："活佛醒了？"达瓦喇嘛说："徒步步行整整一夜，活佛肯定是累坏啦。"其其格问："活佛要在浩特待多久？"达瓦喇嘛叹息道："有一帮土匪把寺给占啦。"其其格脸上露出愉悦表情道："这么说，我每天都能见到活佛啦？"达瓦喇嘛斜了一眼其其格道："你就不要再去活佛包房，明白了？"其其格使劲拍打嘴巴，跪下求饶："明白啦，一不小心就说了不吉利话，求您宽恕。还是让我来伺候活佛吧！""不可以。"达瓦喇嘛说。中午，活佛与达瓦喇嘛坐在大包房正北，一起喝茶。男仆给他们斟茶之后，后退一步，把前襟垫在膝下下跪。活佛不屑地看着男仆。达瓦喇嘛察觉到活佛不悦，他说："松堆你先出去。"男仆赶紧起身退了出去。活佛问："餐饮之事，怎么就用了这么一个粗俗笨拙不堪的人？"达瓦喇嘛道："因为女用人早晨说错了话，所以我为了惩罚，就没让她接近您。"活佛说："我不过是个被赶出寺庙的人，一个妇女说错话，能过分到哪里去。"达瓦喇嘛立刻朝外喊道："其其格——"女仆似乎一直守候在包房门口，听到招呼声立刻进来下跪。

在达瓦喇嘛的上房里，活佛与宝力德见面时，赵营长和掠夺成性的一百多名手下在外面等候，以免再次触怒活佛盛威。营地东南侧，从附近穷人浩特捉来的四名中年妇女，正在露天炉灶上锅上盖锅，为士兵们酿奶酒。宝力德清楚地知道，想在牧区哪怕暂时立足，也不能不依靠活佛的影响力。所以侵占庙宇的那天晚上开始，宝力德软硬兼施说服赵营长，让他亲自来向活佛请罪的。宝力德说："下令占据公爷庙的军官已经认错啦，恳请活佛回寺吧。"活佛还没来得及开口，达瓦喇嘛替他回答道："如果你们继续在寺里驻扎，活佛还是待在这儿方便些。"宝力德朝活佛合掌致礼，他说："活佛不必担心，部队已经离开了寺。我向佛爷发誓，再也不去扰乱寺庙净地。"活佛首肯，愉快地接受致歉。宝力德起身跪倒在活佛面前，活佛为其摩顶。活佛自己驾驭篷车，前往寺庙后，在上房内，达瓦喇嘛留下来，与兵士周旋。他身披袈裟，戴着火镜装模作样地翻看经书。他之所以没跟着活佛回寺是因为，在这一群两条腿的豺狼眼皮底下，营地不能没有主人，财产不能没人看管。当宝力德领着赵营长等几名军官进来时，他挪动一下身体，表示为他们让座位。赵营长说："尊贵的牧主人您身体好。"达瓦喇嘛说："好，好。不过我不是牧主。"人们按宝力德的指使主客分明地各就其位。女仆为众人倒茶时，赵营长再次客客气气地说："尊敬的主人，畜群好吗？"达瓦喇嘛这次没答话。赵营长继续说："你不用害怕，我们是国民党正规部队。由于缺少从马，想从你们这里得到补充。"但谁都看得出来，这支邋遢队伍绝对不是善类，所以达瓦喇嘛表面上允诺尽量满足他们提出的要求，心里头却一百个不高兴。男仆坐在小毡包门旁编织马鞭时，其其格来到其身边悄声说："他们说自己是国民党兵，又是来要马匹的。"松堆问："达瓦喇嘛说了什么？"其其格说："除了答应，还能说什么。"这时，二人同时看到，一个士兵跑进上房，很快客人们从上房门推搡着出来，匆忙向马桩跑去，纷纷跨上战马，朝西方逃窜。接着达瓦喇嘛也出来，朝客人们的后尘吐唾沫，男仆和女仆也模仿主人，朝西吐唾沫。从远处传来枪声，不一会儿，一队挥舞战刀的驱逐者队伍从浩特前面一闪而过。达瓦喇嘛祈祷道："佛爷啊，他们当中的哪一方会在蒙古土地上站住脚呢？哎。"实际上驱逐者队伍是南下作战的解放军一个骑兵营，他们没工夫对宝力德等人穷追不舍，只是吓唬一下就回到按原来行军线路上了。等他们停止追击，宝力德和赵营长把逃散的队伍重新集合起来，又回到达瓦喇嘛营地上。宝力德和赵营长再次回到营地后，撕开伪装的客套礼节，把达瓦喇嘛撵出上房，开始研究摊开在床板上的地图。赵营长说："只要解放军南下，国军肯定没有好果子吃。咱们还是老实待着好。"宝力德分析道："既然他们是奉命南下，肯定无心恋战。趁此机会，把他们的小部分拦截在山谷中，给他们点厉害尝尝，这样有利于整饬军队纪律扬我军威。""这样瞎折腾，如果把这点千辛万苦聚集起来的部队毁在解放军手里，那可就天下虽大却无你我立锥之地了。"赵营长说。宝力德坚持己见："如果你觉得为难，就在这里稍等片刻，我带领一个排去，过不了一个时辰，肯定会满载而归。"赵营长抬头看着包房穹顶，挠着后脑勺说："随你便吧。反正这支队伍的一半指挥权属于你。"

宝力德带领一个排的骑兵离开达瓦喇嘛的浩特，去寻找伏击地时，赫希格率领的骑兵连恰巧正走向山谷口。侦察兵驰骋到赫希格身边，报告前方出现国民党骑兵。"有多少人？"政委那音太问。"看上去有一个排。"侦察兵回答。赫希格命令部队停下来，跟政委那音太一起，爬上沙包观察地形。对方进入望远镜视线之内后，那音太问："我们要跟他们打吗？"赫希格思考片刻，说："是少数前来迎击我们的军队，看来打要比躲避好些。"那音太说："如果要打，就很可能不能按照上级指定时间内到达目的地。"赫希格质问道："担心耽误时间就可以躲避敌人吗，绕道也是一样耽误时间。"那音太说："也许他们身后有隐秘兵力支持。"侦察兵再次返回，报告道："对面敌人孤立无援，在他们后方没有发现其他部队。"赫希格下定决心说："也许他们的后续部队还在作战距离之外，咱们趁机把这些混蛋吃掉。"此时，宝力德带领的一排人马已经进入赫希格计划好的包围圈。赫希格和政委兵分两路，突然从柳林外围，朝宝力德队伍射击并喊话。宝力德发愣，还没醒悟过来时，几乎一半士兵从马背被对方射下。宝力德匆忙命令还击，还打死身旁一名士兵，可士兵们谁也顾不上听从长官命令，纷纷下马投降。战斗不到十分钟就决出胜负，结束了。赫希格面对俘虏队伍说："如果你们中间有人不愿意参加解放军就留下武器和战马出列。"宝力德把手枪和战马缰绳交与旁边的士兵，独自一人出列。赫希格并不看宝力德的脸，他说："那么你们从现在开始就是中国人民解放军战士了。全体——上马！"胖子占布拉、础鲁、满都呼等人都认出宝力德，但谁也没说破玄机，唯独政委那音太还被蒙在鼓里。等队伍重新休整好离开山谷时，宝力德留了下来，独自一人徒步绕过山梁消失。

达瓦喇嘛浩特外，赵营长和五十多个士兵在等待宝力德得胜归来。女仆拎着盛奶酒的茶壶，不停地为赵营长面前的碗里斟酒。有一名不胜酒力的士兵，喝多了奶酒已经横躺在草地上酣睡。枪炮射击声从远方隐约传来。赵营长把空碗递给其其格时嘟哝道："宝力德是指天誓日地答应一个时辰之内满载而归的。"枪声渐渐弱去。赵营长突然醒悟过来似的，从铺在地上的牛犊皮上一跃而起，指了指酣睡的士兵说："赶紧把那酒鬼叫醒，我们还是离开这里吧。都上马。"瞬间，赵营长带领队伍离开浩特绝尘而去。召集来的四名中年酿酒师妇女，也撇下手里活计离开炉灶，各自散去。其其格提着茶壶发愣时，男仆来到她身旁问："壶里还有酒吗？"她恢复神志，道："有啊。"男仆从其其格手里接过茶壶和赵营长用过的碗，盘腿坐在赵营长刚刚坐过、体温还保留着的牛犊皮上，开始品尝奶酒，其其格心神不安地眺望着赵营长等人离去的方向。达瓦喇嘛从牲口棚那边，牵着鞍马来到二人身边停下，但这次没有愤怒地吐唾沫。男仆说："刚才还是几乎整个浩特都装不下的人马，突然就这么各自散去啦。这些人昼夜不分、来去无踪真是奇怪。不过没喝完留下的奶酒味道还可以。"达瓦喇嘛叹息道："兵荒马乱年代，有什么好奇怪的呀。"其其格以手遮阳观望四处，突然喊道："老天爷，好像是又有人向这边步行走来。"达瓦喇嘛指使其其格道："快把望远镜取来。"其其格跑去，很快抱着望远镜盒子回来。男仆提起茶壶往碗里倒酒时，达瓦喇嘛开始用望远镜瞭望四处了。男仆从牛犊皮上起身用肉眼认出宝力德的轮廓疑惑地嘟哝道："那个叫宝力德的人带着一大帮骑者走的，没有道理步行回来呀。"达瓦喇嘛也认出独自朝浩特步行走来的宝力德，他把望远镜装进盒子，把马匹缰绳交给男仆，向上房走去。男仆正在为达瓦喇嘛的坐骑梳理鬃毛时，变得浑身肮脏不堪的宝力德靠近他身边停下。男仆手里拿着梳理鬃毛的粗制梳状木板，朝宝力德哈腰问："大人，您怎么一个人回来了？"宝力德懊恼道："什么也别说，糟透啦。刚才好像是达瓦喇嘛在拿着望远镜观察来着，我们那些人呢？"男仆说："达瓦喇嘛已经回上房啦，至于你们留下来的那些人马，您带着一帮人走后不久，他们也突然朝西走了。"宝力德离开他向上房走去，男仆继续梳理马鬃。达瓦喇嘛仰面躺在大包房北侧床板上陷入沉思时，其其格进来说："来人正是那个宝力德。"

达瓦喇嘛说："好，你去烧茶。"其其格退出后，达瓦喇嘛盘腿而坐数念珠。他显然已经恢复了营地主人的尊严。宝力德走了进来，站在撑子与门槛之间，等待主人抬起头看他的狼狈相。达瓦喇嘛似乎什么都知道了，他说："我看见，你们另外一部分人马从榆树林中向西穿越，你这是怎么了？""我带去准备打伏击的部下们死一半，剩下一半全部当俘虏了，并且都加入了赤色党队伍，只剩下我一个人了。"宝力德悔恨不已地说。"到底是为什么？""您是问我为什么没加入赤色队伍吗？对您我没有什么可隐瞒的。我和赤色党是水火不相容。""哎，可怜啊。不过你现在这个样子，以后怎么办呀？已经到处都被红色旗帜覆盖啦。"达瓦喇嘛终于睁开眼，看着宝力德说。"只要能弄上一匹马，就可以逃向内地。"宝力德说。"要说马匹，倒是有。可内地没准儿也会变成红色了呀。"大概一个月后的秋高气爽的早晨，福建省一座船舶码头上，众多国军士兵与军官混杂，人头攒动，像蚁群一般涌动。宝力德身背皮箱挤在人流中，向轮船舷梯攀登。半个时辰后，轮船发出鸣笛，缓缓离开港口，驶向大海深处。宝力德与一名国民党军官面对面坐在船舱内，从舷窗观望波浪起伏的大海。那位军官眼含泪水，耷拉下脑袋说："再见，我的大陆！"宝力德也喃喃道："再见，我的东蒙！"

第三十一章
又少了一条好汉

托娅躺在炕上正在发高烧，嘴唇干裂，脖子和手腕处开始起深红色斑点。波尔玛、我、恩和站在一旁，把全部希望放在刚刚请来的喇嘛大夫身上时，他却把药囊收拾，顺炕沿往后退缩着说："出麻疹了，要对付这种病只能靠病人自己，大夫是无能为力的。""您别回家了，就住这儿吧。"波尔玛恳求道。"不，不。即使我守在这里也不会对病情有任何作为。""就住这一宿吧。不会让您白辛苦的，我愿意赠送一头二岁母牛。"大夫气愤地背起药囊，下炕时说："你别再提送东西之类的话，社会不同了。"波尔玛说："对不起，请您原谅。孩子跟前就待一会儿吧，我求您了。"大夫出屋，波尔玛紧随。大夫背着药囊走在前面，波尔玛跟在后面。大夫回头停下来说："波尔玛你回去吧，该说的我都说了。"大夫走出院门，从马桩右侧经过，到了牲口粪堆旁遮遮掩掩地掏出生殖器，还像个妇人似的蹲下撒尿，然后，起身系上裤腰带，绕过粪堆继续往草甸走。波尔玛从左侧绕过马桩和粪堆，跑到大夫前面路口拦截，并跪下哽咽道："求您了大夫，救救我女儿吧！"大夫说："我把实话告诉你吧，你女儿要是能坚持到天亮就会没事。"波尔玛嘟囔道："天亮？离天亮还早着呢，求您了！"大夫避开跪求的波尔玛，在黑暗中影影绰绰、匆匆离去。波尔玛回屋后，我去了一趟铁匠铺，把瘸子尼玛请过来，又去了一趟诺尔布家，把其木格也叫了过来，指望他们二人能够给我们出主意。尼玛算是见识比较多的人，可在疾病面前也跟我一样毫无作为，能够做的事情跟我一样只是个苦苦等待。托娅没等到天亮就停止了呼吸。停止呼吸前她在波尔玛怀里，安安静静地睡了将近半个时辰，我和其木格、尼玛三人都以为灾难过去了呢。因为大夫说过，病人只要能够挺到天亮就有救。我和尼玛在外屋面对面坐在马扎子上低声闲聊，其实心里疑虑重重；其木格和侄儿站在门外，面朝东方频频观察，盼着漫长黑夜的结束。可灾难还是不可阻挡地来了。听到里屋的细微动静，我和尼玛匆忙走进去看时，托娅正在波尔玛怀里睁开眼睛痴痴看着微弱灯光微笑，波尔玛低下头吻她的小脸蛋。托娅微弱地呼唤一声"妈妈"之后，猛然在波尔玛怀里打挺儿就再也不动弹了。"姑娘！托娅！"波尔玛撕心裂肺地喊叫。其木格和恩和听到喊叫声，从外面跑了进来。我跟尼玛互换眼神，等待片刻后，开始执行家庭主心骨男人的职责了。首先，动手让抱在一团的波尔玛、托娅、其木格分开，然后，开始安排分工，处理后事。在外屋放置碗架柜的西北角落，波尔玛被其木格和恩和二人抓着手，想挣脱但力不从心，只能撕心裂肺地呼叫托娅的名字。在里屋炕上，尼玛和我把托娅的尸体用白色布料包裹起来，然后，尼玛把尸体抱出屋。突然，波尔玛歇斯底里地喊叫一声就昏了过去。其木格给她掐人中，波尔玛还是不省人事，于是我和恩和搭手把她抬出屋子，其木格抱着毡子卷跟着出来，铺在院子中间，让波尔玛仰面躺在毡子上。遇到清凉晨风，波尔玛很快醒过来，于是恩和和我再次搭手把她抬进屋子。孩子的尸体是不能像成年人一样挖坑掩埋的，尤其是病死的孩子。这是我们科尔沁地区习俗。瘸子尼玛把托娅的尸体抱到嘎查东南坡柞树丛中，把包裹的白布掀开，放在野兽、肉食飞禽容易看到的明处放置，这场不幸夭折者的葬礼算完结了。

公房前空地上，诺尔布站在金界壕遗迹土包顶，正在向众人讲话，他说："战争前线需要粮食与其他后续物资，上级给我们嘎查的任务是，出载满粮食的两辆马车，两个赶车手，当然，能出更多是最好的。大家回去跟家人商量好，然后自觉地来公房登记一下，散会。"众人散去后，其木格匆匆来到波尔玛家看她。脸色煞白的波尔玛仰面躺在炕上，痴痴地看着顶棚。其木格问道："好点没？"波尔玛不答话，依然躺着。给炉子引火时，其木格说："刚才公房前做去前线送粮食动员工作了。要求各家各户要么出马匹要么出粮食要么出马车呢。"波尔玛吃力地直起身子，有气无力地问："往哪儿送？"其木格来到波尔玛旁边坐下说："大概是给我们的骑兵送吧。"波尔玛嘟囔道："我们的骑兵。"其木格说："可能是。具体往哪儿送我也不知道。"波尔玛艰难地扶着墙壁下炕道："其木格你回去吧，我没事。"其木格问："你身体好点没？"波尔玛说："已经没事了，你回去吧，要不诺尔布又要骂你。"午后，公房外聚集了算我的马车在内，四辆马车以及破烂不堪的十多辆勒勒车，还有牵着马匹或背着粮袋子的人群。波尔玛穿越人群走进公房时，诺尔布正在登记人们的名字以及是否带车、带牲口、出多少粮食等情况，被登记完毕者陆续退出。波尔玛来到诺尔布跟前站住，她说："我虽然有车，但是没有能赶长途的马可套。"诺尔布瞪了一下波尔玛，继续做着记录说："那就给你的车配备车夫和马匹。"波尔玛吞吞吐吐地说："我自己行，不需要车夫。"诺尔布鄙夷道："算了吧。无论我们怎么困难，也不至于到了让孤儿寡母上战场的程度。"波尔玛说："你要是这么说，我就不同意你们使用我的车。"诺尔布说："都已经登记完毕了，你却说不让我们使用你的车，你是拿革命战争事业开玩笑吗？"波尔玛说："我就是拿你那种革命开玩笑，怎么样？"诺尔布拍案而起，火气充足地喊叫道："把她抓起来！"室内的民兵们面面相觑，谁也不肯动手。其木格拽住波尔玛的衣袖将她拉出屋子去。其木格将波尔玛拉到公房院子西南墙角，劝她道："大姐，你是怎么回事？明明知道不能说革命的坏话。"波尔玛说："其木格，你就帮帮我，把我安排到向前线送粮食的队伍里吧，就算是大姐求你啦。"其木格说："究竟为什么呢？虽然说向前线运输粮食是后方的事情，不过也是很危险的任务呀。"波尔玛说："我不怕。你去说服诺尔布，他也许会听你的话。"其木格摇头道："你就待在家里打场吧。"波尔玛低声说："我每天晚上都梦魇，总是梦见你哥哥在战场上被烟雾和尘土埋住了。再说，家里孤零零一个人待着太可怕了，醒着还看到托娅的影子。"其木格说："不过是做梦，怎么就信以为真呢？出麻疹孩子死这不能怨你，不要想得太多，要保重自己。"波尔玛说："那就算啦，我不再跟你说什么了。"公房内的人群纷纷出来，在大院内集中。诺尔布穿梭在马车和勒勒车之间，试探着它们是否结实，把那些送来破烂勒勒车或马车为充数的人，劈头盖脸地骂着、训斥着。"诺尔布首长，"波尔玛再次唯唯诺诺地靠近诺尔布，迟疑片刻后说："刚才是我错啦，请您惩罚我，把我派到战场上吧。"诺尔布背着手，并不看波尔玛一眼，他望着远处，很随意的样子说："那就去吧，去吧。"波尔玛高兴地快步迈出大门时说："是啦。"接着，我和波尔玛各自在家门前，互相走动帮忙，为修理两辆马车的帮套绳或缝补套包子等琐碎事务而忙活了整个下午。第二天清晨，当我在门口套马车时，其木格来到我跟前说："外出走远路一定要时刻照看着波尔玛姐姐，自从托娅夭折，她的情绪有点不对头了，你懂了吗？"我点头答应了其木格，赶着马车离开家前时，苏荣从门口像防贼似的看着我的一举一动。我来到波尔玛家门前，帮她套马车。就这样精挑细选出来的、满载干粮的塔拉嘎查两辆三套马车迎着朝霞行进在黄灿灿的秋季原野上了。波尔玛坐在车夫位置上兴奋地催促着马匹。我的马车走在波尔玛马车前面。我们路过嘎查南头壕沟时看到，有辆邻村马车被荆棘阻挡后翻倒在沟里，车夫用手将撒在地上的小米捧起来装进米袋里。我和波尔玛赶着马车绕过翻倒的车辆继续行进。赶路途中我的右耳坠反复发热。我知道这是有人在背后说坏话：当诺尔布在自己家里忙碌着烧茶时，一脸可怜相的苏荣走了进去就跟他说："诺尔布首长呀，听说波尔玛的老毛病又犯啦，她看不起赫希格，现在又想勾搭楚格拉啦。求求您，替我做主。"诺尔布愤怒地问："谁说的？""整个嘎查都传遍啦。""你有什么根据？""当然有啦，就连把马套进车辕里，都是两个人成双成对的，我在旁边看着都脸红。"诺尔布笑道："这么说你那张脸皮也太薄了吧，一块赶远路的人，不互相帮助怎么行。"苏荣变得哑口无声，我右耳坠也渐渐变凉了。因为是辎重车辆，所以速度不能太快，骑马的联络员在各嘎查、各村子车辆之间不断传递着前方目的地状况。我和波尔玛选择的是，父亲当年送满都呼去往高力板的那条线路。两辆马车也是在日落前那段时间艰难地爬上了山坡顶端，可我并没有看到满都呼所说的奇妙无比的血红色太阳。路边林子里歇马时，在烧茶的火堆旁，波尔玛间歇性地打哆嗦。秋末季节的傍晚的确有些清凉，但，不至于让成年人打哆嗦，估计我这异性伙计的身体正在发烧。我不能伸手去触摸她额头、试探她体温，只能怯怯地问："没事吧？"波尔玛回答说："没事，我们继续赶路吧。"

　　送粮车队陆续到达高力板镇时，已经是第二天傍晚了。我和波尔玛一同来到一家饭馆院外停下。波尔玛虽然手里依然拿着长把鞭子，但她浑身发抖，下不了马车了。我将波尔玛搀扶下车时，饭馆女主人抱着柴火从我们身旁走过。我对她说："想让一个病人在你这里歇息可以吗？"女主人边走边说："没有床铺，房间里已经住满了人。"波尔玛不能自持，一屁股坐在了地上。女主人显然没工夫顾及我们的难处，抱着柴火走进房间把门关上。我抱起波尔玛前去敲打饭馆门时，女主人将头伸出门缝，不耐烦地说："我不是告诉过你这里已经没有床位，去别的地方找睡觉床铺吗？"我说："求求您啦大姐，我们去了几个地方都没找到住宿地方，现在天已经黑了，病人又发着高烧。"女主人略一思忖，终于将门打开让我们进去。躺在炕上的波尔玛开始说胡话。她痴痴地盯着房顶呼喊："赫希格，赫希格，救救我。"我搀扶起波尔玛，给她喂水。可她挥舞着手，打落我手中的碗，搂住我脖子，一把鼻涕一把眼泪地说道："赫希格，你要抱紧我。"这时，饭馆女主人走过来问我："你叫赫希格？"我有些害臊，后退，推开波尔玛抱住我脖子的手，红着脸摇头说："不是啊。"折腾到半夜，波尔玛才安静下来打盹儿。凌晨，我在饭馆院子里往车辕里套马时，一辆装载货物的马车从饭店前路过，上面坐着两个人。我向他们招手，那辆马车停下，两个人下车朝饭馆走来。我说："我的赶车伙伴生病走不动了，我一个人赶两辆车有些困难。"那两个人几乎异口同声说："都是革命工作，我们来帮助你。"就这样那二人帮助我整理马车，其中瘦猴子似的一位对另一个矮胖子说："你就帮他赶一辆车吧。"我又是感激又是高兴地说："我现在就把病人交代给饭馆主人，然后我们一起走。"矮胖子说："那就快点。"我跑进饭馆里间时，波尔玛闭眼身披棉被躺在火炕东侧，女主人在扫地。我对女主人说："几天后我在回来的路上把病人接回去，给您添麻烦了。住宿费和照顾病人费用一并算给您。这样可以吗？"女主人不解地望着我说："那怎么行？我办的是饭店，不是医护所。"我说："求求您啦大姐，您的大恩大德日后一定报答。我是个木匠，就给您做一套漂亮家具吧。"女主人说："你们是哪里人？"我说："我们是塔拉嘎查人。"女主人来了兴致，她问："你认识赫希格？"我说："那是我亲哥哥呀。您认识他？那太好啦！"女主人用下巴示意波尔玛道："那么这个病倒的女人就是你嫂子呗？"我说："是的。"女主人手里握着扫把目不转睛地凝视着波尔玛煞白的脸，缓缓点头。于是我跑出她房间，赶着马车踏上去往前线的路途。

一九四八年十月二十三日黎明三时，国民党第二零七师在飞机大炮的援助下开始向内蒙古第一骑兵师防御工事发起攻击。赫希格、那音太、胖子占布拉、础鲁、满都呼等在简易工事内向敌人投掷手榴弹。当敌人以不可阻挡的气势冲过来时，双方展开了肉搏战。国民党军队退却。退却，再进攻，再退却。中国人民解放军东北野战军指挥所内，一位首长看了看手表，对旁边正在研究地图的另一位首长说："内蒙古第一骑兵师坚守胡家窝棚附近的工事已经七个小时了。他们必须立刻退出工事。"看地图的首长抓起电话将命令传达给下级。当天下午，内蒙古第一骑兵师从胡家窝棚附近的工事内撤出，并将工事交给兄弟部队。虽然部队损失很大，但是赫希格、胖子占布拉、础鲁、满都呼等牵着战马满脸污垢地行走在队列中。三天后的凌晨，国民党军第二十二师在密集大炮和十多架飞机的支援下冲向解放军黑山阻击阵地。内蒙古第一骑兵师战役指挥所内，副师长用望远镜正在观察战场，师长双手掐腰来回踱步。副师长从眼前挪开望远镜说："一定要把敌人的气焰压下去。"师长停下，首肯道："对。"副师长说："把这个任务交给第二团怎么样？"师长说："可以。立即给第二团下达命令。"副师长拿起电话向第二团传达命令。解放军黑山防御工事上，内蒙古第一骑兵师第二团指挥所内，团长放下电话，朝传令兵说："赶紧去告诉第三连连长赫希格到指挥所。"很快，赫希格跟随传令兵来到指挥所，向团长敬礼道："报告，第三连连长赫希格前来报到。"团长大声地说："赫希格，我命令你，立刻带领骑兵连向敌骑兵发起攻击，打掉他们的嚣张气焰！"赫希格说："是！"就这样赫希格的骑兵连再次投入战斗。赫希格、那音太、胖子占布拉、满都呼、础鲁等冲在队伍最前面。双方骑兵交织在一起，战马嘶鸣，战刀闪闪，敌我在进行肉搏战。赫希格的骑兵连遭遇重大损失，政委那音太被子弹击中脑部从坐骑上摔了下来。一个小时后战斗平息，从敌人逃窜的烟尘中满都呼骑着马独自一人缓缓出现，赫希格、础鲁、胖子占布拉等人在等待他靠近。满都呼的坐骑把它主人送到众人前停下，满都呼端坐马背紧闭双眼迟迟不下马。胖子占布拉走过去问："喂，兄弟你怎么了？"满都呼轻轻摇摇头，从马背右侧慢慢滑落下去，胖子占布拉跳前两步伸手扶住他。伤亡惨重的第一骑兵师按照上级下达的命令，再次从阵地撤出，来到高力板镇附近休整。

我们送粮车队离高力板南侧大概一百华里的地方跟赫希格骑兵连相遇。骑兵们将马车上的粮食卸下，再让我们把伤员运走。赫希格、胖子占布拉、础鲁将一名伤员抬来，放在铺好厚厚绿草的马车上时，我几乎没认出他就是我的二哥满都呼。满都呼身上多处受伤，浑身缠绕绷带，已经不省人事，但还活着。础鲁看着奄奄一息的满都呼说："我还以为自己打了半辈子仗，什么都见识过了呢，还真没见过这么血腥残酷的场面。"胖子占布拉用不近人情的口气说："诺门罕战争比起这次战役，简直就像是儿戏，在战壕里趴了几个月，连个敌人的脸都没见。打仗，还是明刀明枪对着干，见了死人才过瘾。"础鲁说："也许我们很快就会遇到你所期望的那种更加惨烈的场面，等着吧。"胖子占布拉说："难道还有比跟对手面对面地砍杀更残忍的事情吗？"从他们话语里我听出他们是在心里滴血哭泣，在诅咒战争的残酷，又表露对此的无可奈何。我为满都呼整理盖在身上的衣服，然后下车告诉赫希格："波尔玛姐姐也赶着马车来这里了。"赫希格吃惊地问："那，她在什么地方？"我指着从旁边经过的矮胖子驾驭的马车说："这就是她的马车。""是她的车，可是人呢?"赫希格问。"她发高烧,所以把她留在了高力板镇,我让别人替她把车赶过来了。"我说。赫希格陷入沉思,眺望着远方。矮胖子驾驭着波尔玛的马车,向河岸另一伙骑兵战士奔去。我踌躇片刻,说:"托娅出麻疹,没熬得住!""你说什么?"赫希格揪住我衣领问。"波尔玛姐姐受刺激了,她决意要来战场看你,谁的劝告她都不听。"我变得语无伦次。赫希格终于弄明白了所发生的一切。他仰望天空,深深吸一口气,渐渐闭上眼睛。我说:"哥,我走了。"赫希格似乎没听到我的离别话,依然痴痴仰望天空站着。我赶着马车离去时看到,赫希格左眼眼角溢出泪滴,顺脸颊流下。我们送粮队带走伤员后,第一骑兵师短暂休整一天,又开往胡家窝棚附近,接受各团各自为战消灭敌人残部的命令。赫希格骑兵连在一处河岸渡口,与他大舅哥特木勒带领的国民党残部打了一场小规模遭遇战——

数百人的敌军步兵跑到河岸之后纷纷跳进水中。当他们游过河靠近彼岸时,赫希格、胖子占布拉和础鲁等骑兵部队勇士们迎面而上与之交战。特木勒带领着他的残存队伍,虽然身在水中,但依然在顽强还击。河面上漂浮着很多尸体。赫希格身边狙击手瞄准对方指挥官特木勒,枪响,特木勒在河水里倒下,剩余国民党兵上岸之后纷纷举手投降。当时,赫希格还不知道对方指挥官是自己的大舅哥特木勒呢。接着部队开始打扫战场时,胖子占布拉从水里捞出特木勒的尸体上岸,他朝赫希格喊道:"赫希格你来一下。"赫希格来到特木勒尸体前,俯下身仔细看时,胖子占布拉说:"还没认出他吗?"赫希格说:"是特木勒。"胖子占布拉点头道:"的确是他。"赫希格蹲下抱住特木勒尸体招呼:"特木勒,特木勒。"胖子占布拉说:"别招呼了,他已经死了。"于是赫希格放下特木勒尸体站起,摇晃着身体,闭上眼睛,又睁开眼痴痴地看着天空深深地叹息几声。在这次战斗中础鲁的左臂受伤。他把受伤的左臂小心翼翼地抱在胸前走过来看特木勒的尸体，感叹道："哎，塔拉嘎查又少了一条好汉。真是的。"半小时前，一颗子弹在础鲁的左胳膊上划过一道烫伤痕迹，还恰巧把他左手小手指上两节给打断了。础鲁本来就右手小指缺两节，这下倒好，两只手变得对称，都是四个半只手指头了。础鲁从一具敌军尸体上找到纱布，想要把胳膊吊起，挂在脖子上。胖子占布拉看了看伤情，不屑一顾，并揶揄道："础鲁，你这是大鸨以屁眼儿冒充疮口啊，至于吊在脖子上吗？"延续七八十里的宽阔战场上到处都冒着硝烟。抬伤员的担架手来回穿梭，到处都是敌人丢弃的大炮、汽车等。一队队俘虏被解放军押解着越过河堤去往附近小镇。赫希格指使几名俘虏，让他们抬着特木勒的尸体走在押解俘虏的队伍后面，础鲁用纱布把受伤的左臂吊起来，跟在其后。押解俘虏的队伍来到一处僻静山坡上停下。胖子占布拉对赫希格说："既然你不想把特木勒跟国民党兵尸体一起埋葬，我看这山坡不错，就这儿吧，反正不可能把他运回塔拉嘎查。"础鲁说："我看行。"赫希格观察地形点头后，胖子占布拉帮着抬担架的两名俘虏把担架慢慢放地上，用战刀开始挖坑。赫希格坐在特木勒尸体边沉默不语，础鲁阴沉着脸站在一旁。几天后，赫希格骑兵连接受新任务，穿越渺无人烟的沙地来到新一处阵地上。几近晚秋季节，骑兵们已经穿上破烂棉衣，在野外聚餐时，长满胡须的每一张嘴巴都不断地喷着热气。赫希格、胖子占布拉、础鲁等围坐在野营炉灶旁，在伸着懒腰，在炉火上烤手。此时不远处山头上出现了奇特的云彩图案，恰似一户农家小院里几个人在打场。胖子占布拉注视着蜃景一般在高空中悬挂久久不散的美观感叹道："你们看啊，上苍都知道了我在想家啊，真的难以想象，老伴儿是怎么独自一人打场呢。"础鲁抬头看了那团云彩，哧哧笑道："没准你老婆趁你不在，已经在场院里给你生下一个大胖小子呢。"胖子占布拉生气地斜一眼础鲁，他说："要是那样，真是太好啦，屁股都没动一下，就有了后代啦。"赫希格伸出手，拿起勺子，往自己碗里添茶时说："家乡已经下了第一场雪吧。"胖子占布拉说："那当然，现在是猎兔子的好季节啊。"赫希格放下茶碗叹息。础鲁推一推赫希格说："老伙计，一切都会好起来的。"赫希格再次叹息道："但愿如此吧。"当军号响起时，他们快速把碗和筷子装入行军袋子里，纷纷起身。

我把波尔玛留在叫腊月的饭馆女老板家里，离开高力板镇去骑兵师休整地点，去时用了一天时间，回来时却用了足足一天半时间。因为担心马车上昏迷不醒的满都呼吃不消，很多时候只能让马匹缓步行驶，以免太大地颠簸。这两天半时间里，波尔玛间断性发烧，躺在腊月的炕上，害得她一天内几次为波尔玛热敷。卧在饭馆里间的波尔玛，有气无力地缩成一团。腊月将饭碗端来放在波尔玛枕头边，说："如果身子好了点，就起来吃点东西。"波尔玛紧皱眉直摇头。腊月搀扶波尔玛起身，用勺子喂她稀饭，但波尔玛只是尝尝，然后摇头。腊月扶着波尔玛重新躺下，鼓励道："不吃东西怎么行呢，就是恶心也得强吃几口，这样，积在胃里的凉气就被压下去啦。"腊月坐在波尔玛枕头旁痴痴地看着她煞白的脸，说："我向过路的人打听过，据说解放军骑兵队伍把伤员送到附近，正在等待命令。我估计，塔拉嘎查的赫希格也许在那个队伍中呢。"听到这消息波尔玛微睁双眼，似乎很想听到下一句话。腊月怀着对波尔玛的妒恨接着说道："那个叫赫希格的人也是个人物呢，一会儿是国民党，一会儿又是共产党的，哪儿都少不了他。听说前些年他住在高力板的时候，几乎把这儿有点姿色的姑娘媳妇都……"波尔玛伸出舌头，舔润干巴的嘴唇后，吃力地说："这我知道。"腊月的目光中含有了些许羡慕。我赶着马车进饭馆院里停下时，腊月从炕上溜下，走到门口看了看，回头朝里大声说："赫希格的弟弟回来啦。车上还躺着一个人。"我从窗户看到，躺在灯光下的波尔玛皱着眉头，自己坐了起来。我回头去仔细端详，并抚摸满都呼的脸时，波尔玛扶着墙从饭馆内走了出来。这时候我发现车上的满都呼已经断气了。我大声呼喊："哥哥！哥哥！"波尔玛吃力地爬上马车将满都呼抱起。我带着哭腔说："刚才还喘气呢！"波尔玛摇晃着满都呼喊："赫希格！赫希格！"我停止抽泣愤怒地说："别喊了，这不是赫希格，是满都呼哥哥！"波尔玛突然静默下来，将满都呼缓缓放下。这时腊月老板从屋子出来，毫不客气地下了逐客令。我说："我二哥在战场上被敌人打死了。"腊月说："那就不要把车停在门口，赶紧走。"我说："知道，以后再报答您的帮助。"腊月说："别废话，赶紧离开这儿。"扶在车架上的波尔玛昏厥在满都呼身旁。我赶着马车离开腊月老板的饭馆时，路上的马车络绎不绝。我身后满都呼遗体旁边，波尔玛昏迷不醒地躺着。马车缓缓走向黑暗深处时，我才想起早已忘得一干二净的波尔玛的马车。难以理解的是，接下来的半年多时间里，我为了弥补嘎查乡亲们的损失，几次三番，踏着积雪背着木匠工具，在方圆几十里的各个蒙古族嘎查、汉族村落以揽木工活为理由，走街串巷，打听、寻找那辆丢失的车和三匹马的下落，却始终没得到一丝一毫线索和消息，也没遇见那位替波尔玛赶车的矮胖子和他的同伴瘦猴子。

第三十二章
再次自首

当我赶着马车到家时，已经是第二天晌午了。苏荣来为我打开院门，乡亲们也纷纷赶来，七嘴八舌地询问战地的情况。马车进入大院时，诺尔布和其木格也到来。有几个乡亲把波尔玛抬着送回家。其木格抱住满都呼的尸体像个失去理智的老太太一般放声号哭，诺尔布将她拉开，帮助我将遗体抬进屋里。因为满都呼是正宗的革命烈士，所以葬礼特别隆重，可以说在塔拉嘎查历史上从未有过。几天后，我和侄子恩和正在院子内修理车辕时，诺尔布手里拿着一张纸鬼鬼祟祟地走进来，他说："上面来了征兵通知，有愿意参加报名的吗？"我手中握着斧头，不以为然地开玩笑说："我报名。"诺尔布说："你报名好像不太合适。""为什么？"我问。"首先，你是喇嘛出身，第二，你已经是有老婆的人了，第三个原因嘛，是年龄。""那我干脆就在家里当木匠得啦。"我说。诺尔布对侄儿说："恩和，你怎么想？"恩和说："叔叔不报名，我也不报。"诺尔布说："你跟你叔叔不一样，你是新时代的年轻人，勇敢点。"诺尔布背着手，走到大院中央，又折身返回来对我说："楚格拉，你可以在今天晚上群众大会上带头报名。""既然看不上我这种人，那就算啦。"我说。诺尔布说："你必须报名，这是命令。我把带头鼓励青年报名的任务交给你了。"当天晚上，公房内举行群众大会，墙上贴着红纸黄字的蒙古文标语，上写：参加解放军全家人光荣。诺尔布宣布：自愿参加解放军的人现在开始报名。他再三鼓励劝说年轻人积极报名参军。众人久久地沉默着。诺尔布重复白天对恩和说过的话，然后，朝我眨巴眼睛，示意我出来先报名。我挤出人堆，走到报名处桌子前。登记人问："姓名？"我说："楚格拉。"有几个年轻人紧接着报名。这时，恩和却退出人群，跑回家去了。散会后，我回到家没点灯就摸索着钻进被窝躺下。苏荣已入睡，而我却依然清醒，久久不能入眠。一些情景出现在脑海中：赫希格和两个民兵出现在沙包上，在沙包顶端的柳丛里，我手握步枪观察他们的一举一动，三人走进沙窝子停下，一个民兵将肩上步枪取下来顶在赫希格脊背上，我脖子上青筋暴胀，瞄准那个民兵开枪，当另外一个民兵企图逃跑时，也被我击毙……不祥的预感接踵而至——我的灵魂从今往后就难以逃脱那两个冤魂的纠缠了！后背渗出冷汗，感觉被窝里热量散尽，触摸时发现阴囊变得潮湿阴冷。睡梦中的苏荣滚进我被窝里，把硕大的臀部贴在我肚腹上。我烦透了，缩回双脚，把两个脚掌顶在苏荣的两瓣屁股上，使劲往外踹。

诺尔布在自己家里，私下试探其木格对革命事业的忠诚度，他问："你知道恩和不愿意参加解放军的原因吗？"其木格气愤地回答道："我怎么知道，我又不是恩和肚里的蛔虫。"诺尔布说："不会是那位喇嘛在背后鼓捣什么鬼点子吧？"其木格说："就是在你身上净出鬼点子，楚格拉不是第一个报名的吗？"诺尔布说："那是因为他已经知道了解放军不会接纳他。看来秘密斗争越来越尖锐啦。"其木格陷入沉思，冷冷地说道："是吗？"第二天早晨，恩和收拾牲口圈时，其木格来到他身边问他，为什么不愿意参加解放军。恩和说："什么也不为，参加解放军是自愿的，我不愿意报名。"其木格说："你可不能这样啊，一定要走进先进青年队伍里，这样才有出息。"

恩和说:"我不想进步。""你胡说八道什么,现在就去公房报名。"其木格生气地命令道。恩和说:"我害怕当兵,我只是想跟叔叔学木匠活儿。"其木格夺过恩和手中粪叉扔出去,她说:"不用学木匠活,跟我来。"其木格牵着恩和的手,走出院子。二人互相牵扯着来到公房时,诺尔布和从乌兰浩特来的一名招兵人员以及自愿报名参军的五个年轻人已经在院子里集合起来了。其木格把侄儿推进报名人员队列里。这样院子里六名青年站成一排,一些老人和孩子好奇地围观他们。招兵者挨个儿观察青年人。他拍一拍侄儿的肩膀摇头道:"还是个孩子,就敢报名,真不简单。不过,过几年之后,你才能扛得动枪。现在,你先回家吧。"诺尔布说:"他叫恩和,已经十六岁啦,扛枪没问题。"招兵者说:"要是条件不够,我们可以不招收一个人。"这时,恩和却突然说:"如果你看不起我,那我一定要参加解放军。"诺尔布称赞道:"说得对。"招兵者说:"不,小伙子勇气可嘉,不过你明年再报名吧。"恩和从队列走出,夺过招兵者腰间挎着的战刀,跑到公房院外马桩,勒紧招兵者刚刚骑来的战马肚带就骑了上去,绕着公房表演自己的劈刺技术。我实在想不起来,这小子什么时候掌握了这样令围观者瞠目结舌的马背上耍弄的本事,也许是蒙古人的后代天生就会此技能。招兵者看到此景,满意地频频点头。就这样我失去了一个最好的木匠活儿助手。

波尔玛面色苍白地躺在炕上,其木格握着她的手坐在枕头边。波尔玛的脸上有一滴泪珠滚落而下,她说:"其木格,我恐怕是再也见不到你哥哥啦!"其木格安慰道:"你不会有事的,过上几天你肯定会好起来的。"波尔玛闭上眼睛摇头。其木格离去后,她依靠在窗台上一动不动地朝外看。屋内有暗淡月光,似乎她心里也有一缕暗淡光亮。过了一会儿,她怀里抱着托娅的旧衣服默默地躺下。也许她的内心反复出现托娅出麻疹时的情景吧。这是波尔玛从高力板镇回来的第七天傍晚发生的事情——

　　一位民兵站在公房围墙上正在吹螺号，几个玩耍的孩子以及诺尔布、其木格等有头有脸的人员在院墙内闲聊。其木格对诺尔布说："我去给波尔玛姐姐做晚饭就回来。"诺尔布说："一定要开会之前回来，不要跟她乱说话。"其木格说："跟她乱说什么呀，她现在变得对话语都没兴趣，已经卧床不起好几天了。"诺尔布说："那种人罪有应得，活该！""你变得越来越没人味儿了。"其木格气愤地骂了一句就匆匆离去。波尔玛很吃力地支起上身，趴窗台而坐，把托娅的旧衣服放在身边。她痴痴地注视渐渐黯淡下来的天空，嘴里嘟囔道："赫希格，我先走了。"大概四分之一时辰后，其木格推开波尔玛家院门走进来。她去推房门，发现门已经从里面用木棍顶死。她反复叫唤："波尔玛姐，开下门。"没有回音。其木格来到窗前朝里望去，她立刻惊叫着后退两步，一屁股坐在地上。窗户里面的波尔玛，脸没有一丝血色，而眼神仿佛永远地停滞在遥远的什么地方了。其木格哭喊着从地上爬起来跑出院门外叫人时，碰到去公房开会的瘸子尼玛。二人来到波尔玛家前，把外屋门的榫头从卯眼拆开进去。其木格先跑进里屋，跳上炕把波尔玛抱住，尼玛随后进来。其木格还在不断喊叫："波尔玛姐姐！波尔玛！"尼玛试探波尔玛脉搏说："不用叫了。"其木格不知所措，跺脚间道："怎么办啊，你说，怎么办？"尼玛说："她独身一人，跟前也没亲戚，应该向诺尔布汇报才是。"其木格的情绪有些缓和，把怀里的波尔玛放下说："哥，你在这儿守着，我这就去汇报。"其木格离去后，尼玛在屋内摸索着找到油灯位置，把灯点燃。他手里拿着灯檠，看着波尔玛煞白的脸，不由自主地赞叹道："确是很美。赫希格不顾一切追求你，这不能怪他。"瘸子尼玛伸出抖动的手把波尔玛半睁着的眼皮给抹下。其木格一路小跑来到公房前时，诺尔布正在向众人讲话。其木格走进会场时，诺尔布说："以后开群众大会就吹螺号，因为今天晚上是头一次吹螺号，所以迟来的不予追究。"当其木格哭着走近诺尔布时，众人哄笑来声讨革命积极分子的迟到。"大家静一静！"诺尔布回头问其木格，"出了什么事？"其木格哽咽道："波尔玛死了。"众人这才变得鸦雀无声。诺尔布环顾会众，大声问："楚格拉来了吗？"我站起说："来了。"诺尔布用右手食指指着我说："你去连夜把尸体处理掉。"我顺从地走出会场时，其木格也跟了出来。身后，诺尔布继续训斥会众道："如果以后谁无缘无故地迟到，那就按规章制度去处理，毫不含糊。"我、尼玛、其木格，忙乎了将近半个时辰，把装在衣柜里的波尔玛尸体从屋内抬出来，安放在马车上。尼玛说："得带两把铁锹。"我说："只带铁锹恐怕不行，万一安葬的地点遇到石头呢？"尼玛说："那就带一把镐头。"其木格跑出院子很快从我家牲口棚里把镐头和铁锹拿过来，放在当棺材的衣柜旁。

安葬波尔玛的第二天上午，在乌兰浩特中心大街上人们敲锣打鼓，在欢送胸前戴上大红花的骑兵队伍。恩和就在新兵队列中。首长对那些新兵蛋子讲道："解放军获得全面胜利已经近在眼前。希望你们不要辱没了蒙古民族的英雄传统，在战场上勇敢杀敌，横扫穷寇，然后一定要争取去首都亲自参加新中国成立的盛典。"人群中爆发出惊天动地般的欢呼声。

一九四九年九月末的一天，在通辽火车站附近驻扎的内蒙古第一骑兵师第二团临时指挥部帐篷前，所属各个骑兵连队从四面八方纷纷赶来集合在一起。赫希格、础鲁等也来到浩浩荡荡的骑兵队列当中，等待各位首长露面。胖子占布拉不久前牺牲在通辽附近的一次小规模歼灭土匪的战斗中，死讯传递到嘎查后，诺尔布领着部队派来的两名战士，把政府抚恤金送到占布拉老婆手里就草草了事，没举行葬礼或追悼会。几位团首长爬上帐篷前临时搭建的简陋木架上站稳之后，首先公布了复员军人名单，接着，为那些伤痕累累的复员军人颁发解放纪念章。赫希格的名字在复员人员名单里，但岁数和当兵年龄相仿的础鲁却不在其中。第二天清早，赫希格身背一个绿色小包裹，与础鲁等生死与共的战友们告别后，匆忙踏上回家乡的路。他在步行五六十华里路程、饥渴难耐情况下，离开山麓小道拐个弯，走进一座蒙古嘎查。走到嘎查中央，遇见一些装满皮货的马车和少数人。"我找嘎查达。"他向一个老者打听。老者说："我就是，你有什么事？"赫希格从衣兜内掏出介绍信给嘎查达看。嘎查达说："原来是复员的功臣，路上累了吧？"赫希格说："还好，只是希望能碰上去乌兰浩特的车马什么的，想捎个脚，所以才绕到你们嘎查里来了。""哎呀，你来的可正是时候，"嘎查达指着那一辆拉着皮毛货物的马车说："这辆车现在就要动身去乌兰浩特。"这时，手握竹节鞭子的中年女子从房后绕出来，走近他们。嘎查达朝着女子说："都格莱，你让这位同志搭车，一块走。"都格莱望着赫希格揶揄道："好吧，请上车。军人同志和一个独身女人一块赶路不会害臊吧？"赫希格问女子："马上走吗？""不走难道生完孩子再走？"女子说完，自顾自地捂着嘴笑个不停。"都格莱，你别胡说八道。"嘎查达呵斥着，朝着赫希格说："好了，您上车，她不过是开玩笑。"赫希格虽然很想喝一碗热茶，但看到人家急着赶路，没办法只好乖乖上车。装载着皮张羊毛等货物的三套马车沿着崎岖山路行进。女子望着赫希格逗趣道："你已经老到连话都不能说的程度了？"赫希格心里想象着波尔玛赶车的模样，叹息并反问道："怎么会到处都是女人赶车了？你们嘎查的男人们呢？"女子说："你想想，凡是有力气摇竹节鞭杆的人，不是扛枪上战场就是挑着担架支援前线去了。拎着拐杖的老头儿老太太可干不了野外活计啊。"赫希格再次叹息说："无论怎样，战争是结束啦。"女子说："刚见到你的时候，我还以为你是个很活泼有趣的人呢，没想到却是只会唉声叹气的一个。"赫希格偷看一眼女子，舔了舔干裂的嘴唇陷入沉默。女子揭开苫布一角，从羊毛堆里掏出鼓鼓的皮囊，递给赫希格时说："看样子你渴了，喝吧。"皮囊里装的是香喷喷的酸奶，赫希格喝了几大口，把皮囊还给女子。落日前，遇到一处柳林中的泉眼，马车选平坦地方停住了。女子说："天马上就黑啦，只好在这里歇马啦。"二人都有野外生存经验，配合相当默契：女子捡枯干柳枝，赫希格从泉眼附近找来三块石头把锅支起。女子在石头之间码放枯树枝点火开始烧茶，赫希格把马匹牵去饮水并给它们带上羁绊回来。这时，茶水已经烧开，二人隔着一丛柳树掏各自的包裹，吃了各自所带干粮。天色渐渐黯淡下来。女子说："上车歇息吧。"赫希格摇头道："你上车睡吧，我在篝火边烤火歇息就行。"女子似乎感到失望，愤愤不平地爬上马车，掀开苫布，陷进羊毛堆里，再把苫布盖上就不见了。当女子一觉醒来时发现，赫希格在柳树下蜷缩身体，头枕包裹睡着了。篝火已经熄灭，在月初朦胧月光下，留下的痕迹与沙砾形成黑白分明的椭圆形图案。女子下车走向带着绊子的马匹。不一会儿，她牵着马匹回来。看到赫希格醒了，她说："睡在地上肯定冷了吧？"赫希格点头说："确实冻着了。"女子说："活该你。如果睡在车上，我身上的毛刺会扎死你。"赫希格不声不响地起身，帮助女子套车。女子拿起鞭子上车。赫希格依旧拿着包裹呆立着。女子说："赶紧上车吧，还像个十八岁大姑娘一样害羞呢，躺在羊毛堆上，一会儿就暖和了。"赫希格吞吞吐吐地说："我家离这儿不远，可以走回去了。"女子再次不悦，赶着马车离开时说："那你就随便吧。"赫希格望了一会儿马车上的女子背影，然后，身背包裹沿着柳林间的小径走去。

赫希格选择了一条捷径，爬过三个山头，趟过塔拉嘎查前的昆都楞河，用徒步者应有的最快速度来到嘎查南头山冈附近时，月亮早已扎进山头，黎明前不见五指的黑暗却刚刚来临。赫希格对我私下回忆当时遇到的神秘情景时，颤抖着嗓音说："刚要绕过山冈，一阵清冽的风吹过，我听到身后有人招呼道，赫希格，等一等。"他说，回头瞅那瞬间，似乎感觉到蒙蔽眼睛的黑纱布被揭去，在雾霭朦胧中看到一位身高不足三尺、穿赭色袍子、挂着四尺长榆木拐杖的老头儿。老头儿的脑袋只有茶碗那么大，蜡黄的脸上布满褶子，但，两眼却像玻璃球，喷射瘆人的青光，在眼窝里转动。老头儿说，你跟我来，说着自己在前面带路，朝山冈中间狭窄豁口往上爬。赫希格说，他身不由己，蓦地脑子里一片空白，全部身心被一种莫名的愉悦感攫住，跟着老头儿后尘往豁口顶端攀爬。山冈顶端有成年人侧身才能穿过去的洞口，前面的老头儿毫不费力就钻进洞口不见了。赫希格说，他在洞口挣扎了一番，首先，脑袋被岩石夹住，疼痛难忍。他突然开窍，缩回头部选择了倒立姿势，这样，脑袋就顺利通过了岩缝，但，胸脯却被卡住。赫希格说，他当时顾不了疼痛，把手伸出洞口外，抓住一根不知是何种植物的藤蔓，使劲拽扯，似乎胸脯被岩石棱角划开一道血口，但，还是脱离了岩缝，接着双脚也通过。洞口外，豁然开朗。一家农户小院就在眼前。赫希格蹑手蹑脚地走进屋子，通过外屋暗淡走廊，步入堂屋。堂屋里宽敞、温馨，一位女子背对着他站在炉子旁。炉子上腾腾冒热气的锅里正在煮饺子。炕上放置好的饭桌四角，各点燃一根羊油蜡烛，淡香怡人。赫希格说，农户屋里情景跟他期盼已久的小家庭氛围十分相似，炉子上煮饺子的女人背影也似曾相识。热气腾腾的炉子旁边正在从锅里捞饺子的女子说："客人上炕吧，饺子好了。"赫希格犹豫片刻后，上炕，盘腿而坐。他闻到了浓浓的新鲜韭菜馅儿味道。都秋草枯黄季节了，还能吃到新鲜韭菜？但他没多想，饥肠辘辘、按捺不住地等待着。女子终于把盛饺子的木盘端上来，还烫铜壶酒，再拿过来两个牛眼般大小的酒盅和两双筷子。他与女子面对面坐着，碰杯连续喝了四五盅酒，然后，互相谦让着开始吃饺子。铜壶里的酒和木盘中的饺子似乎享用不尽。他心满意足地打了个饱嗝。这时，他才发现女子是戴着白色面纱，笑靥朦胧。捋顺下颚胡须时，他突然想起了那位领路的面孔丑陋老头儿。"老头儿呢？""什么老头儿？你大概是看花眼了，我在家里只身一人。"女子回答着揭开面纱。赫希格沉默了，心里开始琢磨，在女子家里住宿的恰当理由。他终于鼓足勇气，痴痴盯住女子那泉水一般清澈的眼睛说道："不知是什么缘故，我觉得与你似曾相识。"女子莞尔一笑，道："你贵人多忘事，好好再想一想。"赫希格绞尽脑汁，但，还是没回想起与女子相互牵连的事情。他失望地、缓缓地摇了摇头。女子低下头，恨恨道："既然你已经记不得我了，那就别枉费心机地琢磨住宿理由了，走吧！"赫希格依依不舍地下炕，顺着暗淡走廊摇摇晃晃地往外走。这时，早已不见踪影的丑陋老头儿仿佛从地底下蹿出来一般出现在他身旁，晃了一下就躲到他背后。走廊似乎无尽头，地面凹凸不平，背后跟随的老头儿喉咙里大概是咳不出去的黏痰在吱吱作响。老头儿用榆木拐杖戳着他的后背气喘吁吁地问："你真没认出她是谁吗？"赫希格边走边无可奈何地摇头。老头儿愤愤不平地说："你真没出息啊，我告诉你，刚才跟你一起吃饺子喝酒的女子是十八年前的波尔玛。"赫希格说，他当时喊了"啊"一声就驻足不前了，因为门槛就在眼前。"你还是赶紧滚吧，她已经变成雾气飘走了。"老头儿嘟哝着用拐杖使劲抽打他的后背，力量之大简直不是三尺个头者所拥有。赫希格说，他遭到老头儿突然袭击，跨过门槛时跌了一跤，发现自己竟然抱着胸脯缩头缩脑地蹲在山冈顶部豁口里。天色已经大亮，周围树枝上鸟叫清脆。双手捂住嘴和鼻子吹一口哈气，依然能闻得到新鲜韭菜和烧酒的味道，后背还隐隐作痛。他懒懒地仰躺在冈上豁

口中的一面光滑石头上，倾听着鸟鸣索性打了个盹儿。离开山冈，
走进嘎查时，已经是晌午了。站在铁匠铺前的几个人见着他，都假
装没看见似的将目光移开。当他路过碾房时，欢声笑语中的妇女们
也立刻变得鸦雀无声。

　　我在院子里刨车厢板木料时，苏荣拎着刚倒完泔水的空锅，向
院门外望着。她说："你哥哥回来啦。"我以为是苏荣又在故意挑衅
我，所以没搭理她。苏荣说："你瞪我做什么？你赫希格哥哥就站在
波尔玛家大门外呢。"我放下手中刨子，拍打着胸前尘土起身，向
早已人去屋空的邻居家看一眼才确定，苏荣没扯谎。在波尔玛家院
中，赫希格手拎深绿色帆布小包袱，瞅着波尔玛家门上的藏式锁头
发呆。我走进大院，默默地站立在他身边。赫希格看都没看我就问：
"她人呢？"我叹息道："波尔玛姐姐殁啦，满都呼哥哥也……已经快
一年了。"赫希格手中包裹掉落在地上。我捡起包裹，看着他脸色，
吞吞吐吐地说："哥，路途上饿了吧？咱回家吃饭去。"他从发呆中
醒悟过来，沉沉地坐在院内一块带孔的拴牛石上，说："不饿，你回
去吧，我在这儿休息一会儿。"我带着赫希格的包裹离去时说："哥，
那我就过一会儿再来叫你。"我回到自家院子，嘱托苏荣准备饭菜就
又捡起刨子继续做活儿。结果，等了半天赫希格没来我家，却去了
一趟胖子占布拉家，估计是向占布拉家人传递他临终前的状况或遗
言，或许只是看望他家人尽一份战友的责任，然后，从那里出来就
去瘸子尼玛家做客了。我能猜得出，他们二人见面，心照不宣，互
不答话的样子来：先是赫希格进屋，尼玛一瘸一拐地跟随其后，尼
玛在炕上摆好桌子端过来饭菜，赫希格开始狼吞虎咽。尼玛默默地
站在一旁，不停地给他盛饭盛菜。赫希格吃饱擦擦嘴。尼玛满意地
微笑道："鳏夫的日子就是这样，一人吃饱全家不饿。"赫希格问：
"把她安葬在哪儿了？"尼玛说："嘎查北面山包的阳面处，地势不

错，是楚格拉选的地点。"那天中午，赫希格站在波尔玛坟前，从怀里掏出解放纪念章放在坟前石桌上，然后盘腿坐了下来，喃喃道："波尔玛，你怎么不等我就走了？你说来年咱们一块儿种玉米，可你说了不算数……也不给我补过的机会，本来我们俩约定在嘎查南边盖新房子的。"波尔玛咽气已过十个月，魂魄早就离开潮湿的坟地去往极乐世界了。赫希格痴痴地看着坟地北侧，叶子开始泛黄的柞树丛发呆。哀思的触角在他内心中，像蚯蚓一般温柔而混乱不堪地交错，他渐渐地脑子变得一片空白，只是偶尔听到树枝被微风刮动的沙沙声。

赫希格从坟地回来就撬开波尔玛家门上挂着的那把藏锁，进去盘腿坐在将近一年时间未见火焰的潮湿炕上，痴痴地看着挂在西面墙上的小镜子出神。小镜子是赫希格前些年，从高力板镇买来送给波尔玛的礼物，是她心爱之物，所以赫希格也许从镜子里看到了波尔玛的影子或魂魄。当然我这种说法在无神论者听起来肯定是忤逆不道，是个邪说。那块被赫希格砸开的藏锁钥匙此刻在诺尔布手里，也就是说波尔玛的房屋已经被组织收取。诺尔布听到赫希格回来的消息，立刻赶来，先是在院子外面小心翼翼地绕一圈，仔仔细细探查情况。诺尔布走进波尔玛家就直接对赫希格耀武扬威道："如果带着部队介绍信，拿出来让我看看。革命是没有情面可讲的，这你清楚。"赫希格不言不语，似乎很是顺从的样子，从衣兜内拿出介绍信递给诺尔布。诺尔布看完部队介绍信，眯缝着眼睛问道："那么你打算什么时候去乌兰浩特报到？"赫希格说："我步行一路，脚掌上都起疱啦，你能不能让我清净些？"诺尔布胆怯地偷看赫希格后，蹑手蹑脚地退出房间。诺尔布自讨没趣悻悻离开之后，我推门而入跪倒在赫希格面前，用浸满泪水的眼睛看着他说："大哥，我对不起你！"赫希格不解地看着我。我不敢跟他对视，避开他眼光继续说："哥，那两个押解你的民兵是我开枪打死的！"赫希格听了瞬间发愣，但，很快恢复清醒，下炕，深深地吸了一口气，说："楚格拉，你起来。那两个人已经远离了生活，不可能再复活了。"我嗓音颤抖，不知所措地问："那怎么办啊？哥！"片刻之后，赫希格斩钉截铁的口气说："你不要再对别人提起这件事，安心当你的木匠，好好活下去！""那两个被杀死的人总是进入我梦里，我已不能平静地过日子了！"我说着抬头看时，赫希格趔趄往后退两步，坐在炕沿上闭上眼睛。遇到麻烦或悲伤之事时，屏住呼吸、闭眼沉思是他的一贯作风。我从波尔玛家出来，回到自己家院子里，捡起木匠斧子，把它别在腰间，一路两眼紧盯鞋尖走进公房。诺尔布和其木格正在公房内吃饭。自从国共内战进入决定性阶段以来，他二人几乎把公房当自己家了。诺尔布目不转睛地注视着我腰里别着的斧子问："你有什么事情？"我说："那两个民兵是我杀死的，跟赫希格哥哥没有任何关系！"诺尔布立刻变得目瞪口呆，似乎不相信自己耳朵，他问："真的吗？"我说："是真的。"诺尔布问："你用什么来证明？"我说："打死他们的步枪就埋在沙包上柳丛下面沙子里。"其木格厉声喊道："别胡说楚格拉！你疯啦？"诺尔布说："其木格，你闭嘴！"其木格捂着嘴，把我从门口推开就夺门而出，诺尔布像是要抓她衣襟，朝门的方向挪两步就突然转身，把我按倒在地，迅速取下我腰间的斧头，解除了我的武装。赫希格在波尔玛家院子里，抚摸着竖立在墙边的木犁柄，尽力克制着眼泪流淌下来。这时，其木格跑进院子里。赫希格看到她就将脸扭过去偷偷擦去泪水。其木格气喘吁吁地说："哥，出事啦！楚格拉把自己杀死民兵的事报告给组织了！"赫希格问："什么时候？"其木格说："刚才。"赫希格问："诺尔布现在哪里？"其木格说："他抓了楚格拉，带着几个人去嘎查北沙包了。"赫希格问："你知道他们为什么去那儿吗？"其木格说："他们说是要去寻找楚格拉埋在那里的杀人凶器。"赫希格说："其木格，你今后一定要好好生活，现在回家去吧。"

诺尔布和两个民兵从柳树下挖出步枪，用仇恨的目光从三面看着双手被死死绑缚的我。诺尔布咬牙切齿道："真没想到楚格拉你竟然是这样歹毒的人！"我说："当时我自己也没想到会打死他们，把我送到乌兰浩特吧。"诺尔布愤怒地起身说："至于是否把你送往乌兰浩特，已经用不着征询你意见啦。"这时，手握步枪的赫希格突然出现在柳树对面，至于他手里拿着的步枪是从哪里来的，我就不得而知了。赫希格呵斥道："放走楚格拉！"诺尔布看着对准自己的枪口，再加上他昔日仇敌那瞪大的眼睛就立刻毛了。他装作顺从，对旁边两个民兵说："快，快把楚格拉放了。"两个民兵为我解开绳索。赫希格对我说："楚格拉，你走吧。"我说："哥，是我对不住你，我不走。"赫希格骂道："滚蛋！别再让我看见你！快滚！越远越好！听到没有？"我迟疑不决时，赫希格朝我身后的沙柳开一枪，把我从沙包顶上一脚端了下去。我从沙包滚下来跑回家里时，苏荣在外间洗刷挤奶桶。看到我走进来，她说："半天不见人影，你去哪儿了？"我不搭理她的话，直视那黄脸婆皱皱巴巴、令人恶心的嘴角厉声问："饭做好了吗？"苏荣说："不说清楚去什么地方，就别想吃饭。"我将苏荣推开，自己揭开锅盖，端出热饭菜蹲在炉灶旁吃了起来。苏荣说："自从你哥哥赫希格回来以后，你又变样啦。"我把苏荣的恶毒话语当耳旁风，匆匆吃进两大碗高粱米饭和一碗南瓜汤之后，打着饱嗝用拳头擦着嘴巴，同时警惕地望着院子外面。此刻已经接近黄昏。我从屋子出来，拎起靠在墙上的木棒时，苏荣从门缝内露出半张脸怒视，嘴里还不停地詈骂我。那天夜里，赫希格、诺尔布、和两个民兵在柳丛中坐在篝火堆旁边时，诺尔布问赫希格："要在这里过夜吗？"赫希格说："对。"诺尔布说："你这样恐吓我们，对你

落日下／
421

没有任何好处。"赫希格说："闭嘴。"两个民兵为篝火添柴。赫希格坐在柳树下面，把所有枪支放在自己身边开始打瞌睡。诺尔布悄悄起身时，赫希格呵斥道："坐下。"诺尔布说："我想撒尿。"赫希格又开始打瞌睡。诺尔布撒完尿后，重新回到原来位置坐下。黎明来临时，从附近传来狼嗥声音。赫希格挂着步枪站起，走过去用命令口气把诺尔布等人叫醒。他指着两个民兵说："你们俩回嘎查吧。"两个民兵不眨眼地瞅着赫希格手里的步枪。赫希格大声呵斥道："听到没？拿着各自的枪滚蛋。"两个民兵拿起各自枪械匆匆滚下沙包。赫希格捡起诺尔布的手枪和我埋在沙包里的汉阳造步枪，朝两个民兵撇下去时喊道："把这两支枪也带上。"两个民兵走回几步捡起大小枪支，转身逃去。诺尔布声音颤抖着对赫希格说："你不会是打算让你妹妹当寡妇吧。"赫希格说："走，前面带路。"诺尔布问："去哪儿？"赫希格说："去乌兰浩特。"赫希格押解着诺尔布行进在晨雾遮盖的曲曲弯弯沟壑边沿。二人的下半身已经被露水湿透，过了两座小山包后，太阳从彼处山顶露出。赫希格说："我要去乌兰浩特向组织自首，你要相信，楚格拉什么也没做。"诺尔布说："我相信。"赫希格说："无论我对你说什么也没用了，站住。"诺尔布停住。赫希格说："现在你回去吧。"诺尔布匆匆转身原路返回。赫希格将步枪砸烂在路边石头上，把手里留下的枪筒抛向远处，然后继续赶路。

那两个让赫希格放走的民兵一路小跑到公房大院，倚墙蹲下喘息时，其一说："不知赫希格要把诺尔布带到哪儿去？"另一个说："还能带到哪儿去，大不了带到没人的地方，揍他一顿呗。大舅哥教训妹夫，跟咱们有什么关系。""但愿如此吧，我们进去打个盹儿再说。"二人从墙根起身，走过去把公房门踹开往里进。当二人睡在公房炕上，打呼噜起劲时，苏荣跑进来上气不接下气地问："诺尔布呢？"在炕沿光着脚丫子横躺的民兵醒过来回答道："不知道。"苏荣说："我有事情要向他报告。"民兵有了兴致直起身，笑道："那就对我说吧，老弟给你做主，别客气。"苏荣说："我们家的楚格拉昨日黄昏时出去，到了现在也不见人影，不知道发生了什么事情？"这时，另一个民兵也醒过来，打着哈欠说："可能是逃跑啦。一个杀人犯是不可能老老实实待在家里的。"苏荣脸色突变，朝那民兵骂道："该死的东西，你才是杀人犯呢。长了舌头就是为了给人栽赃用的？"被骂的民兵摇头道："我说的是真话，大姐你还是小心脑袋吧。赫希格和楚格拉兄弟俩都疯啦。"光着脚丫子的民兵插嘴道："照我看，你还是卷起铺盖回你原来的房子住得了，楚格拉恐怕是到死也不会回来啦。"可以说，那两个民兵对我的处境了解得不赖。我装扮成托钵僧人离开塔拉嘎查毫无目的地朝西走了一夜，第二天中午时，找到一处牧区营地。靠近营地我才认出，这是我十多年前跟父亲一起来过的巴彦公爷营地。已经衰老得满脸褶子的女仆将我带到用人小包房。包内，变成地地道道老年人的男仆卧在北侧床板上。显然他是病倒了。看到我，他以卧姿很虔诚地朝我伸出双手合十。女仆递给我一碗用酸奶和少量奶油搅拌的炒米，我坐在西面床板上接过碗就开始吃。女仆问："你会给人看病吗？"我摇头。女仆继续问："你要去哪儿？"我说："我是一个没家没业的人，只会做点木匠活。我吃了你们的饭，要是有需要修理的车辆就指给我。"女仆说："我们不是这个浩特的主人，以为你会看病呢。"我说："那就谢谢你的款待啦。"女仆说，这里早就不是巴彦公爷营地，已经换主人换名称，成了达瓦喇嘛的浩特了。我告别达瓦喇嘛的浩特，从此再也没往故乡的方向迈过一步。俗话说，救人一命，胜造七级浮屠。我亲手杀死了两个人，等于是毁掉了两座七级浮屠啊。可我还不得不苟且偷生，因为我师父——葛根庙经师喇嘛曾经开导过，怯生或自杀是最可耻的冤孽，应该勇敢面对它才是。我没法违背师父的谆谆教诲，去自作主张任意解决佛祖恩赐给我的生命。

诺尔布气喘吁吁地来到公房前，靠墙站了一会儿，然后，整理好领口走进屋去。当他走进屋内时，两个民兵正在炕上酣睡，满屋子都是臭烘烘的脚丫子味。诺尔布气愤地看着他俩站一会儿，然后拿起一把步枪朝屋顶开枪，子弹穿透屋顶，冒出一股烟尘而去。惊醒的两个民兵像被绳索拉动的木偶一般"噌噌"起身。诺尔布把枪口指向他俩说："你们俩为什么扔下我一个人跑了？"光着脚丫子的民兵哆哆嗦嗦地说："首长饶命，我们不是逃跑啊！"气急败坏的诺尔布拉枪栓，这时，其木格叫喊着跑进屋内抱住诺尔布的手不放。受惊吓的二人突然醒悟过来帮助其木格从诺尔布手里把步枪夺过去。诺尔布抱着脑袋蹲下，声嘶力竭地喊叫道："两名罪恶累累的敌人从我们眼皮底下逃走了。我还有什么脸面去跟上级汇报！"光着脚丫子的民兵安慰道："都是我们俩的不对。可我当时就知道大舅哥是不可能伤害妹夫的。"诺尔布骂道："住嘴，你们都给我滚！"

一九四九年十月一日上午八点钟左右，内蒙古自治区首府乌兰浩特政府一间办公室内，首长正在伏案写资料。这时，传来敲门声。"进来！"首长放下笔抬头说。德力格尔开门进来，向他敬军礼。首长问："你送新兵蛋子回来了？"德力格尔说："回来了。""过来坐下吧，一路辛苦了，德力格尔同志。"首长亲自为客人盛茶时说："祖国大陆几乎已经全部解放，只有少面积沿海地区和边疆地区还在发生小规模战斗。党中央发来电报，决定向全世界宣告：中华人民共和国在阳历一九四九年十月一日，也就是今天成立的消息。"德力格尔接过茶杯时，问："我们的骑兵也要参加开国大典吧？"首长充满自豪地说："当然要参加啦，各民族享有平等权利嘛，届时内蒙古第一骑兵师会参加阅兵式。"德力格尔说："遗憾的是我们看不到那盛大场面。"首长说："虽然亲眼见不到，不过可以通过无线电波随时收听典礼盛况呀。"从早晨开始，在自治区政府大院内聚集的军人队列，面对着悬挂在墙头上的大喇叭，一直默默等到下午两点多钟。沿着院墙根五米间隔站立着的哨兵们，个个眺望远处，纹丝不动。院内士兵们整齐排列地坐在各自的折叠式矮凳（马扎子）上，不断高唱着革命歌曲。放置在政府大楼门口的桌子旁，首长和德力格尔反复调试收音机波段。德力格尔诧异道："是不是建国典礼的时间改变了？"首长摇头仔细辨听着收音机发出的嘈杂声。电波声音不稳定，时而清晰，时而模糊。下午三时半许，赫希格徒步来到了自治区政府大院外。这时，突然从墙头大喇叭传来建国大典的主持人声音："现在走过主席台前的是内蒙古第一骑兵师队列……"赫希格驻足片刻，抬起他那指头骨节变粗的右手，朝喇叭声响传来方向敬了个礼，然后缓步走向并肩站立着的两个门岗。

至此，我面对落日下的吞特尔峰，冥思苦想足足三十二天。故事也基本讲完，余下来的有关赫希格第二次自首后，被政府怎么处理等事宜就由众位自己想象吧。目前我只祈盼：折磨我身心半个多世纪，让我躲避人群，害得我不能心安理得地过日子，弄得我人不是人、鬼不是鬼的那两位被我杀害的塔拉嘎查民兵的魂魄，如果他们已经托生尘器，不管轮回成人或兽，就来找我复仇，不留痕迹、干净利索地终结我残存的生命，但愿如此。

我这一辈子啊，不过，不管怎么说，也算是个一辈子。

2013 年 1 月

图书在版编目（CIP）数据

落日下／朝克毕力格著. -- 北京：作家出版社，2020.7
（中国少数民族文学发展工程·出版扶持专项丛书）
ISBN 978 - 7 - 5212 - 0925 - 9

Ⅰ. ①落…　Ⅱ. ①朝…　Ⅲ. ①长篇小说 – 中国 – 当代
Ⅳ. ①I247.5

中国版本图书馆 CIP 数据核字（2020）第 068845 号

落日下

作　　者：朝克毕力格
责任编辑：史佳丽　李亚梓
特约编辑：张绍锋　郑　函
装帧设计：孙惟静
出版发行：作家出版社有限公司
社　　址：北京农展馆南里 10 号　　　邮　　编：100125
电话传真：86 - 10 - 65067186（发行中心及邮购部）
　　　　　86 - 10 - 65004079（总编室）
E – mail: zuojia@zuojia. net. cn
http: // www. ZUOJIACHUBANSHE. com
印　　刷：北京玺诚印务有限公司
成品尺寸：170 × 240
字　　数：323 千
印　　张：27
版　　次：2020 年 9 月第 1 版
印　　次：2020 年 9 月第 1 次印刷
ISBN　978 - 7 - 5212 - 0925 - 9
定　　价：40.00 元
